Le Bru Jocelyne

DREAMCATCHER

STEPHEN KING

DREAMCATCHER

ÉDITIONS FRANCE LOISIRS

Titre original : *Dreamcatcher*
Traduit de l'américain par William Olivier Desmond

Édition du Club France Loisirs,
réalisée avec l'autorisation des Éditions Albin Michel

Éditions France Loisirs,
123, boulevard de Grenelle, Paris
www.franceloisirs.com

ISBN : 2-7441-5807-0

Pour Susan Moldow et Nan Graham

Et tout d'abord, les manchettes

East Oregonian, 25 juin 1947

DES « SOUCOUPES VOLANTES »
APERÇUES PAR LE SERVICE DE VEILLE-INCENDIE
Le lieutenant des pompiers Kenneth Arnold
aurait vu 9 objets en forme de disques,
« brillants, argentés, se déplaçant à une vitesse incroyable »

Roswell Daily Record (Nouveau-Mexique), 8 juillet 1947

L'AIR FORCE S'EMPARE D'UNE « SOUCOUPE VOLANTE »
DANS UN RANCH DE LA RÉGION DE ROSWELL
Les services de renseignements
sont chargés de récupérer l'objet écrasé

Roswell Daily Record, 9 juillet 1947

LES SOUCOUPES ? DES BALLONS MÉTÉO,
D'APRÈS L'AIR FORCE

Chicago Daily Tribune, 1er août 1947

LE TÉMOIGNAGE D'ARNOLD SERAIT « INEXPLICABLE »
D'APRÈS L'AIR FORCE
850 nouveaux témoignages depuis le début de l'affaire

Roswell Daily Record, 19 octobre 1947

LE SOI-DISANT BLÉ DE L'ESPACE ? UN CANULAR !
AFFIRMENT DES FERMIERS EN COLÈRE
Andrew Hoxon nie l'existence du moindre rapport
entre les soucoupes volantes et le blé coloré en rouge :
« une simple blague »

Courier Journal (Kentucky), 8 janvier 1948

UN APPAREIL DE CHASSE ABATTU EN POURSUIVANT UN OVNI
Le dernier message du capitaine Mantell :
« Métallique, d'une taille monstrueuse », l'Air Force reste muette

Nacional, journal brésilien, 8 mars 1957

UN APPAREIL ÉTRANGE S'ÉCRASE DANS LE MATO GROSSO !
DEUX FEMMES ÉCHAPPENT DE PEU AU DANGER PRÈS DE PORTO PORAN !
« On entendait des bruits comme des cris de cochon
à l'intérieur », affirment-elles

Nacional, journal brésilien, 12 mars 1957

ÉPOUVANTE AU MATO GROSSO !
On signale la présence d'hommes gris
avec d'énormes yeux noirs
Les scientifiques restent sceptiques,
mais les témoignages se multiplient !
DES VILLAGES ENTIERS TERRORISÉS !

Oklahoman, 12 mai 1965

UN POLICIER FAIT FEU SUR UN OVNI
L'homme affirme que la soucoupe se tenait
à quinze mètres au-dessus de la nationale 9
Témoignage confirmé par la station radar AFB

Oklahoman, 2 juin 1965

LA PLANTE EXTRA-TERRESTRE ?
UN CANULAR, DÉCLARE LE PORTE-PAROLE
DU MINISTÈRE DE L'AGRICULTURE
Les « herbes rouges » seraient l'œuvre d'adolescents
utilisant des bombes à peinture

Portland Press Herald (Maine), 14 septembre 1965

LES OBSERVATIONS D'OVNI
SE MULTIPLIENT DANS LE NEW HAMPSHIRE
Certains habitants redoutent une invasion d'extra-terrestres

Manchester Union-Leader (New Hampshire), 19 septembre 1965

LES ÉNORMES OBJETS SIGNALÉS PRÈS D'EXETER
NE SERAIENT QU'UNE ILLUSION D'OPTIQUE
Les enquêteurs de l'Air Force sceptiques
sur les témoignages de la police
L'officier Cleland n'en démord pas : « Je sais ce que j'ai vu »

Manchester Union-Leader, 30 septembre 1965

ÉPIDÉMIE ALIMENTAIRE À PLAISTOW :
TOUJOURS PAS D'EXPLICATION
Plus de 300 personnes touchées,
mais la plupart sont déjà hors de danger
Un responsable des services de l'hygiène alimentaire
met en cause l'eau des puits

Michigan Journal, 9 octobre 1965

LE PRÉSIDENT FORD DEMANDE UNE ENQUÊTE SUR LES OVNI
Les « lumières du Michigan »
pourraient avoir une origine extra-terrestre,
d'après le chef des républicains à la Chambre

Los Angeles Times, 19 novembre 1978

DES SCIENTIFIQUES DE CALTECH
DÉCLARENT AVOIR VU UN OBJET ÉNORME
EN FORME DE DISQUE AU-DESSUS DU DÉSERT DE MOJAVE
Tickman : « Nous étions entourés de petites lumières brillantes »
Morales : « Nous avons vu des filaments rouges
faisant un peu penser à des cheveux d'ange »

Los Angeles Times, 24 novembre 1978

NI LA POLICE NI L'AIR FORCE NE DÉCOUVRENT DE CHEVEUX D'ANGE
SUR LE SITE DU MOJAVE
Tickman et Morales passent avec succès
au détecteur de mensonges
On écarte l'hypothèse d'un canular

New York Times, 16 août 1980

ENLEVÉS PAR DES EXTRA-TERRESTRES ?
LES « VICTIMES » PERSISTENT
Les psychologues remettent en question les dessins
des soi-disant hommes gris

Wall Street Journal, 9 février 1985

CARL SAGAN :
« NON, NOUS NE SOMMES PAS SEULS DANS L'UNIVERS »
Le grand scientifique croit en l'existence des extra-terrestres :
« La probabilité statistique de l'existence
d'une espèce extra-terrestre intelligente est énorme »

Phoenix Sun, 14 mars 1997

UN OVNI GÉANT APERÇU PRÈS DE PRESCOTT
Des douzaines de témoignages
parlent d'un objet en forme de boomerang
Le central téléphonique de Luke AFB débordé d'appels

Phoenix Sun, 20 mars 1997

LES « LUMIÈRES DE PHOENIX » RESTENT INEXPLIQUÉES
D'après les experts, les photos n'ont pas été trafiquées
Les enquêteurs de l'Air Force restent muets

Paulden Weekly (Arizona), 9 avril 1997

L'ÉPIDÉMIE ALIMENTAIRE TOUJOURS INEXPLIQUÉE
La rumeur sur les « herbes rouges » serait un canular

Derry Daily News (Maine), 15 mai 2000

NOUVEAU SIGNALEMENT DE LUMIÈRES MYSTÉRIEUSES
DANS LE JEFFERSON TRACT
« Je n'ai aucune idée de ce que c'est,
mais elles n'arrêtent pas de revenir »,
confie un habitant de la région

AJMM

C'était devenu leur devise, mais Jonesy n'aurait pu dire qui l'avait lancée le premier, sa vie en eût-elle dépendu. *Crédit est mort*, ça, c'était de lui. *Baise-moi l'oignon* et une demi-douzaine d'autres obscénités encore plus pittoresques étaient l'œuvre de Beaver. Henry était celui qui leur avait appris à dire *Ce qui s'en va finit toujours par revenir*, le genre de conneries zen qu'il adorait, même gosse. Mais AJMM ? d'où était sorti AJMM ? De quelle cervelle surchauffée l'expression avait-elle jailli ?

Peu importait. Ce qui comptait, c'est qu'ils en avaient cru la première moitié quand ils n'étaient qu'un quatuor, l'intégralité quand ils étaient en quintette, et la seconde moitié quand ils s'étaient à nouveau retrouvés en quatuor.

Quand ils n'avaient plus été que quatre, les jours s'étaient assombris. Des jours davantage dans le style baise-moi l'oignon. Ils en avaient conscience, sans en connaître la raison. Ils comprenaient que quelque chose clochait chez eux — ou était au moins différent de chez les autres — mais quoi ? Ils savaient qu'ils étaient piégés — mais comment ? Et tout ça bien avant les lumières dans le ciel. Avant McCarthy et Becky Shue.

AJMM..., le truc qu'on dit comme ça. Et parfois, on ne croit en rien, sinon dans les ténèbres. Comment avance-t-on, alors ?

1988 : Même Beaver a le bourdon

Dire que le mariage de Beaver n'avait pas *très bien marché* équivaut à affirmer que le lancement de la navette spatiale *Challenger* ne s'est pas *très bien passé*. Joe Clarendon, dit Beaver, et Laurie Sue Kenopensky avaient tenu le coup huit mois, et après, *basta* — ma môme s'est tirée, faut m'aider à ramasser les putains de morceaux.

Le Beav est d'un naturel fondamentalement heureux, n'importe lequel de ses potes de virées pourrait vous le dire, mais c'est sa période noire. Il ne voit plus aucun de ses anciens amis (ceux qu'il estime être de *vrais* amis), sauf pendant la semaine de novembre qu'ils passent ensemble, chaque année ; et Laurie était encore dans le secteur, au mois de novembre de l'année précédente. Ça ne tenait plus qu'à un fil, d'accord, mais ça tenait encore. À présent, il passe une bonne partie de son temps — une trop grande partie de son temps, il le sait bien — dans les bars du vieux quartier portuaire de Portland, des troquets genre le Porthole, le Seaman's Club ou le Free Street Pub. Il boit trop, fume trop de cette bonne vieille herbe mexicaine et, la plupart des matins, il n'aime pas beaucoup la tronche qu'il a dans le miroir de la salle de bains ; ses yeux bordés de rouge évitent l'image qui s'y reflète et il se dit, *faut que j'arrête de traîner dans ces bistrots. Sans quoi, je vais pas tarder à avoir le même problème que Pete. Bordel de Dieu.*

Ne plus traîner dans les bars, arrêter de bringuer, sacrée bonne idée sauf qu'il repique illico au truc, t'es gentil mon coco mais va te faire foutre. Ce jeudi-là, c'est le Free Street et qu'est-ce qu'il tient à la main ? Une bière. Et qu'est-ce qu'il a dans la poche ? Un joint. Et le juke-box, pendant ce temps, laisse dégouliner son sirop, un vieux truc dans le genre The Ventures. Impossible de s'en rappeler le titre, pourtant l'air était un vrai tube, dans le temps. Il le connaît, sûr. Il écoute beaucoup la station de radio qui, à Portland, diffuse les vieux airs, depuis qu'il a divorcé. Réconfortants, ces vieux airs. Pas comme la plupart de tous ces nouveaux machins... Laurie les aimait beaucoup et en connaissait pas mal, mais Beaver ne s'y fait pas.

Le Free Street est à peu près vide ; on compte une demi-douzaine de types accoudés au bar, une autre demi-douzaine qui jouent au billard dans le fond, et Beaver avec ses copains de bringue dans un box, buvant bière pression sur bière pression, et coupant un paquet de cartes graisseuses pour savoir qui paiera la prochaine tournée. Mais quel peut bien être cet air avec tous ces borborygmes de guitares ? *Out of Limits* ? *Telstar* ? Mais non, y'a un synthé dans *Telstar*, pas dans celui-ci. Qu'est-ce qu'il en a à foutre, d'ailleurs ? Ses potes parlent de Jackson Browne, qui est passé au Centre civique, la veille. Un spectacle à casser la baraque, d'après George Pelsen, qui s'y trouvait.

« Je vais vous raconter un truc qui était aussi super », lance George en les regardant tour à tour pour les impressionner. Il relève son menton fuyant pour exhiber la marque rouge qu'il a sur le côté du cou. « Vous savez ce que c'est ?

— Un suçon ? propose Kent Astor, un rien timidement.

— Dans le putain de mille ! Je traînais du côté de l'entrée des artistes, après le concert, moi et une bande de mecs. J'espérais bien avoir un autographe de Jackson. Ou peut-être de David Lindley, par exemple. Il est cool, celui-là. »

Kent et Sean Robideau sont du même avis : Lindley est cool. D'accord ce n'est pas un dieu de la guitare, sûrement pas (Mark Knopfler de Dire Straits en est un ; Angus Young de AC/DC aussi ; et bien entendu, Eric Clapton), mais vachement cool tout de même. Sans compter qu'il fait de sacrées impros et qu'il a une coiffure rasta qui lui tombe jusqu'aux épaules.

Beaver ne participe pas à la conversation. Tout d'un coup il n'a qu'une envie, ficher le camp d'ici, ficher le camp de ce bar de nulle part aux remugles rances, respirer de l'air frais. Il sait où George veut en venir, avec son histoire. Il sait aussi qu'il ment.

Son nom n'était pas Chantay, tu ne sais même pas quel était son nom, elle est passée telle un rêve devant toi comme si tu n'y étais pas, qu'est-ce que tu pouvais représenter pour une fille comme elle, de toute façon, rien qu'un échantillon de plus de la classe ouvrière, dans une petite ville ouvrière de la Nouvelle-Angleterre, et hop ! elle est montée dans l'autocar du groupe. C'est comme ça qu'elle est sortie de ta vie. Ta putain de vie totalement sans intérêt. Les Chantays, c'est le nom du groupe que nous écoutons, pas les Mar-Kets ni les Bar-Kays, mais les Chantays, l'air, c'est Pipeline *par les Chantays et ce truc sur ton cou, ce n'est pas un suçon mais une éraflure de rasoir.*

C'est ce qu'il pense, et il entend des pleurs. Pas dans le Free Street, mais dans sa tête. Des pleurs qui ont cessé depuis longtemps. Ils te pénètrent jusqu'au milieu du crâne, ces pleurs, comme des éclats de verre et merde, merde, baise-moi l'oignon, qu'on les fasse arrêter, ces pleurs !

C'est moi qui l'ai fait arrêter, songe Beaver. *Moi. C'est moi qui l'ai fait arrêter de pleurer. Je l'ai pris dans mes bras et je lui ai chanté quelque chose.*

Pendant ce temps, George Pelsen leur raconte comment la porte de l'entrée des artistes a fini par s'ouvrir, et que ce ne fut pas Jackson Browne qui en sortit, ni même Lindley ; mais le trio des choristes, trois filles répondant au nom de Randi, Susi et Chantay. Trois poulettes bonnardes, grandes, super-sexy.

« Merde, alors », dit Sean, roulant des yeux. C'est un petit bonhomme rondouillard dont les exploits sexuels se réduisent à de rares expéditions sur le terrain à Boston, où il se contente de reluquer les strip-teaseuses du Foxy Lady et les serveuses du Hooters. « Oh merde, Chantay ! Putain de nom... »

Sur quoi il mime le geste de se branler. Là au moins, pense Beav, il a l'air d'un pro.

« Alors j'ai commencé à leur parler... surtout à la dernière, Chantay, et je lui ai demandé si la tournée des boîtes de Portland l'intéresserait pas, des fois. Alors nous... »

Le Beav prend un cure-dents dans sa poche, se le glisse dans la bouche, et coupe le son. Soudain, ce cure-dents résume tout ce qu'il désire. Pas la bière posée devant lui, pas le joint au fond de sa poche, et sûrement pas les vantardises grotesques de George Pelsen racontant comment il a réussi à entraîner la mythique Chantay à l'arrière de son tacot, quelle bonne idée d'avoir un pick-up équipé camping, quand George le Bouc baise, ramenez pas votre fraise.

Rien que du baratin, pense Beaver, qui se sent tout d'un coup pris d'un sentiment de désespoir absolu, plus déprimé encore qu'il ne l'a jamais été depuis que Laurie Sue a plié bagage et est retournée chez sa mère. Ça ne lui ressemble pas, pas du tout, et l'envie de foutre le camp d'ici lui retombe brutalement dessus, il n'a qu'un désir, s'emplir les poumons de l'air frais, salé, iodé du bord de mer, et trouver un téléphone. C'est ça qu'il veut, trouver un téléphone et appeler Jonesy ou Henry, n'importe lequel des deux, n'importe lequel fera l'affaire ; il veut lui dire, *Hé vieux, alors, ça boume ?* et que l'un ou l'autre lui réponde, *Oh tu sais, Beav, AJMM. Pas de ballons, pas de jeux.*

Il se lève.

« Hé, vieux », lui dit George. Beaver est allé à la fac avec George, à Westbrook Junior College et, à l'époque, ce mec était un type plutôt cool. Mais Ju-Co est à pas mal de bières d'ici. « Où tu vas ?

— Pisser un coup, lui répond Beaver en faisant rouler le cure-dents d'un coin de sa bouche à l'autre.

— T'as intérêt à te magner le train, j'arrive au meilleur moment. » C'est ce que dit George, mais Beav pense *petite culotte transparente*. Oh, bon sang, aujourd'hui ces vieilles vibrations bizarres marchent fort, c'est peut-être la pression atmosphérique, un truc comme ça.

Prenant un ton confidentiel, George reprend, « Lorsque j'ai remonté sa jupe...

— Je sais, elle portait une petite culotte transparente », le coupe Beaver. Expression stupéfaite, presque choquée de George, mais Beav s'en fiche. « Tu parles, si j'ai envie d'entendre ça. »

Il s'éloigne en direction des toilettes messieurs, les toilettes messieurs avec leur odeur jaune rosâtre de pisse et de désinfectant ; il passe devant, passe devant les toilettes dames, passe devant la porte marquée Bureau, et s'échappe par l'allée. Le ciel est blanc et pluvieux, mais l'air est bon. Tellement bon. Il respire profondément et se remet à réfléchir. *Pas de ballons, pas de jeux*. Il sourit un peu.

Il marche pendant une dizaine de minutes, mâchouillant ses cure-dents et s'éclaircissant les idées. À un moment donné (il ne se rappellera pas exactement quand), il jette le joint qui traîne au fond de sa poche. Puis il appelle Henry de la cabine téléphonique, chez Joe's Smoke, du côté de Monument Square. Il s'attend à tomber sur un répondeur — Henry est toujours à la fac — mais non. Il est chez lui et décroche à la deuxième sonnerie.

« Hé vieux, comment ça va ? Lui demande Beaver.

— Oh, tu sais, répond Henry. Autre jour, même merde. Et toi, Beav ? »

Beaver ferme les yeux. Pendant un instant, tout va de nouveau bien ; aussi bien, en tout cas, que les choses peuvent aller dans un univers aussi merdique.

« À peu près pareil, mon vieux, à peu près pareil. »

1993 : Pete vole au secours d'une dame

Pete est assis derrière son bureau, juste à côté de la salle d'exposition de Macdonald Motors, à Bridgton. Il s'amuse à faire tournoyer son porte-clefs. Le symbole est constitué de quatre lettres bleues émaillées : NASA.

Les rêves vieillissent plus vite que les rêveurs, comme le comprend Pete de mieux en mieux, avec le temps qui passe. Mais les derniers qu'on fait ont souvent beaucoup plus de mal à mourir. Étonnant, même. Comme de petites voix qui gémiraient très loin, à peine audibles, au fond de son crâne. Cela fait longtemps que Pete ne dort plus dans une chambre aux murs couverts de photos représentant des fusées Apollo ou Saturn, des astronautes en tenue spatiale (celles pour les sorties dans l'espace, ou EVA, comme le disent les spécialistes), des capsules spatiales au bouclier thermique calciné et à moitié fondu par la fabuleuse chaleur dégagée pendant la rentrée dans l'atmosphère, des LEM, des sondes Voyager... Il y a aussi la photo d'un disque brillant, au-dessus de la nationale 80 ; des gens se tiennent sur la voie d'arrêt d'urgence, la tête levée, s'abritant les yeux de la main. La légende sous le cliché dit ceci : **LA PRÉSENCE DE CET OBJET, PHOTOGRAPHIÉ EN 1971 PRÈS D'ARVADA, DANS LE COLORADO, N'A JAMAIS REÇU D'EXPLICATIONS. C'EST UN AUTHENTIQUE OVNI.**

Bien longtemps.

Cela ne l'a pas empêché de passer ses deux semaines de vacances, cette année, à Washington DC, et d'aller tous les jours au musée de l'Air et de l'Espace du Smithsonian pour consacrer l'essentiel de son temps à errer parmi les pièces exposées, un sourire émerveillé sur le visage. Mais c'est surtout près des roches lunaires qu'il s'est attardé. *Dire que ces cailloux viennent d'un endroit où le ciel est totalement noir en permanence, où le silence est éternel... Neil Armstrong et Buzz Aldrin ont ramené ces vingt kilos de roche d'un autre monde... Ils sont ici, maintenant, et je peux les contempler...*

Et lui aussi est ici, derrière son bureau, tandis que s'étire une journée pendant laquelle il n'a pas vendu une seule voiture (les gens n'aiment pas acheter leur voiture quand il pleut, et un crachin décourageant n'a pas cessé de tomber depuis les premières lueurs du jour dans cette partie du monde où il habite), à faire tourbillonner son porte-clefs, tout en jetant des coups d'œil à l'horloge. Le temps se traîne par de tels après-midi, se traîne encore plus lorsque approche dix-sept heures. Cinq heures de l'après-midi, c'est l'heure de la première bière. Jamais avant cinq heures. Pas question. Si on boit dans la journée, mieux vaut surveiller les quantités qu'on ingurgite, parce que c'est ce qui arrive aux alcooliques. Mais si on est capable d'attendre... en faisant joujou avec son porte-clefs... attendre...

Pete n'attend pas que cette première bière de la journée, Pete attend aussi novembre. Le voyage à Washington en avril lui a plu, certes, et les roches lunaires l'ont laissé sur le cul (il est encore sur le cul rien que d'y penser), mais c'est un voyage qu'il a fait seul. Quand on est seul, c'est moins bien. En novembre, pour sa deuxième semaine de congé, il retrouvera Jonesy, Henry, le Beav. Alors, il pourra s'autoriser à boire pendant la journée. Quand on est au fin fond des bois, à la chasse avec des amis, c'est pas un problème de boire pendant la journée. C'est pratiquement une tradition. C'est...

La porte s'ouvre et une brune séduisante fait son entrée. Un mètre soixante-quinze (Pete les préfère grandes), la trentaine tout au plus. Elle regarde les modèles de voitures, autour d'elle (la nouvelle Thunderbird bordeaux foncé est le fleuron de la salle d'exposition, mais l'Explorer n'est pas mal non plus). Elle n'a pourtant pas l'air de venir en cliente. Sur quoi, elle repère Pete derrière les parois de verre de son bureau, et se dirige vers lui.

Il se lève, laissant son porte-clefs NASA sur le sous-main et la rejoint à l'entrée de son aquarium. Il arbore à présent son meilleur sourire professionnel — deux cents watts au bas mot, ma cocotte, je te dis que ça — et tend la main. Elle a une poignée de main ferme et fraîche, mais elle paraît distraite, nerveuse, lorsqu'elle le regarde.

« J'ai bien peur que ça ne puisse pas marcher...

— On ne commence jamais par dire un truc pareil à un vendeur de voitures, lui renvoie Pete. On adore être mis au défi ! Je m'appelle Pete Moore.

— Enchantée », répond-elle, sans donner son nom. Elle s'appelle Trish. « Voyez-vous, j'ai un rendez-vous à Fryeburg dans seulement... (elle jette un coup d'œil à l'horloge que Pete surveille si attentivement pendant ces interminables heures d'avant la première bière)...dans seulement quarante-cinq minutes. Je dois faire visiter une maison à vendre à un client et je crois que je tiens ce qu'il lui faut, la commission est intéressante et... » Ses yeux se remplissent de larmes, elle est obligée de déglutir pour que sa voix ne s'étrangle pas complètement. « Et j'ai perdu mes bon Dieu de clefs ! Mes bon Dieu de clefs de voiture ! »

Elle ouvre son sac à main, fouille dedans.

« J'ai tous les papiers de la voiture... plus les autres... et je me suis dit... il y a tous ces numéros... que vous pourriez peut-être m'en faire un nouveau jeu et que je pourrais repartir. Vous comprenez, c'est le coup de l'année pour moi, cette vente, Mr... »

Elle a oublié. Il ne se sent pas offensé. Moore, c'est aussi courant que Smith ou Jones. Sans compter qu'elle est dans tous ses états. C'est normal, quand on perd ses clefs. Il a déjà vu ça cent fois.

« Moore... Mais vous pouvez m'appeler Pete.

— Pouvez-vous m'aider, Mr Moore ? Ou quelqu'un de chez vous peut-il me donner un coup de main ? »

Le vieux Johnny Damon doit être quelque part au fond du garage et serait ravi de lui rendre service, mais elle n'en raterait pas moins son rendez-vous à Fryeburg.

« On peut vous faire faire de nouvelles clefs, mais cela prendra au moins vingt-quatre heures... ou plus probablement quarante-huit. »

Elle le regarde de ses grands yeux d'un brun velouté, des yeux d'où les larmes sont sur le point de déborder, et pousse un petit cri de désespoir. « Bon Dieu ! Bon Dieu ! »

Une pensée étrange vient à l'esprit de Pete : elle lui rappelle une fille qu'il a connue jadis. Pas très bien, lui et les autres ne la connaissaient pas très bien, mais assez pour lui avoir sauvé la vie. Josie Rinkenhauer — c'était le nom de cette fille.

« Je le savais ! s'exclame Trish, sans plus chercher à dominer l'étranglement de sa voix. Oh, bon sang, je le savais ! » Elle se détourne, fait quelques pas et se met à pleurer, pour de bon cette fois.

Pete la suit et la prend doucement par l'épaule. « Attendez, Trish... attendez une minute. »

C'est une gaffe, de l'appeler par son nom alors qu'elle ne le lui a pas dit, mais elle est trop bouleversée pour se rappeler qu'elle ne s'est pas présentée, alors tout va bien.

« D'où venez-vous ? demande-t-il. Ce que je veux dire... vous n'êtes pas de Bridgton, n'est-ce pas ?

— Non. Nos bureaux sont à Westbrook. Dennison Real Estate. Vous savez, avec un phare comme enseigne. »

Pete hoche la tête comme si cela signifiait quelque chose pour lui.

« C'est de là que j'arrive. Je me suis arrêtée ici, à la pharmacie de Bridgton, pour acheter un peu d'aspirine... parce que j'ai toujours mal à la tête avant une grosse affaire... c'est le stress... oh, bon sang, c'est un vrai marteau qui me cogne sous le crâne, à présent... »

Pete acquiesce, plein de sympathie, sachant très bien ce que c'est que d'avoir mal aux cheveux. Bon, d'accord, ses migraines sont davantage dues à la bière qu'au stress, mais n'empêche, il sait de quoi elle parle.

« J'étais un peu en avance. Alors pour tuer le temps, je suis entrée dans le petit restaurant à côté prendre un café... la caféine, ça peut vous faire du bien, quand on a mal au crâne... »

Pete hoche de nouveau la tête. D'eux tous, c'est Henry le psy ; mais comme le lui a fait remarquer Pete plus d'une fois, il faut en connaître un bon bout sur la psychologie des gens pour réussir à leur vendre une voiture. Il est content de constater que sa nouvelle amie commence à se calmer un peu. C'est bien. Il a l'impression qu'il peut l'aider, si elle veut bien le laisser prendre les choses en main. Il sent que le petit déclic ne demande qu'à se faire. Il l'aime bien, ce petit déclic. Oh, ce n'est pas une grande affaire, il ne fera jamais fortune avec, mais il l'aime bien.

« Et j'ai aussi traversé la rue pour aller au Renny's. J'ai acheté un foulard... à cause de la pluie... (elle se touche les cheveux). Après quoi, je suis retournée à la voiture... et pas moyen de retrouver ces saloperies de clefs ! J'ai refait tout mon trajet, du Renny's à la pharmacie en repassant par le restaurant, et elles ne sont nulle part ! Et maintenant, je vais manquer mon rendez-vous ! »

La détresse réapparaît dans sa voix. Elle jette un nouveau coup d'œil à l'horloge. Pour lui, elle se traîne ; pour elle, elle avance au triple galop. C'est la différence entre les gens, songe Pete. Une des différences.

« Calmez-vous, lui dit-il. Calmez-vous une minute et écoutez-moi. Nous allons retourner ensemble à la pharmacie et nous allons les chercher. Elles sont bien quelque part, non ?

— Elles n'y sont pas ! J'ai regardé dans toutes les allées, j'ai regardé sur le comptoir où j'ai pris l'aspirine, j'ai demandé à la vendeuse...

— Ça ne peut pas faire de mal de vérifier à nouveau. »

Il l'entraîne vers la porte, sa main la poussant légèrement à hauteur des reins, l'obligeant à marcher à son rythme. Il aime le parfum qui se dégage d'elle, il aime encore plus la manière dont ses cheveux ondoient. Il aime beaucoup ça, même. Et pour que l'effet soit aussi saisissant par un jour de pluie, qu'est-ce que ça doit être par beau temps !

« Mon rendez-vous...

— Il vous reste encore quarante minutes. À présent que les estivants sont partis, il ne faut que vingt minutes pour aller à Fryeburg. Nous prendrons dix minutes pour chercher vos clefs et si nous ne les trouvons pas, je vous y conduirai moi-même. »

Elle affiche une expression dubitative.

Mais lui regarde par-dessus l'épaule de la jeune femme, vers l'un des autres bureaux à parois de verre. « Dick ! Hé, Dickie M. ! »

Dick Macdonald lève le nez. Il est plongé dans l'épluchage de ses factures.

« Tu veux bien dire à cette dame qu'elle ne risque rien avec moi, si jamais je dois la conduire jusqu'à Fryeburg ?

— Oh, vous ne risquez rien avec lui, madame. Ce n'est ni un maniaque sexuel, ni un fou du volant. Il essaiera juste de vous vendre une nouvelle voiture.

— Je vous donnerai du fil à retordre, dit-elle en s'adressant à Pete, mais c'est d'accord.

— Prends mes appels, Dick, d'accord ?

— Oh ouais, ça va être dur. Avec un temps pareil, faudra que je vire les clients à coups de trique. »

Pete et la jolie brune — Trish — sortent de Macdonald Motors et parcourent les quelque quinze mètres qui séparent le magasin de Main Street. La pharmacie est le deuxième bâtiment à gauche. Le crachin est en train de devenir une véritable pluie. La jeune femme replace son foulard tout neuf sur ses cheveux et jette un coup d'œil à Pete, qui est tête nue. « Vous allez vous mouiller.

— Je suis du nord de l'État, répond-il. J'ai l'habitude.

— Vous croyez que vous allez les retrouver, pas vrai ? »

Pete hausse les épaules.

« Peut-être. Je suis très fort, pour ce qui est de récupérer les trucs perdus. Depuis toujours.

— Vous savez quelque chose que j'ignore, peut-être ? » demande-t-elle.

Pas de ballons, pas de jeux... voilà mon secret, s'il y en a un.

« Non... pas encore. »

Ils entrent dans la pharmacie. La clochette tinte au-dessus de la porte. La vendeuse, derrière son comptoir, est plongée dans une revue. Elle lève les yeux. À quinze heures vingt, par une journée pluvieuse de septembre, l'officine est déserte. En plus d'eux trois, il n'y a que Mr Diller derrière le comptoir réservé aux ordonnances.

« Salut, Pete, dit la vendeuse.

— Salut, Cathy. Ça va ?

— Oh, c'est plutôt calme. » Elle regarde la jolie brune. « Désolée, madame. J'ai encore regardé partout, mais je ne les ai pas trouvées.

— C'est pas trop grave, répond Trish avec un sourire. Ce monsieur est un vrai gentleman. Il est d'accord pour me conduire jusqu'à Fryeburg.

— Heu, dit Cathy, Pete est un garçon correct, mais de là à dire que c'est un gentleman...

— Tu devrais faire attention à ce que tu racontes, ma mignonne. Ta boutique n'est pas la seule pharmacie du coin », lui lance Pete avec un sourire.

Il jette un coup d'œil à l'horloge. Tiens, le temps s'est mis à galoper pour lui aussi. Pas plus mal, au fond. Ça le change agréablement. Il se tourne vers Trish.

« Vous êtes tout d'abord venue ici. Pour l'aspirine.

— Oui. J'ai acheté de l'Anacin. Puis, comme j'avais un peu de temp à perdre...

— Je sais, vous êtes allée prendre un café à côté, au Christie's, et vous avez ensuite traversé pour aller au Renny's.

— Oui.

— Vous n'avez pas pris l'aspirine avec le café, tout de même ?

— Non. J'ai de l'eau minérale dans la voiture. » Par la vitrine, elle lui montre la Taurus verte garée dans la rue. « C'est avec cette eau que j'ai avalé mon cachet. Mais j'ai regardé sous le siège. Et aussi si je ne les avais pas laissées sur le contact. »

Elle lui adresse un regard impatient qui dit, *je sais ce que vous pensez — vous me prenez pour une gourde de bonne femme.*

« Encore une question. Si je retrouve vos clefs de voiture, accepterez-vous de dîner avec moi ? On pourrait se retrouver au West Wharf. C'est sur la route, entre ici et...

— Je connais le West Wharf », le coupe-t-elle, l'air amusé en dépit de son inquiétude. À son comptoir, Cathy ne fait même pas semblant de lire. C'est bien mieux que les potins du *Redbook*. « Comment savez-vous que je ne suis pas mariée, ou pas libre ?

— Pas d'alliance, répond-il du tac au tac, alors qu'il n'a pratiquement pas regardé les mains de la jeune femme. De toute façon, il ne s'agit de rien de plus, dans mon esprit, que de passer une petite soirée sympa, du genre fruits de mer, salade de chou et charlotte aux fraises, pas de s'engager pour la vie. »

Elle consulte l'horloge.

« Pete... Mr Moore... je crains bien, en ce moment, de n'avoir aucune envie de flirter. Vraiment aucune. Si vous voulez bien avoir la gentillesse de me conduire à Fryeburg, c'est avec grand plaisir que je dînerai avec vous. Mais...

— Je n'en demande pas davantage. Pourtant, je crois que vous allez vous rendre là-bas au volant de votre voiture. On se retrouvera donc plus tard. Cinq heures et demie, ça vous va ?

— Oui, très bien, Mais...

— Entendu. »

Pete se sent heureux. Ça fait du bien ; se sentir heureux fait du bien. Depuis deux ans, il n'y a pas eu beaucoup de jours où il s'est senti heureux, même marginalement, et il ignore pour quelle raison. Trop de nuits passées à s'imbiber et à déambuler d'un bar à l'autre, le long de la 302, entre Bridgton et North Conway ? Peut-être, mais n'y a-t-il pas autre chose ? Possible. Sauf que ce n'est pas le moment d'y penser. La dame a un rendez-vous d'affaires à honorer. Si elle parvient à vendre la maison, jusqu'où Pete Moore pourra-t-il pousser sa chance ? Et même si ce n'est pas bien loin, il va être capable de l'aider. Il le sent.

« Je vais faire quelque chose qui va vous paraître un peu bizarre, à présent, mais ne vous laissez pas impressionner. C'est un petit truc à moi, un truc comme se mettre le doigt sous le nez quand on a envie d'éternuer, ou se frapper le front quand on essaie de se souvenir d'un nom. D'accord ?

— Heu... oui », répond-elle, perplexe.

Pete ferme les yeux, lève sa main fermée à hauteur de son visage, puis dresse son index et se met à le faire aller et venir comme un métronome.

Trish regarde la fille du comptoir, laquelle hausse les épaules comme pour dire *Qui sait ?*

« Mr Moore ? » Elle a parlé d'un ton hésitant, mal à l'aise. « Je me demande si je ne devrais pas simplement... »

Il ouvre les yeux, prend une profonde inspiration et laisse retomber sa main. Il regarde derrière elle, vers la porte.

« Très bien. Vous êtes entrée... » Ses yeux bougent comme s'il la suivait du regard. « Vous êtes allée jusqu'au comptoir... vous avez sans doute demandé dans quelle allée se trouvait l'aspirine...

— Oui, je...

— Sauf que vous avez pris autre chose avant. » Il la voit devant le distributeur de confiseries, elle en prend une qui est dans un emballage d'un jaune éclatant. « Des Snickers ?

— Non, des Mounds. » Elle écarquille les yeux. « Comment savez-vous... ?

— Vous prenez la barre, puis vous aller chercher l'aspirine... » Il regarde dans la direction de la deuxième allée. « Après, vous avez payé et vous êtes partie... Sortons une minute. Salut, Cathy. »

Cathy se contente de répondre par un signe de tête. Elle aussi le regarde avec des yeux écarquillés.

Pete sort du magasin. Il ne fait pas attention au tintement de la clochette, il ne fait pas attention à la pluie — une vraie pluie, à présent. Le jaune est sur le trottoir, mais s'efface. La pluie le dissout. Cependant, il arrive encore à le distinguer. Cela fait longtemps qu'il ne l'a pas vu aussi distinctement.

« Vous retournez à la voiture, reprend-il, parlant pour lui-même. Pour y prendre deux cachets d'aspirine avec votre eau minérale... »

Il s'avance lentement jusqu'à la Taurus. La jeune femme le suit, l'expression plus inquiète que jamais. Presque effrayée.

« Vous ouvrez la portière... vous tenez votre sac à main... vos clefs... votre aspirine... votre confiserie... faisant passer tout ça d'une main à l'autre... et c'est à ce moment que... »

Il se penche, plonge la main jusqu'au poignet dans l'eau qui court dans le caniveau et en ramène quelque chose. Il a un grand geste, comme un magicien à la fin de son numéro. Les clefs envoient un éclair argenté dans la pauvre lumière du jour.

« ... que vous laissez tomber vos clefs. »

Elle ne les reprend pas tout de suite. Elle reste plantée devant lui, bouche bée, comme s'il venait de faire un tour de magie — non, de sorcellerie — sous ses yeux.

« Allez, prenez-les, dit-il, sentant son sourire s'estomper. Pas de quoi grimper aux rideaux, je vous assure. C'est avant tout de la déduction. Je me défends bien, question déduction. Hé, vous devriez m'avoir avec vous dans la voiture quand vous vous égarez. Même si je le voulais, je ne pourrais jamais me perdre. »

Elle récupère enfin ses clefs. D'un geste vif, prenant bien soin de ne pas lui effleurer les doigts, et il comprend sur-le-champ qu'il ne la reverra pas ce soir. Pas besoin d'avoir un don particulier pour s'en rendre compte ; il lui suffit de la regarder dans les yeux. On y lit plus de peur que de gratitude.

« Merci... merci beaucoup », dit-elle. Tout d'un coup, c'est comme si elle mesurait le peu d'espace qui les sépare. Elle ne tient pas à le voir rétrécir. Pas du tout.

« Avec plaisir. Mais n'oubliez pas. Le West Wharf, à cinq heures et demie. Les meilleures palourdes grillées de la région. »

Par respect pour le scénario. Il faut respecter le scénario, parfois, en dépit de tout ce qu'on ressent. Et même si un peu de la joie que lui ont procurée ces quelques moments commence à se dissiper, il en reste encore comme un arrière-goût ; il a vu la ligne et il se sent toujours bien ensuite. Ce n'est qu'un petit tour de force mental, mais il est agréable de savoir qu'on peut encore le faire.

« Cinq heures et demie », répète-t-elle.

Cependant, au moment où elle ouvre sa portière, le regard qu'elle lui jette par-dessus l'épaule est celui qu'on a pour un chien qui serait prêt à vous sauter dessus s'il rompait sa laisse. Elle est très soulagée qu'il ne l'accompagne pas jusqu'à Fryeburg. Là encore, Pete n'a pas besoin d'être télépathe pour s'en douter.

Il se tient ici, sous la pluie, la regardant manœuvrer pour quitter le parking ; quand elle s'éloigne, il lui adresse un geste joyeux de la main, le geste d'un vendeur de voitures. Elle lui répond par un petit mouvement du bout des doigts et bien entendu, quand il arrive au West Wharf (à dix-sept heures quinze, juste pour montrer qu'il est de parole, au cas où), elle n'y est pas. Une heure plus tard, elle n'est toujours pas arrivée. Il continue cependant à traîner au bar, descendant des bières et regardant sans y penser la circulation, sur la 302. Il pense l'avoir vue passer vers dix-sept heures quarante, sans même ralentir. Une Taurus verte laissant peut-être (ou peut-être pas) une traînée jaune derrière elle, un petit nimbus poudreux qui se dissipe tout de suite dans la lumière déclinante.

Autre jour, même merde, se dit-il. Mais maintenant toute joie a disparu, la tristesse est de retour, la tristesse qui lui donne l'impression d'être méritée, le prix à payer pour quelque trahison qu'il n'a pas tout à fait oubliée. Il allume une cigarette — dans le temps, quand il était ado, il faisait semblant de fumer, mais aujourd'hui il n'a plus besoin de faire semblant — et se commande une autre bière.

Milt la lui apporte, mais croit bon de lui dire : « Tu devrais manger quelque chose là-dessus, Peter. »

Si bien que Pete lui commande une assiette de palourdes-frites et en mange même quelques-unes, les plongeant avant dans la sauce tartare. Il boit encore une ou deux bières avec et, à un moment donné, avant de gagner par la 302 un autre établissement dans lequel il est bien connu, il essaie d'appeler Jonesy, là-bas, dans son Massachusetts. Mais Jonesy et Carla sont de sortie, pour une fois, et il tombe sur la baby-sitter qui lui demande s'il ne veut pas laisser un message.

Il est sur le point de répondre que non, puis se reprend. « Dites-lui simplement que Pete a appelé. Dites-lui que je vous ai dit, AJMM.

— A...J...M...M, écrit-elle. Est-ce qu'il va...

— Oh oui, il comprendra », répond Pete.

À minuit, ivre, il se retrouve dans un caboulot du New Hampshire, le Muddy Rudder ou peut-être bien le Ruddy Mother, en train de raconter à une poule aussi cuite que lui qu'il a réellement cru, à une époque, qu'il serait le premier homme à mettre le pied sur Mars, et elle a beau hocher la tête et dire ouais-ouais-ouais, il se doute bien qu'elle n'a qu'une envie, se taper encore un ou deux cafés arrosés avant la fermeture. Mais ça ne fait rien. Il se réveillera demain matin avec un mal au crâne carabiné, ce qui ne l'empêchera pas d'aller bosser, et peut-être qu'il vendra une voiture, ou qu'il n'en vendra pas, mais ce ne sera pas plus mal dans un cas que dans l'autre. Peut-être même qu'il vendra la Thunderbird bordeaux, salut ma jolie. À une époque, les choses étaient différentes, mais aujourd'hui tout lui est égal. Il doit admettre qu'il est capable de le supporter ; pour un type comme lui, s'en tenir en pratique à AJMM lui convient très bien, et qu'est-ce qu'il en a à foutre ? On grandit, on devient un homme, on se fait à l'idée de revoir ses espérances à la baisse ; on découvre qu'il y a, sur la machine à rêves, un grand panneau sur lequel est écrit EN DÉRANGEMENT.

En novembre, il ira chasser avec ses amis, et ça lui suffit comme perspective... ça, et peut-être un bon gros pompier bien bavasseux et maculé de rouge à lèvres, dans sa voiture, cadeau de la poule ivre qui fait si bien ouais-ouais-ouais. En vouloir davantage, c'est risquer encore un nouveau casse-tête.

Les rêves, c'est pour les gosses.

1998 : Henry soigne un patient-canapé

La pièce est plongée dans la pénombre. C'est toujours ainsi, lorsque Henry reçoit ses patients. Très peu semblent le remarquer, a-t-il observé avec intérêt. C'est peut-être (il s'est fait la réflexion) parce qu'au départ, ils sont eux-mêmes dans un état d'esprit souvent crépusculaire. Il traite surtout des névrosés (*Tape dans un réverbère et il t'en tombe cinquante*, comme il avait dit une fois à Jonesy alors qu'ils étaient — ah-ah — justement à côté d'un) et, de son point de vue, point de vue sans aucun fondement scientifique, leurs problèmes jouent le rôle de bouclier polarisant entre eux et le reste du monde. Plus leur névrose s'étend, plus s'assombrit leur univers intérieur. Ce qu'il éprouve pour ses patients est une sorte de sympathie distante. De la pitié, parfois. Très rares sont ceux qui l'agacent. Barry Newman en fait partie.

Les patients qui se présentent au cabinet d'Henry pour la première fois se voient offrir un choix qu'en général ils ne perçoivent pas comme tel. Ils se retrouvent dans une pièce agréable, un peu sombre, avec une cheminée sur la gauche. Elle est équipée de l'une de ces bûches en métal qui semblent brûler éternellement, grâce à trois ou quatre jets de gaz habilement dissimulés dans le pseudobois (du faux bouleau). À côté de la cheminée, il y a un fauteuil à oreillettes qu'Henry occupe toujours, sous une excellente reproduction des *Tournesols* de Van Gogh (il lui arrive de dire à ses collègues que tous les psychanalystes devraient avoir au moins un Van Gogh dans leur cabinet de consultation). Enfin, un gros fauteuil rembourré et un canapé meublent le reste de la pièce. Ce qui intéresse Henry, c'est de voir lequel des deux sièges un nouveau patient va choisir. Il est dans le métier depuis assez longtemps pour savoir que ce choix, la première fois, commandera la suite, que le patient reprendra toujours le même siège. On a même écrit un article là-dessus. Henry ne se rappelle plus où il l'a lu. De toute façon, il se rend compte qu'il s'intéresse de moins en moins aux articles, aux revues de psychanalyse, aux conventions, aux colloques, depuis quelque temps. C'était autrefois des éléments importants de sa vie professionnelle, mais les choses ont changé. Il dort moins, mange moins. Et rit moins, aussi. Une certaine pénombre a envahi sa vie — ce filtre polarisant. Henry n'y voit pas d'objections. Moins d'éclat.

Barry Newman avait été d'emblée un patient-canapé ; Henry n'a cependant jamais commis l'erreur de croire que cela avait le moindre rapport avec l'état mental de Barry. Le canapé est simplement plus confortable pour lui, même s'il faut lui donner un coup de main pour se relever, une fois les cinquante minutes expirées. Barry Newman mesure moins d'un mètre soixante-dix et pèse dans les cent quatre-vingts kilos. Voilà pourquoi le canapé est son copain.

Les séances avec Barry Newman ont tendance à être longues : elles sont faites des récits monotones et répétitifs de ses exploits gastronomiques depuis la séance précédente. Non pas que Barry soit un fin gourmet. Tout au contraire. Barry engloutit tout produit comestible qui croise son orbite. Barry est une machine à bâfrer. Et sa mémoire, question bouffe, est phénoménale. Quasi eidétique. Il est à la nourriture ce que Pete, le vieil ami d'Henry, est au sens de l'orientation.

Henry a pratiquement renoncé à faire sortir Barry d'entre les arbres pour lui faire examiner la forêt. En partie à cause du désir courtoisement exprimé mais implacable de Barry de discuter en détail de la bouffe ; en partie parce qu'Henry ne l'aime pas et ne l'a jamais aimé. Les parents de Barry sont morts. Son père quand il avait seize ans, sa mère quand il en avait vingt-deux. Ils lui ont laissé une très grosse fortune, mais celle-ci est placée sous tutelle jusqu'à son trentième anniversaire. Il pourra alors en faire ce qu'il voudra.... À condition de poursuivre sa thérapie. Sinon, le gros de la fortune restera sous tutelle pendant vingt ans de plus.

Henry ne pense pas, cependant, que Barry atteindra cinquante ans.

La tension de Barry est de dix-neuf/quatorze.

Son taux de cholestérol total est de deux cent quatre-vingt-dix. C'est une mine de lipides.

Je suis une crise cardiaque ambulante, une hémorragie cérébrale ambulante, a-t-il dit une fois à Henry, avec le ton jubilatoire et solennel de celui qui se prétend capable de voir la dure et froide vérité en face, car il sait, tout au fond de son âme, que lui n'est pas concerné par ça. Pas du tout.

« J'ai pris deux hamburgers X-tras pour le déjeuner, raconte-t-il. Je les adore, à cause du fromage, qui est très chaud. » Ses lèvres, des lèvres charnues pour une bouche bizarrement petite, vu son gabarit, des lèvres de perche, se serrent et se mettent à trembler, comme s'il goûtait encore ce fromage délicieusement brûlant. « J'ai aussi pris un milk-shake et un ou deux Mallomar en rentrant chez moi. J'ai fait la sieste et, quand je me suis levé, je me suis préparé tout un paquet de ces crêpes congelées... des Eggo. Sans égales les Eggo ! » s'écrie-t-il. Puis il se met à rire. Du rire d'un homme qui évoque un souvenir agréable : un beau coucher de soleil, l'enivrante sensation d'un sein de femme à travers une blouse de soie légère (même si Henry doute fort que Barry ait jamais connu une telle sensation), ou la chaleur concentrée du sable, sur la plage.

« La plupart des gens réchauffent leurs crêpes avec le gril du four, continue Barry, mais je trouve qu'elles sont trop craquantes, comme ça. Je préfère le micro-ondes. Elles sont juste assez chaudes et restent molles. Chaudes... et molles. » Il fait claquer ses petites lèvres de perche. « Je me suis senti un peu coupable de manger tout le paquet. » Il a ajouté cette réflexion presque en aparté, comme s'il s'était soudain souvenu qu'Henry était là pour faire un certain travail. Il fait cadeau à son psy de quatre ou cinq remarques semblables, à chaque séance... pour revenir aussitôt à la nourriture.

Barry en est à présent au mardi soir. Étant donné qu'on est vendredi, il reste toute une kyrielle de repas, déjeuners, dîners, casse-croûtes à égrener. Henry laisse vagabonder son esprit. Barry est son dernier patient de la journée ; lorsque celui-ci aura terminé son inventaire calorique, Henry retournera à l'appartement faire ses valises. Il se lèvera demain matin à six heures, et quelque part entre sept et huit heures, Jonesy viendra se garer devant chez lui. Ils entasseront leurs bagages dans le vieux Scout d'Henry, que celui-ci ne garde plus que pour ces expéditions de chasse automnales, et dès huit heures et demie, ils seront en route pour le Nord. Ils prendront Pete au passage à Bridgton, et puis finalement le Beav, qui habite encore tout près de Derry. Et le soir même, ils se retrouveront là-haut, au Trou dans le Mur, dans le territoire connu sous le nom de Jefferson Tract. Ils joueront aux cartes dans le séjour et écouteront le vent siffler dans les chéneaux. Les fusils seront rangés dans un coin de la cuisine, les permis de chasse accrochés à la patère, sur la porte de derrière.

Il sera avec ses amis, ce qui lui fait toujours l'effet d'être retourné à la maison. Pendant une semaine, le filtre polarisant polarisera légèrement moins. Ils parleront du bon vieux temps, riront des scandaleuses grossièretés de Beaver et si l'un d'eux, ou plus, abat un cerf, la fête n'en sera que plus réussie. Ensemble, ils sont encore dans le coup. Ensemble, ils arrivent encore à vaincre le temps.

Loin, du fond de son canapé, Barry Newman poursuit son énumération. Côtelettes de porc, purée de pommes de terre, maïs grillés dégoulinant de beurre, gâteau au cholocat, un chaudron de Pepsi-Cola avec quatre louches de Ben dans laquelle il aime à faire flotter de la crème glacée Jerry's Chunky Monkey, sans parler des œufs, frits, durs, mollets, à la coque...

Henry acquiesce partout où il convient d'acquiescer, entend tout sans vraiment y prêter attention. C'est un truc que les psychanalystes savent faire depuis toujours.

Dieu sait qu'Henry et ses amis ont leurs problèmes. Avec les filles, Beaver n'a que des relations catastrophiques ; Pete boit trop (*beaucoup trop*, voilà ce que pense Henry), Jonesy et Carla ont failli divorcer et Henry se bagarre avec une dépression qui lui paraît à la fois séduisante et désagréable. Alors oui, ils ont leurs problèmes. Mais quand ils sont ensemble, ils sont bien, encore capables de passer du bon temps ; et demain, ils seront tous ensemble. Pendant huit jours, cette année. C'est bien.

« Je sais que je ne devrais pas, mais ç'a été tout simplement plus fort que moi, tôt le matin. C'était peut-être un niveau de sucre trop bas dans le sang. C'est bien possible. Bref, j'ai mangé le reste de gâteau qui était au frigo, puis j'ai pris la voiture et j'ai été jusque chez Dunkin's Donuts où j'ai mangé une douzaine de Dutch Apple et quatre... »

Henry, toujours rêvant à la semaine de chasse annuelle qui doit commencer dès demain, ne prend conscience de ce qu'il dit que lorsqu'il l'a dit.

« Ce besoin compulsif de manger, Barry, a peut-être quelque chose à voir avec l'idée que vous avez tué votre mère. Cela ne vous paraît-il pas possible ? »

Barry reste muet. Henry lève les yeux sur lui ; son patient le regarde, écarquillant tellement les yeux que le psy en voit le blanc, dans la pénombre. Et Henry a beau savoir qu'il ne devrait pas continuer — que ce n'est nullement à lui de faire ça, que cela n'a rien à voir avec la thérapie — il ne veut pas s'arrêter. Cela a peut-être un rapport avec l'évocation de ses amis, mais c'est plutôt à cause de l'expression de stupéfaction qui s'est peinte sur le visage de Barry, de la pâleur de ses joues. Ce qui l'irrite chez Barry, suppose Henry, c'est cette autosatisfaction. Cette assurance qu'il a de ne pas avoir besoin de renoncer à son comportement, pourtant auto-destructeur, et encore moins d'en chercher l'origine.

« Vous pensez vraiment que vous l'avez tuée, n'est-ce pas ? demande Henry d'un ton direct, presque léger.

— Je... je n'ai jamais... Je n'admets pas...

— Elle a appelé, appelé, elle a dit qu'elle avait des douleurs dans la poitrine, mais évidemment elle n'arrêtait pas de se plaindre, n'est-ce pas ? Une semaine sur deux, elle avait mal. Sinon un jour sur deux. Elle vous appelait depuis le premier étage : *Barry ! téléphone au Dr Withers. Barry, appelle une ambulance ! Barry, appelle le 911 !* »

Ils n'ont jamais parlé des parents de Barry. À sa manière douce, onctueuse et implacable, Barry s'y est oppposé. Il commence à les évoquer — ou du moins le laisse croire — et bam ! il se remet à parler gigot d'agneau, ou poulet rôti, ou canard à l'orange. Retour à l'inventaire. Si bien qu'en principe, Henry ne sait rien des parents de Barry, ne sait en tout cas certainement rien de la manière dont les choses se sont passées le jour où la mère de Barry est morte, tombant du lit, pissant sur la moquette, continuant d'appeler, d'appeler, cent vingt kilos, un écœurant tas de graisse, appelant, appelant. Il ne peut rien savoir de tout ça, car personne ne le lui a raconté, mais il le sait néanmoins. Et Barry était beaucoup moins gros, à l'époque. Dix-neuf ans, et relativement svelte.

Telle est la manière dont se présente la ligne pour Henry. Dont il la voit. Cela fait peut-être cinq ans qu'il ne l'a pas vue (à moins que cela ne lui arrive parfois en rêve), au point qu'il croyait que c'était fini, et voilà qu'elle est de retour.

« Vous étiez assis en face de votre télé, et vous l'entendiez qui criait, reprend-il. Vous étiez en train de regarder Ricki Lake et de manger... Quoi ? Un gâteau au fromage Sara Lee ? Un bol de crème glacée ? Je ne sais pas. Mais vous l'avez laissée crier.

— Arrêtez !

— Vous l'avez laissée crier, et au fond, pourquoi pas ? *Elle n'avait pas arrêté de crier au loup toute sa vie.* Vous n'êtes pas idiot, vous le savez très bien. C'est le genre de choses qui arrivent. Je crois que vous devez le savoir, ça aussi. Vous vous êtes monté votre petit scénario à la Tennessee Williams simplement parce que vous aimez manger. Mais vous savez quoi, Barry ? *Vous allez vraiment en crever.* Tout au fond de vous-même, vous ne le croyez pas, mais rien n'est plus vrai. Votre cœur bat déjà comme celui d'un enterré vivant qui cogne des poings contre le couvercle de son cercueil. Qu'est-ce qui va se passer quand vous aurez trente ou quarante kilos de plus ?

— Taisez...

— Quand vous tomberez, Barry, ce sera comme l'effondrement de la tour de Babel dans le désert. Ceux qui assisteront à la dégringolade en parleront pendant des années ! Ce sera un véritable tremblement de terre, les assiettes tomberont des étagères...

— *Arrêtez ça !* » hurle Barry.

Il s'est assis, il n'a pas eu besoin du coup de main d'Henry pour se redresser, cette fois, et il est d'une pâleur mortelle, mis à part deux petites roses sauvages qui s'épanouissent sur chacune de ses joues.

« ... les tasses de café se renverseront, et vous vous pisserez dessus, exactement comme elle...

— *ARRÊTEZ !* hurla Barry, *C'EST MONSTRUEUX DE DIRE DES CHOSES PAREILLES !* »

Mais Henry en est incapable. Tout à fait incapable. Il voit la ligne, et quand on voit la ligne, on ne peut que la suivre.

« ...sauf si vous vous réveillez de ce rêve empoisonné dans lequel vous vous complaisez, Barry. Voyez-vous... »

Mais Barry ne veut rien voir, ne voudra jamais rien voir. Il franchit la porte au pas de course, ses fesses monumentales agitées d'une houle tremblotante, et disparaît.

Henry reste un moment dans son fauteuil, immobile, écoutant le piétinement effaré du troupeau de bisons (réduit à un individu) qui s'éloigne et a nom Barry Newman. Le vestibule est désert ; Henry n'a pas de secrétaire et, Barry parti, la semaine est terminée. Pas plus mal. Quel gâchis... Il va s'allonger sur le canapé.

« Docteur, dit-il. J'ai complètement merdé.

— Comment tu t'y es pris, Henry ?

— J'ai dit la vérité à un patient.

— Savoir la vérité ne nous rend-il pas la liberté, Henry ?

— Non, se répond-il à lui-même, en regardant le plafond. Pas du tout.

— Ferme les yeux, Henry.

— Oui, docteur. »

Il ferme les yeux. À la pénombre de la pièce succède l'obscurité, et c'est bien. L'obscurité est devenue une amie. Demain, il verra ses autres amis (trois d'entre eux, au moins), et la lumière lui paraîtra de nouveau agréable. Mais pour l'instant... pour l'instant...

« Docteur ?

— Oui, Henry ?

— Voilà une illustration parfaite du principe. Autre Jour Même Merde, tu ne crois pas ?

— Qu'est-ce que ça veut dire, Henry ? Qu'est-ce que ça veut dire pour toi ?

— Tout, répond-il les yeux toujours fermés. Rien. »

Mais il ment. Ce n'est pas la première fois qu'un mensonge est proféré dans ce lieu.

Allongé sur le canapé, les yeux fermés, les mains croisées sur la poitrine, il finit par s'endormir au bout de quelques instants.

Le lendemain, ils se retrouvent tous les quatre au Trou dans le Mur, et ils y passent huit journées mémorables. Les grandes parties de chasse tirent à leur fin, il ne leur en reste plus que quelques-unes, mais évidemment ils l'ignorent. Les véritables ténèbres sont encore à quelques années de là, mais elles se profilent à l'horizon.

Les ténèbres arrivent.

2001 : entretien prof/étudiant pour Jonesy

Nous ignorons le jour où notre vie doit basculer. C'est probablement aussi bien ainsi. La journée où cela se produit pour lui, Jonesy est dans son bureau, au deuxième étage de la fac (John Jay College), le regard perdu sur le petit bout de paysage bostonien qu'encadre sa fenêtre, se disant que T.S. Eliot s'était lourdement trompé lorsqu'il avait prétendu qu'avril était le mois le plus cruel de l'année, tout ça parce qu'un charpentier itinérant originaire de Nazareth aurait réussi à se faire crucifier ce mois-là pour avoir fomenté une rébellion. Quiconque habite Boston sait fort bien que c'est mars, le mois le plus cruel : quelques jours de beau temps vous font croire qu'on est tiré d'affaire et voilà qu'une fois de plus l'hiver vous balance la purée avec jubilation. Il fait un temps, aujourd'hui, qui ne lui inspire pas confiance : on dirait que le printemps a réellement l'intention d'arriver, et l'envie le prend d'aller faire une petite marche dès que les saloperies qui traînent encore dans le ciel auront dégagé la piste. À ce stade, bien entendu, Jonesy ignore encore tout des saloperies que peut vous réserver une journée ; il ne soupçonne pas qu'il va finir celle-ci à l'hôpital, à moitié écrabouillé et luttant pour s'accrocher à la vie.

Autre jour, même merde, songe-t-il, mais il se trompe, ce sera *autre jour, autre merde.*

C'est à ce moment-là que le téléphone sonne et il s'en empare aussitôt, pris d'une prémonition qui est aussi un espoir : ce sera le petit Defuniak qui l'appelle pour annuler son rendez-vous de onze heures. *Il commence à sentir tourner le vent*, pense Jonesy, et c'est tout à fait possible. D'ordinaire, ce sont les étudiants qui demandent un rendez-vous à leurs profs. Lorsque l'un de leurs professeurs souhaite les voir.... pas besoin d'être un savant atomiste pour comprendre.

« Bonjour. Jones à l'appareil.

— Hé, Jonesy, comment va la vie ? »

Il aurait reconnu cette voix dans n'importe quelle circonstance. « Henry ! Hé ! Bien, la vie va bien ! »

En fait, elle ne va pas si bien que ça, la vie, pas avec le petit Defuniak qui doit se pointer dans un quart d'heure, mais tout est relatif, n'est-ce pas ? Comparé à la situation où il va se retrouver dans moins de douze heures, raccordé par des tuyaux à toutes sortes de machines diffusant leurs bips, sortant d'une opération et devant en subir trois autres, Jonesy en est au stade où, comme on dit, il pète dans la soie.

« Content de l'apprendre. »

Jonesy a peut-être distingué une certaine pesanteur dans le ton d'Henry, mais c'est plus probablement quelque chose qu'il a senti.

« Henry ? Ça ne va pas ? »

Silence. Jonesy est sur le point de répéter sa question, mais Henry répond à ce moment-là :

« Un de mes anciens patients est mort hier. J'ai vu par hasard l'annonce, dans le journal. Il s'appelait Barry Newman... c'était un canapé. »

Jonesy ne comprend pas le sens de cette dernière remarque, mais son vieil ami souffre. Et ça, il le comprend.

« Suicide ?

— Non. Crise cardiaque. À l'âge de vingt-neuf ans. Il a creusé sa tombe avec ses dents.

— Je suis désolé.

— Cela faisait trois ans que je ne le voyais plus. Je lui ai fichu la frousse. J'ai eu... un de ces trucs. Tu vois de quoi je veux parler, hein ? »

Jonesy croit que oui.

« La ligne ? »

Henry soupire. Pas de regret, croit discerner Jonesy. Plutôt du soulagement. « Ouais. Je lui ai plus ou moins tout balancé. Il a pris la poudre d'escampette comme s'il avait le feu au cul.

— Tu n'en es pas pour autant responsable de l'état de ses coronaires.

— Tu as peut-être raison. Mais ce n'est pas mon impression. » Un bref silence, puis Henry ajoute, avec une petite pointe d'amusement dans la voix : « Ce n'est pas dans une chanson de Jim Croce, ça ? Et toi, Jonesy, ça va ?

— Moi ? Ouais. Pourquoi tu me le demandes ?

— Sais pas... Simplement, je me suis mis à penser à toi, depuis que j'ai ouvert le journal et vu l'avis de décès de Barry, avec sa photo. Je voudrais que tu fasses attention à toi. »

Jonesy ressent une légère sensation de froid autour de ses os (dont bon nombre seront brisés d'ici peu). « Qu'est-ce que tu veux dire, exactement ?

— Sais pas. C'est peut-être rien. Mais...

— C'est encore la ligne ? » demande Jonesy, inquiet.

Il fait pivoter son siège et regarde où en est le ciel — soleil ou averse ? Il pense tout d'un coup que le petit Defuniak est peut-être dérangé, que peut-être il se balade avec une arme sur lui (*un feu*, comme on dit dans les romans policiers ou à suspense qu'aime à lire Jonesy, quand il en a le temps), que c'est ça qui a alerté Henry.

« Vraiment, je ne sais pas. Le plus vraisemblable est que j'ai eu une réaction par déplacement en voyant la photo de Barry à la page des chers disparus. Mais fais tout de même gaffe à toi pendant quelque temps, tu veux bien ?

— Heu... oui. Ça ne mange pas de pain.

— Bien.

— Et toi, ça va ?

— Très bien. »

Jonesy, cependant, n'en croit pas un mot. Il est sur le point de faire une autre remarque, lorsqu'il entend quelqu'un s'éclaircir la gorge derrière lui ; il comprend que Defuniak vient sans doute d'arriver.

« Bon », dit-il, faisant pivoter son siège dans l'autre sens. Ouais, c'est bien son rendez-vous de onze heures qui se tient dans l'encadrement de la porte, l'air nullement dangereux : rien qu'un ado emmitouflé dans un vieux duffle-coat de deux tailles trop grand et dans lequel il doit crever de chaud, l'air maigre et sous-alimenté, pathétique avec son unique boucle d'oreille, sa coiffure punk qui en fait un hérisson à quatre ou cinq piquants, ses yeux dans lesquels on lit de l'inquiétude. « Henry ? J'ai un rendez-vous. Je te rappelle.

— Non, ce n'est pas la peine. Vraiment.

— Tu es sûr ?

— Tout à fait. Mais il y a autre chose. Tu as encore trente secondes ?

— Bien entendu. »

Il lève un index en direction de l'étudiant, et celui-ci hoche la tête. Il reste cependant planté dans l'encadrement de la porte jusqu'à ce que Jonesy lui fasse signe d'aller se poser sur la seule chaise où ne s'empilent pas des bouquins, à côté du bureau voisin du sien. Defuniak va s'y installer à contre-cœur.

« Je t'écoute, dit Jonesy dans le téléphone.

— Je crois que nous devrions retourner à Derry. Rien qu'un aller-retour, et seulement toi et moi. Pour voir notre vieil ami.

— Tu veux dire… ? »

Mais il n'a pas envie de prononcer le nom, ce nom enfantin, alors qu'il y a une tierce personne dans la pièce. Il n'en a pas besoin ; Henry le dit pour lui. Un temps, ils avaient été un quatuor ; puis, pendant une courte période, ils s'étaient retrouvés à cinq, avant de n'être plus que quatre à nouveau. Mais le cinquième ne les avait jamais vraiment quittés. Henry prononça le nom, le nom de ce petit garçon resté par magie un petit garçon. En ce qui le concerne, les inquiétudes d'Henry sont plus claires, plus faciles à exprimer. Il ne s'agit pas de quelque chose de précis, explique-t-il à Jonesy ; il a simplement l'impression qu'une visite ferait du bien à leur vieux copain.

« Tu en as parlé à sa mère ? demande Jonesy.

— Il me semble que ce serait mieux si... si simplement on passait dans le coin, un peu par hasard. À quoi ressemble ton carnet de rendez-vous pour ce prochain week-end ? Ou le suivant ? »

Jonesy n'a pas besoin de vérifier. Le week-end commence dans deux jours. Il y a bien quelque chose à l'université, le samedi après-midi, mais il n'aura pas de mal à se décommander.

« Je n'ai rien de spécial prévu pour le prochain, répond-il. D'accord pour que je passe te prendre samedi matin ? À dix heures ?

— Ce serait parfait. » Henry paraît soulagé, a l'air de redevenir lui-même. « Tu es sûr, pas de problème ? »

Jonesy se détend un peu.

« Si tu penses que nous devons aller voir... (il hésite).. aller voir Douglas, tu dois avoir raison. Cela fait trop longtemps.

— Ton rendez-vous est arrivé, n'est-ce pas ?

— Ouais.

— Très bien. Je t'attends pour dix heures, samedi. Hé, on prendra peut-être le Scout. Histoire de le faire tourner un peu. Qu'est-ce que t'en dis ?

— Ce serait super. »

Henry éclate de rire. « Carla te prépare toujours ton casse-croûte, Jonesy ?

— Toujours, répond Jonesy avec un coup d'œil vers son porte-documents.

— C'est quoi aujourd'hui ? Sandwich au thon ?

— Œufs en salade.

— Mmmm... Bon, je te laisse. AJMM, pas vrai ?

— AJMM », approuve Jonesy. Il n'est pas capable de prononcer le nom de leur vieil ami devant un tiers, mais AJMM, pas de problème. « On se voit sa...

— Et fais attention à toi. Je parle *sérieusement.* »

Et en effet, au ton de sa voix, il est clair qu'il ne plaisante pas. Ça fait même un peu peur à Jonesy, qui n'a pas le temps de réagir (et de toute façon, que pourrait-il dire en présence de Defuniak qui, dans son coin, ne perd pas une miette de la conversation ?), car Henry a raccroché.

Jonesy contemple le téléphone pendant quelques instants, songeur, puis raccroche à son tour. Il tourne la page de son agenda de bureau, barre *Pot chez les Jacobson* et écrit en dessous : *S'excuser — Aller avec Henry à Derry pour voir D.* Mais c'est un rendez-vous auquel il ne se rendra pas. Samedi prochain, Derry et ses vieux copains seront les derniers de ses soucis.

Il prend une profonde inspiration, expire et reporte son attention sur son casse-pieds d'étudiant. Celui-ci change de position sur sa chaise, mal à l'aise ; il sait très bien pour quelle raison il a été convoqué, pense Jonesy.

« Alors, Mr Defuniak, vous êtes du Maine, si j'en crois votre dossier.

— Euh, oui. De Pittsfield. Je...

— Je vois aussi que vous êtes boursier et que jusqu'à présent vous avez eu de bons résultats. »

L'ado est visiblement plus qu'inquiet. Au bord des larmes. Bon Dieu, c'est vraiment trop dur. C'est la première fois que Jonesy se voit contraint d'accuser un étudiant d'avoir copié, mais il se dit que ce n'est probablement pas la dernière. Il espère seulement que ça n'arrivera pas trop souvent. Parce que c'est bougrement dur. Beaver dirait que c'est merdico-chiant.

« Mr Defuniak... je peux vous appeler David ? Vous savez ce qui arrive aux étudiants boursiers qui ont copié pendant un examen ? Disons, un examen de milieu de semestre ? »

L'ado tressaille, comme si un petit rigolo avait placé un appareil sous sa chaise et déclenché une décharge électrique de faible voltage à hauteur de ses fesses maigrichonnes. Ses lèvres tremblent et une première larme, oh, Seigneur ! coule sur sa joue encore presque imberbe.

« Je vais vous le dire, reprend Jonesy. Il peut dire adieu à sa bourse. C'est ce qui lui arrive. Pouf ! Comme un coup de baguette magique.

— Je... je... »

Un classeur est posé sur le bureau de Jonesy. Il l'ouvre et en retire la copie douteuse. Examen d'histoire européenne, l'une de ces monstruosités à choix multiples que le Département, dans sa grande sagesse, tient à faire passer. En haut de cette copie, au crayon noir et en lettres bâtons (écrivez de manière nette et lisible, et si vous devez gommer quelque chose, gommez-le complètement), est écrit le nom de l'étudiant : DAVID DEFUNIAK.

« J'ai pris la peine de revoir tout ce que vous avez fait jusqu'ici,

David ; votre dissertation sur le système féodal en France au Moyen Âge, toutes vos notes. Ce n'est pas un travail particulièrement brillant, mais pas déshonorant non plus. J'ai parfaitement conscience que vous ne faites que satisfaire à une exigence académique — je suppose que votre véritable intérêt n'est pas dans mon domaine, n'est-ce pas ? »

Defuniak se contente de secouer la tête sans rien dire. Les larmes brillent sur ses joues, sous l'effet de ce soleil de mars si peu fiable.

Il y a une boîte de Kleenex sur le bureau de Jonesy ; il la prend et la lance à l'ado qui la rattrape sans peine, en dépit de sa détresse. Bons réflexes. À dix-neuf ans, nerfs, tendons et muscles sont intacts, les connections sont solides et au top.

Attendez donc quelques années, Mister Defuniak, pense-t-il. *Je n'ai que trente-sept ans, et je commence déjà à avoir du mou dans les cordages.*

« Vous méritez peut-être d'avoir une deuxième chance », dit Jonesy.

Avec lenteur, d'un geste délibéré, il commence à froisser la copie d'examen de l'étudiant, un travail à la perfection suspecte, qui mériterait A+, vingt sur vingt, et la roule en boule.

« On peut imaginer, par exemple, que vous êtes tombé malade juste au moment des examens de milieu de semestre et que vous n'avez pas pu les passer.

— J'ai vraiment été malade, répond vivement Defuniak. Je crois que j'ai eu la grippe.

— Dans ce cas, on pourrait peut-être vous donner un travail à faire chez vous, en lieu et place de l'examen à choix multiples auquel on a soumis vos condisciples. Qu'est-ce que vous en dites ?

— Ouais », dit l'ado en s'essuyant les yeux frénétiquement avec un gros paquet de Kleenex.

Au moins a-t-il évité de sombrer dans le numéro minable consistant à dire que Jonesy ne pouvait rien prouver, absolument rien, qu'il allait porter l'affaire devant le conseil de discipline, faire signer une pétition et patati et patata. Au lieu de quoi, il pleure. Ça fait mal au cœur, mais c'est probablement bon signe ; certes, il est encore jeune, mais ils sont trop nombreux à avoir déjà perdu à peu près tout sens moral à cet âge-là. Defuniak a pratiquement fait des aveux, ce qui laisse à penser qu'il y a encore un homme en lui, un homme qui attend l'heure de s'épanouir.

« Ouais, ça serait génial.

— Vous comprenez, bien entendu, que si jamais cela devait se reproduire...

— Jamais, le coupe Defuniak d'un ton fervent. Plus jamais, professeur Jones. »

Bien que Jonesy ne soit pas professeur titulaire, il ne prend pas la peine de le corriger. Un jour, après tout, il sera vraiment professeur titulaire. Vaudrait mieux, d'ailleurs ; lui et sa femme ont une floppée de mômes à la maison et s'il n'a pas au moins trois ou quatre augmentations de salaire pour leur donner un coup de pouce, dans les années qui viennent, ils risquent de connaître des moments difficiles. Ils en ont déjà connu quelques-uns.

« J'espère bien, David. Donnez-moi votre sentiment sur les conséquences à court terme de la conquête de l'Angleterre par les Normands, en quatre pages. Ça vous va ? Précisez vos sources, mais ne mettez pas de notes de bas de page. Pas de présentation fantaisiste, mais une démonstration rigoureuse. Pour lundi prochain. Sommes-nous d'accord ?

— D'accord, monsieur, d'accord.

— Alors, qu'est-ce que vous attendez pour aller vous y mettre ? » Il a un geste vers les tennis en piteux état de l'ado. « Et la prochaine fois que vous envisagerez d'aller vous offrir une bière, payez-vous plutôt une paire neuve. Il ne faudrait pas attraper une nouvelle fois la grippe, tout de même. »

Defuniak va jusqu'à la porte et se retourne. Il lui tarde d'avoir pris le large avant que Mr Jones ne change d'avis, mais il n'a que dix-neuf ans, et il est curieux.

« Comment avez-vous deviné ? Vous n'étiez pas là, le jour de l'examen. C'est un pion qui nous surveillait.

— Je m'en suis rendu compte et ça doit vous suffire, réplique Jonesy d'un ton sec. Et maintenant, filez, jeune homme. Faites-moi une bonne dissertation. Ne prenez plus le risque de perdre votre bourse. Moi aussi, je suis du Maine. De Derry, exactement. Je connais Pittsfield. C'est un trou... et il vaut mieux en partir qu'y retourner.

— Ça, vous avez raison, répond Defuniak avec une indubitable sincérité. Merci. Merci de me donner cette seconde chance.

— Refermez la porte en sortant, s'il vous plaît. »

Defuniak — dont l'argent va servir à acheter non pas quelques bières, ni une nouvelle paire de tennis, mais un bouquet de fleurs pour Jonesy — referme docilement la porte derrière lui. Jonesy fait pivoter son siège et reprend la contemplation du paysage. Le soleil a beau ne pas lui inspirer confiance, il est tentant. Et comme l'affaire Defuniak s'est mieux passée que ce qu'il avait craint, il se dit qu'il aimerait bien faire un tour à l'air libre avant que de nouveaux nuages de Mars ne débarquent, peut-être même chargés de neige. Il avait prévu de déjeuner dans son bureau, mais il change d'avis. C'est la plus mauvaise inspiration qu'il aura de toute sa vie, mais bien entendu, Jonesy l'ignore. Son idée est simple ; prendre son porte-documents, acheter le *Boston Phoenix*, traverser la rivière et se rendre à Cambridge. Et manger son sandwich-salade aux œufs assis sur un banc, au soleil.

Il se lève et va ranger le dossier de l'étudiant dans le classeur marqué D-F. *Comment avez-vous deviné ?* lui a demandé Defuniak. Excellente question, en réalité. S'il a deviné c'est que parfois... il devine. C'est la vérité. Il n'y en a pas d'autre. Lui pointerait-on un revolver sur la tempe, il dirait sans doute qu'il a deviné pendant le premier cours après l'examen de milieu de semestre, que c'était écrit en toutes lettres dans l'esprit de David, en gros caractères flashant, en néon incandescent : J'AI POMPÉ, J'AI POMPÉ, J'AI POMPÉ.

Sauf que ça, les gars, c'est du pipeau. Il ne lit pas dans l'esprit des autres. Il n'a jamais pu. Jamais, jamais, jamais. Parfois, des choses traversent son esprit comme des éclairs, oui ; c'est comme ça qu'il a su que sa femme avait un problème de petites pilules bleues et roses, et sans doute est-ce ainsi qu'il a pu sentir qu'Henry était déprimé, quand il l'a appelé (*et non, c'était le ton de sa voix, crétin, c'est tout*), mais ce genre de choses se produit de plus en plus rarement. Il ne lui est rien arrivé de réellement bizarre depuis cette histoire avec Josie Rinkenhauer. Il a pu posséder un petit quelque chose, autrefois, et il est possible que cela ait persisté au-delà de leur adolescence, mais tout a disparu aujourd'hui, c'est sûr. Ou presque tout.

Presque.

Il encercle les mots *Aller avec Henry à Derry* sur son agenda, puis prend son porte-documents. À cet instant, une nouvelle idée lui vient, tout aussi soudaine que menaçante. Et très puissante : *Fais gaffe à Mr Gray*.

Il s'immobilise, une main sur la poignée de la porte. C'était bien sa voix, aucun doute là-dessus.

« Quoi ? » demande-t-il à la pièce vide.

Rien.

Jonesy quitte son bureau, referme la porte et donne un tour de clef. Dans le coin du panneau d'affichage placardé à sa porte, il y a, retenu par une punaise, un petit bristol blanc. Il le décroche, le retourne et le raccroche. On peut lire à présent : DE RETOUR À UNE HEURE — D'ICI LÀ, PAS D'HISTOIRE(S). Il a accompli ce geste avec une confiance totale, mais ce ne sera que deux mois plus tard que Jonesy franchira de nouveau le seuil de cette porte, pour trouver son agenda toujours ouvert à la page de la fête irlandaise, la Saint-Patrick.

Et fais attention à toi, lui a dit Henry ; mais Jonesy ne pense pas spécialement à faire attention à lui. Il pense à ce soleil de mars qui peut être traître. À manger son sandwich. Aux filles qu'il lorgnera de l'autre côté du pont — les jupes sont courtes, les vents de mars coquins. Il pense à toutes sortes de choses, mais pas à faire gaffe à Mr Gray.

C'est une erreur. C'est ainsi qu'une vie peut changer pour toujours.

PREMIÈRE PARTIE

CANCER

Ce tremblement me stabilise. J'aurais dû m'en douter.
Ce qui se détache est toujours... proche, aussi.
Je m'éveille au sommeil en prenant tout mon temps.
J'apprends en allant où je dois aller.

Théodore Roethke

I

McCarthy

1

Il s'en fallut de très peu que Jonesy ne tire sur le type qui sortait du bois. D'extrêmement peu. D'une petite pression supplémentaire d'une livre, voire d'une demi-livre, sur la queue de détente du Garand. Plus tard, enivré par cette clarté d'esprit qui envahit parfois un esprit horrifié, il regretta de ne pas avoir fait feu avant d'avoir vu la casquette et la veste orange de rabatteur. Tuer Richard McCarthy aurait pu faire mal, mais aurait pu aussi les aider. Tuer McCarthy aurait pu tous les sauver.

2

Pete et Henry étaient partis pour le Gosselin's Market, l'épicerie la plus proche, afin de faire provision de pain, de conserves et de bière — surtout de bière. Ils en avaient suffisamment d'avance pour tenir deux jours, mais la météo annonçait l'arrivée possible d'une tempête de neige. Henry avait déjà tué une première bête, une biche de belle taille, et Jonesy soupçonnait Pete d'être beaucoup plus inquiet à l'idée de manquer de bière que de manquer sa cible, si jamais il tirait un cerf ; pour Peter Moore, la chasse était un passe-temps, la bière une religion. Le Beaver[1] était quelque part dans les bois, mais Jonesy n'avait entendu aucune déto-

1. Beaver : « Le Castor » (toutes les notes sont du traducteur).

nation à moins de huit kilomètres et il supposait que, comme lui, son ami était toujours à l'affût.

Il y avait un poste dans un vieil érable, à moins de cent mètres de la cabane, et c'était là que se trouvait Jonesy, sirotant du café en Thermos et lisant un polar de Robert Parker, lorsqu'il entendit quelque chose s'approcher. Il reposa le livre et mit la Thermos de côté. Dans les premiers temps, l'excitation lui aurait fait renverser son café, mais plus maintenant. Il prit même la peine de revisser le couvercle d'un rouge brillant de la Thermos.

Cela faisait presque vingt-cinq ans que les quatre hommes venaient chasser ici, la première semaine de novembre, si l'on comptait la période pendant laquelle le père de Beav les y avait amenés ; et jusqu'à cette année, Jonesy n'avait jamais éprouvé l'envie de prendre l'affût dans le vieil érable. Aucun d'eux, d'ailleurs, ne le faisait jamais ; on y était trop à l'étroit. Cette fois-ci, Jonesy avait opté pour ce poste. Les autres avaient leur petite idée sur ses raisons, mais ils ne savaient pas tout.

À la mi-mars 2001, Jonesy avait été renversé par une voiture en traversant une rue de Cambridge, non loin du John Jay College où il enseignait. Il s'en était sorti avec une fracture du crâne, deux côtes cassées et une hanche en capilotade qu'il avait fallu remplacer par une combinaison exotique de Teflon et de métal. L'auteur de l'accident était un professeur d'histoire, un maître de conférences à la retraite qui (du moins à en croire son avocat) en était aux premiers stades de la maladie d'Alzheimer et méritait davantage la pitié que la prison. Trop souvent, s'était dit Jonesy, il n'y a personne sur qui faire retomber la faute une fois la poussière dissipée. Et quand bien même, qu'est-ce que cela aurait changé pour lui ? Il lui fallait continuer à vivre comme il était et se consoler à l'idée, comme on le lui avait répété tous les jours (jusqu'à ce que les gens aient tout oublié de l'affaire) que ça aurait pu être pire. Bien pire.

Ce qui était vrai. Il avait la tête dure, et la fracture s'était ressoudée. Il n'avait aucun souvenir de ce qui s'était passé dans l'heure qui avait précédé l'accident, près de Harvard Square, mais le reste de son équipement, sur le plan mental, fonctionnait très bien. Ses côtes avaient guéri en un mois. C'est avec la hanche qu'il avait eu le plus de problèmes, mais il avait pu virer les béquilles en octobre, et aujourd'hui sa claudication ne revenait qu'avec la fatigue, en fin de journée.

Pete, Beav et Henry pensaient que c'était à cause de cette hanche et seulement à cause d'elle que Jonesy avait choisi le poste dans le vieil érable, au lieu de la fraîcheur humide des bois, et cela avait certainement compté, mais ce n'était pas la seule raison. Ce qu'il ne leur avait pas dit, c'est qu'il avait perdu l'envie de tirer un cerf ; ils auraient été déçus. Bon sang, lui-même en était déçu ! Et pourtant, telle était la vérité. Une nouveauté dans sa vie, dont il n'avait pas soupçonné l'existence avant le jour où ils étaient arrivés ici, le 11 novembre, et où il avait sorti le Garand de son étui. Non pas qu'il fût révolté à l'idée de chasser, non, pas du tout ; il n'en éprouvait tout simplement plus l'envie. La mort l'avait frôlé de son aile par une journée ensoleillée de mars, et Jonesy n'avait aucune envie de la relancer, même si c'était pour la donner et non la recevoir.

3

Ce qui le surprenait, c'est qu'il prenait toujours autant de plaisir à venir au camp de chasse ; qu'il en prenait même plus que jamais, d'une certaine manière. Les longues soirées à discuter, de livres, de politique, des conneries qu'ils avaient faites étant gosses, de leurs projets. Ils avaient tous la trentaine, étaient donc encore assez jeunes pour avoir des projets, plein de projets, et leurs vieux liens d'amitié étaient toujours aussi solides.

Les journées, ces heures qu'il passait seul dans le poste d'affût de l'érable, étaient agréables également. Il prenait un sac de couchage qu'il enfilait jusqu'à la taille quand il avait froid, et il emportait un livre. Il avait aussi un baladeur, mais il avait cessé d'écouter de la musique dès le deuxième jour, lorsqu'il s'était rendu compte qu'il préférait les murmures montant de la forêt, soupirs soyeux du vent dans les aiguilles de pin, croassements des corbeaux. Il lisait un peu, buvait du café, lisait encore un peu, s'extirpait de temps en temps de son sac de couchage (aussi rouge qu'une voiture de pompier) pour aller pisser depuis le bord de la plate-forme. Voilà un homme qui avait une famille nombreuse et un vaste cercle de collègues. Un homme sociable qui prenait plaisir aux différentes relations humaines qui sont le corollaire d'une famille nombreuse et de nombreux collègues — sans parler des étudiants, du flot incessant des étudiants — sachant y trouver son équilibre. Ce n'était que lorsqu'il était ici, perché là-haut, qu'il prenait conscience de la force d'attraction que le silence exerçait concrètement sur lui. C'était comme retrouver un vieil ami après une longue absence.

« Tu es sûr que tu préfères rester là ? lui avait demandé Henry, hier matin. Tu pourrais venir avec moi, pas de problème. On ne forcera pas trop sur ta jambe, promis.

— Laisse-le, lui avait dit Pete. Ça lui plaît, là-haut. Pas vrai, Jonesy ?

— Ouais, en quelque sorte. »

Il avait fait cette réponse évasive pour ne pas en dire davantage, ne pas dire, par exemple, à quel point cela *l'enchantait*. Il y a certaines choses qu'on ne se sent pas la liberté de dire, même à des amis intimes. Parfois, de toute façon, vos amis intimes ont compris.

« J'vais te dire un truc », était alors intervenu Beaver. Il avait pris un crayon et commencé à le mordiller — sa manie la plus tenace et la plus ancienne, remontant à la petite école. « Ça me fera plaisir de revenir et de te trouver sur ton perchoir, comme la vigie dans son nid-de-pie dans l'un de ces cons de bouquins de Hornblower. Le type qui monte la garde.

— Une voile à l'horizon ! » avait répliqué Jonesy et ils avaient tous ri.

Mais Jonesy avait compris ce qu'avait voulu dire le Beav. Il éprouvait la même chose. Monter la garde. Laisser vagabonder son imagination tout en surveillant l'approche des navires, des requins ou de n'importe quoi. Sa hanche lui faisait mal quand il quittait son perchoir, le sac rempli de son bordel était lourd dans son dos, et il se sentait maladroit et empoté tandis qu'il descendait lentement le long des barreaux de bois cloués au tronc de l'érable, mais ce n'était pas grave. C'était même bien. Les choses changeaient, mais seuls les fous croient qu'elles ne peuvent changer que pour le pire.

Du moins était-ce ce qu'il pensait alors.

4

Lorsqu'il entendit le froissement des buissons que l'on écarte et le petit craquement sec d'une tige cassée (bruits qu'il associa à l'approche d'un cerf, sans remettre une seconde cette association en question), Jonesy pensa à une formule que répétait son père : *La chance, c'est un truc qu'on a ou qu'on n'a pas. On ne peut rien y faire.* Lindsay Jones avait été un perdant toute sa vie et avait fait peu de déclarations dignes d'être retenues, en dehors de celle-ci, qui venait de trouver une nouvelle preuve : le lendemain du jour où il avait décidé qu'il renonçait à la chasse, voici qu'un cerf venait droit sur lui, et un gros, en plus, au bruit qu'il faisait. Un mâle, très probablement, peut-être de la taille d'un homme.

Qu'il puisse s'agir effectivement d'un homme ne lui vint même pas à l'esprit. Ils étaient sur un territoire quasi désertique situé à quatre-vingts kilomètres au nord de Rangeley, et les chasseurs les plus proches étaient à au moins deux heures de marche. La première route goudronnée, celle par laquelle on arrivait finalement au Gosselin's Market (BIÈRE APPÂTS BOISSONS LOTO) était à près de vingt-cinq kilomètres du camp.

De toutes les façons, se dit-il, *ce n'est pas comme si j'avais fait un vœu.*

Non, il n'avait pas fait de vœu. Il reviendrait peut-être dans un an armé d'un Nikon à la place du Garand, mais on n'était pas encore l'année prochaine, et le fusil était à côté de lui. À cerf donné, on ne regarde pas les dents, se dit-il.

Jonesy revissa le couvercle de sa Thermos de café et la mit de côté. Puis il extirpa la moitié inférieure de son corps du sac de couchage comme il aurait retiré une chausette géante et matelassée (la raideur de sa hanche le faisant grimacer) et prit son fusil. Pas besoin d'introduire une cartouche dans la chambre et de produire le bruyant cliquetis propre à faire fuir le gibier ; les vieilles habitudes sont coriaces, et l'arme serait prête à faire feu dès qu'il aurait, du bout du pouce, dégagé la sécurité. Ce qu'il fit lorsqu'il fut bien campé sur ses pieds. La grande excitation d'autrefois n'était plus là, mais il en restait quelque chose ; son pouls s'accélérait et la sensation lui fit plaisir. Depuis son accident, il aimait éprouver ce genre de réactions — comme s'il était deux : celui qu'il était avant de se faire ratatiner dans la rue, et le bonhomme plus prudent, plus vieux, qui s'était réveillé à l'hôpital... si l'on peut parler de réveil pour l'état semi-comateux et drogué dans lequel il s'était retrouvé. Il lui arrivait parfois d'entendre une voix qui n'était pas la sienne, sans qu'il sache à qui elle appartenait, une voix qui s'écriait : *Je vous en prie, arrêtez ça, je peux plus le supporter, faites-moi une piqûre ! Où est Marcy ? Je veux Marcy !* Elle était pour lui la voix de la mort, la mort qui l'avait raté dans la rue et qui était donc venue à l'hôpital pour finir le boulot, la mort déguisée en homme (ou peut-être en femme, c'était difficile à dire), épuisé de douleur, quelqu'un qui réclamait Marcy mais voulait dire en fait Jonesy.

L'idée passa — toutes les idées farfelues qu'il avait eues à l'hôpital avaient fini par passer, mais non sans laisser un résidu. Ce résidu s'appelait prudence. Il n'avait aucun souvenir du coup de fil d'Henry lui disant de faire attention à lui (et Henry s'était bien gardé de le lui rappeler), mais depuis lors, Jonesy faisait gaffe. Il était prudent. Parce que la mort rôdait peut-être par là, parce qu'elle risquait peut-être de vous appeler par votre nom.

Mais le passé était le passé. Il avait survécu à cette passe d'armes avec la mort et personne n'allait mourir ici ce matin sinon un cerf (et pas une biche, espérait-il) qui s'était aventuré là où il n'aurait pas dû.

Les craquements et froissements des buissons et des tiges qui se cassent provenaient du sud-ouest, ce qui signifiait qu'il allait pouvoir prendre appui sur le tronc de l'érable pour tirer — parfait — et qu'il était sous le vent. Encore mieux. L'arbre avait perdu presque toutes ses feuilles et il avait une vue suffisamment dégagée, même si elle n'était pas idéale, au milieu de l'entrelacs des branches. Jonesy épaula le Garand, le calant bien contre lui, et se prépara à tirer un beau sujet de conversation.

Ce qui sauva la vie de McCarthy, au moins pour un temps, fut la perte d'enthousiasme de Jonesy pour la chasse. Ce qui faillit bien la lui coûter fut un phénomène que George Kilroy, un ami de son père, appelait la « fièvre oculaire ». La fièvre oculaire, prétendait Kilroy, était une variante de la fièvre du chasseur, et sans doute la deuxième parmi les causes les plus fréquentes des accidents de chasse. La première étant la boisson, toujours d'après George Kilroy... et comme le père de Jonesy, Kilroy en connaissait un bout sur la question. « La première est toujours la boisson. »

Kilroy affirmait que les victimes de la fièvre oculaire manifestaient toutes la même stupéfaction en constatant qu'elles avaient tiré sur un poteau, sur une voiture qui passait, voire sur le côté d'une grange, quand ce n'était pas sur un compagnon de chasse (lequel était souvent une épouse, un frère ou un enfant). « Mais je l'ai *vu* ! » protestaient-ils ; et la plupart, d'après Kilroy, auraient pu passer sans risque au détecteur de mensonge. Ils avaient vu le cerf, ou l'ours, ou le loup, ou simplement le coq de bruyère battant des ailes dans les hautes herbes de l'automne. Ils l'avaient *vu* !

Cela tenait, toujours d'après Kilroy, à ce que ces chasseurs étaient anxieux, au-delà de tout, de faire feu et d'en terminer d'une manière ou d'une autre. Cette anxiété devenait tellement forte que le cerveau arrivait à persuader l'œil qu'il voyait ce qui n'était pas encore visible afin de mettre un terme à cette tension. C'était ça, la fièvre oculaire. Et si Jonesy n'avait pas l'impression d'être particulièrement anxieux (ses doigts n'avaient nullement tremblé lorsqu'il avait revissé le couvercle de la bouteille Thermos), il dut s'avouer plus tard qu'il avait peut-être bien été victime de cette maladie.

Un instant, il vit distinctement le cerf à l'autre extrémité du tunnel formé par les branches entrecroisées, aussi clairement qu'il avait vu tous ceux qu'il avait abattus au cours des années précédentes (seize bêtes en tout, six mâles et dix femelles) au Trou dans le Mur. Il vit sa tête couleur brune, son œil si sombre qu'il avait le noir velouté d'un présentoir à bijoux, et même une partie de ses andouillers.

Tire, tire ! lui intima une partie de son esprit, le Jonesy qui datait d'avant l'accident, le Jonesy qui avait encore son intégrité. Le Jonesy qui avait de plus en plus souvent élevé la voix, depuis à peu près un mois, tandis qu'il se rapprochait de cet état mythique dont les gens qui n'ont jamais été renversés par une voiture parlent gaiement comme d'une « guérison totale ». Mais jamais il n'avait autant haussé le ton qu'aujourd'hui. C'était un ordre, donné sur un ton presque violent.

Et son index, effectivement, se contracta sur la queue de détente. Il n'atteignit cependant jamais la livre de pression supplémentaire (ou même pas, peut-être que deux cents grammes auraient suffi) qui aurait libéré le percuteur. La voix intérieure qui l'arrêta fut celle du deuxième Jonesy, celui qui s'était réveillé à l'hôpital, bourré de calmants et désorienté, ayant mal partout, sûr de rien, sauf que quelqu'un voulait que quelque chose s'arrête, que ce quelqu'un ne le supportait plus, qu'il voulait au moins une piqûre, qu'il voulait Marcy.

Non, non, pas tout de suite, attends un peu, lui dit ce nouveau et plus prudent Jonesy. C'est la voix qu'il écouta. Il resta pétrifié sur place, le poids de son corps portant surtout sur sa bonne jambe, la gauche, fusil épaulé, le canon dans l'axe de ce tunnel de lumière né de l'entrelacs des branches selon un angle peinard de trente-cinq degrés.

Les premiers flocons de neige voltigèrent dans le ciel blanc juste à ce moment-là, et Jonesy vit alors une ligne verticale d'un orange éclatant juste en dessous de la tête du cerf, comme si la neige l'avait soudainement fait apparaître. Un instant, son système sensoriel se mit en rideau et il ne vit plus, au-delà de la ligne de mire, qu'un fouillis indescriptible, comme le mélange des taches de peinture sur la palette d'un peintre. Il n'y avait ni cerf, ni homme, pas même des arbres, rien qu'un chaos de noir, de brun et d'orangé le laissant perplexe.

Puis il y eut un peu plus d'orangé, et une forme se mit à prendre sens : un couvre-chef, une de ces casquettes équipées d'oreillettes qui se rabattent et se nouent sous le cou. Les chasseurs non natifs du Maine les achetaient dans les magasins spécialisés genre L.L. Bean, au prix de quarante-quatre dollars, et chacune portait à l'intérieur une petite étiquette proclamant : FABRIQUÉ AVEC FIERTÉ PAR DES OUVRIERS SYNDIQUÉS AMÉRICAINS. On pouvait aussi s'en procurer au Gosselin's Market pour sept billets. Les étiquettes, alors, disaient simplement : FABRIQUÉ AU BANGLADESH.

Le couvre-chef remit tout horriblement en place : le brun qu'il avait pris pour la tête du cerf était la veste en laine de l'homme, le noir velouté de l'œil de l'animal était un bouton ; quant aux andouillers, ce n'était rien de plus que des branches, des branches appartenant à l'arbre sur lequel il se tenait. Certes, l'homme était bien imprudent (Jonesy ne put se résoudre à employer le mot *cinglé*) de se balader dans les bois habillé d'une veste marron, mais Jonesy était bien en peine de comprendre comment il avait failli commettre cette erreur, une erreur qui aurait eu des conséquences effroyables. Parce qu'enfin, l'homme portait une casquette orange, non ? Ainsi qu'un gilet de rabatteur, d'un orange éclatant, pardessus la veste marron, sa seule et bien relative imprudence. L'homme s'était trouvé...

... trouvé à une demi-livre de pression d'index de la mort. Peut-être moins.

Jonesy en prit conscience d'une manière viscérale, tellement foudroyante qu'il eut l'impression d'être projeté hors de son corps. Pendant quelques instants terribles, éblouissants, qu'il n'oublierait jamais, il ne fut ni le Jonesy numéro un, plein de confiance en lui, d'avant l'accident, ni le Jonesy numéro deux, le survivant beaucoup plus circonspect qui passait tant de temps dans l'inconfort physique et la confusion mentale. Il fut, pendant ces instants, encore un autre Jonesy, une présence invisible qui aurait regardé un chasseur juché sur une plate-forme dans un arbre. Le chasseur avait des cheveux courts qui grisonnaient déjà, deux plis creusés de part et d'autre de la bouche, un chaume de barbe sur les joues, le regard hagard. Le chasseur était sur le point de tirer. La neige avait commencé à danser autour de sa tête et à se poser sur sa chemise en grosse flanelle brune déboutonnée, et il était sur le point d'ouvrir le feu sur un homme portant une casquette orangée et un gilet comme il en aurait porté lui-même s'il avait été dans les bois en compagnie du Beav, et non pas posté sur cet arbre.

Il redégringola brutalement en lui-même, tout à fait comme on retombe sur son siège, en voiture, lorsqu'on a franchi trop vite un nid-de-poule. Horrifié, il se rendit compte qu'il continuait de viser l'homme avec le Garand, comme si quelque abruti d'alligator, tout au fond de son cerveau, refusait de renoncer à l'idée que l'homme à la veste marron était une proie. Pire, il avait l'impression d'être incapable de relâcher la pression de son index sur la détente. Il y eut même une ou deux secondes horribles pendant lesquelles il crut qu'il l'augmentait, qu'il rongeait inexorablement les quelques dizaines de grammes entre lui et la plus grande erreur de sa vie. Il finit par accepter plus tard l'idée que tout cela n'avait été qu'une illusion, un peu du même genre que lorsqu'on a la sensation de partir à reculons, dans sa voiture à l'arrêt, parce que du coin de l'œil on voit avancer le véhicule à côté du sien.

Non, il était simplement pétrifié sur place, c'était déjà assez affreux comme ça, assez infernal. *Tu penses trop, Jonesy,* aimait bien lui dire Pete quand il le surprenait le regard perdu dans le vague, ne suivant plus la conversation ; ce qu'il voulait dire, sans doute, c'était : *Tu t'imagines trop de choses, Jonesy,* ce qui était très probablement vrai. Oui, il imaginait certainement trop de choses, et il se retrouvait à présent juché sur un arbre, sous la première averse de neige de la saison, les cheveux hérissés et en bataille, l'index verrouillé sur la détente du Garand, ne l'écrasant pas davantage, comme il l'avait un instant redouté, mais ne la relâchant pas non plus, alors que l'homme était presque en dessous de lui, maintenant, la mire du Garand braquée sur la casquette orange, la vie de cet homme tenant au fil invisible qui reliait le canon du Garand à cette casquette, la vie de cet homme qui pensait peut-être en ce moment qu'il allait changer de voiture ou tromper sa femme ou acheter un poney à son aînée (Jonesy eut plus tard des raisons de savoir que McCarthy n'avait pensé à rien de tout cela, mais pas sur le moment, évidemment, pas pendant qu'il était dans l'arbre, le doigt crocheté à la détente de son fusil), qui ne se doutait de rien, comme Jonesy ne s'était douté de rien lorsqu'il s'était retrouvé sur un trottoir de Cambridge, son porte-documents à la main, un exemplaire du *Boston Phoenix* sous le bras, comme il ne s'était pas douté que la mort rôdait dans le quartier, sinon la Mort en personne, un personnage filant d'un train d'enfer, l'air de s'être échappé de l'un des premiers films d'Ingmar Bergman, cachant ses instruments dans les plis de sa robe de bure. Des ciseaux, peut-être. Ou un scalpel.

Et le pire était que l'homme n'allait pas mourir, en tout cas pas tout de suite. Il tomberait et resterait au sol, poussant des cris, comme Jonesy s'était retrouvé au sol, dans la rue, poussant des cris. Il ne se souvenait pas d'avoir crié, mais bien entendu, il avait crié ; on le lui avait dit et il n'avait pas eu de raisons de ne pas le croire. Crié à s'en faire péter les cordes vocales, très vraisemblablement. Et si l'homme en veste marron et accessoires orange s'était mis à appeler Marcy ? Bon, d'accord, il n'y avait aucune chance, ça ne se serait pas produit dans la réalité, mais Jonesy aurait pu *croire* qu'il appelait Marcy. S'il existait un truc comme la fièvre oculaire, s'il était capable de regarder un type en veste marron et de le prendre pour un cerf, il devait sans doute exister un équivalent auditif du phénomène. Entendre un homme hurler et savoir qu'on en était la raison — Dieu du ciel, non ! Et son index qui ne se détendait toujours pas.

Ce qui mit un terme à sa paralysie fut à la fois simple et inattendu : à une dizaine de pas du pied de l'arbre, l'homme tomba. Jonesy distingua l'étrange gémissement de surprise et de douleur qu'il poussa — quelque chose comme *mrof !* — et son doigt quitta la détente sans même qu'il y pense.

L'homme s'était retrouvé à quatre pattes, ses mains gantées de brun (autre erreur, les gants marron, ce type aurait aussi bien fait de se balader avec un panneau TIREZ-MOI DESSUS ! dans le dos, se dit Jonesy) étalées sur le sol qui commençait à blanchir. Lorsqu'il se releva, il se mit à parler à voix haute, d'un ton irrité et abasourdi. Jonesy ne se rendit pas compte, sur le moment, que l'homme pleurait aussi.

« Oh, mon Dieu, mon Dieu », dit l'homme en se relevant avec peine. Il oscillait sur place, comme s'il était ivre. Jonesy n'ignorait pas que lorsqu'ils étaient lâchés dans les bois, loin de leur famille pendant une semaine, ou même seulement deux ou trois jours, les hommes étaient capables de se livrer à toutes sortes de perversités, l'une des plus courantes étant de commencer à boire à dix heures du matin. Il n'avait pas l'impression, cependant, que le nouveau venu était saoul. Sans raison précise — juste une impression.

« Oh, mon Dieu, mon Dieu, mon Dieu... », puis, lorsqu'il se remit à marcher : « Et maintenant la neige. Je vous en prie, mon Dieu.... Pas la neige... »

Ses premiers pas furent incertains et hésitants. Jonesy était presque sur le point de revenir sur sa première impression, d'admettre que ce type était bourré, lorsqu'il se mit à marcher avec un peu plus d'assurance, d'un pas plus ferme. Il se grattait la joue droite. Il passa directement sous le poste d'affût, réduit pendant un instant au cercle orange de sa casquette et à des épaules marron de part et d'autre. Sa voix monta vers Jonesy, embrouillée et pleine de larmes, principalement constituée de *Oh, mon Dieu*, avec quelques *Oh, Seigneur !* ou *Et maintenant la neige* comme épices.

Jonesy resta où il était, regardant le type disparaître sous la plate-forme pour réapparaître de l'autre côté. Il pivota sans y penser, voulant continuer d'observer l'inconnu ; il n'eut pas conscience non plus d'avoir abaissé son fusil, prenant même le temps de remettre la sécurité.

Jonesy ne l'appela pas, et il se dit qu'il savait pourquoi : simple culpabilité. Il avait peur que l'homme, rien qu'en le regardant, lise la vérité dans ses yeux, même à travers les larmes qui lui coulaient sur les joues, même à travers la neige qui tombait plus dru ; l'homme allait comprendre que Jonesy avait pointé son fusil sur lui et failli le tuer.

À une vingtaine de pas au-delà de l'arbre, l'inconnu s'arrêta et resta planté où il était, et, une main gantée levée à son front pour s'abriter de la neige, se mit à regarder devant lui. Jonesy comprit qu'il venait de voir le Trou dans le Mur. Et de se rendre compte qu'il était sur un véritable sentier. Les *Oh, mon Dieu* cessèrent et le type se mit à courir vers le ronronnement de la génératrice, dans un balancement du corps comme on en a sur le pont d'un bateau. Jonesy entendit ses halètements brefs et essoufflés tandis qu'il courait lourdement vers la vaste cabane, d'où montaient, par la cheminée, des volutes de fumée paresseuses qui disparaissaient presque aussitôt au milieu de la neige.

Jonesy commença la laborieuse descente le long des barreaux de fortune cloués à l'érable, le fusil passé en bandoulière à l'épaule (la pensée que l'homme puisse présenter un danger ne lui était pas venue à l'esprit, pas encore ; simplement, il ne tenait pas à laisser le Garand, qui était une arme de qualité, exposé à la neige). Sa hanche s'était raidie et, le temps d'atteindre le pied de l'arbre, l'homme qu'il avait failli tuer avait presque atteint la porte de la cabane... laquelle n'était évidemment pas fermée à clef. Personne ne la fermait jamais à clef, pas ici, au milieu des bois.

5

À environ trois mètres de la dalle de pierre qui faisait office de seuil, côté façade, l'homme en veste marron et casquette orange tomba de nouveau. Il perdit son couvre-chef, révélant une tignasse brune, collée par la sueur, qui commençait à s'éclaircir. Il resta quelques instants à genoux, tête baissée, haletant péniblement à petits coups rapides.

Il ramassa sa casquette et, au moment où il la remettait, Jonesy l'interpella.

L'homme se remit tant bien que mal debout et exécuta une volte-face vacillante. La première impression de Jonesy fut qu'il avait le visage très long, un de ces visages que l'on qualifie parfois de « chevalin ». Puis, comme Jonesy s'approchait, la hanche douloureuse mais sans vraiment boiter (et il valait mieux, parce que le sol devenait de plus en plus glissant), il se rendit compte que le type n'avait pas une figure particulièrement longue, en fin de compte : il était simplement très effrayé et très, très pâle. La tache rouge, à l'endroit de la joue où il s'était gratté, ressortait vivement. Le soulagement qu'il éprouva quand il vit que quelqu'un se précipitait vers lui fut immense et immédiat. Jonesy faillit rire de lui-même, de la crainte qu'il avait eue, sur la plate-forme, que le type lise dans son regard. Ce malheureux n'en était pas au stade où l'on interprète les expressions, et il se fichait pas mal de savoir d'où sortait Jonesy et ce qu'il avait pu y faire. Il avait plutôt l'air prêt à se jeter à son cou et à le couvrir de gros baisers baveux.

« Grâce à Dieu ! » s'écria l'homme. Il tendit une main vers Jonesy et se traîna vers lui, sur le fin tapis de neige fraîche en train de geler. « Oh bon sang, je me suis perdu, je suis perdu dans les bois depuis hier, je croyais que j'allais y crever. Je... je... »

Il dérapa, et Jonesy le rattrapa par les bras. C'était un géant, plus grand que Jonesy qui mesurait pourtant un mètre quatre-vingt-cinq, et même ses épaules étaient plus larges. Malgré tout, la première impression de Jonesy fut qu'il était sans substance, comme si la peur l'avait vidé et laissé aussi léger qu'un chardon desséché.

« Du calme, l'ami, dit Jonesy. Du calme, tout va bien à présent, vous avez fait le plus dur. Entrons nous mettre au chaud, vous vous sentirez mieux. »

Comme si le mot *chaud* avait été un signal, l'homme se mit à claquer des dents. « D'a-d'accord. » Il essaya de sourire, mais sans grand succès. Jonesy fut une fois de plus frappé par son extrême pâleur. Certes, il faisait froid ce matin, autour de zéro, mais les joues du type n'étaient que cendres et plomb. La seule autre couleur de son visage, en dehors de la tache rouge à sa joue, était les deux croissants sombres, sous ses yeux.

Jonesy passa un bras autour des épaules de l'homme, soudain pris d'une tendresse absurde et pataude pour cet étranger, une émotion si forte qu'elle était comparable à celle du jour où il était tombé amoureux pour la première fois ; une certaine Marie-Jo Martineau, en blouse blanche sans manches et jupe droite en jean coupée juste au-dessus des genoux. Il était maintenant tout à fait convaincu que l'homme n'avait pas bu et que c'était la peur, s'ajoutant sans doute à l'épuisement, qui l'avait fait vaciller et tomber. Son haleine avait cependant une odeur curieuse, évoquant un peu la banane. Elle rappela à Jonesy l'éther qu'il mettait dans le carburateur de sa première voiture, une Ford datant de l'époque du Viêt-nam, quand il fallait lancer le moteur par temps froid.

« Alors, on rentre ?

— Ouais. J-j'ai f-froid. Grâce au ciel, vous é-étiez là. Est-ce que...

— Non, le camp appartient à un ami. »

Jonesy ouvrit la porte en chêne verni et aida l'homme à franchir le seuil. Le contact de l'air chaud coupa un instant la respiration à l'étranger, et une faible rougeur monta à ses joues. Jonesy fut soulagé de constater qu'il avait tout de même encore un peu de sang.

6

Comme cabane, le Trou dans le Mur était un lieu plutôt grandiose, comparé aux normes en vigueur au fond des bois. Certes, il y avait bien la grande pièce commune faisant à la fois office de cuisine, de salle à manger et de séjour, mais à cela s'ajoutaient deux chambres, dans le fond, plus une autre à l'étage, sous la partie la plus haute du toit à une seule pente. L'odeur du pin et la luminosité tendre et vernie du bois dominaient la grande salle. Il y avait un tapis navajo sur le sol et, sur l'un des murs, une tapisserie micmac représentant de courageux et minuscules chasseurs entourant un ours énorme. Une table en chêne massif, pouvant recevoir facilement huit convives, définissait le coin-repas. Il y avait une cuisinière à bois dans la cuisine, une cheminée dans le séjour ; quand les deux fonctionnaient, il régnait une telle chaleur, même s'il faisait moins vingt dehors, qu'on sombrait dans l'hébétude. Le mur ouest comprenait une grande baie vitrée dont la vue donnait sur une pente très raide qu'un incendie avait ravagée au cours des années soixante-dix ; des arbres morts se dressaient encore, calcinés, torturés, dans la neige de plus en plus épaisse. Jonesy, Pete, Henry et le Beav appelaient ce profond ravin la Combe, car c'était ainsi que le père de Beav et ses amis l'appelaient autrefois.

« Oh, mon Dieu, merci mon Dieu, merci aussi à vous », dit l'homme à Jonesy, et quand Jonesy sourit (tout ça faisait beaucoup de mercis), il partit d'un rire aigu comme pour dire qu'il le savait, que c'était normal de trouver ça comique, mais qu'il ne pouvait s'en empêcher. Il se mit à prendre de profondes inspirations, ayant l'air, un instant, d'un yogi en plein exercice. À chaque fois qu'il expirait, il parlait.

« Bon sang, j'ai bien cru que j'allais y rester, la nuit dernière... il faisait tellement froid... et il y avait une telle humidité dans l'air... je me souviens de m'être dit, bon Dieu, pourvu que la neige ne se mette pas à tomber... j'étais pris de quintes de toux incoercibles... quelque chose s'est approché et je me suis dit qu'il fallait que je m'arrête de tousser, que si c'était un ours... il risquait de croire qu'on le provoquait... sauf que je n'ai pas pu et qu'au bout d'un moment... il a fini par partir de lui-même...

— Vous avez vu un ours, cette nuit ? »

Jonesy était à la fois fasciné et effrayé. Le vieux Gosselin et ses momies de compères, au magasin, adoraient raconter des histoires d'ours, en particulier aux gens qui n'étaient pas du coin, mais l'idée que cet homme, seul et perdu dans la nuit, avait été menacé par une de ces bêtes était carrément horrible. C'était comme entendre un matelot vous parler d'un monstre marin.

« Je ne suis pas sûr que c'était un ours », répondit l'homme avec, soudain, un regard sournois de côté qui déplut à Jonesy, sans qu'il sache comment l'interpréter. « C'est impossible à dire, parce qu'à ce moment-là les éclairs avaient cessé.

— Des éclairs, aussi ? Eh bien ! » Si l'état de détresse de l'homme n'avait pas été aussi évident, Jonesy se serait demandé s'il ne se payait pas sa tête. À la vérité, il se le demanda un peu.

« Genre éclairs de chaleur, je suppose », dit l'homme, qui eut le mouvement d'épaules de quelqu'un qui s'en fiche. Il gratta la rougeur qu'il avait à la joue, rougeur qui pouvait être due à une engelure. « En hiver, ça veut dire que le mauvais temps arrive.

— Et vous avez vu ça ? La nuit dernière ?

— Je crois bien. » L'homme lui adressa un nouveau coup d'œil en biais, mais cette fois-ci Jonesy n'y détecta rien de sournois ; il n'y lut que de l'épuisement. « Tout ça se mélange dans ma tête... mon estomac me fait mal depuis que je suis parti... j'ai toujours mal à l'estomac quand j'ai la pétoche... ça remonte à quand j'étais petit... »

Et il était effectivement comme un petit garçon, pensa Jonesy, jetant des regards effrayés partout sans s'en rendre compte. Il le conduisit jusqu'au canapé, devant la cheminée, et le type se laissa faire. *La pétoche. Il a dit la pétoche et non pas la frousse ou autre chose. Le mot qu'il employait quand il était gosse.*

« Donnez-moi votre veste », dit Jonesy. Et, tandis que l'autre se déboutonnait puis tirait sur la fermeture Éclair en dessous, Jonesy pensa à nouveau qu'il l'avait pris pour un cerf — pour un grand cerf mâle, bon sang ! — et qu'il avait confondu l'un de ces gros boutons avec l'œil de la bête, et qu'il avait bien failli lui envoyer une balle.

À mi-chemin, la fermeture Éclair se coinça dans le tissu.

L'homme regarda ce qui se passait, bouche bée, comme si c'était un incident totalement inédit pour lui. Et lorsque Jonesy tendit la main, il baissa les bras et se laissa faire comme s'il avait six ans, comme il se serait laissé faire par sa mère s'il avait mis sa galoche droite à la place de la gauche ou sa veste à l'envers.

Jonesy décoinça la petite glissière dorée et la fit descendre complètement. Par la grande baie vitrée, la Combe disparaissait peu à peu, mais on distinguait encore les formes noires et hérissées des arbres les plus proches. Presque vingt-cinq ans qu'ils venaient chasser ici tous les automnes, presque vingt-cinq ans sans discontinuer, et jamais il n'y avait eu autre chose qu'une petite averse de neige inconsistante. On aurait dit que cela allait changer, mais comment savoir ? De nos jours, les types de la météo, à la radio ou à la télé, vous parlent de dix centimètres de poudreuse comme si la prochaine ère glaciaire venait de commencer.

Pendant un moment, l'homme se contenta de rester planté où il était, la veste ouverte, la neige fondant de ses bottes et formant une petite flaque sur le bois poli du plancher, la tête tournée vers les poutres du plafond, bouche bée et, en effet, il avait vraiment l'air d'un géant de six ans. On s'attendait presque à voir des moufles suspendues par des cordons à ses poignets. Il se débarrassa de sa veste avec un mouvement typiquement enfantin : il effaça ses épaules et laissa glisser le vêtement. Si Jonesy ne l'avait pas rattrapé, il serait tombé sur le sol et aurait aussitôt pompé la neige fondue de la flaque.

« Qu'est-ce que c'est ? »

Un instant, Jonesy ne comprit pas de quoi l'homme voulait parler, puis il suivit son regard, qui était tourné vers un morceau de tissage accroché à la poutre centrale. Un tissage coloré, rouge et vert avec des éclats jaune vif, qui faisait penser à une toile d'araignée.

« C'est un attrape-rêves, répondit Jonesy. Un objet magique indien. En principe, il est là pour vous protéger des cauchemars, je crois.

— C'est à vous ? »

Jonesy n'aurait su dire s'il parlait de la cabane (peut-être l'homme n'avait-il pas fait attention, la première fois) ou seulement de l'attrape-rêves, mais dans un cas comme dans l'autre la réponse était la même : « Non, à mon ami. On vient chasser ici tous les ans.

— Vous êtes combien ? »

L'homme frissonnait. Il se tenait bras croisés sur la poitrine, les coudes dans la paume des mains, tout en regardant Jonesy qui allait accrocher la veste au portemanteau, près de la porte.

« Quatre. Beaver — c'est à lui qu'appartient le camp — est à la chasse, en ce moment. Il va peut-être revenir, avec cette neige. Sûrement, même. Pete et Henry sont allés au magasin.

— Le Gosselin's Market ? Celui-là ?

— Exact. Asseyez-vous donc. » Le canapé était un monument d'une longueur ridicule, un modèle démodé depuis des dizaines d'années, mais il ne sentait pas trop mauvais, et jusqu'ici la vermine ne l'avait pas envahi. Le bon goût et le design n'étaient pas un souci majeur au Trou dans le Mur.

« Ne bougez pas d'ici », reprit Jonesy, laissant l'homme, toujours secoué de frissons, les mains à présent coincées entre les genoux. Son jean avait cet aspect boudiné qui trahit la présence de caleçons longs en dessous, mais il n'en tremblait pas moins de tout son corps. La chaleur, cependant, lui avait empourpré le visage et l'étranger, loin de ressembler à un cadavre comme lorsqu'il était arrivé, avait à présent plutôt l'air de couver une diphtérie.

Pete et Henry occupaient la plus grande des deux chambres du rez-de-chaussée. Jonesy y entra, ouvrit le coffre en cèdre placé à gauche de la porte et en retira l'un des deux couvre-pieds en duvet qui étaient pliés dedans. Tandis qu'il traversait à nouveau le séjour pour rejoindre l'homme qui tremblait toujours sur le canapé, Jonesy se rendit compte qu'il ne lui avait pas posé la question la plus élémentaire de toutes, la question que même un môme de six ans incapable de débloquer sa fermeture à glissière penserait à poser.

Et tandis qu'il disposait la couverture sur l'étranger assis sur le canapé démesuré, il demanda : « Comment vous vous appelez ? » prenant en même temps conscience qu'il le savait presque. McCoy ? McCann ?

L'homme que Jonesy avait failli abattre leva les yeux, tout en tirant le couvre-pied jusqu'à son cou. Les demi-lunes brunâtres, sous ses yeux, viraient au violet.

« McCarthy, dit-il, Richard McCarthy. » Sa main, étonnamment rebondie et blanche, sans son gant, sortit de sous la couverture comme un animal timide. « Et vous ?

— Gary Jones, répondit Jonesy en serrant la main de McCarthy avec celle des siennes qui avait failli appuyer sur la détente. Mais on m'appelle le plus souvent Jonesy.

— Merci, Jonesy. » McCarthy le regarda avec un expression sérieuse. « Je crois que vous m'avez sauvé la vie.

— Oh, il ne faut rien exagérer. »

Jonesy regarda de nouveau la tache rouge sur la joue de l'homme. Un coup de gel, rien qu'une petite tache. Le gel, forcément.

II

Le Beav

1

« Il faut que je vous dise qu'on ne peut appeler personne d'ici, expliqua Jonesy. La ligne la plus proche passe à des kilomètres. Il y a bien une gégène pour l'électricité, mais c'est tout. »

McCarthy, dont seule la tête émergeait de la couverture, acquiesça : « J'entendais tourner la génératrice, mais vous savez comment c'est, quand on est perdu, les bruits sont bizarres. On a par moments l'impression qu'ils viennent de la gauche, ou de la droite, et puis on jurerait qu'ils viennent de derrière et qu'il vaut mieux faire demi-tour. »

Jonesy, qui ne savait pas du tout comment c'était, en réalité, hocha néanmoins la tête. Mis à part la semaine, ou à peu près, qui avait suivi son accident et qu'il avait passée à errer dans un brouillard de calmants et de souffrance, il n'avait jamais été perdu.

« Je me demande quelle est la meilleure solution pour vous, dit Jonesy. Je crois que dès que Pete et Henry seront de retour, il sera préférable de vous évacuer. Combien étiez-vous, dans votre groupe ? »

McCarthy donna l'impression qu'il avait besoin de réfléchir pour répondre. Ce détail s'ajoutant aux autres, comme sa démarche incertaine, ses regards apeurés, confirma la première impression du prof d'histoire : l'homme était en état de choc. Il s'étonna qu'une seule nuit passée dans la forêt puisse produire un tel effet et se demanda s'il aurait réagi aussi violemment.

« Quatre, répondit finalement McCarthy au bout d'une minute. Exactement comme vous. On chassait en équipe de deux.

J'étais avec un de mes amis, Steve Otis. Il est avocat, comme moi. À Skowhegan. On est tous de Skowhegan, vous savez, et pour nous, cette semaine, c'est la grande affaire de l'année. »

Jonesy sourit.

« Ouais. Comme pour nous.

— Bref, je crois que je me suis trop écarté, reprit McCarthy en secouant la tête. Je ne sais pas... j'entendais Steve, sur ma droite, je voyais même parfois son gilet entre les arbres, et ensuite... je ne sais vraiment pas. Je crois que je me suis mis à penser à des trucs... y'a rien comme la forêt pour vous faire penser à des trucs... et puis je me suis retrouvé tout seul. Je crois que j'ai essayé de revenir sur mes pas, mais la nuit est tombée... » Il eut de nouveau un mouvement de dénégation. « Tout est mélangé dans ma tête, mais oui, on était quatre, je crois que ça, j'en suis sûr. Moi, Steve, Nat Roper et la sœur de Nat, Becky.

— Ils doivent être malades d'inquiétude. »

McCarthy parut tout d'abord surpris, puis apeuré. Manifestement, l'idée ne lui était pas encore venue à l'esprit.

« Ouais. Évidemment. Oh, mon Dieu, les pauvres... »

Jonesy dut retenir un sourire. Quand il était lancé, McCarthy lui rappelait tout à fait un personnage de *Fargo*, le film inénarrable des frères Coen.

« C'est pourquoi je pense qu'il vaut mieux que vous ne restiez pas ici. Si, bien entendu...

— Je ne veux pas vous embêter...

— Nous vous ramènerons. Si nous pouvons. Si le temps le permet, c'est ce que je veux dire, car ça n'a pas l'air de se calmer, au contraire.

— On dirait bien, répondit avec amertume McCarthy. On pourrait croire qu'ils sont capables de faire mieux, avec tout leur bazar de satellites et de radars et j'sais pas quoi encore. Parlons-en, de leur temps agréable et raisonnablement frais pour la saison, hein ! »

Jonesy regarda l'homme pelotonné sous le couvre-pied, rien qu'une figure empourprée et une tignasse de cheveux bruns qui commençaient à se raréfier, empreinte d'une certaine perplexité. Les prévisions qu'il avait entendues — non seulement lui, mais Pete, Henry et le Beav — parlaient toutes de précipitations de neige, depuis deux jours. Certains prévisionnistes avaient bien dit que la neige pourrait se changer en pluie, mais le type de la station de Castle Rock, ce matin (WCAS était la seule radio qu'ils pouvaient capter, au Trou dans le Mur, et encore la réception était-elle mauvaise et sur fond de grésillements) avait annoncé l'arrivée d'un Alberta Clipper, autrement dit un « gros-porteur » en provenance de l'Alberta qui donnerait entre quinze et vingt centimètres de neige, et serait peut-être suivi d'une forte dépression en provenance du nord-est, si les températures restaient basses et si la masse d'air n'était pas détournée vers l'océan. Jonesy ignorait d'où McCarthy tenait ses prévisions météo, mais certainement pas de WCAS. Bon, le type perdait un peu les pédales, c'était le plus probable, et il en avait bien le droit.

« Ça vous dirait, si je préparais un peu de soupe, Mr McCarthy ? »

L'homme eut un sourire plein de gratitude.

« Ouais, ça me dirait bien. J'ai eu très mal à l'estomac cette nuit, c'était encore très violent ce matin, mais je me sens mieux, à présent.

— C'est le stress, expliqua Jonesy. Moi, j'aurais dégueulé tripes et boyaux. Et je crois bien qu'en prime, j'aurais fait dans mon pantalon.

— Non, je n'ai pas vomi. J'en suis à peu près sûr. Mais... » Il secoua de nouveau la tête. Comme s'il avait eu un tic nerveux. « Je sais pas. À la manière dont tout se mélange dans ma tête, j'ai l'impression d'avoir fait un cauchemar.

— Il est fini, Mr McCarthy, il est fini. »

Jonesy se sentait un peu idiot de dire ça, comme un bon tonton, mais le type, c'était clair, avait besoin d'être rassuré.

« Bien. Merci. Je prendrais volontiers un peu de soupe.

— On en a à la tomate, au poulet, et peut-être même une boîte de Chunky Sirloin. Qu'est-ce qui vous ferait plaisir ?

— Au poulet. Ma mère disait toujours qu'il y a rien de mieux que la soupe au poulet quand on se sent patraque. »

Il sourit en disant cela, et Jonesy dut faire un effort pour ne pas écarquiller les yeux. McCarthy avait des dents bien blanches et parfaitement rangées, trop bien rangées, en fait, pour ne pas devoir beaucoup à l'art du dentiste, étant donné son âge — il devait avoir en effet dans les quarante-cinq ans. Mais il lui en manquait au moins quatre : les canines du haut (celles que le père de Jonesy aimait appeler les dents de vampire) et deux du bas, au milieu — Jonesy ne se rappelait plus leur nom. Il y avait cependant une chose qu'il savait : McCarthy ne se rendait pas compte qu'il ne les avait plus. Personne, sachant qu'il a de tels trous dans l'alignement de ses quenottes, ne les aurait exposées au regard de manière aussi naturelle, même dans de telles circonstances. C'est du moins ce que pensa Jonesy. Il sentit un désagréable petit frisson lui tordre les entrailles, comme un coup de téléphone arrivant de nulle part. Il se tourna vers la cuisine avant que McCarthy pût voir son expression changer et se demander ce qui n'allait pas. Ou même *lui* demander ce qui n'allait pas.

« Et une soupe au poulet... Que diriez-vous d'un croque-monsieur, par là-dessus, Mr McCarthy ?

— Si ce n'est pas trop vous demander. Et appelez-moi Richard, voulez-vous ? Ou Rick, c'est encore mieux. Quand quelqu'un me sauve la vie, j'ai très envie qu'on soit dans les meilleurs termes.

— Rick, pas de problème. »

Vaudrait mieux faire réparer ce ratelier avant ta prochaine plaidoirie, Rick.

L'impression qu'il y avait quelque chose qui clochait sérieusement était très forte. Un *clic !* comme quand il avait presque deviné le nom de McCarthy. Il était encore bien loin de se mordre les doigts de ne pas avoir abattu l'homme quand il l'avait tenu dans sa ligne de mire, mais il commençait à regretter qu'il ne soit pas passé plus au large de l'arbre au lieu de faire irruption dans sa vie.

2

La soupe chauffait sur la cuisinière et il commençait à préparer les sandwichs au fromage lorsque souffla la première rafale de vent — un énorme soupir qui fit craquer le chalet et souleva un furieux tourbillon de neige. Un instant, les silhouettes torsadées des arbres morts disparurent de la Combe et on ne vit plus que du blanc par la grande baie vitrée, comme si on venait de déployer un écran de cinéma géant juste devant. Pour la première fois, Jonesy ressentit une pointe d'inquiétude, non pas pour Pete et Henry qui devaient déjà être sur le chemin de retour avec le Scout, mais pour Beaver. Il avait beau se dire que si quelqu'un avait peu de chances de se perdre dans cette forêt, c'était bien le Beav, il savait aussi que dans un vrai blizzard, un *white-out*, personne ne pouvait se retrouver. On a tous les atouts contre soi, comme aurait dit aussi son bon à rien de père ; un de ses proverbes favoris, pas aussi bon que *La chance, c'est un truc qu'on a ou qu'on n'a pas. On ne peut rien y faire*, mais pas mal non plus. Le bruit de la gégène aiderait peut-être le Beav à retrouver son chemin mais, comme l'avait fait remarquer McCarthy, les bruits peuvent être trompeurs. En particulier quand le vent se met à souffler comme il avait l'air décidé à le faire.

Sa maman lui avait appris les rudiments de cuisine à quoi se résumaient ses talents en la matière, notamment l'art de préparer les sandwichs au fromage fondu. *Commence par mettre un peu de mouche-tard* — telle était l'interprétation de *moutarde* par Janet Jones — *et beurre ton bout de pain, mais pas la poêle. Si jamais tu beurres la poêle, tout ce que t'auras, c'est du pain frit avec du fromage dedans*. Il n'avait jamais compris comment le fait de mettre le beurre plutôt sur le pain que dans la poêle pouvait changer quelque chose au résultat final, mais il procédait toujours comme sa mère, même si c'était emmerdant de beurrer le dessus des tartines lorsque le dessous grillait. De même, il n'aurait jamais circulé dans la maison sans avoir enlevé ses bottes dans l'entrée... car, comme elle le disait : « Ça te tire les pieds. » Il ne savait toujours pas ce que cela signifiait mais encore aujourd'hui, alors qu'il approchait de la quarantaine, il enlevait ses bottes dès la porte franchie pour qu'elles ne lui tirent pas les pieds.

« Je crois que je vais m'en taper un moi aussi », dit Jonesy en posant les sandwichs dans la poêle.

La soupe commençait à fumer et sentait bon, une odeur réconfortante.

« Bonne idée. J'espère que vos amis n'ont pas de problèmes.

— Ouais. Où est votre camp ? demanda Jonesy en remuant la soupe.

— Avant, on chassait à Mars Hill, dans une cabane que possédait l'oncle de Nat et Becky, mais je ne sais quel crétin y a mis le feu, il y a deux étés de ça. D'après le chef des pompiers, il avait dû boire un coup de trop et ne plus s'occuper de la cheminée ensuite. »

Jonesy acquiesça.

« L'histoire classique.

— L'assurance a bien payé, mais nous étions toujours sans

camp de chasse. J'ai cru un temps que c'était fichu, puis Steve a trouvé un joli coin du côté de Kineo. Ce n'est même pas une commune, administrativement, juste un hameau qui appartient sans doute au Jefferson Tract, mais c'est comme ça que les trois ou quatre habitants du coin l'appellent, Kineo. Vous voyez où ça se trouve ?

— Je connais », répondit Jonesy, avec la sensation bizarre que ses lèvres étaient comme engourdies.

Il venait de recevoir encore un de ces coups de téléphone arrivés de nulle part. Le Trou dans le Mur était à environ trente kilomètres à l'est du Gosselin's Market. Kineo était à quelque chose comme cinquante kilomètres à l'ouest. Ce qui faisait en tout dans les quatre-vingts kilomètres. Devait-il croire que le type sur le canapé, la couverture remontée jusqu'au menton, avait parcouru quatre-vingts kilomètres avant de se perdre définitivement, hier après-midi ? C'était absurde. C'était impossible.

« Ça sent bon », observa McCarthy.

Rien de plus vrai, mais Jonesy, tout d'un coup, n'avait plus faim.

3

Au moment où il s'approchait du canapé, le bol de soupe à la main, il entendit taper des pieds sur la pierre du seuil de la porte. L'instant suivant, le battant s'ouvrait et Beaver entrait, une poussière de neige tourbillonnant autour de ses chevilles.

« Bon Dieu de délire ! » grogna le Beav.

Pete avait eu l'idée, un jour, de faire la liste de tous les beaverismes, et *Bon Dieu de délire* y figurait en bonne place, à côté d'autres grands classiques comme *Que dale à foutre* et *Baise-moi l'oignon*. C'était des exclamations à la fois zen et grossières.

« J'ai bien cru que j'allais finir par passer la nuit là-dehors, et puis j'ai vu la lumière », reprit le Beav. Il leva les mains vers le toit, doigts écartés. « J'ai vu la lumière, les gars, oui m'sieur, l'Seigneur soit... »

Ses lunettes commencèrent à se désembuer à ce moment-là, et il aperçut une tête inconnue sur le canapé. Il baissa lentement les mains, puis sourit. C'était l'une des raisons pour lesquelles Jonesy l'aimait depuis la petite école, même si le Beav pouvait parfois être casse-pieds, et même s'il n'était pas l'ampoule la plus éclatante du lustre, loin de là : sa première réaction à l'imprévu et à l'inattendu n'était pas un froncement de sourcils, mais un sourire.

« Salut, dit-il. Joe Clarendon. Et vous ?

— Rick McCarthy », répondit l'homme.

Lorsqu'il se leva, il fit tomber le couvre-pied qui l'emmitouflait. Jonesy remarqua alors qu'une imposante brioche déformait son chandail. *Oh,* pensa-t-il, *ça n'a rien de bizarre, au moins ; il est atteint de la maladie de l'âge moyen, celle qui va nous tuer, comme des millions d'autres, dans les vingt ou trente ans à venir.*

McCarthy tendit la main, fit un pas en avant et se prit les pieds dans la couverture. Si Jonesy ne l'avait pas rattrapé par l'épaule et aidé à retrouver l'équilibre, l'homme se serait étalé par terre, envoyant probablement valser la table basse avec le bol de soupe et les sandwichs au fromage posés dessus. Une fois de plus, Jonesy fut frappé par la curieuse maladresse de McCarthy ; cela lui rappelait un peu son état, au printemps dernier, quand il avait dû réapprendre à marcher. Il regarda plus attentivement la tache rouge qui défigurait le rescapé, ce qu'il regretta aussitôt. Ce n'était nullement une engelure. On aurait dit une sorte de tumeur de la peau, ou peut-être une tache de vin poilue.

« Houlà, serrez-la-moi, mais la cassez pas ! » s'exclama Beaver, se précipitant vers McCarthy. Il se mit à lui pomper vigoureusement la main, au point que Jonesy se dit que l'homme allait vraiment finir par atterrir sur la table basse, et il fut soulagé lorsque le Beav — un mètre soixante-cinq, de la neige fondant dans sa longue crinière noire hippie — lâcha McCarthy et recula d'un pas. Il souriait plus largement que jamais. Avec ses cheveux lui tombant sur les épaules et ses lunettes aux verres épais, il avait l'air soit d'un génie des mathématiques, soit d'un tueur en série — alors qu'il était tout simplement charpentier.

« Rick en a pas mal bavé, expliqua Jonesy. Il s'est perdu hier et a passé la nuit dans les bois. »

Beaver garda le sourire, mais celui-ci se mâtina d'inquiétude. Jonesy se doutait de ce qui allait venir et aurait bien voulu que le Beav s'abstienne (il avait l'impression que McCarthy était un homme pieux que pouvait choquer le langage ordurier de Beaver) ; mais évidemment, autant demander au vent d'arrêter de souffler que d'exiger du Beav un langage plus châtié.

« Pute borgne ! s'exclama celui-ci. Quelle merde ! Asseyez-vous ! Mangez ! Toi aussi, Jonesy !

— Non, dit Jonesy, c'est toi qui vas manger ça, vu que c'est toi qui viens juste d'affronter la tempête.

— T'es sûr ?

— Tout à fait. Je vais aller me préparer des œufs brouillés. Pendant ce temps, Rick te racontera ce qui lui est arrivé. »

Et peut-être que son histoire te paraîtra plus cohérente qu'à moi, pensa-t-il.

« Bon, d'accord. »

Beaver enleva son gilet (rouge) et sa veste (orange, bien entendu). Il était sur le point de jeter les vêtements sur le tas de bois, mais se reprit. « Attends, attends, j'ai quelque chose qui va peut-être t'intéresser. » Il enfonça la main dans l'une des poches du gilet matelassé, farfouilla et en retira un livre de poche, considérablement déformé mais par ailleurs en assez bon état. De petits démons armés de fourches dansaient sur la couverture. *Le Disparu*, de Robert Parker. Le livre que Jonesy lisait dans le poste d'affût. Le Beav le lui tendit, souriant.

« J'ai laissé ton sac de couchage, mais je me suis dit que tu n'arriverais pas à dormir cette nuit tant que ne saurais pas quel est l'enculé qui a tué l'autre.

— Ce n'était pas la peine de monter là-haut », dit Jonesy, touché, comme seul Beaver savait le toucher. Il était revenu en pleine tempête de neige et n'avait pu voir si Jonesy était encore ou non dans son arbre. En tout cas, pas avec certitude. Il aurait pu appeler, mais pour le Beav, ça ne suffisait pas : comme saint Thomas, il lui fallait voir pour croire.

« Pas de problème », répondit Beaver. Il s'assit à côté de McCarthy, qui le regardait comme s'il s'agissait d'une nouvelle petite espèce animale d'un genre exotique.

« Merci, en tout cas, dit Jonesy. Tu n'as qu'à prendre ce sandwich. Je vais me faire des œufs. » Il se dirigea vers le coin cuisine, puis s'arrêta. « Et Pete et Henry... tu crois que ça va aller pour eux ? »

Le Beav ouvrit la bouche ; mais avant qu'il ait eu le temps de répondre, une nouvelle rafale de vent, un long soupir, qui se transforma en un sifflement lugubre dans les chéneaux, fit craquer les murs de la cabane.

« Bah, c'est juste une petite chute de neige. Ils vont revenir peinards, répondit Beaver lorsque la plainte s'arrêta. Évidemment, si c'est une vraie tempête du nord-est et qu'il faut ressortir, ce sera peut-être une autre paire de manches. » Il se mit à mordre avec appétit dans le sandwich. Jonesy retourna à la cuisine, se prépara des œufs brouillés et fit chauffer une autre boîte de soupe. Beaver de retour, il se sentait à présent tranquille, malgré la présence de McCarthy au Trou dans le Mur. À la vérité, il se sentait toujours mieux quand Beaver était dans le secteur. Idiot, peut-être, mais c'était comme ça.

4

Le temps que les œufs soient cuits à point et la soupe chaude, McCarthy et Beaver bavardaient comme deux vieux amis qui ne se seraient pas revus depuis dix ans. Si McCarthy était scandalisé par la litanie de jurons pittoresques du Beav, il n'en était pas moins conquis par le charme irrésistible de son interlocuteur. « Il n'y a rien à expliquer, avait dit une fois Henry à Jonesy. C'est un bon p'tit lutin, ce type, et on ne peut pas s'empêcher de l'aimer. C'est pourquoi son lit n'est jamais vide. Parce qu'enfin, ce n'est pas son physique qui fait grimper les femmes aux rideaux. »

Jonesy revint dans le séjour avec ses œufs et sa soupe, s'efforçant de ne pas boiter ; étonnant à quel point son mal à la hanche s'accentuait par mauvais temps, lui qui avait toujours cru que c'était des histoires de vieilles femmes. Il fallait croire que non. Il s'installa dans l'un des fauteuils qui encadraient le canapé. McCarthy paraissait avoir davantage parlé que mangé ; à peine avait-il touché à sa soupe, et il n'en était qu'à la moitié de son sandwich au fromage.

« Alors les gars, comment ça va ? » demanda Jonesy. Il saupoudra ses œufs de poivre. Tout d'un coup, son assiette lui parut tout à fait appétissante.

« Nous ? On s'entend comme deux larrons au bordel », répondit Beaver. Il avait beau prendre son ton enjoué habituel, Jonesy trouva qu'il avait l'air inquiet, peut-être même alarmé. « Rick vient de me raconter ses aventures. Ça vaut largement ces histoires que je lisais quand j'étais môme, dans les revues pour mecs, en attendant mon tour chez le coiffeur. » Il se tourna vers McCarthy, toujours souriant (c'était le Beav, ça, toujours souriant) et passa une main dans sa luxuriante crinière noire. « C'était le vieux Castonguay qui nous coupait les cheveux, dans notre quartier de Derry, à l'époque, et il me fichait une telle putain de pétoche avec ses grands ciseaux que depuis, j'ai jamais refichu les pieds dans leurs boutiques. »

McCarthy sourit sans conviction et ne répondit pas. Il prit ce qui restait de son sandwich, l'examina et le reposa dans l'assiette. La tache rouge brillait à sa joue comme s'il avait été marqué au fer. Beaver, pendant ce temps, enchaînait précipitamment, comme s'il craignait ce que pourrait dire McCarthy si, par malheur, il lui laissait la parole. Dehors, la neige tombait plus drue que jamais, chassée par le vent, et Jonesy ne put s'empêcher d'évoquer leurs deux amis qui, dans le vieux Scout d'Henry, devaient se trouver en ce moment quelque part du côté de Deep Cut Road.

« Non seulement Rick a failli se faire bouffer par j'sais pas quoi au milieu de la nuit — il pense que c'est un ours —, mais il a aussi perdu son fusil. Un bon Dieu de Remington 30-30 flambant neuf ; tu peux être sûr qu'il le reverra jamais, risque pas !

— Je sais », dit McCarthy. Il perdait de nouveau ses couleurs pour retrouver son teint plombé. « Je ne me souviens même pas du moment où je l'ai posé, ni... »

Il y eut soudain un bruit étrange, une sorte de craquement bas, comme la stridulation d'une sauterelle géante. Jonesy sentit ses cheveux se hérisser sur sa nuque, et il pensa tout d'abord qu'une bestiole devait être tombée dans le conduit de la cheminée. Puis il comprit que c'était McCarthy. Jonesy avait entendu des pets retentissants au cours de sa vie, des pets qui n'en finissaient pas, également, mais jamais rien de pareil. Il paraissait s'être prolongé pendant une éternité, même si, en réalité, il n'avait pas duré plus de quelques secondes. Puis il y eut l'odeur.

McCarthy avait pris sa cuillère ; il la laissa retomber dans sa soupe à peine entamée et leva la main jusqu'à sa joue mal en point, un geste de gêne presque féminin.

« Oh, bon sang, je suis désolé...

— Il faut pas, il faut pas, y'a plus de place dehors que dedans », répliqua Beaver.

Mais c'était la force de l'habitude qui le faisait parler, l'habitude de toute une vie, et Jonesy vit bien que son ami était aussi suffoqué par l'odeur qu'il l'était lui-même. Ce n'était pas le remugle sulfureux d'œufs pourris qui faisait rire, rouler des yeux et agiter une main faussement scandalisée devant son visage, ou qui vous faisait vous exclamer : *Qui vient de sortir le fromage ?* Ni non plus l'un de ces pets qui évoquent le méthane et les relents des marécages. Mais l'odeur que Jonesy avait détectée dans l'haleine de McCarthy — sauf qu'elle était plus forte : un mélange d'éther et de bananes pourries, évoquant le liquide explosif que l'on met dans son carburateur les matins où il fait frisquet.

« Oh, mon Dieu, c'est abominable, dit McCarthy. Je suis absolument désolé.

— Ça va aller, ça va aller », réussit à dire Jonesy.

Pourtant son estomac s'était contracté, roulé en boule comme s'il se protégeait d'une éventuelle agression. Il comprit qu'il ne finirait jamais son repas ; qu'il ne pourrait même pas en avaler une bouchée de plus. Il n'était pas particulièrement bégueule, question pets, mais celui-ci puait vraiment le diable.

Le Beav se leva et alla ouvrir une fenêtre, laissant entrer un tourbillon de neige, mais aussi un courant d'air merveilleusement frais.

« Ne vous en faites pas pour ça, mon vieux... faut dire qu'il était sacrément gratiné, celui-là. Qu'est-ce que vous avez bien pu bouffer, dans les bois ? Des crottes d'écureuil ?

« Des feuilles, des mousses et d'autres trucs, je ne me rappelle pas quoi... j'avais tellement faim, vous comprenez, il fallait que je mange *quelque chose*, mais je n'y connais pas grand-chose là-dedans, j'ai jamais lu les bouquins de Gibbons... sans compter qu'il faisait noir. »

Il fit cette dernière remarque comme s'il avait été pris d'une inspiration soudaine et Jonesy jeta un coup d'œil à Beaver pour voir s'il avait compris la même chose que lui : que McCarthy mentait. McCarthy n'avait aucune idée de ce qu'il avait mangé dans les bois, ni même s'il avait vraiment mangé quelque chose. Il tenait simplement à expliquer ce coassement aussi effrayant qu'inattendu — et la puanteur qui l'avait suivi.

Il y eut une nouvelle rafale de vent, un grand souffle hululant qui envoya un nouveau paquet de neige par la fenêtre ouverte, mais il eut l'avantage de renouveler l'air de la pièce, et ce fut une bénédiction.

McCarthy se plia en deux si brutalement qu'on l'aurait dit mû par un ressort ; et quand il se retrouva la tête entre les genoux, Jonesy avait déjà une idée assez précise de ce qui allait suivre ;

adieu, joli tapis navajo, content de t'avoir connu. Le Beav pensa exactement la même chose et retira ses jambes, qu'il avait allongées devant lui, pour éviter les projections.

Cependant, au lieu de vomi, ce qui sortit de McCarthy fut un bourdonnement bas et prolongé, genre bruit d'une machine-outil soumise à un surrégime trop prolongé. Il avait les yeux exorbités — on aurait dit deux billes de verre — et les joues tellement tendues que deux petits croissants d'ombre se dessinaient au coin de ses yeux. Et le bourdonnement continua, continua, un bourdonnement râpeux, grinçant ; et lorsqu'il s'arrêta enfin, la gégène, dans son local à l'extérieur, parut tout d'un coup particulièrement bruyante.

« J'ai entendu roter des spécialistes, mais je dois dire que celui-là est le chef-d'œuvre d'un champion du monde, toutes catégories confondues », commenta Beaver. Il avait parlé d'un ton tranquille, celui du respect le plus sincère.

McCarthy se renversa de nouveau contre le dossier du canapé, les yeux fermés, les commissures des lèvres tirées vers le bas dans une expression que Jonesy interpréta comme de la gêne, de la souffrance, ou les deux. Et il y eut une fois de plus ces remugles d'éther et de bananes pourries, l'odeur d'une fermentation active, d'une décomposition chimique qui n'aurait fait que commencer.

« Oh, mon Dieu, je suis absolument désolé », murmura McCarthy sans ouvrir les yeux. « J'ai pas arrêté de faire ça de toute la journée, depuis le lever du soleil. Et mon estomac qui se remet à me faire mal... »

Sans rien dire, Jonesy et Beaver échangèrent un regard inquiet.

« Vous savez ce que je pense ? demanda Beaver au bout d'un instant. Que vous devriez aller vous allonger et dormir un peu. Vous avez dû rester réveillé toute la nuit, à tendre l'oreille à cause de cette saloperie d'ours ou je ne sais quelle autre foutue bestiole. Vous êtes épuisé, stressé, vanné, ratatiné, tout ce que vous voudrez. Vous avez juste besoin d'aller faire dormir les yeux, quelques heures de sommeil, et vous serez frais comme un con de gardon. »

McCarthy regarda Beaver avec une expression de gratitude tellement pitoyable que Jonesy eut honte d'en être le témoin. En dépit de son teint toujours aussi plombé, le rescapé s'était mis à transpirer ; de grosses gouttes se formaient à la hauteur de son front et de ses tempes avant de rouler, huileuses, le long de ses joues, et cela en dépit de l'air froid qui circulait dans la pièce.

« Vous savez, je crois que vous avez raison. Je suis fatigué, c'est tout. J'ai très mal à l'estomac, mais ça doit être le stress, oui. Et j'ai mangé toutes sortes de cochonneries, des feuilles, et... mon Dieu, je ne sais pas... toutes sortes de cochonneries (il se gratta la joue). Et ce fichu machin, sur ma joue, quelle allure ça a ? Est-ce que je saigne ?

— Non, répondit Jonesy, C'est simplement très rouge.

— C'est une réaction allergique, dit McCarthy d'un ton lugubre. Les cacahuètes me font la même chose. Je vais aller m'allonger. C'est la seule chose à faire, c'est vrai. »

Il se leva et se mit à vaciller sur place. Beaver et Jonesy se précipitèrent ensemble, mais McCarthy retrouva son équilibre avant d'avoir besoin d'aide. Jonesy aurait juré que ce qu'il avait pris pour la bedaine du quadragénaire avait disparu. Un truc pareil était-il possible ? Ce type aurait-il pu contenir autant de gaz ? Il l'ignorait. Tout ce qu'il savait, c'est qu'il avait lâché un pet monumental et un rot encore plus monumental, le genre de phénomènes dont on pouvait faire son fonds de commerce pendant vingt ans au bas mot, du style, *On avait l'habitude d'aller chasser au camp de Beaver Clarendon tous les automnes, et une fois, c'était en 2001, l'année de la grande tempête de neige, un type a débarqué chez nous...* Oui, ça ferait une sacrée histoire, les gens riraient en entendant parler du grand pet et du grand rot, les gens rigolent toujours aux histoires de pets et de rots. Il éviterait de raconter comment il avait été à deux doigts — non, à un — de descendre McCarthy, cependant. Ouais, il éviterait. Valait mieux.

Beaver conduisit McCarthy dans la chambre de Jonesy, au rez-de-chaussée. Le Beav lui jeta un regard d'excuse, et Jonesy haussa les épaules. C'était l'endroit le plus logique, après tout. Jonesy irait dormir au premier, avec Beaver — Dieu sait qu'ils l'avaient fait assez souvent quand ils étaient gosses — et il n'était pas évident que McCarthy aurait réussi à grimper l'escalier. Jonesy aimait de moins en moins la mine plombée du rescapé.

Jonesy était du genre à faire son lit le premier jour, puis à l'enterrer progressivement sous les livres, les journaux, les vêtements, les sacs, les objets de toilette. Il débarrassa tout son fourniment aussi vite et discrètement qu'il le put, puis enleva le couvre-lit.

« Pas besoin de pisser un coup, l'ami ? » demanda le Beav.

McCarthy secoua la tête. Il paraissait hypnotisé par le drap bleu que Jonesy venait de faire apparaître. Jonesy fut une fois de plus frappé par l'aspect vitreux des yeux de l'homme. Des yeux d'animal empaillé. Soudain et sans raison apparente, il se revit dans son séjour à Brookline, cette banlieue chic de Boston. Tapis faits main, mobilier colonial... et la tête de McCarthy en trophée au-dessus de la cheminée. *J'ai estourbi celui-là dans le Maine,* raconterait-il à ses invités quand il donnerait un cocktail. *Un grand con, habillé comme l'as de pique.*

Il ferma les yeux. Lorsqu'il les ouvrit, il vit que Beaver le regardait, l'air un peu inquiet.

« Un petit élancement dans la hanche, dit-il. Désolé. Mr McCarthy, vous devriez enlever votre chandail et votre pantalon. Et vos bottes, évidemment. »

McCarthy regarda autour de lui, comme si on le tirait d'un rêve.

« Bien sûr, dit-il, bien sûr.

— Besoin d'un coup de main ? proposa le Beav.

— Non, bon sang, non. » L'homme parut inquiet, ou amusé (ou les deux) à cette perspective. « J'en suis pas encore là, tout de même.

— Alors, je laisse Jonesy superviser les opérations. »

Beaver s'éclipsa et McCarthy entreprit de se déshabiller, commençant par faire passer son pullover par-desus sa tête. En dessous, il portait la classique chemise de chasseur à carreaux rouges et noirs, ainsi qu'un gilet de corps modèle grand froid. Et, incontestablement, la brioche avait fortement diminué sous la chemise, Jonesy en était convaincu.

Ou du moins, presque convaincu. Moins d'une heure auparavant, il avait pris avec tout autant de conviction la tête de McCarthy pour celle d'un cerf.

L'homme s'assit sur la chaise placée à côté de la fenêtre pour retirer ses bottes, lâchant à ce moment-là un nouveau pet, pas aussi prolongé que le premier, mais tout aussi sonore et répugnant. Aucun des deux ne fit de commentaires, ni d'allusion à l'odeur qui ne tarda pas à envahir la pièce, odeur tellement forte que Jonesy en avait les larmes aux yeux.

McCarthy se débarrassa de ses bottes en quelques secousses et elles tombèrent bruyamment sur le plancher. Puis il se leva pour défaire sa ceinture et enlever son jean, révélant la partie inférieure de ses sous-vêtements d'hiver. À ce moment-là, Beaver revint dans la pièce, tenant à la main un pot de chambre en faïence qu'il avait récupéré au premier étage et qu'il posa à côté de la tête du lit. « Jute au cas où vous auriez besoin de, euh, de dégueuler. Ou si jamais vous avez un de ces appels de la nature auxquels il faut répondre tout de suite. »

McCarthy le regarda avec une expression hébétée que Jonesy trouva inquiétante. Qui était cet étranger, dans une pièce qui était la sienne cinq minutes auparavant, avec son air de déterré dans ses sous-vêtements qui godaient ? Et un étranger malade, par-dessus le marché ? La question était de savoir, malade *à quel point*.

« Juste au cas où vous n'auriez pas le temps d'atteindre la salle de bains, expliqua le Beav. Laquelle, au fait, n'est pas loin de là, la deuxième porte à gauche. Simplement, n'oubliez pas que c'est la deuxième, pas la première, d'accord ? Si vous oubliez et prenez la première, vous risquez de couler un bronze dans la lingerie. »

À son propre étonnement, Jonesy s'esclaffa — un rire suraigu, légèrement hystérique.

« Je me sens mieux, à présent », dit McCarthy.

Mais Jonesy décela zéro degré de sincérité dans cette affirmation. Le type restait planté là comme un androïde en sous-vêtements qui aurait grillé les trois quarts de ses circuits. Jusqu'ici, il avait manifesté un peu de vie, même s'il avait eu l'air de fonctionner au ralenti ; mais à présent, son peu de vivacité avait disparu, comme avait disparu la couleur de ses joues.

« Allez, Rick, lui dit doucement Beaver. Allongez-vous et essayez de dormir. Faut retrouver vos forces.

— Ouais, d'accord. »

Il s'assit dans le lit ouvert et regarda par la fenêtre. Il écarquillait des yeux qui avaient perdu toute expression. Jonesy pensa que l'odeur s'atténuait dans la pièce, puis il se dit qu'il commençait peut-être simplement à s'y habituer, comme on finissait par s'habituer à l'odeur de la cage des singes, au zoo, pourvu qu'on stationne assez longtemps devant.

« Bon sang, regardez-moi ce qu'il neige...

— Ouais, dit Jonesy. Comment va l'estomac, à présent ?

— Mieux. » Les yeux de McCarthy se tournèrent vers Jonesy. Ils avaient l'expression solennelle de ceux d'un enfant. « Je suis désolé d'avoir lâché des vents comme ça. Jamais un truc pareil ne m'était arrivé, pas même à l'armée quand on avait l'impression de manger des haricots tous les jours... mais je me sens mieux.

— Vous êtes sûr de pas vouloir aller pisser avant ? »

Jonesy avait quatre enfants, et cette question lui venait très naturellement à l'esprit.

« Non, j'ai fait dans les bois juste avant que vous me trouviez. Merci de m'avoir accueilli ici. Merci à tous les deux.

— Ah, laissez tomber, dit Beaver, se dandinant sur place. Tout le monde aurait fait pareil.

— Peut-être, ou peut-être pas. Dans la Bible, il est dit, *Regarde, je suis à ta porte et je frappe.* »

Dehors, le vent se mit à souffler avec plus de violence, faisant trembler le Trou dans le Mur jusque dans ses fondations. Jonesy attendit que McCarthy conclue (on aurait dit qu'il voulait ajouter autre chose), mais l'homme se contenta de s'allonger et de tirer les couvertures sur lui.

Du fond du lit de Jonesy leur parvint un autre de ces pets prolongés et râpeux et Jonesy estima qu'il en avait assez vu — et senti. D'accord pour accueillir un étranger perdu au fond des bois quand il arrive à votre porte juste avant une tempête ; pas d'accord pour rester dans le secteur quand le type largue ses chapelets de boules puantes géantes.

Le Beav le suivit et referma doucement la porte derrière lui.

5

Lorsque Jonesy voulut parler, Beaver secoua la tête, porta un doigt à ses lèvres et entraîna Jonesy à travers la vaste pièce, jusqu'au coin cuisine situé à l'autre bout, aussi loin que possible de McCarthy sans être obligé de sortir du chalet.

« Eh bien mon vieux, dit Beaver, ce type est foutrement mal barré. » Dans la forte lumière des néons de la cuisine, Jonesy n'avait pas de mal à voir à quel point son vieil ami était inquiet. Le Beav farfouilla dans la vaste poche ventrale de sa salopette, en retira un cure-dents et se mit à le grignoter. En trois minutes, soit le temps qu'il faut à un fumeur invétéré pour venir à bout d'une cigarette, le morceau de bois serait réduit à un petit amas de brindilles. Jonesy ne savait pas comment les dents de son ami pouvaient y résister (ou son estomac ne pas protester), mais c'était chez lui une manie de toujours.

« J'espère que tu te trompes, mais... » Jonesy secoua la tête. « As-tu jamais senti des pets avec une odeur pareille ?

— Jamais. À mon avis, pourtant, ce type souffre de quelque chose de bien plus grave que de maux d'estomac.

— Qu'est-ce que tu veux dire ?

— Eh bien, pour commencer, il croit que nous sommes le 11 novembre. »

Jonesy ne comprit pas tout de suite ce que le Beav voulait dire. Le 11 novembre était le jour où eux-mêmes étaient arrivés au camp, entassés comme toujours dans le Scout d'Henry.

« Voyons, Beav, nous sommes mercredi. Le 14. »

Beaver hocha la tête et ne put s'empêcher d'esquisser un sourire. Le cure-dents, dont la forme n'avait déjà plus rien de cure-dentesque, roula d'un coin de sa bouche à l'autre.

« Je sais bien. Tu le sais bien. Pas Rick. Rick croit que nous sommes le jour du Seigneur.

— Mais qu'est-ce qu'il t'a raconté, exactement ? »

Il n'avait pas pu inventer tout un feuilleton le temps que Jonesy se prépare ses œufs brouillés... Du coup, pendant que Beaver parlait, il se mit à laver le peu de vaisselle qui avait été sali. Il n'avait rien contre la rusticité d'un camp, mais qu'il soit pendu s'il acceptait de vivre dans la crasse, comme tant d'hommes paraissaient prêts à le faire lorsqu'ils allaient dans les bois — loin de chez eux.

« Ce qu'il m'a raconté ? Qu'ils étaient arrivés au camp le vendredi, avec dans l'idée de chasser quelques heures, puis qu'ils avaient passé le samedi à réparer des fuites qu'ils avaient dans le toit. Et tu sais ce qu'il m'a dit ? *Au moins, je n'ai pas eu à enfreindre le commandement voulant qu'on ne travaille pas le jour du Seigneur. Quand on est perdu au fond des bois, le seul travail qu'on a à faire est de ne pas devenir fou.*

— Ouais...

— Je ne sais pas si j'irais jusqu'à témoigner sous serment que ce type-là se croit le 11, mais ou bien c'est ça, ou bien il se croit une semaine avant, le 4, parce qu'il est persuadé que nous sommes dimanche. Et je n'arrive pas à croire qu'il soit resté dix jours dehors. »

Jonesy ne pouvait pas le croire davantage. Mais trois jours ? Si. Ça, il pouvait le croire. « Voilà qui expliquerait un truc qu'il m'a dit. Il... »

Il y eut un craquement du plancher et ils sursautèrent tous les deux, regardant en direction de la chambre, de l'autre côté du séjour. Il n'y avait rien à voir. Les planchers et les parois de bois craquaient constamment dans la cabane en rondins, même quand le vent ne soufflait pas. Ils se regardèrent, se trouvant un peu idiots.

« Ouais, je suis nerveux, admit Beaver, soit qu'il ait interprété l'expression de Jonesy, soit qu'il ait suivi le même raisonnement. Hé, faut avouer que ça fiche un peu les boules de voir un type sortir des bois dans cet état.

— Ouais, c'est vrai.

— Et ce pet... on aurait dit qu'il avait une bestiole coincée dans le troufignon en train de mourir étouffée par la fumée. »

Le Beav parut un peu surpris d'avoir sorti celle-là, comme toujours quand il disait quelque chose de drôle. Ils se mirent à rire ensemble, se tenant l'un l'autre, poussant de petits hoquets crispés car ils essayaient de ne pas s'esclaffer trop fort ; ils ne voulaient pas que ce pauvre type les entende, si jamais il ne dormait pas encore, les entende et comprenne qu'ils se moquaient de lui. Jonesy eut beaucoup de difficultés à se retenir, d'autant qu'il avait un grand besoin de se décrisper ; son hilarité avait quelque chose de sévère et d'hystérique et il se plia en deux, hoquetant, reniflant, les larmes lui coulant sur les joues.

Finalement, Beaver l'attrapa et l'entraîna avec lui dehors. Là, sans veste, les pieds dans la neige qui épaississait, ils purent rire tout leur soûl, assurés que les hurlements du vent couvriraient le bruit qu'ils pouvaient faire.

6

Lorsqu'ils se retrouvèrent de nouveau à l'intérieur, Jonesy avait les mains tellement engourdies par le froid que c'est à peine s'il les sentit quand il les plongea dans l'eau ; mais au moins avait-il pu rire tout son soûl. Il se demanda une fois de plus comment Henry et Pete s'en tiraient, et s'ils allaient pouvoir rentrer sains et saufs.

« Tu disais que ça expliquait certains trucs, rappela Beaver, qui venait d'entamer un cure-dents neuf. Quels trucs ?

— Il ne savait pas qu'une tempête de neige se préparait », répondit Jonesy. Il parlait lentement, dans un effort pour se souvenir des propos exacts de McCarthy. « *Temps agréable et raisonnablement frais pour la saison*, je crois que c'est ce qu'il a dit. Ce qui tiendrait debout si les dernières prévisions qu'il a entendues étaient celles du 11 ou du 12. Parce que jusqu'à hier, on a plutôt eu beau temps, non ?

— Ouais et on s'est raisonnablement gelé les couilles pour la saison », admit Beaver. Dans le tiroir voisin de l'évier, il prit un torchon au motif délavé de coccinelles et entreprit d'essuyer la vaisselle. Il regardait en direction de la chambre fermée tout en travaillant. « Qu'est-ce qu'il t'a dit d'autre ?

— Que leur camp était à Kineo.

— *Kineo* ? C'est à soixante-dix ou quatre-vingts bornes d'ici. Il... » Beaver ôta le cure-dents de sa bouche, examina les marques laissées par ses dents, et le remit dans l'autre sens entre ses lèvres. « Je commence à voir...

— Ouais. Il n'aurait pas pu faire un tel trajet en une nuit, sans compter qu'il n'a pas dû aller tout droit, mais s'il a mis trois jours...

— Et quatre nuits. S'il s'est bien perdu dimanche après-midi, cela lui fait quatre nuits...

— Ouais, quatre nuits. En supposant qu'il ait gardé à peu près le cap à l'est pendant tout ce temps, je dirais que c'est possible, à raison d'une vingtaine de kilomètres par jour.

— Mais par quel miracle n'est-il pas mort de froid ? » s'étonna Beaver, qui s'était mis à parler à voix basse, murmurant presque, sans s'en rendre compte. « D'accord, il est bien équipé, sa veste est doublée, il porte des caleçons longs, mais la température est tombée toutes les nuits en dessous de zéro dans le secteur depuis Halloween. J'aimerais bien que tu m'expliques comment on peut passer quatre nuits, là dehors, sans claquer de froid. Il n'a même pas l'air de s'être gelé quelque chose, mis à part ce truc dégueulasse à sa joue.

— Je ne sais pas. Il y a autre chose. Comment se fait-il qu'il n'ait pas une barbe de quatre jours, dans ce cas ?

— Quoi ? » Beaver resta bouche bée, le cure-dents pendant à sa lèvre inférieure. Puis, très lentement, il acquiesça. « Ouais. C'est à peine s'il a l'air mal rasé.

— Oui. Comme un type qui n'a pas encore fait sa toilette.

— Peut-être qu'il s'est rasé ?

— Toujours possible », répondit Jonesy.

Il se représenta McCarthy perdu dans les bois, effrayé, glacé, mourant de faim (même s'il n'avait pas l'air d'avoir sauté beaucoup de repas, mais c'était un autre problème), prenant néanmoins le temps de s'agenouiller au bord d'un ruisseau tous les matins pour casser la glace d'un coup de botte afin d'accéder à l'eau, puis sortant son fidèle Gillette... d'où ? De la poche de sa veste ?

« Et ce matin, il aurait perdu ce rasoir, raison pour laquelle il a un début de chaume au menton ?

— Ouais, en même temps qu'il a perdu son fusil. Tu as vu ses dents ? »

Beaver eut une expression qui disait, *et quoi, à présent ?*

« Il en a perdu quatre. Deux en haut, deux en bas. Il ressemble au morveux de la couverture de *Mad*. Le morveux qui dit toujours *Qu'est-ce que j'en ai à foutre ?*

— Ça, c'est pas bien grave. Moi aussi, j'en ai deux qui se sont fait la paire. » Beaver se tira le coin de la bouche, dégageant sa gencive gauche ; Jonesy se serait volontiers passé de ce sourire unilatéral grimaçant. « T'vois ? Uste ici... »

Jonesy secoua la tête. Non, ce n'était pas la même chose.

« Ce type est avocat, Beav. Il fait tout le temps des apparitions en public, son aspect compte dans sa vie professionnelle. Et celles qu'il a perdues sont devant. Je suis prêt à parier tout ce qu'on veut qu'il ne s'en est pas rendu compte.

— Tu n'es pas en train de me dire qu'il a été exposé à un rayonnement, ou un truc comme ça, tout de même ? demanda Beaver avec inquiétude. On perd ses dents quand on subit leurs putains de radiations, j'ai vu ça un jour dans un film. Un de ceux que tu aimes tellement, tu sais, des histoires de monstres. Tu ne crois pas que c'est ça, hein ? Peut-être qu'il a reçu sa marque rouge en même temps.

— Ouais, il a reçu une sacrée dose lorsque la centrale nucléaire de Mars Hill a sauté », répondit Jonesy. Devant l'air intrigué de Beaver, il se sentit embêté d'avoir lâché cette vanne. « Mais non, Beav, quand on est victime d'un empoisonnement par radiations, on perd aussi ses cheveux. »

Beaver se rasséréna.

« Ouais, c'est vrai. Le type du film se retrouvait chauve comme Telly Chais-plus-qui, le type qui jouait un rôle de flic à la télé...

Et puis le type est mort. Celui du film, pas Telly Machin-truc, bien que, maintenant que j'y pense...

— Notre type, lui, a tous ses cheveux », l'interrompit Jonesy.

Pour peu qu'on lui laisse le champ libre, le Beav était capable d'oublier complètement le sujet initial de la conversation. Jonesy remarqua qu'en dehors de la présence de l'étranger, ni lui ni Beaver ne l'appelaient Rick ou même McCarthy. Juste « le type » comme si, inconsciemment, ils voulaient en faire quelque chose de moins important qu'un homme, une sorte d'être générique, si bien que cela serait moins grave si jamais... si jamais, point.

« Ouais, répondit le Beav. C'est vrai. Il a plein de cheveux.

— Il doit souffrir d'amnésie.

— Je veux bien, mais il se rappelle son nom, avec qui il était, des conneries comme ça. Et tu parles d'un coup de trompette, qu'il a donné ! Et la puanteur ! On aurait dit de l'éther.

— Ouais. Moi, ça m'a fait penser au liquide de démarrage. Les diabétiques ont une odeur bizarre, aussi, quand ils dégueulent. J'ai dû lire ça dans un polar.

— Comme du liquide de démarrage ?

— Je ne m'en souviens plus. »

Ils restèrent quelques instants à se regarder, écoutant le vent souffler. Jonesy envisagea un instant de parler à Beaver de l'éclair que le type prétendait avoir vu, mais qu'est-ce que ça pouvait faire ? Au point où ils en étaient...

« J'ai bien cru qu'il allait nous dégobiller tripes et boyaux, quand je l'ai vu penché comme ça, reprit le Beav. Pas toi ? »

Jonesy acquiesça.

« Et il n'a pas l'air d'aller bien. Pas bien du tout.

— En effet. »

Beaver soupira, jeta ce qui restait de son cure-dents dans la poubelle et regarda par la fenêtre ; la neige tombait plus drue et épaisse que jamais. Il claqua des doigts.

« Si seulement Henry et Pete étaient là. Henry, en particulier.

— Hé, Beav, Henry est psychiatre.

— Je sais bien, mais c'est ce qu'on a de mieux sous la main comme toubib, et quelque chose me dit que ce type a foutrement besoin d'être soigné. »

Henry était en fait médecin — il fallait faire des études de médecine avant de devenir réducteur de têtes —, mais n'avait jamais exercé en médecine somatique, pour autant que Jonesy le savait. Il comprenait cependant ce que Beaver voulait dire.

« Tu crois toujours qu'ils vont réussir à revenir, Beav ? »

Beaver soupira.

« Il y a une demi-heure, je t'aurais répondu *sans problème*, mais ça commence à tomber sérieusement. Je crois pourtant qu'ils y arriveront. » Il regarda Jonesy, la mine sombre ; il ne restait plus grand-chose du joyeux drille habituel dans les yeux de Beaver Clarendon. « Je l'espère. »

III

Le Scout d'Henry

1

Au même moment, tandis qu'il surveillait le faisceau des phares qui creusaient un tunnel de plus en plus réduit dans le rideau de neige, le long de Deep Cut Road, Henry pensait aux divers moyens de s'y prendre.

Il y avait bien entendu la Solution Hemingway ; étudiant à Harvard, il avait fait une dissertation sur le sujet en lui donnant ce titre, ce qui semblait prouver qu'il y pensait déjà — d'une manière personnelle, s'entend, pas comme moyen de satisfaire à quelque exigence académique bizarroïde. La Solution Hemingway ? Le fusil de chasse, et Henry en possédait un... même si ce n'était pas ici, avec ses amis, qu'il passerait à l'acte. Ils avaient vécu bien des bons moments ensemble, au Trou dans le Mur, et ce serait assez ignoble de leur faire ce coup. Ça reviendrait à polluer l'endroit pour Pete et Jonesy, et bien entendu pour Beaver — peut-être plus encore pour Beaver, et ce serait moche. Mais ça n'allait pas tarder, il sentait l'instant se rapprocher, comme on sent venir un éternuement. Marrant, de comparer la fin de sa vie à un éternuement, mais c'était sans doute assez près de la vérité. Juste *Atchoum !* et bonjour les ténèbres, mes vieilles amies...

Pour employer la Solution Hemingway, il fallait enlever une chaussure et la chaussette correspondante. On pose la crosse de l'arme au sol. On place l'extrémité du canon dans sa bouche. On passe le gros orteil dans le pontet, juste devant la queue de détente. *Petit mémo personnel*, pensa Henry, tandis que le Scout faisait une nouvelle embardée dans la neige et qu'il corrigeait la trajectoire.

Faut dire que les ornières l'aidaient, que c'était d'ailleurs à quoi se réduisait cette route, deux ornières creusées l'été par les chargements de bois sur traîneaux. *Si tu dois t'y prendre comme ça, avale d'abord un laxatif et attends de t'être bien vidé les boyaux. Pas la peine de saloper un peu plus le boulot de ceux qui seront chargés de faire le ménage.*

« Tu devrais peut-être ralentir un peu », suggéra Pete. Il tenait une canette de bière à moitié vide coincée entre ses cuisses, mais il en aurait fallu beaucoup plus pour lui brouiller la vue. Avec trois ou quatre, Henry aurait pu foncer à cent à l'heure sur cette piste, et Pete serait resté assis bien tranquillement à sa place, fredonnant en même temps que l'un de ces horribles putains de disques des Pink Floyd. Et il aurait sans doute pu rouler à cent à l'heure sans même faire une seule éraflure à son pare-chocs. Rouler dans les ornières de Deep Cut Road, même quand elles étaient remplies de neige, revenait à rouler sur des rails. Si la neige continuait à s'accumuler, les choses pouvaient changer, mais pour le moment, tout allait bien.

« T'inquiète pas, Pete, ça baigne.

— Tu veux une bière ?

— Non, pas pendant que je conduis.

— Pas même dans ce bled perdu ?

— Plus tard. »

Pete n'insista pas, laissant Henry suivre le faisceau des phares, tricoter son chemin le long de cette allée toute blanche entre les arbres. Le laissant aussi à ses pensées, c'est-à-dire là où il voulait être. C'était comme appuyer contre un point douloureux dans la bouche — on y revient sans cesse du bout de la langue —, mais c'était pourtant là qu'il voulait être.

Il y avait les pilules. Le truc du sac en plastique sur la tête dans la baignoire. La noyade. Sauter d'un étage élevé. Le pétard dans l'oreille n'était pas assez sûr : on risquait trop de se réveiller paralysé du cou jusqu'aux pieds. S'entailler les poignets ne valait pas mieux, c'était juste bon pour ceux qui répétaient. Les Japonais avaient cependant une manière de s'y prendre qui intéressait beaucoup Henry. On se passe une corde autour du cou. On attache l'autre extrémité à un gros rocher qu'on place sur une chaise. Puis on s'assoit de telle manière qu'on ne puisse pas tomber en arrière, qu'on soit obligé de rester assis. Enfin, on renverse la chaise. Le rocher roule. On peut mettre entre trois et cinq minutes à mourir, dans un rêve asphyxié de plus en plus noir. Bonjour les ténèbres, mes vieilles amies. Il avait découvert cette méthode, tenez-vous bien, dans un polar de Kinsey Milhone, l'un des auteurs préférés de Jonesy. Les romans policiers et les films d'horreur : c'était là-dessus que flottait le bateau de Jonesy.

Dans l'ensemble, Henry penchait plutôt pour la Solution Hemingway.

Pete acheva sa première bière et dévissa dans la foulée le bouchon de la deuxième, l'air nettement plus satisfait. « Dis-moi, qu'est-ce que t'en penses ? » demanda Pete.

Henry eut l'impression d'être appelé depuis un autre univers, celui dans lequel les vivants tenaient réellement à vivre. Comme toujours, en ce moment, cela l'agaça. Mais il était important qu'aucun d'eux n'ait de soupçons et il lui semblait que Jonesy en nourrissait déjà. Vaguement. Beaver aussi, peut-être. C'était ceux qui pouvaient parfois voir à l'intérieur. Pete, lui, était inoffensif, mais il risquait de vendre involontairement la mèche en disant aux autres qu'il trouvait ce bon vieil Henry bien préoccupé, comme si quelque chose lui trottait dans la tête, quelque chose de pesant ; et Henry ne voulait pas. Cette semaine de chasse allait être la dernière semaine qu'ils passeraient tous au Trou dans le Mur, la fine équipe de Kansas Street, les Pirates écarlates de la petite école, et il tenait à ce que ce soit une bonne semaine. Il tenait à ce qu'ils soient sous le choc lorsqu'ils l'apprendraient, même Jonesy, celui de tous qui voyait le plus souvent clair en lui, depuis toujours. Il tenait à ce qu'ils puissent dire qu'ils ne s'en étaient pas doutés un seul instant. C'était mieux que de les imaginer tous les trois assis en rond, tête penchée, incapables de se regarder sinon par brefs coups d'œil, à se dire qu'ils auraient dû le voir venir, qu'ils avaient relevé des signes avant-coureurs, qu'ils auraient dû faire quelque chose. Si bien qu'il retourna dans cet autre univers, simulant l'intérêt sans difficulté et de manière convaincante. Qui aurait pu mieux le faire qu'un réducteur de têtes ?

« Qu'est-ce que je pense de quoi ? »

Pete roula des yeux.

« De tous les trucs que le vieux Gosselin nous a racontés, dans son magasin, triple buse !

— Crois-moi, Pete, on ne l'appelle pas le vieux Gosselin pour rien. Il doit avoir dans les quatre-vingts balais bien sonnés, et s'il y a un truc dont ne manquent pas les bons petits vieux et les bonnes petites vieilles, c'est bien la bonne vieille parano hystérique. »

Le Scout, qui lui-même n'était pas de la première jeunesse et avait largement entamé un nouveau tour de compteur, quitta brusquement les ornières et se mit aussitôt à déraper, quatre roues motrices ou pas. Henry le ramena dans les rails, riant presque lorsque Pete, qui avait lâché sa bière, lui cria : « Merde, fais gaffe, vieux ! »

Henry leva le pied, jusqu'à ce que le véhicule commence à se redresser, puis enfonça encore une fois l'accélérateur avec une brutalité voulue. Le Scout fit une nouvelle embardée et Pete cria à nouveau. Henry ralentit et le quatre-quatre retomba sèchement dans les ornières, se remettant à rouler normalement, comme sur des rails. Une fois qu'on a vraiment décidé de mettre fin à ses jours, ce genre de petites choses ne semble pas beaucoup vous émouvoir. Le faisceau des phares entaillait le jour, un jour blanc et changeant, fait de la danse de milliards de flocons dont pas deux n'étaient identiques, à en croire la sagesse populaire.

Pete reprit sa bière (il n'en avait pas perdu beaucoup) et se tapota la poitrine.

« Tu ne trouves pas que tu vas un peu vite ?

— Mais non, j'ai même de la marge », répondit Henry. Puis, comme si les dérapages ne s'étaient jamais produits, ou n'avaient pas interrompu le train de ses pensées (ce qu'ils n'avaient pas fait), il poursuivit : « C'est chez les très jeunes ou les très âgés que l'hystérie de groupe est la plus courante. Le phénomène a été très bien recensé, aussi bien dans mon domaine que dans celui de mes voisins de palier sociologues, ces païens. »

Henry jeta un coup d'œil à son compteur et vit qu'il roulait à plus de cinquante à l'heure, ce qui en réalité était encore un peu vite, étant donné l'état de la route. Il ralentit.

« Ça va mieux ? »

Pete acquiesça.

« Ne te méprends pas ; tu es un conducteur de première mais, mon vieux, qu'est-ce qu'il neige ! Et nous avons les provisions », ajouta-t-il avec un geste du pouce, par-dessus l'épaule, vers les deux sacs et les deux cartons empilés sur le siège arrière. « Sans parler des hot dogs, on ramène toute une cargaison de macaroni-fromage Kraft. Tu sais aussi bien que moi que Beaver ne peut pas vivre sans ces machins.

— Oui, je le sais. Moi aussi, j'aime bien ça. Est-ce que tu te souviens de ces histoires de gens qui adoraient le diable, dans l'État de Washington ? On en a parlé dans les journaux au cours des années quatre-vingt-dix. On a remonté la filière et on est tombé sur plusieurs personnes âgées qui habitaient avec leurs enfants — et leurs petits-enfants, dans l'un des cas — dans deux petits patelins au sud de Seattle. L'avalanche de signalements d'abus sexuel dans des garderies a apparemment commencé lorsque des adolescentes qui y travaillaient à temps partiel se sont toutes mises à crier au loup en même temps, dans le Delaware et en Californie. Il peut s'agir de coïncidences, ou on peut dire simplement que les temps étaient mûrs pour que ces histoires soient crues, et que ces filles n'ont fait que réagir à l'air du temps. »

Comme les paroles tombaient facilement de ses lèvres, à croire que tout cela avait de l'importance. Henry parlait, son voisin l'écoutait, béat d'admiration, et personne (en tout cas, certainement pas Pete) n'aurait pu soupçonner un instant qu'il pensait fusil à pompe, corde, pot d'échappement, pilules. Il avait la tête pleine de bandes préenregistrées, un point c'est tout. Et sa langue était la tête de lecture.

« À Salem, poursuivit Henry, vieux et jeunes filles ont potentialisé leur hystérie et *voilà**, on a les célèbres Procès en Sorcellerie de Salem.

— Ah, j'ai vu le film, avec Jonesy. Il y avait Vincent Price. Il m'a flanqué une de ces putains de frousse !

— Tu m'étonnes », dit Henry en riant. Pendant un instant dément, il crut que Pete parlait de *La Chasse aux sorcières*. « Et quand les idées hystériques ont-elles le plus de chances de trouver créance ? Une fois les récoltes rentrées et le mauvais temps revenu, pardi. Là, on a tout le loisir de colporter des ragots et de faire du mal. À Wenatchee, dans l'État de Washington, ce sont des histoires d'adoration du diable et de sacrifices d'enfants dans les bois. À Salem, c'étaient des sorcières. Et dans le Jefferson Tract, terre du seul et unique Gosselin's Market, ce sont d'étranges lumières dans le ciel, des chasseurs qui disparaissent et des manœuvres mili-

* Les termes en italique suivis d'un astérisque sont en français dans le texte original.

taires. Sans parler de ce truc rouge bizarre qui pousserait sur les arbres.

— Pour les militaires et les hélicoptères, je ne sais pas, mais il y a tout de même eu assez de gens qui ont vu les lumières pour organiser une réunion des citoyens du coin. C'est ce que m'a dit le vieux Gosselin pendant que tu remplissais ton chariot. Et ces gens de Kineo ont réellement disparu. On ne peut plus parler d'hystérie, ici.

— Quatre remarques rapides. Un : tu ne peux pas avoir une réunion de citoyens dans le Jefferson Tract parce qu'il n'y a pas de ville, pas de commune, rien ; même Kineo n'est qu'un simple lieu-dit sans statut juridique. Deux : la réunion en question a dû avoir lieu autour du poêle de Gosselin, et une bonne moitié de l'assistance devait être shootée au schnaps ou au café arrosé. »

Pete ricana.

« Trois : qu'est-ce qu'ils ont d'autre à faire ? Et quatre, les chasseurs : soit ils en ont eu marre et sont rentrés chez eux, soit ils ont pris une cuite et décidé d'aller s'enrichir au casino de Carrabassett.

— C'est ce que tu penses, hein ? »

Pete avait l'air déconfit et Henry éprouva une grande vague d'affection pour lui. De la main, il tapota le genou de son ami.

« T'en fais pas, va, le monde est plein de phénomènes bizarres ».

Si cela avait été vrai, Henry doutait qu'il aurait eu autant envie de le quitter, mais s'il y a une chose que les psy savent faire (outre rédiger des ordonnances pour du Prozac, du Paxil ou de l'Ambien) c'est mentir.

« Quatre chasseurs qui disparaissent en même temps, moi je trouve tout de même ça bizarre.

— Au contraire, répondit Henry en riant. Un seul, voilà qui serait bizarre. Deux aussi. Mais quatre ? Ils ont fichu le camp ensemble, c'est évident.

— À combien sommes-nous du Trou dans le Mur ? » voulut savoir Pete.

Ce qui, une fois traduit, voulait dire : *Est-ce que j'ai le temps d'ouvrir une autre bière ?*

Henry avait remis le compteur kilométrique journalier à zéro avant de partir du Gosselin's, vieille habitude qui remontait à l'époque où il travaillait pour l'État du Massachusetts et où il touchait douze *cents* du mille pour faire l'inventaire de tous les vieux psychotiques qu'il pouvait trouver. Le kilométrage entre le

Gosselin's Market et le Trou dans le Mur était facile à retenir : 33,3 kilomètres. Le compteur indiquait déjà presque vingt kilomètres, ce qui signifiait que...

« Fais gaffe ! » hurla Pete.

Henry releva vivement la tête.

Le Scout venait d'atteindre le sommet d'un raidillon dans une zone arborée. La neige y tombait encore plus drue, mais Henry naviguait plein phares. Il distingua sans peine l'individu assis sur la route, à une trentaine de mètres devant lui. Un gars emmitouflé dans un duffle-coat et dont le gilet orange réfléchissait la lumière comme la cape de Superman, dans le vent qui ne cessait de forcir ; elle portait aussi une chapka en fourrure de style russe. Des rubans orange étaient cousus à la chapka et s'agitaient dans le vent, rappelant à Henry les guirlandes qui, parfois, sont censées décorer les parkings de voitures d'occasion. Le type était assis comme un Indien s'apprêtant à fumer le calumet de la paix, et il ne bougea pas quand le faisceau lumineux lui tomba dessus. Un bref instant, Henry vit ses yeux, grands ouverts mais calmes, très calmes, très brillants, très vides, et il pensa : *C'est à ça que les miens ressembleraient si je ne faisais pas très attention.*

Pas le temps de s'arrêter, avec cette neige. Henry donna un coup de volant à droite et sentit le Scout rebondir lorsqu'il sortit des ornières. Il eut une dernière vision du visage blanc et calme et eut le temps de se dire, *Bon Dieu ! Mais c'est une femme !*

Une fois hors des ornières le Scout se mit aussitôt à déraper. Cette fois, Henry ne le laissa pas faire, braquant les roues pour avoir le maximum d'effet de ralentissement par la neige, sachant, sans même avoir à y penser (pas le temps) que c'était la seule chance du quatre-quatre. Une chance sur laquelle il n'aurait pas parié grand-chose, pour tout dire.

Pete hurla. Du coin de l'œil, Henry le vit qui levait les mains, paumes tendues devant lui, en un geste de protection. Le Scout commença à se mettre en travers et Henry contre-braqua, essayant de contrôler le dérapage juste ce qu'il fallait pour que l'arrière du véhicule ne vienne pas heurter la femme en pleine tête, lui enfonçant le visage dans le crâne. Le volant tournait avec une aisance molle et folâtre entre ses mains gantées. Pendant peut-être trois secondes, le Scout dévala la Deep Cut Road sous un angle de quarante-cinq degrés, comportement dû en partie à Henry Devlin, en partie aux conditions météo. Il fonçait entre deux gerbes d'une fine poussière blanche tandis que les phares éclairaient les pins lourds de neige, sur le côté gauche de la route, comme deux projecteurs mouvants. Trois secondes seulement, mais trois secondes qui suffirent. Henry vit la silhouette défiler comme si c'était elle qui se déplaçait et non eux, à ceci près qu'elle resta totalement immobile, ne clignant même pas des yeux lorsque l'angle rouillé du parechoc vint flirter avec son nez à moins de cinq centimètres.

J'tai ratée ! exulta Henry. *J'tai ratée, salope !* Sur quoi, il perdit le peu de contrôle qu'il lui restait sur le véhicule, lequel se retrouva complètement en travers de la route. Une violente secousse leur apprit que les roues avaient retrouvé les ornières, mais à angle droit, cette fois. Le Scout essaya de faire un tête-à-queue complet (*les avants derrière, les arrières devant !* criaient-ils quand ils jouaient au football, au lycée), mais il heurta une pierre ou peut-être un petit arbre tombé ; le choc fit un bruit terrifiant et le véhicule se coucha d'abord sur le côté passager, où les vitres explosèrent en débris scintillants, puis roula sur le toit. Une des attaches de la ceinture de sécurité d'Henry se rompit, et il fut projeté contre le toit qu'il heurta de l'épaule gauche. Au passage, ses couilles entrèrent en contact avec la colonne de direction, une douleur fulgurante l'envahissant sur-le-champ. Le Commodo de changement de direction se rompit contre sa cuisse et il sentit le sang se mettre aussitôt à pisser et à imbiber son jean. *Le raisiné*, comme l'appelait autrefois le commentateur de matchs de boxe à la radio, *regardez, les gars, le raisiné a commencé à couler*. Pete criait, ou hurlait, ou les deux.

Pendant plusieurs secondes, le moteur du Scout renversé continua de tourner, puis la gravité s'exerça et il cala. Ce n'était plus, retournée sur la route, qu'une lourde masse dont les roues tournaient encore et dont les phares, immobiles à présent, éclairaient les arbres enneigés sur le côté gauche de la chaussée. L'un d'eux s'éteignit, mais le deuxième continua d'illuminer la scène.

2

Henry avait longuement parlé avec Jonesy de l'accident de celui-ci (l'avait plutôt écouté en parler, en réalité ; la thérapie consistait à ça : une écoute créative) et il savait que son ami n'avait aucun souvenir de la collision proprement dite. Lui-même garda l'impression, en revanche, de n'avoir jamais perdu conscience et de se souvenir de l'enchaînement exact des événements. Il se rappelait avoir cherché à tâtons le fermoir de sa ceinture de sécurité, voulant se dégager complètement de cette saloperie, tandis que Pete beuglait qu'il avait la jambe cassée, que sa con de putain de jambe était cassée. Il se rappelait aussi les couinements réguliers des essuie-glaces et la lueur du tableau de bord, maintenant à l'envers. Il trouva enfin le mécanisme de la ceinture, le perdit, le retrouva et l'ouvrit. La partie de la sangle qui le retenait à hauteur du bassin se dégagea et le reste de son corps vint s'empiler n'importe comment et sans douceur contre le toit, cassant le boîtier du plafonnier au passage.

Il agita une main, finit par trouver la poignée de la portière, mais ne put la faire jouer.

« Ma jambe ! Oh, putain, ma jambe ! braillait Pete.

— Ferme-la, avec ta jambe, dit Henry. Elle va très bien. »

Comme s'il en savait quelque chose. Il trouva de nouveau la poignée, tira dessus, mais rien ne se produisit. Puis il comprit pourquoi. Tout était à l'envers et il tirait dans la mauvaise direction. Il tira dans l'autre sens et l'ampoule du plafonnier, maintenant à nu, s'alluma droit dans son œil, si près qu'il en sentit la chaleur. Avec un cliquetis, la portière s'ouvrit. Il la poussa du poing, convaincu qu'elle n'allait pas bouger ; la carrosserie devait être déformée et il aurait de la chance s'il pouvait l'entrouvrir de quinze centimètres.

Avec un grincement, elle céda cependant sous sa pression et il sentit un air glacial chargé de neige venir danser autour de son visage et de son cou. Il poussa un peu plus fort, s'aidant de l'épaule, et ce n'est que lorsque ses jambes se dégagèrent de la colonne de direction qu'il comprit qu'elles y étaient restées accrochées. Il exécuta une sorte de saut de carpe et se retrouva quasiment nez à nez avec sa braguette, comme s'il avait décidé d'aller embrasser ses couilles douloureuses pour les guérir. Il avait du mal à respirer tant son diaphragme était comprimé.

À ce moment-là, Pete recommença.

« Aide-moi, Henry ! J'suis coincé ! Putain de merde, j'suis coincé !

— Juste une seconde. »

Henry avait répondu d'une voix étranglée et haut perchée qu'il reconnut à peine comme la sienne. Il voyait à présent une tache sombre d'agrandir sur la partie supérieure de son jean. Le vent ronflait dans les pins comme l'Electrolux du Bon Dieu en personne.

Il s'agrippa au montant de la portière, se félicitant d'avoir gardé ses gants pour conduire, et tira de toutes ses forces : il lui fallait à tout prix sortir et déployer son diaphragme s'il ne voulait pas s'étouffer.

Pendant un moment rien ne se produisit, puis il fut propulsé à l'extérieur comme un bouchon de champagne. Il resta quelques secondes où il était, haletant, tourné vers un rideau de neige en chute perpétuelle. Le ciel ne présentait rien d'anormal, à cet instant précis, il l'aurait juré sur un tas de bibles devant n'importe quel tribunal. Rien que le ventre bas et gris des nuages et la dégringolade psychédélique des flocons de neige.

Pete ne cessait de l'appeler par son nom, la panique de plus en plus perceptible dans sa voix.

Henry roula sur lui-même, se mit à genoux, constata que ça allait à peu près et se leva péniblement. Il resta un instant sur place, oscillant dans le vent, pour vérifier que sa jambe blessée ne se dérobait pas sous lui et qu'il ne risquait pas de s'effondrer dans la neige. Elle tenait et il entreprit, d'un pas traînant, de contourner le Scout par l'arrière pour voir ce qu'il pouvait faire pour Pete. Il jeta un coup d'œil en direction de la femme à l'origine de tout ce bordel. Elle n'avait pas bougé de place. Assise en tailleur au milieu de la route, ses cuisses et le devant de sa parka étaient recouverts de neige. Son gilet claquait au vent, comme les rubans cousus à sa chapka. Elle ne s'était même pas retournée et continuait à regarder dans la direction du Gosselin's Market, comme lorsqu'ils avaient franchi la crête et l'avaient vue. Une trace de pneu décrivait un long arc de cercle qui paraissait la contourner et passait à moins de trente centimètres de la pointe de son genou gauche. Henry ne comprenait pas, absolument pas, comment il avait pu la manquer.

« Henry ! Aide-moi, Henry ! »

Il accéléra le pas, glissant dans la neige fraîche, et arriva à hauteur de la portière, côté passager. Elle était apparemment coincée, mais lorsque Henry se mit à genoux et tira dessus à deux mains, elle s'ouvrit à moitié. Il passa une main, saisit Pete par l'épaule et tira. Rien.

« Défais ta ceinture, vieux ! »

La main de Pete tâtonna, mais il paraissait incapable de la trouver, alors qu'elle était devant lui. Agissant avec soin, sans précipitation, sans éprouver la moindre impatience (il supposait qu'il était en état de choc), Henry dégrafa la ceinture et Pete tomba contre le plafond, sa tête se tordant de côté. Il poussa un cri de surprise et de douleur mêlées, puis, se tortillant et se débattant maladroitement, il sortit par la portière entrouverte. Henry le prit sous le bras et le tira à l'air libre ; sur quoi ils basculèrent ensemble dans la neige et Henry éprouva un sentiment de *déjà vu** si intense qu'il crut bien s'évanouir. N'avaient-ils pas joué exactement à ça, quand ils étaient mômes ? Bien sûr que si. Le jour où ils avaient appris à Duddits à faire des anges de neige, pour commencer. Quelqu'un éclata de rire, le faisant violemment sursauter. Puis il se rendit compte que c'était lui qui riait.

Pete se mit sur son séant, l'œil écarquillé et menaçant, le dos couvert de neige.

« Qu'est-ce qui te prend de rigoler comme ça, bordel ! Ce trou-du-cul a failli nous faire tuer ! Je vais te l'étrangler, ce con de fils de pute !

— Hé, pas son fils, la pute elle-même », le corrigea Henry, riant plus fort que jamais.

Il se dit qu'il y avait des chances pour que Pete ne comprenne pas ce qu'il voulait dire, avec ce vent qui soufflait, mais il s'en fichait. Il s'était rarement senti d'humeur aussi jubilatoire.

Pete se remit debout de manière aussi maladroite que son ami un instant auparavant ; Henry était sur le point d'en balancer une bien bonne sur le fait que Pete s'en sortait joliment bien pour un type avec une jambe cassée, lorsque son ami s'affala de tout son long avec un cri de douleur. Henry s'approcha à quatre pattes et se mit à lui tâter la jambe. Elle paraissait intacte, mais comment en être sur, avec deux couches de vêtement ?

« Non, ma putain de guibole n'est pas cassée, en fin de compte, dit Pete, qui haletait de douleur. C'est juste mon genou qui s'est déboîté, comme quand je jouais au football. Où est-elle ? T'es sûr que c'est une femme ?

— Oui. »

Pete se releva et alla en boitillant jusqu'à l'avant du Scout, se tenant le genou. Le phare restant illuminait courageusement le paysage enneigé. « Elle a intérêt à être infirme ou aveugle, j'aime autant te le dire. Sans quoi, je vais la ramener chez Gosselin à coups de pompe dans le cul. »

Henry éclata de nouveau de rire devant l'image mentale de Pete sautillant, puis donnant des coups de pied. Comme une danseuse de revue avec une jambe de bois. « Hé, ne lui fais pas de mal, Peter ! » Il avait beau avoir hurlé, il se dit que toute la sévérité qu'il avait pu mettre dans son intonation avait été annihilée par le fait qu'il avait parlé entre deux éclats de rire hystériques.

« Je lui ferai rien, tant qu'elle ne sera pas insolente », répondit Pete.

Cette réplique, apportée à Henry par le vent, évoquait la vieille fille offensée et il se mit à rire de plus belle. Il fit cependant descendre son jean et son caleçon long sur ses chevilles, restant en slip pour examiner la gravité de la blessure faite par le Commodo de l'indicateur de direction.

Il avait, à l'intérieur de la cuisse, une entaille peu profonde de moins de dix centimètres de long. Elle avait beaucoup saigné (et saignait encore un peu), mais il estima que la blessure était superficielle.

« Mais bon Dieu, qu'est-ce que vous branlez là au milieu ? » lança Pete, outré, depuis l'autre côté du véhicule dont les essuie-glaces fonctionnaient toujours, *wiiik-toc, wiiik-toc*. Et, en dépit de la formulation grossière (indiscutablement d'esprit beaverien) de sa question, Henry trouva qu'il avait l'air d'une vieille maîtresse d'école outrée, ce qui le fit rire encore plus pendant qu'il remontait caleçon et pantalon.

« Qu'est-ce que vous foutez là, au beau milieu de cette putain de route, en pleine tempête de neige ? Vous êtes soûle ? Vous vous êtes shootée ? Vous êtes complètement cinglée, ma parole ! Hé ! Répondez, au moins ! Vous avez bien failli nous faire tuer, mon copain et moi, vous pourriez au moins... *hooo, bordel à cul !* »

Henry contourna le Scout juste à temps pour voir Pete s'affaler à côté de miss Bouddha. Son genou venait sans doute de le trahir à nouveau. La femme ne le le regarda pas une seule fois. Les rubans orange de la chapka flottaient derrière elle. Elle tournait le visage vers la tempête, les yeux grands ouverts, sans ciller, et les flocons venaient se poser sur ses globes oculaires dont la chaleur les faisait fondre. En dépit de la situation, Henry sentit sa curiosité professionnelle se réveiller. Sur quoi venaient-ils de tomber ?

3

« *Aïe ! Que le cul me pèle ! Putain, qu'est-ce que ça fait mal !*

— Hé, Pete, ça va ? » demanda Henry, ne pouvant s'empêcher d'éclater de nouveau de rire.

Question vraiment stupide.

« Est-ce que j'ai l'air d'aller bien, le psy ? » rétorqua Pete. Lorsque Henry lui tendit une main secourable, il la refusa d'un geste agacé. « Non, j'ai compris, faut attendre que ça passe, occupe-toi plutôt de la princesse Casse-Couilles. Elle reste assise là comme une bûche. »

Henry se laissa tomber à genoux devant la femme avec une grimace de douleur. À cause de sa jambe, bien sûr, mais aussi de son épaule, celle qui avait heurté le toit du Scout ; la raideur commençait à lui gagner le cou. Tout cela ne l'empêchait cependant pas de pouffer encore un peu.

Il ne s'agissait pas de quelque fraîche jouvencelle en détresse. Elle avait au moins quarante ans et était corpulente. En dépit de l'épaisseur de sa parka et de Dieu sait combien de couches de vêtements en dessous, son double renflement pectoral tout à fait considérable trahissait le genre d'obus de très gros calibre pour lesquels on a inventé la chirurgie réparatrice. Les cheveux qui dépassaient de sa chapka, sur le front et les côtés, étaient coupés à la diable. Elle portait des jeans, mais le diamètre de ses cuisses devait être le double de celles d'Henry. Le premier terme qui venait à l'esprit était celui de *campagnarde* : le genre de femme qu'on aperçoit en train d'étendre une lessive faramineuse dans une arrière-cour jonchée de jouets, derrière un mobil-home à deux corps, tandis que s'époumonnent Garth ou Shania, depuis la radio placée sur le rebord de la fenêtre... ou peut-être l'aurait-on bien vue faisant ses courses au Gosselin's Market. Sa tenue fluo pouvait laisser penser qu'elle était à la chasse, mais où était passé son fusil ? Déjà recouvert par la neige ? Elle avait de grands yeux bleu foncé, totalement vides d'expression. Henry chercha du regard la trace qu'elle avait laissée et ne vit rien. Le vent avait effacé ses empreintes, mais cela lui fit tout de même un drôle d'effet, comme si elle était tombée du ciel.

Henry retira un gant et claqua des doigts devant ces yeux au regard fixe. Elle cilla. Ce n'était pas grand-chose, mais plus que ce à quoi il s'était attendu étant donné qu'un véhicule de plus d'une tonne venait de la frôler sans la faire seulement tressaillir.

« Hé ! lui cria-t-il en plein visage. Revenez avec nous ! Revenez ! »

Il claqua de nouveau des doigts. C'est à peine s'il les sentait — quand étaient-ils devenus aussi froids ? *Nous voilà dans un fichu pétrin*, pensa-t-il.

La femme rota. Un rot retentissant que ne couvrit pas le grondement du vent dans les arbres ; avant que ce même vent ait pu le dissiper, lui parvint une bouffée amère et acide lui rappelant de l'alcool médical. La femme bougea un peu et grimaça, puis lâcha un vent — un long pet ronronnant comme du tissu qui se déchire. *C'est peut-être comme ça que les gens du coin se saluent*, pensa Henry, idée qui l'incita de nouveau à rire.

« Sainte merde, dit Pete tout près de son oreille. On dirait bien qu'elle a fendu son pantalon en deux avec celui-là. Qu'est-ce que vous avez picolé, ma petite dame, du Prestone ? (Il se tourna vers Henry.) Elle a dû boire quelque chose, bon Dieu de merde, et si ce n'est pas de l'antigel, moi je suis un singe. »

Henry sentait lui aussi l'odeur.

Les yeux de la femme bougèrent soudain et son regard croisa celui d'Henry. « Où est Rick ? demanda-t-elle. Faut que je trouve Rick. C'est le seul qui reste. » Elle fit la grimace et, lorsque ses lèvres se retroussèrent, Henry vit qu'elle n'avait pratiquement plus de dents. Celles qui restaient faisaient penser à une palissade en ruine. Elle rota de nouveau, et l'odeur fut tellement forte qu'il en eut les larmes aux yeux.

« Ho, sainte merde, s'écria Pete. Qu'est-ce qu'elle a ?

— Aucune idée », répondit Henry.

Seule certitude, les yeux de la femme avaient retrouvé leur expression de vacuité et ils étaient dans un très sale pétrin. Seul, il aurait envisagé de s'asseoir à côté de la femme et de passer un bras autour de ses épaules, réponse infiniment plus intéressante et originale au problème final que la Solution Hemingway. Mais il devait s'occuper de Pete, Pete qui n'avait pas encore subi sa première cure de désintoxication, même si, incontestablement, elle se profilait à l'horizon.

Sans compter qu'il était curieux.

4

Pete, assis dans la neige, manipulait une fois de plus son genou à deux mains et regardait Henry ; il attendait que son ami fasse quelque chose, ce qui était tout à fait normal, vu que celui-ci avait si souvent été la tête pensante de leur petit groupe. S'ils n'avaient pas de chef à proprement parler, Henry était ce qui s'en rapprochait le plus. C'était déjà vrai au lycée. La femme, pendant ce temps, s'était remise à regarder fixement devant elle.

Calme-toi, s'intima Henry. *Prends une profonde inspiration et calme-toi.*

Il inspira à fond, retint l'air, souffla lentement. Mieux. Un peu mieux. Bon, qu'est-ce qui lui arrivait, à cette bonne femme ? Peu importait d'où elle venait, ce qu'elle fabriquait au beau milieu du chemin, ou que son haleine empeste l'antigel quand elle rotait. Qu'est-ce qui lui arrivait *maintenant* ?

État de choc, manifestement. Si profond qu'il avoisinait la catatonie, comme en témoignait le fait qu'elle n'avait pas bronché lorsque le Scout l'avait frôlée. Et cependant, elle n'avait pas battu en retraite si loin au fond d'elle-même que seule une piqûre, ou un excitant quelconque, puisse l'atteindre ; elle avait réagi à son claquement de doigts et elle avait parlé. Avait même demandé après une personne du nom de Rick.

« Henry, je...

— Tais-toi une seconde. »

Il enleva de nouveau ses gants, et frappa dans ses mains, assez fort, juste à hauteur du visage de la femme. Le son lui parut insignifiant, comparé au ronflement régulier du vent dans les arbres, mais elle cilla derechef.

« Debout ! »

Henry la prit par ses mains gantées et se sentit encouragé lorsqu'elle réagit en les refermant sur les siennes. Il se pencha sur elle, et sentit de nouveau l'odeur d'éther lorsqu'il fut près de sa figure. On ne pouvait pas aller bien quand on dégageait une odeur pareille.

« Allez, levez-vous ! Levez-vous avec moi ! À trois ! Un... deux... trois ! »

Il se leva, la tenant toujours par les mains. Elle se mit debout dans un craquement d'articulations et rota une fois de plus. Elle lâcha aussi un vent. Sa chapka se mit de travers, recouvrant un de ses yeux. Comme elle ne faisait rien pour la redresser, Henry dit :

« Arrange son chapeau.

— Quoi ? fit Pete, qui s'était aussi relevé, mais ne paraissait pas très assuré sur ses jambes.

— Je ne veux pas la lâcher. Redresse son chapeau, il lui cache un œil. »

Délicatement, Pete remit la chapka en place. La femme s'inclina légèrement, grimaça, péta.

« Merci beaucoup, dit Pete avec ironie. Vous avez été un public merveilleux. Bonne nuit. »

Henry la sentit qui commençait à se laisser aller, et il l'obligea à tenir debout.

« Marchez ! lui cria-t-il, toujours en plein visage. Marchez avec moi ! À trois ! Un... deux... trois ! »

Il partit lui-même à reculons en direction de l'avant du véhicule. Elle le regardait, à présent, et il soutint son regard. Sans un seul coup d'œil à Pete (il ne voulait pas risquer de la perdre), il lui lança :

« Prends-moi par la ceinture et guide-moi.

— Où ça ?

— Jusque de l'autre côté du Scout.

— Je ne suis pas sûr que je vais pouvoir...

— Il le faut, Pete. Allez. »

Pendant un moment, il ne se passa rien, puis il sentit la main de Pete passer sous sa veste, tâtonner et s'emparer de sa ceinture. Et c'est en cette improbable file indienne éclairée par le faisceau unique du phare restant qu'ils parcoururent les quelques mètres qui les séparaient du côté du véhicule relativement abrité du vent ; c'était déjà mieux.

La femme se dégagea soudain de la prise d'Henry et se plia en deux, bouche ouverte. Henry recula, ne voulant pas être éclaboussé de vomi... mais au lieu de cela, elle lâcha un rot énorme, retentissant. Puis, tandis qu'elle était encore pliée en deux, elle péta — une fois de plus. Jamais Henry n'avait entendu produire un bruit pareil, lui qui, pourtant, aurait juré avoir tout entendu dans les salles de garde de tous les hôpitaux du Massachusetts occidental. Elle réussit cependant à garder l'équilibre, respirant bruyamment par le nez, comme un cheval hors d'haleine.

« Henry ? » La voix de Pete s'étranglait de peur, de stupéfaction ou des deux. « Mon Dieu, Henry, regarde ça ! »

Il était bouche bée, tourné vers le ciel. Henry suivit son regard et eut du mal à croire ce que ses yeux voyaient. Des cercles lumineux intenses, au nombre de neuf ou dix, croisaient lentement au milieu des nuages bas. Il fut obligé de plisser les yeux. Il pensa brièvement aux projecteurs qui trouent le ciel nocturne pour la première des films, à Hollywood, mais évidemment on ne trouvait aucun de ces énormes projecteurs ici, au fond des bois ; et s'il y en avait eu, il aurait commencé par voir le rayon lui-même s'élever dans l'air enneigé. La chose qui produisait ces cercles de lumière se trouvait au-dessus des nuages, et non en dessous. Ils allaient et venaient, apparemment au hasard, et Henry sentit une peur atavique l'envahir soudain... l'envahir n'est pas le mot : monter du tréfonds de son être, plutôt. Tout d'un coup, son épine dorsale lui fit l'effet d'une colonne de glace.

« Qu'est-ce que c'est ? demanda Pete, gémissant presque. Bon Dieu, Henry qu'est-ce que c'est que ce truc ?

— Je ne... »

La femme leva à son tour les yeux, vit les lumières qui dansaient et se mit à pousser des hurlements. Ils étaient incroyablement puissants, ces hurlements, et tellement synonymes de terreur qu'Henry se sentit l'envie de hurler à l'unisson.

« *Ils sont de retour !* criait-elle, *ils sont de retour, ils sont de retour !* »

Puis elle se cacha les yeux et appuya la tête contre la roue avant du Scout renversé. Ses cris laissèrent alors place à des gémissements, ceux d'une bête prisonnière d'un piège dont elle ne peut espérer s'échapper.

5

Pendant un long moment (qui n'excéda sans doute pas cinq minutes, même s'il leur fit l'effet de durer plus longtemps), ils regardèrent ces lumières brillantes se déplacer dans le ciel ; elles décrivaient des cercles, glissaient, s'inclinaient à droite ou à gauche et paraissaient jouer à saute-mouton. Parfois, elles donnaient l'impression de n'être plus que cinq, voire même seulement trois, et non pas près d'une douzaine. À côté d'Henry, la femme appuyée au pneu péta à nouveau et il prit conscience, à ce moment-là, qu'ils étaient bien en vue au milieu de nulle part, tournant un œil rond vers un phénomène céleste en rapport avec la tempête, phénomène qui, aussi passionnant qu'il fût, ne les aiderait en rien à rejoindre un endroit où ils seraient au sec et au chaud. Il se souvenait parfaitement du dernier coup d'œil qu'il avait jeté au compteur kilométrique journalier du Scout, peu avant de se retourner. Ils devaient se trouver à une quinzaine de kilomètres du Trou dans le Mur. Dans les meilleures des conditions, il s'agissait déjà d'une bonne trotte ; mais ils étaient pris au milieu d'une tempête de neige menaçant de virer blizzard... *sans compter,* pensa-t-il, *que je suis le seul en état de marcher.*

« Pete ?

— C'est quelque chose, hein ? Ce sont des putains d'ovnis, exactement comme dans *X-Files.* Est-ce que tu crois...

— Pete ! » Henry prit son ami par le menton et détourna son visage du ciel pour qu'il le regarde. Au-dessus d'eux, les deux dernières lumières pâlissaient. « C'est une sorte de phénomène électrique, c'est tout.

— Tu crois ? »

Il y avait eu de l'émerveillement dans sa voix quand il avait parlé d'ovnis et il paraissait déçu.

« Ouais. C'est sans doute en rapport avec la tempête. Mais même si c'est la première vague de papillons extra-terrestres venus de la planète Alnitak, ça ne changera rien pour nous si on se retrouve transformés en glaçons. J'ai besoin que tu me donnes un coup de main. Que tu nous fasses ce petit tour dont tu as le secret. Tu crois pouvoir ?

— Je ne sais pas », répondit Pete, risquant un dernier coup d'œil vers le ciel. On n'y voyait plus qu'une seule lumière, à présent, tellement faible qu'on ne l'aurait pas remarquée si on ne l'avait pas cherchée des yeux. « Madame ? Elles sont presque toutes parties. Calmez-vous, madame, d'accord ? »

La femme ne répondit rien et garda le front appuyé au pneu. Les rubans de sa chapka virevoltaient. Pete poussa un soupir et se tourna vers Henry.

« Qu'est-ce que tu veux ?

— Tu te souviens de ces abris de bûcheron, le long de la route ? »

Ils étaient huit ou neuf, croyait se rappeler Henry. Ce n'était rien de plus que quatre poteaux surmontés d'un toit en tôle ondulée rouillée. Les usines de pâte à papier y stockaient des grumes et du matériel en attendant le printemps.

« Bien sûr.

— Où est le plus proche ? Tu peux me le dire ? »

Pete ferma les yeux, leva un doigt qu'il fit aller et venir devant lui, accompagnant le geste de petits claquements de langue. Ce numéro remontait à l'époque de son adolescence ; pas aussi loin que la manie de Beaver de ronger les crayons et les cure-dents, ou que la passion de Jonesy pour les romans policiers et les films d'horreur, mais loin tout de même. Et on pouvait en général compter dessus. Henry attendit, espérant que ce serait encore vrai aujourd'hui.

La femme (peut-être avait-elle entendu, en dépit du ronflement régulier du vent, les claquements de langue de Pete) leva la tête et regarda autour d'elle. Le pneu avait laissé une grande trace noirâtre à son front.

Finalement, Pete rouvrit les yeux.

« Pas loin d'ici, dit-il en indiquant la direction du Trou dans le Mur. Après le virage, il y a une colline. Une fois qu'on est redescendu de l'autre côté, il y a une ligne droite. C'est au bout de cette ligne droite. Sur la gauche. Une partie du toit s'est effondrée. Un type du nom de Stevenson y a saigné du nez, une fois.

— C'est vrai ?

— Ah vieux, j'en sais rien... »

Pete détourna les yeux, comme s'il était gêné.

Henry croyait se souvenir vaguement de l'endroit. Le fait que le toit soit en partie effondré n'était pas une mauvaise nouvelle ; car s'il était tombé du bon côté, il avait pu transformer l'abri sans murs en un lieu partiellement clos.

« Ça fait quelle distance, depuis ici ?

— Je dirais moins d'un kilomètre... un kilomètre tout au plus.

— Et tu en es sûr ?

— Oui.

— Penses-tu pouvoir couvrir cette distance avec ton genou ?

— Je crois... mais elle ?

— Elle a intérêt. »

Henry posa ses mains sur l'épaule de la femme et la fit pivoter jusqu'à ce qu'ils se retrouvent presque nez à nez. Elle ouvrait de grands yeux effarés. L'odeur de son haleine était épouvantable :

de l'antigel mélangé à quelque chose de huileux et d'organique. Il resta cependant proche d'elle, n'eut pas un mouvement de recul.

« Nous devons marcher ! » lui dit-il. Il ne criait pas, pas exactement, mais parlait fort, d'un ton autoritaire. « Vous allez marcher avec moi, à trois ! Un... deux... trois ! »

Il la prit par la main, lui fit contourner le Scout et la ramena sur la route. Elle résista un bref instant, puis le suivit avec une docilité parfaite, ne paraissant pas prêter attention aux rafales de vent qui les bousculaient. Ils avancèrent ainsi pendant cinq minutes, Henry tenant la femme par sa main gantée, Pete claudiquant à côté d'eux.

« Attends ! Ce putain de genou essaie encore de faire des siennes. »

Profitant de ce que Pete se penchait pour se masser, Henry leva les yeux vers le ciel. On ne voyait plus la moindre lumière.

« Ça va mieux ? Tu pourras y arriver ?

— Faudra bien. Allons-y. »

6

Ils négocièrent le virage sans trop de peine, comme la première partie de la côte. Puis Pete tomba. Il poussa un grognement, jura et s'agrippa le genou. Il vit le regard qu'Henry avait pour lui et émit un son particulier, quelque chose entre rire et ricanement.

« T'en fais pas pour moi, dit-il, Petit Pete va s'en sortir.

— T'es sûr ?

— Ouais-ouais. »

Et, sous le regard de plus en plus inquiet d'Henry (inquiet mais amusé, aussi ; de cet amusement noir qui semblait ne plus jamais le quitter), Pete se mit à cogner sur son genou à coups de poing.

« Pete, je...

— Refous-toi en place, abruti, refous-toi en place ! » cria Pete, ignorant complètement son ami.

Pendant tout ce temps, la femme resta plantée où elle était, les épaules tombantes, et comme le vent soufflait à présent dans son dos, les rubans de sa chapka venaient flotter devant son nez. Elle était aussi catatonique qu'une machine qu'on vient de débrancher.

« Pete ?

— Ça va aller, ça va aller. » Il leva les yeux vers Henry, des yeux fatigués... mais dans lesquels on pouvait aussi lire une pointe d'amusement. « On est dans un merdier total, non ?

— Total.

— Je pourrai pas retourner à pied jusqu'à Derry, mais je crois que j'arriverai à atteindre cet abri. » Il tendit la main. « Aide-moi, chef. »

Henry lui prit la main et l'aida à se relever. Pete se redressa, du mouvement raide de celui qui vient de faire une révérence, et resta sans bouger un instant. « Allons-y, dit-il. Il me tarde d'être à l'abri de ce foutu vent... On aurait dû emporter quelques bières. »

Une fois le sommet de la colline franchi, le vent fut moins fort. Le temps d'arriver au début de la ligne droite, Henry commençait à espérer qu'ils avaient fait le plus dur. Puis, à mi-chemin du tronçon alors que se profilait au loin une ferme qui devait être l'abri des bûcherons, la femme s'effondra. Elle tomba tout d'abord à genoux, puis de tout son long. Elle resta ainsi quelques instants, la tête tournée de côté, la buée de son souffle étant le seul indice qu'elle fût encore en vie (*et comme il serait plus simple qu'elle ne le fût pas,* pensa Henry). Puis elle roula de côté et laissa échapper un long braiement qui était un rot.

« Quelle emmerdeuse, cette conne, maugréa Pete d'un ton où il y avait plus de fatigue que de colère. Bon, qu'est-ce qu'on fait, maintenant ? »

Henry s'agenouilla auprès de la femme, lui ordonnant de se lever de sa voix la plus forte, claqua des doigts, frappa dans ses mains et compta jusqu'à trois à plusieurs reprises. Rien n'y fit.

« Reste avec elle. Je vais peut-être trouver quelque chose pour la traîner, là-bas.

— Bonne chance.

— T'as mieux à proposer ? »

Pete s'assit dans la neige avec une grimace, sa mauvaise jambe tendue devant lui.

« Non m'sieur. Rien du tout. Des idées, j'en ai plus. »

7

Henry mit cinq minutes pour rejoindre l'abri. Sa jambe blessée commençait à devenir raide, elle aussi, mais il pensa pouvoir tenir le coup. S'il parvenait à conduire Pete et la femme jusqu'à l'abri, et si la motoneige du Trou dans le Mur voulait bien démarrer, il estimait qu'ils arriveraient à s'en tirer. Et, bon sang, c'était *intéressant*, pour tout dire. Ces lumières dans le ciel...

Le toit en tôle ondulée était tombé exactement comme il fallait : l'avant, côté route, était ouvert, mais l'arrière presque entièrement fermé. Et, encore visible sous une fine pellicule de neige soufflée à l'intérieur par le vent, il aperçut un morceau de bâche, grisâtre et crasseux, saupoudré de sciure et de vieux débris de bois.

« Bingo », murmura-t-il en s'en emparant. La bâche commença par résister, restant collée au sol, mais lorsqu'il y mit toute sa force, elle s'en détacha avec un bruit d'arrachement qui lui fit penser aux pets de la femme.

Traînant la bâche derrière lui, il retourna jusqu'à l'endroit où Pete, la jambe toujours pointée avec raideur devant lui, l'attendait à côté de la femme allongée dans la neige.

8

Ce fut beaucoup plus facile qu'Henry n'aurait osé l'espérer. En fait, une fois la femme installée sur la bâche, ce fut du gâteau. En dépit de sa corpulence, elle glissait sur la neige comme sur de la graisse. Heureusement qu'il faisait aussi froid, se dit Henry, avec cinq degrés de plus, une neige collante aurait tout changé. En plus, il la tirait en terrain plat.

Ils avaient à présent de la neige jusqu'aux chevilles et elle continuait à tomber, plus drue que jamais, mais avec des flocons plus gros. *Ça va s'arrêter*, se disaient-ils entre eux à l'époque où ils étaient enfants, désappointés lorsqu'ils voyaient ces gros flocons.

« Hé, Henry ? »

Pete paraissait hors d'haleine, mais ce n'était pas un problème ; l'abri n'était plus qu'à quelques dizaines de mètres. Jusqu'ici, il avait marché la jambe volontairement raide pour empêcher son genou de se déboîter à nouveau.

« Quoi ?

— J'ai beaucoup pensé à Duddits, ces temps derniers. Tu trouves pas ça bizarre ?

— Pas de ballons, répondit Henry sans même y penser.

— Tout juste. » Pete partit d'un rire un peu nerveux. « Pas de ballons, pas de jeux. Et ça, c'est pas bizarre, peut-être ?

— Si ce truc-là est bizarre, on l'est aussi tous les deux.

— Qu'est-ce que tu veux dire ?

— Moi aussi, j'ai pensé à Duddits, et depuis un bon moment. Depuis mars dernier. En fait, je devais aller le voir avec Jonesy...

— Ah bon ?

— Ouais. Puis Jonesy a eu son accident...

— Cette espèce de vieux con gâteux qui l'a renversé n'aurait jamais dû conduire, dit Pete en fronçant les sourcils. Il a de la chance d'être en vie.

— Ça, tu peux le dire. Il a fait un arrêt cardiaque dans l'ambulance, les types ont dû lui balancer le jus. »

Pete fit halte, les yeux mi-clos.

« Sans déconner ? Il en était à ce point-là ?

Henry se dit qu'il venait de faire preuve d'indiscrétion. « Oui, mais faudra faire comme si tu ne le savais pas. C'est Carla qui me l'a dit. Je ne pense pas que Jonesy le sache. Je n'ai jamais... » Il eut un geste vague de la main et Pete acquiesça, ayant très bien compris. *Je n'ai jamais senti qu'il le savait*, voilà ce qu'avait voulu signifier Henry.

« Ça restera dans ma poche avec mon mouchoir par-dessus, promit Pete.

— Vaut mieux.

— Si bien que vous n'êtes jamais allé voir Duds. »

Henry secoua la tête.

« Avec ce qui venait d'arriver à Jonesy, j'ai oublié. Puis l'été est arrivé, et tu sais comment les choses se passent... »

Pete acquiesça du chef.

« Mais tu veux que je te dise ? Je pensais à lui pas plus tard que tout à l'heure, au Gosselin's Market.

— À cause du môme en salopette ? » demanda Pete, dont chaque mot était accompagné de petites bouffées de vapeur.

Henry répondit lui aussi d'un simple hochement de tête. Le gosse en question pouvait aussi bien avoir douze ans que vingt-cinq ; lorsqu'on souffrait du syndrome de Down, c'était impossible à dire. Il était rouquin, et avait parcouru l'allée centrale mal éclairée du petit magasin en compagnie d'un homme qui ne pouvait être que son père : vestes de chasse à carreaux verts et noirs identiques, et surtout tignasses carotte identiques, même si celle de l'homme s'éclaircissait un peu ; il leur avait adressé un regard du genre *pas de remarques sur mon gamin si vous ne voulez pas d'ennuis* et, bien entendu, ni Pete ni Henry n'avaient dit quoi que ce fût ; ils s'étaient tapé les trente kilomètres de piste jusqu'au Gosselin's Market pour y faire provision de pain, de bières et de hot dogs, pas d'ennuis et, de plus, ils avaient connu Duddits, le connaissaient encore d'une certaine manière ; ils lui envoyaient des cadeaux à Noël, des cartes pour son anniversaire et de toute façon, Duddits avait fait partie un temps de leur groupe, à sa manière à lui. Henry ne se voyait cependant pas confier à Pete qu'il avait pensé à Duddits à de curieux moments, depuis qu'il avait pris conscience, seize mois auparavant, qu'il avait décidé de se supprimer et que tout ce qu'il faisait désormais était soit un acte pour prévenir cet événement, soit pour le préparer. Parfois, il rêvait même de Duddits et de Beav disant *Laisse-moi arranger ça, mon gars,* Duddits répondant *A'anger 'oi ?*

« Il n'y a rien de mal à penser à Duddits, Pete », dit-il alors qu'il tirait la femme à l'intérieur de l'abri sur son traîneau improvisé. Il était lui-même hors d'haleine. « Duddits a été celui par lequel nous nous définissions. Il a été notre meilleur moment.

— Tu parles sérieusement ?

— Tout à fait. »

Henry se laissa tomber par terre pour reprendre son souffle avant d'attaquer la deuxième partie de son programme. Il consulta sa montre. Il était presque midi. En ce moment, Jonesy et Beaver n'en étaient plus au stade où ils pensaient que la neige les avait simplement ralentis ; ils devaient être quasiment sûrs qu'il leur était arrivé quelque chose. L'un d'eux allait peut-être lancer la motoneige (*si elle veut bien démarrer*, se rappela-t-il, *si ce foutu machin veut bien démarrer*) pour venir à leur rencontre. Voilà qui simplifierait beaucoup les choses.

Il regarda la femme, toujours étendue sur la bâche. Une mèche de cheveux cachait l'un de ses yeux ; l'autre regardait Henry, ou plutôt à travers lui, avec une indifférence glaciale.

Henry croyait que tous les enfants connaissent, au début de leur adolescence, des moments déterminants pour la suite ; et qu'en groupe, ils avaient plus de chances que seuls de réagir d'une manière décisive. Parfois, ils se comportaient mal, répondant à la détresse par de la cruauté. Henry et ses amis s'étaient bien comportés, sans savoir pourquoi, au fond. Avec le temps, tout cela s'était banalisé, mais il n'était pas désagréable de se souvenir, en particulier quand les ténèbres vous envahissaient l'âme, que vous aviez une fois permis d'éviter ce qui paraissait inévitable, que vous vous étiez comporté dignement.

Il dit à Pete ce qu'il allait faire, lui dit aussi ce que lui devait faire, puis il se releva et se mit en route ; il fallait que tout le monde se retrouve au chaud et en sécurité au Trou dans le Mur avant la tombée du jour. Dans un endroit propre et bien éclairé.

« Très bien, dit Pete — mais il paraissait nerveux. J'espère juste qu'elle ne va pas claquer ici. Et que ces lumières ne reviendront pas. » Il tordit le cou pour regarder le ciel ; on ne voyait plus, à présent, que des nuages bas et sombres. « Qu'est-ce que c'était, à ton avis ? Des genres d'éclairs ?

— Hé, c'est toi l'expert en matière spatiale. Commence donc à rassembler du petit bois. Tu n'as même pas besoin de te lever pour ça.

— De quoi faire un feu ?

— Exactement. »

Henry enjamba la femme couchée sur la bâche et se dirigea vers la lisière de la forêt où il y avait tout le bois mort qu'il pouvait souhaiter sous la neige. Un peu moins de quinze kilomètres, c'était la distance qu'il lui restait à parcourir. Mais avant, ils allaient allumer un feu. Un grand, un chouette feu.

IV

McCarthy va aux gogues

I

Installés dans la cuisine, Jonesy et Beaver jouaient au cribbage, toujours le même jeu, disant tout simplement, *on fait une petite partie ?* sans avoir besoin de dire de quoi. Comme l'avait fait avant eux Lamar, le père de Beaver, et comme s'il n'existait qu'un unique jeu de cartes. Pour Lamar Clarendon, dont toute la vie tournait autour d'une seule chose, son entreprise de construction dans le centre du Maine, c'était d'ailleurs probablement le seul jeu, le jeu le plus évident dans les camps de bûcherons, les entrepôts ferroviaires et, bien entendu, les caravanes de ses chantiers. Une planchette comportant cent vingt trous, quatre chevilles ou fiches, un vieux jeu de cartes graisseuses, et c'était parti. On y jouait essentiellement pour s'occuper avant de faire quelque chose d'autre, en attendant que la pluie s'arrête, que passe le livreur, ou que vos amis reviennent des commissions afin qu'on puisse décider ce qu'il fallait faire du drôle de type couché dans la chambre du fond.

Sauf que, se dit Jonesy, *c'est Henry que nous attendons, en réalité. Pete est simplement avec lui. C'est Henry qui saura ce qu'il faut faire, Beaver avait raison. Seulement Henry.*

Mais voilà, Henry et Pete avaient du retard. Il était encore trop tôt pour se dire qu'il leur était arrivé quelque chose, c'était peut-être simplement la neige qui les retardait, mais Jonesy commençait à se demander si l'explication n'était pas insuffisante — et il soupçonnait Beaver de se le demander aussi. Aucun des deux n'y avait fait allusion, pour l'instant — on était encore du bon côté de midi et tout allait peut-être rentrer dans l'ordre — mais l'idée était bel et bien dans l'air, flottant entre eux, inexprimée.

Jonesy se concentrait sur le jeu pendant un moment, puis se tournait sans y penser vers la porte fermée derrière laquelle McCarthy dormait probablement, mais, nom d'un chien, la sale mine qu'il avait, ce type. Deux ou trois fois, il surprit le Beav qui jetait un coup d'œil dans la même direction.

Jonesy mélangea les vieilles cartes et, lorsque Beaver eut coupé, il distribua. Il était temps maintenant de placer ses chevilles. *On peut bien placer et perdre quand-même la partie*, leur disait Lamar, une Chesterfield pendant en permanence au coin de ses lèvres, sa casquette CLARENDON CONSTRUCTION toujours inclinée sur son œil gauche comme s'il possédait un secret qu'il ne livrerait qu'au prix fort ; Lamar Clarendon, un papa bourreau de travail mort d'une crise cardiaque à l'âge de quarante-huit ans. *Mais si tu places bien, tu ne seras jamais capo.*

Pas de jeux, pensa Jonesy. *Pas de ballons, pas de jeux*. Puis dans la foulée, cette bon Dieu de voix fluctuante datant de l'hôpital : *Je vous en prie, arrêtez ça, je peux plus le supporter, faites-moi une piqûre ! Où est Marcy ? Je veux Marcy !* Et, nom d'une pipe, pourquoi le monde était-il aussi impitoyable ? Pourquoi le monde était-il plein de pointes avides de vous bouffer les doigts, d'engrenages ne demandant qu'à vous broyer les entrailles ?

« Jonesy ?

— Hein ?

— Ça va ?

— Ouais, pourquoi ?

— T'as frissonné.

— J'ai frissonné ? »

Comme s'il ne le savait pas.

« Ouais.

— Un courant d'air, peut-être. Tu ne sens rien ?

— Tu veux dire... venant de lui ?

— Ce n'est pas des aisselles de Julia Roberts que je te parle. Ouais, de lui.

— Non, dit Beaver. Une ou deux fois, j'ai bien pensé... mais c'était mon imagination. Parce que ces pets, vraiment...

— Ces pets puaient le diable.

— Ouais. Et les rots, aussi. J'ai bien cru qu'il allait nous dégueuler tripes et boyaux, en prime. »

Jonesy acquiesça. *J'ai la frousse*, se dit-il. *À rester coincé ici en pleine tempête de neige. Si seulement Henry était là, bon Dieu ! Qu'est-ce que vous dites de ça ?*

« Jonesy ?

— Quoi, encore ? On la fait, cette partie, oui ou non ?

— Oui, bien sûr, mais... tu crois que ça va, pour Henry et Pete ?

— Comment veux-tu que je le sache ?

— Tu n'as pas eu... un de ces pressentiments ? Peut-être vu...

— Je ne vois rien qu'une figure avec un nez au milieu, la tienne. »

Beaver soupira.

« Tu penses quand même qu'ils n'ont pas de problème ?

— Pour tout te dire, je ne crois pas qu'ils en aient. » Il ne put s'empêcher, cependant, d'avoir un bref coup d'œil pour l'horloge — onze heures et demie, à présent — puis un deuxième pour la porte derrière laquelle se trouvait McCarthy. Au milieu de la grande pièce, l'attrape-rêves valsait lentement sur place dans quelque courant d'air.

« Ils doivent rouler au pas. Ils ne vont pas tarder. Allez, jouons.

— Très bien. Huit.

— Quinze pour deux.

— Merde, dit Beaver, se glissant un cure-dents dans la bouche. Vingt-cinq.

— Trente.

— À toi.

— Un pour deux.

— Sainte merde ! » Beaver partit d'un petit rire exaspéré lorsque Jonesy avança sa cheville, prenant le virage sur la Troisième Rue, comme ils disaient. « Tu me dames mon putain de pion à chaque fois que tu sers !

— Je te dame aussi le pion quand c'est toi qui sers, Beav. Il n'y a que la vérité qui blesse. Allez, joue.

— Neuf.

— Seize.

— Et un pour la dernière carte », conclut Beaver, comme s'il venait de remporter une victoire morale. Il se leva. « Je vais sortir pisser un coup.

— Pourquoi ? On a des gogues en parfait état de marche, au cas où tu l'aurais oublié.

— Je sais bien. Je voudrais voir si je suis encore capable d'écrire mon nom dans la neige. »

Jonesy éclata de rire.

« Ma parole, tu ne grandiras jamais, toi !

— Jamais, si je peux faire autrement. Et mets-la en veilleuse. Pas la peine de réveiller ce type. »

Jonesy commença à rassembler les cartes et à les mélanger d'un geste machinal, pendant que Beaver sortait par la porte de derrière. Il se prit à penser à une autre version de ce même jeu à laquelle ils jouaient quand ils étaient gamins. Ils appelaient ça jouer au Duddits, et les parties se déroulaient en général dans la salle de jeux, chez les Cavell. Les règles étaient les mêmes que d'habitude, à ceci près qu'ils laissaient Duddits disposer les chevilles. *J'ai un dix*, disait Henry, *compte-moi dix, Duddits*. Et Duddits, arborant son grand sourire de travers qui était chaque fois un vrai bonheur pour Jonesy, comptait quatre, ou six, ou dix, voire deux bon Dieu de douzaines. La règle voulait alors qu'on ne proteste jamais, qu'on ne dise jamais, *Duddits, c'est trop*, ou bien, *Duddits, ce n'est pas assez.* Et bon sang, qu'est-ce qu'ils riaient ! Mr et Mme Cavell riaient aussi, si par hasard ils étaient dans la pièce, et Jonesy se souvenait d'une fois, ils devaient avoir quinze, seize ans, et Duddits avait évidemment l'âge qu'il avait, un âge qui ne changerait jamais, c'était ce qu'il y avait de si beau et de si effrayant à la fois chez lui, et donc, cette fois-ci, Alfie Cavell s'était mis à pleurer et avait dit, *Ah, les gars, vous ne savez pas ce que cela représente pour moi et ma femme... Si vous saviez seulement ce que ça signifie pour Douglas...*

« Jonesy. »

La voix de Beaver, d'une neutralité suspecte. De l'air froid arrivait de la porte de la cuisine restée ouverte et Jonesy sentit son bras se couvrir de chair de poule.

« Ferme la porte, Beav ! C'est pas une grange, ici.

— Viens par ici. Il faut que tu voies ça. »

Jonesy se leva et s'avança jusqu'à la porte. Il ouvrit la bouche, mais la referma sans rien dire. Tout le dégagement, à l'arrière de la maison, avait été envahi d'assez de bêtes pour constituer un zoo d'animaux de compagnie. Des cerfs et des biches, surtout, environ deux douzaines. Mais ils étaient accompagnés de ratons-laveurs, de tamias, et d'un contingent d'écureuils qui paraissaient se déplacer sans effort sur la neige, s'y enfonçant à peine. De derrière la grange où était remisée la motoneige, une Arctic Cat, ainsi que divers instruments et pièces de rechange, ils virent apparaître trois canidés que Jonesy prit tout d'abord pour des loups. Puis il aperçut un anneau de corde à linge délavé qui pendait au cou de l'un d'eux et comprit qu'il s'agissait de chiens, sans doute retournés à l'état sauvage. Toutes les bêtes se dirigeaient vers l'est, remontant la pente de la Combe. Ils aperçurent aussi un couple de chats sauvages de belle taille, entre deux groupes de cerfs, et Jonesy se frotta les yeux comme s'il croyait avoir affaire à un mirage. Mais quand il arrêta son geste, les chats étaient toujours là. Tout comme les cerfs, les tamias, les écureuils et les ratons-laveurs. Ils avançaient au petit trot, à un rythme régulier, et c'est à peine s'ils eurent un coup d'œil pour les deux hommes qui se tenaient sur le pas de la porte ; cependant, ils ne manifestaient pas la panique d'animaux fuyant devant un incendie. D'ailleurs, il n'y avait aucune odeur d'incendie. Ils se déplaçaient simplement vers l'est, libérant les lieux.

« Bon Dieu de merde, Beav », dit Jonesy à voix basse, d'un ton de stupéfaction et d'émerveillement mêlés.

Beaver avait la tête levée. Il n'eut qu'un bref coup d'œil de pure forme pour le défilé, et leva de nouveau la tête. « Ouais. Et maintenant, regarde un peu là-haut. »

Ce que fit Jonesy. Il vit alors une douzaine de lumières aveuglantes — certaines rouges, d'autres d'un bleu électrique — qui dansaient dans le ciel. Elles éclairaient les nuages et il comprit que c'était ces lumières que McCarthy avait vues quand il s'était perdu dans la forêt. Elles allaient et venaient, s'évitaient ou se confondaient parfois brièvement, dégageant alors une luminosité tellement intense qu'on ne pouvait la supporter.

« Qu'est-ce que c'est que ça ? demanda Jonesy.

— Aucune idée », répondit Beaver sans détourner les yeux du spectacle. On distinguait avec une précision surnaturelle, sur son visage clair, les pointes hérissées d'un début de barbe. « Mais les animaux n'aiment pas ça. Et c'est ça qu'ils essaient de fuir. »

2

Ils observèrent le phénomène pendant dix minutes, un quart d'heure, peut-être ; Jonesy prit alors conscience d'un bourdonnement bas rappelant le bruit d'un transformateur électrique. Il demanda à Beaver s'il l'entendait aussi et Beav se contenta d'acquiescer, sans détourner les yeux du ballet des lumières dans le ciel ; des lumières qui paraissaient avoir la taille de plaques d'égout, estima Jonesy. Il soupçonna que c'était devant ce bruit que fuyaient les animaux, pas devant les lumières, mais il n'en dit rien. Il paraissait tout à coup difficile de parler ; il se sentait pris d'une peur incapacitante, une sensation fiévreuse et constante, comme dans un début de grippe.

Finalement, les lumières se mirent à diminuer d'intensité et si Jonesy n'en vit aucune s'éteindre, il lui sembla qu'elles étaient moins nombreuses. Il y avait aussi moins d'animaux, et l'agaçant bourdonnement s'atténuait.

Beaver sursauta, comme s'il se réveillait d'un profond sommeil. « L'appareil photo ! dit-il. Il faut les prendre en photo avant qu'elles disparaissent.

— Je ne crois pas que ça va donner...

— Faut essayer ! » Il avait presque crié, et c'est un ton plus bas qu'il ajouta : « Je dois essayer. Je pourrais au moins prendre quelques cerfs avant que... »

Il faisait déjà demi-tour et traversait la cuisine, se demandant sans doute sous quel tas de linge sale il avait bien pu laisser son vieil appareil photo, lorsqu'il s'arrêta brusquement. Et c'est encore d'un ton neutre qui lui était très inhabituel qu'il dit : « Hé, Jonesy. Je crois qu'on a un problème. »

Jonesy jeta un dernier regard aux lumières restantes (elles perdaient de leur éclat mais paraissaient aussi devenir plus petites), et se retourna. Beaver se tenait à côté de l'évier et regardait en direction de la grande pièce centrale, par-dessus le comptoir.

« Quoi ? Qu'est-ce qu'il y a à présent ? » Cette voix irritée et querelleuse, légèrement chevrotante... cette voix était-elle la sienne ?

Beaver eut un geste vers la porte de la chambre où ils avaient logé McCarthy. Elle était ouverte. La porte de la salle de bains, qu'ils avaient pris soin de laisser ouverte pour que McCarthy ne la manque pas, au cas où il aurait à répondre à un appel de la nature, était à présent fermée.

Beaver tourna vers Jonesy son visage assombri et hérissé d'une barbe de deux jours. « Tu ne le sens pas ? »

Si, Jonesy le sentait, en dépit de l'air frais qui entrait par la porte de la cuisine. Éther ou alcool éthylique, oui, on reconnaissait encore ça, mais c'était mélangé à autre chose. Des matières fécales pour commencer, indiscutablement. Une odeur fade qui faisait penser à du sang. Et quelque chose d'autre, quelque chose comme du grisou qui serait resté prisonnier sous terre pendant un million d'années avant d'être libéré. Rien à voir, autrement dit, avec les pets qui faisaient pouffer de rire des gosses partis camper en bande. Des effluves plus opulents et beaucoup plus immondes. C'était faute de mieux qu'on pensait à les comparer à des pets ; rien ne s'en approchait. Tout au fond, pensa Jonesy, c'était l'odeur de quelque chose de gangrené en train de crever misérablement.

« Et regarde là. »

Beaver montra le plancher d'un geste. On y voyait du sang, une trace laissée par des gouttelettes qui allaient de la porte ouverte à la porte fermée. Comme si McCarthy s'était précipité vers les toilettes en saignant du nez.

Sauf que Jonesy se disait que ce n'était sans doute pas son nez qui saignait.

3

De toutes les choses qu'il avait dû faire dans sa vie alors qu'il aurait de beaucoup préféré s'en dispenser — appeler son frère Mike pour lui apprendre que leur mère venait de mourir d'une crise cardiaque, dire à Carla qu'il fallait qu'elle s'occupe de son problème avec l'alcool et les médicaments, sans quoi il allait la quitter, avouer à son chef de chambrée, au camp de vacances Agawam, qu'il avait mouillé son lit —, la traversée de la grande salle de séjour du Trou dans le Mur pour aller rejoindre la porte fermée de la salle de bains fut l'une des plus difficiles. Il avait l'impression de marcher comme dans un cauchemar, d'avoir des foulées laborieuses de scaphandrier, des foulées qui n'avancent pas, en dépit des efforts qu'on déploie.

Dans les cauchemars, on n'arrive jamais là où on est censé aller, mais les deux amis finirent par traverser la pièce et Jonesy dut se rendre à la raison : ils ne rêvaient pas. Ils examinèrent les taches de sang. Les plus grosses n'excédaient pas la taille d'une pièce de monnaie de cinq cents.

« Il a sans doute perdu encore une dent, murmura Jonesy. Je ne vois que ça. »

Le Beav le regarda, un sourcil levé. Puis il s'approcha de la porte de la chambre et regarda à l'intérieur. Au bout de quelques instants, il se tourna vers Jonesy et, l'index recourbé, lui fit signe de venir. Jonesy s'approcha à son tour, mais avançant en crabe, à croire qu'il ne voulait pas perdre de vue la porte de la salle de bains. Les couvertures gisaient à terre, comme si McCarthy les avait rejetées brusquement pour se lever d'urgence. La forme de sa tête se dessinait encore sur l'oreiller, celle de son corps était encore lisible dans le drap de dessous. Avec, à peu près au milieu, une grande tache sanglante qui avait pris une teinte violette en imbibant le drap bleu.

« Drôle d'endroit où perdre une dent », commenta Beaver à voix basse. Il mordit dans son cure-dents dont une moitié tomba sur le seuil de la porte. « Peut-être qu'il espérait recevoir une pièce de la petite souris rectale. »

Jonesy ne réagit pas. Au lieu de rire, il pointa le doigt à gauche de la porte. Là, empilés en tas, se trouvaient les deux caleçons de McCarthy : le court et le long qu'il portait par-dessus le court. Les deux étaient imbibés de sang. C'était le court qui avait subi le gros de l'hémorragie. S'il n'avait eu le renfort en coton de sa ceinture élastique, on aurait pu penser qu'il avait pour couleur d'origine ce rouge provocateur et sémillant — le genre de sous-vêtement qu'un accro à *Penthouse* ou *Play-Boy* porterait pour un rancart chaud.

« Va voir dans le pot de chambre, murmura Beaver.

— Et si on allait plutôt frapper à la salle de bains et lui demander comment il va ?

— Non ! Je veux d'abord savoir à quelle putain de merde on doit s'attendre », répliqua Beaver dans un murmure véhément. Il se tapota la poitrine, puis recracha ce qui restait de son cure-dents. « J'ai le palpitant qui déconne, vieux. »

Jonesy avait aussi le cœur qui battait la chamade, et il sentait de la sueur couler sur son visage. Il s'avança néanmoins dans la chambre. L'air frais entré par la porte de la cuisine avait assez bien purifié l'atmosphère de la salle de séjour, mais la puanteur qui régnait ici était abominable — merde, grisou, éther. Jonesy sentit le peu de nourriture qu'il avait avalé se soulever désagréablement dans son estomac, et il dut faire un effort pour la faire rester là où elle était. Il s'approcha du pot de chambre sans pouvoir se résoudre, sur le moment, à regarder dedans. Toutes sortes d'images venues des films d'horreur qu'il avait vus dansaient dans sa tête. Des organes flottant sur une soupe sanguinolente. Des canines. Une tête coupée...

« Vas-y, bon Dieu ! » siffla Beaver entre ses dents.

Jonesy ferma les yeux, pencha la tête, retint son souffle, rouvrit les yeux. Rien qu'une porcelaine immaculée, brillant sous la lumière centrale. Le pot de chambre était vide. Il relâcha l'air qu'il retenait entre ses mâchoires contractées puis revint vers Beaver, évitant les taches de sang, sur le sol.

« Rien. Et maintenant, arrêtons de tourner autour du pot », dit-il sans rire.

Ils passèrent devant la porte fermée du placard à linge et se retrouvèrent devant le battant en pin de celle de la salle de bains. Beaver se tourna vers Jonesy. Celui-ci secoua la tête.

« À ton tour. C'est moi qui suis allé regarder dans le pot d'enfer.

— C'est toi qui l'as trouvé », rétorqua Beaver dans un murmure irrité. Il gardait les mâchoires obstinément serrées. « À toi de lui parler. »

À présent, Jonesy entendait quelque chose d'autre. L'entendait sans vraiment l'entendre, en réalité, en partie parce qu'il s'agissait d'un bruit familier, en partie parce qu'il se concentrait de toutes ses forces sur ce que pouvait bien fabriquer McCarthy, l'homme qu'il avait failli descendre. Un son qui faisait *whup-whup-whup*, faiblement, mais devenait de plus en plus insistant. Venant dans leur direction.

« Ah, fait chier ! » râla Jonesy ; il avait parlé d'un ton de voix normal, mais ils sursautèrent néanmoins tous les deux un peu. Il donna deux coups secs à la porte. « Mr McCarthy ? Rick ! Vous allez bien ? »

Il ne répondra pas, pensa Jonesy. *Il ne répondra pas parce qu'il est mort. Mort assis sur le trône, tout comme Elvis.*

Mais McCarthy n'était pas mort. Il poussa un grognement, puis répondit. « Je suis un peu malade, les gars. J'ai besoin de me soulager les intestins. Si je n'y arrive pas, ça va... » Il y eut un nouveau grognement, puis un pet. Pas très fort, celui-là, vaguement liquide. Jonesy grimaça. « Ça va aller », articula McCarthy. À l'entendre, Jonesy trouva que *ça va aller* appartenait à une autre planète que celle sur laquelle McCarthy haletait, hors d'haleine, paraissant souffrir mille morts. Comme pour le confirmer, il poussa un autre grognement, plus fort. Il y eut de nouveau ce bruit vaguement liquide et l'homme poussa un cri.

« McCarthy ! » Beaver essaya de faire jouer la poignée, mais la porte ne bougea pas. McCarthy, le petit cadeau que leur avait fait la forêt, s'était enfermé dans les toilettes.

« Rick ! » cria Beaver en secouant le bouton de porte. « Ouvrez, mon vieux ! » il essayait de prendre un ton décontracté, comme s'il s'agissait d'une plaisanterie, d'une blague de camp scout, mais son anxiété n'en était que plus palpable.

« Je vais bien, répondit McCarthy, qui haletait plus que jamais. J'ai juste besoin... les gars... j'ai juste besoin de faire un peu de place. » Sur quoi, retentit le passage de nouvelles flatulences. Il était ridicule de s'imaginer que ce qu'ils entendaient était des « gaz » ou des « vents » ; ces termes étaient aériens, légers comme des meringues. Les détonations qui leur parvenaient de derrière la porte étaient brutales et charnues, comme des muscles qui se déchireraient.

« McCarthy ! Laissez-nous entrer ! » intervint à son tour Jonesy, frappant contre la porte. Avait-il vraiment envie d'entrer, cependant ? Nullement. Il commençait à regretter que l'homme ne se soit pas définitivement perdu, ou n'ait pas été retrouvé par quelqu'un d'autre. Pire, le bulbe au bas de son cerveau, ce vestige reptilien inaccessible à la pitié, regrettait carrément qu'il n'ait pas abattu McCarthy tout de suite. « Voyez les choses simplement, crétins ! » comme ils disaient dans le programme de désintoxication que suivait Carla.

« Allez-vous-en ! » répondit McCarthy avec le peu de véhémence qu'il pouvait mettre dans son intonation. « Pouvez pas vous en aller et laisser un type... un type faire sa grosse commission ? Bon sang ! »

whup-whup-whup : plus fort, plus proche.

« Rick ! » Au tour du Beav. Il s'en tenait à son ton léger, en quelque sorte en désespoir de cause, comme un grimpeur mal barré s'accroche à sa corde. « D'où est-ce que tu saignes, Rick ?

— Que je saigne ? » McCarthy avait répondu d'un ton qui paraissait sincèrement intrigué. « Mais je ne saigne pas ! »

Jonesy et Beaver échangèrent un regard.

WHUP-WHUP-WHUP !

Cette fois, le bruit retint toute l'attention de Jonesy qui ressentit un énorme soulagement.

« Un hélicoptère ! s'écria-t-il. Je parie que c'est lui qu'ils cherchent.

— Tu crois ? »

Beaver avait la tête de celui qui pense que c'est trop beau pour être vrai.

« Ouais. » Jonesy se disait à part lui que les types de l'hélico pouvaient tout aussi bien faire la chasse aux lumières ovniennes dans le ciel, ou essayer de comprendre pour quelle raison les animaux fuyaient, mais il préférait ne pas y penser, il se fichait même complètement de ces événements. Il n'avait qu'une envie, faire sortir Rick des gogues, ne plus l'avoir sur le dos, l'expédier à l'hôpital de Derry ou de Machias. « Sors leur faire signe de se poser !

— Et si... »

WHUP ! WHUP ! WHUP ! Tandis que, depuis l'autre côté de la porte, leur parvenait une nouvelle rafale de ces bruits pulpeux d'arrachement, suivis d'un nouveau hurlement de McCarthy.

« Sors de là, je te dis ! Fais signe à ces enfoirés de se poser ! J'm'en fous si tu dois leur faire la danse du ventre pour ça ! Démerde-toi pour qu'ils atterrissent !

— D'accord, j'y... »

Beaver, qui avait commencé à faire demi-tour, sursauta et poussa un cri.

Un certain nombre de choses auxquelles Jonesy avait jusqu'ici réussi à ne pas penser bondirent brusquement hors du placard pour venir cabrioler et grimacer en pleine lumière. Quand il se tourna à son tour, cependant, il ne vit rien de plus inquiétant qu'une biche qui se tenait dans la cuisine, la tête surplombant le comptoir, et les examinait de ses doux yeux bruns. Jonesy prit une profonde inspiration chevrotante et se laissa aller contre le mur.

« Que le cul me pèle et qu'il gèle ! » gronda Beaver. Puis il avança vers la biche en frappant dans ses mains. « Allez, du balai, Mabel ! Tu sais plus où t'habites, hein ? Fiche-moi le camp d'ici ! Allez, ouste ! Mets les voiles et tire-toi ! Casse-toi en deux, comme une amibe ! »

La biche resta sur place un instant, avec dans ses yeux écarquillés une expression d'inquiétude qui était presque humaine. Puis elle se détourna et sa tête vint effleurer la rangée de casseroles et d'ustensiles alignés au-dessus de la cuisinière. Les objets s'entrechoquèrent et deux ou trois se décrochèrent, ajoutant encore au boucan. Et finalement l'animal franchit la porte, sa petite queue s'agitant en tous sens.

Beaver la suivit, ne s'arrêtant un instant que pour examiner d'un œil noir le petit tas de crottin que la visiteuse avait laissé sur le lino.

4

La migration d'animaux, toutes espèces confondues, était presque terminée, réduite au passage occasionnel de quelques retardataires. La biche que Beaver venait de chasser de la cuisine bondit par-dessus un renard qui avait sans doute laissé une de ses pattes dans un piège et boitait, puis disparut entre les arbres. C'est alors qu'apparut, surgissant des nuages bas, juste au-delà de la remise de la motoneige, un hélicoptère de la taille d'un bus qui se déplaçait au ralenti. Il était couleur marron et portait les initiales ANG en blanc sur un flanc.

Ang ? se dit Beaver. *Qu'est-ce que c'est que cette connerie ?* Puis la mémoire lui revint : Air National Guard. Un appareil de la garde nationale aérienne, sans doute de la base de Bangor.

L'hélico plongea lourdement du nez. Beaver se précipita dans l'espace libre et se mit à agiter les bras en l'air. « Hé ! On aurait besoin d'un p'tit coup de main, par ici ! Un p'tit coup de main, les gars ! »

L'hélicoptère descendit et s'immobilisa à environ vingt ou vingt-cinq mètres du sol — assez près pour créer un véritable cyclone avec la neige encore fraîche. Puis il pivota et se dirigea vers lui, accompagné de son tourbillon blanc.

« Hé ! on a un blessé ! Un type blessé ! » Il sautait sur place, à présent, comme l'un de ces crétins qui hurlent à l'apparition de leur idole sur le Nashville Network, se sentant idiot mais le faisant néanmoins. L'hélico continua à dériver vers lui, mais sans perdre davantage d'altitude, n'ayant nullement l'air de vouloir atterrir ; une idée horrible lui vint alors à l'esprit. Il ne savait pas si c'était à cause du comportement de l'appareil ou s'il s'agissait simplement de paranoïa, mais il avait tout d'un coup l'impression d'être cloué au centre d'une cible, comme dans un stand de tir, à la foire : si vous touchez le Beav, vous gagnez le radio-réveil.

La porte latérale de l'hélico coulissa. Un homme, affublé de la parka la plus monumentale que Beaver ait jamais vue et tenant un porte-voix à la main, se pencha vers lui par l'ouverture. Ce ne furent cependant ni la parka ni le porte-voix qui mirent Beaver mal à l'aise. Mais le masque à oxygène qui recouvrait complètement le visage de l'homme. Il n'avait jamais entendu dire qu'il fallait en porter un quand on volait à moins de trente mètres du sol. Pas si l'air qu'on inhalait à cette altitude était normal, en tout cas.

L'homme à la parka parla dans son porte-voix, les mots se détachant avec clarté sur les *whup-whup-whup* des rotors, mais lui faisant néanmoins un effet bizarre, sans doute en partie à cause de l'amplification, mais surtout, songea le Beav, à cause du masque. Il avait l'impression qu'un étrange dieu robotisé s'adressait à lui.

« COMBIEN ÊTES-VOUS ? demanda la voix tombée du ciel. MONTREZ-MOI AVEC VOS DOIGTS. »

Dans sa confusion et sa peur, Beaver ne pensa tout d'abord qu'à lui-même et Jonesy ; Henry et Pete n'étaient toujours pas rentrés du magasin. Il leva deux doigts comme s'il faisait le signe de la victoire.

« RESTEZ OÙ VOUS ÊTES ! fit la voix tonnante du dieu robotisé. LE SECTEUR EST TEMPORAIREMENT EN QUARANTAINE ! JE RÉPÈTE ! LE SECTEUR OÙ VOUS ÊTES EST TEMPORAIREMENT EN QUARANTAINE ! VOUS NE DEVEZ PAS LE QUITTER ! »

Il neigeait moins, mais le vent se renforçait et un voile poudreux, happé par les rotors de l'hélicoptère, vint se jeter sur le visage de Beaver. Il plissa les yeux et continua à faire signe à l'appareil. De la neige glaciale lui rentra dans la bouche et il recracha son cure-dents pour ne pas risquer de l'avaler (un jour il mourrait étouffé comme ça, lui avait répété mille fois sa mère, en avalant un de ses maudits cure-dents) et hurla : « Qu'est-ce que vous voulez dire, avec votre quarantaine ? Nous avons un malade parmi nous ! Faut que vous descendiez le prendre ! »

Tout ça en sachant qu'ils ne pouvaient pas l'entendre avec les bruyants *whup-whup-whup* de l'hélico, qu'il n'avait pas le moindre foutu porte-voix pour amplifier sa voix, mais n'en criant pas moins. Et au moment où les mots *un malade parmi nous* franchissaient ses lèvres, il prit conscience qu'il avait donné un mauvais chiffre au type ; ils étaient trois, et non deux. Il esquissait déjà un geste pour corriger sa première réponse, lorsqu'il lui vint à l'esprit qu'à moins qu'il leur soit arrivé quelque chose, Henry et Pete allaient arriver... Dans ce cas, combien étaient-ils ? Deux était une réponse fausse, mais trois était-elle la bonne ? Ou cinq ? Comme cela lui arrivait en général dans ce genre de situation, ce fut le blocage mental. Du temps où il allait en classe, il y avait en général Henry à côté de lui ou Jonesy derrière pour lui donner la bonne réponse. Ici, il ne bénéficiait pas de cette aide, il n'y avait que ces énormes *whup-whup-whup* qui moulinaient l'air et l'assourdissaient, et ces tourbillons de neige qui lui rentraient jusqu'au fond de la gorge et menaçaient de l'étouffer.

« RESTEZ OÙ VOUS ÊTES ! LE PROBLÈME SERA RÉGLÉ D'ICI VINGT-QUATRE À QUARANTE-HUIT HEURES ! SI VOUS AVEZ BESOIN DE NOURRITURE, CROISEZ LES BRAS AU-DESSUS DE VOTRE TÊTE ! »

« *Nous sommes davantage !* » hurla Beaver en direction du dieu robotisé penché vers lui. Il y avait mis tant d'énergie que des points rouges dansaient devant ses yeux. « *Nous avons un blessé ! Nous... avons...* UN BLESSÉ ! »

L'idiot, là-haut, jeta son porte-voix derrière lui dans la cabine, puis fit un geste — l'index et le pouce venant se toucher en un cercle approximatif — voulant sans doute dire, *OK, j'ai pigé :* Beaver en aurait trépigné de frustation, mais il se contenta d'ouvrir la main au-dessus de sa tête — les quatre doigts pour lui et ses amis, le pouce pour McCarthy. Le dieu robot hocha la tête et sourit. Un instant, un instant tout à fait merveilleux, Beaver eut la certitude que son regard avait pénétré l'épaisseur du masque de l'enfoiré. Puis l'enfoiré lui retourna ce qu'il avait pris pour un salut, dit quelque chose au pilote derrière lui et l'hélicoptère de l'ANG reprit de l'altitude. Beaver Clarendon était toujours dessous, transformé en bonhomme de neige par les tourbillons et hurlant à pleins poumons : « *Nous sommes cinq et nous avons besoin d'aide ! Nous sommes cinq et nous avons besoin d'aide, putain de bordel !* »

Sur quoi les nuages happèrent l'appareil et il disparut.

5

Jonesy suivit une partie des événements — il ne pouvait pas ne pas entendre la voix tonnante en provenance du Thunderbolt — mais ne les enregistra que très partiellement. McCarthy l'inquiétait beaucoup trop : le rescapé, après avoir poussé une série de petits cris essouflés, s'était brusquement tu. La puanteur qui passait par dessous la porte ne faisait que s'épaissir.

« McCarthy ! hurlait-il au moment où Beaver rentrait dans la maison, ouvrez cette porte ou nous l'enfonçons !

— Fichez-moi la paix ! répondit McCarthy sur le même ton, mais d'une voix blanche, affolée. Faut que je chie, c'est tout ! FAUT QUE JE CHIE ! Si j'y arrive, j'irai très bien ! »

Un tel langage, dans la bouche d'un homme qui semblait considérer que *bon sang* ou *nom d'un chien* étaient des jurons, fit encore plus peur à Jonesy que les sous-vêtements ensanglantés. Il se tourna vers Beaver, remarquant à peine que son ami était poudré de blanc de la tête aux pieds comme s'il avait été roulé par une avalanche. « Viens m'aider à rentrer là-dedans. Faut faire quelque chose. »

Beaver avait l'air effrayé et inquiet. La neige fondait sur ses joues. « Je sais pas. Le type de l'hélico a parlé de quarantaine... et s'il était infecté et contagieux ? Et si le truc rouge, sur sa figure... »

En dépit des sentiments peu charitables qu'il avait lui-même ressentis quelques instants auparavant vis-à-vis de McCarthy, Jonesy eut envie de frapper son vieil ami. Quelques mois auparavant, il s'était lui-même retrouvé allongé par terre, en sang, dans une rue de Cambridge. Et si les gens avaient refusé de le toucher sous prétexte qu'il avait peut-être le sida ? Refusé de l'aider ? L'avaient laissé perdre tout son sang sur place, simplement parce qu'ils n'avaient pas de gants en caoutchouc sous la main ?

« Voyons, Beav, on s'est trouvés juste en face de lui. S'il a quelque chose de réellement contagieux, on l'a déjà chopé, à tous les coups. Alors ? »

Beaver resta un moment sans rien dire. Puis Jonesy sentit le clic dans sa tête. Pendant un bref instant, il revit le Beaver avec lequel il avait grandi, un gamin habillé d'un vieux blouson style Fonzie, éraflé et fripé, qui avait crié : « *Hé, les mecs, arrêtez ça, vous entendez ? Arrêtez vos conneries* TOUT DE SUITE ! et il sut qu'il allait tenir le coup.

Beaver s'avança.

« Hé, Rick, qu'est-ce que tu dirais de nous ouvrir ? On veut juste te donner un coup de main. »

Silence, derrière la porte. Pas un gémissement, pas un soupir, même pas un froissement de tissu. On n'entendait que le ronronnement bas et régulier de la gégène et les *whup-whup-whup* de plus en plus lointains de l'hélicoptère.

« Très bien, dit Beaver en se signant. On enfonce la putain de porte. »

Ils reculèrent d'un même mouvement, l'épaule tournée en direction des planches de pin, adoptant sans s'en rendre vraiment compte la technique qu'ils avaient vue employer dans cent films policiers.

« À trois, dit Jonesy.

— Et ta hanche ? Elle tiendra le coup ? »

En fait, Jonesy avait très mal, et à sa hanche et à sa jambe, sans en avoir eu réellement conscience jusqu'au moment où Beaver lui en avait parlé.

« Pas de problème, répondit-il.

— Ouais, et mon cul est le roi du monde.

— À trois. Prêt ? »

Beaver acquiesça.

« Un... deux... trois ! »

Ils se précipitèrent d'un même élan et éperonnèrent le battant ensemble, soit avec un impact d'environ cent quatre-vingts kilos. La porte céda avec une facilité ridicule et ils perdirent l'équilibre, se raccrochant l'un à l'autre pour ne pas tomber, tandis que leurs pieds glissaient dans le sang qui inondait le carrelage.

« Ah, merde », dit le Beav. Il porta la main droite à sa bouche d'où, pour une fois, ne dépassait aucun cure-dents, et la couvrit de ses doigts. Il écarquillait deux yeux larmoyants au-dessus de sa main. « Ah, merde, vieux ! Merde ! »

Jonesy, lui, fut incapable de dire quoi que ce fût.

V

Duddits,

Première partie

1

« Hé, madame ! », dit Pete.

La femme au duffle-coat ne répondit pas. Allongée sur son morceau de bâche couvert de sciure, telle une bûche. Pete voyait un œil qui le regardait, ou regardait à travers lui, ou jusqu'au fond de la chatte de ce putain d'univers, comment savoir ? Les boules. Entre eux, le feu crépitait ; il avait bien pris et commençait à diffuser un peu de chaleur. Cela faisait un quart d'heure qu'Henry était parti. Il ne serait pas de retour avant au moins trois heures, avait calculé Pete ; trois heures grand minimum, et cela faisait beaucoup de temps à passer sous ce regard inquiétant de jackalope [1].

« Hé, madame ? Vous m'entendez ? »

Rien. Une fois, elle avait bâillé, et il avait vu que la moitié de ses bon Dieu de dents avaient disparu. Qu'est-ce que ça voulait encore dire, ce truc ? Et avait-il vraiment envie de le savoir ? Oui et non, découvrit-il. Il était curieux (et se disait que sa curiosité était bien humaine), mais en même temps il aurait préféré rester dans l'ignorance. Ne pas savoir qui elle était, ni qui était ce Rick, ni ce qui lui était arrivé, ni qui étaient ces « ils ». *Ils sont de retour !* avait-elle hurlé quand elle avait vu les lumières dans le ciel. *Ils sont de retour !*

« Hé, madame ? » répéta-t-il pour la troisième fois.

Toujours rien.

---

1. Lièvre développant des excroissances (sans doute cancéreuses) en forme de corne, animal semi-mythique du folklore nord-américain.

Elle avait dit que Rick était le seul qui restait et ensuite qu'*ils étaient de retour*, voulant probablement parler des lumières dans le ciel ; depuis, cependant, elle n'avait pas prononcé une parole, ses manifestations se réduisant à des pets et des rots particulièrement répugnants... il y avait eu aussi ce bâillement exposant ses mâchoires édentées... et cet œil. L'œil inquiétant de jackalope. Henry n'était parti que depuis un quart d'heure (à midi cinq, et il n'était que midi vingt, à en croire la montre de Pete), mais il avait l'impression que cela faisait deux heures que cet œil de jackalope le regardait. La journée risquait d'être foutrement longue, et s'il voulait tenir le coup sans craquer (il n'arrêtait pas de penser à une histoire qu'il avait eu à lire en classe, il ne se rappelait plus qui l'avait écrite, seulement que son héros avait tué le vieil homme parce qu'il ne supportait plus le regard de son œil unique, et à l'époque Pete n'avait pas compris pourquoi, mais à présent, il pigeait), il allait avoir besoin de quelque chose.

« Hé, madame, vous m'entendez ? »

Rien du tout, nada. Juste l'œil de jackalope.

« Faut que je retourne à la voiture, j'ai oublié quelque chose. Faut pas vous en faire. Ça ira très bien. D'accord ? »

Pas de réponse... puis elle lâcha encore un de ces pets qui n'en finissaient pas et ronflaient comme une scie sauteuse ; tout son visage se contracta, comme si cela lui faisait mal... ce qui était probablement le cas, rien qu'au bruit, on se disait que ça ne pouvait pas faire autrement que faire mal. Et même si Pete avait pris la précaution de ne pas se mettre sous le vent, l'odeur lui parvint tout de même, un peu affaiblie, une odeur brûlante et rance qui ne paraissait pas pouvoir être humaine. Ce n'était pas non plus l'odeur des pets de vache. Il avait travaillé pour Lionel Sylvester, quand il était gamin, et il avait trait son content de vaches ; parfois, les ruminants lâchaient des pets pendant qu'il était sur son tabouret. Ils avaient une odeur végétale lourde, une odeur de marécage. Pas du tout comme ceux de la femme. Pas du tout. Ils lui faisaient penser... à quand on était gosse et qu'on recevait en cadeau la boîte de l'apprenti chimiste ; au bout d'un moment, on en avait assez des petites expériences minables du manuel, on devenait téméraire et on se mettait à mélanger toutes ces merdes, juste pour voir si elles n'allaient pas exploser. Et, se rendit-il compte, c'était une partie de ce qui le troublait, de ce qui le rendait nerveux. C'était stupide, pourtant. Les gens n'explosent pas, tout de même... N'empêche, il lui fallait se trouver un petit remontant. Parce qu'elle lui fichait les boules, et pas qu'un peu.

Il prit deux des morceaux de bois qu'Henry avait récupérés, les ajouta au feu, hésita, y plaça un troisième. Un tourbillon d'étincelles monta vers le toit incliné et alla s'éteindre contre la tôle ondulée. « Je serai de retour avant que tout ça ait fini de brûler, mais si vous voulez rajouter du bois, faites comme chez vous. D'accord ? »

Rien. Il fut soudain pris de l'envie de la secouer, mais il avait plus d'un kilomètre à parcourir pour rejoindre le Scout, presque trois avec le retour, et il devait économiser ses forces. Sans compter qu'elle risquait simplement de péter une fois de plus. Ou de lui roter à la figure.

« Très bien. Qui ne dit mot consent, comme nous le répétait tout le temps Mrs White, notre institutrice. »

Il se leva en prenant soin de tenir son genou à deux mains ; l'effort le fit grimacer et il glissa, manquant de tomber. Mais il finit par se redresser complètement parce qu'il avait besoin d'une bière, bon Dieu, absolument besoin, et qu'il n'y avait personne d'autre que lui pour aller la chercher. Il était probablement alcoolique, d'accord. En fait, il pouvait faire l'économie du *probablement* et il soupçonnait qu'il allait devoir s'atteler un jour à ce problème, mais pour l'instant il était tout seul, livré à lui-même, pas vrai ? Oui, parce que cette salope était inexistante, tout ce qui restait d'elle était sa capacité à lâcher des pets qui schlinguaient et à le regarder de son œil de jackalope. S'il fallait remettre du bois dans le feu, elle n'aurait qu'à le faire, mais ce ne serait pas nécessaire, il serait revenu bien avant. Un peu plus d'un kilomètre, ce n'était pas la mer à boire. Sa jambe tiendrait bien le coup jusque-là.

« Je reviens », dit-il. Il se pencha sur sa jambe et se massa le genou. Raide, sans plus. Aurait pu être pire. Il mettrait quelques bières dans un sac (et peut-être un sachet de crackers pour la salope, tant qu'il y était) et reviendrait. « Vous êtes sûre que ça va aller ? »

Rien. Rien que l'œil de jackalope.

« Qui ne dit mot consent », répéta-t-il en se dirigeant vers Deep Cut Road ; il suivait les traces laissées par la bâche et celles, presque effacées déjà, des roues du quatre-quatre. Il avançait par très courtes étapes, s'arrêtant tous les dix ou douze pas pour se reposer et masser son genou. Il se retourna une fois pour regarder le feu.

Il paraissait déjà minuscule et sans substance dans la lumière grise du début de l'après-midi. « C'est un putain de délire », grommela-t-il. Mais il reprit sa route.

2

Il arriva sans encombre jusqu'au bout de la ligne droite, sans encombre jusqu'au milieu de la côte. Il commençait juste à marcher un peu plus vite, à avoir un peu plus confiance dans son genou, lorsque — ha-ha, trouduc, j'tai eu — il se déboîta à nouveau ; il avait l'impression d'avoir un morceau de fonte à la place. Il tomba sur le sol, lançant une bordée de jurons entre ses dents serrées.

C'est là, tandis qu'il était assis dans la neige à jurer, qu'il se rendit compte que quelque chose de très bizarre était en train de se produire. Un grand cerf venait de passer à sa gauche, au petit trot, n'ayant qu'un bref coup d'œil pour l'homme devant lequel il aurait fui tout autre jour, bondissant comme sur des ressorts. Presque entre ses pieds courait un écureuil rouge.

Il resta assis au milieu de la neige qui tombait moins fort à présent, en gros flocons dont les ondulations changeantes donnaient une impression de dentelle, bouche bée, sa mauvaise jambe tendue devant lui. D'autres cerfs s'avançaient sur la route, d'autres animaux aussi, marchant ou sautillant, tels des réfugiés fuyant quelque désastre. Il se rendit compte qu'il y en avait encore plus dans les bois, et que tous se dirigeaient vers l'est.

« Où vous allez comme ça, les mecs ? » demanda-t-il à un lapin à pattes blanches qui passa en quelques petits bonds devant lui, les oreilles couchées sur le dos. « Y'a distribution gratis de dope quelque part ? Y'a un casting pour le prochain dessin animé de Disney ? Y'a... »

Il s'interrompit, le peu de salive qui lui restait dans la bouche prenant un goût de brume électrique. Un ours noir, avec toute sa graisse d'avant hibernation, se profilait entre les premiers arbres, des baliveaux pas très hauts, qui bordaient la route à sa gauche. Il avançait tête baissée, dans le dandinement de son arrière-train ; et même s'il n'eut pas un seul regard pour Pete, les illusions que se faisait celui-ci sur la tranquillité de son camp, dans la grande forêt nordique, furent pour la première fois réduites à néant. Il n'était rien de plus qu'un tas de chairs goûteuses qui, pour son malheur, respirait encore. Sans son fusil, il était encore plus sans défense que l'écureuil bondissant entre les pattes du cerf : au moins, s'il était repéré par l'ours, l'écureuil avait-il la possibilité de courir jusqu'à l'arbre le plus proche et de se réfugier dans les plus hautes branches, là où le plantigrade ne pourrait pas le suivre. Le fait que cet ours-ci n'eût même pas un regard pour lui n'y changea rien : là où il y avait un ours, il y en avait d'autres, et le prochain serait peut-être moins affairé.

Une fois sûr que l'ours était parti, il se remit de nouveau sur pied, lentement et avec précaution, le cœur cognant dans la poitrine. Il avait laissé cette folle et son météorisme galopant toute seule, mais quelle protection aurait-il pu lui assurer, en réalité, si un ours avait décidé de l'attaquer ? Il lui fallait son fusil. Il prendrait aussi celui d'Henry, s'il le pouvait. Pendant les cinq minutes suivantes, le temps d'atteindre le sommet de la colline, Pete pensa d'abord puissance de feu, la bière ne venant qu'en second. Mais à peine venait-il d'entamer une descente prudente de l'autre côté que la bière reprenait la première place dans ses préoccupations. Mettre les bouteilles dans un sac, jeter le sac sur son épaule. Et ne pas s'arrêter pour boire sur le chemin du retour. Il en prendrait une lorsqu'il serait de nouveau assis devant le feu de camp. Ce serait une récompense, et il n'y avait rien de meilleur qu'une bière-récompense.

Tu n'es qu'un alcoolique, mon vieux. Tu commences à le savoir, hein ? Un con d'alcoolique.

Oui, et qu'est-ce que cela signifiait ? Qu'il ne pouvait pas merder. Qu'il ne fallait pas être pris sur le fait — du genre laisser une femme à demi comateuse seule dans les bois, par exemple, tout ça pour aller chercher de quoi se rincer la dalle. Et une fois de retour à l'abri, il ne devrait pas oublier de balancer les bouteilles vides loin entre les arbres. Henry risquait tout de même de se douter de quelque chose. Cett façon qu'ils avaient de savoir des choses les uns sur les autres quand ils étaient ensemble. Et transmission de pensée ou pas, il fallait se lever fichtrement de bonne heure pour baiser un type comme Henry Devlin.

Pete, cependant, pensait qu'Henry lui ficherait la paix sur ce sujet. Sauf que Pete venait de décider que le temps d'en parler lui-même était venu. Sans doute serait-il bien inspiré de demander de l'aide à Henry. Oui, il finirait peut-être par le faire. Sûr, il n'aimait pas trop ce qu'il ressentait en ce moment ; laisser cette femme toute seule disait des trucs sur Pete Moore qui n'étaient pas jolis-jolis. Mais Henry... il y avait aussi quelque chose qui n'allait pas chez lui, cette année. Pete ignorait si Beaver le sentait aussi, mais il était certain que Jonesy s'en rendait compte. Henry déconnait pas mal. Il était même peut-être...

Un grognement juste derrière lui. Il poussa un hurlement et fit volte-face. Son genou se coinça de nouveau, sauvagement cette fois ; il avait tellement peur qu'il s'en rendit à peine compte. C'était l'ours ! L'ours avait décrit un cercle pour venir l'attaquer par-derrière ! Celui-là ou un autre !

Mais ce n'était pas un ours. Un orignal, simplement, qui passa à côté de Pete, lui jetant juste un coup d'œil alors qu'il tombait une fois de plus sur la route, jurant à voix basse entre ses mâchoires crispées, se tenant la jambe, les yeux tournés vers les flocons de neige qui se raréfiaient, se traitant de cinglé. Un cinglé *alcoolique*.

Il connut un moment de panique lorsqu'il crut que son genou allait rester comme ça, qu'il s'était arraché quelque chose, et qu'il allait gésir au milieu de l'exode des animaux jusqu'à ce qu'Henry revienne avec la motoneige, et Henry lui dirait, *Mais qu'est-ce que tu branles ici ? Pourquoi tu l'as laissée toute seule ? Comme si je ne le savais pas.*

Finalement, il fut capable de se relever. Il arrivait tout juste à clopiner, tirant sa jambe endommagée comme un poids mort ou presque, mais c'était mieux que de rester étendu dans la neige à deux mètres d'un tas de crottin d'orignal encore fumant. D'où il était, il voyait même le Scout retourné sur la route ; ses roues et le dessous de sa carrosserie étaient recouverts de neige. Il se dit que si sa dernière chute avait eu lieu avant le sommet de la colline, il serait retourné auprès de la femme et du feu, mais maintenant que le véhicule était en vue, autant y aller. Se dit aussi que les fusils étaient son premier objectif, les bouteilles de Bud ne venant qu'en second. Il le crut presque. Quant à ce qui était de retourner jusqu'à l'abri... il finirait bien par y arriver, non ? Puisqu'il avait réussi à se traîner jusqu'ici.

À une cinquantaine de mètres du Scout, il entendit se rapprocher rapidement un bruit qu'il identifia sans peine, les *whup-whup-whup* d'un hélicoptère. Il se tourna vivement vers le ciel, faisant appel à toutes ses ressources pour rester debout assez longtemps afin de leur adresser des signes — Seigneur, s'il y avait bien quelqu'un qui avait besoin d'une aide tombant du ciel, c'était lui — mais l'appareil ne descendit pas complètement en dessous des nuages. Un instant, il aperçut une forme sombre qui filait dans le brouillard, pratiquement au-dessus de sa tête, aperçut aussi la lueur estompée de ses feux de position, puis les *whup-whup-whup* s'éloignèrent vers l'est, dans la même direction que les animaux. Il fut atterré de se rendre compte que, sous sa déception, il y avait aussi un sentiment de soulagement : si jamais l'hélicoptère avait atterri, il n'aurait jamais eu sa bière, alors qu'il avait fait tout ce chemin, tout ce putain de chemin.

3

Cinq minutes plus tard, il était à quatre pattes et se glissait avec précaution à l'intérieur du Scout retourné. Il se rendit rapidement compte que son mauvais genou ne le soutiendrait pas longtemps (il était enflé et tendait son jean, dessinant une miche de pain douloureuse à la place), et c'est avec des mouvements qui tenaient autant de la nage que de la reptation qu'il s'introduisit dans l'habitacle envahi par la neige. Il se sentit mal à l'aise ; les odeurs étaient trop entêtantes, il était trop à l'étroit. Il avait presque l'impression de ramper dans un tombeau, un tombeau qui aurait senti l'eau de toilette d'Henry.

Toute l'épicerie s'était éparpillée à l'arrière, mais Pete ne s'intéressa ni aux pains, ni aux conserves, ni à la moutarde ni aux hot dogs bien rouges (les hot dogs bien rouges étant à peu près tout ce que le vieux Gosselin avait à offrir en matière de viande). C'était à la bière qu'il s'intéressait, et il constata avec soulagement qu'une seule bouteille, apparemment, s'était cassée pendant le demi-tonneau exécuté par le véhicule. Il y a un dieu pour les ivrognes. L'odeur était forte (celle qu'il buvait au moment où le Scout s'était transformé en tortue s'était aussi renversée, évidemment), mais c'était une odeur qu'il aimait bien. L'eau de toilette d'Henry, en revanche... houlà, bon Dieu ! D'une certaine manière elle dégageait des effluves aussi écœurants que les gaz lâchés par la bonne femme. Et elle lui faisait penser à des cercueils, à des tombes, à des fleurs de cimetière, sans qu'il sache pourquoi.

« Quelle idée de se parfumer pour aller dans les bois, de toute façon, vieille noix ? » demanda-t-il à haute voix, les mots sortant de sa bouche sous forme de petits nuages de vapeur blanche. La réponse était évidemment qu'Henry n'avait jamais eu cette idée, que le parfum n'était pas réellement là, que la voiture sentait seulement la bière. Pour la première fois depuis longtemps, Pete se prit à penser à la jolie agent immobilier qui avait perdu ses clefs devant la pharmacie, à Bridgton, comment il avait su qu'elle ne viendrait pas dîner avec lui, qu'elle n'avait même aucune envie de l'approcher à moins de dix kilomètres. Sentir une eau de Cologne fantôme était-il un phénomène de ce genre ? Il l'ignorait, sachant seulement qu'il n'aimait pas la façon dont ce parfum se mêlait, dans son esprit, à l'idée de la mort.

Laisse tomber, grand couillon. Tu es en train de te foutre les boules tout seul. Il y a une sacrée différence entre voir la ligne et se flanquer la frousse. Laisse tomber et récupère donc ce que tu es venu chercher.

« Putain de bonne idée », dit-il.

Les sacs de commissions étaient en plastique, le modèle avec poignées ; le vieux Gosselin avait au moins été jusque-là en matière de progrès. Pete en attrapa un et sentit aussitôt un élancement douloureux dans la paume de sa main. Il n'y avait qu'une seule bon Dieu de bouteille de cassée, et c'est naturellement sur celle-ci qu'il avait posé la main. La coupure devait être assez profonde, car la sensation était vive. Peut-être était-ce sa punition pour avoir laissé la femme toute seule dans l'abri. Dans ce cas, il la supporterait comme un homme et s'estimerait heureux de s'en tirer à si bon compte.

Il rassembla huit bouteilles, commença à battre en retraite, puis s'arrêta. Avait-il pris toute cette peine pour huit malheureuses boutanches ? « J'crois pas », murmura-t-il. Sur quoi, il récupéra les sept restantes, prenant le temps de tout rafler en dépit du sentiment grandissant de malaise qu'il éprouvait dans le Scout. Il en ressortit finalement, obligé de lutter contre l'idée paniquante que quelque chose de petit, mais équipé de grandes dents, allait lui sauter dessus et arracher une portion considérable de ses couilles. La Punition de Pete, le Retour.

Il ne paniqua pas réellement, mais il rampa plus vite pour sortir qu'il ne l'avait fait pour rentrer, et son genou se coinça, une fois de plus, à l'instant où il se dégageait. Il roula sur le dos, poussant des gémissements, tourné vers le ciel d'où tombaient les derniers et opulents flocons de neige, ouvrages de dentelle aussi délicats que les plus beaux dessous de femme, se massant le genou et lui intimant de se remettre en place, allez, fais pas l'idiot, sois mignon, mon chou, arrête de faire chier, sale enfoiré ! Et alors qu'il pensait que cette fois c'était cuit, l'articulation reprit sa position normale. Il siffla entre ses dents, s'assit et contempla le sac sur lequel était écrit, en lettres rouges : MERCI D'AVOIR FAIT VOS COURSES CHEZ NOUS !

« Et dans quelle autre boutique j'aurais pu faire mes courses, connard ? » demanda-t-il. Là-dessus, il décida qu'il méritait bien une bière avant d'aller rejoindre la bonne femme. Hé, le sac serait moins lourd à porter.

Il prit une bouteille, dévissa la capsule et s'en versa la première moitié dans le gosier en quatre grandes gorgées. La bière était froide, la neige sur laquelle il était assis encore plus, mais il se sentit tout de même mieux. La magie de la bière. La magie du scotch, de la vodka et du gin aussi, si on allait par là ; mais lui, c'était la bière qu'il aimait.

Regarder le sac lui fit penser au petit rouquin du Gosselin's Market, à son sourire béat, à ses yeux de Chinois qui avait valu autrefois au syndrome le nom de *mongolien*. Ce qui l'amena tout droit à Duddits, alias Douglas Cavell, si l'on voulait y mettre les formes. Pour quelle raison il y pensait aussi souvent, depuis quelque temps, Pete n'aurait su le dire. Mais c'était indéniable et il s'était fait une promesse : quand tout cela serait terminé, il irait faire un tour à Derry et rendrait visite à ce bon vieux Duddits. Il s'arrangerait pour que les autres viennent avec lui, et quelque chose lui disait qu'il n'aurait pas beaucoup d'efforts à faire pour les convaincre. C'était probablement à cause de Duddits qu'ils étaient encore amis, après tant d'années. Bon sang, la plupart des gens ne repensent jamais à leurs copains d'école, et encore moins à leurs copains de lycée... ou de ce qu'on appelait à présent la *middle school*, même si Pete était bien convaincu que c'était toujours la même jungle affligeante d'insécurité, de confusion, d'aisselles à remugles, de modes stupides et d'idées bancales. Ils n'avaient évidemment pas connu Duddits à l'école, et encore moins au collège et au lycée, car les Duddits de ce monde ne les fréquentent pas. Duds allait à la Mary M. Snowe School for the Exceptional, connue des gosses du quartier comme l'Académie des Retardés, ou même simplement, parfois, l'École à Débiles. Si les événements avaient suivi un cours normal, un cours ordinaire, leurs chemins ne se seraient pas croisés ; mais voilà, il y avait ce terrain vague sur Kansas Street, avec son bâtiment abandonné. Sur la façade donnant sur la rue, on pouvait encore lire l'enseigne de la petite société de transport : TRACKER BROTHERS SHIPPING TRUCKING AND STORAGE, en lettres blanches qui pelaient sur les vieilles briques rouges. Et de l'autre côté, dans la vaste zone où les camions se présentaient jadis à reculons pour décharger... il y avait autre chose d'écrit.

Assis dans la neige, mais ne sentant plus qu'elle se transformait en gadoue glaciale sous son cul, buvant sa deuxième bière sans même s'être rendu compte qu'il l'avait ouverte (il avait jeté la première dans la forêt où l'on voyait encore des animaux se diriger vers l'est), Pete se souvint du jour où ils avaient rencontré Duddits. Se souvint du blouson grotesque dont Beaver était si fier, de la voix de Beaver, fluette mais néanmoins puissante, annonçant la fin de quelque chose et le début de quelque chose d'autre, annonçant d'une manière impossible à décrire et pourtant parfaitement concrète et compréhensible que le cours de leur vie avait changé un certain mardi après-midi, alors qu'ils avaient prévu d'aller faire un match de basket à deux contre deux dans l'allée du garage, chez Jonesy, puis peut-être de disputer une partie de Parcheesi devant la télé ; oui, à présent, assis dans les bois à côté du quatre-quatre renversé, sentant encore l'eau de toilette qu'Henry ne portait pas, ingurgitant son poison chéri qu'il tenait d'une main dont le gant était imbibé de sang, le vendeur de voitures se rappelait le garçon qui n'avait pas tout à fait renoncé à son rêve d'être astronaute en dépit de ses problèmes grandissants en maths (Jonesy l'avait aidé, puis Henry l'avait aidé, puis, passé la sixième, plus personne n'avait rien pu pour lui), se souvenait des autres, de Beaver en particulier, lui qui avait mis le monde cul par-dessus tête en poussant un cri suraigu de sa voix qui commençait tout juste à muer, *Hé, les mecs, arrêtez ça, vous entendez ? Arrêtez vos conneries* TOUT DE SUITE *!*

« Beaver... », marmonna Pete en tendant sa bière pour porter un toast à l'après-midi qui s'assombrissait, adossé au capot à l'envers du Scout. « Tu étais splendide, vieux. » Mais ne l'avaient-ils pas tous été ?

N'avaient-ils pas tous été splendides ?

4

Parce qu'il n'est pas dans la même classe que les autres et que son dernier cours de la journée est celui de musique, au rez-de-chaussée, Pete est toujours le premier dehors — avant ses trois meilleurs amis qui terminent au premier étage : Jonesy et Henry en « Littérature américaine », une classe de lettres pour enfants brillants, et Beaver dans la salle à côté, en « maths au quotidien », qui est en réalité une classe de maths pour Pas Très Malins. Pete fait tout ce qu'il peut pour ne pas échouer dans cette classe l'année prochaine, mais il craint que ce ne soit un combat perdu d'avance. Il sait faire des additions, des soustractions, des multiplications et des divisions ; il s'en sort aussi avec les fractions, même s'il y passe trop de temps. Mais il est à présent confronté à quelque chose de nouveau, un certain *x*. Pete ne comprend pas d'où sort cet *x*, et il le redoute.

Il est déjà de l'autre côté du grillage qui ferme l'école, lorsque commence la ruée du reste des quatrièmes et de ces morpions de cinquième, il bat la semelle en faisant semblant de fumer, une main en rond devant la bouche, l'autre placée en dessous comme si elle tenait l'hypothétique mégot dissimulé.

À présent arrivent les troisièmes, descendus de leur premier étage et, marchant au milieu d'eux comme des princes — des rois non couronnés ou presque, même si Pete n'aurait jamais formulé à haute voix une métaphore aussi cucul — se trouvent ses amis, Jonesy, Beaver, Henry. Et si ces rois ont un souverain, c'est bien Henry, Henry que toutes les filles adorent, même s'il porte des lunettes. Pete a de la chance d'avoir de tels amis, et il en est conscient ; il est probablement le gosse de quatrième le plus chanceux de tout Derry, *x* ou pas. Que le fait d'avoir des amis dans la classe au-dessus empêche qu'il soit battu par ses condisciples les plus teigneux est le moindre des avantages qu'il en retire.

« Hé, Pete ! » lui lance Henry lorsque le trio franchit le portail. Comme toujours, Henry paraît étonné de le trouver là, mais également ravi. « Qu'est-ce que t'as en vue, mec ?

— Pas grand-chose, répond Pete, comme toujours. Et vous ?

— AJMM. »

Henry enlève ses lunettes et entreprend de les nettoyer. S'ils avaient formé un club, AJMM aurait sans doute été leur devise ;

ils finiraient par apprendre à Duddits à le dire, même si ce qui sortirait de sa bouche serait plutôt quelque chose comme AJEM, « A' jou'êm med », en Duddits dans le texte, et l'une des rares choses que ses parents ne comprendraient pas. Ce qui, bien entendu, allait ravir Pete et ses amis.

Pour l'instant, cependant, alors que Duddits est encore à une demi-heure dans leur avenir, Pete se contente de se faire l'écho d'Henry : « Ouais, mec, AJMM. »

Autre jour, même merde. Sauf qu'au fond de leur cœur les quatre garçons ne croient qu'en la deuxième partie, car au fond de leur cœur ils ont l'impression que c'est toujours le même jour, jour après jour. On est à Derry en 1978, et on sera toujours en 1978. Ils disent qu'ils auront un avenir, qu'ils vivront assez longtemps pour voir le vingt et unième siècle, Henry deviendra avocat, Jonesy écrivain, Beaver conducteur de poids lourds et Pete sera astronaute avec le sigle NASA cousu à l'épaule, mais c'est simplement ce qu'ils se racontent, comme lorsqu'ils entonnent le credo, à l'église, sans avoir conscience des paroles qui sortent de leur bouche ; ce qui les intéresse réellement, en fait, c'est la jupe de Maureen Chessman, déjà bien courte et qui a tendance à remonter encore plus lorsque Maureen bouge dedans. Ils croient au fond de leur cœur qu'un jour la jupe de Maureen remontera tellement qu'ils verront la couleur de sa petite culotte, et croient de la même manière que Derry, c'est pour l'éternité, comme eux-mêmes. Ce sera toujours le collège et trois heures moins le quart, ils remonteront toujours Kansas Street ensemble pour aller jouer au basket dans l'allée de Jonesy (Pete a aussi un panier dans son allée, mais ils préfèrent celui de Jonesy parce que Mr Jones l'a placé assez bas pour qu'on puisse s'y suspendre), ils parleront toujours des mêmes choses : de leurs classes, de leurs profs, et quel élève s'est foutu sur la gueule avec quel élève, ou quel élève va se foutre sur la gueule avec quel élève, si untel ou untel est capable de flanquer sa raclée à untel ou untel s'ils se foutent sur la gueule (ce qui n'arrivera de toute façon jamais, car il n'y a guère de différence entre eux), qui a commis la plus mémorable grossièreté récemment (leur préférée jusqu'ici est le fait d'un certain Norm Parmeleau, un cinquième, actuellement connu sous le nom de Macaroni Parmeleau, sobriquet qui le poursuivra pendant des années, jusque dans ce siècle suivant dont parlent les garçons sans y croire vraiment ; pour gagner un pari de cinquante cents, Norm Parmeleau s'est bouché un jour les deux narines, à la cafétéria, avec du gratin de macaroni. Après quoi, il l'a récupéré comme de la morve et avalé ; Macaroni Parmeleau qui, comme tant de gosses du collège a confondu notoriété et célébrité), qui sort avec qui (si on voit un garçon et une fille repartir chez eux ensemble après l'école, on suppose qu'ils sortent ensemble ; si on les voit se tenir par la main ou se sucer la tronche, c'est qu'ils sortent vraiment ensemble), qui va remporter le Super Bowl (ces cons de Patriots, ah, ces cons de Patriots, l'équipe de Boston, ça ne leur arrivera jamais, à eux ; devoir être les supporters des Patriots, qu'est-ce que ça fait chier). Tous ces sujets ne changent jamais et restent néanmoins éternellement fascinants tandis qu'ils s'éloignent de la même école (*Je crois en Dieu tout-puissant*) par la même rue (*créateur du Ciel et de la Terre*), sous le même ciel blanc éternel d'octobre (*jusqu'à la fin du monde*) avec les mêmes amis (*amen*). Même merde, même jour, telle est la vérité au fond de leur cœur, et ils sont d'accord là-dessus avec K.C. et le Sunshine Band, alors même qu'ils sont capables de vous sortir « RB-DC » (le rock balance, le disco craint) : c'est ainsi que ça leur plaît. Le changement va leur tomber dessus sans crier gare, comme toujours quand on a leur âge ; s'il fallait que le changement demande à des collégiens la permission de se produire, il cesserait d'exister.

Aujourd'hui, ils ont un sujet de conversation supplémentaire, la chasse, car pour la première fois Mr Clarendon va tous les amener au Trou dans le Mur. Ils y resteront trois jours, dont deux seront des jours de classe (aucun problème pour obtenir une dispense auprès de l'école, et nul besoin de mentir sur l'objet de cette expédition ; le Maine méridional s'est sans doute urbanisé, mais ici, au nord, on est dans le pays de Dieu et on considère qu'apprendre à chasser fait partie de l'éducation d'une jeune personne, en particulier si cette jeune personne est un garçon). L'idée de se faufiler en douce dans les bois avec un vrai fusil pendant que leurs copains se feront tartir sur les bancs du collège, à Derry, leur paraît incroyablement et délicieusement jouissive, et ils passent devant l'Académie des Retardés, qui se trouve de l'autre côté de la rue, sans même la voir. Les retardés sortent à la même heure que les élèves du collège, mais la plupart d'entre eux retournent chez eux en compagnie de leur mère, ou prennent le bus scolaire spécial, un bus qui est bleu et non pas jaune et qui, paraît-il, comporterait un autocollant sur lequel on lirait AIDEZ LA SANTÉ

MENTALE OU JE VOUS TUE. Tandis qu'Henry, Beaver, Jonesy et Pete passent devant Mary M. Snowe, quelques retardés en meilleur état que les autres, autorisés pour cela à rentrer chez eux tout seuls, vadrouillent encore dans le coin, regardant autour d'eux d'un œil rond et avec cette expression bizarre d'émerveillement qu'ils affichent constamment. Pete et ses amis les voient sans les voir, comme toujours. Ils font partie intégrante du décor.

Henry, Jonesy et Pete écoutent attentivement le Beav qui leur raconte que lorsqu'ils seront au Trou dans le Mur, ils devront se rendre dans la Combe, parce que c'est toujours là que vont les plus gros, qu'il y a là-dedans des buissons qu'ils aiment. « Moi et mon père on a vu des tas de cerfs, là en bas », dit-il. Les tirettes des fermetures à glissière, sur son vieux blouson de motard, tintent agréablement.

Une discussion s'ensuit pour savoir qui sera capable d'abattre le cerf le plus gros et quel est le meilleur poste de tir afin de pouvoir abattre l'animal d'une seule balle, sans le faire souffrir. (« Sauf que mon père dit que les bêtes ne souffrent pas comme les hommes, quand elles sont blessées, leur explique Jonesy. Il dit que Dieu les a faites différentes de nous justement pour qu'on puisse les chasser. ») Ils rient, argumentent et se disputent pour savoir qui aura le plus de chances de dégueuler lorsque viendra le moment de vider l'animal, et l'Académie des Retardés est de plus en plus loin derrière eux. À présent, de leur côté de la rue, se profile l'édifice en briques rouges où les frères Tracker, jadis, géraient leurs affaires.

« Si quelqu'un doit gerber, déclare autoritairement Beaver, ce sera pas moi. J'ai déjà vu vider un cerf des centaines de fois et ça ne me fait rien du tout. Je me souviens qu'une fois...

— Hé, les gars ! l'interrompt Jonesy d'un ton excité. Vous voulez pas voir la chatte de Tina Jean Schlossinger ?

— Qui c'est, ta Tina Jean Sloppinger ? » demande Pete, déjà intrigué.

Voir une chatte, n'importe quelle chatte, est une idée qui lui plaît. Il ne manque jamais l'occasion de regarder les *Penthouse* et *Playboy* que son père planque dans son atelier, derrière sa grande boîte à outils. C'est très intéressant, une chatte. Ça ne le fait pas bander et ne l'excite pas comme la vue de seins nus, mais il se dit que c'est parce qu'il est encore trop jeune.

N'empêche, une chatte, c'est intéressant.

« Schlossinger, le corrige Jonesy en riant, pas Sloppinger, Petesky. Les Schlossinger habitent à deux coins de rue de chez moi et... » Il s'interrompt soudain, frappé par une question importante à laquelle il sent qu'il faut répondre sur-le-champ. Il se tourne vers Henry. « Les Schlossinger... ils sont juifs ou républicains ? »

C'est maintenant au tour d'Henry de rire de Jonesy, mais sans méchanceté. « Techniquement, il doit être possible d'être les deux en même temps, ou ni l'un ni l'autre. » Pete est impressionné par la manière dont Henry manie la syntaxe. Ça fait super-chouette, et il se promet d'utiliser à son tour l'expression à la première occasion : *ni l'un ni l'autre*... Il sait cependant, obscurément, qu'il va oublier, qu'il fait partie de ces personnes qui n'emploient jamais ce genre de formule.

« Laisse tomber la religion et la politique, reprend Henry sans cesser de rire. Si tu as une photo de Tina Jean Schlossinger où on voit sa chatte, j'ai bien envie que tu nous montres ça. »

Le Beav, pendant ce temps, est visiblement devenu tout excité ; ses joues se sont empourprées, ses yeux brillent et il se glisse un cure-dents neuf entre les lèvres avant d'avoir fini de mâchouiller le précédent. Les tirettes de ses fermetures à glissière, sur le blouson que son frère aîné a porté pendant les quatre ou cinq années où il s'est pris de passion pour l'équipe de hockey The Fonzie, tintinnabulent plus vite.

« C'est pas une blonde ? demande-t-il. Une blonde qui est au lycée, hein ? Une supernana, avec... » Il arrondit les mains à hauteur de sa poitrine et lorsque Jonesy acquiesce, il se tourne vers Pete et lâche : « Hé ! C'est la future reine de la promo, tête de nœud ! Y'avait sa photo dans le putain de journal ! On la voyait avec Richie Grenadeau, pas vrai ?

— Oui, mais ces cons de Tigers ont perdu le match de promo et Grenadeau s'est retrouvé avec un nez cassé, dit Henry. La première équipe de Derry High School à jouer contre une équipe classée A du sud du Maine, et ces crétins...

— Font chier, les Tigers », le coupa Pete.

Il s'intéresse davantage au football scolaire qu'à ce *x* tant redouté, mais pas tant que ça. De toute façon, il voit à présent de qui il s'agit, il se souvient de la photo du journal où on la voyait sur la plate-forme d'un camion de grumes décoré de guirlandes de fleurs, en compagnie du *quarterback* des Tigers ; tous deux étaient affublés de couronnes en papier d'alu, souriaient et saluaient la foule. Les cheveux de la fille cascadaient jusque sur ses épaules dans un style *voiles gonflées* à la Farah Fawcett ; elle portait une robe sans bretelles qui laissait voir le haut de ses seins.

Pour la première fois de sa vie, Pete ressent une véritable concupiscence ; c'est une sensation charnue, rouge, pesante, qui raidit sa queue, lui dessèche la bouche et l'empêche de penser. L'idée de voir une chatte est intéressante ; mais voir celle d'une fille qu'il connaît, la chatte de la future reine de la promo... c'est infiniment plus excitant. C'est, pour reprendre une expression qu'utilise parfois la critique cinématographique du *Derry New's*, quand un film lui a vraiment plu, « à voir absolument ».

« Où ça ? » demande-t-il à Jonesy, s'étranglant presque. Il s'imagine la fille, cette Tina Jean Schlossinger, attendant le bus scolaire au coin de la rue, en train de rire nerveusement avec ses copines, ne se doutant pas un seul instant que le garçon qui passe dans la rue a vu ce qui est sous sa jupe ou son jean, qu'il sait si les poils de sa chatte sont de la même couleur que ses cheveux. Pete est en feu. « Où ça ?

— Là », répond Jonesy en indiquant le grand cube rouge en brique qui était autrefois le dépôt de camions et l'entrepôt des frères Tracker.

Du lierre a envahi ses flancs, mais l'automne a été froid et la plupart des feuilles ont séché et noirci. Une partie des vitres ont été cassées et celles qui restent sont à demi opaques. Pete ressent un petit frisson rien qu'à regarder cette bâtisse. En partie parce que les grands, les grands de terminale et même ceux qui ont fini le secondaire, jouent au base-ball dans le terrain vague situé derrière, et que les grands aiment bien flanquer des raclées aux petits, allez savoir pourquoi, ça doit les changer de l'ordinaire, sans doute. Mais ce n'est pas le plus grand problème parce que les parties de base-ball sont terminées pour la saison et que les grands ont probablement établi leurs pénates à Strawford Park où ils joueront encore à une version simplifiée du football jusqu'aux premières neiges. (Et dès qu'il neigera, ils iront s'entretuer dans de féroces parties de hockey sur glace avec de vieilles crosses rafistolées avec de l'adhésif.) Non, le grand problème est qu'il arrive parfois que des gosses disparaissent à Derry, c'est le côté marrant de Derry, et lorsqu'ils disparaissent effectivement, c'est souvent dans des lieux à part comme le dépôt déserté des frères Tracker qu'on les a vus pour la dernière fois. On ne parle jamais de ce fait déplaisant, mais tout le monde est au courant.

Cependant, une chatte... et pas sur papier glacé comme dans *Penthouse*, mais le véritable con d'une véritable fille habitant ici... voilà qui serait quelque chose à voir. Voilà qui serait un putain de coup fumant.

« Dans cette baraque ? » objecte Henry sans cacher son incrédulité. Ils se sont arrêtés, et leur petit groupe se tient non loin du bâtiment pendant que les derniers des retardés défilent, l'œil exorbité ou marmonnant, de l'autre côté de la rue. « Je suis loin de te prendre pour un imbécile, Jonesy, très loin, mais pourquoi diable il y aurait une photo de la chatte de Tina Jean là-dedans ?

— Je ne sais pas, avoue Jonesy, mais Davey Trask a dit qu'il l'avait vue ici.

— Je ne tiens pas tellement à rentrer là-dedans, dit Beaver. D'accord, je demande pas mieux que de voir la chatte de Tina Jean Slophanger...

— Schlossinger...

— Mais ça fait au moins quatre ou cinq ans que cet endroit est abandonné, et...

— Beav...

— Et je parie qu'il est plein de rats.

— Beav ! »

Mais Beaver a l'intention de finir ce qu'il a à dire :

« Et les rats ont la rage. Ils sont enragés jusqu'au troufignon.

— On n'a pas besoin d'y entrer, Beav », dit alors Jonesy.

Les trois autres le regardent avec un intérêt renouvelé. On a là, comme le dit un type en voyant un Suédois aux cheveux noirs et crêpés, un Viking d'une autre couleur.

Jonesy constate qu'ils sont suspendus à ses lèvres, hoche la tête et poursuit :

« D'après Davey, il suffit de passer dans l'allée de côté et de regarder par la troisième ou quatrième fenêtre. Autrefois, c'était le bureau des Tracker. Il y a encore un panneau d'affichage sur le mur. Et Davey dit qu'il n'y reste que deux trucs, une carte de la Nouvelle-Angleterre avec tous les itinéraires de leurs camions et une photo de Tina Jean Schlossinger sur laquelle on voit très bien sa chatte. »

Ils le regardent, fascinés au point d'en oublier de respirer ou presque, et Pete pose la question qui leur est venue à l'esprit à tous : « Et on voit ses nichons ?

— Non, admet Jonesy. Davey dit qu'on ne les voit même pas du tout, mais qu'elle a remonté sa jupe et que comme elle ne porte pas de petite culotte, on la voit très bien, comme en plein jour. »

Pete est déçu que la reine de la promo de cette année n'exhibe pas aussi ses nénés et ses fesses, mais cette histoire de jupe qu'elle tient relevée sur une absence de petite culotte a le don de tous les enflammer, alimente une notion primaire, à demi consciente, sur la façon dont la sexualité fonctionne réellement. Une fille *pouvait* toujours relever sa jupe, après tout ; n'importe quelle fille en était capable.

Même Henry ne pose plus de questions. Seul le Beav en a encore une à formuler ; il demande à Jonesy s'il est sûr qu'ils n'auront pas besoin de pénétrer à l'intérieur du bâtiment pour voir la photo. Et déjà ils avancent en direction de l'allée qui court jusqu'à l'arrière du bâtiment, vers le terrain vague, aussi puissants qu'une marée d'équinoxe, poussés par un mouvement presque inconscient.

5

Pete acheva sa deuxième bière et balança la bouteille loin dans les bois. Se sentant mieux, il se leva avec précaution et chassa la neige collée à ses fesses. Son genou n'avait-il pas retrouvé un peu de souplesse ? Peut-être. Il avait une allure affreuse, évidemment, on aurait dit la maquette d'un stade couvert comme le bon Dieu de Metrodome, dans le Minnesota, mais il allait un peu mieux. Il marchait néanmoins à pas prudents, le sac en plastique décrivant de petits arcs de cercle à côté de lui. À présent que la voix, minuscule mais puissante, qui lui disait qu'il lui *fallait* une foutue bière, et qu'il la lui *fallait tout de suite*, avait été réduite au silence, il évoqua la femme avec une sollicitude renouvelée, espérant qu'elle n'avait pas remarqué son départ. Il marcherait lentement, il s'arrêterait pour se masser le genou toutes les cinq minutes, à peu près (et peut-être même qu'il lui parlerait, l'encouragerait, une idée délirante, mais il était tout seul en pleine forêt, et ça ne pouvait pas faire de mal), et il retournerait ainsi auprès de la femme. Sur quoi, il prendrait une autre bière. Il ne se tourna pas pour jeter un dernier regard au Scout renversé, ne vit pas qu'il avait écrit Duddits dans la neige, écrit et réécrit, tandis qu'assis par terre, il évoquait cette journée de 1978.

Seul Henry avait voulu savoir pour quelle raison la photo de Tina Jean pouvait bien se trouver dans les bureaux vides du dépôt, et Pete songea qu'Henry n'avait posé la question, à l'époque, que parce qu'il devait jouer son rôle, celui du sceptique de service. Henry, au moins, l'avait demandé une fois ; quant aux autres, lui compris, ils l'avaient simplement cru, et pourquoi pas ? À treize ans, Pete avait passé la moitié de sa vie à croire au Père Noël. Sans compter...

Il s'arrêta près du sommet de la grande colline, non pas parce qu'il était hors d'haleine ou sentait son genou sur le point de se bloquer, mais parce qu'il venait d'entendre soudainement, dans sa tête, une sorte de bourdonnement bas, un peu comme celui d'un transformateur électrique, à ceci près qu'il était sous-tendu d'un rythme cyclique, donnait l'impression de tourner comme un moteur. Et en fait, ça n'avait rien eu de soudain, ça n'avait pas démarré d'un seul coup ; il lui semblait que le bourdonnement avait commencé à se manifester depuis un moment, mais qu'il venait juste d'en prendre conscience. De même qu'il s'était mis à penser à des choses plus ou moins bizarres, comme à l'eau de toilette d'Henry, par exemple... et à Marcy. À quelqu'un qui s'appelait Marcy. Il ne pensait pas connaître de Marcy, et pourtant le nom lui était soudain venu à l'esprit, comme dans *J'ai besoin de toi, Marcy* ou *Je te veux, Marcy*, ou encore *Morbleu, Marcy, amène l'eau de Seltz.*

Il resta où il était, passant sa langue sur ses lèvres desséchées ; le sac rempli de bière avait arrêté son mouvement de pendule et pendait verticalement au bout de son bras. Il regarda vers le ciel, soudain certain que les lumières s'y trouveraient... Et elles y étaient, mais il n'y en avait que deux et ne dégageaient qu'une lueur très faible.

« Dites à Marcy de me faire une piqûre », dit Pete, prononçant chaque mot de la phrase avec soin dans le silence qui régnait ; et il sut que c'était les mots justes. Pourquoi étaient-ils justes, comment étaient-ils justes, il n'aurait pu le dire ; c'étaient cependant les mots qui lui trottaient dans la tête. Était-ce le déclic, ou bien les lumières avaient-elles déclenché ces pensées ? Il n'était sûr de rien.

« Ni l'un ni l'autre, peut-être. »

Il se rendit compte qu'il ne neigeait plus du tout. Autour de lui, le monde se réduisait à trois couleurs : le gris profond du ciel, le vert profond des sapins et le blanc immaculé de la neige qui venait de tomber. Et le silence.

Il tourna la tête à gauche, puis à droite, l'oreille tendue. Oui, le silence. Rien. Pas un bruit dans le monde ; le bourdonnement avait complètement cessé. Quand il leva de nouveau les yeux vers le ciel, il constata que la lueur pâle des lumières, une lueur de ver luisant, avait aussi disparu.

« Marcy ? » dit-il comme s'il appelait quelqu'un. Il se demanda un instant si ce n'était pas le nom de la femme qui était à l'origine de leur accident, puis rejeta cette idée. Elle s'appelait Becky, il en était aussi sûr et certain qu'il avait été sûr et certain du nom de la jeune femme qui avait perdu ses clefs, l'autre fois. Marcy n'était qu'un mot, un prénom qui ne lui disait rien. Probablement un neurone qui déconnait. Ce ne serait pas la première fois.

Il finit l'ascension de la colline et attaqua la descente tandis que ses pensées retournaient à cette journée d'automne, en 1978, cette journée où ils avaient rencontré Duddits.

Il était presque arrivé à l'endroit où la route redevenait plate lorsque son genou le lâcha à nouveau ; il ne se bloqua pas, mais il lui donna l'impression d'exploser comme une pomme de pin jetée dans le feu.

Il tomba tête la première dans la neige. Il n'entendit pas les Budweiser se casser dans le sac. Toutes, sauf deux. Il hurlait trop fort.

VI

Duddits,
Seconde partie

1

C'est d'un pas rapide qu'Henry partit en direction du Trou dans le Mur ; mais, comme la neige se réduisait à des flocons de plus en plus rares et que le vent commençait à tomber, il passa le braquet supérieur et se mit à courir, un petit trot régulier comme une horloge. Cela faisait des années qu'il pratiquait le jogging et le rythme était naturel pour lui. Il lui faudrait peut-être ralentir de temps en temps, ou marcher, voire même se reposer, mais il en doutait. Il avait participé à des courses sur route de plus de quinze kilomètres, même si la dernière remontait à deux ans, et s'il n'avait pas eu dix centimètres de neige sous les pieds — sans parler de l'équipement qui allait avec les conditions météo. Cependant, à quoi bon s'en faire ? Devait-il craindre une mauvaise chute, une fracture du col du fémur ? Une crise cardiaque, peut-être ? À trente-sept ans, une crise cardiaque lui paraissait peu probable, mais même s'il avait été un candidat de choix pour ce genre de pépin, il aurait été bien ridicule de s'en inquiéter non ? Si l'on songeait à ce qu'il prévoyait de faire... Donc, à quoi bon s'en soucier ?

À cause de Jonesy et de Beaver, pardi ! Dit comme ça, voilà qui paraissait aussi ridicule que de craindre une crise cardiaque foudroyante ici, au milieu de nulle part ; c'était derrière lui que ça déconnait, avec Pete et cette étrange bonne femme à demi comateuse, pas là-haut, au Trou dans le Mur... Sauf que c'était justement là-haut, au Trou dans le Mur, que les ennuis étaient les plus graves. Il le savait sans savoir comment, mais c'était une certitude. Il n'en doutait pas. Même avant de rencontrer les premiers animaux fuyant tous dans la même direction sans avoir pour lui autre chose qu'un coup d'œil indifférent, il le savait.

Une ou deux fois, il leva la tête vers le ciel, à la recherche d'autres lumières ovniennes. Il n'en vit aucune. Après quoi, il se contenta de regarder droit devant lui, obligé parfois de ziguer ou zaguer pour éviter les animaux. Ce n'était pas une débandade effrénée, mais ils avaient dans le regard une expression bizarre et inquiétante qu'il n'avait jamais vue de sa vie. Il dut une fois esquiver un couple de renards lancés à toute vitesse qui, sans cela, l'auraient heurté de plein fouet.

Encore douze bornes, se dit-il. Cela devint comme réciter un mantra, différent de ceux qu'il fredonnait dans sa tête quand il courait, d'habitude (les comptines étaient ce qu'il utilisait le plus souvent), mais pas tellement différent, au fond, c'était la même idée. *Encore douze bornes, encore douze bornes pour Banbury Cross sur un cheval de bois...* Non, pas Banbury Cross, juste l'ancien camp de chasse de Mr Clarendon, le camp de chasse de Beaver, à présent, et pas de cheval de remonte pour l'y mener. Au fait, c'est quoi, un cheval de remonte ? Qui le savait ? Et, par tous les diables, qu'est-ce qui se passait dans le secteur ? Ça rimait à quoi, ces lumières, cette débandade au ralenti des animaux (bonté divine, c'est quoi ce truc dans le bois, sur sa gauche ? Ma parole, c'est un putain d'ours !), cette femme catatonique sur la route, assise là comme une bûche ayant perdu les trois quarts de ses dents et les trois quarts de son cerveau ? Et ces pets, nom de Dieu ! La seule chose qu'il ait respirée de toute sa vie ayant une odeur s'approchant vaguement de celle-ci était l'haleine d'un patient, un schizophrène atteint d'un cancer des intestins. *Tu sentiras toujours cette odeur*, lui avait confié un ami interniste à qui il en avait parlé. *Ils peuvent bien se laver les dents douze fois par jour, se désinfecter au Lavoris toutes les heures, ils auront toujours cette odeur. C'est l'odeur du corps qui se bouffe lui-même, car c'est à ça que se résume le cancer, si tu laisses tomber le masque du diagnostic : de l'autocannibalisme.*

Encore dix bornes, encore dix bornes de plus, et tous les animaux courent, tous les animaux se précipitent à Disneyland. Et lorsqu'ils seront arrivés, ils se mettront en file indienne et chanteront : « C'est un petit monde, après tout... »

Le bruit régulier et assourdi de ses bottes sur le sol. La sensation de ses lunettes sautillant sur l'arête de son nez. Son souffle sortant sous forme de ballons de vapeur froide. Il n'avait pas froid, cependant, il se sentait même bien, les endorphines s'étaient libérées. Il avait peut-être quelque chose qui n'allait pas, mais ce n'était pas les endorphines ; il était peut-être suicidaire, mais en aucun cas dysthymique.

Qu'une partie de son problème, ce vide physique et psychologique qui était proche d'un « tout-blanc » pendant un blizzard, fût d'origine somatique et hormonale, il n'en doutait pas. Qu'on puisse traiter ce problème au moins en partie à l'aide des pilules qu'il avait lui-même prescrites à la pelle... il n'en doutait pas davantage. Mais comme Pete, qui n'ignorait certainement pas qu'il devait s'attendre à des années de séminaire chez les Alcooliques Anonymes et de cures de désintoxication dans un avenir probablement proche, Henry ne voulait pas qu'on le *répare*, il était pour quelque raison obscure convaincu que cette réparation serait un mensonge, quelque chose qui l'amoindrirait.

Il se demanda si Pete n'était pas reparti chercher ses bières, et se dit que la réponse était probablement oui. Henry lui aurait suggéré de les emporter, s'il y avait pensé, pour ne pas prendre le risque d'un aller-retour dans ces conditions, mais il avait lui-même pas mal paniqué, sur le moment, et l'idée ne lui avait même pas traversé l'esprit.

Tout à parier qu'elle avait traversé l'esprit de Pete, cependant. Serait-il capable de faire tout ce chemin avec son genou qui débrayait tous les cinquante mètres ? Pas impossible, mais Henry n'aurait pas misé grand-chose là-dessus.

Ils sont de retour ! avait crié la femme. *Ils sont de retour ! Ils sont de retour !*

Henry baissa la tête et accéléra son trot.

2

Encore neuf bornes, encore neuf bornes pour Banbury Cross. N'en restait-il plus vraiment que neuf ou était-il trop optimiste ? Ne lâchait-il pas un peu trop les rênes à ces bonnes vieilles endorphines ? Mais si oui, qu'est-ce que ça pouvait faire ? Un peu d'optimisme ne pouvait lui nuire à ce stade. La neige avait pratiquement arrêté de tomber, et les animaux étaient moins nombreux à se ruer vers l'est ; c'était bon signe aussi. Ce qui l'était moins était les pensées qui roulaient sous son crâne, des pensées qui paraissaient de moins en moins être les siennes. Becky, par exemple... qui était cette Becky ? Ce nom s'était mis à résonner dans sa tête, s'était glissé dans son mantra. Sans doute, supposa-t-il, était-ce le prénom de la femme qu'il avait failli écraser. *Qui es-tu, petite fille ? Je suis Becky, bien sûr, la jolie Becky Shue.*

À ce détail près qu'elle n'était pas jolie, mais alors là, pas jolie du tout. Une mamma corpulente et nauséabonde, voilà ce qu'elle était, la Becky Shue présentement confiée aux bons soins de Pete Moore, enfin, en principe.

Huit. Huit. Huit bornes pour Banbury Cross.

Il courait d'une foulée régulière, du moins aussi régulière que le permettait le terrain, des voix étranges s'élevant dans sa tête. En réalité, une seule d'entre elles était vraiment étrange, d'autant que ce n'était pas exactement une voix humaine, mais une sorte de bourdonnement

(*qui es-tu petite fille, jolie Becky Shue*)

ponctué d'un rythme sous-jacent. Les autres étaient des voix qu'il connaissait, ou que ses amis connaissaient. Jonesy, par exemple, lui avait parlé de l'une d'elles ; c'était une voix qu'il avait entendue après son accident, associée par lui à l'idée de souffrance : *Je vous en prie, arrêtez, je ne peux plus le supporter, faites-moi une piqûre, où est Marcy ?*

Il entendit la voix de Beaver : *Va voir dans le pot de chambre.*

Et Jonesy lui répondant : *Et si on allait plutôt frapper à la salle de bains et lui demander comment il va ?*

Puis la voix d'un étranger disant que s'il arrivait à faire sa grosse commission, tout irait bien...

... à ceci près que ce n'était pas un étranger, c'était Rick, Rick, l'ami de la jolie Becky. Rick comment ? McCarthy ? McKinley ? McKeen ? Henry n'en était pas sûr, mais il penchait pour McCarthy, comme le Kevin McCarthy du film d'horreur dans lequel les envahisseurs de l'espace prennent des formes humaines. L'un des préférés de Jonesy. Il suffisait de lui faire boire deux ou trois verres et de mentionner le film, pour qu'il vous sorte aussitôt la meilleure réplique : *Ils sont ici ! Ils sont ici !*

La femme, les yeux tournés vers le ciel et s'écriant *Ils sont de retour ! Ils sont de retour !*

Seigneur Dieu ! il ne leur était jamais rien arrivé de pareil depuis l'époque où ils étaient gamins, mais cette fois c'était bien pire ; l'impression d'être branché sur une ligne à haute tension remplie de voix au lieu d'électricité.

Tous ces malades, pendant toutes ces années, se plaignant d'entendre des voix dans leur tête... et Henry, le grand psy (le Jeune Monsieur Dieu, comme l'avait appelé un de ses premiers patients, à l'hôpital), avait acquiescé comme s'il comprenait de quoi il s'agissait. Ce n'était peut-être qu'aujourd'hui qu'il le savait vraiment.

Des voix. Il était tellement concentré sur elles qu'il ne remarqua même pas les *whup-whup-whup* de l'hélicoptère qui passa rapidement au-dessus de sa tête, simple forme sombre dans les nuages bas, comme une baleine sous quelques mètres d'eau. Puis les voix commencèrent à décroître comme le font les signaux radio venant de lieux lointains avec l'arrivée du jour et les changements de l'atmosphère. Et finalement, il n'y eut plus que le cours normal de ses pensées, une voix qui lui disait que quelque chose de terrible était arrivé ou allait arriver au Trou dans le Mur ; que quelque chose de terrible était arrivé ou allait arriver là-bas, du côté du Scout ou de l'abri pour bûcherons.

Encore sept bornes, encore sept bornes.

Pour détourner son esprit du sort de ses amis, ceux dont il se rapprochait et celui dont il s'éloignait, ou de ce qui pouvait bien se passer autour de lui, il se laissa aller dans ce même passé où Pete s'était déjà réfugié : en 1978, le bâtiment des frères Tracker, Duddits. Ce que Duddits venait faire dans tout ce bordel, voilà ce que Henry ne comprenait pas, mais le fait est qu'ils avaient tous pensé à lui et il n'avait même pas eu besoin de leur ancienne connection mentale pour le savoir. Pete en avait parlé pendant que lui-même traînait la femme jusqu'à l'abri, sur son morceau de bâche, Beaver avait parlé de Duddits juste l'avant-veille, alors qu'ils étaient ensemble dans les bois, le jour où Henry avait abattu son cerf. Le Beav avait évoqué la fois où, tous les quatre, ils avaient amené Duddits faire des courses à Bangor à l'occasion de Noël. C'était juste après que Jonesy avait décroché son permis de conduire ; cet hiver-là Jonesy aurait conduit n'importe qui n'importe où pour le plaisir de conduire. Le Beav qui avait ri lorsqu'il lui avait rappelé que Duddits avait craint que le père Noël ne soit pas le bon et comment — quatuor d'étudiants qui croyaient alors tenir le monde dans leurs mains — ils avaient fait de leur mieux pour convaincre Duddits que le père Noël existait vraiment. Ils avaient réussi, bien entendu. Et Jonesy avait appelé Henry de Brookline, il y avait à peine un mois, ivre (l'ivresse était chose rare chez Jonesy, en particulier depuis son accident, c'était plutôt la spécialité de Pete ; et ce coup de fil larmoyant avait été le seul que lui eût jamais passé Jonesy), pour lui dire qu'il n'avait jamais rien fait d'aussi bien, d'aussi simple et tout bêtement chouette, dans sa vie, que ce qu'ils avaient fait ensemble pour le pauvre Duddits Cavell en 1978. *Le plus grand moment de notre vie*, avait-il déclaré au téléphone. Ce fut un choc désagréable, pour Henry, de se rappeler tout d'un coup qu'il avait dit exactement la même chose à Pete. Duddits... bon Dieu, ce con de Duddits !

Six bornes à se taper... ou peut-être cinq. Six bornes... ou peut-être cinq.

Ils avaient été voir la photo d'une chatte de fille, la photo qui aurait été punaisée au panneau d'affichage de quelque bureau abandonné. Henry n'arrivait pas à se souvenir du nom de la fille, après toutes ces années ; seulement qu'elle avait été la petite amie de cet enfoiré de Grenadeau et la reine de la promo de Derry High en 1978. Détails qui avaient rendu la perspective de voir la photo de sa chatte particulièrement excitante. C'est alors, au moment oû ils s'engageaient dans l'allée, qu'il avaient vu un t-shirt rouge et blanc des Derry Tigers. Et un peu plus loin, dans cette même allée, il y avait eu autre chose.

J'ai horreur de cette putain de série, ils ne changent jamais de fringues, avait dit Pete, et Henry avait ouvert la bouche pour répondre, mais il n'en avait pas eu le temps, car...

« Le môme s'est mis à crier », dit Henry. Il glissa dans la neige, faillit perdre l'équilibre, puis reprit ses foulées normales, se souvenant de ce jour d'octobre sous son ciel d'hiver. Il courait en se rappelant Duddits. Comment Duddits avait crié, et comment cela avait changé toute leur vie. Pour le meilleur, avaient-ils tous cru, mais Henry commençait à se le demander...

En cet instant, il se le demandait vraiment.

3

Au moment où ils s'engagent dans l'allée dont il ne reste pas grand-chose, les mauvaises herbes poussant jusque dans les ornières pleines de gravier, c'est Beaver qui est en tête. C'est tout juste, à vrai dire, si Beaver n'a pas la bave qui lui coule de la bouche. Henry soupçonne Pete d'être aussi excité, mais Pete se contrôle mieux, même s'il est plus jeune d'un an. Beaver est... quel est le mot ? Dans tous ses états, pourrait-on dire. Henry manque d'éclater de rire, à l'idée que tous ces états se résument à un seul, lorsque le Beav s'immobilise si brusquement que Pete manque lui rentrer dedans.

« Hé ! Baise-moi le cul, Freddy ! Un t-shirt ! »

Tout juste, un t-shirt de gamin. Rouge et blanc et ni usagé ni sale, comme s'il traînait là depuis un siècle. L'air pratiquement neuf.

« Un t-shirt, un b-shirt ou un k-shirt, qu'est-ce qu'on en a foutre ? s'exclame Jonesy, on n'a qu'à...

— Attends un peu, dit le Beav. Il est en bon état. »

Sauf que non, comme ils s'en rendent compte quand ils le ramassent. Il est neuf, c'est vrai ; c'est un t-shirt flambant neuf aux armes des Derry Tigers, avec un grand 19 dans le dos. Pete se fout totalement du football, mais les autres reconnaissent ce numéro, qui est celui de Richie Grenadeau, le *quarterback* de l'équipe. Neuf, oui, en bon état, non. Une longue déchirure part de l'arrière du col, comme si celui qui le portait avait tenté de fuir et qu'une main l'avait rattrapé pour le retenir.

« Je crois que je me suis fichu dedans, dit Beaver tristement, laissant tomber le t-shirt. Allons-y. »

Mais avant qu'ils puissent aller bien loin, ils tombent sur autre chose — un objet en plastique jaune et non plus rouge, de ce jaune éclatant que seul un gosse peut aimer. Henry court le premier jusqu'à l'objet et le ramasse. C'est une boîte à lunch ornée de personnages de BD, Scooby-Doo et ses copains, en l'occurrence, en train de fuir ce qui est sans doute une maison hantée. Comme le t-shirt, la boîte à lunch paraît neuve, et ne semble pas avoir traîné ici bien longtemps ; tout d'un coup, Henry a un mauvais pressentiment et se met à regretter qu'ils aient fait le détour par cette allée déserte, par ce bâtiment abandonné... ou qu'ils n'aient pas remis leur petite visite à un autre jour. Il n'a que quatorze ans, mais il se rend compte que sa réflexion est stupide. Quand c'est d'une chatte qu'il s'agit, on y va tout de suite ou on n'y va pas, on ne remet pas un truc pareil au lendemain.

« J'ai horreur de cette putain de série, dit Pete, regardant la boîte à lunch par-dessus l'épaule d'Henry. Ils changent jamais de fringues, t'as remarqué ? Ils portent toujours les mêmes trucs, semaine après semaine. »

Jonesy prend la boîte des mains d'Henry et la tourne pour regarder quelque chose qui semble avoir été collé dessus. Il n'a plus son expression surexcitée, il fronce légèrement les sourcils et Henry se dit que son copain Jonesy regrette sans doute aussi qu'ils n'aient pas été tout simplement faire leur partie de basket à quatre.

Sur l'étiquette, on peut lire : J'APPARTIENS À DOUGLAS CAVELL, 19 MAPLE LANE, DERRY, MAINE. SI MON JEUNE PROPRIÉTAIRE EST PERDU, APPELEZ LE 949-1864. MERCI !

Henry ouvre la bouche pour dire que le t-shirt et la boîte à lunch doivent appartenir à un gosse de l'Académie des Retardés (il lui suffit de voir la manière dont est rédigée l'étiquette pour en être sûr, on dirait le genre de truc que son père a mis au collier de leur con de chien), mais il n'en a pas le temps : un hurlement leur parvient du coin le plus reculé du bâtiment, là où les grands jouent au base-ball l'été. Un cri plein de souffrance, mais ce qui fait partir Henry sur les chapeaux de roue avant qu'il ait seulement le temps d'y penser, est la surprise qu'on y détecte, l'affreux étonnement de quelqu'un à qui on a fait mal (ou peur, ou les deux) pour la toute première fois.

Les autres le suivent. Ils courent le long de l'allée, en file indienne, ayant choisi l'ornière de gauche, la plus proche du bâtiment. Dans l'ordre : Henry, Jonesy, le Beav et Pete.

On entend un gros rire masculin. « Vas-y, mange-la, fit une voix. Si tu la manges, on te laisse partir. Peut-être même que Duncan te rendra ton pantalon.

— Ouais, si tu... »

Un autre garçon, probablement le Duncan en question, commence sa phrase mais s'interrompt, lorsqu'il voit Henry et ses copains.

« Hé, les mecs, arrêtez ça, vous entendez ? crie Beaver. Arrêtez vos conneries tout de suite ! »

Les potes de Duncan — ils sont deux et l'un porte le blouson de la Derry High School — ont compris qu'ils ont des spectateurs, pour leur petite récréation de l'après-midi, et se retournent. Agenouillé sur les gravillons au milieu d'eux, ne portant que son caleçon, une seule basket au pied, le visage maculé d'un mélange de sang, de poussière, de morve et de larmes, se trouve un garçon dont Henry ne peut déterminer l'âge. Ce n'est pas un petit, pas avec ce début de toison sur la poitrine, mais il a tout de même l'aspect d'un môme. Ses yeux sont plissés à la chinoise, d'un vert brillant et débordent de larmes.

Derrière le petit groupe, sur le mur de briques rouges, imprimé en grandes lettres blanches délavées mais encore lisibles, figure ce message : PAS DE BALLONS, PAS DE JEUX. Ce qui veut très certainement dire qu'il était interdit de venir faire des parties de foot ou de base-ball à proximité des bâtiments et même dans le terrain vague, où l'on voyait pourtant encore les ornières profondes laissées par la piste de course des joueurs et le monticule du batteur, mais qui pourrait l'affirmer ? PAS DE BALLONS, PAS DE JEUX. Au cours des années à venir, ils allaient répéter souvent la formule. Une formule qui deviendrait en quelque sorte l'un des mots de passe privés de leur jeunesse, dépourvu de sens bien précis. Ce qui s'en approche le plus est peut-être *qui sait ?* Ou encore, *qu'est-ce qu'on peut faire ?* toujours accompagné d'un haussement d'épaules, d'un sourire, d'une main levée au ciel.

« Et vous, bande de branleurs, qui vous êtes ? » demande l'un des grands au Beav.

Il porte à la main gauche un gant de batteur ou de golfeur, bref, quelque chose qui fait sportif. Et dans le gant, il y a la crotte de chien qu'ils veulent faire manger au gosse à demi nu.

« Qu'est-ce que vous foutez ? rétorque un Jonesy horrifié. Vous voulez lui faire bouffer ça ? Faut vraiment être cinglé ! »

L'ado qui tient la crotte de chien a un gros pansement en travers du nez et Henry émet un petit aboiement mi-surpris, mi-amusé quand il le reconnaît. C'est trop parfait, non ? Ils étaient venus ici pour voir la chatte de la reine de la promo, et sur qui ils tombent ? Sur le roi de la promo soi-même, dont la saison footballistique a été interrompue par rien de plus grave qu'un simple nez cassé, et qui occupe apparemment ses loisirs à des conneries comme vouloir faire bouffer des crottes de chien à des petits pendant que le reste de son équipe poursuit l'entraînement.

Richie Grenadeau ne s'est pas aperçu que Henry l'a reconnu ; c'est Jonesy qu'il regarde. Comme il a été pris au dépourvu et comme le ton de dégoût, dans la voix de Jonesy, n'avait rien de feint, il n'a pu s'empêcher de reculer d'un pas. Il se rend alors compte que le morveux qui a osé lui parler sur un tel ton de réprobation a au moins trois ans de moins que lui et doit lui rendre dans les quarante kilos. Il se ressaisit.

« Ouais, je vais lui faire bouffer cette merde. Après, je le laisserai partir. Tire-toi, morveux, si tu veux pas en bouffer la moitié !

— Ouais, barrez-vous », ajoute le troisième. Richie Grenadeau est un costaud, mais celui-là est encore plus balèze ; une espèce de gorille d'un mètre quatre-vingt-quinze dont le visage est enflammé par l'acné. « Pendant qu'il est encore...

— Je sais qui tu es », dit Henry.

Les yeux de Richie se reportent sur Henry. Il paraît soudain sur ses gardes... mais également furieux.

« Casse-toi, morpion. Je rigole pas.

— T'es Richie Grenadeau. T'as eu ta photo dans le journal. Qu'est-ce que tu crois que les gens diront si on va raconter partout ce qu'on vous a vu faire ?

— Tu iras raconter rien du tout, vu que tu seras mort, petit con », lance alors celui qui s'appelle Duncan. Il a des cheveux d'un blond sale qui lui retombent jusque sur les épaules. « On vous a dit de vous casser. Du balai ! »

Henry n'y fait pas attention. Il ne le regarde même pas. Il n'a d'yeux que pour Richie Grenadeau. Il ne ressent pas la moindre peur alors qu'il ne fait aucun doute que ces trois brutes pourraient les réduire en bouillie ; il brûle d'un sentiment de rage scandalisée, un sentiment qu'il n'a jamais ressenti jusqu'ici, dont il n'aurait même pas soupçonné l'existence. Le gosse agenouillé est sans aucun doute un retardé mental, mais pas au point, cependant, de ne pas comprendre que ces trois grands avaient l'intention de lui faire du mal ; ils lui ont arraché son t-shirt, puis...

De toute sa vie Henry n'a jamais été aussi près de recevoir une raclée, et aussi peu inquiet à cette perspective. Il avance d'un pas, les poings serrés. Le gamin agenouillé sanglote, tête baissée, et ses gémissements sont comme une basse obligée dans la tête d'Henry, alimentant sa furie.

« Si, je le raconterai », dit-il. Et cette menace a beau venir d'un gamin, elle ne sonne pas comme celle d'un gamin, même à sa propre oreille. Pas plus qu'à celle de Richie, apparemment ; il a reculé d'un pas, et la main gantée qui tient la crotte s'est remise à pendre. Pour la première fois, il a l'air inquiet. « À trois contre un, contre un petit retardé mental, putain oui, mec, je vais le raconter. Et en plus, je sais qui tu es ! »

Duncan et l'autre gorille (le seul à ne pas porter le blouson du lycée) s'avancent de part et d'autre de Richie. Le petit garçon est à présent derrière eux, ce qui n'empêche nullement Henry d'entendre le bourdonnement monotone de ses sanglots, ils sont dans sa tête, ils pulsent sous son crâne et le rendent enragé.

« Très bien, tu l'auras voulu », dit le gorille. Il sourit, exhibant deux ou trois trous où vécurent naguère des dents. « Je vais te tuer, maintenant !

— S'ils avancent, Pete, tu cours », dit Henry sans détacher ses yeux de Richie Grenadeau. « Va jusque chez toi et raconte tout à ta mère. » Puis il s'adresse à Richie : « Tu ne le rattraperas jamais, toi. Il court plus vite que le vent, cet animal.

— C'est vu, Henry. »

Pete a répondu d'une voix mal assurée, mais pas effrayée.

« Et plus tu nous battras, plus tu seras dans la merde », ajoute Jonesy. Henry a déjà vu ça, mais pour Jonesy, c'est une révélation ; il est sur le point d'éclater de rire. « Et même si tu nous tuais, qu'est-ce que ça changerait pour toi ? Parce que Pete court très vite, et il dira tout.

— Moi aussi, je cours vite, répond froidement Richie. Je l'attraperai. »

Henry se tourne tout d'abord vers Jonesy, puis vers Beaver. Ni l'un ni l'autre ne semblent flancher. En fait, le Beav a même l'idée de se pencher vivement et de ramasser deux cailloux ; ils sont de la taille d'un œuf, avec en plus des bords à vif. Beaver se met à les entrechoquer, tandis que, plissant les yeux, il regarde tour à tour Grenadeau et la grande nouille de gorille. Dans sa bouche, le cure-dents a des mouvements saccadés, agressifs.

« Quand ils s'approcheront, occupe-toi de Grenadeau, dit Henry. C'est pas les deux autres qui risquent de rattraper Pete. » Il regarde alors Pete, qui est pâle mais qui n'a pas peur ; ses yeux brillent et il danse presque sur la pointe des pieds, impatient de détaler. « Raconte tout à ta mère. Dis-lui où nous sommes, d'envoyer les flics. Et n'oublie pas le nom de cet enculé, quoi que tu fasses. »

Il tend un doigt accusateur, en un geste de procureur, vers Grenadeau qui, une fois de plus, a l'air incertain. Non, plus qu'incertain. Effrayé.

« Richie Grenadeau », répète Pete, et cette fois il se met vraiment à sautiller sur place. « J'oublierai pas.

— Amène-toi, tête de nœud avec ta tignasse de poils de cul », lance Beaver. Y'a pas à dire, quand il s'agit de lâcher une grossièreté, il n'a pas son pareil, le Beav. « Je vais te recasser le pif. Faut quand même être une sacrée chochotte pour arrêter le foot à cause d'un nez cassé, non ? »

Grenadeau ne répond pas — ne sait peut-être pas auquel des deux il doit répondre — et quelque chose d'assez merveilleux se produit : son premier acolyte, celui qui porte un blouson de lycée, Duncan, commence à avoir l'air moins sûr de lui. Une rougeur envahit ses joues et son front. Il s'humecte les lèvres et regarde Richie, incertain. Seule la grosse brute paraît encore prête à se battre et Henry en est au point où il espère presque qu'ils vont se mettre sur la gueule, au point où il croit que lui, Jonesy et le Beav leur flanqueront une fameuse raclée, une bon Dieu de raclée, tout ça à cause de ces pleurs, de ces foutus sanglots horribles, de la manière dont ils vous vrillent la tête, le martèlement de ces affreux sanglots.

« Dis, Rich, on devrait peut-être..., commence Duncan.

— On va les tuer, grommelle la brute. On va les réduire en purée, ces petits cons. »

Le gorille fait un pas en avant et les choses, un instant, manquent de basculer. Henry sait que s'il avait fait une enjambée de plus, Richie Grenadeau aurait perdu tout contrôle sur lui, qu'il aurait été comme une de ces saletés de pitbulls, un pitbull qui rompt sa laisse et se jette sur sa proie, une flèche de muscles.

Mais Richie ne lui laisse pas faire ce deuxième pas, celui qui le transformerait en un char d'assaut balourd. Il le prend par l'avant-bras, un avant-bras plus épais que le biceps d'Henry et hérissé d'une toison dorée tirant sur le roux.

« Non, Scotty, attends une minute.

— Ouais, attends », ajoute Duncan, une pointe de panique dans la voix.

Il jette à Henry un regard que celui-ci, malgré ses quatorze ans, trouve grotesque. Un regard de reproche ! Comme si c'était Henry et ses amis qui faisaient quelque chose de mal.

« Qu'est-ce que vous voulez ? demande finalement Richie à Henry. Qu'on parte d'ici, c'est ça ? »

Henry fait oui de la tête.

« Si on s'en va, qu'est-ce que vous allez faire ? Vous irez le raconter à quelqu'un ? »

Henry découvre alors un fait stupéfiant : il est aussi prêt à se déchaîner que Scotty, le gros balourd. Une partie de lui-même a réellement envie de provoquer une bagarre, de hurler *ON Y VA, ON Y VA TOUS !* sachant que ses amis le soutiendraient, n'auraient jamais un mot de reproche, même s'ils se faisaient massacrer et se retrouvaient à l'hôpital.

Mais il y a le gosse. Ce pauvre petit gosse retardé qui sanglote toujours. Une fois que les trois grands tarés en auraient fini avec Henry, Beaver et Jonesy (et avec Pete, si jamais ils arrivaient à le rattraper), ils s'en prendraient à ce malheureux môme aussi, et lui feraient des trucs bien pires que de l'obliger à manger une crotte de chien desséchée.

« À personne. On ne le dira à personne.

— Sale menteur, dit Scotty. C'est un petit con de menteur, Richie, regarde-moi ça. »

Scotty tente de nouveau de s'avancer, mais Richie raffermit sa prise sur l'avant-bras de la grosse brute.

« S'il n'est fait de mal à personne, fait remarquer Jonesy d'un ton admirablement normal, personne n'aura d'histoire à raconter. »

Grenadeau lui jette un coup d'œil, puis revient sur Henry.

« Tu le jures au nom de Dieu ?

— Au nom de Dieu, dit Henry.

— Vous le jurez tous au nom de Dieu ? » demande Grenadeau.

Jonesy, Beaver et Pete le jurent chacun scrupuleusement.

Le *quarterback* au nez cassé réfléchit pendant un moment qui paraît très long, puis acquiesce.

« OK, rien à foutre. On se tire.

— S'ils reviennent, fais le tour du bâtiment par l'autre côté », dit rapidement Henry à Pete, car les trois brutes sont déjà en mouvement.

Mais Grenadeau tient encore fermement le gorille par le bras, et Henry pense que c'est bon signe.

« Je ne vais pas perdre mon temps », jette Richie d'un ton hautain qui donne envie de rire à Henry. Celui-ci doit faire un effort pour rester impassible. À ce stade, ce serait une très mauvaise idée de rire. Les choses sont pratiquement réglées. Une partie de lui-même déteste ce compromis, mais l'autre tremble presque de soulagement.

« Qu'est-ce qui vous a pris, en fin de compte ? lui demande Richie Grenadeau. C'est quoi, la grande affaire, dans cette histoire ? »

Henry aurait aussi aimé poser quelques questions à Richie ; savoir comment il pouvait faire une chose pareille, en particulier, et la question n'aurait pas été rhétorique. Ces pleurs ! Mon Dieu ! Mais il se tait, sachant que tout ce qu'il pourrait dire serait vécu comme une provocation par ce trou-du-cul, que tout serait à refaire.

C'est à une sorte de danse que se livrent les deux groupes ; presque comme celles qu'on apprend en maternelle. Tandis que Richie, Duncan et Scott se dirigent vers l'allée, d'un pas tranquille qui n'a pour but que de montrer qu'ils s'en vont parce qu'ils le veulent bien, pas parce qu'ils battent en retraite devant quatre petits pédés du collège, Henry et ses amis se déplacent tout d'abord pour leur faire face, puis reculent en une seule ligne vers l'enfant en pleurs toujours agenouillé, se mettant entre lui et ses agresseurs.

Une fois à l'angle du bâtiment, Richie Grenadeau s'arrête et leur jette un dernier regard.

« On vous retrouvera, les mecs, dit-il. Un par un, ou tous ensemble.

— Ouais, confirme Duncan.

— Vous ne verrez plus le monde qu'à travers une tente à oxygène ! » ajoute Scott.

Henry est sur le point d'éclater de rire, une fois de plus. Il prie pour qu'aucun de ses amis n'éprouve le besoin de répliquer, maintenant que l'essentiel est fait, et son vœu est exaucé. C'est presque un miracle.

Un dernier regard menaçant de Richie et le trio disparaît de leur vue. Henry, Jonesy, Beaver et Pete se retrouvent avec le môme, qui se balance d'avant en arrière sur ses genoux salis, son visage strié d'un mélange de larmes, de sang et de poussière tourné vers le ciel, l'incarnation même de l'incompréhension, un visage qui évoque un réveil cassé. Et tous se demandent ce qu'ils doivent faire à présent. Lui parler ? Lui dire que tout va bien, que les méchants garçons sont partis, qu'il n'y a plus de danger ? Jamais il ne va comprendre. Et ces sanglots, ces sanglots sont terrifiants. Comment ces trois grands crétins, aussi méchants et stupides soient-ils, ont-il pu continuer devant ce masque douloureux ? Henry comprendra plus tard, plus ou moins, mais pour l'instant c'est pour lui un mystère complet.

« Je vais essayer quelque chose, dit tout d'un coup Beaver.

— Ouais, d'accord, n'importe quoi », l'encourage Jonesy, dont la voix n'est pas très assurée.

Le Beav s'avance et regarde ses amis. Il arbore une expression étrange où on lit de la honte, mais aussi du défi et — Henry l'aurait juré — un peu d'espoir.

« Si vous allez raconter à quelqu'un que j'ai fait ça, je vous reverrai plus jamais, les gars.

— Laisse tomber ces conneries, dit Pete dont la voix chevrote aussi un peu. Si tu peux le faire taire, surtout te gêne pas ! »

Beaver se tient un instant là où se tenait Richie quand il voulait faire manger la crotte de chien au gosse, puis se met à genoux. Henry remarque alors que le caleçon du petit retardé est un Underoo sur lequel sont dessinés les personnages de Scooby-Doo, en plus de la Machine Mystère de Shaggy, comme sur la boîte à lunch.

Puis Beaver prend le petit garçon gémissant et presque nu dans ses bras et commence à chanter.

4

Encore six bornes pour Banbury Cross... ou peut-être seulement cinq. Six bornes de plus pour Banbury Cross, ou peut-être...

Henry dérapa de nouveau, mais cette fois il ne put reprendre son équilibre. Il était plongé dans une transe de souvenir quasi hypnotique et, le temps d'en sortir, il faisait un vol plané.

Il atterrit brutalement sur le dos, et le choc fut tel qu'il en eut le souffle coupé ; il émit un hoquet douloureux, de la poudre de neige s'éleva en un petit nuage rêveur. L'arrière de son crâne avait aussi porté sur le sol et il vit trente-six chandelles.

Il resta un bon moment immobile, laissant le temps à toute partie de son anatomie qui aurait été fracturée de faire passer le message. Comme rien ne venait, il entreprit de se tâter le bas du dos. Il avait mal, mais la douleur n'était pas insupportable. Quand, à dix ou onze ans, avec ses copains, il avait fait de la luge dans Strawford Park pendant des hivers qui lui paraissaient alors durer une éternité, il avait pris des gadins bien pires que celui-ci et s'était relevé en riant. Une fois, alors que cet idiot de Pete Moore était aux commandes de sa Flexible Flyer, avec Henry comme passager, ils étaient rentrés bille en tête dans le gros pin, au bas de la colline, l'arbre que tous les gamins appelaient le Pin de la Mort, et s'en étaient sortis avec quelques bleus et une ou deux dents branlantes chacun. Mais voilà, cela faisait pas mal d'années qu'il n'avait plus dix ou onze ans.

« Lève-toi, mon lapin, tout va bien », dit-il tout en s'asseyant avec précaution. Quelques élancements dans le dos, mais rien de plus. Juste un peu secoué. Aucune blessure, sinon à ton putain d'amour-propre, mon gars, comme ils se le disaient toujours. Il ferait cependant peut-être mieux de rester encore assis une minute ou deux. Il était en train de battre un record, et il méritait bien un petit repos, non ? Sans compter que l'évocation de tous ces souvenirs l'avait secoué. Richie Grenadeau, cet enfoiré de Richie Grenadeau qui avait, en fin de compte, laissé tomber l'équipe de foot — ça n'avait rien à voir avec son nez cassé, en réalité. Il avait menacé de les retrouver, et Henry pensait qu'il y croyait vraiment quand il l'avait dit, mais la confrontation n'avait jamais eu lieu, non, jamais eu lieu. Il s'était passé quelque chose d'autre.

Et tout cela remontait à bien des années. Pour l'instant, c'était Banbury Cross qui l'attendait — ou au moins le Trou dans le Mur, et il n'avait aucun cheval de remonte pour s'y rendre, rien qu'un canasson fourbu à deux pattes, le célèbre pedibus gambus. Il se leva, commença à chasser la neige de ses fesses, et soudain quelque chose hurla sous son crâne.

« Aïe, aïe, aïe ! » s'écria-t-il. Il avait l'impression d'avoir les écouteurs d'un baladeur dans les oreilles et que le son avait été poussé au niveau d'une salle de concert, qu'un coup de feu venait d'être tiré juste derrière ses yeux. Il partit à reculons, trébuchant, moulinant des bras pour retrouver son équilibre, et s'il ne s'était pas affalé dans les branches raides d'un pin qui poussait en bordure de route, il se serait sûrement étalé une deuxième fois de tout son long.

Il se dégagea de l'étreinte rugueuse des branches, le tintement toujours aussi frénétique dans ses oreilles — dans toute sa tête, oui ! et fit quelques pas, ayant du mal à croire qu'il était encore vivant. Il porta une main à son nez, l'ouvrit et y vit du sang. Quelque chose paraissait se balader dans sa bouche, aussi ; il mit sa paume en dessous, cracha et récupéra une dent qu'il regarda avec stupéfaction avant de la jeter, renonçant à sa première impulsion qui avait été de la mettre dans sa poche. Personne, à sa connaissance, ne faisait d'implants chirurgicaux de dents, et la présence de la petite souris, ici au fond des bois, lui paraissait très hautement improbable.

Il ne pouvait affirmer avec certitude qui venait de pousser ce cri, mais quelque chose lui disait que Pete Moore avait des ennuis, et des ennuis des plus sérieux.

Il tendit l'oreille vers d'autres voix, d'autres pensées, et n'entendit rien. Excellent. Même s'il devait reconnaître que cette expédition de chasse, y compris sans les voix, avait déjà pris des dimensions historiques.

« Allez mon grand, en route », dit-il. Et il reprit la direction du Trou dans le Mur. Son impression que les choses allaient très mal, dans le refuge de chasse, était plus forte que jamais, et il devait prendre sur lui pour ne pas allonger encore sa foulée.

Va voir dans le pot de chambre.

Et si on allait plutôt frapper à la salle de bains et lui demander comment il va ?

Avait-il vraiment entendu ces voix ? Oui. C'était fini, à présent, mais il les avait entendues, tout comme il avait entendu cet épouvantable cri d'angoisse. Pete ? Ou bien était-ce la femme ? La jolie Becky Shue ?

« Pete », murmura-t-il. Le nom était sorti de sa bouche sur un petit nuage de vapeur. « C'était Pete. » Pas tout à fait sûr, mais *pas mal* sûr.

Il avait tout d'abord eu peur de ne pas pouvoir retrouver le rythme puis, alors même que cette idée l'inquiétait encore, il le reintégra automatiquement, retrouva le synchronisme de sa respiration avec ses foulées, toute la beauté limpide de cette mécanique.

Encore cinq kilomètres pour Banbury Cross, pensa-t-il. *On rentre à la maison. Tout comme on avait ramené Duddits chez lui, ce jour-là.*

(Si vous allez raconter à quelqu'un que j'ai fait ça, je vous reverrai plus jamais, les gars.)

Henry retourna jusqu'à cette journée d'un lointain octobre comme on sombre à nouveau dans un rêve profond. Il dégringola si vite dans le puits de la mémoire, alla si loin, qu'il ne sentit pas, sur le coup, le nuage qui se précipitait vers lui, le nuage sans une parole, sans une pensée, sans un cri, le nuage qui n'est qu'une rougeur noirâtre, une chose avec une destination et un travail à faire.

5

Beaver fait un pas, hésite un instant et se laisse tomber à genoux. Le petit retardé ne le voit pas ; il braille toujours, fermant les yeux de toutes ses forces ; sa poitrine étroite se soulève et se contracte violemment. Le caleçon à motifs de BD et le vieux blouson de motard couturé de fermetures à glissière font un effet comique, mais personne ne rit. Henry n'a qu'une envie, que le gosse arrête ses gémissements. Ces gémissements le tuent.

Beaver s'avance un peu sur les genoux, prend l'enfant en pleurs dans ses bras et entonne une berceuse.

« *Baby's boat's a silver dream, sailing near and far...* »

Henry n'a jamais entendu Beaver chanter auparavant, ou alors pour fredonner en même temps que la radio, car les Clarendon ne fréquentent guère l'église, et il est surpris par le timbre doux et clair de ténor de son ami. Encore un an, environ, et la voix de Beaver va muer complètement, devenir tout à fait ordinaire ; mais pour l'instant, dans le terrain vague envahi de mauvaises herbes, derrière le bâtiment abandonné, cette voix les transperce tous, les stupéfie tous. Le petit retardé réagit lui aussi : il s'arrête de pleurer, ouvre les yeux et regarde Beaver avec émerveillement.

« *It sails from here in Baby's room to the nearest star ; Sail, Baby, sail, sail on home to me, sail the seas and sail the stars, sail on home to me...* »

La dernière note s'évanouit lentement dans l'air et, pendant un moment, tous retiennent leur respiration pour ne pas le troubler. Henry a les larmes aux yeux. Le petit retardé regarde Beaver, qui l'a bercé en mesure avec la chanson. Son visage barbouillé de larmes arbore une expression d'étonnement béat. Il a oublié sa lèvre fendue, les vêtements dont on l'a dépouillé, sa boîte à lunch égarée. *En-oo*, dit-il à Beaver, deux sons qui peuvent signifier à peu près n'importe quoi, mais Henry les comprend parfaitement et voit que Beaver les a compris lui aussi.

« C'est tout ce que je sais », répond le Beav. Il se rend compte qu'il a toujours le bras passé par-dessus l'épaule nue du gamin, et il se dégage.

Aussitôt, le visage du petit garçon (qui s'appelle Douglas Cavell, à en croire l'étiquette de la boîte à lunch) s'assombrit, non pas de peur, cette fois, non pas de la colère de quelqu'un qu'on empêche de faire ce qu'il veut, mais de chagrin pur. Des larmes se mettent de nouveau à grossir dans ses yeux d'un vert incroyable et tracent des coulées propres dans la crasse de ses joues. Il prend la main de Beaver et la pose sur son épaule. « *En-oo, en-oo !* » dit-il.

Beaver regarde ses amis, paniqué. « C'est tout ce que ma mère me chantait, explique-t-il. Je m'endormais toujours comme un con avant qu'elle aille plus loin. »

Henry et Jonesy échangent un regard et éclatent de rire. Mauvaise idée, le gosse risque de prendre peur et se remettre à pousser ses épouvantables gémissements, mais ils n'arrivent pas à se retenir. Douglas, cependant, n'a pas l'air d'avoir peur. Entre ses larmes, il regarde les deux garçons hilares et sourit d'un sourire solaire qui exhibe deux mâchoires où se bousculent des dents bien blanches, puis il se tourne de nouveau vers Beaver.

« *En-oo !*

— Et merde, rechante-la, dit Pete. Chante le bout que tu connais. »

Beaver doit recommencer trois fois la berceuse avant que Douglas le laisse s'arrêter ; après quoi, les garçons le rhabillent et lui remettent le t-shirt déchiré sur lequel figure le numéro de Richie Grenadeau. Henry n'a jamais oublié ces minutes envoûtantes qui referont surface dans son esprit plus tard, dans les moments les plus incongrus : après qu'il a perdu sa virginité lors d'une soirée étudiante, tandis que les haut-parleurs, au rez-de-chaussée, martèlent « Smoke on the Water » ; après avoir ouvert son journal à la page des avis de décès et vu le sourire plutôt charmant de Barry Newman au-dessus de son triple menton ; tandis qu'il fait manger son père, atteint par la maladie d'Alzheimer à l'âge férocement injuste de cinquante-trois ans — son père qui tenait absolument à ce que son fils soit un certain Sam. « Un homme digne de ce nom paie ses dettes, Sammy », lui avait-il dit, et lorsqu'il avait pris sa cuillerée suivante de céréales, du lait avait coulé sur son menton. En de tels moments, ce qui est resté pour lui comme la berceuse de Beaver lui revient, et il se sent réconforté, au moins pour quelques instants. Pas de ballons, pas de jeux.

Ils réussissent finalement à rhabiller Douglas, à qui il manque cependant encore une tennis qu'il essaie d'enfiler lui-même, mais il la tient à l'envers. Il n'est qu'un petit Américain à qui la vie a joué un tour dégueulasse, et Henry n'arrive pas à comprendre comment les trois grandes brutes ont pu avoir envie de le maltraiter. Même si l'on ne tenait pas compte des horribles gémissements du petit retardé, des gémissements qui ne ressemblaient à rien de ce que Henry avait jamais entendu, comment pouvait-on se montrer aussi ignoble ?

« Laisse-moi arranger ça », dit Beaver.

— Angé oi ? » demande Duddits avec une expression de perplexité tellement comique que Henry, Jonesy et Pete éclatent de nouveau de rire.

Henry sait qu'il ne faut pas rire des petits retardés, mais il ne peut s'en empêcher. Ce gosse a une tête marrante, comme un personnage de dessin animé.

Beaver, lui, se contente de sourire.

« À mettre ta tennis, mec.

— Ennis ?

— Ouais, c'est pas possible de la mettre dans ce sens, c'est même foutrement impossiblo, señor. »

Beaver lui prend la chaussure et Douglas suit attentivement les mouvements du grand garçon qui la glisse à son pied, tend fermement les lacets et les boucle en un nœud papillon. Quand c'est terminé, Douglas contemple la boucle encore quelques instants, puis regarde Beaver. Et, soudain, il lui passe les bras autour du cou et lui colle un gros bécot bruyant sur la joue.

« Hé, si jamais vous racontez qu'il m'a fait ça, les mecs... »

Beaver ne finit pas sa phrase, mais au fond il est content, car il sourit.

« Ouais-ouais, on sait, tu seras plus jamais copain avec nous, espèce de branleur », dit Jonesy en souriant. C'est lui qui a récupéré la boîte à lunch ; il s'accroupit devant Douglas et la lui tend. « Elle est à toi, vieux ? »

Le gosse a le sourire ravi de celui qui reconnaît un vieil ami et s'en empare.

« Ooby-Ooby-doo, where-are-you ? chantonne-t-il.

— Ouais, c'est ça, l'encourage Jonesy. Bon, on a du boulot, maintenant. Faut qu'on te raccompagne jusque dans ta foutue baraque, voilà ce qu'on a à faire. Douglas Cavell, c'est bien ton nom, hein ? »

Le gosse serre la boîte à lunch contre sa poitrine, à deux mains. Des mains couvertes de crasse. Il colle à la boîte un gros bécot, comme celui qu'il a collé sur la joue de Beaver.

« Moi, Duddits ! proclame-t-il.

— Bien », dit Henry. Il prend l'une des mains du garçon, Jonesy s'empare de l'autre et ils l'aident à se lever. Sa rue, Maple Lane, n'est qu'à trois pâtés de maisons de là et il ne leur faudra pas plus de dix minutes pour y arriver, à condition que Richie et ses copains ne soient pas restés à traîner dans le secteur pour leur tendre une embuscade. « On va te ramener chez toi, Duddits. Je parie que ta mère et ton père commencent à se faire sérieusement du mouron. »

Avant, toutefois, Henry envoie Pete jeter un coup d'œil à l'angle du bâtiment, dans l'allée. Quand il revient et déclare que l'horizon est dégagé, le petit groupe s'avance, mais pas plus loin. Une fois sur le trottoir, là où des passants pourront les voir, ils seront en sécurité. Jusque-là, Henry ne prend aucun risque. Il envoie Pete une seconde fois en reconnaissance, lui dit de vérifier tout le secteur jusqu'à la rue ; il n'aura qu'à siffler si la voie est libre.

« Sont patis, dit Duddits.

— Peut-être, admet Henry, mais j'aime autant que Pete aille jeter un coup d'œil. »

Duddits reste au milieu d'eux sans s'impatienter, perdu dans la contemplation des personnages dessinés sur sa boîte à lunch pendant que Pete part en éclaireur. Henry n'a pas de remords de l'avoir choisi pour cette mission. Il n'a pas exagéré les talents de coureur de son ami ; si jamais Richie et ses gorilles tentent de le coincer, il mettra le turbo et les laissera tous sur place.

« T'aime cette émission, vieux ? » demande Beaver à Duddits en lui prenant la boîte à lunch des mains. Henry observe la scène avec un certain intérêt, curieux de voir si le petit retardé ne va pas se mettre à pleurer et à la réclamer. Il n'en fait rien.

« É oo-by-doo ! » déclare Duddits. Il a des cheveux blonds, dorés et bouclés. Henry serait bien en peine de dire son âge.

« Je sais bien que ce sont des Scooby Doo, dit Beaver d'un ton patient, mais ils ne changent jamais de tenue. Pete a raison. Enfin quoi, baise-moi le cul Freddy, pas vrai ?

— A v'ai. »

Il tend les mains et le Beav lui rend la boîte. Duddits la serre à nouveau dans ses bras et leur sourit. C'est un très beau sourire, pense Henry, souriant lui-même. Cela lui fait penser à cet instant où, après avoir nagé quelque temps en mer, on sort de l'eau frigorifié ; on enroule une serviette sur ses épaules osseuses et son dos hérissé de chair de poule, et on a tout de suite chaud.

Jonesy sourit, lui aussi.

« Dis-moi, Duddits, lequel est le chien ? »

Le petit retardé le regarde, souriant toujours, mais avec une expression intriguée.

« Le chien, reprend Henry. Lequel c'est, le chien ? »

Duddits se tourne vers Henry, sa perplexité est plus grande que jamais.

« Lequel est Scooby, Duddits ? » demande alors Beaver, et le visage du garçon s'éclaire, il montre du doigt.

« Oo-by ! Oo-by-doo ! Le chien ! »

Ils éclatent tous de rire, et Duddits rit avec eux ; c'est alors que Pete siffle. Ils se remettent en marche et, à peine ont-ils parcouru un quart du chemin jusqu'à la rue que Jonesy s'écrie, « Attendez, attendez ! »

Il court jusqu'à l'une des fenêtres cradingues des bureaux et, les mains en coupe contre le vitrage pour supprimer tout reflet, tente de scruter l'intérieur. Henry se souvient tout d'un coup pour quelle raison ils sont venus ici. La chatte de Tina Jean Machin-Truc. Voilà qui lui paraît remonter à mille ans.

Au bout de quelques secondes, Jonesy les appelle. « Henry ! Beaver ! Venez vite. Laissez le môme. »

Beaver court le rejoindre. Henry se tourne vers le petit retardé. « Tu ne bouges pas d'ici, Duddits. Tu restes ici avec ta boîte à lunch, d'accord ? »

Duddits le regarde de ses grands yeux verts et brillants, la boîte à lunch serrée contre sa poitrine. Au bout d'un moment il acquiesce, et Henry court à son tour retrouver ses amis. Ils sont obligés de se tasser les uns contre les autres devant la fenêtre, et Beaver râle parce qu'il y a un con qui lui marche sur les pieds, mais chacun finit par se faire une place. Au bout d'une petite minute, intrigué de ne pas voir le reste de la bande arriver, Pete revient sur ses pas et glisse son museau entre les épaules d'Henry et Jonesy. Voilà quatre garçons massés contre le vitrage sale d'un bureau, dont trois se tiennent les mains en coupe pour ne pas avoir de reflets, tandis qu'un cinquième attend derrière eux, dans l'allée envahie de mauvaises herbes, une boîte à lunch serrée contre sa poitrine étroite, les yeux tournés vers un ciel blanc où le soleil tente vainement de percer. Au-delà de la vitre encrassée (sur laquelle ils laisseront des croissants de propreté là où ils auront appuyé le front), on voit une pièce vide. Éparpillé sur le sol envahi de poussière, on aperçoit un certain nombre de gros têtards blancs dégonflés dans lesquels Henry reconnaît des sacs à foutre. Sur le mur qui fait directement face à la fenêtre est accroché un panneau d'affichage, avec, maintenues par des punaises, une carte de la Nouvelle-Angleterre et une photo Polaroïd qui montre une femme relevant sa jupe. On ne peut cependant pas voir sa chatte, seulement sa petite culotte blanche. Et c'est loin d'être une adolescente. Elle est vieille. Elle a au moins trente ans.

« Sainte merde ! s'exclame enfin Pete, adressant un regard dégoûté à Jonesy. On a fait tout ce binz pour *ça* ? »

Un instant, Jonesy reste sur la défensive ; puis il sourit et a un geste du pouce, par-dessus son épaule.

« Non, tout ce binz, on l'a fait pour lui. »

6

Henry fut brusquement tiré de l'évocation de ce souvenir par une prise de conscience aussi stupéfiante qu'inattendue : il était terrifié, et cela faisait un certain temps qu'il l'était. Quelque chose de nouveau rôdait juste devant le seuil de sa conscience, repoussé par la force du souvenir de leur rencontre avec Duddits, mais la chose venait de faire irruption en poussant un cri épouvantable, exigeant d'être reconnue.

Il tenta un arrêt en dérapage plus ou moins contrôlé au milieu de la route, moulina des bras pour garder son équilibre, et finit par s'immobiliser, haletant, les yeux écarquillés. Quoi encore ? Il était à moins de quatre kilomètres du Trou dans le Mur, presque arrivé, autrement dit ; qu'est-ce qui se passait, bon Dieu ?

Il y a un nuage... une sorte de nuage, en tout cas. Je ne pourrais dire de quoi il s'agit au juste, mais je le sens... je n'ai jamais rien ressenti aussi clairement de toute ma vie. Il faut que je quitte la route. Il faut que je m'en éloigne. Que je m'éloigne du film. Il y a un film dans le nuage. Du genre de ceux qu'aime Jonesy. Les films d'horreur.

« C'est complètement idiot », murmura-t-il, sachant bien que non.

Il entendit alors un bourdonnement de guêpe qui se rapprochait. Un moteur. Qui arrivait de la direction du Trou dans le Mur et allait vite, un véhicule conçu pour rouler sur la neige ; très certainement l'Arctic Cat du camp... mais c'était aussi le nuage rouge-noir avec le film qu'il contenait, une énergie noire terrible qui se précipitait vers lui.

Un instant, Henry resta pétrifié par mille terreurs enfantines, choses sous le lit et dans les cercueils, grouillement de bestioles sous les pierres retournées et l'espèce de gelée à fourrure qui était les restes d'un rat mort depuis longtemps cuit et recuit derrière la cuisinière, le jour où son père l'avait écartée du mur pour vérifier la prise électrique. Et des terreurs qui n'étaient nullement enfantines : son père, perdu dans sa propre chambre et braillant de peur ; Barry Newman, fuyant en courant le cabinet d'Henry avec une expression terrifiée sur le visage parce qu'il lui avait demandé de regarder quelque chose qu'il ne voulait surtout pas admettre, qu'il ne pouvait peut-être pas admettre ; se retrouver réveillé à quatre heures du matin, un scotch à la main, le monde entier réduit à une orbite morte, son esprit même réduit à une orbite morte, et oh bon Dieu, toutes berceuses abolies, le jour n'allait pas se lever avant cent mille ans. Toutes ces choses étaient contenues dans le nuage rouge-noir qui se précipitait sur lui comme le cheval de l'Apocalypse, toutes ces choses et d'autres encore. Toutes les mauvaises choses qu'il avait entrevues se dirigeaient à présent vers lui, non pas sur un cheval mais sur une vieille motoneige au capot rouillé. Non pas la mort, mais pire que la mort. C'était Mister Gray.

Quitte la route, lui cria son esprit. *Quitte la route tout de suite ! Cache-toi !*

Un instant, il fut incapable de bouger. Ses pieds pesaient une tonne. La blessure de sa cuisse, celle que lui avait faite le Commodo du tableau de bord, le brûlait comme un fer rouge. Il ressentait maintenant ce que ressentait un cerf pris dans la lumière des phares, ou un petit tamia sautillant en tout sens comme un idiot devant une tondeuse en mouvement. Le nuage l'avait dépouillé de sa capacité à s'aider lui-même. Il était cloué sur place dans son propre chemin.

Assez bizarrement, ce furent ses idées suicidaires qui le firent bouger. Avait-il passé cinq cents nuits blanches, cinq cents nuits d'angoisse avant d'en arriver à cette décision, tout cela pour se la faire barboter par il ne savait quelle fièvre des bois ? Non, par tous les saints, pas question ! Souffrir était déjà assez horrible ; laisser son corps terrifié parodier cette souffrance en se pétrifiant alors même qu'un démon lui courait sus... non, il ne laisserait pas cela se faire.

Et c'est ainsi qu'il sortit de sa paralysie, mais avec l'impression de se déplacer dans un cauchemar, de devoir lutter pour avancer comme si l'air avait pris la consistance de la mélasse. Ses jambes s'élevaient et s'abaissaient avec la lenteur de celles d'une ballerine aquatique. Quoi, il avait *couru*, sur cette route ? Vraiment couru ? L'idée lui paraissait inconcevable, en dépit de toute la fraîcheur de son souvenir.

Néanmoins, il continua de se déplacer, tandis que se rapprochait le bourdonnement qui se transformait peu à peu en pétarade bruyante. Et finalement, il réussit à se glisser entre les arbres, côté sud de la route, à parcourir peut-être cinq ou six mètres, en tout cas à aller assez loin pour que la couche de neige se réduise à une pellicule poudreuse sur les aiguilles marron-orangé odorantes du sous-bois. Là, il tomba à genoux, sanglotant de terreur ; il porta sa main gantée à sa bouche pour contenir le bruit : si on l'entendait ? c'était Mister Gray, le nuage était Mister Gray, et si Mister Gray l'entendait ?

Il rampa jusque derrière le tronc couvert de mousse d'un épicéa, s'y agrippa et glissa un coup d'œil vers la route à travers le rideau désordonné de ses cheveux mouillés de sueur. Il vit un point lumineux, dans le faux crépuscule qui régnait ; le point lumineux vacilla, sautilla et apparut plus distinctement. Il devint la lumière d'un phare.

Henry se mit à gémir d'impuissance tandis que se rapprochaient les ténèbres. On aurait dit qu'elles envahissaient son esprit comme une éclipse, le privant de toutes pensées et les remplaçant par des images terribles : le lait sur le menton de son père, la panique dans les yeux de Barry Newman, des corps décharnés et des yeux fixes derrière des barbelés, des femmes écorchées, des hommes pendus.Un moment, le monde tel qu'il le comprenait parut se mettre à l'envers, se retourner comme une poche, et il prit conscience que *tout* était contaminé... ou pouvait l'être. Absolument tout. Les raisons pour lesquelles il envisageait de se suicider étaient ridicules devant cette chose qui venait vers lui.

Il pressa ses lèvres contre l'arbre pour s'empêcher de hurler, les sentit tatouer un baiser profond dans la mousse caoutchouteuse, là où son humidité avait un goût d'écorce. La motoneige passa à ce moment-là, et Henry reconnut le personnage qui la chevauchait, le personnage à l'origine du nuage rouge-noir qui emplissait à présent la tête d'Henry comme une mauvaise fièvre.

Il mordit dans la mousse, hurlant dans le bois, inhalant des fragments végétaux sans en avoir conscience, hurla à nouveau. Il resta ainsi agenouillé, étreignant l'arbre, parcouru de frissons, tandis que diminuait le grondement de l'Arctic Cat en direction de l'ouest. Il n'avait pas changé de position lorsque le bruit se trouva de nouveau réduit à un agaçant bourdonnement d'insecte ; pas même lorsqu'il se fut complètement éteint.

Pete est quelque part par là-bas... Il va arriver jusqu'à Pete et la femme.

Henry revint d'un pas chancelant jusqu'à la route, sans se rendre compte que son saignement de nez avait repris, sans se rendre compte qu'il pleurait. Il reprit une fois de plus la direction du Trou dans le Mur, mais ses foulées élastiques avaient laissé la place à une pesante claudication. Peut-être aussi bien, en fin de compte, parce qu'au camp tout était terminé.

Quelle qu'ait été la chose horrible qu'il avait sentie, ça s'était produit. L'un de ses amis était mort, l'autre se mourait et un troisième, Dieu lui vienne en aide, était transformé en star de cinéma.

VII

Jonesy et le Beav

1

Beaver le dit et le redit. Il ne s'agissait plus d'un beaverisme, cette fois, seulement d'un juron banal, le premier juron qui nous vient à l'esprit quand on se retrouve cloué au mur et sans autre moyen d'exprimer l'horreur dont on est témoin. « Ah, putain... putain... »

En dépit de ses souffrances, McCarthy avait pris la peine d'appuyer sur les deux interrupteurs qui se trouvaient dans la salle de bains, si bien que le plafonnier et les deux néons qui encadraient l'armoire à pharmacie étaient allumés. Si bien aussi qu'il régnait dans la pièce un éclat brutal et cru qui donnait l'impression d'une photo de « scène du crime »... avec cependant en filigrane une touche de surréalisme, car l'intensité lumineuse variait légèrement, juste assez pour qu'on comprenne que le courant était produit par une génératrice et non par la Derry & Bangor Hydroelectric.

Le carrelage du sol était bleu ciel. Il n'y avait que des taches et des éclaboussures de sang, près de la porte, mais ces taches et ses éclaboussures devenaient de plus en plus denses jusqu'à fusionner en un serpent écarlate qui se tordait jusqu'aux toilettes, à côté de la baignoire. Des arborescences capillaires s'en éloignaient, tout aussi rouges. Leurs bottes, que ni Beaver ni Jonesy n'avaient enlevées, laissaient des motifs de semelles imprimés sur les carreaux. Sur le rideau de douche en vinyle bleu, on voyait quatre empreintes digitales brouillées, et Jonesy pensa : *Il a dû tendre le bras pour s'accrocher à quelque chose quand il a voulu s'asseoir, sans doute pour ne pas tomber.*

Oui, mais ce n'était pas la partie horrible de l'histoire. La partie horrible était ce que Jonesy vit dans sa tête : McCarthy se traînant à quatre pattes sur le carrelage bleu, une main agrippée à son derrière pour essayer de retenir ce qui voulait en sortir.

« Ah, putain, répéta Beaver en sanglotant presque. J'ai pas envie de voir ça, Jonesy. Bordel, j'ai pas envie du tout.

— Faut bien. » Jonesy s'entendait parler comme s'il était très loin : « On peut y arriver, Beav. Si on a pu faire face à Richie Grenadeau et à ses copains, à l'époque, on peut faire face à ça aujourd'hui.

— Je sais pas, vieux, je sais pas... »

Jonesy non plus ne savait pas, pas vraiment, en tout cas, mais il eut l'idée de prendre son ami par la main. Les doigts de Beaver se refermèrent sur les siens, raides de panique et, ensemble, ils avancèrent d'un pas dans la salle de bains. Jonesy essayait d'éviter le sang, mais c'était difficile : il y en avait partout. Et pas que du sang.

« Jonesy ? fit Beaver, murmurant presque, est-ce que tu vois cette saloperie, sur le rideau de douche ?

— Ouais. »

En train de pousser et croître dans les traces de sang laissées par les doigts de McCarthy, on distinguait de petits amas d'une moisissure dorée tirant sur le rouge et rappelant le mildiou. On en distinguait également sur le sol, pas dans le serpent de sang, mais dans les interstices entre les carreaux.

« Qu'est-ce que c'est ?

— Aucune idée, répondit Jonesy. Sans doute la même saloperie que le truc qu'il a sur la figure. Tais-toi une minute... Mr McCarthy ? Rick ? »

McCarthy, assis sur les toilettes, ne répondit pas. Pour quelque raison mystérieuse, il avait remis le couvre-chef orange sur sa tête ; la visière dépassait, légèrement de travers. Sinon, il était entièrement nu. Son menton reposait sur sa poitrine, dans une attitude parodiant un personnage profondément plongé dans ses réflexions (mais ce n'était peut-être pas une parodie — comment savoir ?). Ses yeux étaient mi-clos et il se tenait les mains chastement croisées au-dessus du sexe. Des coulures de sang, paraissant avoir été faites à grands coups de pinceau maladroits, maculaient la porcelaine ; il n'y avait cependant pas de sang sur McCarthy lui-même ou du moins, Jonesy n'en voyait pas pour le moment.

Il y avait par contre une chose qu'il voyait : la peau du ventre de McCarthy qui pendait en deux poches flasques superposées. Leur aspect lui rappela le ventre de Carla juste après ses accouchements. Jonesy et elle avaient eu quatre enfants. À hauteur de la taille de McCarthy, qu'entourait une poignée d'amour peu prononcée, la peau était simplement un peu affaissée et rouge. En revanche, elle présentait de multiples et minuscules vergetures sur le ventre. Si McCarthy avait été « enceint » de quelque chose, ce devait être d'un parasite, du genre ver solitaire géant ou ankylostome, un truc comme ça. Sauf qu'il y avait une cochonnerie qui se développait sur son sang... et qu'avait-il déclaré, tandis qu'il gisait dans le lit de Jonesy, les couvertures tirées jusqu'au cou ? *Regarde, je suis à ta porte et frappe*. Voilà un coup frappé à sa porte auquel Jonesy regrettait amèrement d'avoir répondu. Il regrettait même de ne pas avoir abattu l'homme. Oui. Il voyait les choses plus clairement, à présent. Il était dans cet état de lucidité extrême que connaît parfois un esprit soumis à une horreur absolue, et c'est dans cet état qu'il s'en voulait de ne pas avoir logé une balle dans la tête de McCarthy avant d'avoir vu la casquette et le gilet orange de rabatteur. Ç'aurait été terrible, mais peut-être pas aussi affreux.

« C'est ça, t'es à ma porte et tu frappes mon cul, marmonna Jonesy.

— Jonesy ? Tu crois qu'il est encore vivant ?

— J'sais pas. »

Jonesy fit un pas de plus et sentit les doigts de Beaver se détacher des siens. Manifestement, le Beav ne pouvait se rapprocher davantage de McCarthy.

« Rick ? » fit Jonesy d'un ton contenu. Le ton faut-pas-réveiller-bébé. Le ton dernier-regard-au-cadavre-avant-la-fermeture-du-cercueil. « Rick ? Est-ce que vous... »

Un pet bruyant et humide retentit d'en dessous de l'homme assis sur les toilettes, et la pièce se remplit sur-le-champ d'effluves d'excréments et de colle à maquette mêlés qui vous mettaient les larmes aux yeux. Jonesy n'en revint pas que le rideau de douche ne se mette pas à fondre.

Un gros *plouf !* suivit. Pas le bruit que fait une merde en tombant dans la cuvette des toilettes. Telle fut du moins l'impression de Jonesy. On aurait plutôt dit un poisson sautant dans une mare.

« Seigneur tout-puissant, qu'est-ce que ça schlingue ! » s'écria

Beaver. Il avait parlé en se bouchant le nez et sa main assourdissait ses paroles. « Mais s'il peut péter, il doit être vivant. Tu crois pas, Jonesy ? Il doit encore...

— Tais-toi », dit Jonesy d'une voix calme ; il était lui-même étonné qu'elle soit aussi posée. « Ne dis rien, d'accord ? »

Et le Beav se tut.

Jonesy se pencha vers l'homme. Il distinguait les moindres détails : la minuscule tache de sang dans le sourcil droit de McCarthy, l'excroissance flamboyante à sa joue, le sang sur le rideau bleu, le panneau humoristique SALLE D'ATTENTE DES CONSTIPÉS qui datait de l'époque où il n'y avait que des toilettes chimiques et où il fallait pomper l'eau jusque dans la citerne avant de prendre une douche. Il vit la petite perle de gelée dans le coin des yeux de McCarthy, les gerçures de ses lèvres, qui avaient pris un aspect violacé de foie de veau dans la lumière crue. Il sentait la puanteur du vent qui venait d'être lâché et c'est tout juste s'il ne le voyait pas monter en volutes jaunâtres, comme du gaz moutarde.

« McCarthy ? Rick ? Vous m'entendez, Rick ? »

Il claqua des doigts devant ces yeux presque fermés. Rien. Il donna un coup de langue au dos de sa main et la présenta sous les narines de McCarthy, puis devant sa bouche. Rien.

« Il est mort, Beav, dit-il en reculant.

— Des conneries, oui », répliqua Beaver. Il avait parlé d'une voix chevrotante et avec un ton absurde d'indignation, comme si McCarthy venait de transgresser les lois de l'hospitalité. « Il vient juste de couler un bronze, vieux. Je l'ai entendu.

— Je ne crois pas que c'était... »

Beaver bouscula Jonesy en voulant passer devant lui, et ce dernier heurta le lavabo durement avec sa mauvaise hanche. « Ça suffit maintenant, mec » ! s'écria Beaver. Il saisit l'homme par son épaule peu musclée et couverte de taches de rousseur, et le secoua. « Réveille-toi, bon Dieu ! Réveille-toi ! »

McCarthy glissa lentement en direction de la baignoire et Jonesy, un instant, se dit que Beaver avait raison, que le type était vivant et essayait de se lever. Sur quoi McCarthy dégringola du trône et s'affala dans la baignoire, poussant le rideau devant lui comme une vague unidimensionnelle bleue. Sa casquette orange tomba. Il y eut un craquement d'os lorsque son crâne heurta la fonte ; c'est à cet instant précis que Jonesy et Beaver s'agrippèrent l'un à l'autre et se mirent à hurler à l'unisson ; leur horreur se traduisait par un vacarme assourdissant dans la petite pièce. Le cul de McCarthy formait une pleine lune de travers trouée en son centre d'un cratère géant et sanglant, le site, aurait-on dit, d'un impact terrible. Jonesy ne le vit que pendant une seconde, le temps que le cadavre finisse de basculer dans la douche et que le rideau se remette en place et le cache ; mais pendant cette seconde, Jonesy eut l'impression que le trou faisait trente centimètres de diamètre. Une chose pareille était-elle possible ? Un trou de *trente centimètres* ? Sûrement pas.

Nouveau bruit d'éclaboussures dans la cuvette des toilettes. L'agitation fut assez forte pour que des gouttelettes sanguinolentes rejaillissent sur la lunette du siège, bleue elle aussi. Beaver voulut se pencher pour regarder, mais Jonesy rabattit le couvercle sans même prendre le temps de réfléchir.

« Non !

— Non ?

— Non. »

Beaver voulut prendre un cure-dents dans la pochette de sa salopette ; il en retira une demi-douzaine d'un coup mais, dans sa nervosité, il les laissa tous tomber sur le sol. Ils roulèrent sur le carrelage ensanglanté comme les baguettes d'un jeu de jonchet. Le Beav les regarda, puis se tourna vers Jonesy. Il avait des larmes dans les yeux.

« Comme Duddits, vieux.

— Qu'est-ce que tu racontes, bon Dieu ?

— Tu te rappelles pas ? Il était presque nu, lui aussi. Ces enfoirés lui avaient enlevé son pantalon et son t-shirt. Ils ne lui avaient laissé que son calcif. Mais nous l'avons sauvé. »

Il hocha vigoureusement la tête comme si Jonesy (ou une partie enfouie de lui-même) allait se moquer de cette idée.

Toutefois, Jonesy ne se moqua de rien du tout, même si McCarthy ne lui rappelait nullement Duddits. Il revoyait le malheureux glisser de côté dans la baignoire, tandis que tombait sa casquette, les bourrelets adipeux de sa poitrine (*les nénés de la bonne bouffe*, comme disait Henry chaque fois qu'il en voyait sous le t-shirt d'un homme) oscillant mollement sur eux-mêmes. Puis son derrière se tournant vers la lumière — cette violente lumière des néons qui ne gardait aucun secret, mais racontait tout de son ton monocorde. Ce cul parfait d'homme blanc, sans poils, commençait à peine à s'avachir en direction des cuisses ; il en avait vu des centaines dans le même genre, dans les divers vestiaires où il s'était habillé et douché, il était en train de s'en tailler un du même genre (en tout cas, au moins depuis qu'il s'était fait passer dessus par une voiture, ce qui avait peut-être changé la configuration de son arrière-train pour toujours) ; sauf qu'il n'en avait jamais vu un comme celui de McCarthy tel qu'il était maintenant, un cul qui donnait l'impression qu'on avait fait détoner un engin explosif à l'intérieur. Mais dans quel but ?

Il y eut encore un bruit creux d'éclaboussures en provenance des toilettes. Le couvercle rebondit. La réponse en valait largement une autre. Afin de sortir, pardi.

Afin de sortir.

« Assieds-toi là-dessus, dit Jonesy.

— Quoi ?

— Assieds-toi là-dessus ! »

Jonesy avait presque crié, cette fois, et Beaver s'assit vivement sur le siège rabattu des toilettes, l'air alarmé. Dans la lumière impitoyable et plate des néons, sa peau paraissait aussi blanche que de l'argile à porcelaine, et chaque poil de sa barbe noire ressortait comme une verrue. Ses lèvres étaient violacées. Au-dessus de sa tête, pendait un panneau se voulant comique : SALLE D'ATTENTE DES CONSTIPÉS. Beaver écarquillait de grands yeux terrifiés.

« Je me suis assis, Jonesy, je me suis assis — tu vois ?

— Désolé, Beav. Mais surtout, tu ne bouges pas d'ici, d'accord ? Je ne sais pas ce qu'il y a là-dedans, mais ça ne peut pas sortir. Il n'a pas d'autre issue que la fosse septique. Je reviens dans...

— Où tu vas ? J'ai pas envie que tu me laisses tout seul dans les chiottes à côté d'un macchab, Jonesy. Si on part tous les deux en courant...

— Pas question de partir en courant, le coupa Jonesy d'un ton sinistre. On est chez nous ici, on ne s'en va pas. »

Propos pleins de noblesse, mais qui passaient sous silence au moins un aspect de la situation : il était avant tout effrayé à l'idée que le truc qui s'agitait dans les toilettes ne soit capable de courir encore plus vite qu'eux. Ou de *serpenter* plus vite. Ou quelque chose. Des extraits de cent films d'horreur — *Parasite, Alien, Frissons* — se mirent à lui traverser l'esprit à toute vitesse. Carla refusait de l'accompagner au cinéma pour les voir et l'obligeait à regarder les cassettes qu'il louait sur la télé de son bureau au rez-de-chaussée. Mais certains de ces films, ou un détail qu'il aurait remarqué dans l'un d'eux, pouvait tout aussi bien leur sauver la vie. Jonesy jeta un coup d'œil au mildiou doré et rougeâtre qui se développait sur les marques sanglantes laissées par McCarthy. Les faire échapper, au moins, à la chose qui s'agitait dans les toilettes. Quant au truc comme du mildiou... Dieu seul savait de quoi il s'agissait.

La chose dans les toilettes bondit à nouveau, heurtant l'envers du couvercle, mais le poids de Beaver empêcha sans peine celui-ci de se soulever. Bien. Peut-être que la chose allait se noyer, là-dedans, même si Jonesy ne voyait pas pourquoi il devrait compter là-dessus ; elle avait bien vécu à l'intérieur de McCarthy, n'est-ce pas ? Elle avait vécu pendant un certain temps à l'intérieur de Mister Regarde-je-suis-à-ta-porte-et-frappe pendant les quatre jours, peut-être, qu'il était resté perdu dans les bois. Elle avait ralenti la croissance de sa barbe, probablement, et provoqué la chute de quelques-unes de ses dents ; elle avait généré un météorisme cataclysmique que même la plus policée des sociétés policées n'aurait pu ignorer : des pets comme des gaz de combat, pour ne pas mâcher les mots, mais la chose elle-même paraissait aller très bien... être vivante... se développer...

Jonesy eut soudain une image mentale vivante d'un ténia qui émergeait en se tortillant d'un tas de chair crue. Une boule lui monta dans la gorge, accompagnée d'un gargouillis liquide.

« Jonesy ? »

Beaver fit mine de se lever. Il avait l'air plus paniqué que jamais.

« Rassieds-toi tout de suite, Beav ! »

Ce que fit Beaver, juste à temps. La chose dans les toilettes sauta et heurta le dessous du couvercle avec un bruit creux et sec. *Regarde, je suis à ta porte et frappe...*

« Tu te souviens de ce film, *L'Arme fatale*, dans lequel le partenaire de Mel Gibson n'ose pas sortir des chiottes ? » demanda Beaver. Il sourit, mais sa voix s'étranglait et il y avait de la terreur dans ses yeux. « C'est un peu comme ça, tu trouves pas ?

— Non, dit Jonesy, parce que rien ne va exploser. Sans compter que je ne suis pas Mel Gibson et que tu es trop foutrement blanc pour être Danny Glover. Écoute-moi, Beav. Je vais aller dans la remise...

— Pas question ! Je ne tiens pas à ce que tu me laisses ici tout seul, et...

— Tais-toi et écoute-moi. Il y a bien un rouleau d'adhésif, non ?

— Ouais. Accroché à un clou, il me semble...

— Oui, c'est ça, accroché à un clou. À côté des boîtes de peinture, je crois. Un gros rouleau bien épais. Je vais aller le chercher, et on attachera le couvercle aux toilettes avec. Ensuite... »

La chose bondit à nouveau, furieusement, comme si elle avait entendu et comprenait. *Au fait, qu'est-ce qui nous dit que ce n'est pas le cas ?* pensa Jonesy. Beaver grimaça au moment du choc contre le couvercle.

« Ensuite, on se tire d'ici, acheva Jonesy.

— Sur le Cat ? »

Jonesy acquiesça, même s'il avait complètement oublié la motoneige.

« Ouais, sur le Cat. Et on retrouvera Henry et Pete... »

Beaver secoua la tête.

« On est en quarantaine, comme l'a dit le type de l'hélico. C'est sans doute pourquoi ils ne sont pas encore arrivés, tu crois pas ? Ils ont dû être retenus là-bas à cause de la... »

Boum !

« ... quarantaine.

— C'est possible. Mais écoute-moi, Beav. Je préfère de beaucoup être en quarantaine en compagnie d'Henry et Pete qu'en compagnie de... de ce truc-là, pas toi ?

— Y'a qu'à tirer la chasse. Qu'est-ce que t'en penses ? »

Jonesy secoua la tête.

« Et pourquoi pas ?

— Parce que j'ai vu le trou qu'il a fait pour sortir. Tout comme toi. Je ne sais pas ce que c'est, mais on ne va pas s'en débarrasser avec un coup de chasse d'eau. C'est trop gros.

— Merde », grommela Beaver en se tapant le front.

Jonesy hocha la tête.

« D'accord, Jonesy. Va chercher l'adhésif. »

Sur le seuil, Jonesy se retourna.

« Et surtout... »

Le Beav souleva un sourcil.

« ... lève pas d'un poil ton cul de là, vieux. »

Beaver ne put s'empêcher de pouffer. Jonesy en fit autant. Ils se regardèrent, Jonesy debout sur le seuil de la porte, Beaver assis sur le couvercle rabattu des toilettes, poussant des petits reniflements de rire contenu. Puis Jonesy traversa vivement la grande pièce centrale (toujours pouffant, *lève pas d'un poil ton cul de là*, plus il y pensait, plus il trouvait ça drôle) pour gagner la porte de la cuisine. Il avait chaud et se sentait fiévreux, horrifié et hilare. *Lève pas d'un poil ton cul de là*... bon Dieu de délire.

2

Beaver entendit Jonesy pouffer en traversant la pièce, pouffer à nouveau lorsqu'il franchit la porte de la cuisine. En dépit de tout, le Beav avait plaisir à l'entendre. L'année avait déjà été assez difficile pour Jonesy, qui s'était fait passer dessus par une voiture — un temps, ils avaient tous cru qu'il ne s'en sortirait pas et c'était affreux, ce pauvre Jonesy n'avait pas encore trente-huit ans. Mauvaise année pour Pete, aussi, qui buvait décidément trop, et pour Henry, qui avait de temps en temps des absences inquiétantes que Beaver ne comprenait pas et n'aimait pas... et à présent, on pouvait également dire que l'année n'avait pas été fameuse non plus pour Beaver Clarendon. Bon, d'accord, ce n'était qu'une journée au milieu de trois cent soixante-cinq autres, mais on ne se lève pas le matin en pensant qu'on va se retrouver, en début d'après-midi, avec un cadavre gisant dans la baignoire, soi-même assis sur le couvercle des toilettes afin d'empêcher quelque chose qu'on n'a même pas vu de...

« Stop, dit Beaver à voix haute. On va pas plus loin. Demi-tour. »

Et il n'avait pas besoin d'aller plus loin. Jonesy serait de retour dans une minute ou deux avec l'adhésif. Trois minutes au maximum. La question était de savoir vers quoi se tourner en attendant le retour de Jonesy. Vers quoi pouvait-il se tourner pour se sentir bien ?

Vers Duddits, pardi ! Il se sentait toujours bien lorsqu'il pensait à Duddits. Et vers Roberta, aussi ; il se sentait bien quand il pensait à Roberta. Aucun doute.

Beaver sourit, au souvenir du petit bout de femme en robe jaune qui, ce jour-là, se tenait en haut de l'allée de sa maison, sur Maple Lane. Son sourire s'élargit lorsqu'il évoqua l'instant où elle les avait vus. Elle avait appelé son petit garçon par ce même nom. Elle avait crié...

3

« Duddits ! » s'écrie la femme, menue comme un moineau dans sa robe imprimée à fleurs, avant de s'élancer vers eux.

Duddits marche en compagnie de ses nouveaux amis, tout content, débitant son bredouillis au taux de six délires à la minute, sa boîte à lunch à la main gauche et tenant Jonesy par la main droite, exagérant joyeusement le mouvement de balancier. Son charabia paraît constitué presque entièrement de voyelles ouvertes. Ce qui laisse Beaver stupéfait, cependant, est de se rendre compte qu'il comprend pas mal de choses.

Dès qu'il aperçoit la femme-oiseau aux cheveux grisonnants, Duddits lâche la main de Jonesy et court vers elle, ils courent tous les deux l'un vers l'autre, et le tableau rappelle à Beaver il ne sait plus quelle comédie musicale mettant en scène une troupe de chanteurs, les Von Critt ou les Von Crott, un truc comme ça. « A-an, a-an ! » crie Duddits, exubérant — *Maman, maman !*

« Où tu étais passé ? Où étais-tu passé, Duddits, méchant garçon, méchant petit garçon ? »

Ils se rejoignent et Duddits est tellement plus imposant (sans compter qu'il mesure presque dix centimètres de plus qu'elle) que Beaver grimace, s'attendant à voir la femme-oiseau se faire aplatir comme le coyote dans les dessins animés de *Roadrunner*. Mais non : elle le prend dans ses bras et le soulève, le fait même virevolter, on ne voit plus que les tennis du garçon volant dans l'air. Il sourit d'une oreille à l'autre avec une expression de joie extatique.

« J'allais appeler la police, vilain méchant garçon, vilain petit Du... »

Elle prend conscience de la présence de Beaver et de ses amis et repose son fils. Elle n'arbore plus son sourire de soulagement, mais une expression solennelle, tandis qu'elle s'avance vers eux, passant sur une grille de marelle — aussi primitif que soit ce jeu, songe le Beav, il sera toujours hors de portée de Duddits. Les larmes qui coulent sur ses joues brillent dans la lumière du soleil qui a fini par percer.

« Houla, marmonne Pete, on n'en a pas fini.

— Reste cool, vieux, lui souffle Henry à voix basse et rapidement. Laisse-la râler. Après, je lui expliquerai. »

Mais ils ont mal jugé Roberta Cavell, ils l'ont jugée à partir des normes de tant d'adultes qui semblent considérer que les garçons de leur âge sont forcément coupables tant qu'on n'a pas prouvé qu'ils étaient innocents. Roberta Cavell n'est pas faite comme ça, pas plus que son mari, Alfie. Les Cavell sont différents. Duddits les a rendus différents.

« Alors, les gars ? Est-ce qu'il s'était perdu ? Il se promenait ? Je craignais beaucoup de le laisser y aller tout seul à pied, mais il tenait tellement à faire comme les autres garçons... »

Elle serre avec force les doigts de Beaver d'une main, ceux de Pete de l'autre. Puis elle les lâche et en fait autant à Henry et Jonesy.

« Madame... », commence Henry.

Mrs Cavell regarde Henry avec toute son attention, comme si elle essayait de lire dans son esprit.

« Il ne s'est pas simplement perdu, dit-elle, il ne se promenait pas.

— Madame... », recommence Henry, qui renonce alors à toute idée de déguiser la vérité. Ce sont les yeux verts de Duddits qui le regardent dans ce visage de femme, mais des yeux intelligents et lucides, des yeux ardents et interrogateurs. « Non, madame, il ne s'était pas perdu.

— Parce que d'habitude, il rentre directement à la maison. Il dit qu'il ne peut pas se perdre parce qu'il voit la ligne. Combien étaient-ils ?

— Oh, pas très nombreux », intervient Jonesy, qui lance un rapide coup d'œil à Henry. Non loin d'eux, Duddits a trouvé quelques pissenlits en graines sur la pelouse du voisin ; allongé sur le ventre, il souffle dessus et regarde se disperser les akènes emportées par la brise. « C'étaient trois garçons qui le taquinaient, madame.

— Des grands », ajoute Pete.

Elle les scrute une fois de plus du regard, tous, passe de Jonesy à Pete, de Pete à Beaver pour revenir sur Henry. « Venez à la maison, dit-elle. Vous allez tout me raconter. Duddits prend un grand verre de ZaRex tous les après-midi — c'est sa boisson spéciale —, mais je parie que vous préférerez du thé glacé. Pas vrai ? »

Beaver, Jonesy et Pete regardent Henry, qui acquiesce : « Oui, madame, du thé glacé, ce serait très bien. »

Et c'est ainsi qu'elle les précède jusqu'à la maison où ils passeront tellement de temps au cours des années suivantes, la maison du 19 Maple Lane. Mais en réalité, c'est Duddits qui les précède tous, sautillant, tournant sur lui-même, se mettant la boîte à lunch sur la tête, mais restant toujours sur une même ligne, soit à environ cinquante centimètres de la pelouse, sur le trottoir qui la sépare de la rue. Des années plus tard, après ce qui était arrivé à la jeune Rinkenhauer, il réfléchira à ce que Mrs Cavell leur avait dit. Ils y réfléchiront tous. *Il voit la ligne.*

4

« Jonesy ? » appela Beaver.

Pas de réponse. Bordel, ça faisait un bout de temps qu'il était parti, songea-t-il. Il se trompait probablement, mais il n'avait aucun moyen de le savoir ; il avait oublié de mettre sa montre, ce matin. C'était idiot, mais il avait toujours été idiot, il devrait commencer à s'y habituer, non ? À côté d'Henry et Jonesy, lui et Pete ont toujours été deux crétins. Non pas que Henry et Jonesy les aient jamais traités comme des crétins — c'était justement ce qu'il y avait de génial avec eux.

« *Jonesy ?* »

Toujours rien. Il devait probablement avoir des problèmes pour trouver l'adhésif, voilà tout.

Il y avait bien une petite voix, tout au fond de sa tête, qui lui disait que l'adhésif n'avait rien à voir, que Jonesy avait simplement pris la poudre d'escampette et l'avait planté là, assis sur les toilettes comme Danny Glover dans le film, une voix qu'il ne voulait cependant pas écouter car jamais Jonesy n'aurait fait une chose pareille. Ils étaient amis jusqu'au bout, ils l'avaient toujours été.

Tout juste, fit la petite voix ignoble. *Vous étiez des amis, et c'est le bout de la route.*

« Hé, Jonesy ? T'es là, vieux ? »

Toujours rien. L'adhésif était peut-être tombé de son clou, ou avait été rangé ailleurs.

Rien ne provenait non plus d'en dessous de lui. Mais au fait, c'était quoi cette histoire, que McCarthy aurait chié une espèce de monstre dans les gogues ? qu'il aurait accouché — *beurk !* de la Bête des Chiottes ? À croire qu'il était dans un film d'horreur de série B. Comme ceux du samedi soir — *Saturday Night Live*, par exemple. Et même si cette histoire était vraie, la Bête des

Chiottes avait probablement dû se noyer depuis le temps, ou bien passer par l'évacuation. Le début d'une histoire lui revint à l'esprit ; une histoire qu'ils avaient lue à Duddits, chacun son tour, et ça tombait bien qu'ils soient quatre parce que lorsque Duddits aimait quelque chose, il ne s'en lassait jamais.

« Iii-doool ! » criait Duddits, courant vers l'un d'eux en brandissant bien haut le livre, comme il avait brandi sa boîte à lunch le jour où ils avaient fait sa connaissance. « Iii-doool, iii-doool ! » Ce qui, en l'occurrence, signifiait *lis Pool, lis Pool !* Il s'agissait de *McElligot's Pool*, du Dr Seuss, dont le premier et mémorable couplet était : « Jeune homme, dit le fermier en riant, vous n'êtes qu'un fou / Vous n'attraperez jamais de poisson / Dans l'étang de McElligot. » Pourtant, il y avait du poisson dans cet étang, du moins dans l'imagination du petit garçon de l'histoire. Plein de poissons. Des gros.

Plus aucun clapotis sous lui, pour le moment. Aucun coup dans le couvercle. Peut-être pouvait-il se risquer à y jeter un coup d'œil rapide ; lever un peu le couvercle et le rabattre brusquement si quelque chose...

Mais *Lève pas d'un poil ton cul de là*, telle était la dernière chose que lui avait dite Jonesy, et il valait mieux qu'il s'en tienne à ça.

Ouais, Jonesy doit déjà être à plus d'un kilomètre d'ici, estima la voix mauvaise. *À plus d'un kilomètre d'ici, et en plus, il se magne !*

« Non, c'est pas vrai. Pas Jonesy. »

Il se déplaça un peu sur le siège, comme pour inciter la chose à sauter, mais elle n'en fit rien. Elle pouvait tout aussi bien se trouver à soixante mètres de là, en train de nager au milieu des colombins dans la fosse septique. Jonesy avait dit qu'elle était trop grosse pour y passer, mais étant donné qu'ils ne l'avaient vue ni l'un ni l'autre, ce n'était pas prouvé, n'est-ce pas ? Quoi qu'il en soit, *Monsieur** Beaver Clarendon allait rester bien sagement assis là. Parce qu'il avait dit qu'il le ferait. Parce que le temps paraissait toujours passer plus lentement lorsqu'on était inquiet ou effrayé. Et parce qu'il avait confiance en Jonesy. Jonesy, pas plus qu'Henry, ne s'était jamais fichu de lui, ne l'avait jamais blessé, pas plus lui que Pete, d'ailleurs. Et aucun d'eux ne s'était jamais moqué de Duddits, ne l'avait jamais blessé d'une manière ou d'une autre.

Beaver laissa échapper un petit reniflement de rire. Duddits et sa boîte à lunch Scooby-Doo ! Duddits sur le ventre, occupé à souffler sur des fleurs de pissenlit... Duddits cabriolant dans l'arrière-cour, gai comme un pinson, ouais, et les gens qui disaient d'enfants comme lui qu'ils sont *spéciaux* n'avaient aucune idée de la réalité. D'accord, il avait été spécial pour eux, un cadeau venu d'un putain de monde duquel, en règle générale, il ne fallait attendre que des saloperies. Duddits avait été leur truc spécial, et ils l'avaient adoré.

5

Ils sont installés dans le coin-cuisine — les nuages ont disparu, comme par magie — et ils boivent leur thé glacé en regardant Duddits qui vide son verre de ZaRex (un truc couleur orange d'aspect méphitique) en trois ou quatre grandes lampées et quelques éclaboussures, avant de repartir en courant jouer dans la cour.

C'est Henry qui se charge de l'essentiel du récit. Il raconte à Mrs Cavell que les grands se sont contentés de « le bousculer un peu ». Avec une certaine rudesse, à un moment donné, raison pour laquelle Duddits a eu son t-shirt déchiré et s'est mis à pleurer. Il n'est pas fait mention du fait que Richie Grenadeau et ses copains lui ont enlevé son pantalon, ni de l'abominable petit quatre-heures qu'ils auraient voulu faire manger à Duddits, et lorsque Mrs Cavell leur demande s'ils savent quels sont ces grands, Henry a un instant d'hésitation avant de lui répondre finalement qu'ils étaient de la grande école, mais qu'il les connaît simplement de vue, pas par leur nom. Elle regarde Jonesy, Beaver et Pete ; tous secouent la tête. C'est peut-être une erreur, c'est peut-être dangereux à terme pour Duddits, mais ils ne sont pas capables de s'écarter à ce point des règles qui gouvernent leur existence. Déjà, Beaver n'arrive plus à comprendre où ils ont trouvé l'aplomb d'intervenir, et plus tard les autres réagiront comme lui. Ils s'émerveillent de leur courage ; s'émerveillent aussi de ne pas s'être retrouvés dans un bon Dieu d'hôpital.

Elle les regarde tristement pendant un moment, et Beaver se rend compte qu'elle devine une bonne partie de ce qu'ils ne lui ont pas dit, assez, en tout cas, pour la tenir éveillée cette nuit. Puis elle sourit. C'est tout d'abord à Beaver qu'elle adresse son sourire, et il sent un frisson le parcourir de la tête aux pieds.

« Qu'est-ce que tu as comme fermetures Éclair, sur ton blouson ! » observe-t-elle.

Beaver sourit.

« Oui, madame. C'est mon spécial Fonzie. Il était à mon frère, avant. Les autres disent qu'il est tarte, mais moi, je l'aime bien, ce blouson.

— Comme dans *Happy Days*... On aime bien ce feuilleton, nous aussi. Il plaît bien à Duddits. Vous devriez peut-être venir un soir le regarder avec nous. Avec lui. »

Son sourire prend une nuance triste, comme si elle savait que rien de tel n'arrivera jamais.

« Ouais, ce serait sympa, dit Beaver.

— Très sympa », renchérit Pete.

Ils restent sans rien dire pendant quelque temps ; ils se contentent de regarder Duddits qui joue dans l'arrière-cour. Il y a un portique avec deux balançoires. Duddits court de l'une à l'autre et les pousse. Parfois il s'arrête, croise les bras, tourne le cadran sans aiguilles de son visage vers le ciel et rit.

« On dirait qu'il va bien, maintenant, observe Jonesy, vidant le reste de son thé. J'ai l'impression qu'il a tout oublié. »

Mrs Cavell a commencé à se lever. Elle se rassoit et adresse un regard stupéfait à Jonesy.

« Oh non, pas du tout. Il s'en souvient. Pas comme vous et moi, peut-être, mais il se souvient des choses. Il va probablement faire des cauchemars cette nuit, mais quand nous irons le voir dans sa chambre, son père et moi, il ne pourra pas nous expliquer ce qui lui arrive. C'est ça le pire, pour lui ; il ne peut pas exprimer ce qu'il voit, ce qu'il pense, ce qu'il ressent. Il n'a pas les mots. »

Elle soupire.

« De toute façon, ces grands ne vont pas l'oublier, eux. Et s'ils décidaient de se venger de lui ? Et s'ils décidaient de se venger de vous ?

— Nous, on est capables de se défendre tout seuls. »

Si Jonesy a répondu d'une voix ferme, ses yeux trahissent un certain malaise.

« Peut-être. Mais Duddits ? Je peux l'accompagner à l'école ; je le faisais avant, et je me dis que je vais devoir recommencer, au moins pour un temps, mais il adore aller à l'école et en revenir tout seul.

— Ça lui donne l'impression d'être un grand garçon comme les autres », dit Pete.

Elle tend la main par-dessus la table et touche celle de Pete. « C'est vrai. Il a l'impression d'être un grand garçon.

— Vous savez, dit alors Henry, on pourrait l'accompagner, nous. Nous allons tous au collège, et ça ne serait pas bien difficile de faire le détour, depuis Kansas Street. »

Roberta Cavell reste clouée sur sa chaise sans rien dire, juste un petit bout de femme, un petit piaf de femme en robe imprimée, qui regarde Henry attentivement, comme quelqu'un qui attend la chute dans une blague.

« Est-ce que vous seriez d'accord, Mrs Cavell ? lui demande Beaver. Parce que c'est vrai, ce ne serait pas bien compliqué. Ou peut-être que vous n'y tenez pas. »

Il se produit un phénomène compliqué sur le visage de Mrs Cavell. Toute une série de petits tressaillements, juste sous la peau. L'un de ses yeux cille et se ferme presque, l'autre cille et se ferme complètement. Elle prend un mouchoir dans sa poche et se mouche. Beaver se dit, *Elle essaie de ne pas rire de nous.* Quand il dit cela à Henry, tandis qu'ils rentrent chez eux, ayant déjà laissé Jonesy et Pete en chemin, Henry le regarde, éberlué. *Voyons...ce qu'elle a essayé de faire, c'était de ne pas pleurer...* puis affectueusement, après un silence, *crétin !*

« Vous feriez ça ? » demande-t-elle. Et Henry ayant acquiescé au nom de tous, elle formule sa question un peu différemment. « *Pourquoi* feriez-vous ça ? »

Henry regarde autour de lui comme pour dire, *J'aimerais bien que quelqu'un prenne le relais.*

C'est Pete qui s'y colle. « On l'aime bien, ma'am. »

Jonesy hoche la tête.

« J'aime bien la façon qu'il a de porter sa boîte à lunch sur sa tête.

— Ouais, il est à chier », dit Pete.

Henry lui donne un coup de pied sous la table. Pete repasse dans sa tête ce qu'il vient de sortir (on le voit à son expression) et se met à rougir furieusement.

Mrs Cavell n'a pas l'air de le remarquer. Elle fixe Henry d'un regard intense.

« Il part d'ici à huit heures moins le quart.

— On est toujours dans le secteur à cette heure-là, pas vrai, les gars ? »

Et bien que sept heures quarante-cinq soit un peu de bonne heure pour eux, tous hochent la tête affirmativement et disent ouais, ouais, sûr.

« Vraiment, vous le feriez ? » demande-t-elle à nouveau, et cette fois Beaver n'a pas de mal à interpréter son ton ; elle est incré-j'sais-pas-quoi, bref, le mot qui veut dire qu'elle a un putain de mal à y croire.

« Bien sûr, répond Henry. À moins que vous pensiez que Duddits... vous savez...

— N'ait pas envie de nous avoir avec lui, termine Jonesy à sa place.

— Vous êtes fous ? » Beaver pense qu'elle se parle à elle-même, qu'elle essaie de se convaincre que ces quatre galopins sont bien dans sa cuisine, que tout cela se passe vraiment. « Aller à l'école avec des grands ? Des grands qui vont à la *vraie école*, comme dit Duddits ? Il va se croire au paradis.

— OK, nous serons ici à huit heures moins le quart, conclut Henry. Et on l'accompagnera jusqu'à l'école. Et on vous le ramènera, aussi.

— Il sort à...

— Oh, on connaît l'heure de sortie, à l'Académie des Retardés ! » s'exclame joyeusement Beaver.

Une seconde avant que ses camarades n'affichent une mine catastrophée, il se rend compte qu'il vient d'en sortir une bien pire que Pete, un peu plus tôt. Il se claque la main sur la bouche et écarquille les yeux. Jonesy lui balance un tel coup de pied dans le tibia, sous la table, qu'il manque tomber à la renverse.

« Ne faites pas attention à lui, ma'am », dit Henry. Il parle à toute vitesse, chose qu'il ne fait que lorsqu'il est gêné. « Il a simplement voulu d...

— Oh, ça n'a pas d'importance, le coupe-t-elle. Je sais comment disent les gens. Il nous arrive aussi de l'appeler ainsi, Alfie et moi. » La question (ils ont du mal à le croire) ne paraît même pas l'intéresser. « Pourquoi ? » répète-t-elle.

Et bien que ce soit Henry qu'elle regarde, c'est Beaver qui répond : « Parce qu'il est cool », répond-il. Les autres approuvent.

C'est ainsi qu'ils accompagneront Duddits à l'école pendant les cinq années suivantes ou à peu près, sauf s'il est malade ou quand ils vont au Trou dans le Mur. À la fin, Duddits ne va plus à Mary M. Snowe, alias l'Académie des Retardés, mais à Derry Vocational, où il apprend à faire cuire des cookies, à remplacer des batteries de voiture, à rendre la monnaie et à faire tout seul son nœud de cravate (le nœud lui-même est toujours parfait, mais il se situe parfois à la hauteur du deuxième ou troisième bouton de sa chemise). À cette époque, l'affaire Josie Rinkenhauer a déjà eu lieu, une petite merveille de neuf jours que tout le monde a oublié, mis à part les parents de Josie qui, eux, n'oublieront jamais. Pendant toutes ces années où ils l'ont accompagné sur le chemin de l'école, à l'aller comme au retour, Duddits va monter en graine et finir par être le plus grand de tous, grande asperge d'ado avec une bouille d'enfant étrangement belle. Ils lui ont appris comment jouer au Parcheesi, ils lui ont appris une version simplifiée du Monopoly. Ils ont aussi inventé le Duddits, un jeu auquel ils jouent tout le temps, riant parfois tellement fort qu'Alfie Cavell (dans leur couple, c'était lui le grand, mais il avait aussi quelque chose d'un oiseau dans son allure) venait en haut de l'escalier conduisant à la salle de jeux, et était obligé de crier pour leur demander ce qui se passait, ce qui les faisait rire autant, sur quoi ils expliquaient que Duddits avait déplacé la fiche d'Henry de quatorze points sur une main de deux ou qu'il avait compté quinze à Beaver *à reculons* ; mais Alfie paraissait ne jamais comprendre pourquoi c'était si drôle : il restait planté en haut des marches, son journal à la main, arborant un sourire perplexe, et finissait toujours par dire la même chose : *Mettez-la un peu en veilleuse, les gars.* Puis il refermait la porte et les laissait à leurs petits jeux... et de tous ces petits jeux, le Duddits était le meilleur, *totalement à chier*, comme l'aurait proclamé Pete. Il y avait des moments où Beaver se disait qu'il allait littéralement exploser de rire, tandis que Duddits restait là, assis à côté de la grosse vieille planchette du jeu de cribbage — un Parkmunn —, jambes croisées sous lui et souriant comme un Bouddha. Quel joyeux bordel ! Voilà ce qui les attend, mais pour l'instant c'est simplement la cuisine, le thé glacé, ce soleil surprise et Duddits dehors, poussant les balançoires. Duddits qui leur a fait un tel cadeau en entrant dans leur vie. Duddits qui n'est, ils l'ont compris d'emblée, comme aucune personne qu'ils connaissent.

« J'comprends pas comment ils ont pu faire ça, dit soudain

Pete. La manière dont il pleurait ! J'comprends pas qu'ils aient pu continuer à l'embêter. »

Roberta Cavell le regarda tristement. « Les grands ne l'entendent pas de la même manière. J'espère que vous ne comprendrez jamais. »

6

« Jonesy ! hurla Beaver. Hé, Jonesy ! »

Cette fois-ci il y eut une réaction, à peine audible mais qu'il reconnut aussitôt. La remise de la motoneige était une sorte de grenier de rez-de-chaussée, si l'on peut dire, et parmi tout le bazar qui y avait échoué, il y avait une ancienne trompe à poire en caoutchouc, du genre de celles qu'on voyait aux guidons des livreurs à bicyclette dans les années vingt ou trente. C'est la trompe qu'entendit Beaver : *Ouuu-ga ! Ou-ouu-ga !* un bruit qui aurait certainement fait rire Duddits aux larmes — un véritable accro aux bruits goûteux, ce bon vieux Duds.

Le mince rideau de douche s'agita et une onde de chair de poule hérissa le bras de Beaver. Un instant, il faillit bondir de son siège, croyant que c'était McCarthy ; puis il se rendit compte qu'il avait frôlé le rideau avec le coude. On était à l'étroit, là-dedans, fichtrement à l'étroit. Il reprit sa position. Rien ne s'agita en dessous de lui, pourtant. La chose était morte ou partie. Sûr et certain.

Heu... presque sûr et certain.

Le Beav tendit la main derrière son dos, cherchant à tâtons le déclencheur de la chasse, puis renonça. *Lève pas d'un poil ton cul de là,* avait dit Jonesy, et Beaver avait obéi, mais pourquoi ce con mettait-il autant de temps ? S'il n'arrivait pas à trouver l'adhésif, pourquoi ne revenait-il tout simplement pas sans ? Cela devait faire au moins dix minutes, maintenant, non ? À vrai dire, il avait l'impression qu'il poireautait depuis une putain d'heure. En attendant que monsieur rapplique, il devait stationner sur les chiottes avec un macchab dans la baignoire, juste à côté, et pas un macchab ordinaire, un macchab qu'avait l'air d'avoir eu le cul ouvert à la dynamite, tu parles qu'il avait juste besoin de faire sa grosse commission, le mec...

« Donne au moins un coup de trompe, marmonna Beaver. Fais

marcher cette connerie de trompe, que je sache que tu es toujours là. » Mais Jonesy ne se manifesta pas.

7

Jonesy n'arrivait pas à trouver l'adhésif.

Il avait regardé partout, ne l'avait vu nulle part. Il savait qu'il ne pouvait être que là, mais le rouleau n'était accroché à aucun des clous plantés dans le mur au-dessus de l'établi jonché d'outils. Il ne se cachait pas non plus derrière les boîtes de peinture, ni sur le crochet, à l'abri du vieux masque protecteur de peintre qui pendait au bout de ses élastiques jaunissants. Il regarda sous l'établi, visita les différentes boîtes empilées contre l'autre mur, puis le compartiment placé sous le siège de l'Arctic Cat. Celui-ci contenait, encore dans son emballage, une ampoule de rechange pour le phare et un paquet entamé de Lucky Strike, mais pas ce bon Dieu d'adhésif. Il sentait s'égrener les secondes, les minutes. Une fois, il crut bien entendre Beaver qui l'appelait, mais il ne voulait pas revenir sans le rouleau, et c'est pourquoi il appuya par deux fois sur la poire de la vieille trompe de cycliste qui traînait par terre, lui faisant émettre ce bruit rigolo, *ouuu-ga-ouuuga*, qu'aurait sans aucun doute adoré Duddits.

Plus il cherchait l'adhésif, plus il lui semblait impératif de mettre la main dessus. Il y avait bien une boule de raphia, mais comment attacher solidement le siège des toilettes avec un truc pareil, bon sang de sort ? Il pensa aussi au rouleau de Scotch qui devait se trouver dans un des tiroirs de la cuisine, il en était à peu près sûr, mais la chose qui faisait des sauts de carpe dans la cuvette des toilettes avait paru fichtrement vigoureuse, comme un poisson de belle taille. Du Scotch n'y suffirait tout simplement pas.

Jonesy resta planté à côté de la motoneige ; il regardait partout, écarquillant les yeux, et se passa la main dans les cheveux (il n'avait pas pris le temps de mettre ses gants et commençait à sentir ses doigts s'engourdir de froid). Son haleine dégageait des nuages réguliers de vapeur blanche.

« Mais bordel, où est ce truc ? » demanda-t-il à voix haute, donnant un coup de poing sur l'établi. Un empilement de petites boîtes remplies de clous et de vis dégringola. Le rouleau d'adhésif, bien gros, bien gras, était juste derrière. Son regard avait dû l'effleurer une bonne douzaine de fois.

Il le saisit, le fourra dans la poche de sa veste — au moins avait-il pensé à l'enfiler, même s'il n'avait pas pris la peine de remonter la fermeture à glissière — et fit demi-tour. Et c'est à ce moment-là que Beaver commença à hurler. C'est tout juste si Jonesy avait capté ses appels, mais il n'eut aucun mal à entendre ses hurlements. Des hurlements énormes, lubriques, riches de douleur.

Jonesy démarra au triple galop.

8

La mère de Beaver lui avait répété mille fois qu'il finirait un jour ou l'autre par s'étrangler avec un de ses maudits cure-dents, mais elle n'aurait jamais imaginé pareil scénario.

Toujours assis sur le siège rabattu des toilettes, Beaver tâta la poche de sa salopette à la recherche d'un de ses bâtonnets à mâchouiller. Il n'y en avait plus : il les avait tous laissés tomber sur le sol. Deux ou trois avaient atterri à côté des taches de sang, mais pour les ramasser, il aurait fallu qu'il se lève un peu et se penche en avant.

Il hésita. *Bouge pas ton cul*, lui avait dit Jonesy. Oui, mais la chose dans les toilettes ne devait plus y être ; *plongez, plongez, plongez*, comme ils disent dans les films de guerre qui se passent dans un sous-marin. Et même si elle n'était pas partie, il ne quitterait le siège que pendant une seconde ou deux. Au cas où la chose sauterait, il n'aurait qu'à se rasseoir en y mettant tout son poids et peut-être, en prime, qu'il lui romprait le cou, son petit cou écailleux (en admettant qu'elle en ait un), à cette saleté.

Il couvait les cure-dents des yeux ; il aurait pu en ramasser trois ou quatre simplement en se baissant, car ils étaient assez proches, mais pas question de mettre dans sa bouche des cure-dents qui avaient touché ce sang, quand on savait, en particulier, d'où il provenait. Sans compter qu'il y avait autre chose : cette cochonnerie à fourrure qui poussait sur le sang, dans les petites rigoles qui séparaient les carreaux, et qu'il voyait mieux que jamais. Il y en avait même sur certains cure-dents. Pas sur ceux, cependant, qui n'avaient pas touché le sang. Ceux-ci étaient blancs et propres, et s'il avait jamais eu besoin du réconfort apporté par un truc dans sa bouche, un minuscule bout de bois à ronger, c'était bien maintenant.

« Et merde ! » grogna le Beaver, se penchant en avant, main tendue. Mais ses doigts étaient encore à quelques centimètres du plus proche. Il fléchit les muscles de ses cuisses et son derrière se souleva. Ses doigts se refermèrent sur le cure-dents — *ah, je le tiens* — au moment où quelque chose frappait le siège des toilettes avec une force terrible, expédiant le couvercle dans ses couilles sans protection ; l'impact le fit basculer en avant. Il agrippa le rideau de douche dans un ultime effort pour garder l'équilibre, mais celui-ci se détacha de la barre dans le cliquetis de ses anneaux métalliques. Ses bottes glissèrent dans le sang et il s'étala sur le sol, comme s'il venait d'être victime du déclenchement intempestif d'un siège éjectable. Il entendit le rabat venir heurter le réservoir avec tellement de violence que la porcelaine craqua.

Quelque chose d'humide et de lourd s'abattit sur son dos. Il eut l'impression qu'une queue préhensile, ou un ver géant, ou un tentacule musculeux, se glissait entre ses jambes et saisissait ses couilles déjà douloureuses dans une étreinte pythonesque. Il hurla, redressant son menton que zébrait légèrement un motif quadrillé teinté de rouge, les yeux exorbités. Humide et lourde, la chose pesait sur lui de sa nuque au bas de son dos, comme un tapis roulé qui aurait respiré, et se mit à émettre une sorte de pépiement fiévreux et suraigu de singe enragé.

Il hurla de nouveau, rampa sur le ventre en se tortillant jusqu'à la porte, puis se mit à quatre pattes, non sans effort, et essaya de se débarrasser de son hôte en se secouant. La corde annelée de muscles qui passait entre ses jambes serra encore, et il y eut un bruit mou d'éclatement, son lointain qui monta au milieu de la brume liquide de douleur qu'était maintenant son entrejambe.

Oh, bordel de Dieu... bordel de Dieu de délire, ça doit être une de mes couilles...

Couinant, en sueur, la langue lui pendant de la bouche, agitée tel un lampion dans le vent, Beaver fit la seule chose qui lui vint à l'esprit : rouler sur le dos pour essayer d'écraser le truc-machin contre le carrelage. La saleté continuait de pépier dans son oreille, assourdissante, et se mit à se tortiller frénétiquement. Il saisit la queue qui se recourbait entre ses jambes ; elle était lisse et sans poil sur le dessus, mais épineuse dessous, comme si elle était tapissée de crochets faits d'amas chitineux. Et poisseuse. De l'eau ? Du sang ? Les deux ?

Ahhhhh ! Ahhhhh ! Oh mon Dieu, lâche-moi ! Lâche-moi, saloperie ! Bordel ! Mes putains de burnes ! Booordel !

Avant d'avoir pu saisir la queue à deux mains, c'est une pleine gueule d'aiguilles qui s'enfonça dans son cou, sur le côté. Il se cabra, hurlant, puis la chose ne fut plus sur lui. Il essaya de se relever. Il dut s'aider des mains, car il n'avait plus de force dans les jambes, mais ses paumes n'arrêtaient pas de glisser ; en plus du sang de McCarthy, le sol de la salle de bains était maintenant envahi par l'eau trouble venue du réservoir cassé. Le carrelage était aussi glissant qu'une patinoire.

C'est lorsqu'il réussit à se mettre debout qu'il vit la chose, agrippée à la porte, à mi-hauteur du chambranle. On aurait dit une fouine monstrueuse, sans pattes, mais dotée d'une queue dorée tirant sur le rouge. La bête n'avait pas vraiment de tête, rien qu'un nodule d'aspect poisseux troué de deux yeux noirs fiévreux qui le fixaient.

La partie inférieure du nodule se fendit en deux, laissant apparaître une nichée de crocs. La bête frappa en coup de fouet comme un serpent, nodule en avant, sa queue glabre agrippée au jambage de la porte. Beaver hurla et se protégea le visage de la main. Trois de ses doigts disparurent. Il ne lui restait plus que le petit doigt et le pouce. Il ne ressentit aucune douleur, ou alors celle qui montait de ses testicules engloutissait tout. Il voulut s'écarter, mais il heurta le rebord des toilettes avec l'arrière de ses genoux. Il n'avait nulle part où aller.

Ce truc-là était dans son corps ? pensa Beaver. Oui, il eut au moins le temps de penser ça. *Dans son ventre ?*

Puis la chose détacha sa queue, ou son tentacule ou tout ce que l'on voudra, et bondit sur lui, la partie supérieure de sa tête rudimentaire réduite à deux yeux noirs furieux, la partie inférieure à un amas de crocs comme des aiguilles. Loin, très loin, dans un autre univers où se déroulait peut-être encore une vie normale, Jonesy l'appelait, mais Jonesy était en retard, fichtrement trop en retard.

La chose qui avait habité le corps de McCarthy atterrit sur la poitrine de Beaver avec un bruit mou. Il s'en dégageait la même odeur que celle des vents du mort — une puanteur violente où se mêlaient l'huile de vidange, l'éther et le méthane. Le fouet tout en muscles qui constituait la partie inférieure de la bête s'enroula autour de la taille de Beaver. La tête frappa et les dents se refermèrent sur son nez.

Hurlant, tapant sur la chose à coups de poing, il tomba à la renverse sur les toilettes. Le couvercle était resté en position relevée depuis que la chose s'en était évadée ; la lunette, par contre, était retombée en place. C'est sur elle que s'effondra le Beav, mais elle cassa et son derrière s'enfonça dans la porcelaine de la cuvette, tandis que le monstre fouinesque s'agrippait à sa taille et lui réduisait la figure en bouillie.

« Beaver ! Beav, qu'est-ce... »

Beaver sentit la chose se raidir contre lui — littéralement, comme une bite en érection. La prise de la queue se resserra encore sur sa taille, puis se détendit. La tête aux deux yeux idiots fit une brusque volte-face vers le son de la voix, et Beaver aperçut son vieil ami à travers un brouillard sanglant, avec des yeux qui voyaient de moins en moins bien : Jonesy, bouche bée dans l'encadrement de la porte, bras ballants, tenant un rouleau d'adhésif à la main (*On n'en aura plus besoin à présent*, pensa le Beav). Jonesy planté là, complètement sans défense tant il était choqué et horrifié. Le prochain repas de la chose.

« Tire-toi d'ici, Jonesy ! » hurla Beaver. Sa voix était aqueuse, glougloutante de tout le sang qu'il avait dans la bouche. Il sentit la chose s'apprêter à bondir et il entoura son corps palpitant comme si c'était celui d'une amante. « Tire-toi ! Ferme la porte ! Br... » *Brûle tout*, avait-il voulu ajouter. *Ferme tout à clef, enferme-nous, brûle ça, brûle cette saloperie vivante, je vais rester assis ici, le cul coincé dans ces putains de toilettes et la serrer dans mes bras, et si je peux crever en sentant son odeur de grillé, je crèverai heureux.* Mais la chose se débattait trop furieusement, et cet abruti de Jonesy restait planté là comme une bûche, son rouleau d'adhésif à la main, la mâchoire pendante et bon Dieu de Dieu, qu'est-ce qu'il ressemblait à Duddits, con comme un balai et sans aucune chance d'amélioration. Puis la chose se tourna à nouveau vers Beaver, son nodule de tronche sans oreille et sans nez recula ; et avant qu'elle frappe à nouveau et que le monde éclate pour la dernière fois, Beaver eut une ultime pensée, une pensée qui resta tronquée : *Maman m'a dit mille fois que ces putains de...*

Ce fut alors une explosion écarlate qui vira au noir, avec au loin le vacarme de ses cris, les derniers qu'il poussa.

9

Jonesy vit que Beaver était assis sur les toilettes, ou plutôt *dans* les toilettes, avec une sorte de ver géant, d'un rouge doré, agrippé à lui. Il poussa un hurlement et la chose tourna vers lui non pas une tête, mais une boule où l'on ne voyait que les yeux noirs d'un requin et une gueule hérissée de dents. Avec quelque chose de pris entre ces dents, des débris qui ne pouvaient pas être les restes écrabouillés du nez de Beaver, mais devaient l'être pourtant.

Fous le camp ! s'ordonna-t-il, paniqué. Et aussitôt : *Sors Beaver de là ! Sauve-le !*

Les deux impératifs ayant la même force, il se retrouva cloué sur place dans l'encadrement de la porte, avec l'impression de peser une tonne. La saleté que Beaver serrait dans ses bras émettait un bruit, une sorte de pépiement exaspérant qui lui vrillait le crâne et lui faisait penser à quelque chose de très ancien, sans qu'il sache au juste quoi.

Puis Beaver, de sa position inconfortable dans les toilettes, lui cria de sortir, de fermer la porte ; la saleté réagit au son de sa voix comme si elle se souvenait soudain de l'affaire qu'elle avait en cours, et c'est aux yeux de Beaver qu'elle s'en prit cette fois, à ses yeux, bon Dieu ! Beaver se tordit, hurla, essayant de maintenir sa prise tandis que la chose pépiait et piaulait et mordait, sa queue s'enroulant autour de la taille de sa victime, l'étreignant, arrachant sa chemise pour se glisser contre la peau nue ; les pieds de Beaver se mirent à tambouriner contre le carrelage, le talon de ses bottes à soulever de fins rideaux d'un sang délayé, tandis que son ombre s'agitait sur le mur, et cette saloperie de mousse était partout, à présent, elle poussait à une vitesse invraisemblable...

Jonesy vit Beaver se cambrer violemment, dans un dernier effort ; vit la chose le lâcher et se dégager alors que son ami dégringolait des toilettes, le haut de son corps tombant sur McCarthy, ce bon vieux Mister Regarde-je-suis-à-ta-porte-et-frappe. La chose heurta le sol et se mit à se tortiller — bordel, elle était rapide, cette saleté — et fonça sur lui. Jonesy recula d'un pas et referma la porte juste à l'instant où la saleté la heurtait, avec un bruit tout à fait semblable à ceux qu'elle avait produits contre le couvercle des toilettes. Le battant trembla dans son chambranle. Le rai de lumière qui filtrait par le bas disparut par intermittence, tandis que la chose s'agitait sur le carrelage avant de se jeter une deuxième fois contre le battant. La première réaction de Jonesy fut de courir prendre une chaise pour la coincer sous la poignée, mais quel débile, auraient dit ses enfants, fallait-il être crétin — la porte s'ouvrait vers l'intérieur de la salle de bains... La seule question était de savoir si la chose comprenait la fonction de la poignée et si elle pouvait l'atteindre.

Comme si elle avait lu dans son esprit — et qui aurait pu dire que c'était impossible ? —, il y eut un bruit visqueux et il sentit la poignée qui commençait à tourner. Cette saleté avait une force incroyable. Jonesy tenait le bouton avec la main droite ; il dut y ajouter la gauche. Il y eut un moment affreux pendant lequel la pression continua à monter, et il crut un instant que la saleté allait réussir, en dépit de la résistance qu'il lui opposait à deux mains ; il fut sur le point de paniquer et de s'enfuir.

Ce qui l'en empêcha fut le souvenir de la rapidité de la chose. *Cette saloperie m'aura rattrapé avant que j'aie franchi la moitié de la pièce*, pensa-t-il, se demandant en une sorte d'aparté mental pourquoi on avait éprouvé le besoin de donner de telles dimensions à cette foutue pièce. *Elle m'aura rattrapé, agrippé par la jambe et se sera mise à remonter...*

Il s'arc-bouta sur la poignée, muscles et ligaments saillant à ses bras et à son cou tandis que, sous l'effort, ses lèvres se retroussaient et découvraient ses dents. Sa hanche lui faisait mal. Sa maudite hanche qui, si jamais il essayait de s'enfuir en courant, ne ferait que le ralentir, encore merci à ce vieux con de prof à la retraite, ce trouduc gâteux qui n'aurait jamais dû être au volant d'une voiture, pour commencer, merci beaucoup, prof de mes deux, merci infiniment, vieux chnoque... mais s'il ne pouvait ni maintenir la porte fermée, ni s'enfuir, qu'allait-il lui arriver ?

La même chose qu'à Beaver, pardi ! La saleté lui avait croqué le nez comme un amuse-gueule.

Avec un gémissement, Jonesy s'arc-bouta de plus belle sur le bouton de porte. La pression augmenta encore un instant, puis cessa. Le panneau n'était pas très épais, et il entendit au travers la chose pousser des miaulements irrités. L'odeur d'éther et de liquide de démarrage lui parvenait aussi.

Comment diable cette saloperie s'accrochait-elle, là derrière ? Elle n'avait pas de membres, ou du moins il n'en avait pas vu, rien que cette queue préhensile rougeâtre, alors comment...

Il entendit à cet instant les minuscules craquements du bois grignoté (directement en face de sa tête, estima-t-il), et il comprit. Avec les dents. Elle s'agrippait avec les dents. Cette idée l'horrifia de manière absurde. La chose avait été à l'intérieur de McCarthy, il n'y avait pas le moindre doute. Elle s'était développée dans son corps telle une sorte de ténia géant dans un film d'horreur. Comme un cancer, un cancer qui aurait eu des dents. Et sa croissance terminée, ou suffisante, elle était passée à la vitesse supérieure, pour ainsi dire, s'était ouvert un passage avec les dents.

« Non, mec, non, non ! » marmonna Jonesy d'une voix chevrotante, presque pleurnicharde.

La poignée de la porte parut vouloir tourner dans l'autre sens. Jonesy imaginait la saleté, juste de l'autre côté du battant, collée au bois par ses dents comme une sangsue, sa queue, ou son tentacule enroulé en nœud coulant autour de la poignée, en pleine constriction, et...

« Non, non, non ! » Jonesy haletait, agrippé au bouton de porte de toutes ses forces. Il le sentait sur le point de glisser de ses mains, il sentait la sueur lui couler sur le visage, lui poisser les paumes.

Juste à la hauteur de ses yeux exorbités se forma une constellation de bosses dans le bois, là où la saleté avait planté ses dents et continuait à s'enfoncer. Bientôt, leur extrémité allait jaillir (s'il ne perdait pas prise sur la poignée, avant), et il se retrouverait face à une vision d'épouvante, celle des crocs qui avaient arraché le nez de son ami.

Et, brusquement, il en prit conscience. Le Beav était mort. Son vieil ami Beaver.

« Tu l'as tué, saloperie ! » hurla Jonesy à l'intention de la chose, de l'autre côté de la porte. Sa voix tremblait, autant de chagrin que de terreur. « Tu as tué le Beav ! »

Il avait les joues en feu, et les larmes qui coulaient dessus étaient encore plus brûlantes. Beaver et son foutu blouson de Fonzie (*Qu'est-ce que tu as comme fermetures Éclair*, avait dit la maman de Duddits le jour où ils avaient fait sa connaissance), Beaver soûl comme un Polonais au bal de la promo et dansant comme un cosaque, bras croisés, lançant la jambe, Beaver à la réception, pour le mariage de Jonesy et Carla et lui murmurant d'un ton sans réplique à l'oreille : *Faut que tu sois heureux, mec, faut que tu sois heureux pour nous tous !* Et pour la première fois il s'était rendu compte que Beaver ne l'était pas — pour Henry et Pete, c'était clair, mais Beaver ? Et à présent Beaver était mort, Beaver gisait dans la salle de bains le haut du corps dans la baignoire, le nez tranché sur le cadavre de Mr Richard Regarde-je-suis-à-ta-porte-et-frappe McCarthy.

« Tu l'as tué, ignoble saloperie ! » hurla-t-il aux déformations du battant. Il y avait eu six excroissances, mais à présent elles étaient neuf.

Comme si cette bouffée de rage l'avait surprise, la chose relâcha la pression qu'elle exerçait en sens inverse. Jonesy regarda frénétiquement autour de lui à la recherche de quelque chose qui pourrait l'aider, ne vit rien. Ou plutôt, il découvrit un objet, à ses pieds. Le rouleau d'adhésif. Il pouvait se pencher et l'attraper, mais qu'est-ce qu'il allait en faire ? Il aurait besoin de ses deux mains pour le dérouler, de ses deux mains et de ses dents pour le déchirer, et même en supposant que la saleté lui laisse le temps d'agir, comment faire, alors qu'il avait tout juste la force d'empêcher le bouton de tourner ?

D'ailleurs, la pression recommençait. Jonesy résista, mais il sentait la fatigue l'envahir. L'adrénaline de ses muscles se dégradait, se transformait en plomb ; ses paumes étaient plus poisseuses que jamais, et cette odeur d'éther ! Plus nette et, en quelque sorte, plus pure que jamais à présent qu'elle n'était pas mêlée aux gaz et émanations corporelles de McCarthy, mais comment pouvait-elle être aussi forte à travers la porte ? Comment, à moins que...

Dans la demi-seconde qui précéda l'instant où le pêne reliant le battant au chambranle allait se déclencher, Jonesy prit conscience qu'il faisait plus sombre dans la pièce. À peine un peu plus sombre. Comme si quelqu'un était arrivé en silence dans son dos et se tenait entre lui et la lumière, entre lui et la porte du fond.

Le pêne se déclencha. Dans la main de Jonesy, le bouton se libéra et la porte s'entrouvrit aussitôt, tirée vers l'intérieur par le poids de la chose-anguille qui s'y cramponnait. Il hurla et lâcha le bouton de porte qui tomba et alla rebondir sur le rouleau d'adhésif.

Il fit demi-tour pour s'enfuir.

Face à lui se tenait un homme gris.

Enfin, peut-être pas un homme. Un étranger, qui n'était au fond pas si étrange que ça. Jonesy l'avait vu représenté dans des centaines de séries télévisées « fantastiques », en première page de milliers de journaux racoleurs (du genre de ceux qui vous hurlent leurs manchettes comico-morbides à la figure pendant qu'on attend son tour, prisonnier de la queue, à la caisse d'un supermarché), dans des films comme *E.T.*, *Rencontre du troisième type* et *Feu dans le ciel* ; Mister Gray, l'ingrédient majeur des *X-Files.*

Toutes ces images avaient au moins raison sur un point : les grands yeux noirs. Des yeux exactement comme les yeux de la saleté qui s'était ouvert un chemin avec les dents par le cul de McCarthy, et une bouche fermée qui se réduisait à une vague fente, rien de plus, mais sa peau grisâtre pendait sur lui en replis mous, comme celle d'un éléphant mourant de vieillesse. De ces replis s'écoulait paresseusement une sorte de sécrétion vaginale blanchâtre ; la même substance sourdait comme des larmes de ses yeux dépourvus d'expression. Elle s'agglomérait en caillots et flaques sur le plancher de la grande pièce, sur le tapis navajo, en dessous de l'attrape-rêves, ainsi que sur le seuil de la porte de la cuisine, par laquelle il était entré. Depuis combien de temps Mr Gray se tenait-il là ? Avait-il été présent lorsque Jonesy avait couru de la remise au chalet, tenant son rouleau d'adhésif inutile à la main ?

Aucune idée. Il savait seulement que Mr Gray se mourait, et qu'il devait lui passer à côté, car la saloperie dans la salle de bains venait juste de se laisser choir au sol avec un bruit sourd. Elle allait se jeter sur lui.

Marcy, dit Mr Gray.

Il s'était exprimé avec une clarté parfaite, même si sa bouche en ruine n'avait pas bougé. Jonesy entendit le mot au milieu de sa tête, au même endroit, exactement, où il avait toujours entendu les sanglots de Duddits.

« Qu'est-ce que vous voulez ? »

La chose sortit de la salle de bains et vint se couler entre ses pieds, mais c'est à peine si Jonesy y fit attention. Pas plus qu'il n'y fit attention quand elle continua son chemin et alla s'enrouler autour des extrémités sans orteils et nues de l'homme gris.

Je vous en prie, arrêtez ça, dit Mr Gray dans la tête de Jonesy. C'était le clic ; mieux, c'était la ligne. Parfois, on voyait la ligne ; d'autres fois, on l'entendait, comme il avait entendu naguère le cours des pensées coupables de Defuniak. *Je peux plus le supporter, faites-moi une piqûre ! Où est Marcy ?*

La mort me cherchait ce jour-là, pensa Jonesy. *Elle m'a raté dans la rue, m'a raté à l'hôpital, peut-être d'une chambre ou deux, n'a pas cessé de me chercher depuis. Et m'a enfin trouvé.*

C'est alors que la tête de la chose explosa, s'ouvrant comme une grenade ; il en surgit un nuage rouge-orangé de particules empestant l'éther.

Jonesy les inhala.

VIII

Roberta

Ses cheveux à présent tout gris, veuve à cinquante-huit ans (mais toujours gracile comme un oiseau et ayant un goût prononcé pour les robes imprimées à fleurs, cela, au moins, n'avait pas changé), la maman de Duddits regardait la télévision, dans l'appartement en rez-de-chaussée qu'elle partageait maintenant avec son fils à West Derry Acres. Elle avait vendu la maison de Maple Lane après la mort d'Alfie. Elle aurait eu les moyens de la conserver — Alfie lui avait laissé beaucoup d'argent, l'assurance vie lui avait versé une somme coquette et il restait les parts dans la société d'importation de pièces détachées qu'il avait créée en 1975, par-dessus le marché — mais elle était trop grande, et trop de souvenirs y étaient associés, au-dessus comme au-dessous de la salle de séjour où elle et Duddits passaient le plus clair de leur temps : au-dessus, il y avait la chambre où elle et Alfie avaient dormi, parlé, bâti des plans sur la comète et fait l'amour. En dessous, la salle de jeux où Duddits et ses amis avaient passé de nombreux après-midi et beaucoup de soirées. Pour Roberta, ces quatre gamins avaient été envoyés par le ciel, comme des anges, avec leur bon cœur et leur vocabulaire parfois ordurier, des anges qui avaient essayé de lui faire croire que lorsque Duddits avait commencé à dire *fut*[1], il essayait de dire Fudd, le nom, lui avaient-ils expliqué avec le plus grand sérieux, du chiot que venait d'adopter Pete et qu'il avait baptisé Elmer Fudd, abrégé en Fudd. Et, bien entendu, elle avait fait semblant de les croire.

Trop de souvenirs, trop de fantômes d'une époque plus heu-

1. Pour *fuck*, le juron anglais universel ; Elmer Fudd est un personnage de BD.

reuse. Et puis, là-dessus, Duddits était tombé malade. Cela faisait deux ans, mais aucun de ses anciens amis ne le savait car ils ne venaient plus et elle n'avait pas eu le courage de décrocher le téléphone et d'appeler Beaver qui aurait averti les autres.

Oui, elle était assise devant sa télé, où l'équipe des présentateurs locaux — qui avait renoncé à intervenir au coup par coup au milieu des feuilletons de l'après-midi — occupait l'antenne. Roberta écoutait, effrayée d'apprendre ce qui se passait dans le nord, mais également fascinée. Ce qui lui faisait le plus peur était le fait que personne ne paraissait savoir exactement ce qui était arrivé, ni si les événements étaient réellement importants. On signalait des disparitions de chasseurs, environ une douzaine, dans une partie écartée du Maine située à plus de deux cents kilomètres au nord de Derry. Cette information, au moins, était à peu près claire. Roberta était par ailleurs pratiquement certaine que les journalistes parlaient du Jefferson Tract, là où les garçons allaient autrefois chasser, revenant avec des histoires sanglantes qui fascinaient et effrayaient Duddits.

Ces chasseurs étaient-ils coupés du reste du monde par la tempête venue de l'Alberta, qui s'était traduite par une chute de neige de quinze à vingt centimètres dans le secteur ? Peut-être. Personne ne pouvait l'affirmer avec certitude, mais il paraissait établi qu'un groupe de chasseurs de la région de Kineo manquait réellement à l'appel. On fit passer leur photo et on donna leur nom sur un ton solennel : Otis, Roper, McCarthy, Shue. Le dernier était une dernière.

Les chasseurs manquants n'étaient pas un sujet brûlant au point d'interrompre tous les feuilletons de l'après-midi, mais il y avait eu autre chose. Des gens avaient aperçu d'étranges lumières multicolores dans le ciel. Deux chasseurs de Millinock, qui s'étaient trouvés deux jours auparavant dans la région de Kineo, prétendaient avoir vu un objet en forme de cigare immobile au-dessus de la forêt, dans une zone défrichée pour permettre le passage d'une ligne à haute tension. L'engin n'avait ni hélices ni rotors, aucun moyen de propulsion visible. Il se tenait simplement à quelques mètres au-dessus des lignes, émettant un bourdonnement profond qui se répercutait jusque dans les os. Et jusque dans les dents, semblait-il. Les deux chasseurs affirmaient avoir perdu des dents, et quand ils avaient ouvert la bouche pour montrer où, Roberta eut l'impression que celles qui leur restaient étaient prêtes à tomber, elles aussi. Les deux hommes roulaient dans un vieux pick-up Chevrolet, mais lorsqu'ils avaient voulu s'approcher pour mieux voir, le moteur avait calé. L'un d'eux avait une montre à pile qui s'était mise à tourner à l'envers pendant les trois heures suivantes avant de s'arrêter définitivement (la montre de son compagnon, un modèle traditionnel à remontoir manuel, avait continué à fonctionner normalement). D'après le reporter, un certain nombre de chasseurs et d'habitants de la région, depuis environ une semaine, voyaient des objets volants non identifiés, certains en forme de cigare, d'autres ayant celle plus traditionnelle d'une soucoupe. L'argot des militaires pour ce genre d'épidémie de témoignages, précisa le journaliste, était le terme *flap*.

Des chasseurs disparus, des ovnis. Des sujets juteux, parfaits pour faire l'ouverture du bulletin d'information de six heures, *Live at Six*. (« Ici ! chez nous ! Dernières nouvelles ! dans notre ville ! Dans notre État ! »), mais il y avait plus. Il y avait *pire*. Seulement des rumeurs, il fallait bien le préciser, et Roberta priait pour qu'elles soient démenties, mais elles étaient suffisamment inquiétantes pour qu'elle soit restée scotchée à son écran depuis deux heures, buvant trop de café et devenant de plus en plus nerveuse.

De ces rumeurs, la plus effrayante concernait un crash (on ne savait pas de quoi) qui se serait produit dans les bois, non loin de l'endroit où les deux chasseurs avaient observé l'objet en forme de cigare, au-dessus des lignes à haute tension. Presque aussi inquiétant, un rapport faisait état de la mise en quarantaine d'un secteur assez vaste du comté d'Aroostook, environ cinq cents kilomètres carrés, qui appartenait presque entièrement aux compagnies forestières ou au gouvernement.

Un homme de haute taille, pâle, aux yeux profondément enfoncés dans leurs orbites, s'adressa brièvement aux journalistes à la base de l'Air National Guard, à Bangor (il se tenait devant un panneau sur lequel était écrit PATRIE DES CINGLÉS), leur disant que ces rumeurs étaient toutes fausses, mais qu'ils vérifiaient un certain nombre de ces « rapports contradictoires ». Sur son badge, on lisait simplement ABRAHAM KURTZ. Roberta n'aurait su dire quel était son rang, ni même s'il s'agissait seulement d'un militaire. Il était habillé d'une sorte de tenue de combat verte très simple, où il n'y avait qu'une fermeture à glissière. S'il avait froid, ce qui aurait été logique, vue la légèreté de sa tenue, il ne le montra pas. Il y avait quelque chose dans ses yeux, qui étaient très grands et encadrés de cils blancs, que Roberta n'aima pas beaucoup. Ils étaient ceux d'un menteur.

« Pouvez-vous au moins nous confirmer si l'appareil qui s'est écrasé n'est ni étranger, ni... d'origine extra-terrestre ? » demanda un reporter. Il paraissait jeune.

« E.T. appelle maison », répondit Kurtz en éclatant de rire. Les autres journalistes se mirent aussi à rire, et personne, sinon Roberta, qui regardait le sujet depuis son appartement de Derry, ne parut se rendre compte que cette réponse n'en était pas une.

« Pouvez-vous nous confirmer qu'il n'y a aucune quarantaine dans le secteur du Jefferson Tract ? demanda un autre reporter.

— Je ne peux ni le confirmer ni l'infirmer pour le moment, répondit Kurtz. Nous prenons cette affaire très au sérieux. Je peux vous dire que vos impôts sont employés pour la bonne cause aujourd'hui, mesdames et messieurs. »

Sur quoi, il fit demi-tour et partit vers un hélicoptère dont les rotors tournaient lentement ; les lettres ANG étaient imprimées en blanc sur son flanc.

Ce sujet, d'après le présentateur, avait été enregistré à 09:45. Le suivant — quelques images cahotantes enregistrées par une caméra vidéo tenue à la main — avait été réalisé depuis un Cessna par une équipe de Channel 9 au-dessus du Jefferson Tract. Les conditions atmosphériques étaient manifestement mauvaises, les turbulences fortes, et il y avait beaucoup de neige, mais pas au point qu'on ne puisse voir les deux hélicoptères venus se placer de part et d'autre du Cessna, telles deux énormes libellules. Il y avait en plus l'enregistrement d'une communication radio, mais le son était si médiocre que Roberta eut besoin d'en lire la transcription, qui apparut en jaune au bas de l'écran. « *Ce secteur est interdit de survol. Vous avez ordre de faire demi-tour et de regagner l'endroit d'où vous êtes partis. Je répète, secteur interdit de survol. Faites demi-tour.* »

Secteur interdit était-il synonyme de *quarantaine* ? Sans doute, estima Roberta, tout en se disant que des types dans le genre de ce Kurtz pouvaient tout aussi bien jouer sur les mots. Quant aux lettres sur les hélicoptères qui flanquaient le Cessna, elles étaient parfaitement lisibles : ANG. L'un de ces appareils était peut-être celui dans lequel Abraham Kurtz était reparti pour le nord.

Le pilote du Cessna : *Quelle est l'autorité qui a délivré cette autorisation ?*

Radio : *Faites demi-tour, Cessna, ou nous serons forcés de vous y obliger.*

Le Cessna n'avait pas insisté et préféré obéir ; de plus, il commençait à être à court de carburant, précisait le présentateur, comme si cela expliquait tout. Depuis lors, la chaîne n'avait fait que donner des resucées des mêmes informations en prétendant qu'il s'agissait de mises à jour. Les grandes chaînes avaient, paraît-il, des envoyés spéciaux en route pour le nord.

Elle se levait pour couper la télé (toutes ces histoires commençaient à la rendre nerveuse), lorsque Duddits poussa un hurlement. Le cœur de Roberta s'arrêta de battre dans sa poitrine, puis repartit au triple galop. Elle fit une brusque volte-face, heurtant la table basse, à côté du fauteuil relax d'Alfie qui était maintenant le sien, et sa tasse de café se renversa sur le guide télé. Toute la troupe des *Sopranos* se trouva noyée dans une flaque brunâtre.

Le hurlement fut suivi de sanglots suraigus, hystériques, des sanglots d'enfant. C'était ça, avec Duddits : il avait à présent plus de trente ans, mais il allait mourir enfant, bien avant d'avoir atteint la quarantaine.

Elle resta quelques instants paralysée, puis elle se mit en mouvement, regrettant qu'Alfie ne soit pas là, ou, encore mieux, l'un des garçons. Elle les appelait toujours ainsi, les garçons, mais cela faisait longtemps qu'ils n'en étaient plus, évidemment. Seul Duddits en était resté un. Le syndrome de Down avait fait de lui un Peter Pan qui disparaîtrait bientôt et pour toujours dans le Pays imaginaire.

« J'arrive, Duddie, j'arrive ! » cria-t-elle. Mais elle se sentait déjà trop vieille elle-même, tandis qu'elle pressait le pas, dans le couloir, pour rejoindre la chambre du fond, le cœur cognant contre ses côtes, avec son petit rétrécissement mitral, l'arthrite lui cisaillant la hanche. Pas de Pays imaginaire pour elle.

« J'arrive, maman arrive ! »

Il sanglotait, sanglotait, comme s'il avait le cœur brisé. Il avait hurlé, la première fois qu'il s'était rendu compte que ses gencives saignaient quand il se brossait les dents, mais pas sur ce ton, et il y avait des années qu'elle ne l'avait pas entendu pousser des cris aussi déchirants — ces sanglots effrénés qui vous pénètrent jusqu'au fond du cerveau et y font des ravages, qui se succèdent comme s'ils n'allaient jamais s'arrêter, impitoyables comme une machine emballée.

« Qu'est-ce qu'il y a, Duddits ? »

Elle fit une irruption fracassante dans la chambre et le chercha d'un œil hagard, tellement persuadée qu'il avait une hémorragie que, sur le coup, elle crut vraiment voir du sang. Mais ce fut le Duddits habituel qu'elle vit ; il se balançait d'avant en arrière dans son lit d'hôpital redressé, les joues humides de larmes. Ses yeux étaient toujours du même vert brillant, mais sinon il n'avait plus de couleurs. Plus de cheveux non plus ; disparues, ces ravissantes boucles blondes qui le faisaient un peu ressembler au jeune Art Garfunkel. La faible lumière hivernale en provenance de la fenêtre se reflétait sur son crâne, se reflétait sur les fioles alignées sur la table de nuit (pilules contre l'infection, cachets contre la douleur, mais il n'y avait aucun remède pour ce qui lui arrivait en ce moment, rien qui puisse seulement l'atténuer), se reflétait sur la potence d'où pendait le flacon de l'intraveineuse.

Elle ne découvrit rien d'anormal, cependant. Rien qui puisse expliquer l'expression de douleur et de détresse presque grotesque de son visage.

Elle s'assit à côté de lui et s'empara de sa tête, dont elle arrêta le mouvement pour la placer contre son sein. En dépit de son agitation, la peau de Duddits était fraîche ; son sang épuisé n'était plus assez vigoureux pour apporter de la chaleur à son visage. Elle se rappelait avoir lu *Dracula*, il y avait bien longtemps, alors qu'elle était encore au lycée ; se rappelait la délicieuse terreur qui devenait nettement moins délicieuse quand elle était le soir au fond de son lit, lumières éteintes, et qu'elle croyait voir des ombres s'agiter dans la chambre. Elle se rappelait avoir été très contente de savoir que les vampires n'existaient pas ; mais aujourd'hui, elle ne pensait pas tout à fait la même chose. Il en existait au moins un, infiniment plus terrifiant que le comte venu de Transylvanie ; il ne s'appelait pas Dracula mais leucémie, et on ne pouvait lui enfoncer de pieu dans le cœur.

« Duddits, mon chéri, qu'est-ce qui se passe ? »

Et il le hurla ainsi, la tête enfouie contre la poitrine de sa mère, à qui il fit oublier tout ce qui pouvait bien se passer là-haut, dans le Jefferson Tract, et ce qu'il dit lui fit dresser les cheveux sur la tête et hérissa toute sa peau d'une chair de poule agaçante. « *Iver é-or ! O, mama, Iver é-or ! Iver é-or* ! » Nul besoin pour elle de lui demander de répéter ou de le dire plus clairement ; elle l'avait écouté toute sa vie, et le Duddits n'avait plus de mystère pour elle :

Beaver est mort, Oh, maman, Beaver est mort !

IX

Pete et Becky

1

Gisant au fond de l'ornière enneigée où il avait atterri dans sa chute, Pete hurla, hurla jusqu'à épuisement de ses forces ; puis il se contenta de rester où il était pour essayer de se faire à la douleur, de trouver un compromis avec elle. Impossible. C'était une souffrance qui ne tolérait aucun compromis, une sensation d'être à l'agonie qui tenait du blitzkrieg. Il n'aurait jamais pensé qu'une telle douleur puisse exister, et s'il s'en était douté, il serait resté auprès de la femme. Avec Marcy, même si Marcy n'était pas son nom. Il connaissait presque son nom, mais qu'est-ce que ça changeait ? C'était lui qui était dans le pétrin, en ce moment, avec la douleur qui montait de son genou en élancements cuisants, brûlants, affreux.

Il gisait sur la route, secoué de frissons, avec le sac en plastique à côté de lui. MERCI D'AVOIR FAIT VOS COURSES CHEZ NOUS ! Pete tendit la main, voulant vérifier s'il ne resterait pas, par hasard, une ou deux bouteilles intactes, mais lorsque sa jambe bougea, un éclair de douleur monta de son genou. Les précédents, à côté, n'étaient que des plaisanteries. Il hurla de nouveau et s'évanouit.

2

Il n'avait aucune idée du temps qu'avait duré son évanouissement quand il reprit conscience, mais la lumière lui laissa supposer qu'il n'avait pas dû être très long, ce qui ne l'empêchait pas d'avoir les pieds et les mains (en dépit des gants) engourdis par le froid.

Il était allongé en partie sur le flanc, le sac, à côté de lui, baignant dans une flaque de gadoue ambrée en train de geler. Dans son genou, la douleur avait un peu diminué — sans doute était-il lui aussi gagné par l'engourdissement — et, se rendit-il compte, il pouvait à nouveau penser. Ce qui n'était pas plus mal, vu le putain de merdier dans lequel il venait de se foutre. Il lui fallait revenir jusqu'à l'abri et jusqu'au feu, et il devait se débrouiller seul. S'il attendait l'arrivée d'Henry et de la motoneige, il avait des chances d'être transformé en glaçon (et un Pete-on-the-rocks, un !) avant, un Pete-on-the-rocks avec un sac plein de bouteilles de bières cassées à côté de lui, merci d'avoir fait vos courses chez nous, con d'alcoolique, merci beaucoup. Sans compter qu'il fallait s'occuper de la femme. Elle risquait de mourir, elle aussi, et tout ça pour que monsieur Pete Moore ait sa dose.

Il regarda le sac avec dégoût. Pas question de le jeter au milieu des arbres ; il ne pouvait risquer de réveiller la douleur dans son genou. Il le recouvrit donc de neige, comme un chien recouvre ses déjections, et se mit à ramper.

Son genou n'était pas si engourdi que ça, en fin de compte. Il se servait de ses coudes pour se tirer, puis de sa bonne jambe pour pousser, dents serrées, les cheveux lui retombant sur les yeux. Plus d'animaux ; la cavalcade s'était arrêtée et il n'y avait plus que lui, les halètements de sa respiration et ses gémissements étouffés chaque fois qu'il heurtait son genou. Il sentait la sueur qui lui coulait le long des bras et dans le dos, mais ses pieds et ses mains étaient toujours engourdis de froid.

Il aurait peut-être abandonné, mais, à mi-chemin de la ligne droite, il aperçut le rougeoiement du feu qu'il avait allumé avec Henry. Les flammes avaient considérablement diminué de hauteur, mais il brûlait toujours. Il se remit à ramper avec plus d'ardeur et, dès qu'il se cognait le genou et qu'un éclair de douleur le transperçait, il essayait de le projeter dans l'étincelle orange qui brasillait au loin. Il fallait arriver jusque-là. Cela lui faisait un mal de chien d'avancer, mais il n'avait qu'un désir, se rapprocher du feu. Aucune envie de crever de froid dans la neige.

« J'vais y arriver, Becky, marmonna-t-il. J'vais y arriver, Becky. » Il prononça son nom une bonne demi-douzaine de fois avant de se rendre compte qu'il le connaissait.

Il se rapprochait, et il voulut consulter sa montre. Il fronça les sourcils. Elle indiquait quelque chose comme onze heures quarante, ce qui était délirant : il se souvenait de l'avoir vérifiée avant de retourner au Scout, et elle avait indiqué midi vingt. Un examen plus prolongé lui fit comprendre l'origine de sa confusion. Elle fonctionnait, mais à l'envers, la grande aiguille se déplaçant par petits sauts brusques et inégaux. Il la regarda sans manifester tellement de surprise. Sa capacité à apprécier une bizarrerie aussi insignifiante était émoussée. Même sa jambe n'était plus son souci majeur. Il avait très froid, et de grands frissons se mirent à le parcourir tandis qu'il s'ouvrait un chemin à la force des coudes, sa bonne jambe de plus en plus fatiguée, pour parcourir les cinquante derniers mètres qui le séparaient du feu mourant.

La femme n'était plus sur la bâche. Elle gisait de l'autre côté du feu, comme si elle avait rampé vers ce qui restait de bois à brûler et s'était effondrée en chemin.

« Salut, mon chou, j'suis de retour, dit-il, haletant. J'ai eu des petits problèmes avec mon genou, mais je suis là. Ce bon Dieu de genou, c'est de toute façon ta faute, Becky, alors va pas te plaindre, d'accord ? C'est bien ton nom, Becky ? »

Possible, mais elle ne répondit pas. Resta où elle était, le regard fixe. Il ne voyait qu'un seul de ses yeux, sans savoir si c'était toujours le même. Elle lui paraissait moins inquiétante, à présent, mais cela tenait peut-être à ce qu'il avait d'autres soucis. Comme le feu. S'il ne faisait plus de flammes, il avait encore une bonne couche de braises et Pete pensait qu'il pourrait le ranimer sans peine. Fallait juste placer du bois dessus, un bon gros tas, et rester là peinard avec sa copine Becky (mais pas sous son vent, par pitié, ces fusants qu'elle larguait étaient trop à gerber). Attendre le retour d'Henry. Ce ne serait pas la première fois qu'Henry aurait retiré les marrons du feu pour lui.

Pete rampa vers la femme et la petite pile de bois et, lorsqu'il en fut plus près, assez près pour commencer à sentir de nouveau les émanations d'éther, il comprit pourquoi son regard ne l'inquiétait plus. Ce qu'il avait de morbide avait disparu. Pour une bonne raison. Après avoir rampé de l'autre côté du feu, elle était morte. La croûte de neige, autour de sa taille et de ses hanches, avait pris une nuance rouge foncé.

Pete s'immobilisa, dressé sur ses bras douloureux, et il la regarda un instant, mais l'intérêt qu'il manifesta pour elle, morte ou vive, fut aussi fugitif que celui qu'il avait eu pour les aiguilles de sa montre tournant à l'envers. Ce qu'il voulait avant tout, c'était jeter du bois dans le feu et se réchauffer. Il étudierait plus tard le problème posé par la femme. Le mois prochain, peut-être, quand il serait tranquillement assis chez lui, son genou dans un plâtre et une tasse de café bien chaud à la main.

Il finit par atteindre la pile de bois. Il ne restait que quatre morceaux, mais c'étaient des gros. Henry serait peut-être de retour avant qu'ils aient fini de brûler, et il irait en ramasser d'autres avant de partir chercher de l'aide. Ce bon vieil Henry. Toujours affublé de ses lunettes démodées en écaille, à l'époque des lentilles de contact souples et de la chirurgie au laser, mais on pouvait compter sur lui.

En esprit, Pete essaya de retourner au Scout, de se revoir rampant à l'intérieur et sentant l'eau de toilette qu'Henry ne portait pas en réalité, sans y parvenir. *N'y allons pas*, comme avaient dit les gosses. À croire que la mémoire était une destination. Plus d'eau de toilette fantôme, plus d'évocations de Duddits. Plus de ballons, plus de jeux. Il en avait plein les bottes.

Il jeta les bûches dans le feu une à une, les disposant maladroitement, avec une grimace à chaque élancement de son genou, mais heureux de voir s'élever un nuage d'étincelles qui monta en tourbillonnant, comme un vol de lucioles prises de folie, avant d'aller s'éteindre contre le toit incliné de l'abri.

Henry allait revenir bientôt. C'était à ça qu'il fallait se raccrocher. Regarder le feu brûler et s'en tenir à cette idée.

Non, il ne va pas revenir. Parce que les choses ont mal tourné au Trou dans le Mur. Quelque chose en rapport avec...

« Rick », dit-il, tandis que les flammes léchaient les nouvelles bûches. Elles allaient croître rapidement, monter très haut.

Il se débarrassa de ses gants à l'aide de ses dents et tendit les mains vers la chaleur du feu. Dans le gras de la droite, la coupure qu'il s'était faite, quand il avait voulu prendre une bière, était longue et profonde. Elle laisserait une cicatrice... et alors ? Qu'est-ce que ça faisait, une cicatrice ou deux entre amis ? Et ils étaient amis, pas vrai ? Ouais. La vieille bande de Kansas Street, les Pirates écarlates avec leurs épées en plastique et leurs rayons laser *Guerre des étoiles* à piles. Une fois, ils avaient accompli un acte héroïque — non, deux fois, si l'on comptait la petite Rinkenhauer. Ils avaient même eu leur photo dans le journal, cette seconde fois, et qu'est-ce que ça faisait, s'il lui restait deux ou trois cicatrices ? Et qu'est-ce que ça faisait, s'ils avaient failli, une autre fois — mais seulement failli — tuer un type ? Parce que s'il y avait bien un type qui méritait d'être descendu...

Stop, pas question d'aller là-bas non plus. Pas question, mon lapin.

N'empêche, il voyait la ligne. Que cela lui plaise ou non, il voyait la ligne, il ne l'avait même jamais vue aussi clairement depuis des années. Et puis il vit Beaver... et l'entendit, aussi. Au milieu de sa tête.

Jonesy ? Tu es là, vieux ?

« Ne te lève pas, Beav », dit Pete, regardant les flammes craquer et monter. Le feu dégageait de la chaleur à présent, envoyait à son visage des vagues chaudes qui lui donnaient envie de dormir. « Ne bouge pas d'où tu es... Bouge pas tes fesses d'ici. »

Qu'est-ce que ça signifiait, tout ça ? *Qu'est-ce que c'est que ce jobba-nobba ?* comme disait le Beav lui-même quand il était gosse, une expression qui ne signifiait rien, mais avait le don de les faire exploser de rire. Pete sentait qu'il aurait pu le savoir, s'il l'avait voulu, tant la ligne était brillante. Il aperçut un carrelage bleu, un rideau de douche bleu, une casquette orange fluo — la casquette de Rick, la casquette de McCarthy, la casquette de ce bon vieux J'suis-à-la-porte — et il sentit qu'il pouvait facilement avoir tout le reste. Suffisait de le vouloir. Il ignorait s'il s'agissait du futur, du passé ou de ce qui se passait en ce moment même, mais il pouvait y avoir accès s'il le voulait, il...

« J'veux pas », dit-il, repoussant tout.

Il restait quelques morceaux de bois et des branchettes sur le sol. Il les jeta dans le feu et regarda la femme. Son œil ouvert n'avait plus rien de menaçant. Il était vitreux, comme celui d'un cerf qu'on vient d'abattre. Tout ce sang, à sa taille... elle avait dû avoir une hémorragie. Elle avait pété quelque chose. Quelque chose de sacrément gros. Peut-être l'avait-elle senti venir et avait-elle été s'asseoir sur la route pour être sûre d'être vue, si jamais quelqu'un passait. Quelqu'un était bien passé, mais regardez un peu comment les choses avaient tourné. Pauv' conne. Pauv' conne qu'avait pas eu de pot.

Pete rampa vers la gauche, lentement, jusqu'à ce qu'il puisse attraper la bâche, puis continua à avancer. Elle avait fait office de traîneau ; elle allait à présent faire office de linceul. « Je suis désolé,

Becky, si tu t'appelles bien comme ça. Je suis vraiment désolé. De toute façon, je n'aurais rien pu faire pour toi si j'étais resté ; je ne suis pas médecin, rien qu'un abruti de vendeur de bagnoles. Tu étais... »

Foutue d'avance, voilà ce qu'il avait eu l'intention d'ajouter, mais les mots lui étaient restés dans la gorge lorsqu'il avait découvert l'état de son dos. Comme elle était morte tournée vers le feu, jusqu'ici il ne l'avait vue que de face. Le fond de son jean avait explosé, comme si, après épuisement de ses gaz, elle était passée au stade de la dynamite. Des lambeaux de toile s'agitaient dans la brise, ainsi que des lambeaux des sous-vêtements qu'elle portait en dessous, à savoir au moins deux paires de caleçons longs, l'un en coton blanc très épais, l'autre en soie rose. Et quelque chose envahissait les jambes de son pantalon et le dos de sa parka. On aurait dit du mildiou, ou une moisissure quelconque. Rouge doré — à moins que ce ne soit un effet du feu.

Quelque chose était sorti d'elle. Quelque chose...

Oui, quelque chose. Et ce quelque chose m'observe en ce moment même.

Pete regarda vers les bois. Rien. L'exode des animaux avait cessé. Il était seul.

Sauf que non.

Non, il n'était pas seul. *Quelque chose* rôdait par là, une créature qui supportait mal le froid, qui préférait la chaleur et les endroits humides. Sauf que...

Sauf qu'il est devenu trop gros. Et qu'il était à court de nourriture.

« Hé ! Y'a quelque chose ? »

Pete se dit qu'il aurait dû se sentir idiot à crier comme ça, mais pas du tout. Il se sentait avant tout plus effrayé que jamais.

Ses yeux tombèrent sur une vague trace dans l'espèce de mousse qui ressemblait à du mildiou. Elle s'éloignait de Becky — oui, c'était bien Becky, d'accord, elle était aussi Becky qu'il était possible de l'être — et disparaissait à l'angle de l'abri. Puis, un instant plus tard, il entendit un raclement écailleux, comme si quelque chose glissait sur le toit de tôle. Il leva la tête, suivant des yeux, au son, le déplacement de la chose.

« Fous le camp, murmura-t-il. Fous le camp et fiche-moi la paix. Je... je suis déjà assez dans la merde comme ça. »

Il y eut un dernier frottement sur la tôle, la bestiole s'étant un peu éloignée. Oui, il était dans une sacrée merde. Malheureusement, il *était* aussi autre chose : de la nourriture. Le frottement reprit, au-dessus de sa tête. Pete se dit qu'il n'aurait sans doute pas à attendre longtemps, que la créature ne pouvait peut-être pas se permettre d'attendre longtemps là-haut ; qu'elle était comme un gecko dans un réfrigérateur. Et qu'elle allait lui tomber dessus. Ce n'est qu'alors qu'il prit conscience d'avoir commis une erreur terrible. Il avait été tellement obnubilé par les bières qu'il avait oublié de prendre ces cons de fusils.

Sa première impulsion fut de s'enfoncer plus avant dans l'abri, mais cela aussi risquait d'être une erreur, comme de se jeter dans un cul-de-sac. Il saisit l'une des branches qu'il venait de jeter dans le feu par l'extrémité qui en dépassait. Sans la sortir, se contentant de la tenir. L'autre bout brûlait déjà bien. « Amène-toi, dit-il en direction du toit. T'aime ça, quand ça chauffe ? Eh bien, j'ai un truc bien chaud pour toi. Viens donc le chercher. Tu vas te régaler, connard. »

Rien. Rien en provenance du toit, en tout cas. Il y eut le bruit doux et mou d'un amas de neige dégringolant d'une branche basse ; les pins se déchargeaient de leur fardeau. La main de Pete étreignit sa torche improvisée et la souleva un peu du feu ; puis il la reposa dans une petite gerbe d'étincelles. « Ramène-toi, enfoiré. Je suis brûlant, j'ai bon goût et je t'attends. »

Rien. Mais la chose était là. Il n'allait pas attendre longtemps, il en était sûr. Elle n'allait pas tarder.

3

Le temps passa. Pete était incapable de l'évaluer ; sa montre était définitivement en rideau. Par moments, ses pensées paraissaient s'intensifier, comme quand il traînait avec les autres en compagnie de Duddits (même si, lorsqu'ils avaient grandi tandis que Duddits restait toujours le même, ces réunions s'étaient raréfiées, à croire que l'évolution de leur corps et celle de leur cerveau perdaient le talent de percevoir les étranges signaux du trisomique). C'était comme ça, mais pas tout à fait. Quelque chose de nouveau, peut-être. Quelque chose qui avait peut-être même un rapport avec les lumières dans le ciel. Il savait que Beaver était mort et qu'une terrible menace planait sur Jonesy, mais il ignorait laquelle.

Et il pensait qu'Henry savait aussi ce qui s'était passé, mais pas clairement ; Henry était plongé très loin dans ses propres songes et pensait *Banbury Cross, Banbury Cross, chevaucher un cheval de bois jusqu'à Banbury Cross.*

Le feu gagnait sur le bâton, se rapprochait de sa main, et Pete se demanda ce qu'il ferait s'il devenait inutilisable, si la chose là-haut était capable de patienter jusque-là. Puis une autre pensée lui traversa l'esprit, claire comme le jour, éclatante de panique. Elle se mit à lui emplir la tête et il la cria à voix haute, masquant le bruit de la chose qui se glissait avec vivacité le long de la pente du toit.

« Je vous en prie, ne nous faites pas de mal ! *Ne nous blessez pas*! »*

Ce qu'ils allaient faire, ce qu'ils allaient certainement faire, parce que... quoi ?

Parce qu'ils n'étaient pas de pauvres petits E.T. sans défense, attendant que quelqu'un leur donne une carte de téléphone pour qu'ils puissent appeler chez eux, parce qu'ils étaient une maladie. *Ils étaient le cancer, Dieu nous pardonne, les mecs, nous venons de prendre une sacrée dose de chimio radioactive. Vous m'entendez, les mecs ?*

Pete ignorait si ces mecs auxquels il s'adressait l'entendaient, mais lui s'entendait. Ils venaient, les mecs arrivaient, les Pirates écarlates étaient en marche, et ni prières ni supplications ne les arrêteraient. Ce qui ne les empêchait pas de supplier, *eux*, Pete le premier.

« Je vous en prie ! Ne nous faites pas de mal ! *S'il vous plaît ! Ne nous blessez pas ! Ne nous faites pas de mal, nous sommes sans défense*!* (en larmes, à présent) Je vous en prie ! Pour l'amour de Dieu, nous sommes sans défense ! »

Dans son esprit, il vit la main gantée, la crotte de chien et le petit garçon presque nu et sanglotant à côté. Et, pendant tout ce temps, la chose sur le toit de tôle se tortillait et glissait, se mourant mais n'étant pas sans défense, stupide mais pas entièrement, passant derrière Pete pendant qu'il hurlait, pendant qu'il gisait sur le flanc à côté de la morte, tendant l'oreille alors que commençait un massacre d'apocalypse.

Cancer, dit l'homme aux cils blancs.

« *S'il vous plaît !* hurla-t-il, *s'il vous plaît ! Nous sommes sans défense !* »

Mais, mensonge ou vérité, il était trop tard.

4

La motoneige était passée à hauteur de la cachette d'Henry sans ralentir, et le bruit de son moteur s'éloignait vers l'ouest. Mais Henry ne quitta pas son refuge, fut incapable d'en sortir. L'intelligence qui avait remplacé Jonesy n'avait pas senti sa présence, soit parce qu'elle était distraite, soit parce que Jonesy était peut-être encore... avait peut-être réussi...

Mais non. Qu'il puisse être resté quelque chose de Jonesy dans ce nuage d'horreur n'était qu'un doux rêve.

Et à présent que la monstruosité était partie, ou du moins s'éloignait, il y avait les voix. Elles lui remplissaient la tête, leur brouhaha le rendait presque fou, tout comme les sanglots de Duddits l'avaient toujours rendu fou ou presque, au moins jusqu'à ce que la puberté eut mis un terme, pour l'essentiel, à ces conneries. Une des voix, une voix masculine, parla d'un champignon qui

(*mourait facilement, sauf s'il trouvait un hôte vivant*)

puis d'une carte de téléphone et... de chimiothérapie ? Oui, une énorme dose radioactive. C'était la voix, se dit Henry, d'un fou authentique. Dieu sait qu'il en avait eu assez en traitement pour pouvoir en juger.

Les autres voix étaient celles qui lui faisaient remettre en question son propre état mental. Il en connaissait quelques-unes : il y avait celles de Walter Cronkite, de Bugs Bunny, de Jack Webb, de Jimmy Carter et d'une femme qui lui semblait être Margaret Thatcher. Elles s'exprimaient parfois en anglais, parfois en français.

« *Il n'y a pas d'infection ici** » dit Henry ; puis il se mit à pleurer. Il fut à la fois stupéfait et ravi de constater qu'il avait encore des larmes en réserve dans son cœur, lui qui croyait que les larmes — les larmes et le rire, le vrai rire — l'avaient déserté. Des larmes d'horreur, des larmes de pitié, des larmes qui dissolvaient la carapace blindée du moi obsessionnel et faisaient éclater la pierre en dessous. « Il n'y a pas d'infection ici, oh, mon Dieu, arrêtez ça, non, non, *nous sommes sans défense, NOUS SOMMES SANS...** »

Puis le tonnerre humain commença à l'ouest et Henry porta les mains à sa tête de peur que les hurlements et la souffrance qui en montaient ne la lui fasse éclater. Les salopards les...

5

Les salopards les massacraient.

Pete s'assit près du feu, sans tenir compte des mugissements de douleur qui montaient de son genou en capilotade, sans se rendre compte qu'il tenait la branche enflammée près de sa tempe. Les cris, à l'intérieur de sa tête, n'arrivaient pas à noyer entièrement les staccatos de mitrailleuses à l'ouest, des mitrailleuses lourdes, des calibres .50. Les cris, à présent — « Ne nous faites pas de mal, nous sommes sans défense, il n'y a pas d'infection ! » — trahissaient de plus en plus de panique ; ça ne marchait pas, rien ne pouvait marcher, leur sort était scellé.

Du coin de l'œil, Pete saisit un mouvement et se tourna juste à temps pour voir la chose sauter du toit et se jeter sur lui. Il ne put apercevoir que l'image brouillée d'un corps mince de fouine, paraissant propulsé par une queue puissante plutôt que par des pattes ; puis il sentit des dents s'enfoncer dans sa cheville. Il poussa un hurlement et replia si brusquement sa bonne jambe qu'il faillit s'assommer lui-même d'un coup de genou dans le menton. La chose suivit le mouvement, agrippée comme une sangsue. Étaient-ce ces saletés qui criaient grâce ? Qu'elles aillent se faire foutre, dans ce cas ! Qu'elles aillent se faire foutre !

Il voulut la saisir de la main droite, celle qu'il s'était coupée sur la bouteille de bière, sans même penser à sa blessure ; quant à la torche, il continuait à la tenir à côté de sa tempe de sa main intacte. Il s'empara de quelque chose qui lui fit l'effet d'une gelée froide et couverte de fourrure. La saleté lâcha aussitôt sa cheville et Pete put juste voir un bref instant deux yeux noirs sans expression — des yeux de requin, des yeux d'aigle — avant qu'elle enfonce sa pelote de dents-aiguilles dans la main qui avait voulu la saisir, et qu'elle entreprit de déchiqueter en profitant de la plaie.

La douleur fut comme la fin du monde. La tête de la chose (si c'était bien une tête) s'enfonçait dans sa paume, arrachant les tendons, déchirant les chairs. Les éclaboussures de sang, lorsque Pete secoua la main pour se débarrasser de la saleté, dessinèrent des éventails écarlates sur la neige, sur la bâche couverte de sciure, sur la parka de la morte. Des gouttelettes retombèrent même dans le feu avec un sifflement de graisse dans une poêle brûlante. La chose se mit à émettre des pépiements féroces. Sa queue, aussi épaisse que le corps d'une murène adulte, s'enroula autour du bras que Pete secouait pour essayer de l'immobiliser.

Ce n'est pas consciemment que Pete prit la décision d'utiliser sa torche : il avait oublié qu'il la tenait. Il ne pensait qu'à une chose, retirer, à l'aide de sa main gauche, l'horreur qui le mordait horriblement à la droite. Tout d'abord, quand la saleté prit feu et que les flammes en montèrent, aussi chaudes et brillantes que si elle était un rouleau de papier journal, il ne comprit pas ce qui se passait. Puis il hurla, sous l'effet de la douleur, mais aussi pris d'un sentiment de triomphe. Il bondit sur ses pieds (pour l'instant, son genou en chou-fleur le laissait tranquille) et propulsa son bras droit contre un des poteaux qui soutenaient encore le toit, décrivant un grand arc de cercle. Il y eut un craquement et les pépiements suraigus laissèrent la place à un couinement étouffé. Un instant, mais un instant qui dura une éternité, la pelote de dents s'enfonça encore plus profondément dans sa main. Puis la prise se relâcha et la créature en feu tomba sur le sol gelé. Pete la piétina, la sentant se tordre sous sa botte, et éprouva un sentiment de triomphe sauvage et pur — jusqu'au moment où son genou supplicié ayant définitivement abandonné la partie, tous ses tendons arrachés, sa jambe plia à l'envers sous lui.

Il s'effondra lourdement de côté, face à face avec l'ex-hôte de Becky, son parasite mortel, sans se rendre compte que l'abri avait repris son mouvement de dégringolade : le poteau qu'il avait frappé se pliait lentement vers l'extérieur. Pendant quelques instants, la tête rudimentaire de la saleté se trouva à une dizaine de centimètres de celle de Pete. Son corps en feu vint battre contre le blouson du blessé. Ses yeux noirs étaient en ébullition. Elle ne présentait rien d'aussi élaboré qu'une bouche, mais lorsque l'excroissance, au sommet de son corps, s'ouvrit sur un hérissement de dents, Pete hurla — « Non ! Non ! Non ! » — et la jeta dans le feu où elle se tordit en émettant ses frénétiques pépiements simiesques.

D'un coup de pied sec décoché par sa bonne jambe, il repoussa la saleté un peu plus loin dans les flammes. Le bout de sa botte heurta le bas du poteau, de plus en plus incliné, alors qu'il venait juste de décider de soutenir le toit encore quelque temps. Ce fut un coup de trop. Le poteau se rompit, laissant tomber la moitié du toit de tôle. Une ou deux secondes plus tard, le deuxième poteau lâchait à son tour. Le reste du toit tomba dans le feu en soulevant un tourbillon d'étincelles.

Pendant un moment, ce fut tout. Puis le morceau de tôle ondulé rouillé se mit à se soulever comme s'il respirait et Pete en sortit au bout de quelques secondes. Il avait le regard vitreux et la peau blême sous l'effet du choc. Le poignet de sa manche gauche brûlait. Il le regarda un moment, alors qu'il avait encore le bas des jambes sous la tôle, puis il leva le bras, prit une profonde inspiration et souffla sur les flammes qui montaient de son blouson comme d'une bougie d'anniversaire géante.

En provenance de l'est, il entendit le ronronnement d'une motoneige. Jonesy... ou ce qu'il en restait. Le nuage. Pete ne croyait pas qu'il ferait preuve de pitié. Ce n'était pas jour de miséricorde dans le Jefferson Tract. Il fallait se cacher. Mais la voix qui le lui conseillait était distante, secondaire. Un seul bon truc : il se disait qu'il avait sans doute arrêté de boire, finalement.

Il leva sa main droite lacérée à hauteur de ses yeux. Un doigt manquait. Probablement passé par le gosier de la chose. Deux autres étaient un amas de chair et de tendons sectionnés. Il vit que la cochonnerie rouge doré poussait déjà dans les plaies les plus profondes, celles que lui avait infligées la monstruosité comme celle qu'il s'était faite lui-même lorsqu'il avait été récupérer les bières dans le Scout. Il en montait une sorte de pétillement tandis que cette lèpre se repaissait de sa chair et de son sang.

Pete eut soudain le sentiment qu'il ne mourrait pas assez vite.

Le vacarme des mitrailleuses avait cessé, à l'ouest, mais ce n'était pas fini là-bas, loin de là. Et comme si le fait d'y penser avait fait office de déclencheur, une énorme explosion troua le jour, faisant disparaître le bourdonnement de la motoneige et tous les autres bruits. Mais pas le pétillement qui lui picotait avidement la main. Dans sa main, la cochonnerie continuait de festoyer, de le ronger comme le cancer, avant de tuer son père, avait rongé l'estomac et les poumons du vieil homme.

Pete se passa la langue sur les dents, sentant des trous là où elles étaient tombées.

Il ferma les yeux et attendit.

DEUXIÈME PARTIE

LES GRISÂTRES

Un fantôme surgit de l'inconscient
Et heurte à ma fenêtre, gémissant qu'il veut renaître !
La silhouette en mon dos n'est pas amicale ;
La main sur mon épaule se fait corne.

THÉODORE ROETHKE

X

Kurtz et Underhill

1

La seule chose qui signalait une présence humaine sur le théâtre des opérations était un petit magasin vendant de la bière et du matériel pour chasseurs, le Gosselin's Country Market. Les premiers « nettoyeurs » de Kurtz y débarquèrent peu après que la neige eut commencé de tomber. Le temps que Kurtz lui-même arrive, à dix heures trente, la logistique avait attaqué sa mise en place. Ils prenaient la situation en main.

On donna au magasin le nom de Base Bleue. La grange, l'étable adjacente (à moitié en ruines mais tenant encore debout) et l'enclos à chevaux reçurent celui de Centre de Rétention Bleu. On y avait d'ailleurs déjà installé les premiers détenus.

Archie Perlmutter, le nouvel aide de camp de Kurtz (l'ancien, Calvert, était mort d'une crise cardiaque quinze jours auparavant, moment fichtrement mal choisi pour Kurtz), avait déjà inscrit une douzaine de noms sur ses tablettes. Perlmutter était arrivé au Jefferson Tract avec un ordinateur portable et un Palm Pilot pour découvrir qu'ici cet appareillage était MADET : Merdique Au-delà DE Tout. Les deux premiers noms de la liste étaient ceux du vieux couple qui tenait la boutique, les Gosselin.

« Ça rentre », dit Perlmutter.

Kurtz se contenta d'un coup d'œil de pure forme à la planchette sur laquelle était fixée la feuille et la rendit à son subordonné. De gros véhicules tout-terrain étaient garés derrière eux ; des hommes dételaient, mettaient sur cales et alignaient des remorques de camion ; d'autres installaient un système d'éclairage sur des poteaux. Lorsque la nuit tomberait, l'endroit serait aussi bien éclairé que le stade des Yankees pendant un match des séries mondiales.

« On a raté deux types de ça », reprit Perlmutter avec un geste de la main, le pouce et l'index séparés d'un centimètre. Ils sont venus chercher des provisions. De la bière et des hot dogs, surtout. » L'aide de camp avait un visage pâle qui faisait ressortir deux taches d'un rose sauvage à chacune de ses joues. Il devait élever la voix, car le bruit ne cessait d'augmenter régulièrement. Les hélicoptères arrivaient par patrouille de deux et se posaient sur la route (goudronnée) qui reliait le Gosselin's Market à la nationale 95 ; de là, on pouvait soit aller vers le nord et la ville sinistre de Presque Isle, ou bien vers le sud et les villes non moins sinistres de Bangor et Derry, entre autres. Très bien, les hélicoptères... du moins, tant que les pilotes ne dépendaient pas de tous les appareils de navigation sophistiqués dont ils étaient équipés, lesquels étaient ici MADET, eux aussi.

« Ces types y allaient-ils ou en repartaient-ils ? demanda Kurtz.

— Ils y retournaient », répondit Perlmutter. Il n'arrivait pas à regarder son supérieur dans les yeux, et son regard se posait n'importe où sauf sur lui. « Il y a une route au milieu de la forêt, Deep Cut Road, d'après Gosselin. Elle ne figure pas sur les cartes normales, mais j'en ai une de la Diamond International Paper qui montre...

— Parfait. Ou ils y restent, ou ils reviennent. Dans un cas comme dans l'autre, parfait. »

D'autres hélicoptères arrivèrent ; certains déchargèrent les mitrailleuses lourdes, maintenant qu'il n'y avait plus personne pour les voir. Tout cela pouvait finir par être aussi sérieux que l'opération Tempête du Désert. Plus, peut-être.

« Vous avez bien compris quelle est votre mission ici, Perlmutter, hein ? »

Incontestablement, l'homme l'avait comprise. Il venait de débarquer, il voulait faire ses preuves et il courait partout. *Comme un épagneul qui a senti l'odeur de sa gamelle*, pensa Kurtz. Et tout cela sans croiser son regard. « Monsieur, mon travail est un triplage par nature. »

Un triplage, songea Kurtz. *Qu'est-ce que c'est que cette connerie ?*

« Je dois a) intercepter, b) confier les interceptés à un service médical, et c) contenir et séparer les gens en attendant de nouveaux ordres.

— Exactement. C'est...

— Mais, monsieur, je vous prie de m'excuser, monsieur, mais nous n'avons encore aucun médecin, seulement quelques secouristes, et...

— Taisez-vous. »

Kurtz n'avait pas parlé spécialement fort, mais cinq ou six hommes qui passaient par là (ils portaient tous des salopettes vertes sans marques distinctives, Kurtz y compris) eurent un mouvement d'hésitation et lancèrent un coup d'œil en direction des deux hommes avant de repartir poursuivre leur tâche. En heures sup. Doublement sup. Quant à Perlmutter, les roses qui fleurissaient à ses joues moururent sur-le-champ. Il recula d'un pas, augmentant de trente bons centimètres l'intervalle qui le séparait de son chef.

« Si vous m'interrompez encore, Perlmutter, je vous assomme. À la troisième fois, je vous envoie à l'hôpital. Est-ce clair ? »

Manifestement ce fut un effort terrible, pour l'adjoint que de lever les yeux sur Kurtz. Pour croiser le regard de Kurtz. Il salua d'un mouvement tellement sec qu'on avait l'impression d'entendre crépiter l'électricité statique.

« Oui, monsieur !

— Vous pouvez aussi laisser tomber ça, c'est pas la peine. » Et comme le regard de Perlmutter commençait à s'abaisser : « Et regardez-moi quand je vous parle, mon vieux. »

Perlmutter obéit, tout à fait à contrecœur. Il avait à présent le teint plombé. Le vacarme des hélicoptères alignés le long de la route faisait mal aux oreilles, et cependant on aurait dit que tout était très calme là où ils se tenaient, comme si Kurtz se déplaçait dans une bulle d'air d'une autre nature. Perlmutter était convaincu que tout le monde les regardait et qu'on voyait à quel point il était terrifié. Cela tenait en partie au regard de son nouveau patron, au vide sidéral qu'on lisait dans ce regard, comme s'il n'y avait eu aucun cerveau derrière. Perlmutter avait entendu parler de *regards lointains*, mais celui-là était à des millions de kilomètres, à des années-lumière, peut-être.

Néanmoins, il soutint ce regard. Scruta l'absence. Pas question de prendre un mauvais départ. Il était important — pas important, vital — que la glissade sur cette mauvaise pente s'arrête avant de se transformer en avalanche.

« Bien. Pas mal, du moins. » Kurtz avait parlé à voix basse, mais Perlmutter n'eut aucun problème pour l'entendre, en dépit du tapage des hélicoptères. « Je ne vous répéterai pas ce que je vais vous dire, et que je vous dis parce que vous venez d'être nommé dans mon unité et parce qu'il est clair que vous n'êtes pas foutu de distinguer votre trou du cul de votre trou de pine. On m'a demandé de mener une opération *phooka* dans le secteur. Savez-vous ce qu'est un *phooka* ?

— Non, répondit Perlmutter, qui eut presque physiquement mal de ne pas pouvoir ajouter, *monsieur*.

— D'après les Irlandais, lesquels, en tant que race, ne sont jamais entièrement sortis du bain de superstition dans lequel leurs mères les ont élevés, un phooka est un cheval fantôme qui enlève les voyageurs et les transporte sur son dos. Je m'en sers pour parler d'une opération secrète se déroulant au grand jour. Un paradoxe, hein, Perlmutter ? La bonne nouvelle, c'est que nous disposons de plans d'urgence pour ce genre de situation bordélique depuis 1947, lorsque l'Air Force a récupéré cette espèce d'artefact extraterrestre que l'on connaît actuellement sous le nom de *faux-éclairs*. La mauvaise nouvelle, est que ce futur est à présent arrivé et que je dois y faire face avec l'aide de types comme vous. Vous pigez, mon gars ?

— Oui, m... oui.

— J'espère bien. Notre tâche ici, Perlmutter, consiste à faire vite, à frapper fort, dans un contexte on ne peut plus phooka. Nous allons faire tout le sale boulot qu'il y aura à faire et sortir de là aussi blanc-bleu que possible... blanc-bleu... oui, Seigneur, et avec le sourire... »

Kurtz découvrit ses dents pour un bref rictus d'une telle intensité diabolique, d'une telle brutalité, que Perlmutter eut envie de hurler. Grand, le dos voûté, Kurtz avait une allure de bureaucrate. Il y avait cependant en lui quelque chose de terrible. On le voyait dans ses yeux, on le sentait dans la manière dont il tenait ses mains : devant lui, immobiles et en alerte... mais ce n'était pas cela qui faisait peur en lui, pas cela qui faisait que ses hommes l'avaient baptisé Kurtz l'Angoisse. Perlmutter n'aurait su dire exactement ce qui le terrorisait chez cet homme, et il préférait ne pas le savoir. Ce dont il avait envie pour le moment, la seule chose dont il avait envie, était de sortir de cet entretien avec le cul en bon état. Pourquoi diable parcourir trente ou cinquante kilomètres pour prendre contact avec des extra-terrestres ? Il en avait un juste devant lui.

Les lèvres de Kurtz se refermèrent d'un seul coup sur ses dents.

« On est bien d'accord ?

— Oui.

— On salue le même drapeau, on pisse dans les mêmes chiottes ?

— Oui.

— Comment allons-nous nous sortir de cette affaire, Perlmutter ?

— Blanc-bleu ?

— Tout juste ! Et aussi ? »

Pendant une affreuse seconde, il ne sut plus. Puis ça lui revint.

« Et souriant, monsieur.

— Encore un *monsieur* et je vous assomme.

— Désolé », murmura Perlmutter.

Il était sincère.

Alors un bus scolaire s'avança au pas dans la montée ; ses roues droites roulaient sur le bas-côté et il penchait en flirtant avec son centre de gravité, risquant de basculer pour pouvoir passer devant les hélicoptères. MILLINOCKET SCHOOL DPT., lisait-on sur ses flancs en grandes lettres noires sur le fond jaune habituel. Un véhicule réquisitionné. Avec dedans Owen Underhill et ses hommes. L'équipe A. En les voyant arriver, Perlmutter se sentit mieux. Kurtz et lui, à des moments différents, avaient travaillé avec Underhill.

« Vous aurez des médecins ce soir, dit Kurtz. Tous les médecins que vous voudrez. Vu ?

— Vu. »

Tout en se dirigeant vers le bus qui venait de s'arrêter devant l'unique pompe à essence du Gosselin's, Kurtz consulta sa montre de gousset. Presque onze heures. C'est fou comme le temps passe lorsqu'on s'amuse. Perlmutter lui avait emboîté le pas, mais il n'avait plus rien d'un fringant cocker épagneul.

« Pour l'instant, Archie, étudiez-les, reniflez-les, écoutez-les raconter leurs histoires à dormir debout, et prenez note de tous les Ripley que vous verrez. Je suppose que vous savez de quoi je parle, hein ?

— Oui.

— Bien. N'y touchez pas.

— Seigneur, non ! » s'exclama Perlmutter, ce qui le fit rougir.

Kurtz esquissa un sourire. Sourire qui n'avait pas plus de réalité que celui de requin qui avait précédé.

« Excellente idée, Perlmutter ! Vous avez les masques à gaz ?

— Ils viennent juste d'arriver. Douze cartons, et on en attend...

— Bien. Il me faut des Polaroïds des Ripley. Nous avons besoin d'un max de documentation. Première pièce à conviction, deuxième pièce à conviction, et ainsi de suite. Pigé ?

— Oui.

— Et personne, parmi nos invités... personne ne doit partir, vu ?

— Absolument personne. »

L'idée choquait Perlmutter, et cela se voyait.

Les lèvres de Kurtz s'étirèrent et le léger sourire devint de nouveau ricanement de requin. Les yeux vides regardèrent à travers Perlmutter — pouvaient bien regarder jusqu'au centre de la terre, pour ce que l'aide de camp en savait. Il se prit à se demander si quelqu'un quitterait la Base Bleue lorsque tout serait fini. À part Kurtz, bien sûr.

« Au boulot, citoyen Perlmutter. Au nom du gouvernement, je vous ordonne de vous mettre au boulot. »

Archie Perlmutter regarda Kurtz poursuivre son chemin en direction du bus, dont Underhill — trapu comme un gorille — descendait à cet instant. Jamais de sa vie il n'avait été autant ravi de voir le dos d'un homme.

2

« Salut, patron », dit Underhill. Lui aussi portait une salopette verte avec en plus, comme Kurtz, une arme au côté. Dans le bus, il y avait environ deux douzaines d'hommes qui finissaient leur casse-croûte.

« Qu'est-ce qu'on leur a donné, mon gars ? » demanda Kurtz. Du haut de ses deux mètres ou presque, il dominait Underhill d'une trentaine de centimètres ; mais ce dernier devait bien peser trente kilos de plus que son patron.

« On est passés par un Burger King. Je craignais que le bus ne fasse pas l'affaire, mais Yoder a dit que si, et il avait raison. Vous voulez un Whopper ? Ils doivent commencer à être un peu froids, mais il y a certainement un micro-ondes quelque part dans cette baraque, non ? »

Underhill fit un signe de tête en direction du magasin.

« Merci. Je vais m'abstenir. Le cholestérol n'est plus ce qu'il était pour moi, ces jours-ci.

— L'aine va bien ? »

Six ans auparavant, Kurtz avait souffert d'une hernie sérieuse à la suite d'une partie de racquetball. Ce qui avait provoqué indirectement leur seul et unique désaccord. Rien de sérieux, estimait Owen Underhill, mais avec Kurtz, c'était difficile à dire. Derrière ce visage dont l'expression indéchiffrable aurait dû être une marque déposée, les idées allaient et venaient à la vitesse de la lumière ou presque, les projets étaient constamment redéfinis, et les émotions changeaient d'un instant à l'autre. Il y avait des gens, pas mal de gens, pour tout dire, qui pensaient que Kurtz était cinglé. Owen Underhill ignorait s'ils avaient ou non raison, mais savait en revanche une chose : on faisait gaffe, devant cet homme. Vachement gaffe.

« Comme le diraient les Irlandais avec leur foutu accent, ma hernouie, c'est finoui. »

Il passa la main entre ses jambes et se tira les couilles d'un geste comique, adressant son ricanement tout en dents à Underhill.

« Parfait.

— Et toi ? Tout va bien ?

— Ma hernouie, c'est finoui aussi », répondit Owen.

La parodie fit rire Kurtz.

C'est alors que se présenta sur la route, roulant au pas mais sans éprouver les mêmes difficultés que le bus, une Lincoln Navigator flambant neuve dans laquelle avaient pris place trois chasseurs vêtus d'orange fluo, trois solides gaillards qui ouvraient des yeux ronds devant le spectacle des hélicoptères et des soldats en train de faire des heures sup, dans leurs salopettes vertes. Ouvrant surtout de grands yeux devant les armes. Le Viêt-nam qui débarque dans le Maine septentrional, Dieu nous garde ! Ils n'allaient pas tarder à rejoindre les autres dans le Centre de Rétention Bleu — le CRB.

Une demi-douzaine d'hommes s'approchèrent de la Navigator, lorsqu'elle alla se garer derrière le bus, avec ses autocollants soi-disant comiques, dont l'un proclamait : CE VÉHICULE S'ARRÊTE À TOUS LES PASSAGES À NIVEAU. Sans doute des banquiers, ou des avocats, avec leurs problèmes de cholestérol et leurs volumineux portefeuilles d'actions, des banquiers ou des avocats jouant aux joyeux-drilles-comme-autrefois, toujours sous l'impression (ils n'allaient pas tarder à être détrompés) qu'ils vivaient encore dans une Amérique en paix. Ils n'allaient pas tarder, non plus, à se retrouver dans la grange-étable (ou dans l'enclos à chevaux, s'ils préféraient l'air frais), un endroit où personne ne prendrait leurs cartes de crédit. On leur laisserait leurs téléphones portables ; ils ne pouvaient fonctionner dans ce bled, mais le fait d'appuyer sur le bouton *rappeler* cinquante fois pourrait les amuser.

« Le cordon est bien serré ? demanda Kurtz.

— Je crois, oui.

— On apprend toujours vite ? »

Underhill haussa les épaules.

« Combien de personnes en tout dans la Base Bleue, Owen ?

— L'estimation est de huit cents. Pas plus d'une centaine dans les secteurs primaires A et B. »

Ce qui était bien, en supposant que personne ne soit passé au travers. En termes de contamination, quelques personnes ne compteraient pas ; la nouvelle était rassurante de ce point de vue, au moins jusqu'ici. En termes de gestion de l'information, elle l'était beaucoup moins. Il était difficile de chevaucher un phooka ces temps-ci. Trop de gens possédaient des caméras vidéo. Trop de stations de télé avaient des hélicoptères. Il y avait trop d'yeux partout.

« Allons dans la boutique, dit Kurtz. On m'a préparé un mobil-home, mais il n'est pas encore arrivé.

— *Un momento* », répondit Underhill.

Il monta vivement dans le bus pour en ressortit bientôt, un sac à hamburger graisseux à la main, un magnétophone passé en bandoulière.

Kurtz montra le sac d'un mouvement du menton.

« Ces trucs-là vont te tuer.

— Quoi ? On est les vedettes de *La Guerre des étoiles*, et vous vous inquiétez de votre taux de cholestérol ? »

Derrière eux, l'un des tartarins débarqués de la Lincoln proclamait à qui voulait l'entendre qu'il exigeait de pouvoir appeler son avocat, ce qui signifiait qu'il était probablement banquier. Kurtz précéda Underhill dans le magasin. Au-dessus d'eux, les faux-éclairs étaient de retour, courant sous les nuages, sautant et dansant comme les personnages d'un dessin animé de Disney.

3

Le cagibi qui servait de bureau au vieux Gosselin sentait le salami, le cigare, la pommade et le soufre — vieux pets ou œufs bouillis, estima Kurtz. Les deux, peut-être. Il détecta aussi des effluves, plus faibles mais bien présents, d'alcool éthylique. *Leur* odeur. Elle était maintenant partout. Tout autre que lui aurait été tenté d'attribuer le phénomène à la combinaison d'un état de grande nervosité et d'une imagination débordante, mais ni l'une ni l'autre n'avaient jamais été le fait de Kurtz. De toute façon, il ne croyait pas que les deux cents et quelque kilomètres carrés de forêts qui entouraient le Gosselin's Country Market aient beaucoup d'avenir en tant qu'écosystème. Parfois, on doit poncer un meuble jusqu'au grain du bois avant de pouvoir songer à le repeindre.

Kurtz s'installa derrière le bureau et ouvrit l'un des tiroirs. Il contenait un carton portant l'inscription CHEM/US/10 UNITS. Bon pour Perlmutter, ça. Kurtz prit le carton et l'ouvrit. Il contenait un certain nombre de petits masques en plastique transparents, de ceux qui emprisonnent le nez et la bouche. Il en lança un à son subordonné et en enfila un autre lui-même, ajustant rapidement les élastiques.

« C'est indispensable ? demanda Underhill.

— On ne sait pas. Et ne te sens pas privilégié ; dans une heure, tout le monde en portera. Mis à part les pékins du CRB, évidemment. »

Underhill enfila son masque et l'ajusta sans faire plus de commentaires. Kurtz s'inclina en arrière et sa tête alla toucher la dernière circulaire du service de Sécurité sociale (à poster d'urgence sous peine de mort) punaisée au mur, derrière lui.

« Ça marche ? » demanda Underhill d'une voix qui était à peine assourdie.

Son haleine n'embuait pas le plastique, qui paraissait pourtant n'avoir ni pores ni filtres. Il n'en respirait pas moins sans difficulté.

« Ils ont été efficaces avec l'Ebola, avec l'anthrax, ils marchent avec la nouvelle forme de supercholéra. Est-ce qu'ils fonctionnent avec le Ripley ? Probablement. Sinon, on l'a dans le baba, soldat. En fait, on l'a peut-être déjà dans le baba. Mais le chrono tourne et la partie a commencé. Dois-je écouter l'enregistrement que tu as sans aucun doute dans ce truc à ton épaule ?

— Pas la peine de le faire passer intégralement. Quelques échantillons devraient suffire. »

Kurtz acquiesça, décrivit un mouvement circulaire de son index levé (comme un arbitre signalant un point gagnant, songea Owen), et s'installa plus confortablement dans le fauteuil de Gosselin.

Underhill disposa le magnétophone sur le bureau, face à Kurtz, et appuya sur *Play*. Une voix robotisée et dépourvue de timbre déclara : « Interception radio NASA Multibande. 62914A44. Cet enregistrement est classé secret-défense. Heure d'interception 06:27, 14 novembre, deux-zéro-zéro-un. Si vous n'avez pas l'autorisation classe 1, vous êtes prié d'appuyer immédiatement sur arrêt. »

« *Vous êtes prié*..., répéta Kurtz, hochant la tête. Voilà qui devrait foudroyer tous ceux qui n'ont pas l'autorisation, tu crois pas ? »

Il y eut quelques secondes de silence, un bip prolongé, puis la voix d'une jeune femme qui disait : « Un. Deux. Trois. Je vous en prie, ne nous faites pas de mal. *Ne nous blessez pas**. » Un silence de deux secondes, puis la voix d'un jeune homme. « Cinq. Sept. Onze. Nous sommes sans défense. *Nous sommes sans défense**. Je vous en prie, ne nous faites pas de mal, nous sommes sans défense. *Ne nous faites**...

— Seigneur, c'est comme un cours Berlitz qui viendrait de l'espace profond, commenta Kurtz.

— Vous reconnaissez les voix ? »

Kurtz secoua la tête et porta un doigt à ses lèvres.

La voix suivante était celle de Bill Clinton. « Treize. Dix-sept. Dix-neuf. » Avec l'accent de l'Arkansas, c'était assez rigolo. « Il n'y a pas d'infection ici. *Il n'y a pas d'infection ici**. » Nouvelle pause de deux secondes, puis ce fut la voix de Tom Brokaw qui s'éleva du magnétophone : « Vingt-trois. Vingt-sept. Vingt-neuf. Nous mourons. *On se meurt, on crève**. Nous mourons. »

Underhill arrêta l'enregistrement.

« Au cas où vous vous le demanderiez, la première voix est celle de Jessica Parker, une actrice. Et la seconde celle de Brad Pitt.

— Brad Pitt ?

— Un acteur.

— Ah, bon.

— Après chaque silence, c'est une voix nouvelle qui parle. Toutes ces voix pourraient être reconnues par une grande partie de la population de ce secteur. Il y a aussi celles d'Alfred Hitchcock, de Paul Harvey, de Garth Brooks, de Tim Sample — un humoriste local, très populaire ici — et de centaines d'autres, dont certaines n'ont pu être identifiées.

— Des *centaines* d'autres ? Combien de temps a duré l'interception ?

— À strictement parler, il ne s'agit nullement d'une interception, mais d'une transmission en clair que nous brouillons depuis 08:00. Ce qui signifie qu'il en est passé pas mal, mais on estime que ceux qui auront pu capter ces messages n'y auront pas compris grand-chose. Et dans le cas contraire... (Underhill haussa les épaules, l'air de dire, *que pouvons-nous y faire ?*) ça continue. Les voix paraissent authentiques. Les quelques comparaisons d'empreintes vocales que l'on a pu faire ont toutes donné les mêmes résultats : identiques. Quoi que soient ces enfoirés, ils pourraient mettre au chômage tous les imitateurs de la planète. »

Les *whoop-whoop-whoop* des hélicoptères leur parvenaient sans peine à travers les murs. Kurtz sentait leurs vibrations tout autant qu'il les entendait. À travers les planches, à travers la circulaire de la Sécurité sociale, et jusque dans les chairs grises constituées principalement d'eau, des vibrations qui lui disaient, allez, allez, allez, dépêche-toi, dépêche-toi, dépêche-toi. Son sang bouillait, mais il se contentait de rester assis et de regarder Owen Underhill. De penser à Owen Underhill. Se hâter lentement ; voilà un proverbe judicieux. En particulier quand on avait affaire à des individus comme Owen. Comment va l'aine ? Tu parles.

T'as déconné une fois avec moi... Tu t'es peut-être arrêté juste à temps, mais bon Dieu, t'es venu t'y frotter, pas vrai ? Oui, j'en ai bien l'impression. Et je pense que tu ne vas pas oublier de faire gaffe.

« Les quatre mêmes messages, toujours répétés, disait Underhill en comptant sur ses doigts. Ne nous faites pas de mal. Nous sommes sans défense. Il n'y a pas d'infection ici. Le dernier...

— Pas d'infection, intervint Kurtz. Je t'en fiche. Ils manquent pas d'air, hein ? »

Il avait vu des photos de l'espèce de moisissure rouge doré qui poussait sur tous les arbres du secteur Blue Boy. Et sur les gens. Ou plutôt leurs cadavres, la plupart du temps. Les techniciens l'avaient baptisée le champignon Ripley, s'inspirant de la super-nana que jouait Sigourney Weaver dans la série des *Alien*. La plupart d'entre eux était trop jeunes pour se souvenir des autres cas de Ripley, ceux qui avaient contribué à la chronique des INCROYABLE MAIS VRAI de certains journaux. INCROYABLE MAIS VRAI avait disparu, à présent ; trop dérangeant, sans doute, pour le politiquement correct du vingt et unième siècle. Mais le nom convenait à la situation, se dit Kurtz. Lui allait comme un gant. À côté, les sœurs siamoises et les veaux à deux têtes, dans l'ancienne revue *Ripley's Believe it or not*, paraissaient pratiquement des choses normales.

« Le dernier est *nous mourons*, continuait Underhill. Celui-là est intéressant parce qu'il comporte deux versions françaises différentes en plus de celle en anglais. La première est normale. La deuxième est argotique — *on crève**. On pourrait dire en anglais quelque chose dans le genre, *on est cuits.* » Il regarda droit dans les yeux de Kurtz, lequel regretta que Perlmutter ne soit pas là pour constater qu'en effet, c'était possible. « Mais est-ce qu'ils sont cuits ? En admettant, bien entendu, qu'on ne puisse rien faire pour eux ?

— Pourquoi en français, Owen ? »

Underhill haussa les épaules.

« C'est toujours la deuxième langue la plus parlée, dans le secteur.

— Ah. Et les nombres premiers ? Juste pour nous montrer que nous avons affaire à des êtres intelligents ? Comme s'il y en avait d'autres qui auraient été capables de voyager d'un système solaire à un autre, ou depuis une autre dimension, ou de venir du coin d'où ils viennent ?

— C'est ce qu'on peut se dire. Et les faux-éclairs, patron ?

— La plupart sont maintenant dispersés dans les bois. Ils se désintègrent assez rapidement une fois qu'ils n'ont plus de jus. Ceux que nous avons pu récupérer ont l'air de boîtes de conserve sans étiquette. Étant donné leur taille, ils font un sacré numéro, non ? Ils ont fichu une frousse carabinée aux gens du coin. »

En se désintégrant, les faux-éclairs laissaient derrière eux leur espèce de moisissure ou d'ergot, ou de tout ce que l'on voudra. Constatation qui paraissait aussi valide pour les extra-terrestres eux-mêmes. Ceux qui restaient se tenaient à proximité de leur vaisseau comme des banlieusards à côté d'un bus en panne, braillant qu'ils n'étaient pas contaminés, *il n'y a pas d'infection ici**, le seigneur soit loué, faites passer la monnaie. Et une fois qu'on avait la saleté sur soi on était — comment avait dit Owen, déjà ? — cuit. On n'en était pas absolument sûr, c'était trop tôt, mais c'était l'hypothèse de travail.

« Combien d'E.T. traînent encore dans les parages ? demanda Underhill.

— Une centaine, peut-être.

— Et combien n'ont pas été repérés ? Est-ce qu'on en a une idée ? »

D'un geste de la main, Kurtz repoussa la question. Savoir n'était pas son boulot. Savoir revenait à un autre service, et aucun des membres du service en question n'avait été invité à participer aux réjouissances.

« Les survivants, insista Underhill. Ce sont les équipages ?

— Je ne sais pas, mais probablement pas. Trop nombreux pour être des équipages ; pas assez pour être des colons. Et ridiculement peu nombreux pour être des troupes de choc.

— Et qu'est-ce qui se passe encore par ici, patron ? Il y a autre chose.

— T'en es certain, pas vrai ?

— Oui.

— Pourquoi ? »

Underhill haussa les épaules.

« Une intuition ?

— Ce n'est pas de l'intuition, dit Kurtz, presque avec douceur. Mais de la télépathie.

— Quoi ?

— Plutôt sommaire, mais ça ne fait aucun doute. Les hommes sentent quelque chose, mais ils n'ont pas encore mis un nom dessus. Dans quelques heures, ce sera fait. Nos amis grisâtres sont télépathes et ils semblent propager ce don comme ils propagent leur moisissure.

— Sainte putain de merde », murmura Underhill.

Kurtz, toujours sans bouger de son siège, regardait l'autre réfléchir. Il aimait bien regarder les gens réfléchir, en particulier s'ils le faisaient bien, mais aujourd'hui il y avait plus : il *entendait* Owen penser ; c'était un bruit lointain, comme celui de la mer dans un coquillage.

« La moisissure n'est pas bien vigoureuse dans cet environnement, observa Underhill. Eux non plus ne le sont pas. Mais cette histoire de transmission de pensée ?

— Il est trop tôt pour le dire. Si ça dure, cependant, et si ça doit sortir de ce trou de chiottes où il n'y a que de foutus pins, ce sera une autre paire de manches. Tu t'en doutes, hein ? »

Underhill, effectivement, s'en doutait.

« Je n'arrive pas à y croire.

— Je pense à une voiture, dit Kurtz. Laquelle ? »

Underhill le regarda, essayant apparemment de déterminer si son supérieur était sérieux. Il vit qu'il l'était, et secoua la tête.

« Comment pourrais-je... c'est une Fiat.

— Une Ferrari, en réalité. Je pense à un parfum de crème glacée. Leq...

— Pistache.

— Et voilà. »

Owen resta sans rien dire pendant quelques instants, puis demanda à Kurtz s'il pouvait lui dire le prénom de son frère.

« Kellog, répondit Kurtz. Bon Dieu, Owen, tu parles d'un prénom pour un gosse !

— C'est le nom de jeune fille de ma mère. Bordel. De la télépathie !

— De quoi foutre en l'air le taux d'audience de *Jeopardy* et de *Qui veut gagner des millions*, laisse-moi te dire... si jamais ça prend la tangente. »

Dehors, il y eut un coup de feu suivi d'un hurlement. « Vous n'auriez pas dû faire ça ! cria quelqu'un, d'une voix scandalisée et apeurée. Vous n'auriez pas dû faire ça ! »

Ils attendirent, mais ce fut tout.

« Le décompte des grisâtres identifiés est maintenant de quatre-vingt-un, dit Kurtz. Mais il y en a probablement davantage. Une fois abattus, ils se décomposent très vite. Il ne reste rien qu'une masse visqueuse... puis la moisissure.

— Dans toute la zone ? »

Kurtz secoua la tête.

« Imagine une pointe de flèche orientée vers l'est. Le bout le plus large correspond à Blue Boy. Nous nous trouvons à peu près au milieu du triangle. Il reste quelques immigrants illégaux de religion grisâtre qui errent à l'est d'ici. Les faux-éclairs se sont avant tout manifestés au-dessus de cette zone. Patrouilles routières des E.T.

— La vraie cata, non ? remarqua Owen. Pas seulement les grisâtres, les vaisseaux et les faux-éclairs... mais toute cette géographie à la con.

— Je ne suis pas prêt à en parler pour le moment. »

Non, se dit Underhill, *évidemment pas*. Il se demanda aussitôt si Kurtz pouvait lire dans ses pensées. Il n'y avait aucun moyen de le savoir, et certainement pas en scrutant ses yeux délavés.

« On va récupérer le reste des grisâtres, laisse-moi te le dire. Ce sont tes hommes, et seulement eux, qui seront en charge des postes de tir. Tu seras Blue Boy Leader. Vu ?

— Oui, monsieur. »

Kurtz ne le corrigea pas. Dans ce contexte, et étant donné l'aversion qu'Underhill éprouvait pour cette mission, le *monsieur* était probablement aussi bien.

« Je serai Blue One. »

Underhill acquiesça.

Kurtz se leva et sortit sa montre de gousset. Midi passé.

« Ça va finir par sortir, observa Underhill. Il y a pas mal de citoyens américains dans la zone. Il n'existe tout simplement pas de moyen d'étouffer l'affaire. Combien ont de ces... de ces implants ? »

Kurtz faillit sourire. Les fouines, ah oui ! Un certain nombre ici et aujourd'hui, quelques autres dans les années à venir. Underhill l'ignorait, mais Kurtz était au courant. De sacrées saletés, ces bestioles. Il y avait au moins un avantage à être le patron : on n'était pas obligé de répondre aux questions quand on n'en avait pas envie.

« Ce qui se passera par la suite regarde les spécialistes de la question. Notre boulot, c'est de réagir devant des choses que certaines personnes — dont la voix figure probablement sur ton enregistrement — considèrent comme représentant un danger manifeste et actuel pour les citoyens des États-Unis. Pigé, mec ? »

Underhill soutint quelques instant le regard des yeux pâles avant de détourner le sien.

« Encore une chose, reprit Kurtz. Tu te souviens du phooka ?

— Le cheval fantôme irlandais ?

— Pas mal. Quand on en viendra au bourrin, c'est moi qui m'en occuperai. Comme je l'ai toujours fait. Des types en Bosnie t'auraient vu chevaucher mon phooka. Pas vrai ? »

Underhill ne prit pas le risque de répondre. Kurtz n'avait pas l'air de le prendre mal, mais il paraissait sérieux.

« Pas question de recommencer, Owen. Le silence est d'or. Quand on chevauche le phooka, on doit être invisible. Tu comprends ça ?

— Oui.

— Tu le comprends bien ?

— Oui. »

Underhill se demanda une fois de plus dans quelle mesure Kurtz lisait dans son esprit. Il ne faisait aucun doute que lui-même pouvait déchiffrer le nom que Kurtz avait à l'esprit, et il supposa que c'était ce que voulait son supérieur. Bosanski Novi.

4

Ils étaient sur le point de partir : quatre hélicoptères lourdement armés, les hommes d'Owen Underhill ayant remplacé les types de l'ANG qui s'étaient chargés d'amener les CH-47 jusqu'ici. Déjà, les moteurs montaient en régime et les rotors remplissaient l'air de leur tonnerre, lorsque Kurtz donna l'ordre d'annuler le départ.

Underhill le retransmit, puis donna un petit coup de menton sur la gauche. Il était à présent sur la fréquence personnelle de Kurtz.

« Je vous demande pardon, patron, mais qu'est-ce que c'est que ce bordel ? » demanda-t-il. S'ils étaient chargés de cette corvée, qu'ils la fassent tout de suite et qu'on n'en parle plus. C'était pire qu'à Bosanski Novi, bien pire. On ne pouvait se contenter de faire passer ça par profits et pertes sous le prétexte que les grisâtres ne seraient pas des êtres humains. Pas lui, en tout cas. Des êtres capables de construire quelque chose comme Blue Boy — ou au moins de le faire voler — étaient plus qu'humains.

« Ça ne me concerne pas, vieux, répondit Kurtz. D'après la météo de Bangor, cette merde est en train de débarquer vitesse grand V. C'est ce qu'ils appellent un "Alberta Clipper". Dans trente minutes, quarante-cinq maxi, on est en route. Avec tous les systèmes de navigation en rideau, vaut mieux attendre si on peut... et nous pouvons. Tu me remercieras, quand tout sera fini. »

Ça, c'est pas garanti.

« Bien reçu. » Il donna un coup de menton vers la droite.

« Conklin ? » Pas question d'appeler quelqu'un par son grade dans cette mission, en particulier à la radio.

« Je suis là, m..., je suis là.

— Dites à nos hommes que le départ est retardé de trente à quarante-cinq minutes. Répétez, trente à quarante-cinq.

— Bien reçu, trente à quarante-cinq.

— Mettez-nous un peu de musique qui swingue.

— OK. Un truc précis ?

— Tout ce que vous voulez, sauf l'hymne de l'escouade.

— Bien compris, l'hymne reste au placard. »

Même pas l'esquisse d'un sourire dans la voix de Conklin. Il y en avait un, au moins, à qui la mission plaisait aussi peu qu'à Underhill. Conklin avait lui aussi fait partie de la mission de Bosnie en 95. La musique de Pearl Jam arriva dans les écouteurs d'Owen. Il les retira et les laissa pendre à son cou, comme un collier de cheval. Il n'était pas un fan de Pearl Jam et, à ce titre, était minoritaire dans le groupe.

Archie Perlmutter et ses hommes couraient dans tous les sens comme des poulets auxquels on a coupé le cou. Des mains se portaient à la tête pour saluer avec des mouvements avortés, et bon nombre de coupables jetaient un coup d'œil en coulisse vers l'hélicoptère léger, camouflé en vert, dans lequel Kurtz avait pris place, les écouteurs sur les oreilles, un exemplaire du *Derry News* ouvert devant lui. Il paraissait plongé dans sa lecture, mais Underhill ne doutait pas que Kurtz enregistrait toutes ces esquisses de salut et la trombine de tous les soldats qui oubliaient la situation et retombaient dans les vieilles habitudes stupides. À côté de Kurtz se trouvait Freddy Johnson. Johnson travaillait avec Kurtz depuis l'époque où l'arche de Noé avait atterri sur le mont Ararat. Lui aussi avait participé à l'équipée de Bosanski, et il avait sans doute fait à Kurtz un rapport complet sur ce qui s'était passé, Kurtz lui-même ayant été obligé de renoncer à mener l'opération, incapable qu'il était de grimper sur le dos de son bien-aimé phooka à cause de sa hernie étranglée.

En juin 95, l'Air Force avait perdu un avion de reconnaissance au-dessus de la zone interdite de vol par l'OTAN, non loin de la frontière croate. Les Serbes avaient fait toute une affaire de l'avion du capitaine Tommy Callahan, et en aurait fait une plus retentissante encore de Tommy Callahan, s'ils avaient pu mettre la main sur lui ; le haut commandement, traumatisé par les images de

Nord-Vietnamiens faisant parader avec jubilation, devant la presse internationale, des pilotes ayant subi un lavage de cerveau, fit de la récupération du pilote une priorité.

On avait été sur le point d'abandonner les recherches, lorsque Callahan avait contacté l'Air Force par radio, sur une basse fréquence. La petite amie du pilote donna un signe de reconnaissance efficace et, quand on interrogea l'homme cloué au sol, il répondit aussitôt, disant que ses amis avaient commencé à le surnommer le Pukester, le Dégobilleur, après une soirée arrosée mémorable en fin d'études secondaires.

Les gars de Kurtz allèrent récupérer Callahan avec deux hélicoptères beaucoup plus petits que ceux qu'ils utilisaient aujourd'hui. Le responsable de l'opération sur le terrain était Owen Underhill, alors déjà considéré (même par lui-même) comme le successeur le plus probable de Kurtz. Callahan devait allumer un fumigène en voyant les appareils, et ne pas bouger. Le boulot d'Underhill — la partie phooka — consistait à récupérer Callahan sans être vu. Chose qui, du point de vue d'Owen, ne paraissait pas strictement nécessaire, mais qui était la méthode prônée par Kurtz : ses hommes devaient être invisibles, ses hommes chevauchaient le cheval irlandais.

L'exfiltration, pour reprendre le terme technique, s'était déroulée à la perfection. Il y eut bien quelques missiles SAM de tirés, mais ils allèrent se perdre dans le décor — le matériel de Milosevic était merdique, pour l'essentiel. C'est au moment où ils faisaient monter Callahan à bord qu'Underhill vit ses premiers et uniques Bosniaques : cinq ou six enfants dont le plus âgé n'avait pas dix ans, qui les regardaient, l'expression solennelle. L'idée que la directive de Kurtz — pas de témoins — puisse s'appliquer à un groupe de mômes morveux n'avait même pas traversé l'esprit d'Owen. Et Kurtz n'y avait jamais fait allusion.

Jusqu'à aujourd'hui.

Owen Underhill n'en doutait pas : Kurtz était un homme terrible. Il n'était cependant pas le seul à l'être dans cette unité où, très certainement, il y avait plus de démons que de saints et où beaucoup étaient des fanatiques du secret. Quant à ce qui rendait Kurtz différent, Underhill n'en avait aucune idée... Kurtz, ce grand échalas mélancolique avec ses cils blancs et son regard qui ne changeait jamais. Croiser ce regard était difficile parce qu'on n'y lisait rien, ni amour, ni humour, et absolument aucune curiosité. Ce manque de curiosité était peut-être ce qu'il y avait de plus dérangeant.

Une Subaru en mauvais état s'arrêta devant le magasin ; deux hommes âgés en descendirent en faisant très attention. L'un d'eux s'agrippait à une canne noire de sa main tavelée. Les deux vieillards portaient des surchemises de chasse à carreaux rouges et noirs et des casquettes délavées, l'une avec la mention CASE et l'autre DEERE au-dessus de la visière. Ils regardèrent avec stupéfaction le groupe de soldats qui se précipita vers eux. Des soldats au Gosselin's Market ? Que diable... ? Ils comptaient manifestement plus de quatre-vingts printemps, mais il y avait dans leurs yeux la curiosité qu'on ne voyait pas dans ceux de Kurtz. On la devinait aussi à leur manière de se tenir et d'incliner la tête.

On devinait toutes les questions que n'avait pas posées Kurtz. *Qu'est-ce qu'ils veulent ? Veulent-ils vraiment nous faire du mal ? Le vent que nous avons semé apporterait-il aujourd'hui la tempête ? Qu'est-ce qui s'est passé lors de toutes les rencontres précédentes, les ovnis, les faux-éclairs, les chutes de cheveux d'ange et de poussière rouge, les enlèvements qui avaient débuté à la fin des années soixante, pour que les puissances en place aient aussi peur ? Avait-on réellement essayé de communiquer avec ces créatures ?*

Et la dernière question, la question la plus importante : les grisâtres étaient-ils comme nous ? Étaient-ils humains d'une manière ou d'une autre ? S'agissait-il de véritables assassinats ?

Question qui n'apparaissait pas plus que les autres dans les yeux de Kurtz.

5

La neige cessa presque de tomber, la lumière revint et, trente-cinq minutes exactement après avoir mis l'escouade en attente, Kurtz ordonnait le départ. Underhill retransmit cet ordre à Conklin et les rotors des « Chinnies » se mirent de nouveau à monter en régime, soulevant des tourbillons de neige qui les transformèrent pendant quelques instants en visions fantomatiques. Puis les hélicoptères s'élevèrent au-dessus de la cime des arbres, alignés sur Owen Underhill — Blue Boy Leader — et prirent la direction de l'ouest de Kineo. Le Kiowa 58 de Kurtz volait en dessous d'eux, sur tribord, et Underhill évoqua brièvement un film de cow-boys avec John Wayne, une troupe de soldats en tunique bleue conduite par un éclaireur indien, à l'écart sur son petit cheval pie qu'il montait à cru. Il ne le voyait pas, mais il imaginait Kurtz toujours en train de lire son journal. Son horoscope, peut-être. *Poissons : c'est votre jour d'infamie. Restez couchés.*

Pins et sapins, sous eux, apparaissaient et disparaissaient au milieu de lambeaux de vapeur blanche. Des rafales chargées de neige vinrent fouetter les pare-brise avant des Chinook, virevoltèrent, disparurent. Le vol était extrêmement secoué, et on se serait cru dans le tambour d'une machine à laver. Mais Owen n'aurait pas voulu qu'il en soit autrement. Il remit les écouteurs sur ses oreilles. Un nouveau groupe, peut-être Matchbox Twenty. Pas génial, mais mieux que Pearl Jam. Il avait en horreur l'hymne de l'escouade. Mais il l'écouterait. Oui, il l'écouterait.

Ils ne cessaient de plonger dans les nuages bas et d'en jaillir, d'avoir d'intermittentes visions vaporeuses d'une forêt qui paraissait s'étendre à l'infini, ouest ouest ouest.

« Blue Boy Leader ? Ici Blue Deux.

— J'écoute, Deux.

— Contact visuel avec Blue Boy. Vous confirmez ? »

Un instant, Underhill ne vit rien. Puis ce qu'il aperçut lui sauta à la figure et lui coupa le souffle. Une photo, une image prise dans un cadre, un objet qu'on pouvait tenir dans ses mains était une chose. Mais ce qu'il avait sous les yeux n'avait rien à voir.

« Je confirme, Deux. Ici Blue Boy Leader. Restez en position stationnaire. Je répète, restez en position stationnaire. »

Un par un, tous les hélicoptères confirmèrent. Seul Kurtz ne le fit pas, mais lui aussi respecta l'ordre donné par Underhill. L'escadrille des Chinook et le Kiowa étaient suspendus en l'air à environ un kilomètre du vaisseau spatial naufragé. Il était au bout d'une piste en pente, faite d'arbres abattus comme sous la faux d'un taille-haie géant. La piste disparaissait dans une zone marécageuse hérissée d'arbres morts, griffes tournées vers le ciel pour éventrer les nuages. Des plaques de neige en train de fondre zigzaguaient entre eux, et devenaient jaunâtres ici et là au contact du sol imbibé d'eau. En d'autres endroits, on voyait un réseau de veines et capillaires, là où affleuraient les eaux noires.

Le vaisseau, une plaque titanesque grise mesurant presque quatre cents mètres de large, avait culbuté et arraché les arbres morts, au milieu du marécage, les dispersant en fragments effilés dans tous les sens, comme sous l'effet d'une véritable explosion. Le Blue Boy (qui n'était absolument pas bleu, en dépit de son nom) était venu s'embourber à l'extrémité ouest du marécage, à l'endroit où il butait contre la falaise à pic d'un promontoire rocheux. Une bonne partie de son bord incurvé s'était enfoncé dans la terre instable gorgée d'eau. De la boue et des débris de bois jonchaient la coque lisse de l'appareil.

Les grisâtres qui avaient survécu à l'accident se tenaient à côté de l'épave, la plupart sur les buttes de terre enneigées que protégeait, comme un avant-toit, le bord opposé du vaisseau ; si le soleil avait brillé, ils auraient été à l'ombre, sous la coque. Mais voilà... il y avait manifestement quelqu'un qui estimait qu'il s'agissait bien plus d'un Cheval de Troie que d'un vaisseau naufragé, même si les grisâtres survivants, nus et sans armes, ne paraissaient guère menaçants. *Environ une centaine,* avait dit Kurtz, mais ils étaient déjà moins nombreux ; une soixantaine, estima Underhill. Il aperçut au moins douze cadavres, dans un état de décomposition roussâtre plus ou moins avancé, allongés sur les buttes enneigées. D'autres flottaient sur le ventre dans les flaques d'eau noire. Ici et là, ressortant vivement sur la neige, on voyait les plaques d'un rouge doré de la moisissure « Ripley »... mais toutes n'étaient pas d'une couleur éclatante, Underhill s'en rendit compte lorsqu'il porta les jumelles à ses yeux pour les examiner. Plusieurs commençaient à virer au gris, victimes du froid, ou de l'atmosphère, ou des deux. Les grisâtres, comme la moisissure qu'ils avaient importée avec eux, avaient manifestement du mal à survivre ici.

Ce truc-là risquait-il de s'étendre ? Il n'arrivait pas à y croire.

« Blue Boy Leader ? Vous êtes là ? fit la voix de Conklin.

— Je suis là. Ferme-la une minute. »

Underhill se pencha et, passant la main sous le coude du pilote (Tony Edwards, un bon gars), enclencha la fréquence radio générale. L'allusion de Kurtz à Bosanski Novi ne lui vint pas un instant à l'esprit ; l'idée qu'il commettait une erreur terrible ne lui vint pas à l'esprit ; l'idée qu'il aurait pu sérieusement sous-estimer le degré de folie de Kurtz ne lui vint pas à l'esprit. En fait, il agit sans avoir réellement conscience de ce qu'il faisait. C'est l'impression qu'il en garda, en tout cas, lorsqu'il revint plus tard sur l'incident, le faisant passer et repasser dans sa tête. Un simple commutateur qu'on déclenche suffisait à changer la vie d'un homme, semblait-il.

Et la voix fut là, puissante et claire ; pas une voix qu'auraient reconnue les têtes brûlées de Kurtz. Ils connaissaient celle d'Eddie Vedder, pas celle de Walter Cronkite. « ...ici. *Il n'y a pas d'infection ici**. » Deux secondes, puis une voix qui aurait pu appartenir à Barbra Streisand : « Cent treize. Cent dix-sept. Cent dix-neuf. »

À un moment donné, comprit Underhill, ils avaient commencé à réciter les nombres premiers, en partant du un. Dans le bus, pendant qu'ils se dirigeaient vers le Gosselin's Market, les différentes voix avaient atteint les nombres à quatre chiffres.

« Nous mourons, dit la voix de Barbra Streisand. *On se meurt, on crève**. » Un silence, puis la voix de David Letterman : « Cent vingt-sept. Cent...

— Coupez-moi ça ! » hurla Kurtz. Pour la première fois depuis qu'il le connaissait, c'est-à-dire depuis des années, Kurtz parut vraiment hors de lui. Presque choqué. « Pourquoi vouloir balancer ces conneries dans les oreilles de mes gars, Owen ? Explique-moi ça, et tout de suite !

— Je voulais simplement vérifier que ça n'avait pas changé, patron », répondit Owen.

Ce qui était un mensonge, comme le savait Kurtz. Et il paierait pour ça. C'était ne pas flinguer les gosses une seconde fois, et peut-être même pire. Underhill s'en foutait. Qu'il aille chier, avec son cheval phooka. S'ils devaient faire ce qu'ils s'apprêtaient à faire, il voulait que les gars de Kurtz (baptisés Skyhook en Bosnie, Blue Group ici, autrement le prochain coup, mais c'était toujours les mêmes têtes, jeunes, farouches) entendent les grisâtres une dernière fois. Les voyageurs venus d'un autre système stellaire, peut-être même d'un autre univers ou d'un autre flux temporel, possesseurs d'un savoir qui échapperait toujours à leurs hôtes (ce dont Kurtz se fichait). Qu'ils entendent la clameur des grisâtres une dernière fois au lieu de Pearl Jam, de Jar of Flies ou de Rage Against the Machine ; les grisâtres en appelant à ce qu'ils avaient innocemment espéré être une meilleure nature.

« Et ça a changé ? » crépita la voix de Kurtz. Le Kiowa vert était toujours au même endroit, juste en dessous de la ligne des hélicos de combat, son rotor tournant au-dessus d'un vieux pin écimé qui se balançait et se tordait sous le souffle. « Ça a changé, Owen ?

— Non, dit-il, pas du tout, patron.

— Alors, coupe-moi ce charabia. On perd son temps, bon Dieu. »

Owen réagit avec un temps de retard.

« Oui, *monsieur* », dit-il avec un soin délibéré.

6

Kurtz était assis bien droit dans le siège de droite du Kiowa « droit comme un I », comme on dit toujours dans les romans et les films. Il avait enfilé ses lunettes de soleil, en dépit de la lumière d'un gris laiteux du jour, mais c'est tout juste si Freddy, son pilote, osait le regarder du coin de l'œil. Les lunettes étaient un modèle enveloppant tout ce qu'il y avait de plus chicos et à la mode, et lorsque le patron les avait sur le nez, impossible de dire où il regardait. Et il ne fallait surtout pas se fier à la direction dans laquelle était tournée sa tête.

Kurtz avait le *Derry News* (LUMIÈRES MYSTÉRIEUSES DANS LE CIEL, PANIQUE DANS LE JEFFERSON TRACT : QUATRE CHASSEURS PORTÉS DISPARUS) ouvert sur les genoux. Il prit le journal et entreprit de le plier méthodiquement et avec soin. Il était bon à ce petit jeu, et le *Derry News* ne tarda pas à prendre la forme d'un bateau en papier — aussi prêt à couler que la carrière d'Underhill. Ce dernier ne doutait pas qu'il aurait à subir une sanction disciplinaire, sous une forme ou une autre — de la part du seul Kurtz, vu qu'il s'agissait d'une opération clandestine, du moins jusqu'ici — mais qu'il bénéficierait aussi d'une seconde chance. Ce qu'il ne paraissait pas avoir compris (et il valait sans doute mieux : qui n'est pas mis en garde n'est pas sur ses gardes), c'est qu'il venait justement de courir sa seconde chance. À savoir une de plus que ce que Kurtz avait jamais concédé à quiconque, une qu'il regrettait d'avoir octroyée. Regrettait amèrement. Dire qu'Underhill lui avait joué un tour pareil, après la conversation qu'ils avaient eue dans le bureau du magasin... après avoir été dûment averti...

« Qui donne l'ordre ? » crachota la voix d'Underhill sur la ligne privée de Kurtz.

Kurtz fut étonné et même un peu déconcerté par l'intensité de sa rage. Elle était pour l'essentiel faite de surprise, la plus simple des émotions, celle que les bébés manifestent avant toute autre. Owen lui en avait balancé une sévère en faisant passer comme ça les implorations des grisâtres sur la fréquence de l'escouade ; tu parles, s'il voulait savoir si les messages n'avaient pas changé, il pouvait se la rouler serrée et se la carrer dans le troufignon, celle-là. Owen était peut-être le meilleur adjoint que Kurtz ait jamais eu au cours d'une carrière longue et compliquée commencée au Cambodge dans les années soixante-dix, mais n'empêche, il allait le casser. Pour le coup de la radio ; parce qu'Owen n'avait pas appris sa leçon. Ce n'était pas à cause des gosses de Bosanski Novi, ou d'un paquet de voix qui jacassaient. Ce n'était pas pour n'avoir pas obéi aux ordres, ni même pour le principe. C'était à cause de la ligne. Sa ligne. La Ligne Kurtz.

Et en plus, il y avait eu ce *monsieur*.

Ce foutu *monsieur* méprisant.

« Patron ? » Owen paraissait un poil nerveux, et il n'avait pas tort de l'être, Dieu lui vienne en aide. « Qui donne...

— Fréquence générale, Freddy, dit Kurtz. Branche-moi. »

Beaucoup plus léger que les appareils de combat, le Kiowa se mit à osciller, bousculé par une rafale de vent. Kurtz et Freddy n'y prêtèrent pas attention. Freddy brancha la fréquence générale.

« Écoutez, les gars », commença Kurtz en regardant les quatre hélicoptères d'assaut, alignement de libellules de verre et d'acier coincées entre les arbres et les nuages bas. Devant eux s'étendaient le marécage et l'immense soucoupe d'un gris opalescent, sous l'arrière de laquelle s'était réfugié le groupe des rescapés — membres de l'équipage ou autres. « Écoutez-moi bien, les gars, papa va vous faire son sermon. Vous m'écoutez ? Répondez. »

Oui, oui, affirmatif, bien compris, Roger (avec un ou deux *monsieur* perdus au milieu, mais c'était sans importance ; l'oubli était différent de l'insolence).

« Je ne sais pas faire de discours, les gars, c'est pas mon fort, les discours, mais je tiens à ce que vous sachiez que nous ne sommes pas — je répète : *nous ne sommes pas* — dans un cas de figure où l'on peut se fier aux apparences. Qu'est-ce qu'on voit ? Environ six douzaines de grisâtres, des humanoïdes à première vue asexués qui se promènent tout nus, tels que le bon Dieu les a faits, et y'en aurait pour dire, hé, ces pauv'gens, tout nus et sans armes, pas même une pine ou un con à se partager, qui supplient qu'on les épargne à côté de leur express intergalactique, et quelle est la hyène, quel est le monstre qui pourrait entendre ces supplications et y aller tout de même ? Ce qu'il faut que je vous dise, les gars, c'est que je suis cette hyène, je suis ce monstre, je suis cette bête de guerre post-industrielle, post-moderne, crypto-fasciste, ignoblement macho et politiquement incorrecte, Dieu soit loué, et pour tous ceux qui m'écoutent, sachez que je m'appelle Abraham Peter Kurtz, que je suis retraité de l'armée de l'air américaine, numéro matricule 241771699, et que c'est moi qui mène cette charge ! Je suis le lieutenant Calley [1], pire que dans *Alice's Restaurant*. »

Il prit une profonde inspiration, les yeux toujours fixés sur les hélicoptères en vol stationnaire.

« Mais voilà, les gars, je suis ici pour vous rappeler que les grisâtres se frottent à nous depuis la fin des années quarante et que je me frotte à eux depuis la fin des années soixante-dix, et s'il y a un truc que je peux vous dire, c'est pas parce qu'un type se pointe avec les mains en l'air en disant qu'il se rend, non, c'est pas pour ça, Dieu me pardonne, qu'il n'a pas un demi-litre de nitroglycérine de coincé dans le cul. Toujours est-il que nos bons vieux crânes d'œufs qui se creusent la cervelle dans leurs boutiques spécialisées intellos, pas tous mais la plupart, affirment que les grisâtres se sont ramenés quand on s'est mis à faire sauter nos pétards atomiques et à hydrogène, qu'ils sont venus comme des papillons attirés par la lumière. Moi, j'en sais rien, je suis pas un crâne d'œuf, je laisse les autres se creuser la tête, je laisse ça aux supertronches, mais par contre j'ai d'excellents yeux, les gars, et je vous dis que ces salopards de grisâtres sont aussi inoffensifs qu'un loup dans une bergerie. Nous en avons capturé pas mal, au cours des années, mais pas un seul n'a survécu. Quand ils meurent, leur corps se décompose rapidement pour devenir ce que vous avez précisément sous les yeux, là en bas, le truc que vous appelez la moisissure Ripley. Parfois, ils explosent. Vous vous rendez compte ? Ils explosent ! L'espèce de champignon qu'ils trimballent, à moins qu'ils ne soient, eux, trimballés par le champignon, quelques crânes d'œufs croient que c'est peut-être le cas, crève très facilement, sauf s'il trouve un hôte vivant, je répète, un *hôte vivant*, et l'hôte qu'ils semblent préférer, mes p'tits gars, Dieu nous garde, c'est ce bon vieil *homo sapiens*. Une fois que vous en avez, même si c'est trois fois rien sous l'ongle de votre petit doigt, c'est panique à bord et tous aux abris. »

Ce qui n'était pas précisément la vérité, ni même quelque chose approchant la vérité de près ou de loin, mais il n'y avait pas soldat

1. Responsable du massacre du village de My-Lay, pendant la guerre du Viêtnam.

plus féroce au combat qu'un soldat motivé par la peur. Ce que Kurtz savait d'expérience.

« Les gars, nos petits copains grisâtres sont aussi télépathes, et on dirait bien qu'ils nous transmettent ce talent quand on les approche. Qu'on l'attrape même si on n'attrape pas le Ripley, et si vous commencez à vous raconter que ce serait marrant de faire un petit tour dans l'esprit des copains, que c'est le genre de truc qui ferait de vous la vedette dans les soirées branchées, je peux vous dire ce qui vous attend au tournant : schizophrénie, paranoïa, décrochage de la réalité, et putain de démence totale, je répète, totale. Les gars de la boutique à se creuser la cervelle, Dieu les bénisse, croient que c'est un phénomène qui disparaît très vite, pour le moment, mais je n'ai pas besoin de vous expliquer ce qui pourrait se passer si jamais les autres venaient s'installer ici pour de bon. Je veux que vous écoutiez très attentivement ce que je vais vous dire à présent, les gars. Je veux que vous l'écoutiez comme si votre vie en dépendait, vu ? Quand ils s'emparent de nous, je répète, quand *eux* s'emparent de *nous*, et comme vous le savez, il y a eu des enlèvements, la plupart des gens qui prétendent avoir été enlevés par des extra-terrestres sont des barjots qui mentent comme des arracheurs de dents, mais pas tous, ceux qu'ils relâchent reviennent souvent avec des implants. Certains ne sont rien de plus que des instruments, des transmetteurs, peut-être, ou des appareils de contrôle d'un genre ou d'un autre, mais d'autres sont des choses vivantes qui bouffent leur hôte, s'engraissent et les mettent ensuite en pièces. Ces implants ont été introduits par ces mêmes créatures que vous voyez là en bas, en train de tourner en rond, toutes nues et l'air innocent. Ils prétendent qu'il n'y a pas d'infection parmi eux, alors que nous savons qu'ils sont infectés jusqu'au yin-yang et jusqu'au bon vieux trou du cul et même encore plus loin. Cela fait un peu plus de vingt-cinq ans que je vois ces choses à l'œuvre et je peux vous dire qu'on y est, que c'est l'invasion, le championnat du monde toutes catégories. Et que c'est vous, les gars, qui êtes sur la ligne de défense. Ce ne sont pas de pauvres petits E.T. impuissants, les gars, qui attendraient gentiment qu'on leur offre une carte de téléphone pour qu'ils puissent appeler chez eux, ils sont une *maladie*. Ils sont le *cancer*, Dieu nous garde, et nous, les gars, nous sommes une bonne grosse injection radioactive de chimiothérapie. Vous m'entendez, les mecs ? »

Aucune réponse, cette fois. Pas de *Roger*, pas de *bien compris*. Mais une acclamation brutale, nerveuse, hystérique, débordant d'impatience. La retransmission en fut saturée.

« Le cancer, les gars. *Ils sont le cancer*. C'est la meilleure image que j'aie à vous offrir, même si, comme vous le savez, je suis pas très fort pour les discours. Bien compris, Owen ?

— Bien compris, patron. »

Ton neutre. Neutre et calme, bon sang. Eh bien, qu'il soit cool. Qu'il soit cool tant qu'il le pouvait. Owen Underhill était un type fini. Kurtz brandit son bateau en papier à l'envers et le regarda avec admiration. Owen Underhill avait coulé.

« Qu'est-ce qu'on voit là en bas, Owen ? Qu'est-ce qu'on voit traîner autour de ce vaisseau ? Qu'est-ce qui a oublié de mettre son falzar et ses pompes avant de quitter la maison, ce matin ?

— Le cancer, patron.

— Tout juste. Et à présent, donne l'ordre. On y va. Chante, Owen. »

Et, de manière très délibérée, sachant que les hommes des hélicoptères d'assaut le regardaient (lui qui n'avait jamais fait un sermon pareil, jamais, et venait d'en faire un qu'il n'avait pas préparé, pas un mot, sauf peut-être dans ses rêves), il tourna sa casquette à l'envers, visière sur la nuque.

7

Owen vit Tony Edwards tourner sa casquette (type les Mets de New York) à l'envers, entendit Bryson et Bertinelli manier la culasse de leur mitrailleuse lourde et comprit que les choses sérieuses commençaient. Que ça allait barder. Il pouvait monter dans la voiture et faire la course, ou rester sur le chemin et se faire écraser. C'était le seul choix que lui avait laissé Kurtz.

Il y avait cependant autre chose, un mauvais souvenir datant de longtemps, alors qu'il avait... huit ans ? Sept ? Peut-être même avait-il été plus jeune. Il se trouvait sur la pelouse, devant leur maison de Paducah ; son père était encore au travail et sa mère partie quelque part, sans doute à l'église baptiste du coin pour préparer l'une de ses éternelles ventes de charité (contrairement à Kurtz, quand Randi Underhill disait *Dieu soit loué*, elle le pensait vraiment), lorsqu'une ambulance était venue s'arrêter devant la porte de leurs voisins, les Rapeloew. Pas de sirènes, mais toute une kyrielle de gyrophares. Deux hommes, dans une sorte de survêtement ressemblant beaucoup à la salopette que portait maintenant Owen, avaient remonté l'allée des Rapeloew au pas de course tout en dépliant une civière aux chromes étincelants. Sans même ralentir. Un vrai tour de magie.

Moins de dix minutes plus tard, ils étaient de retour avec Mrs Rapeloew allongée sur la civière. Elle avait les yeux fermés. Mr Rapeloew était sorti ensuite, sans même prendre la peine de refermer la porte. Mr Rapeloew, qui avait l'âge du papa d'Owen, lui parut tout d'un coup avoir celui de son grand-père. Encore un tour de magie, sans doute. Mr Rapeloew regarda autour de lui pendant que les deux hommes chargeaient la civière avec sa femme à l'arrière de l'ambulance, et aperçut Owen agenouillé dans l'herbe, en short, jouant à la balle. *Ils disent que c'est une attaque !* lui cria Mr Rapeloew. *On l'emmène à St Mary's Memorial ! Dis-le à ta mère, Owen !* Puis il était monté à son tour à l'arrière de l'ambulance et le véhicule avait démarré. Pendant plusieurs minutes, Owen avait continué à jouer à la balle, la lançant et la rattrapant, non sans regarder la porte laissée ouverte par Mr Rapeloew, entre deux lancers, se disant qu'il devrait aller la fermer. Que la fermer serait accomplir ce que sa mère appelait un Acte de Charité Chrétienne.

Finalement, il se leva et passa sur la pelouse des Rapeloew. Les Rapeloew avaient toujours été gentils avec lui. Rien de vraiment particulier (« Pas de quoi se lever la nuit pour écrire les détails à la maison », comme aurait dit sa mère), mais Mrs Rapeloew était une spécialiste des cookies et n'oubliait jamais d'en mettre quelques-uns de côté pour lui ; et nombre de fois, il avait eu le plaisir de nettoyer du doigt les saladiers dans lesquels avaient été préparés la pâte ou son glaçage dans la cuisine de la rondouillarde et joyeuse Mrs Rapeloew. Et Mr Rapeloew lui avait montré comment fabriquer des avions en papier qui volaient réellement. Trois modèles différents, en plus. C'est pourquoi les Rapeloew méritaient qu'on se montre chrétiennement charitable envers eux ; pourtant, lorsqu'il franchit la porte de leur maison, il savait parfaitement bien que ce n'était pas par charité chrétienne qu'il était là. Faire la charité chrétienne ne rendait pas votre petit oiseau tout dur.

Pendant cinq minutes, ou peut-être un quart d'heure, sinon

une heure et demie, le temps passait comme dans un rêve, Owen avait erré dans la maison des Rapeloew, sans rien faire de spécial, mais pendant tout ce temps, son petit oiseau était resté dur comme de la pierre, tellement dur qu'il battait comme un deuxième cœur, et on aurait pu penser qu'un truc pareil devait faire mal, mais non, tout au contraire, c'était agréable, et bien des années plus tard, il avait su ce qu'avaient été ces allées et venues silencieuses : des préliminaires. Le fait qu'il n'ait rien eu contre les Rapeloew, qu'en réalité il aimait bien les Rapeloew, rendait la chose encore meilleure pour quelque raison obscure. Mais sur le moment, s'il avait été surpris (il ne le fut pas), il aurait pu répondre sans mentir qu'il ne savait pas pourquoi il avait fait ce qu'il avait fait.

Pas fait grand-chose, pourtant. Dans la salle de bains du rez-de-chaussée, il avait trouvé une brosse à dents avec le nom DICK écrit dessus. Dick était le prénom de Mr Rapeloew. Owen avait essayé de pisser sur cette brosse à dents, avait vraiment eu envie de le faire, mais son petit oiseau était tellement dur qu'il n'avait pas pu, que pas une goutte n'avait voulu en sortir. Il avait donc craché sur les poils et reposé la brosse à sa place. Dans la cuisine, il avait renversé un verre d'eau sur les plaques électriques de la cuisinière. Puis il avait pris un grand plat de service en porcelaine dans le bahut. « On dit que c'est la cigogne[1], avait déclaré Owen en brandissant le plat au-dessus de sa tête. Ça doit être un bébé, parce qu'il a dit que c'était une cigogne. » Sur quoi, il avait lancé le plat dans un coin où il s'était brisé en mille morceaux. Il avait alors tourné les talons et s'était enfui de la maison. Quoi qu'il se fût passé en lui, quelle qu'eût été la chose qui lui avait durci le petit oiseau et lui avait fait écarquiller les yeux comme s'ils allaient jaillir de leur orbite, le vacarme de l'explosion l'avait rompu, fait éclater comme un bouton ; et si ses parents n'avaient pas été autant inquiets pour Mrs Rapeloew, ils se seraient très certainement rendu compte que leur petit garçon ne tournait pas rond. Mais étant donné les circonstances, ils avaient probablement supposé qu'il était inquiet pour leur voisine, lui aussi. Il avait très mal dormi au cours de la semaine suivante, et le peu de sommeil dont il avait joui avait été entrecoupé de mauvais rêves. Dans l'un d'eux, Mr Rapeloew revenait de l'hôpital avec le bébé qu'avait

1. Jeu de mots entre *stroke*, « attaque » et *stork*, « cigogne ».

apporté la cigogne, à ceci près que le bébé était noir et mort. Owen avait été dévoré de culpabilité et de honte (mais jamais jusqu'au point de se confesser, cependant ; qu'aurait-il pu répondre à sa baptiste de mère, au nom du ciel, lorsqu'elle lui aurait demandé ce qui lui avait pris ?), sans toutefois jamais oublier le plaisir brut de s'être retrouvé dans la salle de bains, pantalon baissé, essayant de pisser sur la brosse à dents de Mr Rapeloew, ni l'excitation qui s'était emparée de lui lorsque le plat s'était brisé en mille morceaux. Il supposait que s'il avait été plus âgé, il aurait joui dans son pantalon. La pureté était dans l'absurdité de la chose ; la joie, dans le vacarme de la porcelaine se fracassant ; le plaisir résiduel, dans la façon dont il s'était vautré longuement et agréablement dans le remords de ce qu'il avait fait et dans la peur d'avoir été pris. Mr Rapeloew avait dit que c'était une cigogne, mais le père d'Owen lui avait expliqué qu'il s'agissait d'une attaque. Qu'un vaisseau sanguin s'était rompu dans la tête de Mrs Rapeloew et qu'elle avait eu, en fait, une hémorragie cérébrale.

Et voilà que tout cela recommençait.

Je vais peut-être jouir, cette fois-ci, se dit-il. *Ce sera à tous les coups fichtrement plus spectaculaire que d'essayer de pisser sur la brosse à dents de Mr Rapeloew*. Puis, après avoir aussi mis sa casquette à l'envers : *Même concept de base, pourtant.*

« Owen ? fit la voix de Kurtz, on est là, fiston ? Si tu réponds pas tout de suite, je vais devoir considérer que tu ne veux pas ou ne peux pas...

— Je suis là, patron. » Voix calme. En esprit, il voyait un petit garçon brandissant un plat en porcelaine au-dessus de sa tête. « Alors, les gars, on est prêts à botter quelques petits culs interstellaires ? »

Un rugissement affirmatif monta, avec au milieu des *comment donc* et des *on va les foutre en pièces.*

« Par quoi on commence, les gars ? »

L'hymne de l'escouade, l'hymne, les putains de Rolling Stones tout de suite !

« Celui qui veut se tirer, c'est le moment. »

Silence radio. Sur une autre fréquence, une fréquence sur laquelle Underhill ne se brancherait plus jamais, les grisâtres suppliaient avec leurs voix d'emprunt. À tribord et en dessous se tenait le petit Kiowa OH-58. Underhill n'avait pas besoin de ses jumelles pour voir Kurtz avec sa casquette retournée, Kurtz qui le surveillait. Il avait toujours le journal sur les genoux, replié en une sorte de triangle — allez savoir pourquoi. Pendant six ans, Owen Underhill n'avait pas eu besoin qu'on lui offre une chance de se racheter, ce qui était aussi bien, parce que Kurtz n'en offrait jamais ; au fond de son cœur, Underhill devait toujours l'avoir su. Il y repenserait plus tard. S'il le fallait. Une dernière pensée cohérente illumina son esprit — *le cancer, c'est toi, Kurtz, c'est toi* — et mourut. Laissant derrière elle d'excellentes, de parfaites ténèbres.

« Blue Group, ici Blue Boy Leader. Rapprochez-vous de moi. Ouvrez le feu à deux cents mètres. Évitez de toucher le Blue Boy, si c'est possible, mais on va vous nettoyer ces enfoirés, qu'il n'en reste rien. Fais passer l'hymne, Conk. »

Gene Conklin plaça un disque compact dans le lecteur posé sur le plancher de Blue Boy Deux. Underhill, déjà ailleurs, monta le volume dans Blue Boy Leader.

La voix de Mick Jagger, autrement dit celle des Rolling Stones, emplit ses écouteurs. Underhill leva la main, vit Kurtz lui adresser un salut sec — sincère ou sarcastique, Owen l'ignorait et s'en moquait. Et pendant que Jagger chantait, chantait l'hymne, celui qu'ils faisaient toujours jouer quand ça bardait, les hélicoptères descendirent, serrèrent les rangs et foncèrent sur leur cible.

8

Les grisâtres, ou du moins ceux qui avaient réchappé à l'accident, se tenaient dans l'ombre du grand disque de leur vaisseau, échoué à l'extrémité de la piste éventrée et jonchée d'arbres qu'il avait laissée derrière lui dans son atterrissage d'urgence. Ils ne firent tout d'abord aucun effort pour s'enfuir ou se cacher ; en fait, une bonne moitié d'entre eux s'avança (ils avaient des pieds dépourvus d'orteils), pataugeant dans la neige fondue, la boue et les plaques de mousse roussâtre éparpillées autour d'eux. Ceux-là firent face à la vague d'appareils de combat qui se dirigeait vers eux, levant leurs mains aux longs doigts, montrant qu'elles étaient vides. Leurs yeux noirs, immenses, brillaient dans la lumière atténuée et grise du jour.

Les hélicos ne ralentirent pas, même lorsque tous entendirent, brièvement, une dernière retransmission directement dans leur tête, *Je vous en prie, ne nous faites pas de mal, nous sommes inoffen-*

sifs, nous mourons. Avec en surimpression, tirebouchonnée autour comme une queue de cochon, la voix de Mick Jagger : « *Permettez-moi de me présenter, je suis riche et j'ai du goût ; je suis dans le secteur depuis pas mal d'années, et j'ai dérobé à plus d'un homme son âme et sa foi...* »

Les hélicoptères pivotèrent avec autant de vivacité qu'une fanfare exécutant un quart de tour pendant la parade du Rose Bowl, et les mitrailleuses lourdes ouvrirent le feu. Les balles creusèrent des sillons dans la neige, frappèrent les branches qui restaient aux arbres déjà massacrés, firent jaillir de petites étincelles blêmes sur la carène du grand vaisseau échoué. Elles déchiquetèrent les grisâtres qui s'étaient avancés, bras levés. Des membres étaient arrachés aux corps rudimentaires, laissant jaillir une sorte de sève rosâtre. Les crânes explosaient comme des grenades, aspergeant les autres et le vaisseau d'une matière rougeâtre qui n'était pas du sang mais toujours la même moisissure, comme si leurs têtes n'étaient pas vraiment des têtes mais des paniers remplis d'une gadoue immonde. Plusieurs furent coupés en deux à mi-corps et s'effondrèrent, les mains encore levées en signe de reddition. Dès qu'ils touchaient le sol, les corps gris prenaient des nuances d'un blanc sale et paraissaient bouillir.

Mick Jagger confiait : « *J'étais là lorsque Jésus-Christ eut son moment de doute et de douleur...* »

Les quelques grisâtres qui se trouvaient encore à l'abri du vaisseau firent demi-tour comme pour s'enfuir, mais il n'y avait aucune issue pour eux. La plupart furent abattus sur-le-champ. Les derniers survivants, pas plus de quatre, peut-être, battirent en retraite dans l'obscurité. Ils paraissaient faire quelque chose, tripoter un appareil, et Owen eut une horrible prémonition.

« Je peux les avoir ! » fit une voix, dans les craquements de la radio. Celle de Deforest, de Blue Boy Quatre, haletant d'impatience. Anticipant l'ordre d'Owen, le Chinook descendit presque jusqu'au niveau du sol ; son rotor souleva des tourbillons de neige et d'eau boueuse et créa un blizzard malpropre qui s'abattait sur les buissons aplatis par le souffle.

« Non, négatif ! Pas question, demi-tour ! Reprenez position point de ralliement plus cinquante mètres ! » cria Underhill, frappant l'épaule de Tony. Celui-ci, l'air un peu bizarre avec le masque transparent sur le nez et la bouche, tira le manche à lui et Blue Boy Leader s'éleva dans l'air instable. Même avec la musique (les bongos frénétiques, le chœur faisant *hou-hou*, « Sympathy for the Devil » n'avait jamais eu le temps d'atteindre sa conclusion, pas une seule fois jusqu'à maintenant), Underhill entendit ses hommes grommeler. Il vit aussi que le Kiowa s'était déjà écarté et n'était plus qu'un point au loin. Aussi bizarres qu'aient été ses particularités mentales, le patron de l'escouade n'était pas fou. Et son instinct était d'une rare précision.

« Mais, patron..., protesta Deforest, d'un ton plus que désappointé : furieux.

— Je répète, reprenez position, Blue Group, reprenez... »

L'explosion le repoussa brutalement dans son siège et expédia le Chinook en chandelle comme s'il était un jouet. En dépit du vacarme, Underhill entendit Tony Edwards jurer tandis qu'il se battait avec le manche à balai pour garder le contrôle de l'appareil. Il y eut des cris derrière eux, mais si la plupart des membres de l'équipage furent plus ou moins gravement blessés, ils n'avaient perdu que Pinky Bryson, qui avait voulu se pencher à l'extérieur pour mieux voir et était tombé de l'appareil au moment où l'onde de choc l'avait atteint.

« Ça y est, ça y est, ça y est ! » s'égosillait Tony, mais Underhill estima qu'il fallut au moins trente secondes au pilote pour reprendre le contrôle du vol, trente secondes qui lui parurent durer des heures. L'hymne de l'escouade ne sortait plus des haut-parleurs, fait qui ne présageait rien de bon pour Conklin et les gars de Blue Boy Deux.

Tony entama un virage, et Underhill s'aperçut que le pare-brise en Perspex était craquelé en deux endroits. Derrière eux, dans la cabine de tir, on entendait encore crier : Mac Cavanaugh s'était débrouillé pour perdre deux doigts dans l'affaire.

« Sainte merde, marmonna Tony. Vous nous avez sauvé la peau, patron. Merci. »

C'est à peine si Underhill l'entendit. Il regardait ce qui restait du vaisseau spatial, éparpillé à présent en au moins trois morceaux principaux — difficile à dire, car la merde volait dans tous les sens et l'air avait pris un aspect brumeux et une couleur rouge-orange. On avait moins de mal à distinguer l'épave de l'hélicoptère de Deforest. Elle gisait dans la boue, sur le flanc, et des bulles crevaient la surface tout autour. Côté bâbord, un élément du rotor flottait sur l'eau comme une pagaie géante. À environ une cinquantaine de mètres, d'autres lames de rotor dépassaient, noires, tordues, au milieu d'une boule de feu enragée jaune pâle. Conklin, et son Blue Boy Deux.

Grésillements et craquements à la radio. Blakey, de Blue Boy Trois :

« Patron, hé, patron, je vois...

— Trois, ici Leader. Vous allez...

— Leader, je vois des survivants, je répète, *il y a des survivants de Blue Boy Quatre*, trois au moins... non, quatre... je vais atterrir pour...

— Négatif, Trois, négatif, reprenez position plus cinquante mètres — non annulez, plus cent cinquante mètres, cent-cinquante, et tout de suite !

— Ah, mais, monsieur — pardon, patron... je vois Friedman, il est en train de brûler...

— Faites ce qu'on vous dit, Joe Blakey. »

La voix rauque de Kurtz, pas d'erreur. Kurtz qui avait mis largement à temps une bonne distance entre lui et la saloperie rouge. *Presque comme s'il avait su ce qui allait se passer,* pensa Underhill.

« Tirez vos fesses de là où je vous garantis que le temps de le dire, vous vous retrouverez à pelleter du crottin de chameau dans un pays très chaud où la gnôle est illégale. Giclez ! »

Pas la moindre protestation de Blue Boy Trois. Les deux hélicoptères d'assaut rescapés retournèrent à leur point de ralliement original plus cent cinquante mètres. Underhill regardait monter le tourbillon furieux du Ripley, se demandant si Kurtz avait su, ou simplement eu une intuition, et si lui et Blakey avaient évacué le secteur à temps. Parce qu'infectés, ils l'étaient, évidemment ; les grisâtres pouvaient bien raconter tout ce qu'ils voulaient, ils étaient contagieux. Underhill ignorait si cela justifiait ce qu'ils venaient de faire, mais il pensait que les survivants de Blue Boy Quatre, Ray Deforest et les autres, étaient déjà morts, même s'ils marchaient encore. Ou pire, vivants, mais se transformant. Devenant Dieu seul savait quoi.

« Owen. »

La radio.

Tony se tourna vers lui, sourcils levés.

« Owen. »

Avec un soupir, Underhill enclencha d'un coup de menton la communication avec la fréquence privée de Kurtz.

« Je suis ici, patron. »

9

Kurtz avait toujours le journal plié en bateau sur les genoux. Lui et Freddy portaient leurs masques, tout comme les autres membres du groupe d'assaut. Masques qui étaient probablement inutiles ; mais Kurtz, qui n'avait aucune intention de contracter le Ripley s'il pouvait l'éviter, était le patron sur le terrain. Entre autres choses, il devait donner l'exemple. De plus, il jouait la sécurité. Quant à ce qui concernait Freddy Johnson... il avait des projets pour lui.

« Je suis ici, patron, dit Owen dans l'écouteur.

— Très bon tir, excellent déploiement, et réactions exceptionnelles. Vous avez sauvé plusieurs vies. Nous sommes revenus tous les deux à la case départ. Vu ?

— Vu, patron. Et j'apprécie. »

Et si tu le crois, pensa Kurtz, *c'est que tu es encore plus stupide que tu en as l'air.*

10

Derrière Underhill, Cavanaugh geignait toujours, mais d'un ton plus bas. Rien de la part de Joe Blakey, qui commençait sans doute à comprendre ce que signifiait ce tourbillon de poussière roussâtre qu'ils avaient peut-être réussi à éviter. Ou peut-être pas.

« Tout va bien, mon gars ? demanda Kurtz.

— Nous avons quelques blessés, répondit Owen, mais dans l'ensemble, c'est cinq sur cinq. Du boulot pour les nettoyeurs, tout de même. C'est un carnage, là en bas. »

Le rire croassant de Kurtz arriva, assourdissant dans les écouteurs d'Owen.

11

« Freddy.

— Oui, patron ?

— Il faut garder un œil sur Owen Underhill.

— Entendu.

— Si nous sommes obligés de partir en catastrophe — je parle d'Imperial Valley — Underhill doit rester ici. »

Freddy Johnson ne répondit rien, se contentant d'acquiescer et de piloter. Bon gars. Savait de quel côté de la ligne il fallait se placer. Pas comme certains.

Kurtz se tourna à nouveau vers lui.

« Retourne dans ce foutu bled perdu. Au magasin. Et déchaîne toute ta cavalerie. Je veux y être un quart d'heure avant Owen et Blakey. Vingt minutes avant, si c'est possible.

— Oui, patron.

— Il faut aussi me verrouiller une liaison satellite avec Cheyenne Mountain.

— Comme si c'était fait. Ça prendra cinq minutes.

— Trois, mon gars. Je préférerais trois. »

Kurtz s'enfonça dans son siège et regarda défiler la forêt de résineux en dessous. Tant d'arbres, tant de vie sauvage et une quantité non négligeable d'êtres humains — la plupart habillés en orange fluo, vu la saison. Et dans une semaine, peut-être même dans soixante-douze heures, tout cela serait aussi mort que les montagnes de la lune. Désolant, mais s'il y avait bien une chose dont le Maine ne manquait pas, c'était de forêts.

Kurtz se mit à jouer avec le bateau en papier. Il avait l'intention d'en faire un chapeau de gendarme et de le poser, si possible, sur la tête d'Underhill, quand celui-ci aurait cessé de respirer.

« Il voulait savoir si quelque chose avait changé », dit Kurtz doucement.

Freddy Johnson, qui savait de quel côté sa tartine était beurrée, ne pipa mot.

12

À mi-chemin et alors que le petit Kiowa de Kurtz, un appareil rapide, n'était plus qu'un point pratiquement invisible à l'horizon, le regard d'Underhill se porta sur la main droite de Tony Edwards, qui tenait l'une des branches du manche à balai en forme de Y. À hauteur de la lunule de son pouce, aussi fine qu'une coulée de sable, on voyait une ligne incurvée d'un rouge orangé. Owen étudia ses propres mains, les inspectant avec encore plus de soin que son institutrice pendant une séance d'hygiène et soins corporels, à cette époque lointaine où les Rapeloew étaient leurs voisins. On ne voyait encore rien, pas sur ses mains, mais Tony portait la marque, et Underhill se disait que ça serait bientôt son tour.

On était baptistes, chez les Underhill, et Owen connaissait bien l'histoire d'Abel et Caïn. *La voix du sang de ton frère Caïn crie de la terre jusqu'à moi*, avait dit Dieu, qui avait envoyé Caïn vivre dans le pays de Nod, à l'est d'Eden. Avec les hommes inférieurs, d'après sa mère. Mais avant que Caïn entame sa longue errance, Dieu avait apposé une marque sur lui pour que même les hommes inférieurs de Nod sachent qui il était. Et en ce moment, à la vue de ce filet rouge doré sur l'ongle de Tony et tandis qu'il en cherchait un identique sur ses mains et ses poignets, Owen se dit qu'il savait de quelle couleur avait été la marque de Caïn.

XI

Le voyage du marchand d'œufs

1

Le suicide, avait découvert Henry, possédait une voix. Le suicide tenait à s'expliquer. Le problème était son vocabulaire réduit et sa syntaxe approximative ; la plupart du temps, il s'exprimait dans une sorte de charabia. Mais c'était sans importance ; le seul fait de parler paraissait suffire. Du jour où Henry avait permis au suicide d'avoir une voix, sa vie s'était considérablement améliorée. Il avait même eu des nuits où il dormait normalement (pas beaucoup, mais assez), et plus de journées réellement mauvaises.

Jusqu'à aujourd'hui.

C'était bien le corps de Jonesy, aux commandes de l'Arctic Cat, mais la chose qui se cachait à l'intérieur de ce corps était pleine d'images et d'intentions venues d'ailleurs. Jonesy s'y trouvait peut-être aussi (Henry penchait pour cette hypothèse), mais dans ce cas si profondément enfoui, si petit et si impuissant que c'était sans espoir. Il aurait bientôt disparu, et ce serait sans doute miséricorde pour lui.

Henry avait eu peur que la chose qui agissait à présent Jonesy le sente, mais elle était passée sans s'arrêter. Se dirigeant vers Pete. Et puis ensuite ? Où ? Il préférait ne pas y penser, ne pas s'en occuper.

Finalement, il reprit la direction du camp de chasse, non pas parce qu'il restait quoi que ce soit au Trou dans le Mur, mais parce qu'il n'avait aucun autre endroit où aller. Lorsqu'il atteignit le portail avec le panneau sur lequel ne figurait qu'un nom — CLARENDON —, il recracha une nouvelle dent dans sa main gantée, la regarda et la jeta. Il ne neigeait plus, mais le ciel était encore sombre et il eut l'impression que le vent se remettait à souffler. La radio n'avait-elle pas parlé d'une tempête en deux temps ? Il ne s'en souvenait plus, et qu'est-ce que ça pouvait faire ?

Quelque part à l'ouest, une énorme explosion fracassa le jour. Il regarda dans cette direction, inquiet, mais ne put rien distinguer. Quelque chose s'était écrasé ou avait explosé, et au moins quelques-unes des voix crispantes s'étaient arrêtées de jacasser dans sa tête. Y avait-il une relation entre les deux faits, il n'en avait aucune idée, ne savait même pas s'il devait s'en inquiéter. Il franchit le portail ouvert, marchant sur la neige damée par le passage de l'Arctic Cat, et s'approcha du Trou dans le Mur.

La génératrice grommelait régulièrement et, au-delà de la dalle de granite qui leur servait de paillasson, la porte était grande ouverte. Henry s'immobilisa un moment pour examiner la dalle. Il crut tout d'abord y voir du sang, mais le sang, frais ou séché, n'avait pas cet éclat rouge orangé particulier. Non, ce qu'il voyait, c'était le déploiement d'une chose organique. De la mousse, des champignons microscopiques, de la moisissure. Et autre chose...

Il renversa un peu la tête en arrière, dilata ses narines et renifla doucement ; un souvenir lui vint, à la fois clair et absurde, un souvenir datant d'environ un mois. Il était au Maurice's avec sa femme, humant le vin que le sommelier venait de lui verser ; il avait regardé Rhonda, par-dessus la table, et s'était dit, *Nous reniflons le vin, les chiens se reniflent le trou du cul, et en somme, tout cela revient au même.* Puis dans un éclair, le souvenir du lait coulant sur le menton de son père lui était revenu. Il avait souri à Rhonda, elle lui avait rendu son sourire, et il avait pensé quel soulagement serait la fin, et que si ça devait se faire, ça devait être fait vite et bien.

L'odeur qui lui parvenait maintenant n'était pas celle du vin, mais un remugle sulfureux de marécage. Pendant un instant il sut qu'il l'avait déjà sentie sans se rappeler où, puis la mémoire lui revint : la femme qui avait provoqué l'accident. La puanteur qu'avaient dégagée ses intestins en déroute régnait là aussi.

Henry s'avança sur la dalle de granit, conscient qu'il venait ici pour la dernière fois, conscient du poids que pesaient toutes ces années... les rires, les discussions, les bières, les quelques joints à l'occasion, une bataille de bouffe en 96 (ou peut-être en 97), les coups de feu, ce mélange amer d'odeurs fortes, poudre et sang, qui signait la saison du cerf, l'odeur de la mort et de l'amitié et de l'éclat de l'enfance.

Il huma de nouveau l'air. C'était beaucoup plus fort, et plus chimique qu'organique à présent, peut-être seulement parce que c'était plus concentré. Il regarda à l'intérieur. Il y avait partout sur le plancher des plaques de ce truc mousseux comme du mildiou, mais on voyait encore une partie des lattes. Cependant, la moisissure avait atteint une telle épaisseur, sur le tapis navajo, qu'on n'en distinguait pratiquement plus les motifs. Aucun doute que cette saleté prospérait mieux à la chaleur, mais son taux de croissance n'en était pas moins effrayant.

Il s'apprêtait à entrer lorsqu'il hésita, puis recula finalement de deux ou trois pas. Planté devant la porte, les pieds dans la neige, il avait on ne peut plus conscience qu'il saignait du nez et qu'il avait des trous dans les gencives à la place des dents qu'elles contenaient encore ce matin. Si cette saleté moussue produisait un virus aérobie quelconque, genre Ebola ou Hanta, il était probablement déjà cuit, et tout ce qu'il pourrait faire reviendrait à fermer la porte de l'écurie une fois le cheval envolé. Il n'y avait de toute façon aucune raison de prendre des risques inutiles, n'est-ce pas ?

Il fit demi-tour et se dirigea vers le côté du Trou dans le Mur qui donnait sur la Combe, empruntant toujours la piste damée laissée par la motoneige pour ne pas s'enfoncer trop profondément dans la neige fraîche.

2

La porte de la remise était ouverte elle aussi. Et Henry voyait Jonesy, le voyait comme s'il avait été là, qui s'arrêtait un instant sur le seuil avant d'aller prendre la motoneige, Jonesy se tenant au chambranle d'un geste machinal, Jonesy tendant l'oreille pour écouter... quoi ?

Rien, justement. Pas de corbeaux croassant, pas de geais jacassant, pas de piverts martelant, pas d'écureuils déguerpissant. Seulement le vent et, de temps en temps, le bruit étouffé de la neige tombant mollement d'une branche de pin ou de sapin. Les animaux sauvages du secteur étaient partis, ils avaient pris la poudre d'escampette comme ces bestioles loufoques dans les dessins animés de Gary Larson.

Il resta un moment où il était, essayant de se souvenir de l'agencement intérieur de la remise. Pete s'en serait mieux sorti ; Pete aurait fermé les yeux, son index levé décomptant tout d'un mouvement de métronome, puis vous aurait dit où se trouvait chaque objet, jusqu'à la plus petite boîte de vis ; mais dans le cas présent, Henry pensait pouvoir se passer des talents de Pete. Il était venu dans le local la veille encore chercher un outil pour que son ami puisse ouvrir la porte d'un des placards de la cuisine qui avait gonflé à cause de l'humidité. Et il avait vu ce dont il avait besoin à présent.

Il inspira et souffla rapidement à plusieurs reprises, s'hyperventilant, puis, se pinçant le nez de sa main gantée, bouche fermée, il entra. Il attendit un instant que ses yeux s'habituent à la pénombre ; pas question d'être pris par surprise, si jamais...

Lorsqu'il put voir correctement, il traversa l'emplacement où avait été garée la motoneige. Il ne restait plus que deux ou trois taches d'huile sur le sol, mais on voyait quelques touffes de la saleté rouge orangé sur la bâche verte, maintenant jetée dans un coin, qui protégeait le Cat.

Un désordre indescriptible régnait sur l'établi ; deux pots, un de clous et un autre de vis, étaient renversés, et ce que l'on avait pris soin de séparer était à présent mélangé ; un vieux râtelier à pipes ayant appartenu à Lamar Clarendon s'était brisé en tombant au sol, tous les tiroirs avaient été tirés et laissés ouverts. L'un d'eux, Beaver ou Jonesy, avait écumé le coin à toute vitesse à la recherche d'un objet précis.

C'était Jonesy.

Ouais. Henry ne saurait peut-être jamais ce qu'il avait cherché, mais c'était Jonesy, et ce truc avait été fichtrement important pour lui, ou pour les deux. Henry se demanda si Jonesy l'avait trouvé. Cela non plus, il ne le saurait probablement jamais. En attendant, ce que *lui* cherchait était clairement visible de l'autre côté de la remise, accroché à un clou au-dessus d'une pile de pots de peinture et de pistolets de peintre.

La main toujours sur le nez et la bouche, retenant sa respiration, Henry traversa le local. Quatre ou cinq masques de peintre pendaient au bout d'élastiques qui avaient perdu une grande partie de leur souplesse. Il les prit et se retourna à temps pour voir quelque chose bouger derrière la porte. Il se retint d'inspirer mais son rythme cardiaque s'accéléra, et les inspirations d'air dont il avait empli ses poumons avant d'entrer se mirent brusquement à le brûler et à lui peser. Mais il n'y avait rien ; ce devait être juste son imagination. Puis il vit qu'il y avait quelque chose. Ouais, quelque chose. La lumière entrait par la porte ouverte, mais aussi par l'unique petite fenêtre aux vitres encrassées au-dessus de l'établi, et Henry avait littéralement sursauté à la vue de son ombre.

Il quitta la remise en quatre grandes enjambées, les masques de peintre se balançant dans sa main droite. Il retint l'air dégradé dans ses poumons pendant quatre pas supplémentaires, le long de la piste damée par la motoneige, puis expira avec une violence explosive. Il se pencha, mains posées sur les cuisses au-dessus des genoux, des petits points dansant devant ses yeux pendant quelques instants avant de se dissoudre.

De l'est lui parvinrent plusieurs détonations. Des coups de feu. Mais pas tirés par des fusils de chasse ; c'étaient les rafales, plus bruyantes et rapides, d'armes automatiques. Vint alors à l'esprit d'Henry une image aussi claire que l'avait été le souvenir du lait coulant sur le menton de son père, ou de Barry Newman fuyant son cabinet avec des fusées aux fesses. Il vit les cerfs, les ratons-laveurs, les tamias, les chiens sauvages et les lapins abattus par douzaines et par centaines, tandis qu'ils tentaient de fuir ce qui était manifestement un secteur ravagé par une pandémie ; il vit la neige devenir rouge de leur sang, un sang d'innocents qui était peut-être cependant contaminé. Cette vision lui fit mal d'une manière inattendue, le transperça pour atteindre un lieu qui n'était pas mort, mais simplement assoupi. Le lieu où avaient si puissamment résonné les sanglots de Duddits, déclenchant des harmoniques qui vous donnaient l'impression que votre tête allait éclater.

Il se redressa, vit du sang frais dans la paume de son gant et s'écria « Ah, merde ! » en direction du ciel, d'une voix qui était à la fois furieuse et amusée. Il s'était couvert la bouche et le nez, il avait récupéré les masques et se préparait à en enfiler au moins deux l'un sur l'autre pour entrer dans le Trou dans le Mur, mais il avait complètement oublié la blessure de sa cuisse, celle qu'il s'était faite pendant le tonneau du Scout. S'il y avait eu un agent de contamination dans la remise, une saleté quelconque qui se serait dégagée de la moisissure, il avait toutes les chances de l'avoir contractée. Même si les précautions qu'il avait prises restaient de toutes les façons dérisoires. Henry imagina un panneau avec écrit, en grandes lettres rouges : ZONE DE CONTAMINATION BIOLOGIQUE ! RETENEZ VOTRE RESPIRATION ET COUVREZ LA MOINDRE ÉGRATIGNURE DE VOTRE MAIN !

Il eut un petit grognement de rire et repartit en direction du chalet. Bon sang de bonsoir, c'était tout de même pas comme s'il avait prévu de vivre éternellement, en fin de compte.

À l'est, le canardage continuait.

3

Se retrouvant une seconde fois devant la porte ouverte du Trou dans le Mur, Henry se tâta les poches à la recherche d'un mouchoir, mais sans grand espoir d'en trouver un. Bien entendu, il n'en avait pas. Deux des petites joies secrètes de la vie en forêt étaient d'uriner quand on en avait envie et de se moucher dès qu'on en éprouvait le besoin : il suffisait pour cela de se pencher en avant et de souffler par une narine, puis par l'autre. On retirait une satisfaction d'ordre primitif à laisser voler la pisse comme la morve... du moins, quand on était un homme. Quand on y pensait un peu, il y avait même de quoi s'émerveiller que les femmes arrivent tout de même à aimer les meilleurs d'entre nous, pour ne pas parler des autres.

Il enleva sa veste, sa chemise, son maillot de corps molletonné ; la dernière couche était constituée par un t-shirt délavé des Red Sox de Boston avec dans le dos GARCIAPARRA 5. Henry l'enleva également, le torsada pour en faire un bandage et se l'enroula autour de la cuisse gauche, par-dessus le jean sur lequel avait séché le sang, à hauteur de sa blessure. Il se dit une fois de plus qu'il était dans le cas de figure du type qui fermait la porte de l'écurie après que son cheval s'en était échappé. N'empêche, il fallait bien remplir les cases du questionnaire, non ? Oui, on les remplissait, et en écrivant proprement, de manière lisible. Ces concepts étaient les moteurs de la vie. Même quand ces moteurs semblaient sur le point de caler.

Il renfila les vêtements restants sur un dos que commençait à hérisser la chair de poule, puis mit en place, en les superposant sur son nez et sa bouche, deux des masques de peintre. Il envisagea un instant d'utiliser les deux autres pour se protéger les oreilles, imaginant les élastiques s'entrecroisant sur son crâne comme des petites bretelles, mais cette idée le fit éclater de rire. Et quoi encore ? Se couvrir un œil avec le dernier ?

« Si je dois la choper, cette saleté, je la choperai », dit-il, non sans se rappeler, néanmoins, que ça ne pouvait pas faire de mal de se montrer prudent ; *une p'tite dose de prudence n'a jamais fait de tort à personne*, comme le disait le vieux Lamar.

À l'intérieur du Trou dans le Mur, le champignon (ou la moisissure ou le mildiou) avait gagné du terrain de manière appréciable pendant les quelques minutes qu'il avait fallu à Henry pour aller à la remise et en revenir. Le tapis navajo en était entièrement recouvert, et ses motifs n'étaient plus visibles du tout. On voyait des plaques roussâtres sur le canapé, sur le comptoir qui séparait la cuisine du coin-repas, et sur le siège des trois tabourets alignés le long du comptoir, côté séjour. Un capillaire rouge doré escaladait en zigzag l'un des pieds de la table du coin-repas, comme s'il suivait la trace laissée par un liquide renversé, ce qui rappela à Henry comment les fourmis s'agglutinaient le long de la piste la plus ténue laissée par du sucre en poudre. Le plus désolant était peut-être de voir l'espèce de toile d'araignée dorée qui pendait au-dessus du tapis navajo, que Henry regarda fixement pendant quelques secondes avant de comprendre qu'il s'agissait de l'attrape-rêves de Lamar Clarendon. Il ne pensait pas apprendre un jour ce qui s'était réellement passé ici, mais une chose était sûre : cette fois l'attrape-rêves avait pris un véritable cauchemar dans son filet.

Tu ne vas tout de même pas aller plus loin, n'est-ce pas, maintenant que tu as vu à quelle vitesse poussait cette saleté ? Jonesy avait l'air normal quand il est passé, mais il ne l'était pas, et tu le savais. Tu l'as senti. Alors... tu ne vas pas aller plus loin, si ?

« Si, je crois. » La double épaisseur des masques sautillait sur son nez quand il parlait. « Si ce truc s'empare de moi... eh bien, il ne me restera plus qu'à me tuer. »

Riant comme Stubb dans *Moby Dick*, Henry s'avança dans le chalet.

4

À une seule exception près, la moisissure poussait par plaques fines, s'étalait en taches. L'exception se trouvait devant la porte de la salle de bains où se dressait un monticule qui remontait le long du chambranle et avait déjà atteint une hauteur de près de un mètre cinquante. Cet amas paraissait se développer à partir d'un matériau de base spongieux et grisâtre. Sur le côté faisant face au séjour, cette matière grisâtre se séparait en deux, prenant une forme en V qui rappela à Henry, désagréablement, des jambes écartées. Comme si quelqu'un était mort sur le seuil et que la moisissure avait envahi le cadavre. Henry se rappela un document qu'il avait vu pendant ses études de médecine, alors qu'il parcourait une revue à la recherche de quelque chose d'autre. La revue comportait des photographies, dont l'une était un cliché de médecin légiste. Il ne l'avait jamais complètement oublié. On voyait le cadavre d'un homme nu, victime d'un meurtre, qui avait été abandonné dans les bois et qu'on avait découvert au bout d'environ quatre jours. Des champignons avaient poussé sur sa nuque, dans les creux poplités de ses genoux et dans la fente de ses fesses.

Oui, mais *quatre jours*. Tandis que cet endroit était encore aussi propre ce matin que pouvait l'être un chalet où logeaient quatre hommes...

Il consulta sa montre et constata qu'elle s'était arrêtée à midi moins vingt. Le temps était passé aux oubliettes.

Il se tourna et regarda derrière la porte, soudain convaincu que quelque chose s'y cachait.

Mais non. Rien que le fusil de chasse de Jonesy appuyé contre le mur.

Il se détourna, arrêta son mouvement et revint examiner l'arme. Le Garand paraissait intact, et il le prit. Chargé, une balle dans la chambre, sécurité enclenchée. Bien. Il le mit en bandoulière et retourna vers le répugnant monticule que régurgitait la salle de bains à travers la porte ouverte. L'odeur d'éther, mélangée à des émanations sulfureuses encore plus désagréables, y était très forte. Il traversa la pièce en prenant bien soin de ne faire qu'un pas précautionneux à la fois, redoutant (et en étant de plus en plus certain) que le monticule rouge, avec ses deux extensions, ne soit le cadavre de son ami Beaver. Dans un instant, il verrait, en longues mèches éparses, ce qui restait des cheveux noirs du Beav, ou ses Doc Martens, les chaussures qu'il baptisait de « signes de reconnaissance lesbiens ». Il s'était fourré dans la tête que c'était grâce à elles que les lesbiennes se reconnaissaient entre elles, et personne n'avait pu le convaincre du contraire. Il était de même persuadé que c'étaient des gens qui s'appelaient Rothschild ou Goldfarb qui dirigeaient le monde, sans doute de quelque bunker enfoui à trois kilomètres sous terre dans le Colorado. Beaver, dont l'expression d'étonnement préférée était *baise-moi le cul, Freddy !*

Mais il n'y avait aucun moyen de dire si le tas informe qui encombrait le seuil de la salle dc bains était ce qui restait du Beav, ou même s'il s'agissait d'un cadavre. Il n'y avait que cette forme suggestive. Quelque chose brillait dans la masse spongieuse et Henry se pencha légèrement, se demandant si des fragments microscopiques de moisissure ne poussaient pas déjà à la surface humide de ses yeux sans protection. Le truc brillant se révéla être la poignée de porte. Un peu plus loin, il aperçut un rouleau d'adhésif. Il se souvint du désordre de l'établi, dans la remise, des tiroirs laissés ouverts. Est-ce que c'était ce que Jonesy avait cherché, là-bas ? Un con de rouleau d'adhésif ? Il eut brusquement l'impression que c'était bien ça — le clic, peut-être, ou peut-être pas. Mais pourquoi ? Au nom du ciel, pourquoi ?

Au cours des cinq derniers mois, alors que les pensées suicidaires devenaient plus fréquentes et restaient plus longtemps, bavardant dans leur idiome appauvri, Henry avait perdu toute curiosité ou presque pour les choses. Mais à présent, elle faisait rage, comme si elle venait de se réveiller, affamée. Il n'avait rien à lui mettre sous la dent. Jonesy avait-il voulu condamner la porte ? Ouais ? Et contre quoi ? De toute évidence, lui et Beaver se doutaient bien que cela ne servirait à rien pour contenir la moisissure qui n'aurait eu aucun mal à glisser ses filaments tentaculaires sous la porte.

Il regarda dans la salle de bains et émit un grondement bas. C'était ici, de toute évidence, qu'avait commencé et que s'était achevée la scène délirante, obscène et pour lui incompréhensible dont il voyait les résultats. La pièce était un antre rougeoyant ; le carrelage bleu disparaissait presque complètement sous les coulées de la saleté rougeâtre. Elle avait également envahi le pied du lavabo et la base des toilettes. Le couvercle du siège était relevé contre le réservoir, et même s'il ne pouvait en être sûr, tant il disparaissait sous la moisissure, le siège lui-même donnait l'impression d'être cassé vers l'intérieur. Le rideau de douche était maintenant d'un rouge doré éclatant, et non plus bleu pâle ; presque entièrement arraché à ses anneaux, auxquels pendaient d'ailleurs des barbes végétales, il gisait dans la baignoire.

Et de la baignoire elle-même dépassait un pied botté, lui aussi envahi de moisissures. La botte était une Doc Martens, Henry en était sûr. Il avait fini par trouver Beaver, on aurait dit. Des souvenirs de la journée où ils avaient sauvé Duddits l'assaillirent soudain, aussi clairs et précis que si l'événement datait de la veille. Beaver portant son vieux blouson de cuir grotesque, Beaver prenant la boîte à lunch de Duddits et disant, *mais ils ne changent jamais de tenue*, puis ajoutant...

« Baise-moi le cul, Freddy, dit Henry à haute voix. C'est ce qu'il a dit, c'est ce qu'il disait toujours. » Des larmes roulèrent de ses yeux et coulèrent sur ses joues. Si c'était l'humidité qui faisait prospérer la moisissure — et, à en juger par la luxuriance de celle qui poussait à l'intérieur des toilettes, elle s'en gavait —, elle pouvait s'en prendre à lui et festoyer.

Henry n'en n'était pas tellement affecté. Il avait le fusil de Jonesy. La saleté pouvait s'attaquer à lui : il saurait faire en sorte d'avoir disparu longtemps avant qu'elle en arrive au dessert. S'il le fallait.

Et il allait probablement le falloir.

5

Il était sûr d'avoir aperçu des restes de moquette entassés dans un coin de la remise. Il se demanda s'il ne pourrait pas aller les chercher. Il pourrait les poser sur le sol de la salle de bains et passer dessus pour aller examiner Beaver de plus près. Mais à quoi cela lui servirait-il ? Il savait que c'était son ami, là-dedans, et il n'avait aucun réel désir de voir l'auteur de traits d'esprit aussi immortels que *baise-moi l'oignon* envahi par une moisissure rougeâtre, comme le cadavre blême envahi par des champignons sur ce cliché vu il y avait si longtemps dans une revue médicale. Si cela avait pu répondre à quelques-unes des questions qu'il se posait, oui, à la rigueur. Mais il n'y croyait pas.

Il mourait surtout d'envie de ficher le camp d'ici. La moisissure lui flanquait la frousse, certes, mais il éprouvait, outre cela, la sensation encore plus angoissante de ne pas être seul.

Il s'éloigna de la salle de bains. Un livre de poche était posé sur la table avec, sur la couverture, des diablotins qui dansaient en brandissant des fourches. Devait appartenir à Jonesy, pas de doute, et déjà envahi par une petite colonie de la saleté rougeâtre.

Il prit conscience d'un bruit en provenance de l'ouest, une sorte de bourdonnement de guêpe qui enfla rapidement pour devenir un grondement de tonnerre. Des hélicoptères, toute une escadrille, cette fois. Des gros. Ils donnaient l'impression qu'ils allaient passer au ras du toit et il rentra la tête dans les épaules, sans même s'en rendre compte. Des images, tirées de douzaines de films sur le Viêt-nam, lui emplirent la tête et il crut bien, pendant quelques instants, qu'ils allaient ouvrir le feu sur la maison avec leurs mitrailleuses. Ou peut-être l'arroser de napalm.

Ils passèrent sans faire ni l'un ni l'autre, mais si près que tasses et assiettes se mirent à cliqueter sur les étagères de la cuisine. Il se redressa lorsque le bruit de tonnerre commença à s'éloigner, se réduisant peu à peu à un bourdonnement qui n'avait plus rien d'inquiétant. Peut-être les appareils allaient-ils se joindre au massacre des animaux, dans la partie est du Jefferson Tract. Qu'ils y aillent. Il allait se tirer d'ici, et...

Et quoi ? Qu'allait-il faire, exactement ?

Tandis qu'il retournait la question dans sa tête, il y eut un bruit en provenance de l'une des deux chambres du bas. Comme un frottement. Suivi d'un moment de silence qui se prolongea assez pour qu'il pense que son imagination faisait des heures sup. Puis lui parvint une série de clics et de pépiements bas ; on aurait presque dit le bruit d'un jouet mécanique (un singe minuscule ou un perroquet, par exemple) arrivant au bout de son ressort. Il se sentit envahi par la chair de poule. Sa gorge se dessécha. Sur sa nuque, ses cheveux se hérissèrent en touffes.

Fous le camp de là ! Dégage !

Mais au lieu d'écouter cette voix, de la laisser s'emparer de lui, il se dirigea vers la porte de la chambre à grandes enjambées, tout en prenant le fusil à la main. L'adrénaline se mit à gicler dans son sang et le monde à ressortir dans tout son éclat. La sélection perceptive, ce cadeau qui passe inaperçu aux yeux de ceux qui sont en sécurité et confortablement installés, laissa la place à un état où il voyait tout en détail : la traînée de sang qui allait de la chambre à la salle de bains, une pantoufle retournée, cette bizarre moisissure rougeâtre dessinant les contours d'une main sur le mur. Puis il franchit la porte.

C'était sur le lit, mais il n'aurait su dire quoi. La chose ressemblait à une belette ou une fouine qui aurait eu les pattes amputées et une queue très longue, ensanglantée, qui faisait l'effet d'un cordon ombilical. À ceci près qu'il n'avait jamais vu d'animal, à l'exception, peut-être, d'une murène, dans l'aquarium marin de Boston, ayant des yeux si grands, si disproportionnés. Il y avait une autre similitude : quand la chose ouvrait la fente rudimentaire qui était sa gueule, elle découvrait un fouillis de crocs impressionnants, aussi longs et fins que des épingles à chapeau.

Derrière la créature, sur le couvre-lit couvert de sang et agité de pulsations, il y avait une centaine d'œufs, sinon davantage, d'une couleur orangée tirant sur le brun. Ils avaient la taille de grosses billes et étaient enduits d'une humeur visqueuse qui faisait penser à de la morve sale. Chacun, à l'intérieur, contenait une ombre agitée, presque aussi fine qu'un poil ou un cheveu.

La bestiole se redressa comme un cobra dans le panier d'un charmeur de serpents et se mit à insulter Henry de son pépiement crépitant. Elle se dandinait sur le lit — le lit de Jonesy, au fait —, mais ne paraissait pas capable de beaucoup bouger. Ses brillants yeux noirs le foudroyaient. Sa queue (Henry se demanda s'il ne s'agissait pas, en fait, d'une sorte de tentacule préhensile) donna quelques coups de fouet avant de se poser sur le plus d'œufs possible, comme pour les protéger.

Henry se rendit compte qu'il répétait depuis un moment le même mot, *non, non, non*, sur un ton monocorde, comme un psychotique impuissant qu'on vient de gaver de Thorazine. Il épaula le fusil, visa, et suivit la tête triangulaire dans ses soubresauts et ses mouvements pour lui échapper. *Elle sait ce qui l'attend, elle sait au moins ça, cette saloperie*, pensa froidement Henry, juste avant d'appuyer sur la détente.

Il avait tiré presque à bout portant et la créature n'était pas en état de s'échapper ; soit la ponte des œufs l'avait épuisée, soit elle supportait mal la baisse de température ; avec la porte laissée grande ouverte, il commençait à faire très froid à l'intérieur du Trou dans le Mur. La détonation fut assourdissante dans la pièce fermée, et la tête dressée de la chose se désintégra sous la forme d'éclaboussures liquides qui allèrent maculer les murs, derrière elle, de filaments et de grumeaux. Son sang avait la même nuance rouge doré que la moisissure. Le corps décapité tomba du lit pour atterrir sur une pile désordonnée de vêtements qu'Henry ne reconnut pas : une veste de chasse marron, un gilet orange fluo de rabatteur, des jeans avec des revers (aucun d'eux n'avait jamais porté de jeans à revers ; au lycée, on traitait de « bouseux » ceux qui en avaient). Plusieurs œufs dégringolèrent en même temps que le corps. La plupart tombèrent soit sur les vêtements, soit sur les livres éparpillés de Jonesy, et restèrent intacts. Mais deux d'entre eux heurtèrent le plancher et se cassèrent. Une matière blanchâtre faisant penser à du blanc d'œuf s'en écoula, visqueuse — environ une cuillère à soupe par œuf. À l'intérieur, les filaments se tortillaient et se tordaient ; on aurait dit qu'ils essayaient de foudroyer Henry du regard, avec leurs yeux pas plus gros que des têtes d'épingle. Le seul fait de les voir donnait envie de hurler.

Il fit demi-tour et ressortit de la chambre d'un pas saccadé, sur des jambes qu'il ne sentait pas plus que si elles avaient été en bois. Il avait l'impression d'être une marionnette aux mains d'un manipulateur plein de bonne volonté, mais encore novice dans son art. Il ne sut vraiment ce qu'il allait faire qu'au moment où il se retrouva penché sur le placard ouvert de l'évier.

« J'suis le marchand d'œufs, le marchand d'œufs, je suis le *walrus* ! Bonnnn-boulooot ! »

Il ne chanta pas les paroles, mais les déclama d'une voix forte, sur le ton de l'exhortation, un ton qu'il ignorait avoir dans son répertoire. La voix d'un acteur de théâtre burlesque au dix-neuvième siècle. Cette idée lui fit venir à l'esprit une image — Dieu seul savait pourquoi — d'Edwin Booth habillé en d'Artagnan, chapeau à plumes compris, reprenant les paroles de John Lennon. Henry émit un rire en deux syllabes : « Ha-ha ! »

Je deviens cinglé, pensa-t-il... mais ce n'était pas un problème. Il valait mieux d'Artagnan chantant « The Walrus » que l'image du sang de la saleté éclaboussant les murs, ou celle de la Doc Martens couverte de moisissures dépassant de la baignoire ou, pire encore, celle des œufs crevant pour régurgiter des poils épais, agités de tressaillements et dotés d'yeux. Tous ces yeux qui le regardaient.

Il déplaça le produit à vaisselle, le seau et sa serpillière et c'était là : un bidon jaune, celui qui contenait l'allume-barbecue liquide Sparx. Il retraversa le séjour avec, ne s'arrêtant que le temps de prendre les allumettes sur la cheminée.

« Je suis lui et tu es moi et nous sommes tous ensemble ! » déclama-t-il, revenant d'un pas vif jusque dans la chambre de Jonesy pour que la personne terrifiée, tout au fond de sa tête, n'ait pas le temps de s'emparer des commandes, de lui faire faire demi-tour et prendre la fuite. Une personne qui n'avait qu'un désir, le faire courir jusqu'à ce qu'il tombe, inconscient. Ou mort.

Les œufs, sur le lit, commençaient à s'ouvrir. Deux douzaines de filaments se tortillaient et rampaient sur les couvertures et l'oreiller imbibés de sang de Jonesy. L'un d'eux souleva son embryon de tête et cracha son pépiement acide en direction d'Henry, un son tellement minuscule et aigu qu'il était à la limite de l'audition.

Sans s'autoriser à s'arrêter, parce que s'il s'arrêtait il ne pourrait jamais repartir (sauf pour prendre la direction de la porte), il s'avança de deux pas vers le pied du lit. L'un des filaments rampa sur le plancher dans sa direction, se propulsant à l'aide de sa queue comme un spermatozoïde à l'aide de son flagelle.

Henry marcha dessus tout en en dévissant le bouchon du bidon. Il dirigea l'embout vers le lit, et pressa le plastique avec force, arrosant copieusement non seulement le lit mais aussi le plancher. Lorsque l'allume-feu touchait les saletés filamenteuses, elles poussaient des cris aigus rappelant les miaulements de chatons nouveau-nés.

« Marchand d'œufs... Marchand d'œufs... *walrus* ! »

Il marcha sur un deuxième filament et se rendit alors compte qu'il en avait un à la jambe de son jean, agrippé par son bout de queue, qui essayait de le mordre à travers le tissu avec des dents encore trop molles.

« Marchand d'œufs », marmonna Henry en chassant la vermine du bord de son autre botte. Elle essaya de s'éloigner et il l'écrasa. Il se rendit alors compte qu'il était trempé de sueur, en nage des pieds à la tête, et que s'il sortait dans cet état (ce qu'il serait bien obligé de faire, il ne pouvait pas rester ici), il allait probablement attraper la mort par ce froid.

« Peux pas rester ici, peux pas me reposer ! » s'écria-t-il de son nouveau ton d'exhortation.

Il ouvrit la boîte d'allumettes, mais ses mains tremblaient tellement qu'il en fit tomber la moitié au sol. Plusieurs filaments se dirigeaient à présent vers lui, se tortillant comme des vers. Ils ne savaient peut-être pas grand-chose, mais au moins avaient-ils compris qu'il était l'ennemi ; ça, c'était clair pour eux.

Il finit par s'emparer d'une allumette et plaça l'ongle du pouce sur la partie inflammable. Manière d'allumer que lui avait enseignée Pete, à l'époque. Ce sont toujours les amis qui vous apprennent les choses les plus indispensables, n'est-ce pas ? Comment offrir à son vieux pote Beaver des funérailles digne d'un chef viking et se débarrasser par la même occasion de ces serpenteaux casse-pieds, par exemple.

« Marchand d'œufs ! »

Il racla son ongle sur le bout de l'allumette, qui prit feu. L'odeur du soufre était semblable à celle qui l'avait accueilli lorsqu'il était entré dans le chalet, semblable à celle des pets robustes de la femme.

« Walrus ! »

Il lança l'allumette au pied du lit, sur un duvet roulé en boule, imbibé d'allume-barbecue. Un instant, la flamme bleuit et faiblit autour du bâtonnet, et il crut bien qu'elle allait s'éteindre. Puis il y eut une petite explosion feutrée, *flump !* et une modeste ligne de flammèches jaunes monta du duvet. « Bonnnn-boulooot ! »

Les flammes escaladèrent le lit jusqu'aux draps, et le sang qui les imprégnait se mit à noircir. Puis elles atteignirent la masse des œufs entourés de gelée, qu'elles dégustèrent et trouvèrent à leur goût. Il y eut une série de minuscules détonations, celles des œufs qui commençaient à exploser. Puis les miaulements aigus se multiplièrent au fur et à mesure que les vers brûlaient, accompagnés de chuintements de poêle à frire tandis que le fluide visqueux s'écoulait des coquilles brisées.

Henry quitta la pièce, faisant gicler de l'allume-feu au fur et à mesure qu'il reculait. Il était au milieu du tapis navajo lorsque tombèrent les dernières gouttes. Il jeta le bidon, gratta une autre allumette et la jeta. Cette fois-ci, le *flump !* fut immédiat, et des flammes orange montèrent. La chaleur était cuisante, même pour son visage en sueur, et il se sentit pris du besoin brutal — à la fois fort et joyeux — d'arracher les masques et de s'avancer droit dans les flammes. Bonjour chaleur, bonjour été, bonjour ténèbres, mes vieilles amies...

Ce qui l'arrêta fut une idée aussi simple que puissante. S'il tirait le rideau maintenant, il aurait eu à subir pour rien le réveil désagréable de toutes ses émotions en hibernation. Il ne saurait jamais précisément ce qui s'était passé ici, mais il pouvait au moins avoir quelques réponses de la part de ceux qui pilotaient les hélicoptères et abattaient les animaux. À moins qu'ils ne l'abattent lui aussi auparavant, bien sûr.

Une fois à la porte, un souvenir lui revint si brutalement à l'esprit qu'il sentit son cœur se serrer dans sa poitrine : Beaver agenouillé en face de Duddits, au moment où le petit retardé essayait d'enfiler sa chaussure. *Laisse-moi arranger ça*, avait dit Beaver. Et Duddits, le regardant avec dans les yeux cette perplexité qui ne pouvait que vous faire craquer, lui répondant : *Angé oi ?*

Henry avait de nouveau les larmes aux yeux. « Salut, le Beav, dit-il. Je t'aimais, mon vieux... du fond du cœur. »

Puis il sortit dans le froid.

6

Il alla jusqu'à l'autre angle du Trou dans le Mur où s'élevait la pile de bois. Une vieille bâche était posée à côté, toute raide, d'un noir tirant sur le gris. Elle était collée au sol par le gel, et il dut tirer dessus à deux mains pour la dégager. En dessous, il y avait un empilement de chaussures de neige, de patins et de skis. Ainsi qu'un foret à glace antédiluvien pour pêcher dans les lacs gelés.

Tandis qu'il examinait cet assortiment inutilisé depuis si longtemps (et assez peu convaincant) de matériel d'hiver, il prit soudain conscience de sa fatigue... non, le terme *fatigue* n'était qu'un euphémisme. Il venait de parcourir plus de quinze kilomètres à pied dans la neige, la plupart du temps en courant à un rythme soutenu. Il avait réchappé à un accident de voiture avec une blessure légère et découvert le cadavre d'un de ses amis d'enfance. Et il était convaincu d'avoir de même perdu ses deux autres amis d'enfance.

Si je n'avais pas été dans un état aussi suicidaire, pour commencer, je serais à l'heure actuelle en pleine crise de démence, se dit-il. Cette idée le fit rire. Rire faisait du bien, mais était sans effet sur sa fatigue. Il lui fallait cependant sortir d'ici à tout prix. Trouver quelqu'un, un représentant de l'autorité, de préférence, et lui dire ce qui s'était passé. Ils étaient déjà peut-être au courant : à en croire les bruits qu'il avait entendus, il était fichtrement certain qu'ils savaient quelque chose, même si leurs méthodes pour traiter le problème le mettaient mal à l'aise, mais ils ignoraient peut-être l'existence des fouines. Et celle des œufs. Et lui, Henry Devlin, la leur apprendrait. Qui était mieux placé que lui ? N'était-il pas le marchand d'œufs ?

Les parties en cuir des chaussures de ski avaient été rongées par plusieurs générations de souris, si bien qu'il n'en restait guère plus que le squelette. Après avoir fouillé dans le tas et trié, il dégotta tout de même une paire de skis de fond, de forme trapue, qui devaient avoir été le *nec plus ultra* dans le genre en 1954, à peu près. Les crampons d'attache étaient rouillés, et il dut peser dessus des deux pouces à la fois pour les rabattre (ils protestèrent) sur ses bottes.

Des craquements de plus en plus réguliers lui parvenaient du chalet. Il posa une main contre le bois et sentit la chaleur. Des bâtons de ski étaient appuyés au mur, en dessous de l'avant-toit, les poignées prises dans un réseau de toiles d'araignées. L'idée de les toucher déplaisait à Henry (le souvenir des œufs et des rejetons de la fouine se tortillant était encore trop frais dans son esprit), mais au moins avait-il ses gants. Il repoussa les toiles d'araignées pour procéder à une rapide sélection. Il voyait danser des étincelles à travers la fenêtre la plus proche.

Il choisit finalement deux bâtons de ski qui étaient un peu petits pour sa taille, puis il avança dans une glisse maladroite jusqu'à l'angle du bâtiment. Il avait l'impression d'être un chasseur alpin nazi dans un film de guerre d'Alistair MacLean, avec ces antiquités aux pieds et le fusil de Jonesy en bandoulière. Au moment où il se tournait, la fenêtre par laquelle il avait vu les étincelles explosa avec une détonation d'une force étonnante — le bruit d'un grand saladier de verre qui serait tombé d'un premier étage. Il rentra la tête dans les épaules et sentit des débris de verre heurter son dos ; quelques-uns atterrirent dans ses cheveux. Il se rendit compte que s'il avait pris vingt ou trente secondes de plus pour choisir ses bâtons de ski, l'explosion lui aurait arraché une bonne partie du visage.

Il se tourna vers le ciel et, mettant les mains en porte-voix devant sa bouche comme Al Jolson, s'écria, « Y'a donc quelqu'un qui m'aime, là-haut ? Yahou ! »

Les flammes jaillissaient à présent par la fenêtre et venaient lécher le dessous de l'avant-toit ; il entendait les objets exploser ou se casser à l'intérieur au fur et à mesure que la température montait. Le camp de chasse de Lamar Clarendon, construit par le père de celui-ci juste après la Seconde Guerre mondiale, brûlait maintenant dans un joyeux feu d'enfer. Ce devait être un rêve, sans aucun doute.

Henry contourna la maison à skis, à distance respectueuse ; des tourbillons d'étincelles jaillissaient de la cheminée et montaient en tourbillonnant vers le ventre affaissé des nuages. On entendait toujours, à l'est, des rafales régulières d'armes automatiques. On s'occupait de cerner le problème, certain. De le cerner définitivement, si l'on pouvait dire. D'autant qu'il y avait eu cette explosion, à l'ouest. De quoi diable avait-il pu s'agir ? Aucun moyen de le savoir. S'il arrivait à rejoindre la civilisation en un seul morceau, on le lui dirait peut-être.

« S'ils ne décident pas de me cerner définitivement moi aussi », dit-il. Sa voix s'était étranglée, et il se rendit compte qu'il mourait de soif. Il se pencha avec précaution (cela faisait au moins dix ans qu'il n'avait pas chaussé de skis), ramassa une grande poignée de neige et en prit une grande bouchée. Il la laissa fondre et couler dans sa gorge. Sensation céleste. Henry Devlin, psychanalyste et jadis auteur d'un article sur la Solution Hemingway, un homme qui avait été un jeune puceau et qui était aujourd'hui un grand type dégingandé avec des lunettes qui lui glissaient constamment sur le nez et des cheveux grisonnants, dont les amis étaient soit morts, soit en fuite, soit métamorphosés en il ne savait quoi, cet homme se tenait devant le portail d'un lieu où il ne reviendrait jamais et, debout sur ses skis, bouffait de la neige comme un gosse mangeant une crème glacée au cirque, se tenait sur ses skis et regardait brûler ce qui avait été le dernier endroit au monde où il s'était senti réellement bien. Les flammes commencèrent à passer à travers les bardeaux de cèdre. La neige du toit se mit à fondre et à couler, fumante, dans les gouttières rouillées. Des bras de feu entraient et sortaient de la porte ouverte, tels des hôtes enthousiastes encourageant les invités à se dépêcher ; grouillez-vous, bon sang, grouillez-vous, venez vous mettre les fesses au chaud avant que toute la foutue baraque ait brûlé... la couche de moisissure roussâtre, sur la dalle de granite, avait grillé et perdu sa couleur pour devenir grise. « Parfait », murmura Henry. Il serrait rythmiquement les poings sur la poignée des bâtons de ski sans s'en rendre compte. « Parfait. C'est parfait. »

Il demeura où il était pendant encore un quart d'heure et, quand il ne put plus le supporter, il tourna le dos aux flammes et repartit dans la direction par laquelle il était arrivé.

7

Il se sentait vidé de toute énergie. Il avait encore trente-cinq kilomètres à parcourir (*35,7 pour être exact*, se dit-il) et s'il ne prenait pas tout de suite le rythme, il n'y arriverait jamais. Il restait sur la piste damée par le passage de la motoneige et devait s'arrêter plus fréquemment qu'à l'aller pour souffler.

Oui, mais j'étais plus jeune, alors, pensa-t-il, à peine ironique.

Par deux fois, il consulta sa montre, oubliant que le temps n'avait plus cours dans le Jefferson Tract. Avec l'épaisse couche de nuages bas solidement installée au-dessus de sa tête, il ne savait qu'une chose : la journée n'était pas finie. C'était l'après-midi, certes, mais le milieu, ou la fin ? Il n'aurait su dire. Une autre fois, son appétit aurait pu lui servir de moyen d'appréciation, mais pas aujourd'hui. Pas après l'épisode de la saleté sur le lit de Jonesy, et de ses œufs, et des filaments vermiformes avec leurs yeux protubérants et noirs. Pas après ce pied dépassant du bac à douche. Il avait le sentiment qu'il ne pourrait jamais remanger de sa vie... et que s'il le faisait, il n'avalerait rien ayant la moindre nuance de rouge. Quant aux champignons... non, merci.

Skier, en tout cas skier sur ces vieilles lattes de fond, était un peu comme faire de la bicyclette, découvrit-il : ça ne s'oubliait pas. Il tomba une fois, en escaladant la première colline, mais il glissa avec jubilation le long de la pente qui suivit sans faire de chute, seulement quelques embardées vite rattrapées. Il se dit que ses skis ne devaient pas avoir été fartés depuis que le président Carter était retourné à ses arachides, mais s'il ne quittait pas la piste plus dure et tassée par la motoneige, tout devrait bien se passer. Il resta stupéfait devant le nombre d'empreintes laissées par les animaux dans Deep Cut Road ; dans le meilleur des cas il n'en avait jamais vu davantage que le dixième. Il y avait aussi quelques empreintes d'animaux domestiques le long de la piste, mais la plupart des traces ne faisaient que la traverser d'ouest en est. Deep Cut serpentait paresseusement en direction du nord, et l'ouest était manifestement le point cardinal que la population animale du secteur voulait éviter.

J'entame un voyage, se dit-il. *Peut-être quelqu'un écrira-t-il un jour une épopée qui s'intitulera « L'Odyssée d'Henry ».*

« Ouais... le temps avait ralenti, la réalité s'était brouillée, le marchand d'œufs avait continu*eillé.* » Il éclata de rire, mais dans sa gorge encore desséchée, la manifestation se termina sur une toux hachée. Il se propulsa en dehors de la piste damée, prit une nouvelle grosse poignée de neige et l'avala.

« Délicieux... et bon pour ce que tu as ! proclama-t-il. La neige ! Plus seulement pour le petit déj ! »

Il leva les yeux vers le ciel, mais c'était une erreur. Un instant, il fut submergé par le tournis et crut bien qu'il allait s'étaler de tout son long. Puis la sensation de vertige battit en retraite. Les nuages lui avaient paru un peu plus sombres. Allait-il de nouveau neiger ? La nuit tombait-elle ? Ou les deux ? Il commençait à avoir mal aux articulations des chevilles et des genoux, du fait du mouvement régulier imposé à ses jambes par les skis ; mais il avait encore plus mal aux bras à cause du maniement des bâtons. Les muscles de sa poitrine étaient les plus douloureux. Il avait déjà accepté comme une certitude qu'il n'arriverait pas au Gosselin's Market avant la tombée de la nuit ; en cet instant, alors qu'il se tenait sur le bord de la piste et mangeait de la neige, il se dit qu'il pouvait très bien ne jamais y arriver.

Il desserra le t-shirt qu'il avait placé en guise de pansement autour de sa cuisse et une onde de terreur le submergea lorsqu'il vit un filet écarlate brillant se détacher sur le bleu du jean. Son cœur se mit à battre si fort qu'une nuée de points blancs agités envahit son champ de vision. C'est d'une main tremblante qu'il voulut toucher le sang.

Et pourquoi faire ? se demanda-t-il avec un ricanement intérieur. *Tu veux l'enlever comme si c'était un fil ou de la charpie ?*

C'est pourtant exactement ce qu'il fit, parce que c'était en effet un fil, un fil rouge qui provenait du motif imprimé sur le t-shirt. Il le laissa tomber et le vit se poser doucement sur la neige. Puis il retira son pansement improvisé. Pour un homme qui envisageait encore, quelques heures auparavant, les meilleurs moyens de se suicider, la corde avec son nœud coulant, la baignoire et le sac en plastique, le parapet du pont et la toujours populaire Solution Hemingway, connue dans certains secteurs sous le nom de l'Adieu du Policier, il avait sacrément eu la frousse, pendant une seconde ou deux.

Parce que je ne veux pas partir comme ça... Pas en étant bouffé vivant par...

« Par les amanites phalloïdes de la planète X », finit-il à haute voix.

Sur quoi, le marchand d'œufs se remit en route.

8

L'univers se mit à rétrécir, comme toujours lorsque nous nous approchons de l'épuisement alors que notre boulot n'est pas terminé, et même pas près de l'être. L'existence d'Henry se réduisit bientôt à quatre mouvements répétitifs simples : ses bras pompant sur les bâtons de skis et ses jambes poussant sur les skis. Les sensations de douleur musculaire s'atténuèrent, au moins temporairement, tandis qu'il entrait dans une autre zone. Il n'avait qu'un seul souvenir vaguement proche d'un effort semblable, un souvenir qui remontait à l'époque du lycée où il avait joué pivot dans l'équipe de basket locale, les Derry Tigers. Pendant une partie de sélection cruciale, trois de leurs quatre meilleurs joueurs avaient trouvé le moyen de se faire exclure alors qu'il restait presque tout le dernier quart-temps à jouer. L'entraîneur avait laissé Henry sur le terrain jusqu'à la fin, et celui-ci avait réussi à ne commettre que quelques fautes mineures — garder le ballon trop longtemps, mettre un pied hors du terrain. Il avait réussi à tenir, mais lorsqu'avait retenti le signal de fin de partie (les Tigers avaient copieusement perdu), il flottait dans une sorte de rêverie béate. À mi-chemin du couloir conduisant au vestiaire, ses jambes l'avaient trahi et il s'était effondré, un sourire idiot sur le visage, tandis que ses équipiers, habillés de leur survêtements rouges, riaient, sifflaient et applaudissaient.

Mais ici personne pour applaudir ou siffler, rien que les rafales qui continuaient à crépiter régulièrement à l'est. À un rythme peut-être un peu moins soutenu, mais encore marqué.

Plus menaçantes étaient les détonations occasionnelles qui semblaient venir du nord. Du Gosselin's ? Impossible à dire.

Il se surprit à chantonner l'un des airs des Rolling Stones qu'il aimait le moins « Sympathy for the Devil » (*m'suis arrangé pour que Pilate se lave les mains et scelle son sort*, merci beaucoup, vous avez été un public de rêve, bonne nuit), et s'interrompit lorsqu'il se rendit compte que la chanson se mélangeait à des souvenirs de Jonesy à l'hôpital, Jonesy tel qu'il était en mars dernier, pas simplement maigre, mais *amenuisé*, comme si son essence s'était recroquevillée sur elle-même pour former un bouclier protecteur autour de son corps pris par surprise et martyrisé. Jonesy lui avait fait l'effet d'un homme sur le point de mourir et, bien qu'il ne fût pas mort, Henry se rendait compte à présent que c'était vers cette époque que ses pensées suicidaires étaient devenues réellement sérieuses. Venue s'ajouter à la galerie d'images de son musée personnel des horreurs — le lait blanc-bleu coulant sur le menton de son père, le postérieur gigantesque et agité de trémulations de Barry Newman s'enfuyant de son cabinet, Richie Grenadeau tendant sa crotte de chien au petit Duddits Cavell presque nu et en larmes, lui ordonnant de la manger —, il y avait maintenant celle du visage trop maigre et des yeux troubles de Jonesy, Jonesy qui s'était fait cueillir dans la rue sans rime ni raison, Jonesy qui paraissait bien prêt à enfiler ses bottes de sept lieues et à tirer sa révérence. Les médecins parlaient d'un état stable, mais lui avait lu *critique* dans les yeux de son vieil ami. Sympathie pour le Diable ? Vous plaisantez. Il n'y avait ni dieu, ni diable, ni sympathie. Et une fois qu'on avait compris ça, on était mal barré. Nos jours, en tant que consommateur viable et solvable, dans le grand asile d'aliénés de Kulture Amerika, étaient comptés.

Il se surprit à en chanter un autre passage — *Mais ce qui vous intrigue est la nature de mon jeu* — et il s'obligea à s'arrêter. Il lui fallait trouver autre chose. Un truc vraiment idiot. Idiot, sans objet et savoureux, quelque chose qui dégoulinerait de Kulture Amerika. Tiens, celle-là, chantée par les Pointers Sisters ? Pas mal non plus, non ?

Les yeux fixés sur le mouvement alternatif de ses skis et les crans perpendiculaires à la piste laissée par la chenille de la motoneige, il se mit à la chanter. Il se mit bientôt à la marmonner comme une incantation monotone, tandis que la sueur imbibait peu à peu sa chemise et que les mucosités claires qui coulaient de son nez venaient geler sur sa lèvre supérieure : « *Je sais que je peux y arriver, je sais que je peux, on peut arranger ça, oui, on peut, on peut, oui, on peut...* »

Mieux. Beaucoup mieux. Tous ces *oui, on peut on peut* étaient tout autant Kulture Amerika qu'un pick-up Ford dans le parking d'une salle de bowling, des soldes de blanc au JCPenney, ou une star du rock retrouvée morte dans sa baignoire.

9

Et c'est ainsi qu'il arriva jusqu'à l'abri où il avait laissé Pete et la femme. Pete avait disparu. Aucun signe de sa présence.

Le toit en tôle rouillé s'était effondré et Henry le souleva, comme si c'était une couverture de lit en métal, pour s'assurer que son ami n'était pas prisonnier dessous. Il ne s'y trouvait pas, mais la femme, si. Pas à l'emplacement où il l'avait laissée lorsqu'il était parti pour le Trou dans le Mur ; et pendant qu'elle avait rampé (à moins qu'on ne l'ait tirée) elle avait été victime d'une attaque sévère. Une maladie qui ne pardonnait pas, dite passage de l'arme à gauche. Ses vêtements et son visage étaient couverts de la même moisissure roussâtre que celle qui avait envahi le chalet, mais il remarqua un détail intéressant : alors que la saleté paraissait prospérer sur elle (en particulier à hauteur de ses narines et du seul œil qu'il voyait, où avait poussé une véritable jungle), les tentacules de moisissures qui partaient d'elle et dessinaient sur le sol une fausse ombre portée échevelée — ces tentacules s'en sortaient moins bien. Ceux qui partaient dans la direction opposée au feu en particulier avaient pris une couleur grisâtre et ne progressaient plus. Ceux qui s'étiraient entre elle et le feu réussissaient un peu mieux ; ils avaient bénéficié de la chaleur des braises et d'un terrain sur lequel la neige avait fondu, mais les pointes de ces tentacules prenaient à présent la nuance grise poudreuse de la cendre volcanique.

Henry avait la conviction que la saleté déclinait.

Comme la lumière du jour — c'était devenu indiscutable. Il laissa retomber la plaque de tôle ondulée sur le corps de Becky Shue et sur les dernières braises du feu. Puis il chercha de nouveau des yeux la piste de la motoneige, regrettant de ne pas avoir avec lui (il était resté dans le chalet) le manuel du parfait petit pisteur pour lui expliquer ce qu'il voyait. Ou peut-être le grand copain de Jonesy, Hercule Poirot, l'homme aux petites cellules grises.

L'empreinte de la chenille faisait un écart en direction de l'abri effondré avant de reprendre la direction du nord et du Gosselin's Market. Il y avait un secteur où la neige tassée avait pris une forme qui évoquait plus ou moins celle d'un corps humain. De chaque côté dans la neige on voyait des trous ronds.

« Qu'est-ce que tu en dis, Hercule ? demanda Henry. Qu'est-ce que cela signifie, *mon ami** ? » Mais Hercule ne répondit rien.

Henry se remit à chantonner tout en se penchant sur l'un des trous circulaires, sans se rendre compte qu'il avait laissé les Pointers Sisters pour revenir aux Rolling Stones.

Il y avait encore assez de lumière pour qu'il puisse distinguer un motif, trois encoches à gauche de l'empreinte de corps ; il se rappela alors la pièce au coude droit du dufflecoat de Pete. Celui-ci lui avait raconté, avec une sorte d'orgueil étrange, que c'était sa petite amie qui l'avait cousue en lui déclarant que ce n'était pas parce qu'il allait dans les bois qu'il devait se promener avec un coude troué. Henry se rappelait avoir pensé que c'était à la fois triste et comique, cette façon que Pete avait eu de se bâtir un château en Espagne d'avenir radieux à partir de ce geste de gentillesse... Geste qui devait probablement davantage, en réalité, à la manière dont la dame en question avait été élevée qu'à la profondeur des sentiments qu'elle éprouvait pour son petit ami imbibé de bière.

Ce qui n'avait pas d'importance. Ce qui importait pour Henry c'était le sentiment qu'il avait raisonné juste et qu'il était de bonne foi. Pete était sorti en rampant de dessous le toit effondré. Jonesy (ou la chose qui s'était emparée de lui, le nuage) était arrivé, avait obliqué vers les restes de l'abri et recueilli Pete.

Pourquoi ?

Aucune idée.

Toutes les taches, dans la forme aplatie laissée par son ami tandis qu'il se débattait après être sorti de dessous la tôle en rampant sur les coudes (d'où les trous), n'étaient pas faites de moisissures. Il y avait aussi du sang séché. Pete avait été blessé. Par la tôle, lorsque le toit s'était effondré ? Était-ce tout ?

Henry repéra une trace sinueuse qui s'éloignait de la dépression créée par le corps de Pete. Au bout, se trouvait ce qu'il prit d'abord pour les restes carbonisés d'un bâton. Mais en l'examinant de plus près, il se rendit compte que c'était une autre de ces bestioles genre fouine, brûlée à mort, et dont les chairs prenaient une couleur grise là où elles ne s'étaient pas consumées. Henry la fit rouler du bout de sa botte. En dessous, il y avait une masse durcie par le gel. Des œufs. La bestiole avait dû les pondre alors qu'elle mourait.

À coups de pied, frissonnant, Henry recouvrit de neige les œufs et le cadavre du monstre. Il déroula ensuite une fois de plus le bandage de sa cuisse pour examiner la plaie, et se rendit compte en même temps quelle chanson il fredonnait. Il s'interrompit. Des flocons de neige, encore dispersés et légers, se mirent à tomber en lents tourbillons.

« Qu'est-ce qui me prend de chanter ça ? dit-il. Pourquoi cette connerie n'arrête pas de me revenir ? »

Il n'attendait aucune réponse à ces questions qu'il ne posait que pour se rassurer au son de sa propre voix (c'était un lieu de mort, ici, peut-être même un lieu hanté), mais une lui parvint tout de même.

« Parce que c'est *notre* chanson. L'hymne de l'escouade, celui que nous jouons quand ça commence à barder. Nous sommes les Cruise's boys... » Cruise ? comme dans Tom Cruise ? Peut-être pas tout à fait.

L'intensité de la fusillade, à l'est, avait beaucoup diminué. Le massacre des animaux était presque achevé. Mais il y avait les hommes, une longue ligne de chasseurs en embuscade, habillés en vert ou en noir et non plus en orange fluo, et ils écoutaient cette chanson, en boucle, pendant qu'ils faisaient leur boulot, une boucherie de proportions inouïes : *je pilotais un tank, j'avais rang de général quand le blitzkrieg a déferlé et que les corps puaient... Ravi de vous rencontrer, vous avez deviné mon nom, j'espère !*

Mais qu'est-ce qui arrivait, en réalité ? Pas dans cet univers merveilleux et farfelu du Monde Sauvage, mais dans sa propre tête ? Il avait eu des éclairs de compréhension toute sa vie — du moins toute sa vie depuis Duddits — mais jamais rien de pareil. Qu'est-ce que c'était, cette fois ? Le moment était-il venu d'examiner cette nouvelle et puissante manière de voir la ligne ?

Non. Non, non, non.

Et, comme se fichant de lui, la chanson dans sa tête : *je pilotais un tank, j'avais rang de général...*

« Duddits ! » s'écria-t-il dans la lumière déclinante du jour, tandis que des flocons paresseux tombaient comme les plumes d'un oreiller éventré. Une pensée se débattait dans les affres de la naissance, mais elle était trop énorme, trop énorme.

« Duddits ! » cria-t-il de nouveau de sa voix de marchand d'œufs, sa voix qui exhortait, et il comprit une chose. Le luxe d'un suicide lui était devenu interdit. Voilà ce qui était le plus horrible dans tout ça, parce que ces pensées délirantes — *j'ai crié le nom de celui qui avait tué les Kennedy* — le démolissaient. Il se remit à pleurer, effrayé, ne sachant plus où il en était, seul dans les bois. Tous ses amis étaient morts, sauf Jonesy, et Jonesy était à l'hôpital. Une star du cinéma à l'hôpital avec Mr Gray.

« Qu'est-ce que ça veut dire ? » grogna Henry. Il porta vivement les mains à ses tempes (il avait l'impression que sa tête enflait, enflait), et ses vieux bâtons de ski rouillés se mirent à danser dans tous les sens, au bout de leur dragonne, comme des pales d'hélice brisées. « Mais, bon Dieu, *qu'est-ce que ça veut DIRE ?* »

En guise de réponse, ne vinrent que les paroles de la chanson : *Ravi de vous rencontrer ! Vous avez deviné mon nom j'espère !*

Rien que la neige, une neige rouge du sang des animaux massacrés qui gisaient partout, un Dachau de cerfs, de ratons-laveurs, de lapins, de belettes, d'ours, de chiens de prairie, de...

Il hurla en se tenant la tête, hurla tellement fort, avec une telle violence qu'il crut sincèrement, un instant, qu'il allait s'évanouir. Puis la sensation passa et son esprit parut s'éclaircir, du moins pour le moment. N'y resta plus que l'image éclatante de Duddits tel qu'il était lorsqu'ils l'avaient rencontré pour la première fois, Duddits non pas sous les projecteurs d'une guerre-éclair hivernale, comme dans la chanson des Stones, mais sous la lumière paisible d'une journée d'octobre nuageuse, Duddits le visage tourné vers eux, avec ses yeux de vieux sage chinois. Duddits a été notre meilleur moment, avait dit Pete.

« *Angé oi*, dit Henry. *Ennis ?* »

Oui, *angé ennis*. La mettre dans l'autre sens, dans le bon sens, *angé ennis*.

Souriant un peu, même s'il avait encore sur les joues des larmes qui menaçaient de geler, Henry s'élança une fois de plus sur la trace ondulée laissée par la motoneige.

10

Dix minutes plus tard, il arriva à hauteur du Scout couché sur le flanc. Il prit brusquement conscience de deux choses : qu'il éprouvait une faim dévorante, en fin de compte, et qu'il y avait de la nourriture dans le véhicule. Il avait vu les traces qui allaient au Scout et en repartaient, et pas besoin du manuel du parfait pisteur pour comprendre que Pete avait laissé la femme afin de retourner ici. Pas besoin non plus d'Hercule Poirot pour se douter que la nourriture qu'ils avaient achetée au magasin, pour l'essentiel en tout cas, se trouverait encore sur place. Ce n'était pas ce qu'était venu chercher Pete, il le savait.

Il s'avança sur ses skis jusqu'au côté passager du véhicule, suivant les traces de Pete, se pencha pour défaire les attaches et se pétrifia dans son geste. On était à l'abri du vent, de ce côté du véhicule, et ce que Pete avait écrit dans la neige, pendant qu'il buvait ses deux bières, était encore intact ou presque : DUDDITS, répété à il ne savait combien d'exemplaires. En voyant ce nom gravé dans la neige, Henry se mit à frissonner. C'était comme rendre visite au tombeau d'un être aimé et entendre une voix s'élever du sol.

11

Il y avait du verre brisé à l'intérieur du Scout. Du sang, aussi. Comme il maculait surtout le siège arrière, Henry eut la certitude qu'il ne datait pas de l'accident ; Pete avait dû se couper quand il était revenu. Mais ce qu'Henry trouva de plus intéressant était qu'il n'y avait pas trace de la moisissure roussâtre. Elle poussait rapidement, et la conclusion logique de son absence était que Pete n'était pas encore infecté lorsqu'il était venu chercher la bière. Plus tard, peut-être, mais pas à ce moment-là.

Il s'empara du pain, du beurre de cacahuètes, du lait et d'un carton de jus d'orange. Puis il ressortit à reculons du véhicule, s'assit adossé au hayon arrière et, regardant la neige récente glisser, poussée par le vent, se mit à avaler à toute vitesse des tartines de pain au beurre de cacahuètes, se servant de son index pour l'étaler — le léchant ensuite pour le nettoyer. C'était délicieux, et il faisait descendre tout ça à grandes lampées de jus d'orange. Mais ça ne suffisait pas.

« Ce à quoi tu penses, annonça-t-il au crépuscule qui gagnait, est grotesque. Ne même pas mentionner le rouge ! La nourriture rouge... »

Rouge ou pas, il y pensait, et ce n'était certainement pas si grotesque que ça ; c'était bien lui le type, non, qui avait passé de longues nuits d'insomnie à rêver armes à feu, cordes et sacs en plastique ? Toutes choses qui lui paraissaient un peu enfantines à présent, mais c'était bien lui, pas de doute. Et ainsi...

« Et ainsi, permettez-moi de terminer, mesdames et messieurs de l'Association américaine de psychiatrie, en citant feu Joseph Clarendon, dit Beaver : *Dites va chier et mettez une pièce dans le seau de l'Armée du Salut. Et si ça ne vous plaît pas, prenez ma queue et sucez-la.* Merci beaucoup. »

Ayant ainsi achevé sa péroraison devant l'Association américaine de psychiatrie, il retourna dans le Scout, réussissant une seconde fois à éviter le verre brisé, et prit le paquet enveloppé dans du papier sulfurisé (avec marqué dessus $2.79 de l'écriture tremblée du vieux Gosselin). Une fois dehors, il le déballa. Il contenait neuf hot dogs rebondis. De ceux qui étaient rouges.

Un instant, son esprit essaya de lui montrer la bestiole reptilienne sans pattes se tortillant sur le lit de Jonesy et le regardant de ses yeux noirs et vides, mais il repoussa cette image avec la rapidité et l'aisance de celui dont l'instinct de survie n'a pas flanché une seconde.

Ces hot dogs étaient parfaitement cuits, mais il réchauffa tout de même chacun d'eux à l'aide de la flamme de son briquet qu'il fit aller et venir dessous afin qu'il soit au moins tiède ; après quoi, il l'enroulait dans une tartine pré-coupée et l'engloutissait. Il souriait, sachant à quel point il aurait paru ridicule aux yeux d'un observateur. D'ailleurs, ne disait-on pas que les psychiatres finissaient par devenir aussi cinglés que leurs patients, sinon davantage ?

L'important, c'était qu'il avait finalement l'estomac plein. Et (encore plus important) qu'il était débarrassé de toutes les pensées chaotiques et images fragmentaires qui l'avaient envahi, la chanson comprise. Pourvu que toutes ces conneries ne reviennent pas — surtout pas, mon Dieu !

Il but encore un peu de lait, rota, puis, s'appuyant de la nuque au Scout, il ferma les yeux. Pas pour dormir, cependant ; la forêt était merveilleuse, noire et profonde, et il lui restait vingt kilomètres quatre cents à parcourir avant de pouvoir dormir.

Il se rappela Pete lui parlant des rumeurs entendues au Gosselin's Market, les chasseurs disparus, les lumières dans le ciel, et avec quel entrain le Grand Psychanalyste américain les avait rejetées, se gaussant de l'hystérie sataniste qui avait secoué l'État de Washington, de l'hystérie du Delaware, où l'on s'était mis à voir des pédophiles partout. Jouant les psy je-sais-tout sûrs de soi côté façade, tandis que côté cour, son esprit jouait avec l'idée de suicide comme un bébé qui vient tout juste de découvrir ses orteils dans son bain. Il avait tenu un discours parfaitement plausible, une argumentation qui aurait été au point pour n'importe quelle émission de télé voulant consacrer soixante minutes à l'interface entre inconscient et inconnu... mais les choses avaient changé. Il faisait à présent partie des chasseurs manquants. Et, de plus, il avait vu des choses que personne n'aurait trouvées sur Internet, même avec le plus gros des moteurs de recherche.

Il resta assis ainsi, la tête renversée, les yeux clos, le ventre plein. Le Garand de Jonesy était appuyé contre l'un des pneus du Scout. Les flocons venaient se poser sur son front et ses joues, aussi légers qu'une patte de chaton. « On est bien dans le cas de figure que tous ces crétins attendaient, dit-il. Rencontre du troisième type. Hé, du quatrième ou du cinquième, tant qu'on y est. Désolé de m'être payé ta tête, Pete. Tu avais raison et j'avais tort. Bon Dieu, c'est encore pire que ça : ce vieux chnoque de Gosselin avait raison et j'avais tort ! C'est bien la peine d'avoir été à Harvard... »

Et une fois qu'il eut prononcé ces paroles à haute voix, les choses commencèrent à se mettre en place. Un objet s'était posé, ou s'était écrasé au sol. La réaction du gouvernement des États-Unis avait été d'envoyer l'armée. Expliquait-on au reste du monde ce qui se passait ? Probablement pas, ce n'était pas leur genre, mais quelque chose lui disait que ça n'allait pas durer longtemps. On ne pouvait coller tout le Jefferson Tract dans le Hangar 57, au bout de la piste.

Savait-il autre chose ? Pas impossible, et peut-être plus que ce que savaient les types dans les hélicoptères et les escouades chargées du massacre.

Il était manifeste qu'ils croyaient avoir affaire à quelque chose de contagieux, mais Henry ne pensait pas que ce soit aussi dangereux qu'il y paraissait à première vue. Le truc se déclenchait, croissait... puis mourait. Même le parasite qui s'était trouvé dans la femme était mort. Ce n'était pas le bon moment ni le bon endroit pour se choper une mycose interstellaire style pied d'athlète, si c'était bien de ça qu'il s'agissait. Éléments qui donnaient beaucoup de poids à l'hypothèse d'un crash... mais, et les lumières dans le ciel ? Et les implants ? Pendant des années, des gens avaient prétendu avoir été enlevés par des extra-terrestres... on les aurait déshabillés... examinés... obligés à recevoir des implants... des idées tellement freudiennes qu'elles en étaient presque risibles...

Henry se rendit compte qu'il était sur le point de sombrer dans une douce somnolence et eut un tel sursaut que le paquet contenant les trois hot dogs restants glissa de ses genoux et tomba dans la neige. Non, il n'avait pas été sur le point de sombrer, il avait sombré. La lumière du jour avait baissé et l'univers pris la couleur terne de l'ardoise. Des flocons de neige constellaient son pantalon. Encore un peu, et il aurait ronflé.

Il chassa la neige et se leva avec une grimace, tant ses muscles protestaient. Il regarda les hot dogs tombés au sol avec un certain écœurement, puis il se baissa, les remit dans leur emballage et les glissa dans une poche de sa veste. Il n'était pas exclu qu'ils retrouvent un aspect engageant plus tard. Il espérait sincèrement que non, mais on ne savait jamais.

« Jonesy est à l'hôpital », déclara-t-il brusquement. Sans savoir ce qu'il avait voulu dire. « Jonesy est à l'hôpital avec Mr Gray. Faut qu'il y reste. Aux soins intensifs. »

Du délire. Un délire total. Il fixa de nouveau les skis à ses bottes, priant pour que son dos ne se bloque pas pendant qu'il était penché en avant, puis il s'engagea une fois de plus sur la piste, tandis que la neige se mettait à tomber plus drue et que l'obscurité gagnait.

Le temps de se rendre compte que s'il avait pensé à prendre les hot dogs, il avait oublié le fusil de Jonesy (sans même parler du sien), il était trop loin pour faire demi-tour.

12

Il s'arrêta quelque chose comme trois quarts d'heure plus tard, scrutant d'un air stupide les empreintes de l'Arctic Cat. Le crépuscule était sur le point de laisser place à la nuit, mais il y avait encore assez de lumière pour voir que la trace, ou ce qu'il en restait, tournait brusquement à droite pour s'enfoncer dans les bois.

Dans les putains de bois ! Pourquoi Jonesy (et Pete, si Pete était bien avec lui) aurait-il été se jeter au milieu de la forêt ? N'était-ce pas absurde, alors que la trouée de Deep Cut était bien droite et dégagée, toute blanche au milieu des arbres de plus en plus noirs ?

« Deep Cut Road est orientée au nord-ouest », dit-il. Les pointes de ses skis se rejoignaient en chasse-neige, le paquet de hot dogs mal emballé dépassait de sa poche. « La route qui va au Gosselin's ne peut pas être à plus de cinq kilomètres, à présent. Jonesy le sait... Pete aussi. Et pourtant, la motoneige... » Il tendit le bras, comme l'aiguille d'une boussole. « La motoneige a pris pratiquement plein nord. Pourquoi ? »

Peut-être le savait-il. Le ciel était plus clair, dans la direction du Gosselin's, comme si on y avait installé des projecteurs. Il entendait le grondement lointain des hélicoptères allant crescendo et descrescendo mais, lui semblait-il, toujours dans la même direction. Il s'attendait, en se rapprochant, à entendre d'autres bruits de grosses machines : véhicules de transport, génératrices, peut-être. De l'est lui parvenaient encore des détonations isolées, mais il était manifeste que l'essentiel se passait droit devant lui, au nord-ouest.

« Ils ont installé une base chez Gosselin, murmura Henry. Et Jonesy ne tenait pas du tout à s'y rendre. »

Mais oui, c'était tout simplement ça ! sauf... qu'il n'y avait plus réellement de Jonesy, pas vrai ? rien que le nuage noirâtre.

« Faux. Jonesy est toujours là. Jonesy est à l'hôpital avec Mr Gray. Le nuage, c'est Mr Gray. » Puis, sans rime ni raison visible pour lui, il ajouta : *« Angé oi ? »*

Il tourna la tête vers le ciel et les légers flocons de neige (cette nouvelle chute était beaucoup moins abondante que la précédente, du moins pour le moment, mais elle commençait néanmoins à former une nouvelle couche) comme s'il croyait que Dieu se trouvait quelque part par là, l'étudiant avec l'intérêt certain mais détaché d'un scientifique observant les tortillements d'une paramécie. « Qu'est-ce que c'est que cette connerie ? Vous avez pas une idée ? »

Pas de réponse, mais un souvenir étrange lui revint à l'esprit. Lui, Pete, Beaver et la femme de Jonesy s'étaient trouvés liés par un secret en mars dernier. Carla avait en effet estimé que Jonesy pouvait se passer de savoir que son cœur s'était arrêté par deux fois, la première lorsque les urgentistes l'avaient installé à l'arrière de l'ambulance, puis peu de temps après son admission à l'hôpital. Jonesy savait qu'il avait failli y rester (c'était du moins l'impression qu'avait Henry), mais ignorait avoir été cliniquement mort par deux fois ; et s'il avait connu une expérience de « marche vers la lumière » à la Kübler-Ross, soit il l'avait gardée pour lui, soit il l'avait oubliée à cause des doses massives d'anesthésique et d'analgésique qu'il avait reçues.

Au sud, un grondement enfla à une vitesse terrifiante et Henry rentra la tête dans les épaules, se bouchant les oreilles tandis que passait au-dessus de sa tête, dans les nuages bas, ce qui paraissait être une véritable escadrille. Il ne vit rien, mais lorsque le bruit se fut éloigné aussi vite qu'il était venu, il se redressa, le cœur battant violemment. Houlà ! Voilà comment ça devait être, autour des bases aériennes entourant l'Irak, avant le déclenchement de l'opération Tempête du Désert.

Le grand branle-bas de combat. Cela voulait-il dire que les États-Unis d'Amérique venaient de déclarer la guerre à des êtres venus d'un autre monde ? Se trouvait-il propulsé au milieu d'un roman de H.G. Wells ? Il sentit quelque chose se serrer brusquement et palpiter sous son sternum. Dans ce cas, l'ennemi disposait peut-être d'un arsenal un peu plus sérieux qu'une poignée de Scuds soviétiques rouillés à balancer en représailles à l'Oncle Sam.

Laisse tomber. Tu ne peux rien y changer. Ce que tu dois maintenant faire, toi, *voilà la question. Alors ?*

Le grondement des jets n'était plus qu'un bruit sourd et lointain. Ils allaient sans doute revenir. Et peut-être avec leurs copains.

« Deux pistes divergent dans les bois enneigés, c'est bien ça ? Oui, si l'on veut. »

Suivre celle de la motoneige paraissait exclu. Il se perdrait dans le noir en moins d'une demi-heure, et la neige la ferait de toute façon disparaître. Il se retrouverait errant au hasard, perdu... perdu comme l'était vraisemblablement Jonesy en ce moment.

Avec un soupir, il se détourna de l'empreinte de la chenille et continua le long du chemin.

13

Le temps d'arriver à proximité de l'endroit où Deep Cut rejoignait la route à deux voies, route en dur connue sous le nom de Swanny Pond Road, Henry n'en pouvait plus. Il avait du mal à tenir debout, alors skier... Les muscles de ses cuisses lui faisaient l'effet de sachets de thé usagés. Ni les lumières, au nord-ouest, beaucoup plus intenses à présent, ni le bruit des moteurs et des hélicoptères n'arrivaient à le requinquer. Devant lui, s'élevait la longue pente raide d'une colline ; de l'autre côté, Deep Cut Road débouchait sur la route en dur. Il risquait même de tomber sur des véhicules, en particulier si l'armée procédait à des mouvements de troupes.

« Allez, mon vieux, s'encouragea-t-il. Allez, allez, allez. » Il resta cependant sans bouger encore un moment. Il n'avait aucune envie de franchir cette colline. « Vaut mieux s'affranchir de la colline que la franchir », dit-il. La phrase avait bien l'air de vouloir dire quelque chose, mais ce n'était probablement qu'une absurdité de plus. Sans compter qu'il n'avait pas le choix.

Il se pencha, reprit un peu de neige ; dans la pénombre, les deux poignées faisaient penser à de petits oreillers. Il se mit à la grignoter, non pas parce qu'il avait soif, mais parce qu'il n'avait aucune envie de se remettre en mouvement. Les lumières en provenance du Gosselin's Market étaient plus familières que celles qu'il avait vues jouer dans le ciel avec Pete (*Ils reviennent !* s'était écriée Becky, comme la petite fille assise devant la télé, dans le vieux film de Steven Spielberg), et pourtant elles lui plaisaient encore moins. Tous ces moteurs, toutes ces génératrices paraissaient... affamés.

« Tout juste, mon lapin. » Sur quoi, parce qu'il n'y avait aucune autre solution, il attaqua la dernière colline qui le séparait d'une vraie route.

14

Il marqua une pause au sommet, haletant, courbé sur ses bâtons de ski. Le vent était plus fort ici et lui donnait l'impression de traverser ses vêtements. Des élancements montaient de sa jambe gauche, celle qui avait été ouverte par le Commodo, et il se demanda une fois de plus si son bandage de fortune n'abritait pas une colonie de la saleté rouge doré. Il faisait trop noir pour y voir quelque chose, et comme la seule bonne nouvelle aurait été *rien à voir*, c'était aussi bien.

« Le temps avait ralenti, la réalité s'était brouillée, le marchand d'œufs avait continu*eillé*. » Plus vrai que jamais, si bien qu'il se remit en route vers le carrefour en T qui marquait la fin de Deep Cut Road au bas de la colline.

La pente était encore plus prononcée sur l'autre versant, si bien qu'il ne tarda pas à skier au lieu de faire les grandes foulées du skieur de fond. Il prit de la vitesse, ne sachant pas très bien s'il ressentait de la terreur, de la jubilation ou un mélange malsain des deux. Il allait certainement trop vite, étant donné le peu de visibilité (elle était presque nulle), son manque d'entraînement — et sa forme, qui valait ce que valaient les attaches mangées de rouille des skis. La masse brouillée des arbres défilait de part et d'autre, et il se dit que tous ses problèmes pourraient être résolus d'un seul coup. Pas la Solution Hemingway, mais la Solution Bono.

Le vent lui arracha sa casquette. Il porta machinalement la main à sa tête, imprimant un mouvement de balancier à l'un des bâtons (à peine le distinguait-il dans le noir) et il perdit brusquement l'équilibre. Il allait prendre une gamelle. Pas plus mal, peut-être, tant qu'il ne se cassait pas sa bon Dieu de jambe. Une chute l'arrêterait, au moins. Il n'aurait qu'à se relever, et...

Des lumières violentes s'allumèrent — de gros projecteurs montés sur un camion ; avant d'être complètement aveuglé, Henry eut le temps d'apercevoir un véhicule prolongé d'une remorque ouverte, comme celle des camions de grumes. Il était placé en travers de Deep Cut Road. Les projecteurs avaient sans doute été déclenchés par un détecteur de mouvements ; une rangée d'hommes se tenait devant.

« HALTE ! » ordonna une voix amplifiée, terrifiante. On aurait cru la voix de Dieu. « HALTE OU NOUS FAISONS FEU ! »

Henry tomba lourdement, avec maladresse, perdant ses skis. Se tordit une cheville et la douleur le fit crier. Il lâcha l'un de ses bâtons de ski, l'autre se brisa en deux. Il eut la respiration coupée après avoir exhalé un grand souffle embué. Il glissa, labourant la neige jambes écartées, puis s'immobilisa les membres épars, dans une position qui faisait penser vaguement à une swastika.

Il commença à retrouver la vue et entendit le crissement de pas dans la neige. Il se débattit et réussit à se remettre sur son séant, incapable de dire s'il s'était ou non cassé quelque chose.

Six hommes se tenaient à quelques mètres de lui, au pied de la colline. Leurs ombres s'étiraient sur le poudroiement diamantin de la neige fraîche, nettes et disproportionnées. Tous portaient des parkas et avaient le nez et la bouche dissimulés sous des masques translucides qui paraissaient plus perfectionnés que les masques de peintre trouvés par Henry dans la remise, même si, se doutait-il, leur fonction de base était la même.

Ils tenaient aussi des armes automatiques qui étaient toutes braquées sur lui. Henry se dit qu'enfin de compte, oublier le fusil de Jonesy et sa Winchester dans le Scout avait été un coup de chance. S'il avait été armé, il serait sans doute transformé en passoire à l'heure actuelle.

« Je crois pas que je l'ai, croassa-t-il. Le truc qui vous inquiète, je crois pas que je l'ai...

— DEBOUT ! » lui intima la voix de Dieu.

Elle venait du camion. Les hommes qui se tenaient devant lui bloquaient partiellement la lumière aveuglante des projecteurs et Henry vit qu'il y avait d'autres soldats au pied de la colline, à la hauteur du carrefour. Tous étaient armés, à l'exception de celui qui tenait le porte-voix.

« DEBOUT, TOUT DE SUITE ! » ordonna Dieu ; l'un des hommes qui l'entouraient eut un petit mouvement sec, avec son arme, qu'il n'eut pas de mal à interpréter.

Il se mit laborieusement sur ses pieds. Ses jambes tremblaient et sa cheville foulée protesta, mais il était encore en un seul morceau, au moins pour le moment. *Ainsi s'achève le voyage du marchand d'œufs*, pensa-t-il, et il se mit à rire. Les hommes échangèrent des regards, mal à l'aise, et même s'ils continuaient de pointer leur arme sur lui, il trouva quelque chose de réconfortant dans cette petite manifestation d'émotion humaine.

Dans la lumière éclatante des projecteurs dont était équipé le camion à grumes, Henry vit aussi un objet tombé dans la neige à côté de lui — tombé de sa poche quand il avait lui-même fait sa chute. Avec lenteur, sachant que les soldats risquaient à tout moment de tirer, il se pencha pour le ramasser.

« NE TOUCHEZ PAS ÇA ! » cria Dieu du haut de son piédestal.

Les fusils se redressèrent, lui adressant un petit *bonjour, ténèbres, mes amies* par l'œilleton noir à l'extrémité des canons.

« Allez bouffer d'la merde et crevez ! » marmonna Henry, citant l'une des plus glorieuses sorties de Beaver. Sur quoi, il ramassa le paquet. Il le tendit aux soldats masqués et armés alignés devant lui, souriant. « Je suis venu en paix à la rencontre de l'humanité, reprit-il. Vous ne voulez pas un hot dog ? »

XII

Jonesy à l'hôpital

1

C'était un rêve.

On ne l'aurait pas dit, pourtant ; mais sinon, quoi ? Pour commencer, il l'avait déjà vécu le 15 mars une première fois, et il lui paraissait monstrueusement injuste d'avoir à le revivre. Ensuite, il était capable de se rappeler toutes sortes d'évènements s'étant déroulés entre la mi-mars et la mi-novembre : comment il avait aidé les enfants à faire leurs devoirs ; comment Carla avait passé des heures au téléphone (notamment avec ses amies du programme Narcotics Anonymous) ; comment il avait fait une conférence à Harvard... Il se rappelait aussi les mois de rééducation, bien entendu. Ces mouvements répétés jusqu'à n'en plus pouvoir, les épuisantes protestations de ses articulations obligées de s'étirer de nouveau à contrecœur, tellement à contrecœur ! Il se revoyait disant à sa kiné, Jeannie Morin, qu'il ne pouvait pas y arriver. Elle lui répondant que si. Des larmes sur son visage, un grand sourire sur celui de la jeune femme (ce détestable sourire aux dents parfaites), et à la fin c'était elle qui avait eu raison. Il avait pu, il était la petite mécanique qui pouvait, mais quel prix avait-elle dû payer, la petite mécanique !

Il se rappelait tout cela et davantage : le jour où il avait quitté son lit tout seul pour la première fois, celui où il s'était torché le cul tout seul pour la première fois, la soirée, début mai, où il était allé se coucher en se disant *Je vais m'en sortir* pour la première fois, la nuit, à la fin du même mois, où lui et Carla avaient fait l'amour pour la première fois depuis l'accident, après quoi il lui avait rappelé la vieille blague : *Comment baisent les porcs-épics ? Avec moult précautions.* Il se rappelait du feu d'artifice du Memorial Day, comment sa hanche et le haut de sa cuisse lui faisaient un mal de chien ; il se rappelait avoir mangé de la pastèque le jour de la fête nationale, recrachant les pépins dans l'herbe, tandis qu'il regardait Carla et ses sœurs jouer au badminton, la hanche et la cuisse toujours douloureuses, mais moins férocement ; il se rappelait le coup de fil d'Henry en septembre « juste pour voir comment il allait », Henry lui parlant de toutes sortes de choses, y compris de leur semaine de chasse annuelle au Trou dans le Mur, en novembre. « Bien sûr, que je vais venir », avait-il répondu, ne se doutant pas alors qu'il n'aurait aucun plaisir à sentir le poids du Garand dans ses mains. Ils avaient parlé de son travail (Jonesy était arrivé au terme des trois semaines de la session d'été, batifolant quasiment avec une seule béquille à présent), de leurs familles respectives, des livres qu'ils avaient lus, des films qu'ils avaient vus ; Henry lui avait dit, comme il l'avait déjà fait en janvier, que Pete buvait trop. Jonesy, qui avait déjà dû mener un rude combat contre l'addiction de sa femme à certaines substances, n'avait pas eu envie d'épiloguer sur ce sujet, mais lorsque son ami lui avait transmis l'idée de Beaver — s'arrêter à Derry pour voir Duddits à l'issue de leur semaine de chasse —, Jonesy avait accepté avec enthousiasme. Cela faisait déjà trop longtemps et il n'y avait rien de tel qu'une petite cure de Duddits pour vous redonner le moral. Aussi...

« Henry ? avait-il demandé. On avait prévu d'aller voir Duddits tous les deux, Non ? Pour la Saint-Patrick. Je n'en ai aucun souvenir, mais c'est noté dans mon agenda, au bureau.

— Ouais, avait répondu Henry. On l'avait bien prévu.

— Comme on dit... les Irlandais ont toujours eu de la chance, pas vrai ? »

Devant tant de souvenirs accumulés, Jonesy était sûr et certain que le 15 mars était déjà passé. Toutes sortes de preuves venaient étayer cette hypothèse, la première pièce à conviction étant l'agenda de son bureau. Et pourtant, voilà qu'elles étaient revenues, ces funestes idées de mars... et, bon Dieu de bon Dieu, parlez-moi un peu d'injustice, à présent que ce 15 mars paraissait plus 15 mars que jamais.

Au début, les souvenirs qu'il conservait de cette journée commençaient à se brouiller vers dix heures du matin. Il se trouvait dans son bureau, un café à portée de la main, et empilait les livres qu'il prévoyait de descendre au bureau du département d'histoire. Il n'était pas heureux, mais du diable s'il se rappelait pourquoi. D'après le même agenda, il aurait eu, le 17 mars, un rendez-vous avec un étudiant du nom de David Defuniak. Il ne se souvenait pas pour quelle raison, mais il avait trouvé le mot d'un de ses assistants qui lui parlait d'une dissertation dudit Defuniak — « Les résultats à court terme de la Conquête normande » — et il supposait donc que c'était à ce sujet que le rendez-vous avait été pris. Mais qu'est-ce qui avait pu, là-dedans, rendre malheureux le professeur assistant Gary Jones ?

Malheureux ou non, il avait fredonné quelque chose, fredonné des paroles qu'il avait bientôt scandées et redoublées, des paroles qui frisaient l'absurde : *Oui, on peut, oui, on peut-peut, Seigneur Dieu tout-puissant, oui on peut-peut.* Après ça, rien que quelques détails isolés : il se revoyait souhaitant une bonne Saint-Patrick à Colleen, la secrétaire du département, prenant un exemplaire du *Boston Phoenix* dans le distributeur, devant le bâtiment, laissant tomber un quarter dans l'étui à saxo d'un skinhead, juste de l'autre côté du pont, et se sentant désolé pour le type, car le vent qui soufflait de la rivière était mordant, et l'homme ne portait qu'un mince t-shirt sur lui. Mais c'étaient des ténèbres qui avaient suivi l'empilement des livres dont il se souvenait avant tout. Il avait repris conscience à l'hôpital, avec cette voix monotone répétant sans cesse, *Je vous en prie, arrêtez, je ne peux pas le supporter, faites-moi une piqûre, où est Marcy, je veux Marcy.* Ou bien était-ce peut-être, *où est Jonesy, je veux Jonesy* ? Cette sacrée et insidieuse vieille Camarde. La Camarde faisant semblant d'être un des patients. La Camarde avait perdu sa trace, sûr, ça n'avait rien d'impossible, l'hôpital débordait de souffrances, d'angoisses mortelles qui suintaient de partout, et voici que, toujours aussi insidieuse, la vieille Camarde essayait de le retrouver. De lui jouer un tour à sa façon. De l'obliger à se livrer lui-même.

Cette fois, cependant, il ne reste plus rien des miséricordieuses ténèbres intermédiaires. Cette fois, non seulement il souhaite une bonne Saint-Patrick à Colleen, mais il lui raconte une plaisanterie sous forme de devinette. *Qu'est-ce qui est tout noir et se tient sur trois pattes dans le désert ? Un piano à queue.* Il sort et c'est son moi de l'avenir, son moi de novembre qui s'avance dans sa tête de mars comme un passager clandestin. Son moi futur entend son moi de mars penser : *Finalement il fait un temps splendide*, tandis qu'il fait ses premiers pas vers le rendez-vous qu'il a avec le destin, à Cambridge. Il essaie de dire à son moi de mars que c'est une mauvaise idée, une idée tellement mauvaise qu'elle en est grotesque, qu'il peut s'épargner des mois de souffrances rien qu'en hélant un taxi ou en prenant le petit train, celui qu'on appelle le T, mais il n'y parvient pas. Peut-être toutes les histoires de science-fiction sur le voyage dans le temps qu'il a lues quand il était adolescent ont-elles raison : on ne peut changer le passé, quels que soient nos efforts.

Il traverse le pont sur la rivière Charles, et bien que le vent soit un peu froid, il sent avec plaisir la chaleur du soleil sur son visage, il admire la manière dont sa lumière se fractionne en millions de facettes sur l'eau. Il chantonne un morceau de « Here Comes the Sun », puis retourne aux Pointers Sisters : *Oui on peut-peut, Seigneur Dieu tout-puissant, oui on peut-peut.* Il balance son porte-documents en mesure. Son sandwich est à l'intérieur. Hmmm-hmmm, a dit Henry. AJMM, a dit Henry.

Le saxophoniste est là, et surprise : non pas posté à l'extrémité de l'avenue, mais plus haut, près du campus du MIT, devant l'un des restaurants indiens à la mode. Il frissonne dans le froid, et les coupures sur sa tête rasée montrent qu'il n'était pas fait pour devenir barbier. La manière dont il joue « These Foolish Things » (« Ces Choses Folles ») laisse à penser qu'il n'était pas non plus fait pour devenir saxophoniste, et Jonesy a envie de lui conseiller de se faire charpentier, acteur, terroriste, tout ce qu'il veut, mais pas musicien. Au lieu de cela, il l'encourage, laissant tomber dans l'étui (doublé d'un velours violet usé) du type non pas la pièce de vingt-cinq cents de la première fois, mais toute une poignée de monnaie, parlez-moi de faire des choses folles, en effet. Il accuse les premiers rayons du soleil et leur chaleur, après un long hiver rigoureux, il accuse le fait que les choses se soient bien arrangées pour Defuniak.

Le joueur de saxo roule des yeux vers Jonesy, le remerciant d'un cillement, mais sans cesser de jouer. Jonesy invente une nouvelle devinette : *Comment appelle-t-on un joueur de saxo avec une carte de crédit ? Un optimiste.*

Il continue sa promenade, balançant son porte-documents, n'écoutant pas le Jonesy intérieur, celui qui a remonté le courant depuis novembre comme un saumon qui aurait voyagé dans le temps. *Hé, Jonesy, arrête-toi, tu veux ? Quelques secondes, pas plus. Rattache ton lacet, fais n'importe quoi.* (Mauvaise pioche, il porte des mocassins. Bientôt, il portera un plâtre à la place). *C'est au carrefour suivant que c'est arrivé, celui où s'arrête la Ligne Rouge, le carrefour de Massachusetts Avenue et Prospect Street. Y'a un vieux type qui arrive au volant d'une Lincoln bleu foncé, un prof d'histoire au stade pré-gâteux, et il va te nettoyer en deux temps trois mouvements...*

Mais rien n'y fait. Il a beau hurler, rien n'y fait. Les lignes sont coupées. On ne peut pas revenir, on ne peut pas aller assassiner son propre grand-père, on ne peut pas descendre Lee Harvey Oswald au moment où il s'agenouille devant la fenêtre du sixième étage, dans la bibliothèque scolaire de Dallas, tandis qu'à côté de lui refroidit du poulet frit dans une assiette en carton et qu'il braque son fusil acheté par correspondance sur la limousine dans laquelle a pris place le président des États-Unis, on ne peut s'empêcher soi-même d'arriver jusqu'au carrefour de Massachusetts Avenue et Prospect Street, balançant son porte-documents d'une main et tenant sous son coude un exemplaire du *Boston Phoenix* qu'on ne lira jamais. *Désolé, monsieur, mais les lignes sont coupées quelque part dans le Jefferson Tract, c'est la vraie panique là-haut, vous ne pouvez franchir...*

Et alors, Dieu du ciel, voilà qui est nouveau : le message passe ! Au moment où il atteint l'angle de la rue, au moment où il s'arrête au bord du trottoir, sur le point de s'engager sur le passage réservé aux piétons, le message passe !

« Quoi ? » dit-il. Et l'homme qui s'est arrêté à côté de lui, ce même homme qui sera le premier à se pencher sur lui dans un passé qui est peut-être à présent miséricordieusement annulé, le regarde d'un air soupçonneux et lui répond qu'il n'a rien dit, comme s'il y avait eu une troisième personne avec eux. C'est à peine si Jonesy l'entend, parce qu'il y a bien une troisième personne, une voix à l'intérieur de sa tête, une voix qui ressemble de manière troublante à la sienne et qui lui hurle de rester sur le trottoir, de ne pas mettre un pied sur la chaussée...

Puis il entend crier. Il regarde de l'autre côté, vers Prospect Street, et oh, mon Dieu, il voit Duddits, Duddits Cavell seulement habillé de son caleçon, et Duddits a le tour de la bouche barbouillé d'une matière brunâtre. On dirait du chocolat, mais Jonesy ne s'y trompe pas. C'est de la merde de chien, ce salopard de Richie a fini par la lui faire manger, et les passants vont et viennent sans faire attention à Duddits, l'ignorant, faisant comme s'il n'était pas là.

« Duddits ! crie Jonesy. Tiens bon, mon vieux, j'arrive ! »

Sur quoi, il se précipite sur la chaussée sans regarder, le passager qui est en lui ne pouvant rien faire d'autre que suivre le mouvement, comprenant enfin que c'était exactement ainsi qu'avait eu lieu l'accident — le vieil homme, certes, le vieil homme atteint par un début de maladie d'Alzheimer qui n'aurait jamais dû être au volant d'une voiture, pour commencer, mais ce n'était qu'une partie de l'affaire. L'autre partie, celle qui était restée cachée dans les ténèbres qui, jusqu'à aujourd'hui, avaient suivi l'accident, était qu'il avait vu Duddits et s'était précipité sans penser à regarder avant.

Il aperçoit autre chose : un vaste motif, un motif rappelant l'attrape-rêves, quelque chose qui relie entre elles toutes les années depuis le jour où ils ont rencontré Duddits Cavell pour la première fois, en 1978, quelque chose qui est aussi relié à l'avenir.

Un éclat de soleil se reflète sur un pare-brise ; il le voit du coin de son œil gauche. Une voiture arrive, et arrive trop vite. L'homme qui était à côté de Jonesy sur le trottoir, Mister Moi-j'ai-rien-dit, lui crie : « Attention, mec, attention ! », mais c'est à peine si Jonesy l'entend. Car il y a un cerf derrière Duddits, sur le trottoir, un superbe mâle, presque aussi grand qu'un homme. Alors, juste avant d'être renversé par la Lincoln, Jonesy se rend compte que le cerf est en réalité un homme, un homme portant une casquette orange et une veste orange de rabatteur. Sur son épaule, telle quelque hideuse mascotte, se tient une sorte de belette sans pattes avec des yeux noirs énormes. Sa queue (mais c'est peut-être un tentacule) s'enroule autour du cou de l'homme. *Mais comment, au nom du ciel, ai-je pu le prendre pour un cerf ?* pense Jonesy. Ensuite la Lincoln l'atteint et le renverse dans la rue. Il entend un craquement sourd, acide, quand se brise sa hanche.

2

Il n'y a pas de ténèbres, pas cette fois ; pour le meilleur ou pour le pire, le Pays du Souvenir est éclairé par des lampes à arc. La confusion règne dans le film, toutefois, comme si le responsable du montage avait fait un repas trop arrosé et oublié ensuite comment doit se dérouler l'histoire. Cela tient en partie aux déformations bizarres qu'a subies le temps : il a l'impression de vivre simultanément dans le passé, le présent et l'avenir.

C'est ainsi que nous voyageons, énonce une voix ; Jonesy se rend compte que c'est la voix qui gémissait, appelait Marcy, implorait qu'on lui fasse une piqûre. *Une fois que l'accélération dépasse un certain point, tout voyage devient voyage dans le temps. La mémoire est le fondement de tout voyage.*

L'homme du carrefour, ce bon vieux Moi-j'ai-rien-dit, se penche sur lui, lui demande comment il va, se rend compte que la réponse serait *plutôt mal* et relève la tête. « Quelqu'un a un portable ? Il faut appeler une ambulance. » Jonesy, qui voit l'homme d'en dessous, constate qu'il a une petite coupure au menton, une coupure qu'il s'est faite ce matin en se rasant, probablement sans s'en rendre compte. *C'est marrant*, pense Jonesy. Sur quoi le film saute à un autre plan dans lequel il y a un vieux chnoque en manteau noir et chapeau mou — appelons ce vieil enfoiré Mister Qu'est-ce-que-j'ai-fait ? Il tourne en rond, posant la question aux gens. Il dit qu'il a détourné un instant les yeux et qu'il a entendu un coup sourd — qu'est-ce que j'ai fait ? Il dit qu'il n'a jamais aimé les grosses voitures — qu'est-ce que j'ai fait ? Il dit qu'il n'arrive pas à se souvenir du nom de sa compagnie d'assurances, mais qu'ils s'appellent eux-mêmes les Frères du Coup de Main — qu'est-ce que j'ai fait ? Une tache s'étale dans l'entrejambe de son pantalon et Jonesy, bien qu'allongé dans la rue, ne peut pas s'empêcher de ressentir une sorte de pitié exaspérée pour ce vieux crabe ; il aimerait bien pouvoir lui dire *Hé ! Tu veux savoir ce que tu as fait ? Regarde donc ton falzar. Tu t'es pissé dessus, bougre d'abruti.*

Le film saute à nouveau. Il y a à présent davantage de personnes autour de lui. Elles paraissent très grandes et Joncsy a l'impression d'assister à un enterrement du point de vue du cercueil. Ce qui lui rappelle une nouvelle de Ray Bradbury, il lui semble qu'elle est intitulée *La Foule* ; dans celle-ci, les commentaires des gens qui se rassemblent autour du lieu d'un accident — toujours les mêmes — déterminent votre sort. S'ils murmurent entre eux que ce n'est pas trop grave, que vous avez eu de la chance parce que la voiture a fait un écart au dernier moment, vous vous en tirez. Si au contraire, le petit groupe de badauds commence à dire des choses comme : *Il a l'air sérieusement touché*, ou encore : *Je ne crois pas qu'il s'en sortira*, vous mourez. Toujours les mêmes personnes. Toujours les mêmes visages avides, vides d'expression. Les mateurs de chiottes qui doivent à tout prix voir le sang, écouter les gémissements du blessé.

Dans le groupe attroupé autour de lui, juste derrière Mister Moi-j'ai-rien-dit, Jonesy aperçoit Duddits Cavell ; il est à présent habillé et paraît aller bien — pas de moustache en crotte de chien, autrement dit. McCarthy est là, lui aussi. *Appelle-le donc Mister Je-me-tiens-à-ta-porte-et-frappe*, pense Jonesy. Ainsi qu'un autre personnage. Un homme gris. Sauf que ce n'est pas un homme. Pas vraiment ; c'est l'extra-terrestre qui se tenait derrière lui lorsque Jonesy était dans la salle de bains. D'énormes yeux noirs lui mangent un visage qui, sinon, est presque dépourvu de traits. Ses fanons en peau d'éléphant pendent moins ; ce bon vieux Mister E.T.-appelle-maison n'a pas encore commencé à dépérir dans cet environnement hostile. Mais ça ne va pas tarder. Ce monde finira par le dissoudre comme s'il s'était plongé dans un bain d'acide.

Ta tête a explosé, essaie de dire Jonesy à l'homme gris. Mais aucun mot ne franchit ses lèvres. Sa bouche ne s'ouvre même pas. Et cependant, Mister E.T.-appelle-maison paraît l'entendre, car il incline légèrement sa tête grise.

Il est en train de passer, dit quelqu'un. Et avant que le plan ne change à nouveau, il entend ce bon vieux Mister Qu'est-ce-que-j'ai-fait ?, le type qui vient de le renverser et qui lui a explosé la hanche comme une assiette dans un stand de tir, dire à quelqu'un *Dans le temps, les gens disaient que je ressemblais à Lawrence Welk.*

3

Il gît à l'arrière d'une ambulance, inconscient, mais il se voit, il vit une authentique expérience de sortie de son corps ; avec cependant un élément nouveau, un truc dont personne ne lui a parlé par la suite : son cœur est pris de fibrillations pendant qu'on découpe son pantalon, pour mettre à jour une hanche dans laquelle on aurait cousu, sous la peau et n'importe comment, deux poignées de portes. Les fibrillations, il sait exactement de quoi il s'agit, car Carla et lui ne ratent jamais un épisode d'*Urgences*, ils regardent même les rediffusions sur TNT, et tiens, voici qu'ils sortent en vitesse le défibrillateur, qu'ils le tartinent de leur machin visqueux, l'un des urgentistes porte une croix d'or autour du cou, la croix vient effleurer le nez de Jonesy tandis que Mister Urgentiste se penche sur ce qui est pour l'essentiel un cadavre, et sainte merde, *il est mort dans l'ambulance !* Pourquoi ne lui a-t-on jamais dit qu'il avait claqué dans cette foutue ambulance ? S'est-on imaginé que ça ne l'intéresserait probablement pas de le savoir, qu'il se contenterait de marmonner, hm-hm, passe-moi le sel ?

« Prêt ! » crie l'autre infirmier et, juste avant la décharge, le conducteur se tourne vers lui et il voit que c'est la maman de Duddits. Et alors ils lui en filent une sévère et son corps sursaute, toute cette chair blanche se secouant les os, comme aurait dit Pete, et bien que le Jonesy qui assiste à la scène n'ait pas de corps, il n'en sent pas moins l'électricité le parcourir, un grand choc qui incendie l'arbre de son système nerveux comme une fusée. Dieu soit loué, dégringolade, Alléluia.

Le Jonesy allongé sur la civière fait un bond de poisson hors de l'eau, puis ne bouge plus. L'urgentiste accroupi derrière Roberta Cavell regarde son appareil de contrôle et dit, « Ah, vieux, non. C'est plat. Recommence. » Et quand l'autre type envoie le jus, le film saute et il se retrouve dans la salle d'opération.

Non, attendez, attendez, ce n'est pas tout à fait ça. Une partie de lui-même est en salle d'op, mais le reste se tient derrière une vitre et regarde au travers. Deux autres médecins sont présents, mais ils ne paraissent pas s'intéresser aux efforts de l'équipe chirurgicale pour rafistoler Humpty-Dumpty, l'œuf cassé Jonesy. Ils jouent aux cartes. Au-dessus de leur tête, l'attrape-rêves du Trou dans le Mur se balance dans le courant d'air d'une bouche d'aération.

Jonesy n'a aucune envie de regarder ce qui se passe de l'autre côté de la paroi de verre ; il n'aime pas trop ce cratère ensanglanté qui se trouve à la place de sa hanche, ni les reflets malsains sur l'os réduit en pièces qui en dépasse. Bien qu'il n'ait pas d'estomac, dans cet état désincarné, il n'en éprouve pas moins le besoin de dégobiller.

Derrière lui, l'un des médecins joueurs de cartes dit, *Duddits a été celui par lequel nous nous définissions. Il a été notre meilleur moment.* Sur quoi, l'autre demande, *Tu parles sérieusement ?* Et Jonesy comprend que les toubibs sont Henry et Pete.

Il se tourne vers eux, et peut-être n'est-il pas si désincarné que ça, en fin de compte, car il aperçoit le fantôme de son reflet dans la fenêtre qui donne sur la salle d'opération. Il n'est plus Jonesy. Il n'est même plus humain. Sa peau est grise et ses yeux sont deux bulbes noirs exorbités dans une figure dépourvue de traits. Il est devenu l'un d'eux, il est...

L'un des grisâtres. C'est comme ça qu'ils les appellent, les grisâtres. Certains les traitent même d'astronègres.

Il ouvre la bouche, soit pour dire ceci à haute voix, soit peut-être pour demander à ses vieux copains de lui donner un coup de main — ils se sont toujours entraidés, chaque fois qu'ils le pouvaient — mais le film saute à nouveau (ces enfoirés du montage, boire comme ça pendant qu'on bosse) et il se retrouve dans son lit, un lit d'hôpital dans une chambre d'hôpital et une voix crie *Où est Jonesy, je veux Jonesy.*

Tiens, pense-t-il avec une satisfaction désespérée. *Je me suis toujours douté que c'était Jonesy, et non Marcy. C'est l'appel à mourir, ou peut-être la Camarde elle-même, et je dois rester parfaitement tranquille si je veux l'éviter, elle m'a raté dans la foule, elle a fait une autre tentative dans l'ambulance et m'a raté encore, et voici qu'elle est maintenant à l'hôpital, sous le masque d'une malade.*

Je vous en prie arrêtez, gémit cette vieille sournoise de Camarde de son ton implorant et d'une hideuse monotonie. *Je ne peux pas le supporter, faites-moi une piqûre, où est Jonesy, je veux Jonesy.*

Je ne vais pas bouger d'un poil jusqu'à ce qu'elle s'arrête, pense Jonesy, *de toute façon, je ne peux pas me lever, on vient juste de me coller deux livres de ferraille dans la hanche, et il faudra plusieurs jours avant que je puisse me lever, peut-être bien une semaine.*

Horrifié, il se rend compte au contraire que si, il se redresse, il rejette les couvertures et sort de son lit, et bien qu'il puisse sentir les points de suture se tendre et lâcher sur sa hanche et son ventre, répandant ce qui est sans aucun doute du sang transfusé, un sang qu'il sent couler dans ses poils pubiens et le long de sa jambe, il s'avance dans la chambre sans même boitiller, traverse un rayon de soleil qui projette brièvement une ombre tout à fait humaine au sol (pas celle d'un grisâtre, constate-t-il avec reconnaissance, au moins ça, parce que les grisâtres, c'est la cata) et atteint la porte. Il déambule sans être vu le long d'un corridor, passe devant une civière sur laquelle est posé un pistolet à pisse, passe devant deux infirmières qui bavardent et rient en regardant des photos, et se dirige vers la voix au timbre monotone. Incapable de s'arrêter, il comprend qu'il est dans le nuage. Pas un nuage d'un rouge noirâtre, comme celui d'Henry et Pete ; ce nuage-ci est gris et il flotte à l'intérieur, l'unique particule qui ne soit pas changée par le nuage, et il pense : *Je suis celui qu'ils cherchaient. J'ignore comment une chose pareille est possible, mais je suis exactement ce qu'ils cherchaient. Parce que... parce que le nuage ne me change pas ?*

Oui, si l'on veut.

Il franchit trois portes ouvertes. La quatrième est fermée. Dessus, une affichette proclame : ENTREZ, IL N'Y A PAS D'INFECTION ICI, en anglais et en français.

Tu mens, pense Jonesy. *Cruise ou Curtis ou Machin-truc-chouette est peut-être cinglé, mais il a au moins raison sur un point : il y a un risque d'infection.*

Le sang coule le long de ses jambes, la partie inférieure de son calcif est d'un écarlate brillant (*le raisiné a commencé à couler*, comme disaient autrefois les commentateurs de matchs de boxe), mais il ne ressent aucune douleur. Et il n'a pas peur de l'infection. Il est unique et le nuage peut seulement le transporter, pas le transformer. Il ouvre la porte et entre.

4

Est-il surpris de voir le grisâtre aux grands yeux noirs dans le lit d'hôpital ? Pas le moins du monde. Lorsque Jonesy s'était tourné et l'avait découvert planté derrière lui, au Trou dans le Mur, la tête de ce crétin avait explosé. Toutes choses bien considérées, c'était un mal de tête plus que carabiné — dynamité. N'importe qui se serait retrouvé à l'hôpital. Pourtant, il n'a pas l'air d'aller trop mal à présent ; il est vrai que la médecine moderne fait des miracles.

La pièce, envahie par la moisissure, disparaît sous des vagues rouge doré. Il en pousse sur le sol, sur les appuis de fenêtres, sur les lattes des stores vénitiens. Elle s'est ouvert un chemin jusqu'au plafonnier, jusqu'au flacon de glucose sur sa potence (Jonesy suppose que c'est du glucose), auprès du lit ; des barbichettes rousses flamboyantes pendent de la poignée de la porte donnant sur la salle de bains, de la manivelle qui commande la position du lit.

Lorsque Jonesy s'approche de la chose grise qui tient son drap remonté jusqu'à sa poitrine étroite et glabre, il constate qu'il n'y a qu'une seule carte de vœux sur la table de nuit. BON RÉTABLISSEMENT !, lit-on au-dessus d'un dessin représentant une tortue toute triste avec un pansement sur le dos. Et au-dessous : DE LA PART DE STEVEN SPIELBERG ET DE TOUS TES POTES DE HOLLYWOOD.

C'est un rêve, un rêve plein de déformations oniriques et de jeux de mots sibyllins, se dit Jonesy, mais il n'y croit pas. Son esprit mélange les choses, en fait une bouillie, les rend plus faciles à avaler, et tel est le fonctionnement des rêves ; passé, présent et avenir ont été placés dans le même chaudron, ce qui est aussi fréquent dans les rêves, mais il sait qu'il commettrait une erreur en ne voyant là qu'un conte de fées désordonné, bricolé par son inconscient. Au moins une partie de ce qu'il voit arrive.

Les yeux noirs bulbeux le surveillent. Le drap s'agite et se déforme à côté de la chose étendue dans le lit. Ce qui en émerge est la bestiole-fouine rousse qui a eu Beaver. Elle le scrute avec ces mêmes yeux noirs vitreux tandis qu'elle se propulse jusqu'à l'oreiller à l'aide de sa queue ; là, elle s'enroule sur elle-même à côté de l'étroite tête grise. Pas étonnant que McCarthy se soit senti quelque peu indisposé, pense Jonesy.

Le sang continue à couler le long de sa jambe, gluant comme du miel, chaud comme la fièvre. Il dégoutte sur le sol et on pourrait croire que la moisissure (ou le champignon ou quoi que ce soit) rouge doré va l'envahir, le coloniser, en faire une véritable jungle, mais Jonesy sait que non. Il est unique. Le nuage peut le transporter, pas le transformer.

Pas de ballons, pas de jeux, pense-t-il, puis immédiatement : *chut, chut, garde ça pour toi.*

De la main, la créature grise lui adresse une sorte de salut fatigué. Elle a trois longs doigts se terminant par des ongles roses. Il en suinte un pus jaunâtre épais. La même sécrétion luit faiblement dans les replis de peau du type et dans le coin de ses yeux.

Tu as raison, tu as besoin d'une piqûre, dit Jonesy. *Peut-être d'un peu de Drano ou de Lysol, un truc dans le genre. Un truc qui te foute hors cir...*

Un pensée effrayante lui vient alors à l'esprit ; elle s'impose tellement, pendant un instant, qu'il est incapable de résister à la force qui le pousse vers le lit. Ses pieds se remettent en mouvement, laissant de grandes empreintes rouges derrière eux.

Vous n'allez pas boire mon sang, par hasard ? Comme un vampire ?

La chose dans le lit sourit sans sourire. *Nous sommes, pour autant que je puisse exprimer cela dans votre langage, des végétariens.*

Ouais, mais et votre charmante mascotte ? dit Jonesy en montrant la bestiole sans pattes, laquelle exhibe une gueule pleine de dents-aiguilles dans une parodie de sourire. *Est-ce que Bowser est végétarienne, elle aussi ?*

Vous savez bien que non, dit la chose grise, sans que bouge la fente qui lui sert de bouche. C'est un sacré ventriloque, ce type, faut le reconnaître ; ils l'auraient adoré comme animateur dans les stations d'été des Catskills. *Mais vous savez que vous n'avez rien à craindre d'elle.*

Pourquoi ? En quoi suis-je différent ?

La chose grise mourante (car bien sûr elle est mourante, son corps s'effondre, se décompose de l'intérieur) ne répond pas et Jonesy pense une fois de plus, *pas de ballons, pas de jeux*. Quelque chose lui dit que c'est une pensée que le grisâtre aimerait beaucoup lire dans son esprit, mais pas question. Sa capacité à masquer ses pensées fait partie de ce qui le rend différent, unique, et *vive la différence** est tout ce que peut dire Jonesy (même s'il ne le dit pas vraiment).

En quoi suis-je différent ?

Qui est Duddits ? demande la chose grise ; Jonesy ne répond pas, et elle a de nouveau ce sourire qui ne fait pas bouger sa bouche. *Eh bien voilà... nous posons tous les deux des questions auxquelles l'autre refuse de répondre. Mettons-les de côté, voulez-vous ? À l'envers. Elles sont... comment appelez-vous ça, déjà, dans votre jeu ?*

Dans le pot, le cribbage, dit Jonesy. L'odeur de pourriture de la chose lui parvient à présent. L'odeur que McCarthy a importée avec lui au Trou dans le Mur, l'odeur d'éther. Il pense de nouveau qu'il aurait mieux fait de lui tirer dessus, à ce fils de pute avec son langage châtié, mieux fait de l'abattre avant qu'il puisse se réfugier au chaud. Afin que la saleté roussâtre crève en lui, sous le poste de guet du vieil érable, au fur et à mesure que l'aurait envahi le froid.

Le cribbage, oui, dit la chose grise. L'attrape-rêves est là ; suspendu au plafond, il tournoie lentement au-dessus de la tête du grisâtre. *Nous allons mettre de côté ces choses que nous ne voulons pas nous révéler mutuellement, on y reviendra plus tard. On va les mettre dans le crib.*

Qu'est-ce que vous attendez de moi ?

La créature grise observe Jonesy sans ciller ; comment le pourrait-elle, d'ailleurs ? se dit Jonesy. Elle n'a ni cils ni paupières.

Ni cils ni paupières, dit la chose, sauf que c'est la voix de Pete qu'entend Jonesy. Avec son accent particulier. *Qui est Duddits ?*

Et Jonesy est tellement surpris d'entendre la voix de Pete qu'il est à un cheveu de répondre... ce qui, bien entendu, était le but de la manœuvre : le prendre par surprise. Mourante ou pas, elle est maligne, la chose. Il serait bien inspiré de rester sur ses gardes. Il envoie au type tout gris une image : une grosse vache marron avec un pancarte autour du cou. Sur la pancarte, on lit : DUDDITS LA VACHE.

Le grisâtre sourit une fois de plus sans sourire, sourit dans la tête de Jonesy. *Duddits la vache... je ne crois pas.*

D'où venez-vous ? demande Jonesy.

Planète X. Nous venons d'une planète mourante pour manger des pizzas Domino, acheter à crédit et apprendre l'italien sans peine par la méthode Berlitz. C'est la voix d'Henry, cette fois. Sur quoi Mister E.T.-appelle-maison revient à sa propre voix... à un détail près, se rend compte Jonesy, sans être vraiment surpris, juste un peu écœuré ; cette voix est la sienne. La voix de Jonesy. Il sait aussi ce qu'Henry dirait : qu'il se paie une mégahallucination à la suite de la mort de Beaver.

Plus maintenant, pense Jonesy. *Non, il ne le dirait plus maintenant. À l'heure actuelle, il est le marchand d'œufs, et le marchand d'œufs est au parfum.*

Henry ? Il ne va pas tarder à mourir, dit le grisâtre d'un ton indifférent. Sa main se déplace sur la courtepointe ; les trois longs doigts gris se referment sur la main de Jonesy. La peau est chaude et sèche.

Que voulez-vous dire ? demande Jonesy, inquiet pour son ami... mais la chose en train de mourir ne répond rien. Encore une carte à placer dans le pot du cribbage, et Jonesy en tire alors une nouvelle de son jeu : *Pourquoi m'avez-vous appelé ici ?*

La créature grise exprime de la surprise, même si son visage ne bouge pas. *Personne ne tient à mourir seul. Je voulais simplement avoir quelqu'un auprès de moi. Je sais, nous allons regarder la télévision.*

Je n'ai aucune envie...

Il y a un film que je tiens à voir, en particulier. Il vous plaira, à vous aussi. Ça s'appelle Sympathie pour les Grisâtres. *Bowser ! La télécommande !*

Bowser adresse à Jonesy un regard particulièrement mal intentionné, puis se coule de l'oreiller avec un bruit râpeux de la queue qui fait penser à un serpent se glissant entre des pierres. Sur la table, la télécommande est elle aussi envahie de moisissure. Bowser s'en empare, fait demi-tour et revient en rampant jusqu'à la créature grise, la télécommande entre les dents. Le grisâtre libère la main de Jonesy (son contact n'a rien de répugnant, mais c'est tout de même un soulagement), prend la télécommande, la braque sur la télé et appuie sur le bouton MARCHE. L'image qui apparaît — légèrement floue, sans être pour autant cachée par le duvet encore presque impalpable qui pousse sur l'écran — représente la remise, derrière le chalet. Au centre de l'écran, on voit une forme dissimulée par une bâche verte. Et avant que la porte s'ouvre et qu'il se voie entrer en scène, Jonesy sait que cet événement s'est déjà produit. La vedette de *Sympathie pour les Grisâtres* est Gary Jones en personne.

Eh bien, dit la créature moribonde depuis le point confortable, au milieu de la tête de Jonesy, *nous avons manqué le générique, mais en vérité, le film commence tout juste.*

C'est bien ce que redoute Jonesy.

5

La porte de la remise s'ouvre et Jonesy entre dans le local. Il porte une vraie tenue de bouffon : en plus de sa veste, il a enfilé les gants de Beaver et mis l'une des vieilles casquettes orange de Lamar. Un instant, le Jonesy spectateur de l'hôpital (il a tiré une chaise et s'est assis auprès du lit de Mr Gray) se dit que le Jonesy qui entre dans la remise de la motoneige, au Trou dans le Mur, est peut-être infecté, en fin de compte, et qu'il est infesté de moisissure orange. Puis il se souvient que Mr Gray a explosé juste en face de lui — sa tête, au moins, a explosé — et que le Jonesy du Trou dans le Mur est couvert des débris.

Sauf que vous n'avez pas explosé. Vous... vous avez... quoi ? Essaimé ?

Chutttt ! dit Mr Gray, et Bowser exhibe sa formidable gueule toute en dents, comme pour dire à Jonesy d'être un peu plus poli. *J'adore cette chanson. Pas vous ?*

La bande sonore joue « Sympathy for the Devil », des Rolling Stones, ce qui convient d'autant mieux que c'est aussi le titre du film ou presque (*mes débuts à l'écran*, pense Jonesy, *attends un peu que Carla et les gosses voient ça !*), mais à la vérité le film ne lui plaît pas ; le film, pour quelque raison obscure, le rend triste.

Comment pouvez-vous aimer ça ? demande-t-il, ignorant l'exhibition de canines de Bowser — Bowser qui n'est pas un danger pour lui, comme ils le savent tous les deux. *Comment est-ce possible ? C'est la musique qu'ils faisaient jouer pendant qu'ils vous massacraient !*

— *Ils nous massacrent toujours*, répond Mr Gray. *Et maintenant taisez-vous, regardez le film ; ce passage se traîne mais ça devient beaucoup plus intéressant.*

Jonesy croise les mains sur ses genoux ensanglantés — il semble néanmoins qu'il ait arrêté de saigner — et regarde *Sympathie pour les Grisâtres*, avec Gary Jones pour seule et unique vedette.

6

C'est le seul et unique Gary Jones qui débâche la motoneige, repère la batterie rangée dans un carton sur l'établi et la met en place en prenant bien soin de la raccorder comme il faut. Avec ça, il a épuisé à peu près toutes ses connaissances en matière de moteur ; il est prof d'histoire, pas mécanicien, et sa conception des améliorations qu'on pourrait apporter à la vie domestique serait plutôt d'obliger les gosses à regarder de temps en temps la chaîne historique à la place de *Xena*. La clef est sur le tableau de bord, et les voyants s'allument quand il la tourne — au moins a-t-il correctement raccordé la batterie — mais le moteur refuse de démarrer. Il ne toussote même pas. Le démarreur émet une sorte de couinement, puis plus rien.

« Oh bon Dieu de bon sang de bois de merde en bâton », marmonne-t-il d'une traite et d'une voix monocorde. Pas sûr qu'il puisse manifester beaucoup d'émotion, de toutes les façons, même s'il le voulait réellement. Il est fan de films d'horreur, il a dû regarder *L'Invasion des morts vivants* deux douzaines de fois (il est même allé voir le lamentable remake, celui dans lequel joue

Donald Sutherland) et il ne se fait pas d'illusions sur ce qui se passe. Son corps a été envahi, et envahi des pieds à la tête, en large et en travers. Il n'y aura cependant pas une armée de zombies, pas même un petit bataillon. Il est unique. Il sent qu'Henry, Beaver et Pete sont aussi uniques (que Beaver *était* unique), mais il est le plus unique de tous. En principe, cette formule ne devrait pas tenir debout : unique est synonyme de seul dans son cas. C'est pourtant l'un des rares exemples où la règle ne s'applique pas. Pete et Beaver sont uniques, Henry est plus unique qu'eux et lui, Jonesy, est le plus unique de tous. Hé ! Il tient même le grand rôle dans son propre film ! C'est pas unique, ça ? comme aurait dit son fils aîné.

Le regard du grisâtre, dans son lit d'hôpital, va du Jonesy de l'écran, qui vient d'enfourcher l'Arctic Cat, au Jonesy II en caleçon imbibé de sang assis à côté de lui.

Qu'est-ce que vous cachez ? demande Mr Gray.

Rien.

Pourquoi regardez-vous tout le temps ce mur de brique ? Qu'est-ce que représente le chiffre 19, en dehors du fait qu'il s'agit d'un nombre premier ? Qui a dit Font chier, les Tigers ? Qu'est-ce que ça veut dire ? C'est quoi, ce mur de brique ? Quand *est le mur de brique ? Qu'est-ce que ça veut dire, pourquoi vous n'arrêtez pas de le regarder ?*

Il sent les efforts que déploie Mr Gray pour le percer à jour ; mais pour le moment, le noyau central est à l'abri de ses incursions. Il peut être transporté, pas transformé. Pas entièrement ouvert, dirait-on. En tout cas, pas encore.

Jonesy porte un doigt à ses lèvres et renvoie sa recommandation au grisâtre : *Taisez-vous et regardez le film.*

Mr Gray l'étudie de ses yeux noirs bulbeux (des yeux d'insecte, des yeux de mante religieuse) et Jonesy sent qu'il le sonde pendant quelques secondes. Puis l'impression s'évanouit. Il n'a pas besoin de se presser : tôt ou tard, il dissoudra la coquille qui protège le noyau, ce noyau qui est du pur Jonesy, un Jonesy non envahi, et il saura alors tout ce qu'il veut savoir.

En attendant, ils regardent le film. Et lorsque Bowser s'avance en rampant jusque sur les genoux de Jonesy — Bowser, avec son odeur d'éther/antigel et ses dents effilées — c'est à peine si Jonesy y fait attention.

Jonesy I, le Jonesy de la remise (mais en fait, il s'agit à présent de Mr Gray), lance un coup de sonde. Il y a mille manières de lancer un coup de sonde, les coups de sonde s'entrecroisent et jouent à saute-mouton comme les émissions de radio du bout de la nuit ; sans problème, il en trouve une qui lui donne les informations dont il a besoin. Aussi simple que d'ouvrir un dossier dans son ordinateur et d'y trouver un film (mais un film en trois D d'une merveilleuse richesse de détails) au lieu de mots.

La source de Mr Gray est un certain Emil Brodsky, dit Dawg, habitant Menlo Park, dans le New Jersey. Brodsky est technicien-sergent dans l'armée, un simple sous-fifre travaillant dans un atelier de mécanique. Sauf qu'ici, en tant que membre de l'Équipe de Contre Attaque Tactique de Kurtz, le technicien-sergent Brodsky n'a aucun grade. Personne n'en a, d'ailleurs. Il dit « patron » à ses supérieurs, et « hé, toi », à ceux qui ont un grade inférieur (pas très nombreux, à ce barbecue de derrière les fagots). Et s'il ne sait pas qui est qui, *mon pote* ou *ton copain* suffisent.

Des jets survolent le secteur, mais ils ne sont pas très nombreux (ils pourront disposer de tous les détails qu'ils voudront grâce aux satellites en orbite basse, si les nuages veulent bien se lever), et n'importe comment, ce n'est pas le boulot de Brodsky. Les jets s'envolent de la base de l'Air National Guard, à Bangor, et lui se trouve dans le Jefferson Tract. Le boulot de Brodsky ? Ce sont les hélicos et les camions, dont le nombre ne cesse de croître à toute vitesse (depuis midi, toutes les routes du secteur ont été fermées et seuls circulent des camions vert olive dont les insignes ont été masqués). Il est aussi chargé de mettre en route les quatre génératrices qui doivent répondre aux besoins en électricité du camp volant installé autour du Gosselin's Market. Parmi ces besoins, on compte des détecteurs de mouvement, des lampadaires, l'éclairage du périmètre et le poste de commandement du théâtre des opérations, improvisé à la hâte dans un mobil-home Windstar.

Kurtz lui a fait clairement savoir que l'éclairage était fondamental : il veut qu'on y voie comme en plein jour et ce pendant toute la nuit. C'est autour de la grange-étable et de ce qui était un enclos à chevaux (avec son écurie) que se dresse le plus grand nombre de poteaux équipés de projecteurs. Dans le champ où jadis les quarante laitières du vieux Reggie Gosselin broutaient paisiblement leurs jours, on a dressé deux tentes. La plus grande comporte une indication sur son toit vert : COMMISSAIRE. L'autre est blanche et ne présente aucun signe distinctif. C'est la morgue temporaire, comprend Jonesy. Il ne s'y trouve que trois corps, pour l'instant (l'un est celui d'un banquier qui a tenté de s'enfuir, le fou), mais il pourrait y en avoir rapidement beaucoup plus. À moins qu'il se produise un incident qui rendrait difficile ou impossible la récupération des corps. Pour Kurtz, le patron, un tel accident résoudrait bien des problèmes.

Mais tout cela est secondaire. Le boulot de Jonesy I, c'est Emil Brodsky de Menlo Park.

Brodsky avance à grandes enjambées dans la neige mêlée de boue ; c'est une vraie pataugeoire qui sépare la zone où atterrissent les hélicoptères de l'enclos où l'on garde les Ripley-positifs (il y en a déjà un bon nombre, qui errent de-ci de-là, avec l'expression ahurie qu'ont tous les prisonniers du monde qui viennent d'être internés, interpellant les gardiens, demandant des informations, mendiant des cigarettes, lançant de vaines menaces). Emil Brodsky est trapu, avec une tête de bouledogue sous ses cheveux coupés para, une tête à fumer des cigares bon marché (en fait, comme le sait Jonesy, Brodsky est un catholique fervent qui n'a jamais touché une cigarette). Il est aussi débordé qu'un poseur de papier peint manchot. Il porte une oreillette et un micro devant la bouche. Il est en contact radio avec le convoi de carburant qui remonte en ce moment même la I-95 — convoi qui a une importance critique, parce que les hélicoptères partis en mission vont revenir presque à sec — mais il parle aussi à Cambry, qui marche à côté de lui, du centre de contrôle et de surveillance ; Kurtz voudrait qu'il soit opérationnel à vingt et une heures, minuit au plus tard. Le bruit court que cette mission doit s'achever en quarante-huit heures, mais comment savoir, bordel ? Toujours d'après les rumeurs, Blue Boy, leur cible principale, a déjà été éliminée, mais Brodsky ne connaît personne pouvant l'affirmer avec certitude, étant donné que les gros hélicoptères d'assaut ne sont toujours pas rentrés. En fait, leur boulot est simple : monter tout ce bazar clefs en main pour onze heures et faire disparaître ces abrutis de la circulation.

Et, par tous les dieux, tout d'un coup il y a trois Jonesy : celui qui regarde la télé dans la chambre d'hôpital envahie de moisissure, celui dans la remise de la motoneige... et Jonesy III, qui fait sa brusque apparition sous les traits de la tête on ne peut plus catholique et rasée de près d'Emil Brodsky. Brodsky s'immobilise, c'est tout, et se met à regarder le ciel blanc.

Ce n'est qu'au bout de quatre pas que Cambry, qui a poursuivi son chemin, se rend compte que Dawg s'est pétrifié sur place et reste planté comme un piquet au milieu du pré aux vaches, les pieds dans la gadoue. Au beau milieu de toute cette agitation frénétique, les hommes qui courent, les hélicoptères qui arrivent et repartent, les moteurs qui ronronnent, il a l'air d'un robot dont les batteries seraient à plat.

« Patron ? Ça va, patron ? » demande Cambry.

Brodsky ne répond rien... à Cambry, du moins. À Cambry, il ne dit rien. C'est à Jonesy I (Jonesy Remise) qu'il s'adresse : *Ouvre le capot du moteur et montre-moi les bougies.*

Jonesy a du mal à trouver le fermoir du capot, mais Brodsky l'aide. Il se penche ensuite sur le petit moteur, sans le regarder lui-même : ses yeux sont deux caméras à haute résolution qui envoient leurs images à Brodsky.

« Patron ? dit Cambry, de plus en plus inquiet. Quelque chose ne va pas, patron ?

— Si, si, tout va bien », répond Brodsky lentement, en détachant les mots. Il place les écouteurs autour de son cou ; leur bavardage incessant le gêne. « Laisse-moi réfléchir une minute. »

Et à Jonesy : *On a enlevé les bougies... Regarde autour de toi... Oui, c'est ça. Au bout de l'établi.*

À l'endroit désigné, Jonesy voit un vieux pot à mayonnaise à moitié rempli d'essence. Le couvercle est percé — deux trous pratiqués avec un tournevis — pour éviter l'accumulation de gaz. Et dedans, comme des pièces à conviction gardées dans le formol, il y a deux bougies Champion.

À voix haute, Brodsky dit alors : « Fais-les bien sécher. » Et lorsque Cambry lui demande ce qu'il faut faire bien sécher, le sergent lui répond d'un ton absent de le mettre dans la poche avec son mouchoir par-dessus.

Jonesy repêche les bougies, les sèche, puis les met en place en suivant les directives de Brodsky. *Et maintenant, essaie*, dit Brodsky sans remuer les lèvres cette fois. La motoneige démarre en vrombissant. *Vérifie s'il y a de l'essence, à présent.*

Ce que fait Jonesy, ajoutant, *merci*.

« Pas de quoi, patron », dit Brodsky, qui repart aussitôt à grands pas. Cambry doit trottiner pour le rattraper ; il voit se peindre une expression légèrement ahurie sur la figure de son supérieur quand celui-ci constate que les écouteurs ne sont plus sur ses oreilles.

« Mais enfin, qu'est-ce qui vous est arrivé, patron ?

— Rien », répond Brodsky.

Il sait pourtant qu'il y a eu quelque chose. Sûr et certain qu'il s'est passé quelque chose. Il a parlé. Il a eu une conversation. Une... consultation ? Ouais, c'est ça. Sans pouvoir se rappeler exactement à quel sujet. Ce dont il se souvient, en revanche, c'est du briefing de ce matin, avant l'aube, quand l'équipe est montée au créneau. L'une des directives, donnée par Kurtz lui-même, exigeait que soit rapporté « tout fait inhabituel ». Ce qui venait de lui arriver était-il inhabituel ? Mais que lui était-il arrivé, au juste ?

« Crampe du cerveau, je crois, dit Brodsky au bout d'un moment. Trop de choses à faire et pas assez de temps pour les faire. Allez, viens, fiston, ne perdons pas le rythme. »

Et Cambry ne perd pas le rythme. Brodsky reprend sa conversation bipolaire — le convoi à un moment, Cambry à l'autre —, non sans se rappeler autre chose, une troisième conversation, une conversation maintenant terminée. Phénomène inhabituel, ou pas ? Probablement pas, estime finalement le sergent. En tout cas pas un truc à aller raconter à Perlmutter, un salaud incompétent : avec Pearly, du moment qu'une question ne figure pas sur la liste punaisée à sa planchette, elle n'existe pas. Kurtz ? Jamais de la vie. Brodsky respecte le vieux rapace, mais il le redoute encore plus. Comme tout le monde. Kurtz est intelligent, Kurtz est courageux, mais Kurtz est aussi le primate le plus barjot de la jungle. Pour dire : il répugne à Brodsky de marcher là où s'est posée l'ombre de Kurtz.

Et Underhill ? Ne pourrait-il pas en parler à Owen Underhill ?

Peut-être... mais peut-être pas. Avec un truc comme ça, on risquait de se retrouver dans la merde le temps de le dire. Il avait entendu des voix pendant une minute ou deux, une voix, au moins, mais il se sentait bien à présent. Toutefois...

Au Trou dans le Mur, Jonesy a enfourché la motoneige et fonce sur Deep Cut Road. Il sent la présence d'Henry quand il passe à côté de lui — Henry qui se cache derrière un arbre et doit mordre la mousse du tronc pour se retenir de crier — mais il réussit à le dissimuler au nuage qui entoure le noyau dur de sa propre conscience. C'est très certainement la dernière fois qu'il se trouvera aussi près de son vieil ami, lequel n'arrivera jamais à sortir en vie de ces bois.

Jonesy regrette de ne pas avoir pu lui dire adieu.

7

Je sais pas qui sont les types qui ont tourné ce film, dit Jonesy, *mais à mon avis, pas la peine qu'ils repassent leur smoking pour la cérémonie des oscars. En fait...*

Il regarde autour de lui et ne voit que des arbres couverts de neige. Il n'y a rien d'autre que le chemin portant le nom de Deep Cut Road, tapis blanc qui se déroule devant lui, et les vibrations de la motoneige entre ses cuisses. Il n'y a jamais eu d'hôpital, jamais eu de Mr Gray. Tout ça était un rêve.

Et pourtant non. Il y a bien une pièce. Mais pas une chambre d'hôpital. Pas de lit, pas de télé, pas de potence pour intraveineuse. Pas grand-chose, en vérité : juste un panneau d'affichage. Sur lequel sont punaisées deux choses : une carte du nord de la Nouvelle-Angleterre, avec certaines routes surlignées (les itinéraires des frères Tracker) et une photo Polaroïd sur laquelle on voit une adolescente relever sa jupe et exhiber une touffe de poils dorés. C'est de la fenêtre de cette pièce qu'il regarde Deep Cut Road. Celle, il en est sûr, qui était dans la chambre de l'hôpital. Mais cette chambre d'hôpital n'était pas bien. Il lui fallait en sortir, parce que...

La chambre de l'hôpital n'était pas sûre, pense Jonesy... comme si cette pièce l'était, comme si n'importe quel endroit l'était. Et cependant, cette pièce-ci est plus sûre, peut-être. Elle est son dernier refuge, et il l'a décorée avec l'image qu'ils avaient tous espéré voir, croit-il, lorsqu'ils s'étaient enfoncés dans l'allée, autrefois, en 1978. Tina Jean Sloppinger, ou un truc comme ça.

Une partie de ce que j'ai vu était réelle... des souvenirs retrouvés valides, aurait jargonné Henry. J'ai vraiment cru voir Duddits, ce jour-là. C'est pour cette raison que je me suis élancé dans la rue sans regarder. Quant à Mr Gray... c'est ce que je suis en ce moment. Pas vrai ? Excepté pour la partie de moi-même enfermée dans cette pièce poussiéreuse, vide, et sans intérêt, avec ses détritus sur le sol et la photo de la fille, je suis entièrement Mr Gray. N'est-ce pas la vérité ?

Pas de réponse. Ce qui en est une suffisante pour lui, en vérité.

Mais comment est-ce arrivé ? Comment suis-je arrivé ici ? Et pourquoi ? Dans quel but ?

Toujours pas de réponse ; et à de telles questions, lui n'en a aucune à formuler. Il est simplement heureux d'avoir un lieu où il peut encore être lui-même, tout en se sentant accablé à l'idée que le reste de sa vie a fait l'objet d'une prise d'otage. Il regrette encore sincèrement, plein d'amertume, de pas avoir descendu McCarthy.

8

Une énorme explosion déchira l'atmosphère, et bien que la source ait été située à des kilomètres, l'effet de souffle fut assez fort pour faire tomber la neige des arbres. Le pilote de la motoneige ne tourna même pas la tête. C'était le vaisseau. Les soldats l'avaient fait exploser. Les byrum étaient partis.

Quelques minutes plus tard, l'abri de bûcherons avec son toit effondré apparut à sa droite. Allongé devant, dans la neige, une botte encore prise sous la tôle, gisait Pete. Il paraissait mort, mais ne l'était pas. Faire le mort n'était pas une bonne idée, pas dans ce jeu ; il entendait Pete penser. Et lorsque Mr Gray arrêta la motoneige et passa au point mort, Pete leva la tête, étirant les lèvres sur ce qui lui restait de dents en un sourire dépourvu d'humour. La manche gauche de sa parka était noircie, carbonisée. On aurait dit qu'il ne lui restait qu'un doigt entier à la main droite. Toutes les parties exposées de sa peau étaient tachetées de byrus.

« Vous n'êtes pas Jonesy, dit Pete. Qu'est-ce que vous avez fait de lui ?

— Allez, Pete, on y va.

— Je ne vais nulle part avec vous. » Il leva la main droite, la main presque sans doigts, un amas rouge doré de byrus, et s'essuya le front. « Foutez-moi le camp d'ici. Montez sur votre canasson et tirez-vous. »

Mr Gray baissa la tête qui appartenait naguère à Jonesy (Jonesy assistant à toute la scène depuis la fenêtre de sa place-forte, dans le dépôt abandonné des frères Tracker, incapable d'être d'une aide quelconque, de changer quoi que ce soit) et regarda fixement Pete. Pete commença à crier lorsqu'il sentit se contracter tout le byrus qui lui avait poussé sur le corps, sentit les racines de cette saleté s'enfoncer dans ses muscles et ses nerfs. Le pied botté pris sous la tôle se libéra, et Pete, toujours criant, se recroquevilla en position fœtale. Du sang se mit à jaillir de son nez et de sa bouche. Il poussa un nouveau cri, et deux dents sautèrent de sa mâchoire.

« Debout, Pete. »

En pleurs, serrant sa main mutilée contre sa poitrine, Pete essaya de se lever. Sa première tentative se solda par un échec, et il s'étala de nouveau dans la neige. Mr Gray ne fit aucun commentaire et se contenta de rester assis sur l'Arctic Cat tournant au ralenti et d'attendre, sans quitter Pete des yeux.

Jonesy sentit la douleur, le désespoir, la peur abjecte — tous les sentiments effrayants qui agitaient son ami. La peur était de loin le pire d'entre eux, et il décida de prendre un risque.

Pete.

Rien qu'un murmure, mais Pete l'entendit. Il leva la tête, hagard, le visage piqueté de moisissure, la saleté que Mr Gray appelait le byrus. Lorsque Pete se passa la langue sur les lèvres, Jonesy vit qu'elle aussi avait été envahie. Des aphtes intersidéraux. Jadis, Pete Moore avait désiré devenir astronaute. Jadis, il avait tenu tête à des grands qui s'en prenaient à un plus petit et plus faible qu'eux. Il méritait mieux.

Pas de ballons, pas de jeux.

Pete faillit sourire. C'était beau, mais aussi un crève-cœur. Cette fois-ci, il réussit à se remettre sur ses pieds et s'avança à pas lents, boitant bas, vers la motoneige.

Dans le bureau abandonné où il avait été exilé, Jonesy vit le bouton de porte qui bougeait. *Qu'est-ce que cela veut dire ?* demanda Mr Gray. *Pas de ballons, pas de jeux, qu'est-ce que ça veut dire ? Qu'est-ce que vous fichez, là-dedans ? Retournez à l'hôpital et regardez la télé avec moi, voulez-vous ? Et d'abord, comment êtes-vous entré là-dedans ?*

Ce fut au tour de Jonesy de ne pas répondre, et il en conçut un grand plaisir.

J'entrerai, reprit Mr Gray. *Quand je serai prêt, j'entrerai. Si vous vous imaginez que la serrure pourra me résister, vous vous trompez.*

Jonesy garda le silence — autant éviter de provoquer la créature qui, pour l'instant, avait pris les commandes —, mais il ne pensait cependant pas se tromper. Par ailleurs, il n'osait pas s'en aller ; il se ferait engloutir si jamais il essayait. Il n'était rien qu'un noyau dans un nuage, une parcelle de nourriture non digérée dans un intestin exotique.

Valait mieux garder profil bas.

9

Pete monta derrière Mr Gray et glissa les bras autour de la taille de Jonesy. Dix minutes plus tard, ils passaient devant le Scout couché sur le flanc, et Jonesy comprit pourquoi Pete et Henry avaient eu du retard. C'était déjà un miracle qu'ils aient tous les deux survécu à l'accident. Il aurait aimé pouvoir regarder plus longtemps, mais Mr Gray ne ralentit pas. Il poursuivit son chemin, les patins de l'engin rebondissant sur les inégalités du terrain, car ils circulaient au milieu de la chaussée, entre les deux ornières remplies de neige.

Environ cinq kilomètres plus loin, ils arrivèrent au sommet d'une élévation et Jonesy vit une boule de lumière d'un jaune très clair immobile en l'air, à trente centimètres à peine au-dessus du sol. Elle les attendait. Elle paraissait aussi chaude que la flamme qui sort de la torche d'un soudeur, mais ce n'était qu'une illusion ; sans quoi, la neige aurait fondu en dessous. Il s'agissait certainement d'une des lumières que lui et Beaver avaient vus jouer dans les nuages, au-dessus des animaux en fuite qui surgissaient de la Combe.

C'est exact, commenta Mr Gray. *Ce que vous appelez les faux-éclairs. C'est l'un des derniers. Peut-être le dernier.*

Jonesy ne répondit rien, se contentant de regarder par la fenêtre de son bureau-cellule. Il sentait les bras de Pete passés autour de sa taille, Pete qui s'accrochait avant tout par instinct, à la façon dont un boxeur sur le point de s'effondrer s'accroche à son adversaire pour ne pas aller au tapis. La tête appuyée à son dos avait le poids d'une pierre. Pete était à présent un bouillon de culture pour byrus, et le byrus se régalait ; la température était glaciale, ce qui n'empêchait pas Pete de dégager de la chaleur. Apparemment, Mr Gray paraissait avoir besoin de lui pour quelque chose ; mais pour quoi, Jonesy n'en avait aucune idée.

Le faux-éclair les précéda pendant encore un petit kilomètre, sur la route, puis se détourna vers les bois. Il se glissa entre deux grands pins et les attendit, tourbillonnant au-dessus de la neige. Jonesy entendit Mr Gray conseiller à Pete de s'accrocher.

L'Arctic Cat se mit à rebondir et gronder pour remonter le plan légèrement incliné, sur le bord de la route ; ses patins s'enfonçaient dans la neige et la faisaient rejaillir en gerbes. Il y en eut moins une fois qu'ils furent à l'abri des arbres ; à certains endroits, il n'y en avait même pas du tout et la motoneige se mettait alors à protester furieusement lorsqu'elle était obligée de racler le sol gelé, un sol constitué pour l'essentiel d'une roche que ne couvrait qu'une fine couche d'humus et d'aiguilles de pin. Ils se dirigeaient vers le nord.

Dix minutes plus tard, ils rebondirent brutalement sur une bosse de granite et Pete dégringola de la motoneige, poussant un cri inarticulé. Mr Gray coupa les gaz et se remit au point mort. Le faux-éclair s'était aussi arrêté, tournant toujours sur lui-même au-dessus du sol. Jonesy eut l'impression qu'il avait perdu un peu de son intensité lumineuse.

« Debout », dit Mr Gray. Toujours en selle, il avait simplement pivoté du buste et regardait Pete.

« J'peux pas, bredouilla Pete. J'suis foutu, mec. Je... »

Sur quoi, il se mit à hurler et à se débattre sur le sol, comme la première fois, donnant des coups de pied, lançant des coups de poing dans le vide de ses mains estropiées.

— *Arrêtez ça !* cria Jonesy. *Vous allez le tuer !*

Mr Gray l'ignora complètement, se contentant de rester comme il était, le buste tourné et regardant, avec une patience mortelle et dépourvue d'émotion, le byrus s'enfoncer et resserrer ses mailles sur la chair de Pete. Finalement, Jonesy sentit Mr Gray relâcher sa prise. Pete se remit debout en titubant. Il s'était coupé à la joue, et déjà le byrus grouillait sur la plaie. On lisait une expression hébétée et épuisée dans ses yeux débordant de larmes. Il se remit en selle et, à nouveau, ses moignons de mains se coulèrent autour de la taille de Jonesy.

Accroche-toi à ma veste, murmura Jonesy. Et quand Mr Gray reprit sa position normale et enclencha une vitesse, il sentit Pete qui lui obéissait. *Pas de ballons, pas de jeux, d'accord ?*

Pas de jeux, acquiesça Pete, mais faiblement.

Mr Gray ne fit pas attention, cette fois. Le faux-éclair, moins éclatant mais toujours aussi rapide, reprit la direction du nord... ou du moins une direction qui paraissait être le nord à Jonesy. Mais lorsque la motoneige eut zigzagué un temps entre les arbres, les buissons et les bosses rocheuses, son sens de l'orientation déclara forfait. Dans leur dos, ils entendaient un roulement de détonations régulières. On aurait dit des chasseurs s'en donnant à cœur joie après un lâcher de faisans.

10

Ce n'est qu'au bout d'une heure que Jonesy découvrit pour quelle raison Mr Gray avait pris la peine de s'encombrer de Pete. Le faux-éclair, qui n'était plus que l'ombre anémique et palôte de ce qu'il avait été, s'éteignit définitivement. Sa disparition s'accompagna d'un petit bruit d'explosion, comme celui d'un sac en papier rempli d'air qu'on écrase. Quelques débris tombèrent au sol.

Ils se trouvaient sur une ligne de crête arborée, au beau milieu de Dieu seul savait où. Devant eux s'étendait une vallée boisée et enneigée ; au loin, on devinait des collines érodées et des halliers envahis de broussailles où pas une lumière ne brillait. Et, pour compléter le tableau, le jour commençait à le céder au crépuscule.

Encore un beau merdier dans lequel vous nous avez foutus, pensa Jonesy, qui ne sentit cependant pas la moindre consternation chez Mr Gray. Celui-ci avait arrêté la motoneige simplement en relâchant les gaz, ce qui débrayait automatiquement le moteur.

Nord, dit Mr Gray au bout d'un moment. Mais pas à Jonesy.

C'est à voix haute, mais lentement et d'un ton fatigué que Pete répondit : « Comment voulez-vous que je le sache ? Je ne vois même pas où le soleil descend, bon Dieu de merde ! En plus, j'ai un œil complètement foutu. »

Mr Gray tourna la tête de Jonesy, et Jonesy constata que Pete avait perdu son œil gauche. La paupière, tirée vers le haut, lui donnait une vague expression de surprise. Une petite jungle de byrus proliférait dans l'orbite ; les filaments les plus longs pendaient sur la joue envahie de barbe de Pete et le chatouillaient. D'autres filaments, comme de fins coups de pinceau rouge doré, s'enroulaient autour des mèches de cheveux qui lui restaient.

Vous le savez.

« C'est possible. C'est possible aussi que je n'ai pas envie de vous l'indiquer. »

Pourquoi pas ?

« Parce que j'ai comme une impression que vos projets pourraient être malsains pour nous autres, tête de nœud », rétorqua Pete.

Jonesy éprouva un absurde sentiment de fierté.

Jonesy vit la cochonnerie roussâtre tressaillir dans l'orbite de

Pete. Pete hurla et porta ses moignons de mains à son visage. Un bref instant — bref mais tout de même trop long —, Jonesy imagina clairement les vrilles de moisissure s'enfonçant dans l'œil défunt et gélatineux de son ami pour atteindre le cerveau dans lequel elles s'étiraient comme des doigts vigoureux comprimant une éponge grise.

Vas-y, Pete, dis-lui ! s'écria Jonesy. *Pour l'amour du ciel, dis-lui !*

Le byrus arrêta sa progression. Les mains de Pete retombèrent ; son visage était blême là où il n'était pas colonisé par la moisissure rouge doré. « Où t'es, Jonesy ? Y'a pas place pour deux ? »

La réponse était catégorique : non, évidemment. Jonesy ne comprenait pas ce qui lui était arrivé, mais il savait que sa survie, sa dernière parcelle d'autonomie, dépendait, pour quelque raison obscure, du fait qu'il était enfermé où il était et n'en bougeait pas. Rien qu'entrouvrir la porte serait fatal.

Pete acquiesça. « Je m'en doutais, répondit-il avant de s'adresser à l'autre. Mais ne me faites plus mal, d'accord ? »

Mr Gray, regardant Pete par les yeux de Jonesy, resta sans réaction, ne fit aucune promesse.

Pete soupira, puis leva sa main gauche en partie calcinée. Il tendit l'index, ferma les yeux, et se mit à le faire aller et venir comme un métronome. Jonesy faillit tout comprendre, à ce moment-là. Comment s'appelait-elle, cette adolescente, au fait ? Rinkenhauer, non ? Oui. Il n'arrivait pas à se souvenir de son prénom, mais un nom aussi biscornu, on ne l'oubliait pas. Elle aussi allait à l'école Mary M. Snowe, autrement dit à l'Académie des Retardés ; à cette époque, toutefois, Duddits allait déjà à l'autre institution, Vocational. Et Pete ? Pete avait toujours eu le don pour se souvenir des choses. Mais après Duddits...

C'est alors qu'il était accroupi dans sa petite cellule minable, regardant le monde qui lui avait été volé par une fenêtre crasseuse, que les paroles qui avaient été prononcées lui revinrent... sauf que ce n'était pas réellement des paroles, juste une série de voyelles à l'étrange beauté :

U oi a ine, Ete ? Tu vois la ligne, Pete ?

Pete, dont le visage exprimait une sorte d'émerveillement rêveur et étonné, avait répondu que oui, il voyait la ligne. Et il avait fait ce geste avec son index, ce mouvement de métronome, exactement comme il le faisait à présent.

Le doigt s'immobilisa, son extrémité frémissant légèrement,

comme une baguette de coudrier à proximité d'eaux souterraines. Puis Pete pointa son index en direction d'une crête légèrement à tribord du cap actuel de la motoneige.

« Par là. Plein nord, dit-il en laissant retomber sa main. Vers cette falaise. Celle avec le pin qui pousse en plein milieu. Vous le voyez ? »

Oui, je le vois. Mr Gray reprit sa position normale et redémarra. Un bref instant, Jonesy se demanda ce qui pouvait rester d'essence dans le réservoir.

« Je peux descendre, à présent ? » Ce qui voulait dire : puis-je mourir ?

Non.

Et voici qu'ils étaient repartis, Pete s'accrochant à la veste de Jonesy avec de moins en moins de force.

11

Ils contournèrent la falaise et grimpèrent jusqu'au sommet de la plus haute colline, au-delà. C'est à cet endroit que Mr Gray décida d'une nouvelle pause pour permettre à son substitut de faux-éclair de lui redonner un cap. Ce que fit Pete, et ils poursuivirent leur chemin, empruntant une piste qui se dirigeait légèrement à l'ouest du nord véritable. Il faisait de moins en moins clair. À un moment donné, ils entendirent des hélicoptères — au moins deux, mais peut-être trois ou quatre — qui se dirigeaient vers eux. Mr Gray fonça dans un épais fouillis de broussailles, indifférent aux branchages qui venaient fouetter le visage de Jonesy ; quand ils s'arrêtèrent, celui-ci avait le front et les joues en sang. Pete était une fois de plus tombé de la motoneige. Mr Gray coupa le moteur puis alla traîner Pete, qui gémissait, à demi conscient, jusqu'au plus profond du fourré. C'est là qu'ils attendirent le passage des hélicoptères. Jonesy sentit Mr Gray sonder rapidement l'un des pilotes, peut-être pour vérifier l'exactitude de ce que lui avait dit Pete à partir de ce que l'homme savait. Après le passage des appareils, qui volaient vers leur base en direction du sud-est, Mr Gray relança la motoneige et ils repartirent. Il s'était remis à neiger.

Une heure plus tard, ils s'arrêtaient de nouveau au sommet d'une crête ; Pete s'effondra pour la troisième fois, tombant sur le côté du véhicule. Il redressa la tête, mais son visage disparaissait à présent presque complètement sous une barbe de moisissure luxuriante. Il voulut parler, sans pouvoir y parvenir ; sa bouche était complètement envahie, sa langue enfouie dans une épaisse couche de byrus.

J'peux pas, mec. J'peux pas, j'peux plus, laissez-moi.

« Oui, dit Mr Gray. Je crois que vous avez rempli votre tâche. »

Pete ! s'écria Jonesy. Puis, s'adressant à Mr Gray : *Non, non, ne faites pas ça !*

Mais bien entendu, Mr Gray ne lui prêta aucune attention. Un instant, Jonesy vit une prise de conscience silencieuse dans l'œil restant de Pete. Du soulagement, aussi. Et pendant cet instant, il fut encore capable d'atteindre l'esprit de son ami, son ami d'enfance, celui qui les attendait toujours devant la porte du bahut, une main devant la bouche pour cacher une cigarette imaginaire, celui qui avait rêvé de devenir astronaute et de voir toute la planète du haut d'une orbite terrestre, l'un des quatre garçons qui avaient tiré Duddits des griffes des grands.

Un instant seulement. Puis il sentit quelque chose bondir de l'esprit de Mr Gray et la saleté qui poussait sur Pete ne se contenta pas de tressaillir : elle se contracta comme un étau. Il y eut un craquement sinistre lorsque le crâne de Pete se fractura en une douzaine d'endroits. Sa figure — ou ce qu'il en restait — donna l'impression d'être tirée de l'intérieur, froissée, et on eût dit qu'il venait de vieillir de trente ans d'un seul coup. Puis il tomba tête la première dans la neige, et les flocons commencèrent aussitôt à se poser sur le dos de sa parka.

Espèce d'ordure.

Indifférent aux insultes de Jonesy, à la colère de Jonesy, Mr Gray ne réagit pas. Il regarda de nouveau devant lui. Il y eut une accalmie dans le vent à cet instant-là, et une ouverture se créa dans le rideau de neige. À environ huit kilomètres de leur position, Jonesy vit des lumières qui se déplaçaient ; non pas des faux-éclairs, mais des phares de véhicules. En grand nombre. Un convoi de camions qui remontait l'autoroute. Des camions et rien d'autre, sans doute. Ce secteur du Maine appartenait maintenant aux militaires.

Et c'est toi qu'ils cherchent, trou-du-cul, cracha-t-il alors que la motoneige redémarrait. La neige se referma autour d'eux et les camions redevinrent invisibles, mais Jonesy savait que Mr Gray n'aurait aucun mal à trouver l'autoroute. Pete l'avait conduit jusqu'ici, dans une partie du secteur en quarantaine où, supposa Jonesy, on ne s'attendait pas à avoir de problèmes. Il comptait sur Jonesy pour lui faire faire le reste du chemin, parce que Jonesy était différent. À commencer par le fait que le byrus ne l'avait pas envahi. Pour quelque mystérieuse raison, le byrus ne l'aimait pas.

Vous ne sortirez jamais d'ici, observa Jonesy.

Bien sûr que si. Nous mourons toujours, nous survivons toujours. Nous perdons toujours et nous l'emportons toujours. Que cela vous plaise ou non, Jonesy, nous sommes l'avenir.

Si c'est vrai, je n'ai jamais eu de meilleure raison de vivre dans le passé, répliqua Jonesy.

Mais Mr Gray ne répondit pas. En tant qu'entité, que conscience, Mr Gray avait disparu, s'était fondu dans le nuage. Il ne restait que ce qu'il fallait de lui pour utiliser les aptitudes de chauffeur de Jonesy et garder la motoneige pointée en direction de l'autoroute. Jonesy, instrument impuissant d'une mission incompréhensible pour lui, tira un peu de consolation de deux choses. La première était que Mr Gray ne savait pas comment atteindre le dernier petit noyau dur restant de lui, ce fragment qui n'existait que dans le souvenir qu'il avait du bureau des frères Tracker. La seconde était que Mr Gray ne savait rien de Duddits, ne savait rien de pas de ballons, pas de jeux.

Jonesy entendait bien que Mr Gray ne le découvre jamais.

Ou le plus tard possible.

XIII

Le pré carré de Kurtz

1

Aux yeux d'Archie Perlmutter (qui avait eu l'honneur de faire le discours de fin d'année en terminale, sur le thème « Joies et responsabilités de la démocratie »), ancien scout, presbytérien convaincu et diplômé de West Point, le Gosselin's Country Market avait perdu toute réalité. Éclairé par une débauche de projecteurs qui auraient suffi aux besoins d'une ville de dix mille habitants, il faisait l'effet d'un plateau de cinéma. Et pas pour le tournage de n'importe quel film, mais pour celui d'une de ces délirantes superproductions hollywoodiennes à la James Cameron, où les seuls frais de traiteurs sont tels qu'ils permettraient de faire vivre la population de Haïti pendant deux ans. Même la neige, de plus en plus abondante, ne parvenait pas à atténuer l'éclat des lumières ou à dissiper l'illusion que tout ce bazar, de la baraque déglinguée avec les deux cheminées de tôle de ses poêles dépassant de guingois du toit, jusqu'à l'unique pompe à essence rouillée plantée devant, était simplement un décor de studio.

On serait au premier acte, se dit Perlmutter, qui marchait d'un pas vif, sa planchette sous le bras (Archie Perlmutter avait toujours été convaincu d'avoir un authentique sens artistique... et un tout aussi authentique sens des affaires). *Fondu-enchaîné sur un magasin de campagne isolé. Les anciens sont assis autour du poêle, pas le petit, celui qui est dans le bureau de Gosselin, mais le grand du magasin lui-même, tandis que la neige tombe drue, à l'extérieur. Ils parlent des lumières dans le ciel... des chasseurs disparus... de petits hommes gris aperçus errant dans les bois. Le propriétaire du magasin — appe-*

lons-le le Vieux Rossiter — ricane : « Oh, bon sang de bonsoir, vous n'êtes qu'une bande de vieux gâteux ! » Et c'est alors que tout est inondé par des lumières éclatantes (penser à Rencontres du troisième type*), tandis qu'un OVNI se pose sur le sol ! Des extra-terrestres assoiffés de sang en déboulent, tirant sur tout ce qui bouge avec leur rayon de la mort ! Comme dans* Independence Day, *sauf que le truc, c'est que ça se passe dans les bois !*

À côté de lui, Melrose, le troisième cuistot (c'était à peu près ce qu'on pouvait avoir de mieux comme titre officiel dans cette petite aventure) avait du mal à suivre Perlmutter. Il portait des chaussures de sport au lieu de bottes ou de souliers (Perlmutter l'avait arraché au Spago's, nom que les hommes avaient donné à la tente qui servait de réfectoire) et il ne cessait de glisser. Des hommes (et quelques femmes) circulaient dans tous les sens, deux fois plus vite qu'eux pour la plupart. Beaucoup parlaient dans des micros de cravate ou dans des walkies-talkies. L'impression d'être sur un plateau de tournage et non pas dans un endroit réel était renforcée par la présence des remorques, des caravanes et des hélicoptères dont les rotors tournaient au ralenti (les mauvaises conditions météo les avaient tous ramenés au bercail) et par les ronronnements des moteurs et des génératrices qui avaient l'air de jouer à qui fait le plus de bruit.

« Pourquoi il veut me voir ? » demanda une nouvelle fois Melrose. Hors d'haleine, plus geignard que jamais. Après avoir passé le corral et l'écurie, ils allaient longer l'une des granges de Gosselin. Ce qui restait de la barrière (il faut dire qu'il n'y avait plus eu de chevaux dans ce corral depuis au moins dix ans) avait été renforcé à coups de fil de fer barbelé — ou non. Dans le fil de fer normal passait un courant électrique, sans doute pas mortel, mais tout de même capable de vous jeter au sol pris de convulsions... Le voltage pouvait être augmenté dans le cas où les indigènes commenceraient à s'énerver. De l'autre côté de ce grillage improvisé, les regardant passer, se tenaient vingt ou trente hommes, avec le vieux Gosselin parmi eux (dans la version de John Cameron-Perlmutter, son rôle aurait été tenu par quelque vieux routier chenu comme Bruce Dern). Un peu plus tôt, les prisonniers les auraient interpellés, auraient proféré des menaces, exigé des explications ; mais depuis qu'ils avaient vu ce qui était arrivé au banquier du Massachusetts lorsqu'il avait essayé de s'enfuir, ils avaient tous sérieusement débandé, les pauvres. Voir un type prendre une balle dans la tête, voilà de quoi vous couper une bonne partie de votre envie de faire le con. Et il y avait le fait que tout le personnel de l'armada portait à présent des masques sur le visage : kaputt, ce qui restait de votre envie de faire le con.

« Patron ? » Plus geignard que jamais, la geignardise incarnée. La vue de citoyens américains enfermés derrière des barbelés, apparemment, ne faisait qu'ajouter à l'inquiétude du troisième cuistot. « Allez, patron, dites-moi. Pourquoi le grand patron veut me voir ? Il devrait même pas savoir que ça existe, un troisième cuisinier !

— Je n'en sais rien. »

Perlmutter avait répondu la vérité.

Devant eux, au début de ce qui avait été baptisé l'allée des Batteurs à œufs, on voyait Owen Underhill en compagnie d'un type du service transports. Ce dernier devait hurler dans l'oreille d'Underhill pour se faire entendre sur le fond sonore des hélicoptères tournant au ralenti. On ne tarderait pas à couper les moteurs, pensa Perlmutter ; pas un appareil ne pourrait voler dans ce merdier, un blizzard (arrivé en avance sur la saison) que Kurtz avait traité de « cadeau de Dieu ». Quand il disait des trucs pareils, impossible de savoir si le patron était sérieux ou plaisantait. Il paraissait toujours avoir l'air sérieux... mais il lui arrivait parfois d'éclater de rire ensuite. Un rire qui avait tendance à rendre Archie Perlmutter nerveux. Dans le film, le rôle de Kurtz serait tenu par James Wood. Ou peut-être par Christopher Walken. Aucun ne ressemblait à Kurtz, mais est-ce que George C. Scott ressemblait à Patton ? Affaire entendue.

Perlmutter obliqua brusquement vers Underhill. Melrose, en voulant le suivre, se retrouva le cul par terre et jura. Perlmutter donna une tape sur l'épaule d'Underhill, et se prit à espérer que son masque dissimulerait, au moins en partie, son expression ébahie lorsque l'homme se tourna. Owen Underhill avait l'air d'avoir vieilli de dix ans depuis qu'il était descendu du bus scolaire de Millinocket.

Se penchant vers lui, Perlmutter hurla : « Kurtz dans quinze minutes ! N'oubliez pas ! »

Underhill eut un geste impatient, pour dire que non, il n'oublierait pas, et se tourna de nouveau vers le type du service transports. Perlmutter venait de l'identifier ; son nom était Brodsky, mais les hommes l'appelaient Dawg.

Le poste de commandement de Kurtz, un mobil-home Winnebago monstrueux (si on avait été sur un tournage, cet engin aurait été le domicile de la vedette, ou peut-être celui de Jimmy Cameron), était juste devant eux. Perlmutter repartit de son pas vif, héroïque, *flik-flik-flik* dans la gadoue. Melrose courut pour le rattraper, chassant la neige de sa salopette.

« Allez, chef... vous avez pas au moins une idée ?

— Non. »

Perlmutter n'avait en effet aucune idée des raisons pour lesquelles Kurtz désirait voir un troisième cuistot, alors que c'était quasiment la panique dans le camp. Mais il se dit que Melrose, comme lui-même, se doutait que ça ne présageait rien de bon.

2

Underhill fit pivoter la tête de Brodsky jusqu'à ce que son masque soit à la hauteur de l'oreille de l'homme. « Redis-le-moi. Pas tout, juste la partie où c'était le bordel dans ta tête, comme tu as dit. »

Brodsky ne discuta pas, mais il lui fallut plusieurs secondes pour mettre de l'ordre dans ses idées. Underhill ne le bouscula pas. Il avait son rendez-vous avec Kurtz, puis le débriefing (plein de monde à voir, des tonnes de paperasses à remplir), puis Dieu seul savait quelle tâche abominable à accomplir, mais il sentait que c'était important.

Pour ce qui était d'en parler à Kurtz, fallait voir.

Finalement, Brodsky fit à son tour tourner la tête d'Underhill, plaça l'avant de son masque contre l'oreille de l'adjoint de Kurtz, et commença à parler. Son récit fut un peu plus détaillé, cette fois, mais le fond n'avait pas changé. Il traversait le champ en direction du magasin, s'entretenant en même temps avec Cambry, qui marchait à ses côtés, et un convoi de ravitaillement en carburant qui s'approchait, lorsqu'il avait eu tout d'un coup l'impression qu'on venait de s'emparer de son esprit. Il s'était retrouvé dans une espèce de vieille remise pleine de bazar avec quelqu'un qu'il ne distinguait pas bien. L'homme voulait mettre une motoneige en marche et ne savait pas comment s'y prendre. Il avait fallu que Dawg lui explique ce qui n'allait pas.

« Je lui ai demandé de soulever le capot ! » cria Brodsky dans l'oreille d'Underhill. « Quand il l'a fait, j'ai eu l'impression de regarder avec ses yeux.... Mais c'était avec mon esprit, vous comprenez ? »

Underhill acquiesça.

« J'ai tout de suite vu ce qui n'allait pas. On avait enlevé les bougies. Alors, j'ai dit au type de regarder autour de lui. Ce qu'il a fait. Ce que nous avons fait tous les deux. Et elles étaient dans un pot rempli d'essence sur l'établi. Mon père faisait pareil avec la bougie de sa tondeuse dès les premiers froids. »

Brodsky s'arrêta, manifestement gêné par ce qu'il disait, ou parce qu'il imaginait l'effet que son histoire pouvait faire. Owen, fasciné, lui fit signe de poursuivre.

« Il n'y a pas grand-chose à ajouter. Je lui ai dit de les récupérer, de les sécher et de les mettre en place. Exactement comme les millions de fois où j'ai aidé un mécano à faire quelque chose... sauf que je n'étais pas *là-bas*, mais *ici*. Rien de cela n'arrivait vraiment.

— Et ensuite ? » beugla Underhill pour être entendu par-dessus le bruit des moteurs.

Avec le vacarme, leur entretien était aussi privé que celui d'un prêtre et de son paroissien dans un confessionnal.

« Le moteur a démarré du premier coup. Je lui ai dit de vérifier l'essence. Le réservoir était plein. Il m'a dit merci. » Brodsky secoua la tête, n'en revenant toujours pas. « Et moi j'ai dit, *pas de problème, patron*. Puis je suis en quelque sorte retombé d'un coup dans ma tête pour me retrouver en train de marcher. Vous croyez que je suis cinglé ?

— Non. Mais tu vas garder ça pour toi, pour le moment. »

Sous son masque, Brodsky esquissa un sourire.

« Oh, pour ça, y'a pas de problème, chef ! Simplement... on est censé signaler tout ce qui est inhabituel. C'est la directive. Et j'ai pensé... »

Rapidement, sans lui laisser le temps de réfléchir, Underhill lui demanda :

« Il s'appelait comment, ce type ?

— Jonesy III, répondit Dawg, la surprise lui agrandissant les yeux. Sainte merde ! Je ne savais même pas que je le savais !

— Est-ce que ce ne serait pas une sorte de nom indien, comme Sonny Six-Balles, ou Ron Neuf-Lunes ?

— C'est possible, mais... » Brodsky marqua un temps d'arrêt, puis explosa : « C'était horrible ! Pas pendant que ça m'arrivait, mais après... c'était comme... comme se faire violer, monsieur, ajouta-t-il en baissant la voix.

— Oublie ça. Tu dois bien avoir deux ou trois trucs à faire, non ? »

Brodsky sourit.

« Deux ou trois mille trucs, oui.

— Alors vas-y.

— OK. »

Brodsky s'éloigna d'un pas, puis fit demi-tour. Underhill regardait en direction du corral où l'on enfermait jadis les chevaux et où l'on avait claquemuré des hommes. La plupart des détenus s'étaient réfugiés dans l'écurie, et ceux qui étaient dehors se tenaient en groupes compacts, comme pour se rassurer. Un seul était à l'écart. Un grand échalas maigre à faire peur, portant des lunettes à monture épaisse qui le faisaient ressembler à une chouette. Le regard de Brodsky alla de la chouette, dont le sort était scellé, à Underhill. « Vous n'allez pas me flanquer au trou pour ça, dites ? Ou m'envoyer voir un psy ? » Ni l'un ni l'autre ne savaient, évidemment, que le grand échalas avec les lunettes en écaille était justement un psy.

« Ça ne risque p... » commença Underhill.

Sa réponse fut interrompue net par un coup de feu, suivi de hurlements, en provenance du Winnebago de Kurtz.

« Patron ? » murmura Brodsky. Owen ne pouvait l'entendre, dans le tapage des moteurs, mais il pouvait lire sur les lèvres de Brodsky, à travers le masque transparent. « Oh, merde, ajouta le mécanicien.

— T'occupe, Dawg, va faire ton boulot. »

Brodsky le regarda encore un instant, s'humectant les lèvres sous le masque. Underhill lui adressa un signe de tête, essayant de donner une impression de confiance, d'autorité, de tout-est-sous-contrôle. Peut-être cela marcha-t-il, car Brodsky répondit par un signe de tête et s'éloigna.

Les hurlements continuaient dans le Winnebago sur la porte duquel on pouvait lire, écrit à la main, THE BUCK STOPS HERE[1] Tandis qu'Owen en prenait la direction, l'homme qui se tenait

1. Célèbre devise qui figurait sur le bureau du président Truman et qui signifie qu'on ne peut s'adresser à une autorité supérieure.

tout seul dans l'enclos s'adressa à lui : « Hé, là ! Vous ! Arrêtez-vous une minute, il faut que je vous parle ! »

Tu m'étonnes, se dit Underhill sans ralentir le pas. *Je suis prêt à parier que tu as toute une histoire à dormir debout à me raconter, et mille raisons à donner pour qu'on te sorte de là tout de suite.*

« Overhill ? Non, Underhill. Vous vous appelez Underhill, pas vrai ? Il faut que je vous parle. C'est important pour vous comme pour moi ! »

Underhill s'arrêta, en dépit des cris en provenance du Winnebago, des cris qui laissaient à présent la place à des sanglots de souffrance. Pas très bon, tout ça, mais au moins n'y avait-il pas mort d'homme. Il examina plus attentivement l'échalas aux lunettes d'écaille. Maigre comme un piquet et secoué de frissons en dépit de sa parka en duvet.

« C'est aussi important pour Rita, lança le grand maigre sur le fond sonore des moteurs. Et pour Katrina. » Prononcer ces noms à voix haute paraissait l'avoir épuisé comme si c'était des pierres qu'il avait dû remonter d'un puits profond, mais la stupéfaction d'Owen fut telle, en entendant les noms de sa femme et de sa fille, que c'est à peine s'il le remarqua. Il fut pris d'une envie presque irrésistible de se précipiter vers cet homme pour lui demander par quel miracle il connaissait ces noms, mais il était déjà en retard... et avait un rendez-vous. Et ce n'était pas parce que personne n'avait encore été tué que quelqu'un n'allait pas l'être.

Owen adressa un dernier regard à l'homme de l'autre côté des barbelés et se précipita vers le Winnebago de Kurtz.

3

Perlmutter avait lu *Au Cœur des ténèbres*, avait vu *Apocalypse Now* et s'était souvent dit que le nom de Kurtz lui allait un peu trop bien. Il aurait parié cent dollars (une grosse somme pour un gars du spectacle aussi intermittent) que le nom du patron était Arthur Holsapple ou Dagwood Elgart, voire même Paddy Maloney. Mais Kurtz ? Peu probable. C'était presque à coup sûr par ostentation, par comédie, comme le colt-45 à crosse de nacre du général Patton. Ses hommes, dont certains étaient sous ses ordres depuis l'opération Tempête du Désert (ce qui était loin d'être le cas d'Archie Perlmutter), le prenaient pour un parfait cinglé, pour un fou furieux... et Perlmutter aussi. Un cinglé à la manière de Patton, justement. Fou comme un renard enragé, en d'autres termes. Il est probable qu'en se rasant le matin, il devait s'entraîner à répéter devant son reflet dans le miroir *L'horreur, l'horreur*, sur le même ton murmuré que Marlon Brando.

Si bien que Perlmutter se sentait mal à l'aise, mais pas *particulièrement* mal à l'aise, tandis qu'il escortait le troisième cuistot Melrose jusqu'au poste de commandement mobile. Kurtz avait plutôt l'air de bonne humeur. Il était installé dans un rocking-chair canné du coin séjour. Il avait enlevé sa salopette (elle était accrochée à la porte par laquelle Perlmutter et Melrose étaient entrés) et c'est en caleçons longs qu'il les reçut. Son arme de service était accrochée à sa ceinture, elle-même passée à l'un des montants du rocking-chair. Ce n'était pas un colt-45 à crosse de nacre, mais un simple automatique neuf millimètres.

Tout le matériel électronique était en pleine effervescence. Sur le bureau, le fax ne cessait de bourdonner et de régurgiter du papier au mètre. Toutes les quinze secondes ou à peu près, l'ordinateur de Kurtz s'écriait *« du courrier pour vous ! »* de sa voix joyeuse robotisée. Trois radios, dont le son était baissé, crachotaient et se chevauchaient constamment. Deux photos encadrées étaient accrochées sur le lambris en faux pin, derrière l'ordinateur. Comme la devise au-dessus de la porte, ces photos suivaient Kurtz partout. Sur celle de gauche, intitulée INVESTISSEMENT, on voyait un jeune garçon au visage angélique qui faisait le salut scout, trois doigts levés. Celle de droite, intitulée DIVIDENDE, était une vue aérienne de Berlin prise au printemps 1945. On distinguait deux ou trois bâtiments encore debout, mais pour l'essentiel on ne voyait sur le cliché que des tas de décombres méconnaissables dans lesquels les briques étaient omniprésentes.

Kurtz eut un vague geste vers le bureau. « Ne faites pas attention à ça, les gars, c'est rien que du bruit. C'est Freddy Johnson qui s'en occupe, mais je l'ai envoyé au réfectoire casser une petite croûte. Je lui ai dit de prendre son temps, de faire un repas complet, entrée, plat principal, légumes et dessert, parce que la situation... les gars, la situation est pratiquement STABILISÉE ! » Il leur adressa un sourire féroce à la Franklin Delano Roosevelt et commença à se balancer dans son rocking-chair. Derrière lui, dans son holster, le pistolet se mit aussi à aller et venir au bout de son ceinturon, comme un pendule.

Melrose rendit timidement son sourire à Kurtz, Perlmutter avec moins de réserve. Il connaissait le numéro de Kurtz ; le patron aimait bien pontifier... et il se plaisait à croire que l'impro d'aujourd'hui allait figurer parmi les bonnes. Qu'elle serait même brillante. Les études littéraires n'ont guère d'utilité dans la carrière militaire, mais quand même... L'art de faire des phrases pouvait servir.

« Le seul ordre que j'aie donné au lieutenant Johnson — heu, on ne donne pas les grades ici, *à mon brave pote Johnson*, voilà ce que je voulais dire — a été de réciter son bénédicité avant de la casser, sa croûte. Est-ce que vous priez, les gars ? »

Melrose acquiesça aussi timidement qu'il avait souri ; Perlmutter hocha la tête, une expression indulgente sur le visage. Il avait la conviction que comme son nom, la foi en Dieu que Kurtz aimait à professer n'était que du pipeau.

Il se balançait, regardait les deux hommes d'un air joyeux tandis que la neige fondait à leurs pieds et formait une flaque sur le sol. « Les meilleures prières sont celles des enfants, reprit Kurtz. À cause de leur parfaite simplicité. *Dieu est grand, Dieu est bon, remercions-Le de la nourriture qu'Il nous donne.* C'est pas simple, ça, c'est pas beau ?

— Si, mais..., dit Perlmutter.

— Ferme ta gueule, branleur », le coupa Kurtz — d'un ton toujours aussi joyeux. L'automatique se balançait toujours au bout du ceinturon. Son regard alla de Perlmutter à Melrose. « Hé, qu'est-ce que t'en penses, mon garçon ? Est-ce que ce n'est pas une jolie petite prière ?

— Si, m...

— Ou *Allah akhbar*, comme disent nos amis arabes ; seul Dieu est grand. Que pourrait-on imaginer de plus simple ? Voilà qui vous coupe la pizza en plein milieu, si je puis dire. »

Ni l'un ni l'autre ne répondirent. Kurtz se balançait plus vite à présent, et l'arme suivait le mouvement, et Perlmutter commençait à se sentir un peu nerveux, comme un peu plus tôt ce matin, avant qu'Underhill n'arrive et calme plus ou moins Kurtz. C'était probablement encore du pipeau, cependant...

« Ou Moïse et le Buisson Ardent ! » s'écria Kurtz. Un sourire idiot vint éclairer son visage maigre et un peu chevalin. « Qui est-ce qui me parle ? demande Moïse, et Dieu lui sert son vieux Je suis qui Je suis et c'est tout ce que Je suis, ouaf-ouaf-ouaf. Quel rigolo, ce Dieu. Eh, Mr Melrose, avez-vous vraiment traité les émissaires venus du Grand Au-Delà d'*astronègres* ? »

Melrose en resta bouche bée.

« Réponds-moi, bonhomme.

— Monsieur, je...

— Appelle-moi encore une fois monsieur pendant que le groupe est en alerte rouge, et tu pourras fêter tes deux prochains anniversaires en taule, c'est compris ? Tu vois bien ce que je veux dire ?

— Oui, patron. »

Melrose s'était mis au garde-à-vous, le visage blanc comme un linge, mis à part les deux taches rouges à ses joues provoquées par le froid, et que coupaient en deux les élastiques retenant le masque.

« Bon. Je répète, as-tu vraiment traité nos visiteurs d'astronègres ?

— Monsieur, j'ai peut-être dit quelque chose en passant... »

Avec un geste effectué à une vitesse qui laissa Perlmutter incrédule (comme un effet spécial dans un film de James Cameron ou presque), Kurtz saisit l'automatique dans le holster pendulaire, le pointa sans avoir l'air de viser et fit feu. La moitié supérieure de la tennis gauche de Melrose explosa. Des débris de toile volèrent. Du sang et des débris de chair vinrent maculer le pantalon de Perlmutter.

Je n'ai pas vu ce que j'ai vu, se dit Perlmutter. *Ça n'est pas arrivé.*

Mais Melrose hurlait, regardait son pied en capilotade avec une expression d'angoisse incrédule et hurlait de plus belle. Perlmutter aperçut de l'os et sentit son estomac se soulever.

Kurtz ne se leva pas de son siège aussi vite qu'il avait défouraillé — au moins Perlmutter eut-il le temps de le voir faire, cette fois —, mais il bougea néanmoins à une vitesse insensée. Une vitesse surnaturelle.

Il attrapa Melrose par l'épaule et se mit à scruter intensément le visage déformé par la douleur du troisième cuistot. « Arrête-moi de gueuler comme ça, petit couillon. »

Mais l'homme ne baissa même pas le ton. Du sang giclait de son pied, dont l'avant (autrement dit la partie portant les orteils) paraissait sur le point de se séparer définitivement du reste, et donc du talon. Autour de Perlmutter, le monde commença à devenir indistinct et tout gris. Il eut besoin de faire appel à toute sa volonté pour empêcher la brume de l'envahir définitivement. S'il tombait dans les pommes en ce moment, Dieu seul savait ce que Kurtz serait capable de lui faire. Perlmutter avait entendu raconter toutes sortes d'histoires sur Kurtz, et jugé qu'elles étaient fantaisistes à quatre-vingt-dix pour cent ; soit, à son avis, il s'agissait d'exagérations, soit elles avaient été lancées par Kurtz lui-même, un Kurtz désireux de renforcer son image de brillant cinglé.

Eh bien maintenant, je sais, songea Perlmutter. *Ce n'est pas de la propagande, pas du mythe fabriqué. Mais le mythe incarné.*

Kurtz, avec des gestes d'une précision quasi chirurgicale, appuya le canon de son arme au milieu du front de Melrose, un front blanc comme du fromage frais.

« Étouffe-moi ces geignements de gonzesse, mon gars, sinon je les étouffe pour toi. Ce sont des balles à pointes creuses, je pense que même un Américain aussi débile que toi doit le savoir. »

Melrose réussit à contenir ses hurlements, qui se réduisirent à de petits sanglots au fond de sa gorge. Kurtz parut s'en satisfaire.

« Juste pour que tu puisses entendre ce que je te dis, mon gars. C'est important que tu l'entendes, parce que tu devras faire passer le message. J'aurais tendance à croire, Dieu soit loué, que ton pied, enfin, ce qu'il en reste, suffira à faire piger l'idée générale, le *concept*, mais c'est de tes lèvres sacrées que devront tomber les détails. Alors, tu écoutes, petit couillon ? Tu m'écoutes, pour ces détails ? »

Toujours sanglotant, ses yeux bleus exorbités comme deux billes, Melrose réussit à acquiescer.

Aussi rapide qu'un serpent, Kurtz se tourna et Perlmutter vit l'homme bien en face. La folie était aussi nettement inscrite dans ses traits que des tatouages de guerrier. À cet instant-là, tout ce que Perlmutter avait cru sur son supérieur hiérarchique s'évanouit.

« Et toi, mon gars ? Tu écoutes ? Parce que tu es un messager, toi aussi. Nous sommes tous des messagers. »

Perlmutter acquiesça. La porte s'ouvrit à cet instant-là et il vit, avec un incommensurable soulagement, que le nouveau-venu était Owen Underhill. Les yeux de Kurtz s'étaient portés dans la même direction.

« Owen ! Mon vieux pote Owen ! Encore un témoin ! Encore un messager, Dieu soit loué ! Es-tu prêt à écouter ? Feras-tu passer le mot en sortant de ce joyeux endroit ? »

Le visage aussi inexpressif que celui d'un joueur de poker qui mise gros, Underhill acquiesça.

« Bien, bien ! »

Kurtz reporta son attention sur Melrose.

« Je vais te rappeler ce qui est écrit dans le *Manual of Affairs*, troisième cuistot Melrose, seizième partie, section quatre, paragraphe trois : *L'emploi d'épithètes inappropriées, que ce soit pour des raisons raciales, ethniques ou de genre, est contre-productif pour le moral des troupes et est contraire au protocole du service armé. Quand leur usage est avéré, leur utilisateur passera immédiatement en cour martiale ou sera puni sur-le-champ par l'autorité responsable des opérations.* Fin de citation. L'autorité responsable des opérations, c'est moi. Celui qui a utilisé des épithètes inappropriées, c'est toi. On s'est bien compris, Melrose ? Tu vois bien ce que je veux dire ? »

Le cuistot essaya de balbutier quelque chose, mais Kurtz lui coupa la parole. Dans l'encadrement de la porte, Underhill gardait une immobilité parfaite, tandis que la neige fondait sur ses épaules et coulait comme de la sueur sur l'avant transparent de son masque. Il ne quittait pas Kurtz des yeux.

« Et maintenant, troisième cuistot Melrose, le texte que je viens de te citer, en présence de ces témoins, Dieu soit loué, est ce que l'on appelle un ordre. Un ordre sur la manière de se comporter. Un ordre qui signifie qu'on ne chie ni sur les bouffeurs de chili, si sur les youpins, ni sur les boches, ni sur les Peaux-Rouges, ni sur personne. Cela signifie aussi, dans la situation présente, qu'il n'est pas question de parler d'astronègres. Est-ce que tu comprends ça ? »

Melrose essaya d'acquiescer, puis se mit à vaciller, sur le point de s'évanouir. Perlmutter le prit par l'épaule et le redressa, priant pour que le cuistot ne tombe pas dans les vapes avant la fin. Dieu seul savait ce que Kurtz serait capable de lui faire si Melrose avait la témérité de déclarer le couvre-feu avant que le seul maître après Dieu en ait fini de son sermon.

« Nous allons botter le cul à ces enfoirés d'envahisseurs, mon gars, et si jamais ils rappliquent sur le bon vieux plancher des vaches, on va arracher leur foutue tête grise collective de leur foutu cou gris collectif ; s'ils insistent, nous utiliserons leur propre technologie, que nous sommes en bonne voie de maîtriser, pour lutter contre eux, nous rendre dans leur lieu d'origine avec leurs propres vaisseaux ou des vaisseaux identiques construits par General Electric et DuPont et Microsoft, bénis soient-ils et une fois sur place, nous calcinerons leurs villes ou leurs ruches ou leur bon Dieu de fourmilières, bref, les trucs dans lesquels ils habitent, on napalmera leurs vagues de céréales ambrées, on nucléarisera leurs majestueuses montagnes violettes, Dieu soit loué, *Allah Akhbar*, on balancera la pisse brûlante de l'Amérique dans leurs lacs et leurs océans... mais nous ferons tout cela d'une manière *convenable et appropriée*, et sans prendre en compte la race, l'ethnie, le genre ou les préférences religieuses. On le fera parce qu'ils se sont pointés là où ils auraient pas dû, et ont frappé à la putain de mauvaise porte. Nous ne sommes pas en Allemagne en 1939 ni à Oxford dans le Mississippi en 1963. Alors, Mr Melrose, penses-tu pouvoir faire passer le message, à présent ? »

Les yeux du cuistot roulèrent jusqu'à ne laisser voir que du blanc et ses genoux le trahirent. Perlmutter l'attrapa une nouvelle fois par l'épaule pour essayer de le retenir, mais c'était une cause perdue, ce coup-ci : le cuisinier s'effondra de tout son long.

« Pearly ? » murmura Kurtz.

Lorsque les yeux bleus et brûlants se posèrent sur lui, Perlmutter se rendit compte que jamais il n'avait eu aussi peur de sa vie. Sa vessie s'était transformée en un sac chaud et lourd dans son ventre, n'ayant qu'une envie, répandre son contenu sur la salopette qu'il portait. Il se dit que si jamais Kurtz voyait s'étaler une tache plus sombre autour de l'entrejambe de son aide de camp, il était capable de l'abattre sur-le-champ, étant donné son état d'esprit actuel... idée qui ne faisait rien pour améliorer la situation. En réalité, elle la rendait pire.

« Oui, m... patron ?

— Il fera passer le mot ? Sera-t-il un bon messager ? Estimez-vous qu'il a suffisamment morflé pour faire ça, ou bien était-il trop obnubilé par son foutu panard ?

— Je... je... » Il aperçut Underhill, toujours debout dans l'encadrement de la porte, qui lui adressait un signe de tête presque imperceptible. Il reprit espoir. « Oui, patron. J'estime qu'il vous a reçu cinq sur cinq. »

Kurtz parut tout d'abord surpris du ton véhément avec lequel Perlmutter s'était exprimé, puis ravi. Il se tourna vers Underhill.

« Et toi, Owen ? Penses-tu qu'il fera passer le mot ?

— Ouais-ouais, répondit Underhill. À condition de l'envoyer à l'infirmerie avant qu'il saigne à mort sur votre moquette. »

Les commissures des lèvres de Kurtz se soulevèrent et il aboya : « Occupe-toi de ça, Pearly, tu veux bien ?

— Tout de suite », répondit Perlmutter, qui se dirigea aussitôt vers la porte.

Kurtz passé, il adressa une œillade de gratitude fervente à Underhill que ce dernier ne vit pas — ou fit semblant de ne pas voir.

« Et on se grouille, Mr Perlmutter. Owen ? Nous devons nous parler *mano a mano*, comme disent les Irlandais. » Il enjamba le corps de Melrose sans même le regarder pour se rendre d'un pas vif dans la kitchenette. « Café ? C'est Freddy qui l'a fait, et je ne peux donc pas jurer qu'il soit buvable... non, je ne peux pas le jurer, mais...

— Du café ? Parfait, répondit Underhill. Vous m'en préparez une tasse, et pendant ce temps, j'essaie d'arrêter l'hémorragie de ce type. »

Kurtz, qui se tenait à côté de la cafetière électrique posée sur le comptoir, eut pour son adjoint un regard éclatant du doute le plus noir.

« Tu crois que c'est vraiment indispensable ? »

C'est à cet instant que Perlmutter sortit. Jamais, de toute sa vie, il n'avait eu autant l'impression de s'évader en s'enfonçant dans une tempête de neige.

4

Henry se tenait près de la barrière en évitant de toucher le fil de fer, car il avait vu ce qui se passait dans ce cas-là. Il attendait qu'Underhill (oui, c'était bien son nom, Underhill) sorte du poste de commandement ; lorsque la porte s'ouvrit, toutefois, c'est l'un des types entrés avant lui qui en émergea précipitamment. Il dévala les quatre marches et s'éloigna au pas de course. Il était de haute taille et avait le genre de mine sérieuse qu'Henry associait aux cadres moyens. Mais il arborait une expression terrifiée, et il faillit tomber avant d'avoir pu allonger complètement sa foulée. Ce qui ravit Henry.

Le cadre moyen réussit à retrouver l'équilibre après ce premier dérapage, mais alors qu'il prenait la direction de deux semi-remorques couplées, ses deux pieds le trahirent et il se retrouva sur le cul. La planchette qu'il avait sous le bras partit en glissant sur la neige comme un toboggan pour nains de jardin.

Henry se mit à applaudir aussi fort qu'il le pouvait. Sans doute pas assez fort pour être entendu à cause du vacarme des moteurs, si bien qu'il mit les mains en porte-voix devant sa bouche et cria : « *Superbe gadin ! Regardons le ralenti !* »

Le cadre moyen se releva sans un regard pour lui, alla récupérer sa planchette et repartit en courant vers les semi-remorques.

Un groupe de huit ou neuf types se tenait aussi près de la barrière, à une vingtaine de mètres d'Henry. L'un d'eux, un gros bonhomme emmitouflé dans une parka épaisse qui le faisait ressembler à Bibendum, se dirigea vers lui.

« Vous ne devriez pas faire des trucs comme ça, mon vieux. » Il marqua une pause avant d'ajouter, à voix plus basse : « Ils ont abattu mon beau-frère. »

En effet. Henry le vit dans la tête du type. Le beau-frère du gros bonhomme, lui-même un gros bonhomme, la bouche pleine de ses droits, de son avocat, de sa situation dans une société d'investissement de Boston. Les soldats hochant la tête, lui répondant que ce n'était que temporaire, que la situation était en voie de normalisation et que les choses seraient réglées dès l'aube, et pendant tout ce temps escortant sans ménagements les deux chasseurs obèses vers la grange qui contenait déjà un joli lot de détenus... et tout d'un coup, le beau-frère avait décampé, s'était mis à courir vers l'endroit où étaient rassemblés les véhicules, et pan-pan, extinction des feux.

Le gros bonhomme racontait une partie de cela, les traits pâles dans le nouveau système d'éclairage, mais Henry l'interrompit bientôt :

« Et que croyez-vous qu'ils vont nous faire, à nous ? »

Le Bibendum regarda Henry, sous le choc, puis recula d'un pas, comme si son vis-à-vis était porteur d'une maladie contagieuse. Plutôt rigolo, quand on y pensait, vu que *tous* ici étaient porteurs d'une maladie contagieuse — ou du moins c'était ce que pensait cette équipe de nettoyeurs payée par l'État, ce qui, en fin de compte, revenait au même.

« Vous devez sans doute plaisanter », dit le gros bonhomme

avant d'ajouter, d'un ton presque indulgent : « Nous sommes en Amérique, tout de même.

— Ah bon ? Vous trouvez qu'on observe quelque chose qui ressemble à une procédure légale, vous ?

— Ils font juste... je suis sûr qu'ils font juste... » Henry attendit, intéressé, mais rien ne vint, du moins dans cette veine. « Il y a eu un coup de feu, non ? Je crois que j'ai aussi entendu crier. »

Deux hommes portant une civière sortirent soudain des semi-remorques couplées et partirent en courant ; ils étaient suivis, manifestement à contrecœur, par le cadre moyen, qui tenait sa planchette solidement coincée sous le bras.

« Je crois que vous avez bien entendu. » Henry et le gros bonhomme regardèrent les deux infirmiers s'engager sur les marches du Winnebago. Lorsque Mr Cadre-Moyen passa près de la barrière, Henry lui lança : « Alors, comment ça va, le roi du gadin ? On se marre bien, hein ? »

Son compagnon fit la grimace. Le type à la planchette adressa un regard peu amène à Henry et reprit la direction du Winnebago.

« C'est simplement... simplement une situation d'urgence, observa le gros bonhomme. Tout sera rentré dans l'ordre demain matin, j'en suis sûr.

— Pas pour votre beau-frère », lui fit remarquer Henry.

Le gros bonhomme le regarda ; ses lèvres, qu'il tenait serrées, tremblaient légèrement. Puis il fit demi-tour pour aller rejoindre les autres dont le point de vue devait sans aucun doute mieux correspondre au sien. Henry se tourna vers le Winnebago et se remit à attendre la sortie d'Underhill. Quelque chose lui disait que cet homme était son dernier espoir... mais quels que soient les doutes que pouvait éprouver Underhill pour cette opération, ce n'était qu'un espoir ténu. Et Henry n'avait qu'une carte à jouer. Une carte qui s'appelait Jonesy. Ils ignoraient tout de Jonesy.

Restait à savoir s'il devait ou non en parler à Underhill. Henry redoutait beaucoup que cela se révèle une mauvaise idée.

5

Environ cinq minutes après que Mr Cadre-Moyen était entré dans le Winnebago, à la suite des infirmiers, le trio ressortait avec un quatrième personnage allongé sur la civière. Sous l'éclat intense des projecteurs, le visage du blessé était tellement pâle qu'il en prenait des nuances mauves. Henry fut soulagé de constater que ce n'était pas Underhill, car celui-ci était différent de tous ces fous furieux.

Dix minutes passèrent. Underhill n'était toujours pas ressorti du poste de commandement. Henry attendait, dans la neige de plus en plus épaisse. Des soldats surveillaient les détenus (c'était très exactement ce qu'ils étaient, des détenus, inutile de se dorer la pilule) et, finalement, l'un d'eux se rapprocha de lui. La patrouille qui l'avait coincé au carrefour de Deep Cut Road et Swanny Pond l'avait si bien aveuglé de ses projecteurs que ce n'est pas à son visage qu'Henry reconnut l'homme. Il fut à la fois ravi et profondément troublé à l'idée que l'esprit avait lui aussi ses traits propres, aussi distinctifs qu'une jolie bouche, un nez cassé ou un œil torve. Le soldat qui s'avançait d'un pas nonchalant vers lui avait fait partie de ce groupe ; c'était même celui qui lui avait donné un coup de crosse dans les fesses quand il avait estimé qu'Henry ne se pressait pas assez pour aller rejoindre le camion. Henry n'avait aucune idée de ce qui se passait dans son esprit, mais toujours est-il que le phénomène était capricieux : il n'arrivait pas à deviner le nom du type, mais savait par contre que celui de son frère était Frankie, et qu'en terminale Frankie avait été accusé de viol, puis acquitté lors de son procès. Il y avait d'autres éléments, sans rapports entre eux, un fouillis digne d'une corbeille à papier. Henry se rendit compte que c'était un flux de conscience qu'il voyait, une rivière qui charriait toutes sortes de débris. Humiliant de constater, d'ailleurs, à quel point la plupart étaient prosaïques.

« Tiens donc, l'interpella le soldat, d'un ton tout à fait aimable. C'est le petit malin. Vous voulez un hot dog, petit malin ? »

Il se mit à rire.

« On m'en a déjà donné un », dit Henry, souriant lui-même. Et un beaverisme lui sortit de la bouche, comme les beaverismes avaient tendance à le faire. « Va donc chier, Freddy. »

Le soldat arrêta de rire. « On va voir si vous ferez autant le malin dans douze heures d'ici », dit-il. L'image qui vint flotter dans son esprit, portée par la rivière qui coulait entre les deux oreilles du type, était celle d'un camion chargé de corps, les membres pâles entrecroisés en tous sens. « Vous avez déjà contracté le Ripley, je parie, petit malin ? »

Henry pensa : *Le byrus. c'est ce qu'il veut dire. Le vrai nom de ce truc, c'est le byrus. Jonesy le sait.*

Il ne répliqua pas et le soldat commença à s'éloigner, arborant l'expression suffisante de celui qui a marqué un point. Par curiosité, Henry se concentra aussi fort qu'il le put et évoqua l'image d'un fusil de chasse — le Garand de Jonesy, pour être précis. Il pensa : *J'ai un fusil. Je te tuerai dès que tu m'auras tourné le dos, trou-du-cul.*

Le soldat lui fit aussitôt face ; son expression suffisante était allée rejoindre le rire et le sourire dans ses oubliettes personnelles. Il paraissait à présent en proie au doute, soupçonneux.

« Qu'est-ce que vous racontez, petit malin ? Vous avez dit quelque chose ?

— Je me demandais simplement si tu avais pu profiter de la fille — tu sais, celle que Frankie a violée. Il t'a pas laissé ses restes ? »

Un instant, le visage du soldat exprima une stupéfaction idiote. Puis une rage noire tout italienne. Il épaula son fusil. L'ouverture du canon était comme un sourire pour Henry. Il abaissa la fermeture Éclair de sa veste et la tint ouverte vers les flocons de plus en plus denses. « Vas-y donc ! lança-t-il avec un rire. Vas-y, Rambo, fais ton boulot ! »

Le frère de Frankie tint Henry en joue pendant encore quelques secondes, puis Henry sentit la rage de l'homme passer. Il s'en était fallu de peu : il avait vu le soldat essayer de trouver une bonne réplique, une version plausible de l'histoire, mais il lui avait fallu trop longtemps et son cerveau reptilien avait repris le dessus. Ce n'était que trop fréquent. Les Richie Grenadeau ne meurent jamais, pas vraiment. Ils sont les dents du dragon du monde.

« Demain, petit malin. Demain ce sera bien suffisant pour toi. »

Cette fois-ci, Henry le laissa partir ; inutile d'exciter davantage le crocodile, même si rien n'aurait été plus aisé. Il avait appris quelque chose au passage ; ou du moins, un fait qu'il soupçonnait venait d'être confirmé. Le soldat avait perçu son message, mais pas clairement, car sinon, il aurait fait volte-face beaucoup plus vite. Il n'avait pas demandé non plus par quel hasard Henry était au courant pour son frère Frankie. Car, à un certain niveau, le soldat savait ce que Henry savait : ils avaient été infectés par la télépathie, tout le monde avait été touché ; ils l'avaient chopée comme on chope un virus de mauvaise qualité.

« Sauf que dans mon cas, c'est plus grave », dit-il en remontant la fermeture de sa veste. Pour Pete, Beaver et Jonesy aussi. Mais Pete et Beaver étaient morts, à présent, et quant à Jonesy... Jonesy...

« C'est Jonesy le plus atteint », dit Henry.

Et où son ami était-il passé, à présent ?

Au sud... Jonesy avait mis cap au sud. Leur précieuse quarantaine n'avait pas été hermétique. Henry se doutait qu'ils l'avaient prévu et que cela ne les inquiétait pas outre mesure. Ils estimaient qu'une ou deux évasions seraient sans importance.

Lui pensait qu'ils se trompaient.

6

Debout, une tasse de café à la main, Owen attendit que les types de l'infirmerie aient emporté leur fardeau et que les sanglots de Melrose soient miséricordieusement réduits à des marmonnements et des gémissements par une piqûre de morphine. Perlmutter leur emboîta le pas, et il se retrouva seul avec Kurtz.

Celui-ci, assis dans son rocking-chair, regardait Underhill avec une expression amusée, la tête inclinée sur l'épaule. Le fou furieux délirant avait disparu, mis de côté comme un masque de carnaval.

« Je pense à un chiffre, dit Kurtz. Lequel ?

— Dix-sept. Vous le voyez en rouge. Comme sur le côté d'une voiture de pompier. »

Kurtz acquiesça, ravi.

« Essaie de m'en envoyer un. »

Owen visualisa un panneau de limitation de vitesse : 60.

« Six, répondit Kurtz au bout d'un instant. Noir sur blanc.

— Presque ça, patron. »

Kurtz but un peu de café. Il tenait à la main une chope sur laquelle était écrit : J'AIME MON PAPI. Owen prenait un honnête plaisir à siroter le sien. C'était une saloperie de nuit et un sale boulot, et le café de Freddy n'était pas si mauvais que ça.

Kurtz avait trouvé le temps de remettre sa salopette. D'une poche, il retira un grand bandana. Il regarda le foulard pendant un moment, puis se mit à genoux avec une grimace (ce n'était un secret pour personne que le vieux souffrait d'arthrite) et se mit à essuyer les éclaboussures de sang laissées par Melrose. Owen, qui croyait que rien n'aurait pu le choquer, n'en revenait pas.

« Voyons, monsieur... oh merde ! Patron...

— La ferme, Owen », dit Kurtz sans lever les yeux. Il allait d'une tache à une autre, aussi méticuleux qu'une femme de ménage. « Mon père disait toujours qu'on doit nettoyer soi-même ses saletés. Que ça pouvait vous faire réfléchir, la prochaine fois. Hé, mon gars, comment s'appelait mon père ? »

Owen fit un essai et aperçut quelque chose, brièvement, comme on aperçoit la petite culotte d'une femme dans le mouvement d'une robe.

« Paul ?

— Non, Patrick... c'est pas mal. Anderson pense qu'il s'agit d'une vague qui étend son emprise en ce moment. Une vague télépathique. Tu ne trouves pas que c'est une idée terrifiante, Owen ?

— Si. »

Kurtz acquiesça, toujours sans relever la tête, continuant son nettoyage.

« Encore plus terrifiante comme idée que comme phénomène, cependant. Tu ne crois pas ? »

Owen éclata de rire. Le vieux n'avait rien perdu de sa capacité à le surprendre. *Il ne joue pas avec une main complète*, disait-on parfois de certains individus instables. Le problème avec Kurtz, se disait Underhill, était qu'il jouait avec plus de cartes que dans une main normale. Quelques as de rab. Et aussi quelques paires et, comme chacun sait, les paires peuvent faire des dégâts.

« Assieds-toi, Owen. Bois ton café assis sur ton cul comme une personne normale et laisse-moi faire ça. C'est important pour moi. »

Underhill pensa qu'il disait sans doute la vérité. Il s'assit donc pour finir son café. Cinq minutes s'écoulèrent ainsi, après quoi Kurtz se remit laborieusement debout. Tenant le bandana par un coin ; l'air dégoûté, il alla le jeter dans la poubelle de la kitchenette avant de retourner s'installer dans son rocking-chair. Il prit une gorgée de café, grimaça et reposa la chope.

« Il est froid. »

Underhill se leva.

« Je vais vous en...

— Non. Assieds-toi. J'ai à te parler. »

Underhill s'assit.

« On a eu un petit affrontement, là-bas, devant le vaisseau, toi et moi.

— Oh, je n'appellerai pas ça...

— Oui, je sais. Mais je sais aussi ce qui s'est passé, et toi également. Quand la situation est tendue, nous sommes nous aussi tendus. Mais c'est du passé, maintenant. Il faut que ce soit du passé, parce que je suis le patron ici, que tu es mon adjoint et qu'il faut finir le boulot. Pouvons-nous continuer à collaborer ?

— Oui, monsieur. » Merde, il l'avait encore lâché. « Patron, je veux dire. »

Kurtz eut pour lui un sourire sinon polaire, du moins hivernal. « J'ai un peu perdu le contrôle. » Charmant, franc, ouvert, honnête. Un truc qui avait trompé Underhill pendant des années. « Tout baignait, je faisais mon numéro caricatural habituel, deux doigts de Patton, un de Raspoutine, ajoutez de l'eau, remuez et servez, et j'ai simplement... j'ai simplement perdu un instant les pédales. Tu me crois cinglé, pas vrai ? »

Fallait faire gaffe, vachement gaffe. Il y avait de la télépathie dans cette pièce, de l'authentique télépathie, et Owen ignorait complètement jusqu'où pouvaient aller les coups de sonde de son supérieur.

« Oui, monsieur, un peu, monsieur. »

Kurtz hocha la tête, l'air de trouver la réponse normale.

« Oui, un peu — voilà qui décrit assez bien la situation. Cela fait un bail que je suis dans ce genre de turbin. Les hommes dans mon genre sont indispensables mais difficiles à trouver, et il faut être un peu cinglé pour le faire sans arriver à se prendre pour Rambo. C'est une frontière étroite, cette même frontière étroite dont les psychologues de salon aiment tant parler et jamais, dans l'histoire du monde, il n'y a eu un tel boulot de nettoyage à faire... en supposant, évidemment, que l'histoire d'Hercule nettoyant les écuries d'Augias ne soit qu'une légende. Je ne te demande pas de sympathiser, mais de comprendre. Si nous nous comprenons mutuellement, on s'en sortira, on aura réussi à accomplir le boulot le plus dur qu'on nous ait jamais donné à faire. Sinon... » Il haussa les épaules. « Sinon, il faudra que je le fasse sans toi. Tu me suis bien ? »

Rien n'était moins sûr pour Underhill, mais il voyait où Kurtz voulait en venir, et il acquiesça. Il se souvenait d'avoir lu qu'il existait une variété d'oiseau qui vivait dans la gueule des crocodiles aux dépens de ceux-ci. Il se disait qu'il devait être comme ces oiseaux. Kurtz cherchait à lui faire croire qu'il lui avait pardonné d'avoir branché la communication des extra-terrestres sur le circuit général — le feu de l'action, tout comme Kurtz venait de massacrer le pied de Melrose dans le feu de l'action. Et qu'est-ce qui s'était passé, six ans auparavant, en Bosnie ? Ça ne comptait plus, à présent. Voire. Peut-être le crocodile en avait-il assez de ce casse-pieds d'oiseau qui ne cessait de le picorer et se préparait-il à refermer ses mâchoires. Underhill n'arrivait pas à déterminer quelle était la vérité en sondant l'esprit de Kurtz ; de toute façon, il devait se montrer très prudent. Très prudent et prêt à prendre la tangente.

Kurtz fouilla dans sa salopette et en retira une montre de gousset ternie.

« C'était celle de mon grand-père et elle fonctionne très bien. Sans doute parce qu'il faut la remonter, qu'elle n'est pas à pile. Ma montre-bracelet, par contre, est toujours HS.

— La mienne aussi. »

Le sourire de Kurtz se réduisit à un tressaillement de ses lèvres.

« Va voir Perlmutter quand tu auras un moment, si tu te sens d'humeur à le supporter. Parmi ses nombreuses activités et corvées, il a trouvé le temps de prendre livraison de trois cents Timex à remontoir cet après-midi. Juste avant que la neige nous oblige à interrompre les opérations aériennes. Bougrement efficace, le Pearly. J'aimerais seulement que l'animal arrête de s'imaginer qu'il est dans un film.

— Il a peut-être fait plusieurs pas dans cette direction ce soir, patron.

— C'est possible. »

Kurtz se mit à méditer, Underhill à attendre.

« Mon gars, on devrait boire un coup de whiskey. Parce que c'est un peu une veillée funèbre à l'irlandaise, ce soir.

— Ah bon ?

— Et oui. Mon phooka chéri est sur le point de tomber raide mort. »

Underhill souleva les sourcils.

« T'as bien entendu. Le moment approche où son enveloppe magique d'invisibilité va lui être enlevée. Il ne sera plus alors qu'un canasson crevé sur lequel tout le monde pourra cogner. À commencer par les politiciens, qui sont les meilleurs dans ce genre de sport.

— Je ne vous suis pas. »

Kurtz jeta un autre coup d'œil à la montre de gousset qu'il avait probablement dégottée chez un prêteur sur gages... ou piquée à un cadavre. L'une ou l'autre explication paraissait plausible à Underhill.

« Il est dix-neuf heures. Dans quarante heures, à quelque chose près, le Président va parler devant l'assemblée générale des Nations unies. Jamais, dans toute l'histoire de l'humanité, autant de personnes n'auront assisté en temps réel à un discours. Il va faire partie de la plus fantastique histoire de notre espèce... et ce sera le plus fantastique coup monté depuis que Dieu le Père, dans sa toute-puissance, a créé l'univers et envoyé les planètes tourner en rond d'une pichenette de son doigt.

— Quel coup monté ?

— C'est une magnifique histoire, Owen. Comme dans tous les bons mensonges, elle intègre de grands pans de vérité. Le Président va déclarer à un monde fasciné, un monde qui sera suspendu à ses lèvres, qui boira chacune de ses paroles en retenant son souffle, Dieu soit loué, qu'un vaisseau spatial ayant pour équipage des êtres venus d'ailleurs s'est écrasé dans le nord du Maine, le 6 ou 7 novembre de cette année. Ce qui est vrai. Il dira que cela ne nous a pas pris complètement par surprise, car nous et les chefs d'État des autres pays qui constituent le conseil de sécurité de l'ONU savons depuis au moins quatre ans que Mister E.T. nous a dans le collimateur. Ce qui est également vrai, à ceci près que nous sommes quelques-uns ici, aux États-Unis, à avoir entendu parler de nos petits copains venus du vide de l'espace depuis la fin des années quarante. Nous savons d'autre part que les Ruskofs ont abattu un vaisseau des grisâtres au-dessus de la Sibérie en 1974... bien que les Ruskofs ne sachent toujours pas que nous sommes au courant. Cet appareil devait sans doute être un engin automatique, un vaisseau expérimental. Il y en a eu beaucoup de semblables. Les grisâtres ont géré leurs premiers contacts avec une prudence qui laisse à penser qu'on leur fiche une sacrée frousse. »

Underhill l'écoutait, en proie à une fascination écœurée qui, espérait-il, ne se voyait ni sur son visage ni ne se trahissait dans la partie accessible de ses pensées où Kurtz aurait pu aller donner un coup de sonde.

De sa poche intérieure, Kurtz tira un paquet de Marlboro tout froissé. Il le tendit à Underhill, qui commença par secouer la tête puis finit par prendre l'une des quatre sèches restantes. Kurtz en prit aussi une, tendit du feu à Owen et alluma la sienne.

« Je mélange un peu la vérité et le pipeau », dit Kurtz après avoir pris une longue bouffée et l'avoir exhalée. « Ce n'est peut-être pas la meilleure manière de procéder. Tenons-nous-en au pipeau, d'accord ? »

Underhill ne répondit rien. Il fumait de moins en moins depuis quelque temps, et les premières bouffées lui donnèrent un léger tournis ; mais le goût était merveilleux.

« Le Président va déclarer que le gouvernement des États-Unis a isolé le site de l'accident et la zone qui l'entoure pour trois raisons. La première est purement logistique : étant donné la situation écartée et la très faible population du Jefferson Tract, il était *possible* de mettre cette région en quarantaine. Si les grisâtres avaient débarqué à Brooklyn, ou même sur Long Island, ça n'aurait pas été possible. La seconde raison est que les intentions des extra-terrestres ne sont pas claires. La troisième raison, celle qui est en fin de compte la plus convaincante, est que les extra-terrestres apportent avec eux une substance infectieuse, celle que le personnel sur site a baptisée la “moisissure Ripley”. Alors que les visiteurs venus d'ailleurs ne cessent de nous déclarer passionnément qu'ils ne sont pas contagieux, ils ont dans leurs bagages une substance qui l'est extrêmement. Le Président expliquera aussi à un monde tétanisé d'horreur qu'il est possible que cette moisissure soit l'intelligence aux manettes, et les grisâtres un simple moyen de croissance. Il montrera une vidéo d'un grisâtre explosant littéralement en moisissure Ripley. On a légèrement trafiqué la bande pour améliorer la visibilité, mais elle est fondamentalement authentique. »

Vous mentez, pensa Owen. *Cette bande est un faux du début à la fin, aussi faux que cette connerie où, soi-disant, l'on assiste à l'autopsie d'un extra-terrestre. Et pourquoi mentez-vous ? Parce que vous pouvez. C'est aussi simple que ça, pas vrai ? Parce que les mensonges vous viennent aussi naturellement que la vérité.*

« Bon, d'accord, je mens », admit Kurtz, l'air nullement désarçonné. Il adressa un regard aussi aigu que bref à Owen avant de revenir à la contemplation de sa cigarette. « Mais les faits sont exacts et vérifiables. Certains d'entre eux explosent et se transforment en aigrettes de pissenlits plus ou moins rouges. Ces aigrettes sont le Ripley. Il suffit d'en inhaler une certaine quantité, et très rapidement — en une heure, deux jours tout au plus — vos poumons et votre cervelle sont de la salade de Ripley. Vous avez l'air d'un carré de sumac vénéneux ambulant. Et vous crevez.

« Il ne sera pas fait mention de notre petite sortie de ce matin. Dans la version du Président, le vaisseau, apparemment très endommagé par le crash, a été détruit par une explosion provoquée par les extra-terrestres ou spontanée. Tous les grisâtres ont été tués. Le Ripley, après avoir commencé à se répandre, est aussi en train de crever, probablement parce qu'il est très sensible au froid. Ce que corroborent les Russes, au fait. On a dû procéder à un important abattage d'animaux sauvages, car eux aussi peuvent transporter la maladie.

— Et la population humaine du Jefferson Tract ?

— Le Président va expliquer qu'environ trois cents personnes, soit soixante-dix habitants du coin et deux cent trente chasseurs, sont actuellement en observation pour vérifier s'ils ne sont pas porteurs du Ripley. Que si certaines personnes paraissent avoir été contaminées, elles semblent cependant bien résister à l'infection grâce à des antibiotiques classiques comme le Ceftin ou l'Augmentin.

— Et maintenant, un mot de notre sponsor », dit Underhill.

Kurtz rit de bon cœur.

« Un peu plus tard, on annoncera que le Ripley est un peu plus résistant aux antibiotiques que ce qu'on avait cru de prime abord, et qu'un certain nombre de personnes contaminées ont succombé. On donnera en fait les noms des individus déjà morts, soit à cause du Ripley, soit à cause de ces putains d'implants monstrueux. Sais-tu comment les hommes les appellent ?

— Ouais, les fouines-merde. Le Président en parlera-t-il ?

— Surtout pas. Les grosses têtes estiment que les fouines-merde, c'est un peu trop dérangeant pour monsieur Tout-le-monde. Comme le seraient aussi les faits concernant notre solution du problème ici, au Gosselin's Market, dans ce charmant décor champêtre.

— Que vous pourriez appeler la solution finale », dit Owen.

Il avait fumé sa cigarette jusqu'au filtre, et il l'écrasa contre le rebord de sa chope de café.

Kurtz soutint le regard d'Underhill sans ciller.

« Oui, on pourrait l'appeler ainsi. On va faire disparaître environ trois cents personnes — surtout des hommes, c'est au moins ça, mais on ne peut exclure que le nettoyage concerne aussi des femmes et des enfants. Le bon côté de la chose est évidemment que nous préservons ainsi toute l'espèce humaine d'une pandémie et peut-être même, ce qui n'aurait rien d'impossible, de l'asservissement. Un bon côté qui n'est pas négligeable. »

La pensée qui vint à l'esprit d'Underhill — *Je suis sûr que Hitler aurait apprécié ce coup monté-là* — fut impossible à arrêter, et il se hâta de la dissimuler du mieux qu'il put. Rien ne lui indiqua que Kurtz l'avait perçue. Mais impossible de le dire avec certitude, bien entendu ; Kurtz était un fourbe de première.

« Combien détenons-nous de gens, pour le moment ? demanda Kurtz.

— Environ soixante-dix. On en attend deux fois plus en provenance de Kineo ; ils devraient arriver ici vers vingt et une heures, si le temps ne se dégrade pas trop. »

Ce qui était prévu par la météo, mais pas avant minuit.

Kurtz acquiesçait.

« Heu-heu. Plus une cinquantaine en provenance du nord, à vue de nez, plus environ soixante-dix de St. Cap et des patelins du sud... et nos hommes. Ne les oublie pas. Les masques paraissent efficaces, mais nous avons déjà relevé quatre cas de Ripley pendant le contrôle médical. Bien entendu, ils ne sont pas au courant.

— Comment ça ?

— Laisse-moi reformuler ça, dit Kurtz. En se fondant sur leur comportement, je n'ai aucune raison de penser qu'ils le savent. D'accord ? »

Underhill haussa les épaules.

« La version officielle, enchaîna Kurtz, sera que les détenus ont été conduits par voie aérienne jusque dans un centre médical top secret, une sorte de Zone 51[1], où ils devront subir des examens plus approfondis et, si nécessaire, un traitement à long terme. Il n'y aura pas d'autres déclarations officielles les concernant — pas

1. Base américaine ultra-secrète dans le désert du Nevada.

si tout se déroule comme prévu —, mais des fuites savamment orchestrées au cours des deux années suivantes : l'infection persiste en dépit de tous les efforts des médecins... malades atteints de folie... transformations physiques grotesques qu'il vaut mieux ne pas décrire... et, finalement, la mort arrivant comme une délivrance. Loin d'être scandalisée, l'opinion publique sera soulagée.

— Tandis qu'en réalité ? »

Il aurait aimé que Kurtz le dise à haute voix, mais il aurait dû se douter que l'homme n'en ferait rien. Il n'y avait aucun micro espion, ici (sauf, peut-être, ceux qui se cachaient derrière les oreilles de Kurtz), mais la méfiance était quelque chose de viscéral chez lui. Il leva la main, simula un canon de l'index et du majeur tendus, et rabattit son pouce trois fois de suite. Ses yeux ne quittèrent pas un instant ceux d'Owen pendant qu'il se livrait à cette mimique. *Des yeux de crocodile*, pensa Underhill.

« Tous ? demanda-t-il. Ceux qui ne donnent pas de signes d'être Ripley-positifs comme les autres ? Et où s'arrête-t-on ? Aux soldats qui se révèlent eux aussi négatifs ?

— Les p'tits gars qui n'ont rien aujourd'hui n'auront rien demain, dit Kurtz. Ceux qui ont attrapé le Ripley n'ont pas fait attention. Parmi eux... eh bien, il y a une petite fille d'environ quatre ans, mignonne à croquer. On s'attend presque à la voir se mettre à faire des claquettes sur le plancher de la grange en chantant "On the Good Ship Lollipop". »

Kurtz croyait sincèrement faire de l'humour et Underhill se dit que, d'une certaine manière, il en faisait ; mais lui-même se sentit submergé par une vague d'horreur intense. *Une fillette de quatre ans est enfermée là-dedans... quatre ans ! Qu'est-ce que vous dites de ça ?*

« Elle est mignonne et elle est contaminée, disait Kurtz. On voit du Ripley à l'un de ses poignets, le long de la ligne de ses cheveux et au coin d'un de ses yeux. Les endroits classiques. Bref, un des soldats lui a filé une barre chocolatée, comme si elle était un bouffeur affamé de tapis kosovar, et elle lui a fait la bise. Je te dis, mignonne à croquer, l'instant Kodak de rêve, sauf qu'à présent il a sur la joue une trace de rouge à lèvres qui n'est pas du rouge à lèvres. » Kurtz fit la grimace. « Il s'était lui-même fait une minuscule coupure en se rasant, une coupure à peine visible, et voilà. Des trucs du même tonneau pour les autres. Les règles ne changent pas, Owen ; c'est toujours par étourderie qu'on se fait avoir. La plupart de nos hommes, j'ai plaisir à le dire, sortiront d'ici indemnes. Nous allons devoir nous farcir des visites médicales régulières jusqu'à la fin de notre vie, sans parler d'examens-surprises, de temps en temps, mais il faut voir le bon côté des choses : par la même occasion, on te chopera ton cancer du trou du cul au tout début.

— Et les civils qui ont l'air d'aller bien ? Qu'est-ce qu'on en fait ? »

Kurtz s'inclina en avant, de l'air le plus charmant, le plus authentiquement sain d'esprit. On était supposé se sentir flatté par cette attitude, avoir l'impression de faire partie des quelques heureux élus à l'avoir vu dépouillé de son masque (*Deux doigts de Patton, un de Raspoutine, ajoutez de l'eau, remuez et servez*). Ce qui avait marché autrefois avec Owen Underhill. Plus maintenant. Ce n'était pas Patton Raspoutine, le masque, mais *ça*.

Et cependant, même ainsi, Underhill n'en était pas totalement certain.

« Voyons, Owen ! Sers-toi un peu de ta cervelle, cette excellente cervelle que Dieu t'a donnée ! On ne peut pas mettre les nôtres sous contrôle sans éveiller des soupçons et ouvrir la porte à une panique mondiale — et crois-moi, il va y avoir bien assez de panique comme ça, lorsque notre président élu de justesse aura abattu le cheval phooka. Nous ne pouvons pas le faire pour trois cents civils. Et si on les expédiait vraiment en avion jusqu'au Nouveau Mexique, si on les confinait dans un village modèle pour les cinquante ou soixante-dix ans à venir, aux frais du contribuable ? Oui, mais si l'un d'entre eux, ou plusieurs s'évadaient ? Ou si avec le temps — et à mon avis, c'est ce que redoutent le plus nos grosses têtes — le Ripley mutait ? Si, au lieu de mourir, il se transformait en quelque chose de beaucoup plus contagieux et de beaucoup moins vulnérable aux facteurs d'environnement comme ceux qui le tuent ici, dans le Maine ? Si le Ripley est intelligent, il est dangereux. Et même s'il ne l'est pas, pourquoi ne pas imaginer qu'il sert de balise aux grisâtres, de phare interstellaire pour repérer notre planète — miam-miam, venez donc faire un tour par ici, ils sont délicieux, ces gars-là, et il y en a des tas... tu vois ?

— Au fond, vous appliquez le principe de précaution. »

Kurtz s'enfonça de nouveau dans son rocking-chair et eut un sourire rayonnant. « Exactement, et tous égaux. Résumé en une formule. »

Peut-être, songea Underhill, *mais il y en a de plus égaux que d'autres, dans cette affaire. Nous nous occupons avant tout des nôtres. Nous sommes impitoyables s'il le faut, mais même un type comme Kurtz prend soin de ses p'tits gars. Les civils, par ailleurs, sont juste... des civils. S'il faut les brûler, pas de problème.*

« Si tu doutes qu'il y a un Dieu qui passe au moins une partie de son temps à s'occuper de ce bon vieil *Homo sap*, tu n'as qu'à regarder la façon dont nous allons nous sortir de ça, reprit Kurtz. Les faux-éclairs sont arrivés les premiers et ont été signalés ; un des rapports venait d'ailleurs du propriétaire du magasin lui-même, Reginald Gosselin. Puis les grisâtres ont débarqué pendant la seule période de l'année où il y a vraiment des gens dans ces forêts perdues, et deux d'entre eux ont vu le vaisseau tomber.

— Un pur hasard.

— Au contraire, la main de Dieu. Leur vaisseau s'écrase, leur présence est connue, le froid les tue ainsi que les pellicules intergalactiques qu'ils ont dans leurs bagages. » Il énumérait les différents points sur ses longs doigts, tandis que ses cils blancs cillaient. « Mais ce n'est pas tout. Ils pratiquent des sortes d'implants, sauf que leurs foutus machins déraillent : loin d'établir une relation harmonieuse avec leur hôte, ils les cannibalisent et les tuent.

« L'abattage des animaux s'est bien passé ; on a compté quelque chose comme cent mille bestioles diverses, et c'est un sacré barbecue qui est organisé le long de la frontière du Castle County. Au printemps ou pendant l'été, il aurait fallu s'inquiéter des insectes, qui auraient pu transporter le Ripley hors de la zone, mais pas en ce moment. Pas en novembre.

— Il y a bien quelques animaux qui ont dû passer à travers les mailles du filet, non ?

— Des animaux et des gens aussi, vraisemblablement. Mais le Ripley ne s'étend pas vite. On va pouvoir régler cette question pour trois raisons : parce que nous avons capturé plus de quatre-vingt-quinze pour cent des hôtes infectés, parce que leur vaisseau a été détruit, et parce qu'ils ne sont arrivés qu'avec quelques braises et non de quoi déclencher un grand incendie. Nous leur avons envoyé un message simple : venez en paix ou venez avec votre rayon de la mort, mais n'essayez pas une seconde fois cette méthode, parce qu'elle ne marche pas. Nous ne pensons pas qu'ils vont revenir, ou alors pas avant longtemps. Ils ont tâté le terrain pendant plus d'un demi-siècle avant de lancer cette attaque. Notre seul regret est de ne pas avoir pu nous emparer du vaisseau, pour que nos grosses têtes l'étudient... De toute façon, il risquait d'être trop infecté par le Ripley. Tu sais quelle a été notre plus grande peur ? Que les grisâtres ou le Ripley ne dégottent une Typhoid Mary [1], un porteur sain qui aurait pu disséminer le truc.

— Êtes-vous bien certains qu'ils n'en ont pas trouvé un ?

— Presque certain. S'il y a... c'est précisément pour cette raison qu'on a établi le cordon sanitaire autour de la région. » Kurtz sourit. « Nous avons eu de la chance, soldat. Il est très improbable qu'ils aient trouvé une Typhoid Mary, les grisâtres sont morts, et tout le Ripley est confiné dans le Jefferson Tract. Coup de chance, ou main de Dieu. Tu choisis. »

Kurtz inclina la tête et se pinça le haut du nez, comme s'il souffrait de sinusite. Quand il releva la tête, ses yeux étaient embués de larmes. *Larmes de crocodile*, pensa Owen ; mais à la vérité, il n'en était pas sûr. Et il n'avait aucun accès à l'esprit de Kurtz. Ou bien la vague télépathique avait reflué, ou bien le patron avait trouvé un moyen de claquer la porte. Cependant, quand il reprit la parole, Underhill aurait juré que c'était le vrai Kurtz qui parlait, un être humain et non pas Tick-Tock le Croco.

« C'est terminé pour moi, Owen. Une fois ce boulot fini, je vais aller pointer à la sortie. Il y a aura encore des choses à faire ici pendant quelques jours, quatre, je dirais, une semaine au maximum, si la tempête est aussi sérieuse qu'ils l'annoncent, et ça ne sera pas drôle du tout, mais le vrai cauchemar est pour demain matin. Je crois que je peux tenir le coup, mais après ça... j'ai le droit de prendre une pleine retraite et je vais leur mettre le marché en main : payez-moi ou tuez-moi. Je crois qu'ils vont payer, car je connais pas mal d'endroits où certains cadavres sont enterrés... c'est une leçon que j'ai apprise avec J. Edgar Hoover, au fait... mais j'en suis pratiquement rendu au point où je m'en fous. Ce ne sera pas la pire mission à laquelle j'aurais participé, on s'est fait huit cents personnes à Haïti en une heure... c'était en 1989, et j'en rêve encore... mais cette fois-ci, c'est pire. Et de beaucoup. Parce que tous ces pauvres diables enfermés dans la grange, l'écurie et le corral... ce sont des *Américains*. Des types qui roulent en

1. En 1904, à New York, Mary Mellon, immigrée irlandaise pauvre, fut internée pour le reste de sa vie parce qu'elle était un porteur sain de la typhoïde qu'elle disséminait partout où elle allait.

Chevrolet, font leurs courses au Kmart, et ne ratent jamais un épisode d'*Urgences*. L'idée d'abattre des Américains, de massacrer des Américains... ça me retourne l'estomac. Je ne le ferai que parce qu'il faut le faire si l'on veut régler cette affaire, et parce que n'importe comment la plupart d'entre eux mourraient, et de manière horrible en plus. Pigé ? »

Owen Underhill ne répondit rien. Il pensait garder une figure dépourvue d'expression, comme il convenait, mais tout ce qu'il aurait pu dire aurait probablement trahi l'horreur qui l'avait envahi. Il avait su ce qui devait arriver, mais l'entendre dire ainsi...

Il imaginait les soldats venant encercler les dépendances, les haut-parleurs ordonnant aux détenus de se rassembler dans la grange. Il n'avait jamais participé à une opération semblable, il avait manqué Haïti, mais il savait comment les choses, en principe, se passaient. Comment elles allaient se passer.

Kurtz l'observait attentivement.

« Je ne dirai pas que je t'ai entièrement pardonné ton stupide numéro de cet après-midi, qu'il est passé de l'eau sous le pont, mais tu es mon débiteur, Owen. Et je n'ai pas besoin de perception extra-sensorielle pour savoir ce que tu ressens, après ce que je viens de te rappeler, et je ne vais pas non plus perdre mon temps à t'expliquer qu'il faut grandir un peu et voir la réalité en face. Tout ce que je peux te dire, c'est que j'ai besoin de toi. J'ai besoin de toi pour cette fois. »

Les larmes dans les yeux. Le tressaillement incontrôlable, presque imperceptible, au coin de sa bouche. Il était facile d'oublier que cet homme venait de bousiller le pied d'un homme moins de dix minutes auparavant.

Underhill pensa : *Si je l'aide à faire ça, peu importe que ce soit moi qui appuie ou non sur la détente, je serai maudit, maudit comme le type qui faisait entrer les Juifs dans les douches de Bergen-Belsen.*

« Si nous commençons à onze heures, on peut en avoir terminé à onze heures et demie, reprit Kurtz. À midi au plus tard. Et on n'en parle plus.

— Sauf en rêve.

— Oui, sauf en rêve. Vas-tu m'aider, Owen ? »

Underhill acquiesça. Il était allé jusque-là, et il ne lâcherait pas la rampe à présent, maudit ou pas. La moindre des choses serait simplement d'agir aussi miséricordieusement que possible, dans la mesure où un assassinat en masse pouvait être miséricordieux. Plus tard, il serait crucifié par l'absurdité meurtrière de cette idée, mais quand on était en compagnie de Kurtz, proche de lui au point de le regarder dans le blanc des yeux, prendre du recul n'avait aucun sens. Sa folie était probablement encore plus contagieuse que le Ripley.

« Bien. » Kurtz se laissa retomber dans son rocking-chair, l'air soulagé et épuisé. Il reprit son paquet de cigarettes, l'examina, puis le tendit à Underhill. « Il en reste deux. On partage ? »

Underhill secoua la tête.

« Pas cette fois, patron.

— Sors d'ici, alors. Si nécessaire, bouge-toi le cul jusqu'à l'infirmerie et fais-toi donner un calmant.

— Je ne pense pas en avoir besoin », dit Owen.

Il mentait, bien sûr : il en avait *déjà* besoin. Mais il n'en prendrait pas. Il préférait rester réveillé.

« Comme tu voudras. Tire-toi. » Kurtz le laissa arriver jusqu'à la porte. « Owen ? »

Underhill se tourna tout en remontant la glissière de sa parka. Il entendait le vent, qui avait forci et commençait à souffler sérieusement, plus fort que pendant la dépression venue de l'Alberta, le matin même.

« Merci », dit Kurtz. Une grosse larme ridicule déborda de son œil gauche et roula sur sa joue. Il ne paraissait pas s'en être rendu compte. À cet instant-là, Underhill éprouva de l'amour et de la pitié pour Kurtz. En dépit de tout, y compris du fait qu'il ne se faisait pas d'illusions sur lui. « Merci, mon gars. »

7

Henry faisait le gros dos sous la neige qui tombait de plus en plus drue, regardant en direction du Winnebago par-dessus son épaule gauche, car il attendait toujours Underhill. Il était seul à présent ; la tempête avait chassé le dernier carré de courageux dans la grange-étable qui était chauffée. Les rumeurs devaient aller bon train dans la chaleur du poêle, supposait Henry. Mieux valait ces rumeurs que la vérité, qu'ils avaient pourtant sous le nez.

Il se gratta la jambe, se rendit compte de ce qu'il faisait et regarda autour de lui, décrivant un tour complet. Pas de prisonnier, aucun gardien. En dépit des flocons de plus en plus denses, le périmètre était presque aussi bien éclairé qu'en plein jour et il voyait parfaitement dans toutes les directions. Pour le moment, du moins, il était seul.

Il se pencha et dénoua la chemise qui servait de pansement à sa cuisse. Puis il agrandit la fente de son jean. Les hommes qui l'avaient arrêté avaient procédé au même examen dans le camion où se trouvaient déjà cinq autres réfugiés (en se rendant jusqu'au Gosselin's Market, ils en avaient recueilli trois autres). À ce moment-là, il n'avait rien.

Ce n'était plus le cas, maintenant. Un fil délicat de dentelle rouge occupait le centre de la plaie. S'il n'avait pas su ce qu'il recherchait, il aurait pu le prendre pour un nouveau saignement.

Le byrus, pensa-t-il. *Et merde... Bonsoir, messieurs-dames...*

Du coin de l'œil, il capta un éclair de lumière. Il se redressa et aperçut Underhill qui refermait la porte du Winnebago. Rapidement, il rattacha la chemise autour de la déchirure de son jean, puis il s'approcha de la barrière. Dans sa tête, une voix demanda ce qu'il allait faire si Underhill ne s'arrêtait pas lorsqu'il l'appellerait. Cette voix voulait aussi savoir s'il avait vraiment l'intention de leur livrer Jonesy.

Il regarda Underhill s'avancer à pas pesants dans sa direction, sous l'éclat des lumières de sécurité, la tête rentrée dans les épaules à cause de la neige et du vent qui s'intensifiait.

8

La porte se referma. Kurtz resta assis sans la quitter des yeux, fumant et se balançant dans le rocking-chair. Dans quelle mesure Owen avait-il coupé à son baratin ? Owen était intelligent, Owen était un survivant, Owen n'était pas sans idéalisme... si bien que Kurtz pensait qu'il avait tout avalé, hameçon, plomb et ligne, sans une hésitation ou presque. Parce que la plupart du temps, les gens finissent par croire ce qu'ils ont envie de croire. John Dillinger aussi avait été un survivant, le plus rusé des desperados des années trente : n'empêche, il s'était tout de même rendu au théâtre en compagnie d'Anna Sage. On y jouait *Manhattan Melodrama*, et lorsque le rideau était tombé, lorsque tout avait été terminé, les fédéraux avaient descendu Dillinger dans la contre-allée du théâtre, comme le chien qu'il était. Anna Sage avait aussi cru ce qu'elle avait envie de croire, mais on ne l'avait pas moins renvoyée dans sa Pologne natale.

Personne ne quitterait le Gosselin's Market demain, excepté ceux qu'il avait sélectionnés : douze hommes et deux femmes qui constituaient sa garde rapprochée. Owen Underhill ne figurerait pas parmi eux, alors qu'il l'aurait pu. Jusqu'à ce qu'il ait la mauvaise idée de balancer l'émission des grisâtres sur le réseau général, Kurtz avait même été sûr qu'il en ferait partie. Mais les choses avaient changé. Comme l'avait dit Bouddha, et sur ce point, au moins, le vieux païen chinetoque avait dit la vérité.

« Tu m'as trahi, mon gars », dit Kurtz à voix haute. Son masque, qu'il avait dû abaisser pour fumer, oscillait à chaque mot sur la peau ridée de son cou. « Tu m'as trahi. » Kurtz avait pardonné à Underhill de lui avoir fait le coup une fois. Mais deux ?

« Jamais. Jamais de la vie. »

XIV

Plein sud

1

Mr Gray dirigea la motoneige dans une ravine où coulait un petit ruisseau pris par le gel. Il remonta son cours pendant les deux derniers kilomètres qui le séparaient de l'autoroute I-95. À deux ou trois cents mètres des phares (les véhicules de l'armée étaient à présent moins nombreux et roulaient presque au pas, la couche de neige étant de plus en plus épaisse), il s'arrêta, le temps de consulter la partie du cerveau de Jonesy à laquelle il pouvait accéder. Il y avait des archives et pleins de choses qui ne tenaient pas dans la petite place forte où son hôte s'était réfugié, et Mr Gray n'eut pas de mal à découvrir ce qu'il voulait savoir. Il n'y avait aucun commutateur pour couper le phare de l'Arctic Cat. Mr Gray fit donc descendre le corps de Jonesy de la motoneige, chercha un caillou et, avec la main droite de Jonesy, démolit le phare. Il remonta ensuite sur l'engin et repartit. Il n'avait presque plus de carburant, c'était sans importance : le véhicule avait rempli sa mission.

Le diamètre de la conduite d'eau qui permettait au ruisseau de passer sous l'autoroute était assez important pour la motoneige, mais pas pour la motoneige et son pilote. Mr Gray remit donc pied à terre. Se tenant à côté de la machine, il donna un coup d'accélérateur et l'Arctic Cat bondit en avant, se heurtant aux parois de la conduite. Il ne parcourut pas plus de trois mètres, mais c'était suffisant pour qu'il soit invisible depuis les airs, au cas où le ciel s'éclaircirait et autoriserait les reconnaissances aériennes à basse altitude.

Mr Gray fit grimper Jonesy le long du talus de l'autoroute. Il s'arrêta à hauteur des glissières de sécurité et s'allongea sur le dos. Là, il était relativement protégé des plus fortes rafales de vent. L'escalade avait libéré une dernière petite réserve d'endorphines, et Jonesy sentit son kidnappeur qui les goûtait et y prenait le même plaisir qu'il aurait eu lui-même à boire un cocktail ou une boisson chaude après avoir assisté à un match de football par un après-midi d'octobre un peu frisquet.

Il se rendit compte, sans la moindre surprise, qu'il haïssait Mr Gray.

Puis Mr Gray, Mr Gray en tant qu'entité, quelque chose, autrement dit, que l'on pouvait haïr, disparut à nouveau, remplacé par le nuage dont Jonesy avait fait pour la première fois l'expérience dans le chalet, lorsque la tête de la créature avait explosé. Il effectuait une sortie, comme lorsqu'il était parti à la recherche d'Emil Dawg. Il avait eu besoin du mécano parce que l'information sur la manière de faire démarrer la motoneige ne figurait pas dans les archives de Jonesy. À présent, il avait besoin d'autre chose. D'un moyen de transport, telle était l'hypothèse la plus logique.

Mais qu'est-ce qui restait sur place, alors ? Qu'est-ce qui montait la garde devant le bureau où la dernière parcelle de Jonesy se planquait — Jonesy qui avait été évincé de son propre corps comme les débris que l'on trouve au fond d'une poche quand on la retourne ? Le nuage, bien sûr ; le truc que Jonesy avait inhalé. La saleté qui aurait dû le tuer mais qui, pour quelque raison mystérieuse, l'avait épargné.

Le nuage n'était pas capable de penser, pas de la même façon que Mr Gray. Le maître des lieux (qui était maintenant Mr Gray et non Mr Jones) était parti, laissant l'endroit sous le contrôle des thermostats, le réfrigérateur, la chaudière. Et, en cas de pépin, il y avait encore le détecteur de fumée et le signal d'alarme, lesquels alertaient automatiquement la police.

Cependant, Mr Gray parti, il pouvait peut-être tenter de sortir de son refuge. Pas pour reprendre le contrôle de son corps ; si jamais il s'y essayait, le nuage rouge-noir le dénoncerait et Mr Gray reviendrait sur-le-champ de son expédition. Et Jonesy serait presque à coup sûr fait prisonnier avant d'avoir pu battre en retraite dans la sécurité du bureau où, jadis, les frères Tracker avaient sévi. Le bureau avec son tableau d'affichage, son sol poussiéreux, ses vitres encrassées... mis à part quatre endroits propres en forme de croissant, pas vrai ? Les points contre lesquels, autrefois, quatre garçons avaient appuyé leur front, espérant apercevoir la photo qui était punaisée sur le tableau d'affichage : Tina Jean Schlossinger avec sa jupe relevée.

Non, reprendre le contrôle était bien au-delà de ce qu'il pouvait espérer, et il fallait accepter cette dure réalité.

Mais peut-être pourrait-il accéder à ses archives personnelles.

Avait-il des raisons de prendre un tel risque ? En tirerait-il un avantage ? Pas impossible, à condition de savoir ce que cherchait Mr Gray. En dehors d'un moyen de transport, s'entend. Et puisqu'on en parlait, un moyen de transport pour se rendre où ?

La réponse fut inattendue parce qu'elle lui parvint avec la voix de Duddits. *Ite ey eu aé au ud.*

Mr Gray veut aller au sud.

Jonesy s'éloigna de la fenêtre encrassée qui donnait sur le monde. Il n'y avait de toute façon pas grand-chose à voir, pour le moment ; rien que de la neige et l'ombre des arbres. L'averse de ce matin avait été les amuse-gueules ; le plat de résistance arrivait.

Mr Gray veut aller au sud.

Jusqu'où, au sud ? Et pour y faire quoi ? Quel était son objectif final ?

Sur ces questions, Duddits resta silencieux.

Jonesy se tourna et eut la surprise de constater que la carte routière et la photo de l'adolescente avaient disparu du tableau. À la place, il vit quatre photos de jeunes garçons. Elles avaient toute le même arrière-plan, le collège (Derry Junior High), et la même légende : LA RENTRÉE 1978. Jonesy lui-même était à l'extrême gauche, le visage fendu par un grand sourire qui lui déchira le cœur lorsqu'il le découvrit. Beaver était à côté de lui, son sourire à lui exhibant une dent de devant manquante (victime d'une chute en patin), laquelle avait été remplacée par une fausse, sans doute un an plus tard... avant qu'ils entrent au lycée, de toute façon. Puis Pete, avec son visage large au teint mat et ses cheveux scandaleusement courts — sur ordre de son père, qui disait qu'il ne s'était pas battu en Corée pour que son gamin ait l'air d'un hippie. Et enfin Henry, tout à droite, Henry avec ses verres de lunettes en cul-de-bouteille, Henry qui faisait penser à Danny Dunn, le jeune détective — la grande vedette des policiers pour ados que Jonesy dévorait alors.

Beaver, Pete, Henry. Comme il les avait aimés, et avec quelle injuste brutalité avait été rompue cette si longue amitié... Vraiment, c'était parfaitement injus...

Brusquement, la photo de Beaver Clarendon s'anima, collant une frousse de tous les diables à Jonesy. Les yeux du Beav s'écarquillèrent et il se mit à parler à voix basse. « Il n'avait plus de tête, tu t'en souviens ? Elle était dans le fossé, avec de la boue plein les yeux. Quel merdier ! Bon Dieu de délire ! »

Oh, mon Dieu, pensa Jonesy, alors que lui revenait le souvenir, le truc qui était arrivé lors de leur première expédition de chasse au Trou dans le Mur, un truc qu'il avait oublié... ou *décidé* d'oublier. Et tous n'en avaient-ils pas fait autant ? Peut-être bien. Probablement. Parce qu'au cours des années qui avaient suivi, ils avaient parlé de tout ce qui était arrivé au cours de leur enfance, évoqué tous ces souvenirs qu'ils avaient en commun... sauf celui-ci.

Il leur était arrivé quelque chose, quelque chose qui avait un rapport avec ce qui lui arrivait en ce moment.

Si seulement je savais de quoi il s'agit, pensa Jonesy. *Si seulement je le savais.*

2

Andy Janas avait perdu de vue, dans son rétroviseur, les trois autres camions de son petit escadron ; il avait pris de l'avance parce que leurs chauffeurs n'étaient pas aussi habitués que lui à rouler dans une merde pareille. Il avait grandi dans le nord du Minnesota, et il y était habitué, lui, pas de doute. Il était seul dans un véhicule de l'armée, un pick-up Chevrolet modifié à quatre roues motrices dont il avait enclenché le crabotage. Son père n'avait pas élevé un idiot.

La route, devant lui, était toutefois relativement dégagée ; deux chasse-neige de l'armée étaient passés environ une heure avant (il n'allait sans doute pas tarder à les rattraper, supposait-il, et quand ce serait fait, il resterait tranquillement derrière eux, comme un bon garçon), et il était tombé tout au plus huit centimètres de neige entre-temps. Le seul vrai problème était le vent, qui soulevait des draperies blanches et donnait un aspect fantomatique à la route. Les réflecteurs des bas-côtés permettaient cependant de se repérer. Garder l'œil sur les réflecteurs était une astuce à laquelle les autres débiles n'avaient rien compris... à moins que les camions du convoi, avec leurs remorques, aient des faisceaux réglés trop haut pour se refléter correctement sur les catadioptres. Et lorsque les rafales étaient particulièrement fortes, même ceux-ci disparaissaient ; c'était alors tout le bon Dieu d'univers qui devenait blanc, entièrement blanc, et il fallait lever le pied de l'accélérateur jusqu'à ce que la poudre soit retombée, tout en ayant essayé de garder la même trajectoire pendant ce temps. Mais il s'en sortirait, et s'il arrivait quoi que ce soit, il y avait la radio, sans parler des chasse-neige de renfort qui allaient venir derrière lui pour garder ouvert tout ce tronçon d'autoroute, entre Presque Isle et Millinocket.

À l'arrière de son camion, il transportait deux colis dans un triple emballage. Dans le premier, se trouvaient les corps de deux cerfs tués par le Ripley. Dans le second — que Janas trouvait macabre (assez macabre, ou très macabre, il ne savait pas), il y avait le cadavre d'un grisâtre en train de se décomposer en une sorte de soupe rouge-orange.

Les deux colis étaient destinés aux toubibs de la Base Bleue, installée dans un patelin qui s'appelait...

Janas jeta un coup d'œil au pare-soleil. Retenu par un élastique, il y avait un papier et un stylo à bille. Et, griffonné sur le papier, cette adresse : GOSSELIN'S MARKET, PRENDRE SORTIE 16, TOURNER À G.

Il y serait dans une heure, peut-être moins. Les toubibs lui diraient sans aucun doute qu'ils disposaient de tous les échantillons d'animaux dont ils avaient besoin et que les carcasses de cerfs allaient être brûlées, mais ils seraient peut-être intéressés par le grisâtre, si le petit bonhomme ne s'était pas entièrement transformé en purée avant. Le froid risquait de retarder un peu ce processus, mais que cela se produise ou non ne faisait pas partie des questions qui inquiétaient Andy Janas. Son principal souci était d'arriver là-bas, puis d'attendre d'être débriefé par un responsable quelconque, n'importe qui pourvu que celui-ci soit chargé de se renseigner sur ce qui se passait dans la zone la plus septentrionale — et la plus calme — du périmètre de sécurité. Et pendant qu'il attendrait, il s'enverrait une grande assiette d'œufs brouillés accompagnée de café bien chaud. S'il trouvait de la compagnie, il pourrait même, avec un peu de chance, relever son café de quelque chose qui lui donnerait un peu de punch. Voilà qui serait sympa. Histoire de se détendre un peu, après quoi il irait se planquer dans un coin et...

Range-toi !

Il fronça les sourcils, secoua la tête et se gratta l'oreille, comme si une bestiole, une puce, par exemple, venait de le piquer. Le bon Dieu de vent soufflait tellement qu'il secouait le petit camion. La chaussée disparut, les réflecteurs aussi. Il était de nouveau enfermé dans un univers tout de blancheur, et il ne faisait aucun doute dans son esprit que c'était un truc qui devait flanquer une frousse bleue aux autres chauffeurs, une frousse à leur faire faire dans leur froc, mais pas à lui, Mister Minnesota-le-Roi-du-Quatre-Quatre, suffisait juste de lever ce bon vieux panard (et surtout de ne pas toucher au frein, toucher au frein en pleine tempête de neige était le meilleur moyen de provoquer une cata), laisser doucement filer et attendre...

Range-toi sur le bas-côté.

« Hein ? » Il regarda la radio, mais il n'en sortait rien, sinon un grésillement et un jacassement lointain à peine perceptible.

Range-toi sur le bas-côté !

« Aïe ! » s'écria Jabas. Il se prit la tête à deux mains ; tout d'un coup, elle s'était mise à lui faire un mal de chien. Le pick-up vert olive fit une embardée, dérapa, puis se redressa lorsque ses mains, dans un geste automatique, reprirent le contrôle du volant. Il avait toujours le pied levé et l'aiguille du compteur de vitesse descendait rapidement.

Les chasse-neige avaient dégagé une piste étroite au milieu des deux voies en direction du sud. Janas braqua vers la droite et les roues de son bahut soulevèrent une brume de neige que le vent dissipa rapidement. Les catadioptres, sur les rails de sécurité, brillaient vivement, aussi éclatants, dans l'obscurité, que des yeux de chat.

Range-toi sur le bas-côté ici !

Janas poussa un hurlement de douleur. De très loin, il s'entendit crier : « OK ! OK ! Je me gare ! Mais arrêtez ! Arrêtez de me tirer sur la cervelle ! » À travers ses larmes, il distingua une silhouette sombre qui se redressait de l'autre côté du rail de sécurité, à moins de cinquante mètres de lui. Lorsque ses phares l'atteignirent en plein, il vit qu'il s'agissait d'un homme portant une parka.

Andy Janas avait l'impression que ses mains ne lui appartenaient plus. Qu'elles n'étaient plus que des gants dans lesquels s'étaient glissées les mains de quelqu'un d'autre. C'était une sensation étrange, tout à fait désagréable. Elles tournèrent le volant dans l'autre sens, et le camion s'arrêta devant l'homme à la parka.

3

C'était le moment ou jamais : toute l'attention de Mr Gray était tournée ailleurs. Jonesy comprit que s'il y pensait trop, il perdrait courage. Il ne réfléchit donc pas et agit, simplement. Il repoussa d'un revers de main le verrou qui fermait la porte du bureau et ouvrit le battant en grand.

Il n'était jamais entré dans l'entrepôt des frères Tracker, enfant (depuis, le bâtiment n'avait pas résisté à la grande tempête de 85), mais il eut la quasi-certitude qu'il n'avait jamais ressemblé à ce qu'il voyait maintenant. Le bureau s'ouvrait sur une salle si vaste que Jonesy n'en voyait pas les limites. Au-dessus de sa tête, couraient des tubes de néon sans fin. Et sous cet éclairage, s'alignaient d'énormes piles de cartons. Des millions de cartons.

Non, pas des millions, des milliards, se dit-il.

Parler de milliards était probablement plus proche de la réalité. Des milliers d'allées étroites passaient entre les colonnes. Il se tenait sur l'un des bords de l'entrepôt de l'éternité, et l'idée d'y trouver quelque chose était ridicule. Si jamais il s'aventurait là au milieu, il serait perdu le temps de le dire. Mr Gray n'aurait même plus besoin de se soucier de lui ; Jonesy ne pourrait qu'errer jusqu'à ce qu'il meure, égaré au milieu d'un désert monstrueux, non de sable, mais de tas de cartons.

C'est faux. Je ne pourrais pas plus m'y perdre que dans ma chambre. Et je n'aurais pas davantage besoin de traquer ce que je veux. Je suis chez moi, ici. Bienvenue dans ta propre tête, mon grand.

Idée tellement énorme qu'il s'en sentit pris de faiblesse... sauf qu'il ne pouvait se permettre d'être faible ou d'hésiter en ce moment. Mr Gray, votre envahisseur favori venu du Grand Audelà, n'allait pas être occupé éternellement avec le chauffeur. Si Jonesy avait l'intention de mettre certains des documents entreposés ici en sécurité, il devait le faire tout de suite. La question était, lesquels ?

Duddits, lui murmura son esprit. *Cela a quelque chose à voir avec Duddits. Tu le sais. Tu as beaucoup pensé à lui, depuis quelque temps. Tes copains ont aussi beaucoup pensé à lui. Duddits est ce qui a maintenu le lien entre toi, Henry, Beaver et Pete, comme tu l'as toujours su ; mais à présent, tu sais aussi autre chose. Pas vrai ?*

Oui. Il savait que c'était pour avoir cru voir Duddits se faire harceler une fois de plus par Richie Grenadeau qu'il avait eu son accident, en mars dernier. À ceci près que *se faire harceler* était une façon grotesque de présenter les choses, pour parler de ce qui s'était passé derrière l'immeuble des frères Tracker, pas vrai aussi ? *Se faire torturer*, voilà ce qu'il fallait dire. Et lorsqu'il avait vu cette séance de tortures sur le point de recommencer, il s'était précipité dans la rue sans regarder, et...

Il n'avait plus de tête, dit soudain la voix de Beaver par les haut-parleurs disposés dans l'entrepôt. Une voix si forte et soudaine que Jonesy eut un mouvement de recul. *Elle était dans le fossé, avec de la boue plein les yeux. Et tôt ou tard, tout meurtrier paie le prix de son crime. Quelle connarderie !*

La tête de Richie. La tête de Richie Grenadeau. Mais Jonesy n'avait pas de temps à perdre avec ça. Il était à présent un intrus dans sa propre tête et il ferait mieux d'agir vite.

Lorsqu'il avait eu pour la première fois cet énorme entrepôt sous les yeux, aucune boîte ne portait de marques distinctives. Il constatait maintenant qu'il y avait écrit DUDDITS, à l'aide d'un crayon noir très gras, sur celles placées au début de la rangée la plus proche. Était-ce surprenant ? Était-ce le fruit du hasard ? Nullement. C'étaient ses souvenirs, après tout, ses souvenirs soigneusement rangés et consignés dans ces milliards de boîtes ; et lorsqu'il était question de souvenirs, tout esprit sain était capable d'y accéder facilement et à volonté.

J'ai simplement besoin de quelque chose pour les déplacer, pensa Jonesy. Et lorsqu'il regarda autour de lui, il ne fut pas spécialement stupéfait de voir un petit chariot, un diable d'un rouge éclatant. Il se trouvait dans un lieu magique et ce qu'il avait de plus merveilleux, se dit-il, était que tout le monde en possédait un.

Se dépêchant, il empila un certain nombre de boîtes marquées DUDDITS sur le chariot et courut les mettre à l'abri dans le bureau des frères Tracker. Il se contenta de pousser le diable d'un mouvement brusque et les cartons s'éparpillèrent en désordre sur le sol — pour ce qui était du Certificat de la Bonne Ménagère, il verrait plus tard.

Il repartit en courant, prenant le temps de sonder Mr Gray, mais Mr Gray était toujours en compagnie de son chauffeur de camion... Janas, il s'appelait Janas. Il y avait bien le nuage, mais le nuage ne le sentait pas. Le nuage était stupide... aussi stupide que, eh bien, une moisissure.

Jonesy récupéra les dernières boîtes marquées DUDDITS, et vit que celles de la pile voisine avaient aussi à présent leur inscription au crayon gras : DERRY, lisait-on. Elles étaient trop nombreuses pour qu'il puisse les prendre en même temps. La question était de savoir s'il allait ou non en avoir besoin.

Ce fut à ça qu'il réfléchit en poussant son deuxième chargement de boîtes à souvenirs dans le bureau. Il était logique que les boîtes Derry soient empilées à côté des boîtes Duddits ; la mémoire était l'art et la technique des associations. Ces souvenirs de Derry, toutefois, étaient-ils importants ? La question restait ouverte. Comment savoir, alors qu'il ignorait ce que Mr Gray voulait ?

Mais en fait, il savait.

Mr Gray veut aller au sud.

Derry était au sud.

Jonesy repartit au pas de course dans l'entrepôt des souvenirs, poussant le diable devant lui. Il allait prendre autant de cartons marqués Derry qu'il le pourrait, en espérant que c'était les bons. En espérant aussi qu'il sentirait à temps le retour de Mr Gray. Parce que si jamais il était surpris là dehors, il se ferait écrabouiller comme une mouche.

4

Horrifié, Janas vit sa main gauche se tendre et ouvrir la portière côté passager de son véhicule, laissant entrer le froid, la neige et un vent impitoyable. « Ne me faites plus mal, monsieur, je vous en prie, ne me faites plus mal, vous pouvez monter si vous voulez, mais ne me faites plus mal, ma tête... »

Quelque chose passa en trombe dans l'esprit de Janas. Comme un tourbillon avec des yeux. Il le sentit qui s'intéressait aux ordres concernant sa mission, à son heure d'arrivée prévue à Blue Base... et à ce qu'il savait sur Derry, à savoir rien du tout. Son itinéraire l'avait fait passer par Bangor, et il n'avait jamais mis les pieds à Derry de sa vie.

Il sentit le tourbillon se retirer et connut un moment de soulagement intense (*je n'ai pas ce qu'il cherche, il va me laisser tran-*

quille), puis il comprit que la chose qui avait envahi son esprit n'avait nullement l'intention de le laisser. Elle avait besoin de son pick-up, pour commencer ; et qu'il ferme sa gueule, ensuite.

Janas se débattit une dernière fois, brièvement mais avec énergie. Ce fut cette résistance inattendue qui donna à Jonesy le temps de récupérer une pile de cartons marqués DERRY. Puis Mr Gray reprit sa place aux commandes de Janas, dirigeant tous ses mouvements.

Janas vit ainsi sa main se diriger vers le pare-soleil. Elle saisit le stylo à bille et le libéra dans un claquement d'élastique.

Non ! cria le chauffeur, mais il était trop tard. Il eut le temps de voir venir un reflet brillant, et sa main, qui tenait le stylo comme une arme, plongea la pointe dans son œil. Il y eut un bruit d'éclatement et il se mit à s'agiter d'avant en arrière, derrière son volant, comme une marionnette incontrôlée, sa main enfonçant de plus en plus le stylo, jusqu'à la moitié, jusqu'aux trois-quarts, tandis que ce qui restait de son globe oculaire s'écoulait en larmes gélatineuses sur le côté de sa figure. La pointe toucha quelque chose comme une mince couche de cartilage ; après une brève résistance, elle la creva et atteignit la matière grise.

Espèce de salopard, pensa-t-il, *d'où tu sors, espèce de* —

Il y eut un dernier et brillant éclair de lumière dans sa tête, puis le noir complet. Il s'effondra sur son volant. Le klaxon se mit à retentir.

5

Mr Gray n'avait pas tiré grand-chose de Janas, mis à part à la fin cette résistance inattendue pour reprendre le contrôle, mais au moins une chose lui était apparue clairement : l'homme n'était pas seul. La colonne de véhicules à laquelle il appartenait s'était étirée à cause de la tempête, mais ils se dirigeaient tous au même endroit, identifié sous deux noms dans la tête du chauffeur : Gosselin's et Blue Base. Il y avait là-bas un homme dont Janas avait peur, le responsable des opérations, mais Mr Gray se fichait complètement de Kurtz le Dingue / le patron /Abe l'Angoisse. S'en fichait d'autant plus qu'il n'avait aucune intention de se rendre dans le secteur. Cet endroit était différent des autres ; et cette espèce, bien que partiellement intelligente et fonctionnant avant tout aux émotions, était aussi différente. *Ils se défendaient.* Mr Gray n'arrivait pas à comprendre pourquoi, mais il devait en prendre acte.

Autant en terminer rapidement. Et, dans ce but, il avait découvert un excellent système de livraison.

Avec les mains de Jonesy, Mr Gray tira Janas de derrière le volant et le porta jusqu'aux glissières de sécurité, puis il jeta le corps par-dessus, sans même le regarder dévaler le talus jusqu'au ruisseau gelé. Il revint au camion, regarda fixement les deux colis emballés dans du plastique à l'arrière, et hocha la tête. Les cadavres d'animaux n'étaient bons à rien. Le reste, en revanche... le reste serait utile. Il était riche de ce dont il avait besoin.

Il leva brusquement la tête, les yeux de Jonesy s'écarquillant en dépit de la neige voltigeant dans le vent. Le propriétaire du corps était sorti de sa planque. Était donc vulnérable. Bien, parce que ce reste de conscience commençait à l'agacer ; c'était une sorte de marmonnement incessant, s'élevant parfois jusqu'à des couinements de panique, qui parasitait les registres inférieurs de son processus de pensée.

Mr Gray attendit encore un instant, essayant de faire le vide dans son esprit, ne voulant pas que Jonesy se doute de la moindre chose... et frappa.

Il ne savait pas à quoi il s'était attendu, sans doute pas à ça.

Pas à cette lumière blanche aveuglante.

6

Jonesy faillit bien se faire avoir. Se serait même fait avoir sans les néons dont il avait illuminé son entrepôt mental. Un endroit qui n'existait peut-être pas dans la réalité, mais qui était pourtant tout à fait réel pour lui — et aussi pour Mr Gray lorsque celui-ci arriva.

Jonesy, qui poussait à ce moment-là le diable chargé de cartons marqués DERRY, vit apparaître Mr Gray, comme par magie, à l'entrée d'un couloir constitué de deux hautes piles. L'envahisseur avait cette même forme d'humanoïde rudimentaire que lorsqu'il l'avait vu pour la première fois, au Trou dans le Mur, ou que la chose à laquelle il avait rendu visite à l'hôpital. Les grands yeux noirs éteints avaient finalement pris vie, pris une expression affamée. Il était arrivé en catimini, l'avait surpris à l'extérieur de son refuge et avait bien l'intention de l'avoir.

C'est alors que l'excroissance qui était sa tête eut un mouvement de recul et, avant qu'il ne s'abrite les yeux de sa main à trois doigts (il n'avait ni cils, ni paupières), Jonesy lut, sur son esquisse grisâtre de visage, ce qui devait être de la stupéfaction. Peut-être même de la douleur. Il venait du dehors, de la tempête de neige et de l'obscurité où il s'était débarrassé du corps du chauffeur. Il avait débarqué dans l'entrepôt sans s'être préparé à l'aveuglant éclairage de grand magasin qui y régnait. Il vit aussi autre chose : l'envahisseur lui avait emprunté son expression de surprise. Un instant, Mr Gray fut une horrible caricature de Jonesy lui-même.

Et cette surprise donna à Jonesy le temps qu'il lui fallait. Poussant le diable devant lui (c'est à peine s'il s'en rendait compte) avec la vague impression d'être la princesse emprisonnée de quelque conte de fées à la noix, il courut jusque dans son bureau. Il sentit plus qu'il ne vit Mr Gray tendre ses mains à trois doigts vers lui (la chair grise paraissait à vif, comme une viande avariée mal cuite) et put claquer le battant juste avant qu'elles ne l'atteignent. Il heurta le diable de la hanche en faisant volte-face ; il avait beau accepter l'idée que tout se passait dans sa tête, les événements ne lui en paraissaient pas moins tout à fait réels. Il parvint à pousser le verrou avant que Mr Gray ait pu tourner le bouton de porte et entrer de force. Jonesy, pour faire bonne mesure, donna un tour de clef à la serrure. Au fait, cette clef était-elle là avant ou bien l'avait-il ajoutée ? Il ne s'en souvenait plus.

Il recula d'un pas, en sueur, et cette fois-ci heurta la poignée du diable avec les fesses. Devant lui, le bouton de porte tournait en vain, tournait brutalement en vain. Mr Gray était dehors, contrôlant le reste de son esprit et de son corps, mais il ne pouvait entrer ici. Il était incapable de forcer cette porte, n'avait pas assez de vigueur pour la défoncer, n'était pas assez malin pour trafiquer la serrure.

Pourquoi ? Comment était-ce possible ?

« Duddits, murmura-t-il. Pas de ballons, pas de jeux. »

La serrure cliqueta. « Laissez-moi entrer ! » ragea Mr Gray. Pour Jonesy, on n'aurait pas dit un émissaire débarquant de quelque lointaine galaxie, mais le premier imbécile venu qu'on vient de priver de ce qu'il désire et qui est furieux. Cela tenait-il à ce qu'il interprétait le comportement de Mr Gray en termes que lui-même comprenait ? À ce qu'il humanisait l'extra-terrestre ? À ce qu'il le *traduisait* ?

« Laissez-moi... ENTRER ! »

C'est sans réfléchir que Jonesy répliqua : « Non, non, par la barbiche de mon petit menton, tu n'entreras pas ! » Et à part soi, il pensa, *Eh bien, je soufflerai, je gronderai et ta maison s'effondrera !*

Mais Mr Gray ne fit que secouer la poignée plus fort que jamais. Il n'avait pas l'habitude de se voir tenu en échec de cette manière (ou de toute autre, supposa Jonesy), et il était particulièrement en pétard. Si la résistance de Janas l'avait momentanément désarçonné, il se heurtait ici à une opposition d'un tout autre niveau.

« Où êtes-vous ? demanda Mr Gray d'un ton de colère. Comment pouvez-vous vous enfermer ici ? Sortez ! »

Jonesy ne répondit pas ; debout au milieu des cartons éparpillés, il tendait l'oreille. Il était à peu près sûr que Mr Gray ne pouvait entrer, mais il était inutile de le provoquer.

Et après deux ou trois dernières manipulations rageuses du bouton de porte, il sentit son envahisseur s'éloigner.

Il alla près de la fenêtre, obligé pour cela d'enjamber les cartons renversés marqués DUDDITS et DERRY, et regarda dans la nuit enneigée.

7

Mr Gray fit grimper le corps de Jonesy derrière le volant du camion, puis claqua la portière et enfonça l'accélérateur. Le véhicule bondit en avant et perdit son adhérence à la route. Les quatre roues se mirent à tourner follement et le pick-up dérapa et heurta la glissière dans un bruit strident de tôle froissée.

« Bordel ! » s'écria Mr Gray, puisant pratiquement sans s'en rendre compte dans la réserve de jurons de Jonesy. « Bordel de délire ! Baise-moi l'oignon ! Pine à foutre ! Que le cul me pèle ! »

Puis il s'arrêta et retourna à la rubrique *conduite* des aptitudes de Jonesy. Celui-ci avait bien quelques informations à lui fournir sur la manière de piloter dans de telles conditions climatiques, des renseignements sans commune mesure, hélas ! avec les connaissances de Janas en la matière. Mais voilà, Janas était mort et ses dossiers avaient été effacés. Il lui faudrait se contenter de ce que Jonesy savait. L'important était de sortir du secteur classé « Zone-q » dans la mémoire de Janas. Au-delà de celle-ci, il serait en sécurité. Janas avait été clair sur ce point.

Le pied de Jonesy appuya de nouveau sur l'accélérateur, mais beaucoup plus en douceur. Le véhicule repartit et les mains de Jonesy ramenèrent la Chevrolet dans la tranchée laissée par le chasse-neige, une tranchée qui commençait à se combler.

Sous le tableau de bord, la radio se mit à crépiter. « Tubby Un ? Ici Tubby Quatre. On a un bahut qui a quitté la route et s'est renversé sur le terre-plein central. Bien reçu ? »

Mr Gray consulta les dossiers. Les connaissances en matière de communications militaires de Jonesy étaient rudimentaires, glanées pour l'essentiel dans des livres et dans quelque chose qu'ils appelaient des *films*, mais ça pourrait faire l'affaire. Il prit le micro, chercha le bouton qui, d'après Jonesy, devait être quelque part sur le côté, le trouva, appuya dessus. « Bien reçu », dit-il. Est-ce que Tubby Quatre allait se rendre compte que Tubby Un n'était plus Andy Janas ? À en croire les dossiers de Jonesy, Mr Gray en doutait.

« Nous sommes tous en train d'essayer de le redresser et de le sortir de là. C'est celui qui a la bon Dieu de bouffe, bien reçu ? »

Mr Gray appuya sur le bouton.

« Celui qui a la bon Dieu de bouffe, bien reçu. »

Il y eut un silence plus long, assez long pour qu'il ait le temps de se demander s'il n'avait pas commis une erreur, n'était pas tombé dans un piège quelconque, puis la radio reprit : « J'ai bien peur qu'on soit obligé d'attendre le passage du prochain chasse-neige. Tu pourrais aussi bien continuer de rouler. Terminé. » Tubby Quatre paraissait dégoûté. Les dossiers de Jonesy suggéraient que c'était peut-être parce que Janas, avec ses capacités exceptionnelles de conducteur, avait pris trop d'avance pour pouvoir les aider. Excellent, tout ça. Il aurait de toute façon poursuivi son chemin, mais, tant qu'à faire, c'était encore mieux d'avoir la permission officielle de Tubby Quatre.

Il vérifia les dossiers de Jonesy (qu'il voyait à présent comme Jonesy lui-même, à savoir sous la forme de cartons dans une salle immense) et dit : « Bien reçu, Tubby Quatre. Terminé pour moi. » Puis il ajouta, avec un temps de retard : « Bonne nuit tout de même. »

Cette saleté blanche était horrible. Traîtresse. Malgré tout,

Mr Gray prit le risque d'aller un peu plus vite. Tant qu'il était dans le secteur contrôlé par les forces de Kurtz le Cinglé, il restait vulnérable. Une fois passé à travers les mailles du filet, toutefois, il serait en mesure d'achever très rapidement ce qui lui restait à faire.

Ce dont il avait besoin avait un rapport avec un lieu dont le nom était Derry ; mais lorsque Mr Gray retourna dans l'entrepôt, il y fit une découverte stupéfiante : son hôte récalcitrant avait su ou senti ce qu'il cherchait, car c'était précisément les dossiers concernant Derry que Jonesy déménageait lorsqu'il était revenu et avait failli le capturer.

Mr Gray se mit à fouiller avec anxiété les cartons restants, puis se détendit.

Ce dont il avait besoin s'y trouvait toujours.

Renversée sur le côté, près du carton contenant les informations les plus précieuses, se trouvait une autre boîte, plus petite et toute poussiéreuse. Dessus, on lisait DUDDITS écrit au crayon noir. S'il y avait eu d'autres cartons Duddits, ils avaient été enlevés. Seul celui-ci avait été oublié.

Plus par curiosité que pour autre chose (curiosité qu'il avait aussi empruntée au catalogue d'émotions de Jonesy), Mr Gray l'ouvrit. Il découvrit un contenant en plastique, d'un jaune éclatant. Des personnages fantaisistes cabriolaient dessus, personnages identifiés dans les dossiers de Jonesy comme *dessins animés* et *Scooby-Doos*. Sur un côté, une étiquette portait la mention : J'APPARTIENS À DOUGLAS CAVELL, 19 MAPLE LANE, DERRY, MAINE. SI MON JEUNE PROPRIÉTAIRE EST PERDU, APPELEZ-LE

Suivaient un certain nombre de chiffres devenus illisibles avec le temps, sans doute un code de communication que Jonesy avait oublié. Mr Gray jeta la boîte jaune, apparemment destinée à contenir de la nourriture. Elle ne devait rien vouloir dire... et pourtant, si tel était le cas, pour quelle raison Jonesy avait-il risqué son existence pour récupérer les autres cartons-Duddits (ainsi que certains de ceux intitulés DERRY ?) et les mettre en sûreté ?

DUDDITS = AMI D'ENFANCE. Mr Gray le savait depuis sa rencontre avec Jonesy à « l'hôpital »... et s'il avait su quelle source d'énervement allait se révéler Jonesy, il aurait effacé sur-le-champ la conscience de soi de son hôte. Ni ENFANCE ni AMI n'étaient des termes ayant une résonance affective quelconque pour Mr Gray, même s'il comprenait ce qu'ils signifiaient. Ce qui lui échappait était le rapport que pouvait bien avoir l'ami d'enfance de Jonesy avec les événements de cette nuit.

Une hypothèse lui vint à l'esprit : son hôte était devenu fou. Être ainsi chassé de son propre corps lui avait fait perdre l'esprit, et il avait simplement pris les cartons les plus proches de sa forteresse (cette aberration), en leur donnant, dans sa folie, une importance qu'ils n'avaient pas en réalité.

« Jonesy », dit Mr Gray, parlant avec les cordes vocales de son hôte. Ces créatures étaient des génies de la mécanique (il le fallait bien pour survivre dans un monde aussi froid), mais leurs processus intellectuels étaient bizarres et entachés de graves défauts : des élaborations mentales compliquées, plongées dans des bains corrosifs d'émotions. Leurs capacités télépathiques étaient minables, et l'expérience marginale qu'ils en faisaient grâce au byrus et aux kims (les « faux-éclairs », comme ils les appelaient) les affolait et leur faisait peur. Mr Gray avait du mal à croire qu'ils ne soient pas encore arrivés à se massacrer mutuellement jusqu'à disparition totale de l'espèce. Des créatures incapables de véritablement penser étaient tout simplement folles — voilà qui n'était même pas discutable.

En attendant, aucune réponse de la créature dont il s'était emparé, dans cette pièce étrange, inaccessible.

« Jonesy. »

Rien. Mais il écoutait. Mr Gray en était sûr.

« Rien ne vous oblige à supporter cela, Jonesy. Il faut nous considérer pour ce que nous sommes : non pas des envahisseurs, mais des sauveurs. Des amis. »

Mr Gray examina les différents cartons. Pour une créature aux ressources réflexives aussi limitées, Jonesy disposait de capacités d'archivage exceptionnelles. Question académique, à remettre à plus tard : pourquoi des êtres aussi peu doués intellectuellement avaient-ils une telle mémoire ? Cela avait-il un rapport avec leur structure émotionnelle surdimensionnée ? Et ces émotions étaient dérangeantes. Il trouvait celles de Jonesy *très* dérangeantes. Toujours là. Toujours prêtes à jaillir. Et il y en avait tellement !

« Guerre... famine... nettoyage ethnique... tuer pour faire la paix... massacrer les païens au nom de Jésus... Les homosexuels battus à mort... des microbes dans des conteneurs, ces conteneurs placés au sommet de missiles pointés sur toutes les grandes villes du monde... voyons, Jonesy, comparé à l'anthrax de type quatre, qu'est-ce qu'un petit byrus, entre deux amis ? Bordel de délire, vous serez tous morts dans cinquante ans, de toute façon ! Ça, c'est bien, au moins ! Détendez-vous et amusez-vous !

— Vous avez obligé ce type à se plonger un stylo à bille dans l'œil. »

Maussade, mais c'était mieux que rien. Il y eut une forte rafale, le pick-up dérapa et Mr Gray contrôla la trajectoire en s'aidant des aptitudes de Jonesy. La visibilité était presque nulle ; il ne roulait qu'à trente à l'heure, et peut-être ferait-il bien de s'arrêter pendant un moment, une fois sorti du filet de Kurtz. En attendant, il pouvait toujours bavarder avec son hôte. Mr Gray ne pensait pas arriver à le convaincre de sortir de son refuge, mais bavarder permettait au moins de faire passer le temps.

« J'ai été obligé, mon vieux. J'avais besoin de ce véhicule. Je suis le dernier.

— Et vous ne perdez jamais.

— Tout juste, admit Mr Gray.

— Mais vous ne vous êtes jamais retrouvés dans une situation comme celle-ci, n'est-ce pas ? Quelqu'un à qui vous ne pouvez pas complètement accéder. »

Jonesy se permettrait-il de le narguer ? Mr Gray ressentit une onde de colère. Puis son prisonnier dit quelque chose qu'il avait déjà pensé lui-même.

« Vous auriez mieux fait de me tuer, à l'hôpital. Ou alors, ce n'était qu'un rêve ? »

Mr Gray, ne sachant pas trop ce qu'était un rêve, ne prit pas la peine de répliquer. Avoir ce mutiné barricadé tout au fond de ce qui aurait dû être l'esprit de Mr Gray, et de Mr Gray seul, devenait de plus en plus irritant. Pour commencer, il n'aimait pas ces appellations, *Mr Gray*, *grisâtre* ; ce n'était pas ainsi qu'il se voyait, et encore moins ainsi qu'il voyait l'espèce mentale à laquelle il appartenait ; il n'aimait pas davantage penser à lui-même au masculin, car il était les deux sexes, ou plutôt aucun. Il se trouvait cependant emprisonné dans ces concepts et le resterait tant que le noyau dur de Jonesy n'aurait pas été cassé et digéré. Une pensée terrible lui vint à l'esprit : et si c'était ses concepts à lui qui n'avaient aucun sens ?

Il avait horreur de se trouver dans cette situation.

« Qui est Duddits, Jonesy ? »

Pas de réponse.

« Qui est Richie ? Pourquoi était-il une merde ? Pourquoi l'avez-vous tué ?

— Nous ne l'avons pas tué ! »

Petit tremblement dans la voix mentale. Ah, le coup avait porté, cette fois. Et, détail intéressant, si Mr Gray avait employé le *vous* au singulier, Jonesy l'avait interprété comme étant un pluriel.

« C'est pourtant ce que vous avez fait. Ou ce que vous pensez avoir fait.

— C'est un mensonge.

— C'est idiot, de me répondre comme ça. Je dispose de vos souvenirs, bien rangés devant moi dans leurs cartons. Il y a de la neige dans l'un. De la neige, et un mocassin. En daim noir. Venez donc voir. »

Pendant une seconde, une seconde délirante, Jonesy crut bien qu'il allait le faire. Mais dans ce cas-là, Mr Gray le ramènerait immédiatement à l'hôpital. Jonesy pourrait se voir mourir sur l'écran de télévision. Une fin heureuse pour le film qu'ils avaient regardé. Et alors, plus de Mr Gray ; seulement ce que Jonesy appelait « le nuage ».

Mr Gray regardait le bouton de porte avec impatience, comme si sa volonté pouvait le faire bouger. Il resta immobile.

« Sortez. »

Rien.

« Vous avez tué Richie, froussard ! Vous et vos amis. Vous... vous avez dirigé vos rêves sur lui jusqu'à ce qu'il soit mort. »

Et Mr Gray avait beau ignorer ce qu'étaient les rêves, il savait que ce qu'il venait de dire était vrai. Ou que Jonesy croyait que ça l'était. Rien.

« Sortez ! Sortez et venez donc... » Il fouilla dans les souvenirs de Jonesy. Beaucoup d'entre eux étaient consignés dans des cartons marqués FILMS ; Jonesy semblait aimer par-dessus tout ces films, et Mr Gray alla cueillir dans l'un d'eux ce qui lui paraissait être une réplique particulièrement puissante : « ... vous battre comme un homme ! »

Rien.

Espèce de salopard, se dit Mr Gray, plongeant une fois de plus dans les séduisantes réserves d'émotions de son hôte. *Fils de pute, trou-du-cul entêté. Baise-moi l'oignon, sale bourrique !*

À l'époque où Jonesy était encore Jonesy, il exprimait souvent sa colère en abattant le poing sur quelque chose. Ce que fit

Mr Gray, qui choisit pour cela le centre du volant, ce qui déclencha l'avertisseur. « Expliquez-moi ! Pas Richie, pas Duddits, mais vous ! Quelque chose fait que vous êtes différent. Je veux savoir ce que c'est. »

Pas de réponse.

« C'est dans le jeu de cribbage, c'est ça ? »

Toujours pas de réponse, mais Mr Gray entendit les pieds de Jonesy, derrière la porte. Et peut-être un léger soupir. Mr Gray sourit avec la bouche de Jonesy.

« Parlez-moi, Jonesy... on jouera à ce jeu, ça nous fera passer le temps. Qui était Richie, mis à part ce numéro 19 ? Pourquoi étiez-vous en colère contre lui ? Parce qu'il était un Tiger ? Un Derry Tiger ? Mais qu'est-ce que c'était, un Derry Tiger ? Qui est Duddits ? »

Rien.

Le camion avançait plus lentement que jamais, dans la tempête ; les phares étaient impuissants contre ce mur blanc agité de tourbillons. Mr Gray se mit à parler d'une voix basse, cajolante :

« Vous avez oublié l'une des boîtes Duddits, mon pote, vous le saviez ? Avec une boîte dans la boîte, figurez-vous, une boîte jaune. Avec des Scooby-Doos dessus. C'est quoi, des Scooby-Doos ? Ce ne sont pas des personnes réelles, n'est-ce pas ? Ce sont des films ? Ce sont des télévisions ? Vous ne voulez pas la boîte ? Sortez, et je vous la donnerai. »

Mr Gray leva complètement le pied de l'accélérateur et laissa le véhicule dériver lentement sur la gauche, là où la couche de neige était la plus épaisse. Il se passait quelque chose, et il tenait à y consacrer toute son attention. La force n'avait pas réussi à déloger Jonesy de sa forteresse... mais la force n'était pas la seule manière de remporter une bataille, ou une guerre.

Le quatre-quatre était à présent immobile, moteur tournant au ralenti, le long de la glissière, au milieu de ce qui était un blizzard de première classe. Mr Gray ferma les yeux. Il se retrouva immédiatement dans l'entrepôt à souvenirs puissamment éclairé de Jonesy. Derrière lui, sur des kilomètres, s'empilaient des cartons sous la lumière crue des néons. Devant lui, il y avait une porte fermée, une porte en mauvais état et sale qui, pour il ne savait quelle raison, était solide, très solide. Mr Gray posa sa main à trois doigts dessus et commença à parler à voix basse, d'un ton à la fois intime et pressant.

« Qui est Duddits ? Pourquoi l'avoir appelé après avoir tué Richie ? Laissez-moi entrer, il faut que nous parlions. Pourquoi êtes-vous venu chercher certains des cartons de Derry ? Que voulez-vous m'empêcher de voir ? C'est sans importance, j'ai de toute façon ce dont j'ai besoin, laissez-moi entrer, Jonesy, le plus tôt sera le mieux. »

Ça allait marcher. Il devinait les yeux sans expression de Jonesy, il sentait sa main qui s'avançait vers la clef et la serrure.

« Nous l'emportons toujours », dit Mr Gray. Il était assis derrière le volant, les yeux de Jonesy fermés et, dans un autre univers, le vent hurlait et secouait le petit camion sur sa suspension. « Ouvrez la porte, Jonesy, ouvrez-la tout de suite. »

Silence. Puis, à moins de dix centimètres de lui, aussi saisissant qu'une douche froide sur une peau tiède : « Mange d'la merde et crève ! »

Mr Gray eut un mouvement de recul si violent que le crâne de Jonesy alla heurter la lunette arrière du véhicule. La douleur fut brutale et le scandalisa — deuxième surprise désagréable.

Il abattit de nouveau son poing droit sur le volant, puis le gauche, puis encore le droit. Il martelait l'avertisseur qui klaxonnait sa rage en morse. Créature à peu près dépourvue d'émotions appartenant à une espèce à peu près dépourvue d'émotions, il venait de se faire submerger par celles de son hôte, de plonger carrément dedans ; il ne s'était pas contenté d'y mettre un pied frileux. Et, une fois de plus, il sentait que cela n'arrivait que parce que Jonesy était toujours là, une tumeur nerveuse dans ce qui aurait dû être une conscience sereine et concentrée sur son objectif.

Mr Gray martelait le volant, ayant cette décharge affective en horreur (ce que l'esprit de Jonesy identifiait sous le nom de *piquer sa crise*), mais y prenant aussi plaisir. Prenant plaisir à entendre l'avertisseur quand il le frappait avec les poings de Jonesy, prenant plaisir aux battements du sang de Jonesy dans les tempes de Jonesy, prenant plaisir à la manière dont le cœur de Jonesy battait plus fort, au son de la voix de Jonesy hurlant : « Espèce de branleur, espèce de branleur ! » comme s'il n'allait jamais s'arrêter.

Même au milieu de sa rage, une partie de lui-même ayant gardé son sang-froid comprenait où résidait le vrai danger pour lui. Toujours, ils remodelaient à leur image les mondes dans lesquels ils débarquaient. C'était ainsi qu'il en avait toujours été, c'était ainsi que les choses devaient toujours se passer.

Mais à présent...

Il m'arrive quelque chose, se dit Mr Gray, conscient, au moment même où il se la formulait, que cette pensée était fondamentalement « jonesienne ». *Je commence à devenir humain.*

Le fait que cette idée n'était pas sans attrait remplit Mr Gray d'horreur.

8

Jonesy sortit d'une somnolence hébétée dans laquelle le seul bruit était la voix apaisante et cajolante de Mr Gray, pour voir ses mains posées l'une sur la poignée de porte et l'autre sur le verrou, prêtes à ouvrir. Ce fils de pute essayait de l'hypnotiser, et il ne s'en sortait pas mal.

« Nous l'emportons toujours », murmura la voix de l'autre côté du battant. D'un ton soporifique, bien agréable après une journée stressante, mais un ton qui exprimait aussi un ignoble contentement de soi. L'usurpateur qui n'aurait de cesse ni de repos tant qu'il n'aurait pas tout pris... qui considérait que tout lui appartenait de droit. « Ouvrez la porte, Jonesy, ouvrez-la tout de suite. »

Un instant, il faillit obéir. Il était réveillé, mais pourtant il faillit le faire. Puis il se souvint de deux bruits : le sinistre craquement du crâne de Pete lorsque la saleté rouge s'était contractée dessus, et le son, un petit éclatement mouillé répugnant, produit par le stylo à bille s'enfonçant dans l'œil de Janas.

Jonesy se rendit compte qu'il n'avait pas été aussi réveillé qu'il l'avait cru, en fin de compte. Mais maintenant, il l'était.

Complètement.

Écartant les mains de la porte, il approcha sa bouche du battant et dit : « Bouffe d'la merde et crève ! » de sa voix la plus claire. Il sentit le mouvement de recul de Mr Gray. Il sentit la douleur, aussi, lorsque l'autre heurta la vitre, et pourquoi pas ? C'étaient ses nerfs, non ? Pour ne pas parler de sa tête. Peu de choses, dans sa vie, lui avaient donné autant de plaisir que la surprise outragée manifestée par Mr Gray, et il comprit vaguement ce que l'autre savait déjà : que cette présence étrangère dans sa tête était à présent plus humaine.

Si tu pouvais revenir sous la forme d'une entité physique, serais-tu toujours un grisâtre ? se demanda Jonesy. Il ne croyait pas. Un rosâtre peut-être, mais pas un grisâtre.

Il ignorait si le type allait tenter de reprendre son numéro à la *monsieur** Mesmer, mais Jonesy estima qu'il ne fallait courir aucun risque. Il fit demi-tour et se rendit près de la fenêtre, trébuchant contre un carton, marchant sur le reste. Bordel, qu'est-ce que sa hanche lui faisait mal ! C'était du délire de souffrir autant lorsqu'on était emprisonné dans sa propre tête (laquelle, comme le lui avait dit un jour Henry, était dépourvue de nerfs, en tout cas dès qu'on arrivait dans la matière grise), mais il avait mal, c'était incontestable. Il avait lu quelque part que les amputés souffrent parfois de démangeaisons terribles et de douleurs dans des membres qu'ils n'ont plus depuis longtemps ; il s'agissait probablement d'un phénomène semblable.

La fenêtre offrait le même spectacle désolant qu'en 1978 : l'allée aux deux ornières parallèles, envahie de mauvaises herbes, qui courait le long du bâtiment des frères Tracker. Le ciel était blanc et couvert ; apparemment la fenêtre donnait à l'heure actuelle sur le passé, et le temps était arrêté sur cet après-midi. Le seul intérêt de ce paysage était que tant qu'il le contemplait, Jonesy se trouvait aussi loin que possible de Mr Gray.

Il supposait qu'il aurait pu le transformer, s'il l'avait vraiment voulu ; qu'il aurait pu voir ce que voyait en ce moment Mr Gray avec les yeux de Gary Jones. Il n'en éprouvait pas le besoin, cependant. Il n'y avait rien à voir, sinon la tempête de neige, rien à ressentir, sinon la rage par procuration de Mr Gray.

Pense à quelque chose d'autre...

Oui, mais à quoi ?

Je ne sais pas. À n'importe quoi. Pourquoi ne pas...

Sur le bureau, le téléphone sonna. Étonnant, du niveau d'*Alice au pays des merveilles*, car quelques minutes auparavant, il n'y avait eu, dans la petite pièce déserte, ni téléphone, ni bureau sur lequel on aurait pu le poser. Les capotes anglaises usagées qui jonchaient le sol avaient disparu. Le carrelage était toujours sale, mais il n'y avait plus de poussière. Apparemment, il y avait une femme de ménage, dans sa tête, un monsieur Propre qui avait décidé que, si Jonesy devait rester quelque temps ici, l'endroit devait être à peu près présentable. Il trouva cette idée terrifiante, les implications déprimantes.

Sur le bureau, le téléphone sonna à nouveau. Jonesy décrocha et dit :

« Allô ? »

Un horrible frisson lui parcourut le dos. C'était Beaver. Recevoir un coup de fil d'un mort — c'était l'ingrédient fondamental des films qui lui plaisaient. Qui lui plaisaient *autrefois*, en tout cas.

« Il n'avait plus de tête. Elle était dans le fossé et il avait les yeux plein de boue. »

Il y eut un clic, puis un silence de mort. Jonesy raccrocha et retourna auprès de la fenêtre. L'allée envahie d'herbes avait disparu. *Derry* avait disparu. C'était le Trou dans le Mur qu'il voyait, dans la lumière claire et pâle d'un petit matin. Le toit était noir et non pas vert, ce qui signifiait qu'il avait affaire au Trou dans le Mur d'avant 1982, lorsque tous les quatre, beaux gaillards encore adolescents (mis à part Henry, qui n'avait jamais été ce qu'on pourrait appeler un beau gaillard), avaient aidé le père de Beaver à remplacer les vieux bardeaux du toit par les bardeaux verts qui y étaient encore.

Jonesy n'avait cependant pas besoin de ce repère pour savoir en quelle année il était. Pas plus qu'il n'avait besoin qu'on vienne lui dire que les bardeaux verts étaient partis en fumée, que le Trou dans le Mur était parti en fumée, que c'était Henry qui y avait mis le feu, le détruisant complètement. Dans un instant, la porte allait s'ouvrir et Beaver sortir en courant. On était en 1978, l'année où toute cette histoire avait réellement commencé et, d'un instant à l'autre, Beaver allait sortir en courant, ne portant que son boxer-short et son blouson de motard couturé de fermetures Éclair, les pans de son bandana orange flottant au vent. On était en 1978, ils étaient jeunes... et ils avaient changé. C'était fini, autre jour, même merde. C'était le jour où ils avaient pris conscience à quel point ils avaient changé.

Jonesy regardait par la fenêtre, fasciné.

La porte s'ouvrit.

Beaver Clarendon, quatorze ans, sortit en courant.

XV

Henry et Owen

1

Henry observa Underhill pendant que celui-ci s'approchait dans la lumière trop forte des projecteurs. L'homme avançait à pas lourds, tête baissée à cause de la neige et du vent de plus en plus fort. Henry ouvrit la bouche pour l'appeler, mais avant qu'il ait pu le faire, il fut littéralement submergé, *aplati* par le sentiment d'une présence, celle de Jonesy. Puis un souvenir lui revint, faisant complètement disparaître Underhill et cet univers enneigé brillamment éclairé. Tout d'un coup, il fut de nouveau en 1978, non pas en octobre mais en novembre, et il y avait du sang, du sang sur les roseaux-massues, du verre brisé dans les eaux marécageuses, et le claquement d'une porte.

2

Henry est tiré d'un rêve terriblement confus — du sang, du verre brisé, les odeurs opulentes de l'essence et du caoutchouc brûlé — par le claquement d'une porte et une bouffée d'air froid. Il se met sur son séant et voit Pete assis à côté de lui, Pete dont la poitrine lisse est hérissée de chair de poule. Ils dorment tous les deux dans des sacs de couchage à même le plancher, parce qu'ils ont perdu au tirage au sort. Beaver et Jonesy ont eu droit au lit (il y aura plus tard une troisième chambre au Trou dans le Mur, mais pour l'instant il n'y en a que deux et, par le droit divin des adultes, Lamar Clarendon en occupe une à lui tout seul), sauf qu'à ce moment-là, Jonesy est seul dans son lit, lui aussi sur son séant, effrayé et l'air de ne pas savoir où il est.

Scooby-ooby-Doo, où êtes-vous, chantonne Henry sans très bien savoir pourquoi, tout en cherchant ses lunettes à tâtons sur l'appui de la fenêtre. Il a encore dans le nez l'odeur d'essence et de pneus brûlés. *On a un petit boulot à faire, à présent...*

« S'est fichu en l'air », dit Jonesy d'une voix étranglée, avant de rejeter ses couvertures. Il est torse nu mais, comme Henry et Pete, il porte ses chaussettes et ses caleçons longs pour dormir.

« Non, s'est fichu à l'eau, dit Pete, son expression suggérant qu'il n'a pas la moindre idée de ce qu'il veut dire par là. Henry, tu tiens son soulier...

— Son mocassin », précise Henry qui, lui non, plus n'a pas la moindre idée de ce qu'il raconte. Et qui préférerait ne pas en avoir.

« Beav ? » dit Jonesy en sortant maladroitement du lit.

L'un de ses pieds se pose sur la main de Pete.

« Aïe ! proteste Pete. Tu me marches dessus, gros couillon, regarde un peu où tu...

— La ferme, la ferme », intervient Henry. Il attrape Pete par l'épaule et le secoue. « Faut pas réveiller Mr Clarendon ! »

Ce qui serait d'autant plus facile que la porte de la chambre des garçons est ouverte. Tout comme la porte qui donne à l'extérieur, de l'autre côté de la grande pièce centrale. Pas étonnant qu'il fasse froid, il y a un courant d'air d'enfer. À présent qu'il a de nouveau les yeux en face des trous (c'est ainsi qu'il se représente la chose), Henry voit l'attrape-rêves danser dans la brise glacée de novembre qui entre par la porte grande ouverte.

« Où est Duddits ? demande Jonesy d'une voix hébétée, comme s'il rêvait encore. Il est sorti avec Beaver ?

— Il est à Derry, idiot », lui dit Henry.

Il se lève en enfilant son maillot de corps molletonné. Il ne pense pas vraiment que Jonesy soit idiot ; lui aussi a gardé l'impression que Duddits était avec eux.

C'est le rêve, pense-t-il. *Duddits était dans le rêve. Il était assis sur le talus. Il pleurait. Il était désolé. Il ne l'a jamais voulu. S'il y en a qui l'ont voulu, c'était nous.*

Mais il y a toujours des pleurs. Il les entend qui lui parviennent par la porte ouverte, portés par la brise. Ce n'est pas Duddits, toutefois, mais Beaver.

Ils quittent la chambre en file indienne, attrapant au passage n'importe quoi pour se couvrir, sans se donner la peine d'enfiler de chaussures ; ça prendrait trop de temps.

Au moins, à en juger par la maquette d'architecture, à savoir une ville de boîtes de bière empilées sur la table de la cuisine (sans compter la banlieue de même métal, sur la table basse), il faudra plus violent que deux portes ouvertes sans ménagement et quatre mômes parlant à voix basse pour réveiller le papa du Beav.

La grosse dalle en granite du seuil est glaciale sous les pieds d'Henry que ne protègent que des chaussettes, glaciale de ce froid profond, annihilateur, mortel, mais il s'en rend à peine compte.

Il voit tout de suite Beaver. Il est au pied de l'érable qui sert de poste de guet, à genoux, comme s'il priait. Pieds nus, jambes nues, il porte son blouson de motard, avec, accrochés à ses bras et flottant au vent comme des oriflammes de pirates, les multiples bandanas orange que Lamar Clarendon oblige son fils à porter quand celui-ci veut aller à la chasse accoutré de ce vêtement si fichtrement déplacé dans les bois — de la folie. Ce qui lui fait une tenue plutôt rigolote, mais il n'y a rien de rigolo dans l'expression tourmentée de ce visage tourné vers les branches presque entièrement dénudées de l'érable. Les joues de Beaver sont striées de larmes.

Henry détale au pas de course. Pete et Jonesy sont sur ses talons, leur haleine laissant de petits nuages blancs dans l'air glacé du matin. Le sol couvert d'aiguilles de pin, sous leurs pieds, est presque aussi dur que la dalle de granite.

Henry se laisse tomber à genoux à côté du Beav, effrayé et terriblement impressionné par ces larmes. Parce que Beaver n'a pas simplement les yeux embués, comme le héros d'un film qui peut se permettre de verser une larme virile ou deux lorsque meurt son chien ou sa petite amie ; c'est le Niagara qui dévale sur la figure du Beav. De son nez pendent deux chandelles limpides d'une morve brillante. On ne voit jamais des trucs comme ça dans les films.

« Dégueulasse », marmonne Pete.

Henry lui jette un regard de reproche, mais constate alors que Pete regarde non pas Beaver, mais un peu plus loin que leur ami, il regarde une flaque de vomi encore fumante. On y distingue des restes divers, des grains de maïs, par exemple (Lamar Clarendon croit avec passion aux vertus de la bouffe en conserve lorsqu'il s'agit de cuisiner dans le camp), et des débris de poulet frit. L'estomac d'Henry fait une désagréable cabriole. Et alors qu'il vient à peine de reprendre sa place, Jonesy dégobille. Le bruit est à peu près celui d'un gros rot poisseux. Le vomi est marron.

« Dégueulasse ! » Pete a presque crié cette fois.

Beaver n'y fait même pas attention. « Henry ! » dit-il. Ses yeux, engloutis sous deux lentilles jumelles de larmes, sont énormes et inquiétants. On dirait que leur regard traverse le front de son ami pour passer directement dans les parties en principe privées de son cerveau.

« Tout va bien, Beav. Tu as juste fait un cauchemar.

— Ouais, juste un cauchemar. »

La voix de Jonesy est étranglée, il a encore la gorge tapissée de vomi. Il essaie de se l'éclaircir et émet un bruit de raclement épais qui est presque pire que ce qui vient de sortir de lui, puis il se penche et crache. Il a les mains plaquées sur les cuisses et la chair de poule.

Beaver ne remarque ni Jonesy, ni Pete quand celui-ci s'agenouille de l'autre côté et passe maladroitement un bras hésitant par-dessus ses épaules. Beaver continue de ne regarder qu'Henry.

« Il n'avait plus de tête », murmure Beaver.

Jonesy se laisse aussi tomber à genoux ; à présent, tous les trois entourent le Beav, Henry et Pete de chaque côté, Jonesy en face de lui. Il y a du vomi sur le menton de Jonesy. Il lève une main pour s'essuyer, mais Beaver la lui prend avant. Ils sont tous les quatre agenouillés sous l'érable et, soudain, ne font plus qu'un. Cette impression d'union est brève, mais aussi intense que leur rêve. C'est encore le rêve, même s'ils sont à présent tous réveillés, la sensation est rationnelle et ils ne peuvent pas ne pas y croire. C'est maintenant Jonesy que regarde le Beav, de ses yeux mouillés et inquiétants.

« Elle était dans le fossé, avec de la boue plein les yeux.

— Ouais, murmure Jonesy d'une voix qui tremble, pleine d'effroi. Oh, bon Dieu, oui.

— Il avait dit qu'on se reverrait, vous vous rappelez ? demanda Pete. Un par un ou tous ensemble. Il avait dit ça. »

Henry entend tout cela de très loin car il est de retour dans le rêve. De retour sur la scène de l'accident. Au bas d'un talus jonché de détritus où s'étend un bout de marécage bourbeux créé par une conduite d'évacuation bouchée. Il connaît l'endroit : au bord de la route 7, la vieille route qui relie Derry à Newport. Retournée, enfoncée dans la boue et la merde, il y a une voiture en feu. L'air empeste l'essence et les pneus brûlés. Duddits pleure. Il est assis à mi-pente du talus couvert d'ordures, et serre contre lui sa boîte à lunch jaune vif ornée de Scooby-Doos, pleurant toutes les larmes de son corps.

Une main dépasse de l'une des fenêtres de la voiture renversée. Elle est mince, les ongles sont d'un rouge de pomme d'amour. Les deux autres occupants du véhicule ont été éjectés, l'un d'eux à presque dix mètres de là, nom d'un chien. Ce dernier est allongé sur le ventre, mais Henry le reconnaît grâce à la masse détrempée de ses cheveux blonds. *C'est Duncan, celui qui disait qu'on ne raconterait rien à personne, vu qu'on serait morts.* Sauf que c'est Duncan qui s'est retrouvé à l'état de macchab.

Un objet flottant vient heurter le tibia d'Henry. « Ne ramasse pas ça ! » lui dit vivement Pete, mais Henry prend tout de même la chose. C'est un mocassin en daim marron. Il a juste le temps de remarquer ce détail, et Beaver et Jonesy se mettent à hurler à l'unisson, un cri enfantin et terrible. Ils se tiennent ensemble, enfoncés jusqu'aux chevilles dans le magma bourbeux. Tous deux portent leur tenue de chasse : Jonesy sa parka orange fluo neuve, achetée spécialement dans le catalogue Sears pour cette expédition (Mrs Jones, les larmes aux yeux, convaincue sans l'être que son petit garçon allait être tué par une balle perdue, dans les bois, fauché au printemps de sa vie), et Beaver son blouson de motard en loques (*Qu'est-ce que tu as comme fermetures Éclair !* lui avait dit la maman de Duddits avec admiration, se gagnant l'amour et la reconnaissance éternels de Beaver) avec ses multiples bandanas attachés aux bras. Ils ne regardent pas le troisième corps, celui qui gît près de la portière du chauffeur, sauf Henry, même si ce n'est qu'un instant, (toujours le mocassin à la main, comme un petit canoë plein d'eau), parce qu'il y a quelque chose qui ne colle fondamentalement pas, quelque chose d'affreux et, pendant cet instant, il n'est même pas capable de dire ce que c'est. Puis il se rend compte qu'il n'y a rien au-dessus du col. Rien au-dessus du col du blouson scolaire que porte le cadavre. Beaver et Jonesy hurlent parce qu'ils ont vu, eux, ce qui aurait dû s'y trouver. Ils ont vu la tête de Richie Grenadeau, foudroyant le ciel de son regard aveugle et maculé de boue, au milieu des roseaux-massues éclaboussés de sang. Henry comprend aussitôt que c'est la tête de

Richie Grenadeau. Même sans le pansement qui lui chevauchait naguère le nez, impossible de s'y tromper : c'est bien la tronche du type qui voulait ce jour-là faire bouffer une crotte de chien à Duddits derrière l'entrepôt Tracker.

Duds est toujours sur le talus, pleurant à fendre l'âme, poussant des sanglots qui vous envahissent la tête par les sinus, comme une migraine et, si ça continue, Henry va devenir cinglé. Il laisse tomber le mocassin et contourne en pataugeant l'arrière de la voiture en flammes pour aller rejoindre Beaver et Jonesy qui se tiennent par les épaules.

« Beaver ! *Beav !* » crie Henry.

Mais il faut qu'il prenne Beaver par le bras et le secoue pour que le garçon arrête de regarder la tête tranchée comme s'il était hypnotisé.

Finalement, Beaver tourne son regard vers lui.

« Il a eu la tête coupée, dit-il, comme si ce n'était pas évident. Henry, il a eu la tête...

— C'est pas de cette tête qu'il faut s'occuper, mais de Duddits, Beav ! Arrange-toi pour qu'il arrête de chialer, bon Dieu !

— Ouais », dit Pete. Il regarde une dernière fois la tête de Richie Grenadeau, cette expression féroce figée, et détourne les yeux, la bouche agitée de tremblements. « Ça me rend foutrement dingo.

— Comme de la craie sur un tableau noir », marmonne Jonesy. Sur l'orange éclatant de sa parka neuve, sa peau a pris une couleur de vieux fromage. « Fais-le arrêter, Beav.

— I-I-I...

— Fais pas ta chochotte, chante-lui ta putain de chanson ! » lui crie Henry. Il sent l'eau bourbeuse se couler, épaisse, entre ses orteils. « La berceuse, la foutue berceuse ! »

Un instant, Beaver a l'air de ne toujours pas comprendre ce qu'on lui demande ; puis ses yeux s'éclairent un peu et il dit : « Oh ! » Il se dirige en pataugeant vers Duddits qui agrippe toujours sa boîte à lunch et hulule comme le jour où ils l'ont rencontré pour la première fois. Henry voit quelque chose qu'il a à peine le temps de remarquer : Duddits a des croûtes de sang autour des narines et un bandage à l'épaule gauche. Quelque chose qui ressemble à un morceau de plastique blanc dépasse du pansement.

« Duddits ? dit Beaver en escaladant le talus. Voyons, Duddits, mon lapin, il faut pas. Ne pleure plus, ne le regarde plus, ce n'est pas un spectacle pour toi, c'est foutrement trop dégueulasse à voir... »

Sur le coup, Duddits ne paraît pas le remarquer et continue à hululer. *Il a tellement pleuré qu'il s'est fait saigner du nez,* pense Henry, *mais c'est quoi, ce truc qui dépasse de son épaule ?*

Jonesy s'est mis les mains sur les oreilles pour ne plus entendre. Pete tient une des siennes sur le sommet de son crâne, comme s'il y avait un couvercle sur le point de sauter. Puis Beaver prend Duddits dans ses bras, exactement comme il l'a fait quelques semaines auparavant, et se met à chanter de cette voix claire, une voix incongrue dans la bouche de ce vaurien. « *Baby's boat's a silver dream, sailing near and far...* »

Sur quoi, ô miracle entre tous les miracles, Duddits se calme peu à peu.

Parlant du coin de la bouche, Pete s'adresse à Henry :

« Où c'est qu'on est, vieux ? Bordel, où c'est qu'on est ?

— Dans un rêve », répond Henry.

Et, d'un seul coup, tous quatre se retrouvent sous l'érable du Trou dans le Mur, agenouillés, en sous-vêtements et frissonnant de froid.

« Quoi ? » dit Jonesy. Une de ses mains se détache de l'oreille qu'elle cachait, et il s'essuie la bouche. Quand le contact se rompt entre eux, la réalité leur retombe dessus. « Qu'est-ce que tu as dit, Henry ? »

Henry sent leurs esprits se retirer, c'est une sensation physique, et il se dit, *On n'était pas faits pour un truc pareil, aucun de nous. Il y a des fois où il vaut mieux être seul.*

Oui, seul. Seul avec ses pensées.

« J'ai fait un cauchemar », dit Beaver.

Il paraît avant tout se l'expliquer à lui-même. Lentement, comme s'il rêvait encore, il ouvre l'une des poches de son blouson, fouille dedans et en sort une sucette. Au lieu de la déballer, il glisse le bâtonnet entre ses dents et commence à le faire rouler d'un côté et de l'autre, mordillant légèrement le bois.

« J'ai rêvé que...

— Laisse tomber, le coupe Henry en repoussant ses lunettes sur son nez. Nous le savons tous, que tu as rêvé. »

Faut bien, puisqu'on était là, tremble sur ses lèvres, mais n'en sort finalement pas. Il n'a que quatorze ans, mais il est déjà assez sage pour savoir que ce qui a été dit le restera toujours. *Carte posée, carte jouée*, disent-ils quand ils jouent au rummy ou au Crazy Eights et que quelqu'un veut reprendre son coup parce qu'il a joué comme un crétin. S'il ne le dit pas... ça finira peut-être par disparaître.

« À mon avis ce n'était pas *ton* rêve, de toute façon, intervient Pete. Je crois que c'était celui de Duddits et que tous...

— Je m'en tape de ce que tu crois, lance Jonesy d'un ton si brutal que les autres sursautent. C'était un rêve, et j'ai bien l'intention de l'oublier. Nous allons tous l'oublier, pas vrai, Henry ? »

Henry acquiesce aussitôt.

« Rentrons », dit Pete. Il paraît immensément soulagé. « J'ai les pieds gel...

— Un détail, tout de même », le coupe Henry, et tous le regardent avec nervosité.

Parce que lorsqu'il leur faut un chef, c'est Henry qui s'y colle. *Et si vous n'aimez pas la manière dont je m'y prends*, pense-t-il, presque comme s'il leur en voulait, *je cède volontiers ma place à qui en a envie. Parce que ce n'est pas un boulot peinard, croyez-moi.*

« Quoi ? » demande Beaver, voulant dire, en vérité, *quoi encore ?*

« Quand on ira au Gosselin's, un peu plus tard, il faudra appeler Duds. Au cas où il serait... bouleversé. »

À cela, personne ne répond ; tous sont réduits au silence et frissonnent à l'idée d'appeler leur ami retardé. Henry songe tout d'un coup que Duddits n'a sans doute jamais dû recevoir de coup de téléphone de sa vie, que celui-ci devrait être le premier.

« Tu sais, tu as probablement raison », convient Pete... qui porte brusquement la main à sa bouche comme quand on croit avoir dit une bêtise.

Beaver, qui n'a sur lui que son boxer-short ridicule et son blouson qui l'est encore plus, tremble violemment de froid. La sucette s'agite frénétiquement sur son bâtonnet mâchouillé.

« Un jour, tu vas t'étouffer avec un de ces trucs, lui dit Henry.

— Ouais, ma mère n'arrête pas de me le dire. On pourrait pas rentrer ? Je gèle. »

Ils repartent vers le Trou dans le Mur, le lieu où prendra fin leur amitié, vingt-trois ans plus tard exactement.

« Vous croyez que Richie Grenadeau est vraiment mort ? demande Beaver.

— Je n'en sais rien et je m'en fiche », répond Jonesy. Il regarde

Henry. « D'accord pour appeler Duddits. J'ai un téléphone et on pourra mettre ça sur ma facture.

— T'as ta propre ligne ? s'étonne Pete. Espèce de veinard ! T'es gâté-pourri par tes parents, ma parole, Gary ! »

Se faire appeler Gary a en général le don de le mettre en boule, mais pas ce matin ; il est trop soucieux.

« Je l'ai eu pour mon anniversaire, et c'est moi qui dois payer les communications longue distance, alors faudra faire court. Et après ça, ce truc n'est jamais arrivé, jamais, vu ? »

Et tous acquiescent. Jamais arrivé. Foutrement jamais arr...

3

Bousculé par une rafale de vent, Henry faillit toucher la barrière électrifiée. Il revint à lui et, pour chasser son rêve, dut se secouer comme on s'ébroue pour se débarrasser d'un vêtement. Ce souvenir n'aurait pu lui revenir à un moment aussi inopportun (même si, évidemment, le retour de certains souvenirs l'est toujours). Il avait attendu Underhill, se gelant les castagnettes dans l'espoir de courir cette unique chance qu'il aurait de sortir d'ici, et l'officier aurait pu lui passer sous le nez pendant qu'il était perdu dans ses songes, le laissant dans la merde jusqu'au cou.

Sauf qu'Underhill n'était pas passé devant lui. Il se tenait de l'autre côté de la barrière, les mains dans les poches, et regardait Henry. Des flocons de neige atterrissaient sur l'avant transparent de son masque, fondaient à la chaleur de son haleine et coulaient le long du plastique comme...

Les pleurs de Beaver, ce jour-là, pensa Henry.

« Vous devriez retourner dans la grange avec les autres, lui dit Underhill. Sans quoi, vous allez vous transformer en bonhomme de neige ».

Henry avait l'impression d'avoir la langue collée au palais. Sa vie dépendait littéralement de ce qu'il allait dire à cet homme, et il ne voyait vraiment pas par où commencer. N'arrivait même pas à décoller sa langue.

Et pourquoi prendre cette peine ? lui demanda une voix intérieure, la voix des ténèbres, sa vieille amie. *Sincèrement, pourquoi prendre cette peine ? Pourquoi ne pas les laisser faire ce que de toute façon tu vas faire toi-même ?*

Parce qu'il n'était plus seul en cause, à présent. Et, cependant, il n'arrivait pas à parler.

Underhill ne bougeait pas et continuait à le regarder, les mains dans les poches. Son capuchon, repoussé, laissait voir ses cheveux blond foncé coupés court. La neige fondait sur son masque, le masque que portaient tous les soldats, mais pas les détenus, car les détenus n'en auraient pas besoin ; pour les détenus comme pour les grisâtres, il y avait une solution finale.

Henry se bagarrait pour parler et n'y arrivait pas, n'y arrivait pas. Ah, bon sang, c'est Jonesy qui aurait dû être à sa place ; Jonesy avait toujours été meilleur baratineur que lui. Underhill allait finir par partir et le laisser avec un plein chargement de *si* et de *peut-être*.

Mais Underhill ne bougeait toujours pas.

« Je ne suis pas surpris que vous connaissiez mon nom, Mr... Henreid ? Vous vous appelez Henreid ?

— Non, Devlin. C'est mon prénom que vous avez attrapé. Je m'appelle Henry Devlin. »

Avec de grandes précautions, il passa la main à travers une ouverture entre les fils de fer — barbelés ou électrifiés. Underhill restant sans rien faire, sinon le regarder quelques secondes, le visage vide d'expression, Henry rapatria sa main dans la partie du monde qui était depuis peu délimitée comme la sienne, se sentant idiot et se le disant : ce n'était pas comme s'il venait de se faire snober dans un cocktail, tout de même.

Mais Underhill eut un mouvement de tête courtois, comme si, justement, ils étaient dans une réception et non pas au milieu des bourrasques d'une tempête, sous l'éclairage impitoyable de projecteurs installés depuis quelques heures.

« Vous connaissez mon nom parce que la présence d'extra-terrestres dans le Jefferson Tract a provoqué un phénomène télépathique faible (Underhill sourit). Dit à haute voix, ça paraît stupide, non ? Stupide, mais exact. C'est un effet qui ne dure pas, qui est sans danger et trop superficiel pour être bon à autre chose que faire un amusant jeu de société, mais on est un peu trop occupés ce soir pour ça. »

Et finalement, la langue d'Henry se décolla de son palais, Dieu soit loué.

« Vous n'avez pas pris la peine de venir jusqu'ici, avec ce mauvais temps, parce que je connaissais votre nom, dit-il. Mais parce que je connaissais celui de votre femme. Et celui de votre fille. »

Underhill ne se départit pas de son sourire.

« Peut-être bien. N'importe comment, je pense qu'il est temps pour nous deux de se mettre à l'abri et de se reposer. La journée a été longue. »

Le militaire commença à s'éloigner en direction des autres caravanes et mobil-homes garés plus loin, mais son chemin était parallèle à la barrière. Henry resta à sa hauteur, non sans mal ; car il y avait une trentaine de centimètres de neige, le vent l'accumulait, et personne ne l'avait piétinée du côté des morts en sursis.

« Mr Underhill ? Owen... Arrêtez-vous un instant et écoutez-moi. J'ai quelque chose d'important à vous dire. »

Mais Underhill continua à avancer du même pas, de son côté de la barrière (qui était aussi le côté des morts en sursis ; Underhill l'ignorait-il ?), tête baissée contre le vent, arborant toujours son esquisse de sourire sympathique. Ce qu'il y avait d'horrible, comme le savait Henry, c'est que l'homme avait envie de s'arrêter. Simplement, il ne lui avait pas encore donné une raison de le faire.

« Kurtz est cinglé », dit Henry. Il réussissait à ne pas se faire distancer, mais au prix d'un effort qui le faisait haleter, et ses jambes épuisées protestaient. « Complètement cinglé. »

Underhill ne ralentit pas, gardant toujours la tête baissée, et son sourire, sous le masque, qui lui donnait l'air idiot. Peut-être même se mit-il à marcher plus vite. Henry n'allait pas tarder à devoir courir s'il voulait rester à sa hauteur. À condition qu'il lui soit encore possible de courir.

« Vous allez braquer vos mitrailleuses sur nous, reprit un Henry hors d'haleine. Vous empilerez les corps dans la grange... vous aspergerez la grange d'essence... probablement en la prenant à la pompe du vieux Gosselin, y'a pas de petites économies pour l'État... et ensuite, *pouf !* tout le monde part en fumée... deux cents... quatre cents personnes... on va se croire dans un barbecue géant d'anciens combattants en enfer... un barbecue de cochons rôtis... »

Underhill n'avait plus son sourire. Il marchait plus vite. Par quel miracle Henry trouva-t-il la force de trottiner, haletant de plus en plus et redoublant d'efforts dans les dunes de neige qui lui montaient jusqu'aux genoux ? Le vent était coupant sur son visage en feu. Une vraie lame.

« Mais, Owen... c'est bien ça, hein ?... Owen ?... vous vous souvenez de la comptine, celle qui dit *Les grosses mouches... ont des petites mouches... qui les piquent...* et ainsi de suite, *ad infinitum ?...* Eh bien, c'est comme ça ici... c'est nous... parce que Kurtz a son plan secret... l'homme qui est à ses ordres... Johnson, je crois... »

Underhill lui adressa un coup d'œil bref et aigu, puis accéléra encore le pas. Henry réussit à ne pas décrocher, mais il se rendait compte qu'il ne tiendrait plus longtemps. Il avait déjà un point de côté. Il avait chaud, il se sentait bouillir. « En principe... c'était votre boulot... la deuxième partie du nettoyage... nom de code... Imperial Valley... ça veut dire quelque chose... pour vous ? »

Henry vit que non. Kurtz ne lui avait sans doute jamais parlé de l'opération qui allait détruire l'essentiel du Blue Group. Imperial Valley ne signifiait strictement rien pour Underhill, et maintenant, en plus de son point de côté, Henry avait l'impression qu'un cercle de fer entourait sa poitrine et se resserrait, se resserrait.

« Arrêtez... bon Dieu, Underhill.... Pouvez pas... ? »

Underhill ne ralentit même pas. Underhill voulait conserver ses illusions. Comment lui en vouloir ?

« Johnson... et quelques autres... au moins une femme... ç'aurait pu être vous, si vous aviez pas fait le con... franchi la ligne, c'est comme ça qu'il y pense... pas la première fois, d'ailleurs... ça vous est déjà arrivé, dans un patelin... qui s'appelait un truc comme Bossa Nova... »

Nouveau coup d'œil aigu d'Underhill, plus appuyé cette fois. Un progrès ? Peut-être.

« À la fin... à mon avis... même Johnson y passera... seul Kurtz partira d'ici vivant... les autres... rien qu'un tas de cendres et d'os... votre foutue télépathie à la con... ne vous l'a pas dit, hein ?... Votre petit tour de transmission de pensée... pour amuser la galerie... ne vous a pas...révélé... cette connerie... »

Le point de côté se transforma en griffe et s'enfonça dans son corps, remontant jusqu'à son aisselle. Sur quoi, il perdit l'équilibre et tomba tête la première dans un tas de neige. Ses poumons, furieusement avides d'oxygène, avalèrent une poignée de neige poudreuse au lieu d'air.

Il se remit comme il put à genoux, pris d'une quinte de toux, s'étouffant, et eut juste le temps de voir le dos d'Underhill disparaître dans un rideau de neige soulevé par le vent. Ne sachant même pas ce qu'il allait dire, seulement que c'était sa dernière chance, il trouva la force de hurler :

« Vous avez essayé de pisser sur la brosse à dents de Mr Rapeloew et comme vous n'avez pas pu y arriver, vous avez cassé sa vaisselle ! Vous l'avez cassée, et après ça, vous vous êtes enfui ! *Comme vous vous enfuyez à présent, sale con, sale froussard !* »

Silhouette à peine visible dans la neige, Owen Underhill s'immobilisa.

4

Il resta un instant ainsi, tournant toujours le dos à Henry qui, agenouillé dans la neige, haletait comme un chien, de l'eau glacée ruisselant sur son visage en feu. Il avait conscience, d'une manière à la fois lointaine et immédiate, que l'égratignure de sa jambe commençait à le démanger à l'endroit ou se développait le byrus.

Finalement, Underhill fit demi-tour et revint sur ses pas.

« Comment savez-vous, pour les Rapeloew ? Le phénomène de télépathie diminue. Vous ne devriez pas être capable d'aller aussi profondément.

— Je sais beaucoup de choses », dit Henry. Il se mit sur ses pieds, haletant, toussant. « Parce que ça va très loin, chez moi. Je suis différent. Mes amis et moi, nous étions tous différents. Nous étions quatre. Deux sont morts. Moi, je suis ici. Le quatrième... le quatrième est votre problème, Mr Underhill. Pas moi, ni les gens que vous avez enfermés dans la grange ou ceux que vous y conduisez encore, pas votre Blue Group ou le plan de Kurtz, Imperial Valley. Seulement lui. »

Il hésita, ne voulant pas donner le nom de son ami ; c'est de Jonesy qu'il avait été le plus proche. Beaver et Pete étaient géniaux, certes, mais seul Jonesy était capable de suivre le même cours de pensée que lui, d'aimer les mêmes livres, de partager les mêmes idées ; seul Jonesy avait eu lui aussi le talent de rêver au-delà des lignes, en plus de voir la ligne. Mais Jonesy n'existait plus, pas vrai ? Henry en était convaincu. Il avait été encore présent, un minuscule fragment de lui s'était trouvé là, lorsque le nuage rouge-noir était passé près d'Henry ; mais à l'heure actuelle, son vieil ami avait été dévoré vivant. Son cœur battait encore, ses yeux voyaient encore, mais le vrai Jonesy était aussi mort que Beaver et Pete.

« C'est Jonesy votre problème, Mr Underhill. Gary Jones, de Brookline, Massachusetts.

— Kurtz est aussi un problème. »

Underhill avait parlé trop doucement pour qu'il soit possible de l'entendre avec les hurlements du vent et les ronflements des moteurs, mais Henry l'entendit tout de même, l'entendit dans son esprit.

Underhill regarda autour de lui. Henry suivit son regard et vit quelques hommes qui couraient dans l'allée improvisée entre les mobil-homes et les caravanes. Il n'y avait personne près d'eux. Cependant, tout le secteur autour du magasin, de la grange-étable et de ses dépendances, était éclairé *a giorno*, et même le vent n'arrivait pas à masquer les accélérations des moteurs, les rugissements percutants des génératrices, les cris des hommes. Quelqu'un donnait des ordres à l'aide d'un porte-voix. L'effet qui en résultait avait quelque chose de surnaturel, comme s'ils étaient tous les deux prisonniers de l'œil du cyclone, au milieu de fantômes. Les soldats qui couraient avaient même l'air de fantômes lorsqu'ils s'évanouissaient au milieu des tourbillons de neige dansant.

« On ne peut pas parler ici, dit Underhill. Écoutez-moi, et ne me faites pas répéter un seul mot, mon gars. »

Et dans la tête d'Henry, laquelle était bombardée de tellement d'informations que la plupart se mêlaient et se confondaient dans une incompréhensible salade russe, une pensée venue de l'esprit d'Owen Underhill s'éleva, nette, détachée : *Mon gars. Son expression. J'arrive pas à croire que j'ai employé son expression.*

« J'écoute », répondit Henry.

5

Le hangar était à l'autre bout des dépendances principales, aussi loin de la grange-étable qu'il était possible et, en dépit de l'éclairage aussi intense ici que partout ailleurs dans cet infernal camp de concentration, il faisait sombre à l'intérieur, où régnait une douce odeur de foin coupé depuis longtemps. Et une autre aussi, légèrement plus âcre.

Quatre hommes et une femmes étaient assis, adossés au mur

du fond du hangar. Tous portaient la tenue orange fluo des chasseurs et un joint circulait entre eux. Seulement deux fenêtres éclairaient le local, l'une faisant face à l'enclos, l'autre, toute proche de la barrière qui fermait le périmètre, donnant sur la forêt. La crasse des vitres contribuait à atténuer l'éclat aveuglant, impitoyable, des lampes à arc. Dans la pénombre, les visages des fumeurs de hasch paraissaient gris, déjà morts.

« Vous voulez une tafe ? » demanda celui qui tenait le joint.

Il parlait d'un ton tendu, malheureux, retenant la fumée dans ses poumons, mais il proposait cependant son joint avec une réelle bonne volonté. C'était un pétard catégorie king-size, constata Henry, gros comme un havane.

« Non. Je veux que vous sortiez tous. »

Ils le regardèrent sans comprendre. La femme était l'épouse de l'homme qui tenait le joint. Le type, à sa gauche, était son beau-frère. Les deux autres étaient juste venus pour la balade.

« Retournez à la grange, dit Henry.

— Pas question, répliqua l'un des autres hommes. Y'a trop de monde. On préfère rester entre nous. Et, étant donné que nous étions ici les premiers, je suggère que puisque vous ne tenez pas à vous montrer sociable, ce soit vous qui...

— Je l'ai chopé », le coupa Henry. Il posa la main sur la chemise nouée autour de sa cuisse. « Le byrus. Ce que les autres appellent le Ripley. Certains d'entre vous l'ont peut-être... vous Charles, je crois que vous l'avez. »

Il avait montré le cinquième homme, personnage à la calvitie plus que naissante qui paraissait remplir complètement sa parka.

« Non ! » s'écria Charles.

Mais déjà, les autres s'écartaient vivement de lui, l'homme tenant le cigare colombien (il s'appelait Darren Chiles et il était de Newton, dans le Massachusetts) n'en faisant pas moins attention à ne pas relâcher sa fumée.

« Si, vous l'avez, dit Henry. Dans les grandes largeurs. Et vous aussi, Mona... Mona ? Non, Marsha. C'est Marsha.

— C'est pas vrai », protesta la femme.

Elle se leva, s'appuyant du dos contre la paroi et regardant Henry avec de grands yeux terrifiés. Des yeux de biche. Bientôt, toutes les biches du secteur seraient mortes, et Marsha avec elles. *Pourvu qu'elle ne soit pas capable de lire cette pensée dans mon esprit*, se dit Henry.

« Je n'ai rien, monsieur, personne n'a rien ici sauf vous ! »

Elle regarda son mari qui, sans être un hercule, paraissait plus costaud qu'Henry. Comme tous les autres, d'ailleurs. Ils n'étaient pas plus grands, mais plus larges d'épaules.

« Fiche-le dehors, Dare.

— Il y a deux genres de Ripley », dit Henry, parlant comme d'un fait, d'une chose qu'il ne faisait que soupçonner... mais plus il y pensait, plus l'explication lui paraissait logique. « Appelons-les le Ripley primaire et le Ripley secondaire. J'ai toute raison de croire que si vous n'avez pas pris une forte dose — dans un aliment, ou en inhalant, ou par le biais d'une plaie ouverte — vous pouvez vous en sortir. Vous pouvez guérir. »

À présent, tous le regardaient avec de grands yeux de biche, et Henry vécut un instant de désespoir affreux. Pourquoi n'avait-il pas pu avoir son petit suicide bien tranquille ?

« Moi, j'ai attrapé le Ripley primaire. » Il dénoua sa chemise. Ils se contentèrent de jeter un coup d'œil sommaire à la déchirure, dans le jean poudré de neige d'Henry, mais lui-même prit le temps de l'étudier pour leur compte. La blessure faite par le Commodo était maintenant remplie de byrus. Certains des filaments mesuraient plus de cinq ou six centimètres de long et ondulaient comme des algues dans un courant. Il sentait les racines de la chose s'enfoncer lentement mais sûrement, de plus en plus profondément, irritantes, moussantes, pétillantes. Essayant de penser. Ça, c'était le pire. *La saleté essayait de penser*.

Cette fois, le petit groupe prit la direction de la porte ; Henry s'attendait même à ce qu'ils s'élancent au pas de course une fois qu'ils auraient humé leur première bouffée d'air frais. Au lieu de cela, ils s'arrêtèrent sur le seuil.

« Vous ne pouvez pas nous aider, monsieur ? » demanda Marsha d'une voix d'enfant qui chevrotait un peu.

Son mari, Darren, passa un bras autour de ses épaules.

« Je ne sais pas, répondit Henry. Probablement pas... mais peut-être. Je ne serai plus ici dans une demi-heure, mais il vaudrait sans doute mieux que vous restiez dans la grange, avec les autres.

— Pourquoi ? » demanda Darren Chiles de Newton.

Et Henry, qui n'avait que le fantôme d'une idée et rien qui ressemblait à un plan, lui répondit :

« Je ne sais pas. Ce n'est qu'une impression. »

Ils sortirent, laissant Henry seul maître du hangar.

6

Sous la fenêtre donnant directement sur la barrière à présent électrifiée, se trouvait une vieille botte de foin. Darren Chiles trônait dessus au moment où Henry était entré (en tant que détenteur de la came, Chiles avait eu droit au meilleur siège), et il alla occuper sa place. Une fois assis, mains sur les genoux, en dépit des voix qui ne cessaient de se bousculer dans sa tête, il ressentit aussitôt l'envie de dormir, et une sensation profonde et de plus étendue de démangeaisons dans sa jambe gauche. Elle commençait à se faire sentir aussi dans sa bouche, là où il avait perdu une dent.

Il entendit Underhill arriver sous la fenêtre avant qu'il ne prononce le moindre mot, car c'est l'approche de son esprit qu'il perçut.

« Je suis à l'abri du vent et presque entièrement dans l'ombre du bâtiment, dit Underhill. Je grille une cigarette. Si quelqu'un s'approche, vous n'êtes pas là-dedans.

— Entendu.

— Au premier mensonge, je fiche le camp et vous n'aurez plus l'occasion de me parler, pendant le peu de temps qu'il vous reste à vivre. De vive voix ou... autrement.

— Entendu.

— Comment vous êtes-vous débarrassé des gens qui étaient déjà ici ?

— Pourquoi ? » Henry se serait cru trop fatigué pour se mettre en colère, eh bien non. « C'est quoi ça, un examen d'admission ?

— Ne faites pas l'imbécile.

— Je leur ai dit que j'étais atteint de Ripley primaire, ce qui est la vérité. Ils ont pris la poudre d'escampette... Vous aussi vous l'avez, pas vrai ?

— Qu'est-ce qui vous le fait penser ? »

Henry ne détecta pas la moindre tension dans la voix de l'homme, mais, en tant que psychanalyste, il sut interpréter cet indice. Ce qu'était vraiment Underhill, Henry n'en avait aucune idée, mais il savait particulièrement bien garder la tête froide, et c'était un pas dans la bonne direction. *D'autant que ça ne peut pas faire de mal, s'il comprend qu'il n'a vraiment rien à perdre.*

« C'est autour de vos ongles, n'est-ce pas ? Et un peu dans une oreille.

— Vous les laisseriez sur le cul, dans les boîtes de Las Vegas, mon vieux. »

Henry vit se lever la main d'Underhill. Il tenait une cigarette entre ses doigts gantés. Il se dit que c'était surtout le vent qui allait la fumer.

« Vous avez attrapé le primaire directement à la source. J'ai de bonnes raisons de penser que le secondaire est celui qu'on chope lorsqu'on touche quelque chose qui porte le primaire, un arbre, de la mousse, un animal quelconque, une autre personne. On attrape ce truc-là comme lorsqu'on tripote du sumac vénéneux. Et ne me dites pas que vos techniciens médicaux ne sont pas au courant. Autant que je le sache, c'est d'eux que je tiens mon information. Ma tête est comme une foutue parabole qui récupère tous les programmes en accès libre sans que rien les bloque. Je suis incapable de dire d'où me vient la moitié de ces trucs, mais c'est sans importance. Et à présent, un détail que vos spécialistes ignorent : les grisâtres appellent la saleté rouge *byrus*, un terme qui signifie "terreau de vie". Dans certaines conditions, le primaire peut faire pousser les implants.

— Les fouines-merde ?

— Les fouines-merde, oui. Ça me plaît bien. Elles naissent du byrus, mais se reproduisent ensuite en pondant des œufs. Elles se dispersent, pondent d'autres œufs, et ainsi de suite. C'est en tout cas ainsi que ça doit marcher, en théorie. Mais ici, les œufs n'arrivent pratiquement jamais à maturité. J'ignore si c'est le froid, l'atmosphère, ou autre chose. Toujours est-il que dans notre système écologique, il n'y a que le byrus qui s'adapte. C'est le seul truc qu'ils aient qui marche ici.

— Le terreau de la vie.

— Ouais. Mais écoutez plutôt : les grisâtres ont de gros problèmes sur notre planète. C'est sans doute pour cette raison qu'ils ont attendu aussi longtemps — un demi-siècle — avant de se décider à agir. Les fouines, par exemple. Elles devraient être en principe saprophytes... savez-vous ce que cela veut dire ?

— Écoutez, Henry — c'est bien Henry, n'est-ce pas ? Est-ce que ce truc a quelque chose à voir avec notre sit...

— *Tout à voir* avec notre situation actuelle. Et à moins que vous ne vouliez prendre sur vos épaules une bonne partie de la responsabilité pour la fin de toute vie sur le vaisseau spatial Terre — mis à part, évidemment, l'envahissement par ce kudzu [1] interstellaire — je vous conseille de la fermer et d'écouter. »

Il y eut un silence, puis :

« J'écoute.

— Les saprophytes sont des parasites bénéfiques. Nous en avons dans nos intestins, et nous en avalons délibérément lorsque nous consommons des produits laitiers, laits caillés ou yaourts, par exemple. Nous offrons le gîte au microbe, et il nous donne quelque chose en échange. Dans le cas des bactéries des produits laitiers, c'est une amélioration de la digestion. Ces fouines, dans des circonstances normales — normales sur d'autres planètes, je suppose, où l'écologie diffère de la nôtre dans des proportions que je suis bien incapable d'imaginer — atteignent une taille qui est celle d'une petite pièce de monnaie, à peu près. Il semble qu'elles peuvent interférer dans la reproduction, chez les sujets femelles, mais elles ne tuent pas. En principe. Elles se contentent de vivre dans les intestins. L'hôte donne de la nourriture, elles offrent la télépathie. C'est le marché d'habitude. Sauf qu'elles nous transforment aussi en appareil de télé. Télé-grisâtre, c'est nous.

— Et vous savez tout cela parce que vous en avez une en vous ? » Il n'y avait aucune trace d'écœurement dans la voix d'Underhill, mais Henry le sentait en revanche très présent dans son esprit, pulsant comme une tentacule. « L'une de ces fouines soi-disant normales ?

— Non. » *En tout cas, je ne crois pas.*

« Mais alors, comment savez-vous tout ce que vous savez ? À moins que vous n'inventiez tout ça au fur et à mesure ? Histoire de trouver un moyen astucieux de sortir d'ici ?

— Comment je le sais, c'est le moindre de nos soucis, Owen. Toujours est-il que vous savez que je ne mens pas. Vous arrivez à me sonder.

— Je sais que vous *pensez* ne pas mentir. Et dans quelle mesure ces conneries de trucs télépathiques vont-elles s'améliorer chez moi ?

— Aucune idée. Sans doute un peu, si le byrus s'étend, mais vous ne jouerez pas dans ma catégorie.

1. Plante grimpante originaire du Japon, introduite aux États-Unis au XIXe siècle et très envahissante.

— Parce que vous êtes différent. »

Du scepticisme, aussi bien dans la voix d'Underhill que dans ses pensées.

« Pour tout vous dire, mon vieux, je ne savais pas jusqu'à aujourd'hui à quel point j'étais différent. Mais oubliez ça une minute. Pour l'instant, je voudrais que vous compreniez que les grisâtres sont dans une sacrée merde, ici. Pour ce qui est peut-être la première fois de leur histoire, ils sont obligés de se battre, de vraiment se battre pour prendre le contrôle. Tout d'abord parce que lorsque les fouines pénètrent dans les gens, au lieu d'être saprophytes, elles deviennent des parasites mortels. Elles n'arrêtent pas de manger et elles n'arrêtent pas de grandir. Un vrai cancer, Underhill.

« En second lieu, si le byrus se développe bien dans d'autres mondes, il a beaucoup de mal à prendre chez nous, jusqu'à présent du moins. Les scientifiques et les experts qui gèrent ce rodéo pensent que c'est le froid qui le ralentit, mais je n'en suis pas si sûr. Il y a peut-être autre chose. Je ne peux pas en être tout à fait certain parce qu'ils ne le savent pas, mais...

— Houlà ! » Il y eut une brève petite flamme derrière une main ; Underhill venait d'allumer une deuxième cigarette à faire fumer au vent. « Ces types qui ne savent pas... ce ne sont pas nos experts, n'est-ce pas ?

— Non.

— Vous pensez que vous êtes en contact avec les grisâtres. En contact télépathique.

— Je crois... avec l'un d'eux. Grâce à un lien.

— Ce Jonesy dont vous m'avez parlé ?

— Honnêtement, je n'en sais rien, Owen. Pas avec certitude. Ce qui compte, c'est qu'ils perdent. Moi, vous, les hommes qui vous ont accompagné jusqu'à Blue Boy, aujourd'hui, nous ne serons peut-être plus dans le secteur pour fêter Noël. Je ne vais pas vous raconter d'histoires. Nous avons reçu de fortes doses, très concentrées. Pourtant...

— Je l'ai chopé, c'est vrai, le coupa Underhill. Edwards aussi... c'est apparu sur lui comme par magie.

— Mais même si cette saleté s'empare de vous, à mon avis, elle ne pourra pas s'étendre bien loin. Elle ne se transmet tout simplement pas bien. Dans cette grange, certaines personnes peuvent se mêler tant qu'elles veulent à d'autres qui sont infectées, elles ne l'attraperont jamais. Quant à celles qui l'attrapent comme un rhume, elles se retrouvent avec un byrus secondaire... ou Ripley, comme vous voudrez.

— Autant prendre byrus.

— Très bien. Elles seront peut-être capables de le transmettre à quelques-uns, qui auront des manifestations encore plus insignifiantes, disons un byrus tertiaire. Il n'est même pas impossible que le byrus tertiaire soit transmissible, mais je crois qu'on aura besoin d'un microscope ou d'un test sanguin pour détecter le porteur d'un byrus quaternaire. Après quoi, plus rien. Bon, résumons-nous. Écoutez-moi bien.

« Premier point : les grisâtres, qui ne sont probablement que des dispositifs pour apporter le byrus à bon port, sont déjà liquidés. Ceux qui n'ont pas été tués par l'environnement, comme les envahisseurs martiens dans *La Guerre des mondes*, ont été massacrés par vos hélicos de combat. Tous sauf un, faut-il préciser, faut bien qu'il y en ait un, celui dont je tire mes informations. Mais au sens physique, il a lui aussi disparu.

« Deuxième point : les fouines, ça ne marche pas. Comme tous les cancers, en tuant leur hôte elles finissent par se tuer. Les fouines qui ont réussi à s'échapper des intestins de leur victime n'ont pas tardé à mourir dans un milieu trop hostile pour elles.

« Troisième point : le byrus ne prend pas, lui non plus, en tout cas pas très bien ; mais s'il en a l'occasion, ou si on lui en laisse le temps, il pourrait muter, apprendre à s'adapter. Et peut-être finir par régner.

— On va le liquider, objecta Underhill. Tout le Jefferson Tract va être réduit en cendres. »

Henry en aurait crié de frustration, et une partie de sa réaction dut être transmise à Underhill qui sursauta.

« Ce que vous allez faire ici ne compte pas, reprit Henry. Les gens que vous avez internés ne peuvent pas le propager, les fouines ne peuvent pas le propager, et le byrus ne peut pas se propager tout seul. Vous pourriez aussi bien plier bagage avec toute l'équipe, et partir tout de suite : le milieu se chargerait de se reconstituer et de faire disparaître cette aberration comme on efface une équation erronée au tableau. Je crois que les grisâtres se sont comportés ainsi parce que ces cons-là ne pouvaient pas croire qu'on puisse leur résister. Je pense qu'il s'agissait d'une mission suicide sous la responsabilité d'un zozo dans le genre de votre mister Kurtz. Ils n'arrivent tout simplement pas à concevoir la notion d'échec. *Nous gagnons toujours*, voilà ce qu'ils disent.

— Mais comment...

— Sur quoi, à la dernière minute, Underhill — qui sait, à la dernière seconde — l'un d'eux a trouvé un homme remarquablement différent de tous ceux avec lesquels les grisâtres, les fouines et le virus étaient entrés en contact jusqu'ici. Ce type, c'est votre Typhoid Mary. Et il est déjà sorti de votre secteur de quarantaine, si bien que tout ce que vous pourrez faire ici n'a plus aucun sens.

— Gary Jones...

— Jonesy, exact.

— Qu'est-ce qui le rend différent ? »

Henry n'avait aucune envie d'aborder cette question, mais il se rendait compte qu'il fallait bien dire quelque chose à Underhill.

« Lui, moi et nos deux autres amis, ceux qui sont morts, nous avons autrefois connu quelqu'un de très différent. Un télépathe naturel, pas besoin de byrus. Il nous a fait quelque chose. Si nous l'avions connu en étant plus âgés, sans doute ne se serait-il rien passé, mais nous l'avons rencontré alors que nous étions... particulièrement vulnérables..., on pourrait dire ça comme ça... à ce qu'il avait. Puis, des années plus tard, il est arrivé quelque chose à Jonesy, quelque chose qui n'avait rien à voir avec... avec ce remarquable garçon. »

Mais ce n'était pas la vérité, soupçonnait Henry ; Jonesy avait certes été renversé par une voiture à Cambridge, alors que Duddits n'avait jamais été au sud de Derry de sa vie, pour autant qu'il le savait. Et cependant Duds avait joué un rôle dans la dernière et cruciale transformation de Jonesy. Au moins un rôle. Et ça, il le *savait*.

« Et vous attendez de moi... quoi donc ? Que je vous croie sur parole ? Que je gobe tout ça, hameçon et ligne ? »

Dans la pénombre aux agréables odeurs du hangar à foin, les lèvres d'Henry s'étirèrent sur un sourire sans joie.

« Owen... vous savez bien que vous le croyez. Je suis un télépathe, ne l'oubliez pas. Le pire de la jungle. La question qui reste, cependant, la question est... »

C'est avec son esprit qu' Henry posa la question.

7

Tandis qu'il se tenait de l'autre côté de la barrière électrifiée, près du mur du fond de la vieille remise à foin, se gelant les couilles, le masque autour du cou pour pouvoir fumer des cigarettes dont il n'avait pas envie (il en avait acheté un paquet au magasin de l'armée), Underhill aurait juré n'avoir jamais eu aussi peu envie de rire de sa vie... mais lorsque l'homme, dans le hangar, avait répondu à sa question, pourtant éminemment raisonnable, avec autant de franchise et d'impatience (*vous savez bien que vous le croyez. Je suis un télépathe, ne l'oubliez pas*), il avait eu la surprise, malgré tout, de s'entendre lâcher un éclat de rire. Kurtz avait dit que si la télépathie devenait permanente et devait se propager, la société telle qu'ils la connaissaient s'écroulerait. Owen avait compris l'idée, mais il la saisissait à présent à un niveau viscéral.

« N'empêche que la question... la question est de savoir... »

Qu'est-ce qu'on va faire ?

Dans son état de fatigue, Owen ne voyait qu'une réponse à cette question.

« Il faut que nous nous lancions à la poursuite de Jones, je suppose. Mais est-ce que ça changera quelque chose ? Avons-nous le temps ?

— Tout juste. »

Owen essaya de lire ce qu'il y avait derrière la réaction d'Henry à l'aide de ses propres capacités télépathiques. En vain. Il était à peu près certain, néanmoins, que tout ce que lui avait dit cet homme était vrai. *Ou bien c'est vrai, ou bien il est persuadé que ça l'est. Dieu sait que pour ma part, je ne demande pas mieux que de le croire. N'importe quel prétexte serait bon pour ficher le camp d'ici avant que la boucherie ne commence.*

« Non ! » protesta Henry. Pour la première fois, Owen eut l'impression que son informateur était déstabilisé, plus tout à fait sûr de lui-même. « Pas de boucherie. Pas question de laisser Kurtz massacrer plusieurs centaines de personnes. Des gens qui, en fin de compte, n'auront aucune influence sur la suite des événements. Ce sont simplement... bordel, des innocents qui se trouvaient là par hasard ! »

Owen ne fut pas entièrement surpris de découvrir qu'il prenait un certain plaisir à voir l'émotion manifestée par son nouvel ami ; Dieu sait que celui-ci l'avait rudement secoué.

« Qu'est-ce que vous suggérez ? En gardant à l'esprit que vous avez vous-même déclaré que le seul qui compte est votre copain Jonesy.

— Oui, mais.... »

Il s'empêtrait. La voix mentale d'Henry était légèrement plus assurée — légèrement. *Je n'ai pas voulu dire qu'on allait se contenter de ficher le camp et de les laisser mourir.*

« On ne pourrait aller nulle part, de toute façon, dit Underhill. On serait fait comme des rats, avec ce temps. »

Il laissa tomber le mégot de sa troisième cigarette après avoir tiré une dernière bouffée pour la forme, et regarda le vent l'emporter. Au-delà du hangar, des draperies de neige balayaient l'enclos à chevaux désert, accumulant d'énormes congères le long de la grange. Essayer d'aller quelque part dans cette tempête serait de la folie. *Il faudrait avoir une motoneige, pour commencer. D'ici une heure ou deux, même un quatre-quatre ne servirait pas à grand-chose. Pas là-dedans.*

« Tuez Kurtz, dit Henry. C'est la solution. Il sera plus facile pour nous de partir d'ici, plus personne n'étant là pour donner des ordres, et cela permettra de... reporter le nettoyage biologique. »

Owen eut un petit rire sec.

« À vous entendre, rien ne serait plus simple. Double-Zéro-Underhill, permis de tuer. »

Il alluma une quatrième cigarette, protégeant la flamme du briquet de ses mains en coupe. En dépit des gants, il avait les doigts gelés. *Vaudrait mieux qu'on arrive rapidement à une conclusion. Sinon, je vais geler à mort, ici.*

« Pourquoi serait-ce si compliqué ? » demanda Henry. Mais il connaissait la réponse. Owen le sentait (l'entendait presque) qui essayait de ne pas la voir, ne voulant pas que les choses soient encore pires. « Entrez chez lui et descendez-le.

— Marcherait pas. » Underhill envoya une brève image à Henry : Freddy Johnson (et les autres membres de l'infâme plan Imperial Valley) surveillant le Winnebago de Kurtz. « Sans compter qu'il a des espions partout. S'il arrive quelque chose, ses gorilles vont rappliquer. Je pourrais peut-être l'avoir, lui. Probablement pas, parce qu'il prend encore plus de précautions qu'un *jefe* colombien de la cocaïne, en particulier quand il est en mission, mais peut-être. Je me plais à croire que je ne suis pas si mauvais que ça moi-même. Pourtant ce serait une mission suicide. S'il a recruté Johnson, il a aussi probablement avec lui Kate Gallagher... Marvell Richardson... Carl Friedman... Jocelyn McAvoy. Tous de sacrés coriaces, Henry. Je tue Kurtz, ils me tuent, le gros bonnet qui mène la danse depuis son bunker du fin fond des Rocheuses envoie un nouveau nettoyeur, un clone de Kurtz qui prendra les choses en main là où Kurtz les aura laissées. À moins qu'il ne désigne tout simplement Kate. Dieu sait qu'elle est assez cinglée pour ça. Les gens enfermés dans la grange bénéficieront peut-être d'un délai de grâce d'une douzaine d'heures pour macérer dans leur jus, mais ils finiront tout de même par y passer. La seule différence est qu'au lieu d'avoir une chance de foncer allègrement avec moi dans la tempête, mon mignon, vous allez brûler avec eux. Votre copain, en attendant, ce Jonesy, se sera rendu... où ça, au fait ?

— C'est un détail qu'il est peut-être prudent que je garde pour moi, pour le moment. »

Underhill n'en essaya pas moins de sonder l'esprit d'Henry avec ses moyens télépathiques. Un instant, il eut une vision brouillée qui le laissa perplexe : un haut bâtiment blanc, dans la neige, cylindrique comme un silo ; puis la vision disparut, laissant place à l'image d'un cheval blanc qui lui fit penser à une licorne ; il passait devant un panneau indicateur sur lequel était inscrit sous une flèche, en lettres rouges : BANBURY CROSS.

Il poussa un grognement à la fois amusé et exaspéré.

« Vous me brouillez

— On peut voir ça comme ça. C'est plutôt une technique qu'il vaudrait mieux que vous appreniez si vous voulez garder une conversation secrète.

— Bon, bon. »

Owen n'était pas vraiment mécontent de ce qui venait de se produire. Pour commencer, il pouvait être fort utile de disposer d'une technique de brouillage. Ensuite, il avait appris qu'Henry savait où allait son ami contaminé — appelons-le Typhoid Jonesy. Il en avait vu brièvement l'image dans la tête d'Henry.

« Je voudrais que vous m'écoutiez bien à présent, Henry.

— OK.

— Voici ce qu'il y a de plus simple et de plus sûr à faire pour nous. Tout d'abord, sauf si le temps est un facteur absolument crucial, il nous faut prendre un peu de sommeil.

— Je ne dis pas non. Je suis pratiquement mort de fatigue.

— Ensuite, vers trois heures du matin, je passerai à l'attaque. Ce camp provisoire va rester en alerte rouge jusqu'au moment où il n'y aura plus trace de camp provisoire, mais s'il y a un moment où le regard de Big Brother se voile un peu, c'est en général entre quatre et six heures du matin. Je vais créer une diversion, et je peux court-circuiter la barrière — en vérité, c'est le plus facile. Et ensuite, arriver ici avec une motoneige cinq minutes après avoir semé la panique... »

La télépathie présentait certains avantages de type sténographique par rapport à la communication orale, découvrait Underhill. Il avait envoyé à Henry l'image mentale d'un hélicoptère en feu et de soldats courant dans tous les sens tout en continuant de parler.

« ... et nous filons.

— En laissant Kurtz avec une pleine grange de civils innocents qu'il a l'intention de transformer en cochons grillés. Sans parler du Blue Group. Il y en a combien, en tout, trois cents, six cents ? »

Underhill, qui était militaire à plein temps depuis l'âge de dix-neuf ans, et l'un des nettoyeurs de Kurtz depuis huit, expédia deux mots redoutables le long du lien mental qu'ils avaient établi : *pertes acceptables.*

Derrière la vitre sale, la vague silhouette qui était Henry Devlin s'agita, puis se leva.

Non, répondit-il par le même moyen.

8

Non ? Qu'est-ce que vous voulez, dire, par non ?

Non. Je ne veux rien dire d'autre.

Avez-vous une meilleure idée ?

Sur quoi Owen comprit, à sa grande horreur, qu'Henry pensait précisément en avoir une. Quelques éléments de cette idée (qu'il aurait été beaucoup trop généreux de baptiser « plan ») passèrent à travers l'esprit d'Owen comme les débris éclatants d'une queue de comète. Il en eut le souffle coupé. La cigarette tomba de ses doigts et fut emportée par le vent sans qu'il s'en rendit compte.

Vous êtes cinglé.

Non, pas du tout. Nous avons besoin d'une diversion pour ficher le camp, comme vous l'avez dit vous-même. Et ça, c'est une diversion.

Ils seront tués, n'importe comment !

Certains, oui. Peut-être même la plupart. Mais c'est une chance à courir. Quelle chance auraient-ils dans la grange en feu ?

Et à voix haute, Henry ajouta :

« Sans compter qu'il y a Kurtz. S'il se retrouve avec deux cents évadés à récupérer, des évadés qui ne demanderont pas mieux que d'expliquer au premier journaliste venu que le gouvernement américain, pris de panique, a approuvé un nouveau massacre de My Lai ici, en territoire américain, il n'aura pas tellement le temps de s'occuper de nous. »

Vous ne connaissez pas Abe Kurtz. Vous ignorez tout de la Ligne Kurtz, pensa Owen. Lui-même ne l'avait pas su. Pas vraiment. Pas jusqu'à aujourd'hui.

Cependant, la proposition d'Henry, aussi délirante qu'elle fût, tenait peut-être debout. Sans compter qu'elle comportait sa part d'expiation. Alors que cet interminable 14 novembre progressait inexorablement vers minuit, et alors que ses chances de vivre au-delà de la fin de la semaine augmentaient, Underhill ne fut pas tellement surpris de trouver séduisante l'idée d'expiation.

« Henry ?

— Oui, Owen, j'écoute.

— J'ai toujours eu des remords pour ce que j'ai fait chez les Rapeloew, ce jour-là.

— Je sais.

— Et pourtant, j'ai recommencé. Et recommencé. C'est pas tordu, ce truc ? »

Henry, qui était resté un excellent psychanalyste, même depuis que ses pensées s'étaient tournées vers le suicide, ne répondit rien. Être tordu faisait partie du comportement humain normal. Déplorable, mais vrai.

« Très bien, dit Underhill. Vous achetez la baraque, mais c'est moi qui la meuble. D'accord ?

— D'accord, répondit aussitôt Henry.

— Pouvez-vous m'apprendre cette technique de brouillage ? Parce que je crains bien d'en avoir besoin.

— Je suis à peu près sûr que oui.

— Parfait. Écoutez. »

Et, pendant les trois minutes suivantes, Underhill parla, parfois à voix haute, parfois directement à l'esprit d'Henry. Les deux hommes avaient atteint un point où ils employaient indifféremment les deux modes de communication ; pensées et mots ne faisaient plus qu'un.

XVI

Derry

1

Il fait chaud, au Gosselin's, chaud à crever ! La sueur se met presque aussitôt à perler sur le front de Jonesy et, le temps que leur quatuor atteigne le taxiphone (qui, comme par hasard, est juste à côté du poêle), elle coule sur ses joues tandis que ses aisselles lui font l'effet d'une jungle après une pluie tropicale... même si, à quatorze ans, les poils qu'il a sous les bras sont loin de ressembler à une jungle. *C'est pas qu'ça te plairait pas*, comme dirait Pete.

Il fait donc chaud à en crever, et il est encore en partie sous l'emprise du rêve, ce rêve qui ne s'est pas évanoui comme le font normalement les cauchemars (il a encore l'impression de sentir les odeurs d'essence et de pneus brûlés, de voir encore Henry tenant le mocassin... et la tête, il voit encore l'affreuse tête tranchée de Richie Grenadeau). Sur quoi l'opératrice ne fait que rendre les choses encore pire, la salope. Lorsque Jonesy lui donne le numéro des Cavell, qu'ils composent souvent pour demander s'ils peuvent passer voir Duddits (Roberta et Alfie répondent toujours oui, mais la politesse, telle qu'on la leur a apprise, veut qu'on demande la permission), elle a cette réaction : « Vos parents savent-ils que vous demandez un numéro longue distance ? » Paroles prononcées non pas avec l'accent yankee traînant, mais avec le timbre légèrement francisé de ceux qui ont grandi dans cette partie du monde, où les Letourneau et les Bissonette sont plus nombreux que les Smith et les Jones. Ces radins de Français, comme les appelle le père de Pete. Et maintenant, il faut qu'il tombe sur une Française au téléphone, Dieu aie pitié de lui.

« Je suis autorisé à en faire du moment que c'est moi qui paie », répond Jonesy.

Et, bon sang, il aurait dû se douter que c'était sur lui que ça allait tomber. Il ouvre la fermeture à glissière de sa veste. Seigneur, mais c'est à mourir, ici ! Comment tous ces vieux chnoques peuvent-ils rester assis à côté de ce poêle ? Voilà qui le dépasse. Ses amis le serrent de près, en plus, ce qui est sans doute compréhensible : ils veulent savoir comment ça va. Jonesy aimerait autant, quant à lui, qu'ils reculent d'un pas ou deux. Ils lui donnent encore plus chaud.

« Et si je les appelais, *fiston, ton père et ta mère**, est-ce qu'ils me diraient la même chose ?

— Bien sûr », répond Jonesy. La sueur coule dans ses yeux, qui se mettent à le picoter, et il la chasse comme si c'était des larmes. « Mon père est au travail, mais ma mère devrait être à la maison. Neuf-quatre-neuf, six-six-cinq-huit. Mais j'aimerais que vous fassiez vite, parce que...

— Je vais appeler le numéro que vous m'avez demandé. »

Elle paraît presque déçue. Jonesy se glisse hors de sa veste, faisant passer le combiné d'une oreille à l'autre pour y arriver, et la laisse tomber en tas à ses pieds. Les autres continuent à porter la leur ; Beaver, en fait, n'a même pas ouvert son blouson à la noix. Comment ils arrivent à tenir, voilà qui dépasse Jonesy. Même les odeurs se mettent à le tourmenter : pommade Musterole, haricots, cire à plancher, saumure du tonneau à cornichons. D'habitude, les arômes du Gosselin's lui plaisent ; mais aujourd'hui, ils lui donnent envie de gerber.

Le cliquetis de la connection, dans son oreille. Ça traîne. Et ses amis qui s'agglutinent autour du téléphone mural et de lui. À deux ou trois allées d'ici, Lamar contemple l'étagère des céréales, l'œil fixe, et se masse le front comme s'il avait un mal de tête carabiné. Si l'on faisait le compte des bières qu'il a descendues hier au soir, pense Jonesy, voilà qui n'aurait rien d'anormal. Il est gagné, lui aussi, par la migraine, une migraine sans rapport avec la bière, c'est simplement qu'il fait chaud à crever ici...

Il se redresse un peu. « Ça sonne », annonce-t-il à ses amis — regrettant aussitôt de ne pas l'avoir fermée, parce qu'ils le serrent d'encore plus près. Pete a une haleine *épouvantable*, et Jonesy se dit, *comment tu t'y prends, Pesky ? Tu te les brosses une fois par an, même si tu n'en as pas besoin ?*

On décroche à la troisième sonnerie. « Oui, allô ? » C'est Roberta. Elle donne l'impression d'être énervée, qu'on la dérange, et non pas d'être de bonne humeur, comme la plupart du temps. Il n'est pas bien difficile de comprendre pourquoi ; en fond sonore, il entend Duddits brailler à pleins poumons. Jonesy sait qu'Alfie et Roberta ne ressentent pas ses pleurs de la même façon que lui et ses amis : ce sont des adultes. Mais ce sont aussi ses parents, ils détectent quelque chose, et Jonesy se doute bien que pour Mrs Cavell ce n'est pas le jour.

Bon Dieu, comment peut-il faire aussi chaud ici ? Qu'est-ce qu'ils ont foutu dans le poêle, ce matin ? Du plutonium ?

« Allô ? Qui est à l'appareil ? » Ton impatient, lui aussi tout à fait inhabituel chez Mrs Cavell. Si être la mère d'un enfant aussi particulier que Duddits vous apprend quelque chose, a-t-elle souvent répété aux garçons, c'est bien la patience. Mais pas ce matin. Ce matin, elle donne l'impression d'être furieuse, ce qui est impensable. « Si c'est pour me vendre un truc, je n'ai pas le temps de vous répondre. Je suis occupée, et... »

Duddits en fond sonore, claironnant et braillant. *Vous êtes occupée, pas de doute*, pense Jonesy. *Il n'a pas arrêté depuis l'aube, et vous devez en avoir plein les bottes.*

Henry lui donne un coup de coude, agite la main sous son nez — *Vas-y ! Grouille-toi !* — et même s'il y est allé fort, le coup de coude est efficace. Si jamais elle lui raccroche au nez, Jonesy devra se farcir encore une fois cette salope d'opératrice.

« Mrs Cavell ? Roberta ? C'est moi, Jonesy.

— Jonesy ? » Il sent son profond soulagement ; elle a tellement désiré que les amis de Duddits appellent qu'elle se demande si elle ne l'imagine pas. « C'est vraiment toi, Jonesy ?

— Ouais, moi et les autres de la bande. »

Il tend le téléphone.

« Bonjour, Mrs Cavell, dit Henry.

— Hé, comment ça va ? »

Contribution de Pete.

« Salut, beauté », dit Beaver avec un sourire idiot.

Il est plus ou moins amoureux de Roberta depuis le jour où ils l'ont rencontrée.

Lamar Clarendon se tourne en entendant la voix de son fils, fait la grimace et reprend la contemplation des Cheerios et des Shredded Wheat. *Allez-y, allez-y*, a-t-il répondu à Beaver lorsque celui-ci lui a dit qu'ils voulaient appeler Duddits. *Je comprends pas pourquoi vous voulez parler à ce nono, mais puisque c'est vous qui payez...*

Lorsque Jonesy reprend l'écouteur, Mrs Cavell est en train de dire : « ...revenus à Derry ? Je croyais que vous étiez à la chasse du côté de Kineo.

— On y est toujours », répond Jonesy. Il regarde ses amis et constate avec stupéfaction que c'est à peine s'ils transpirent : un léger reflet brillant sur le front d'Henry, quelques gouttes sur la lèvre supérieure de Pete, et c'est tout. Carrément Dingoville. « On s'est juste dit que... qu'il valait mieux appeler.

— Vous saviez. »

Elle avait parlé d'un ton neutre, pas inamical, pas interrogatif non plus.

« Heu... » Il tire sur le devant de sa chemise en flanelle et l'agite pour aérer sa poitrine. « Ouais. »

À ce stade, la plupart des gens auraient mille questions à poser, à commencer probablement par *Comment l'avez-vous deviné ?* Ou, *Au nom du ciel, qu'est-ce qu'il a qui ne va pas ?* Mais Roberta n'est pas la plupart des gens, et elle a déjà eu presque un mois pour voir comment ils sont avec son fils. Et voici ce qu'elle dit : « Reste en ligne, Jonesy, je vais le chercher. »

Jonesy attend. Au loin, ils entendent toujours Duddits qui pleure, puis Roberta, doucement, qui lui parle. Qui le cajole pour qu'il aille au téléphone. Utilisant des noms qui sont devenus des mots magiques dans la maison Cavell : *Jonesy, Beaver, Pete, Henry.* Les bêlements se rapprochent et, même au téléphone, Jonesy les sent qui s'enfoncent dans sa tête, comme un couteau ébréché qui déchiquette au lieu de couper. Houlà. À côté des hurlements de Duddits, le coup de coude d'Henry est une caresse amoureuse. En attendant, ce bon vieux jus de jungle lui dégouline en rivière dans le cou. Il a les yeux rivés sur les deux petits panneaux, au-dessus du téléphone. ON EST PRIÉ DE LIMITER SES APPELS À 5 MINUTES, dit l'un. JURONS INTERDITS, intime l'autre. Sous celui-ci, quelqu'un a gravé *Quel est le con qui l'a dit ?* Puis Duddits est là, et il a dans les oreilles ses beuglements épouvantables. Il grimace en les entendant, mais il est impossible, en dépit de tout, d'être en colère contre Duddits. Ici, dans le Jefferson Tract, ils sont ensemble, ils sont quatre ; à Derry, il n'y a que lui, il est seul, dans son unique étrangeté. Dieu l'a maudit et béni en même temps, Jonesy en a le tournis rien que d'y penser.

« Duddits ? C'est nous, Duddits. C'est Jonesy... »

Il tend le téléphone à Henry.

« Hé, Duddits, salut ! C'est Henry... »

Henry tend le combiné à Pete.

« Salut, Duds, c'est Pete, arrêter de pleurer, maintenant, tout va bien... »

Pete passe l'appareil à Beaver, lequel regarde autour de lui, puis tire le cordon en direction du coin du mur, le tire au maximum. Mettant la main en coupe devant le micro pour que les vieux qui macèrent autour du poêle (sans compter son vieux à lui) ne l'entendent pas, il chante les deux premiers vers de la berceuse. Puis il se tait et écoute. Au bout de quelques secondes, il adresse un signe à ses copains, le pouce et l'index réunis en forme de zéro. Puis il rend le téléphone à Henry.

« Duds ? C'est encore Henry. C'était juste un rêve, Duddits. Ce n'était pas pour de vrai. D'accord ? Ce n'était pas pour de vrai, et c'est fini. Simplement... »

Henry écoute. Jonesy en profite pour enlever son épaisse chemise en flanelle. Dessous, son t-shirt est trempé.

Il y a des milliards de choses que Jonesy ignore — comme le genre de lien qui les unit à Duddits, lui et ses amis, pour n'en citer qu'une — mais il sait qu'il ne pourra pas rester une minute de plus à l'intérieur de ce magasin. Il a l'impression d'être dans le bon Dieu de poêle, pas seulement de l'avoir sous les yeux. Ces vieux croûtons, autour de leur échiquier, doivent avoir les os pleins de glace.

Henry hoche la tête à plusieurs reprises. « C'est ça, comme un film qui fait peur. » Il écoute encore, sourcils froncés. « Non, tu ne l'as pas fait. Nous non plus. On ne lui a pas fait de mal. On n'a fait de mal à personne. »

Et juste comme ça — bingo — Jonesy sait pourtant que si. Ils ne l'ont pas voulu, pas exactement, mais ils l'ont fait. Ils redoutaient que Richie ne mettent ses menaces à exécution... et ils l'ont eu les premiers.

Pete tend une main, et Henry dit :

« Pete veut te parler, Duds. »

Il confie l'appareil à Pete, et c'est cette fois à Pete de dire à Duddits d'oublier tout ça, tout baigne, *Dudaigne*, ils ne vont pas tarder à rentrer et ils pourront jouer au jeu, ils vont bien s'amuser, ils vont se bidonner, ils vont bien déconner, mais en attendant...

Jonesy lève les yeux et se rend compte que l'une des recommandations a changé, au-dessus du téléphone. On lit toujours ON EST PRIÉ DE LIMITER SES APPELS À 5 MINUTES sur celui de droite, mais celui de gauche conseille maintenant : POURQUOI NE PAS SORTIR ? IL FAIT PLUS FRAIS DEHORS. Et comme bonne idée, ça c'est une bonne idée. Pas de raison de s'en priver, en plus ; la crise Duddits est en passe d'être réglée, aucun doute.

Mais il n'a pas le temps de faire le premier pas que Pete lui tend le combiné.

« Il veut te parler, Jonesy. »

C'est tout juste, un instant, s'il ne détale pas en se disant qu'il aille au diable, qu'ils aillent tous au diable. Mais ce sont ses amis, c'est ensemble qu'ils ont fait ce cauchemar affreux, qu'ils ont fait quelque chose qu'ils n'avaient pas l'intention de faire

(menteur, salopard de menteur bien sûr que si)

et leurs yeux le clouent sur place en dépit de la chaleur qui, comme une camisole de force, lui enserre la poitrine et le suffoque. Et, dans leurs yeux, il lit qu'il est partie prenante dans cette affaire, et qu'il ne doit pas bouger d'ici tant que Duddits est au téléphone. Que ce n'est pas ainsi qu'on joue à ce jeu.

C'est notre rêve et il n'est pas encore terminé, soulignent leurs regards, celui d'Henry, surtout. *Il a commencé le jour où nous l'avons trouvé derrière l'entrepôt des frères Tracker, à genoux et à moitié nu. Il voit la ligne et nous aussi nous la voyons à présent. Et nous avons beau la percevoir de différentes manières, une partie de nous-mêmes la verra toujours. La verra jusqu'au jour de notre mort.*

Il y a aussi autre chose dans leurs yeux, quelque chose qui ne cessera de les hanter, sans qu'il y soit jamais fait allusion jusqu'au jour de leur mort ; quelque chose qui jette une ombre sur ce qui a été les plus beaux jours de leur vie. La peur de ce qu'ils ont fait. Ce qu'ils ont fait dans cette partie du rêve partagé dont ils ne se souviennent pas.

Voilà pourquoi il reste où il est et prend le combiné alors qu'il est en nage, qu'il cuit, qu'il fond, bordel !

« Duddits », dit-il, et même sa voix est brûlante. « C'est vrai, tout va bien. Je vais te laisser parler avec Henry à présent, il fait super-chaud ici et il faut que j'aille respirer un peu d'air f... »

Duddits l'interrompt d'une voix forte et précipitée. Mais ils ont toujours compris son charabia, dès le premier instant, et Jonesy comprend une fois de plus la suite de sons à moitié inarticulés. *Ne sors pas ! Ne sors pas, Jonesy ! Gray ! Gray ! Mister Gray !*

Jonesy en reste bouche bée. Il regarde au-delà du poêle, à travers les ondes de chaleur qui en montent, le long de l'allée où le père migraineux de Beaver examine les bières en boîte d'un air apathique, passe Mrs Gosselin, toujours derrière sa vieille caisse enregistreuse à rouleau, arrive à la vitrine. Cette vitrine est sale, remplie de panneaux publicitaires allant des cigarettes Chose et de la bière Machin aux annonces pour le banquet paroissial et le pique-nique du 4 Juillet — des événements qui datent de l'époque où le producteur de cacahuètes était président des États-Unis... mais il y a encore assez d'espace libre pour qu'il puisse regarder à travers et voir la chose qui l'attend à l'extérieur. C'est celle qui est arrivée dans son dos quand il essayait de tenir la porte de la salle de bains fermée, la chose qui lui a piqué son corps. Un personnage nu, grisâtre, debout à côté de la vieille pompe Citgo sur ses pieds sans orteils, qui le fixe de ses yeux noirs. Et Jonesy se dit : *Ce n'est pas comme ça qu'ils sont vraiment, c'est juste de cette façon que nous les voyons.*

Comme pour souligner cette réflexion, Mr Gray lève l'une de ses mains, puis la baisse. Au bout de ses trois doigts, de minuscules particules rouge doré s'élèvent, aiguës comme des chardons.

Byrus, pense Jonesy.

Comme si c'était le mot magique d'un conte de fées, tout se pétrifie. Le Gosselin's Market devient une nature morte. Puis la couleur disparaît, et il se transforme en une de ces anciennes photos sépia. Ses amis deviennent transparents et s'évanouissent sous ses yeux. Deux choses seulement paraissent conserver leur réalité : le pesant boîtier noir du téléphone payant, et la chaleur. La chaleur étouffante.

« *Eille-oi !* » crie Duddits dans son oreille. Jonesy entend la longue inspiration chevrotante dont il se souvient si bien ; c'est Duddits qui se prépare à parler aussi clairement qu'il le peut. « *On'zy ! On'zy ! eille-oi ! eille-*OI *!* »

2

Réveille-toi, Jonesy ! Réveille-toi !

Jonesy leva la tête et, pendant un instant, ne distingua rien. Ses cheveux, alourdis par la sueur, lui pendaient devant les yeux. Il les chassa, espérant être dans sa chambre — soit au Trou dans le Mur ou, mieux encore, chez lui à Brookline —, mais pas de chance. Il se trouvait encore dans le bureau des frères Tracker. Il s'était endormi sur la table et avait rêvé de ce coup de téléphone qu'ils avaient donné à Duddits, bien des années auparavant. Un rêve parfaitement réaliste, sauf en ce qui concernait la chaleur étouffante. Parce que le vieux Gosselin avait bien plus tendance à chauffer son magasin au minimum ; sa manière à lui d'être radin. La chaleur s'était infiltrée jusque dans son rêve parce que c'était à crever ici, bon Dieu, il devait faire au moins quarante, sinon plus.

La chaudière a pété les plombs, se dit-il en se levant. *À moins qu'il n'y ait le feu. D'une manière ou d'une autre, il faut que je sorte. Sinon, je vais griller.*

Jonesy fit le tour du bureau, et c'est à peine s'il remarqua que le meuble avait changé, que quelque chose avait frôlé le haut de son crâne pendant qu'il se précipitait vers la porte. Il tendait déjà une main vers la poignée, l'autre vers le verrou, lorsqu'il se souvint de Duddits dans le rêve, Duddits lui disant de ne pas sortir, que Mr Gray était là dehors et l'attendait.

Et c'était vrai. Juste derrière la porte. Il l'attendait dans l'entrepôt de ses souvenirs, auxquels il avait à présent un accès total.

Jonesy étala ses doigts en sueur sur le bois de la porte. Il ne faisait plus attention à ses cheveux qui lui retombaient devant les yeux.

« Mr Gray ? murmura-t-il. Vous êtes là, Mr Gray ? »

Pas de réaction, mais Mr Gray était là, pas de doute. Derrière le battant, avec son rudiment de tête sans cheveux incliné de côté, et ses yeux noirs vitreux vissés sur le bouton de porte attendant de le voir tourner. Attendant de voir Jonesy se précipiter dehors. Et ensuite... ?

Adieu, toutes ces pensées humaines irritantes. Adieu, toutes ces émotions humaines sources de distraction et d'hésitation.

Adieu, Jonesy.

« Essayez-vous de m'enfumer, Mr Gray ? »

Toujours pas de réponse. Mais il n'en avait pas besoin. Mr Gray avait accès à tous les contrôles, pas vrai ? Y compris celui de sa température corporelle. À combien était-elle montée ? Jonesy l'ignorait, sachant seulement qu'elle continuait à grimper. Le sang battait à ses tempes.

La fenêtre... et la fenêtre ?

Saisi d'une bouffée d'espoir, Jonesy se tourna dans cette direction, le dos à la porte. La fenêtre donnait à présent sur la nuit — parlez-moi de l'éternel après-midi d'octobre 1978 — et l'allée qui longeait le bâtiment des frères Tracker était enfouie sous des congères de neige en perpétuel déplacement. Jamais, même quand il était enfant, la neige ne lui avait paru aussi attrayante. Il se voyait faisant irruption par la fenêtre comme Errol Flynn dans un vieux film de pirates, se voyait chargeant dans la neige, se roulant dedans, baignant son visage en feu dans sa bienheureuse froideur blanche...

Oui, et la sensation des mains de Mr Gray se refermant autour de son cou. Des mains à trois doigts, mais qui n'en seraient pas moins puissantes ; qui le feraient passer de vie à trépas en un instant. S'il entrouvrait la fenêtre pour essayer de faire entrer un peu d'air frais, ne serait-ce que d'un cheveu, Mr Gray se précipiterait par l'interstice et se jetterait sur lui comme un vampire. Parce que cette dimension de l'univers-Jonesy n'était pas sûre ; elle faisait partie du terrain conquis.

L'impasse. Baisé dans un cas comme dans l'autre.

« Sortez. » Mr Gray s'était enfin décidé à parler à travers la porte, avec la propre voix de Jonesy. « Je ferai vite. Vous n'avez tout de même pas envie de rôtir là-dedans, n'est-ce pas ? »

Jonesy remarqua soudain le bureau placé sous la fenêtre, le bureau qui n'était pas là quand il s'était retrouvé dans cette pièce. Avant qu'il ne s'endorme, il n'avait été qu'une vulgaire table en bois à peine améliorée, le genre de modèle bas de gamme qu'on achète d'occase quand on a un budget serré. À un moment donné (il ne se rappelait plus très bien quand), il avait récupéré un téléphone. Un téléphone noir modèle standard, aussi utilitaire et peu décoratif que le bureau lui-même.

Mais le meuble s'était transformé ; c'était à présent un bureau à cylindre qu'il avait sous les yeux, le frère jumeau de celui qu'il avait chez lui, à Brookline. Et le téléphone était un Trimline bleu, comme celui qu'il avait à l'université. Il essuya la transpiration, qui s'était accumulée sur son front, chaude comme de la pisse, et c'est en faisant ce geste qu'il vit ce qui lui avait frôlé le crâne.

L'attrape-rêves.

L'attrape-rêves du Trou dans le Mur.

« Sainte merde, murmura-t-il, voilà que je me mets à décorer ce machin. »

Oui, et pourquoi pas ? Les prisonniers du couloir de la mort ne décorent-ils pas leur cellule ? Et s'il était capable d'ajouter un bureau à cylindre, un attrape-rêves et un téléphone Trimline dans son sommeil, alors peut-être...

Jonesy ferma les yeux et se concentra. Il essaya d'évoquer son bureau, chez lui, à Brookline. Tout d'abord, il eut un peu de mal, car une question ne cessait de le titiller : si ses souvenirs étaient là dehors, comment pouvait-il encore les évoquer d'ici ? La réponse, comprit-il, était probablement simple. Ses souvenirs étaient toujours dans sa tête, là où ils avaient toujours été. Les cartons de l'entrepôt étaient ce qu'Henry aurait sans doute appelé une extériorisation, sa manière de se représenter tout ce à quoi Mr Gray avait accès.

Ça ne fait rien. Fais ce que tu dois faire. Le bureau de Brookline. Représente-toi le bureau de Brookline.

« Qu'est-ce que vous fabriquez ? » demanda Mr Gray. Il n'avait plus son ton mielleux, débordant de confiance en soi. « Bon Dieu, qu'est-ce que vous branlez ? »

La vulgarité de l'expression arracha un petit sourire à Jonesy (il ne put se retenir), mais il s'accrocha à son image. Pas seulement le bureau, mais les murs de la pièce.... Là, près de la porte conduisant au petit cabinet de toilette... oui, il était là. Le thermostat Honeywell. Et maintenant, qu'est-ce qu'il devait faire ? Existait-il un terme magique, comme abracadabra ?

Ben oui.

Les yeux toujours fermés, l'esquisse de sourire toujours affichée sur son visage ruisselant de sueur, il murmura : « Duddits. »

Il ouvrit les yeux et regarda le mur poussiéreux et sans attraits. Le thermostat s'y trouvait.

3

« Arrêtez ! » cria Mr Gray, et Jonesy, tandis qu'il traversait la pièce, eut le temps de s'émerveiller en entendant cette voix familière ; comme s'il s'écoutait au cours de l'une de ses rares colères (le désordre affolant qui régnait dans la chambre des enfants était un déclencheur vraisemblable) à l'aide d'un magnétophone. « Je vous dis d'arrêter ! Il faut arrêter !

— Baise-moi l'oignon, mon mignon ! » répliqua Jonesy avec un sourire.

Combien de fois ses enfants avaient-ils eu envie de lui faire ce genre de réponse quand il s'emportait ? Sur quoi une pensée horrible lui vint à l'esprit. Il ne reverrait probablement jamais son duplex de Brookline, mais si cela arrivait, par miracle, ce serait avec des yeux appartenant à Mr Gray. La joue qu'embrasseraient ses enfants (*Tu piques, papa !* dirait Misha) serait celle de Mr Gray. De même, les lèvres sur lesquelles se poseraient les lèvres de Carla seraient celles de Mr Gray. Et au lit, quand elle le prendrait pour le guider en elle...

Jonesy eut un frisson et tendit la main vers le thermostat qui était, constata-t-il, réglé sur 50 degrés. Le seul au monde à pouvoir monter aussi haut, aucun doute. Il le ramena d'un demi-tour en arrière, ne sachant trop à quoi il devait s'attendre, et fut ravi de sentir tout de suite un courant d'air frais sur son front et ses joues. Il tourna son visage avec gratitude vers la brise pour mieux en profiter, et vit une arrivée d'air qui s'ouvrait en haut du mur. Nouveau petit détail.

« Comment faites-vous ? cria Mr Gray à travers la porte. Pourquoi votre organisme n'incorpore-t-il pas le byrus ? Et même, comment pouvez-vous rester enfermé ici ? »

Jonesy éclata de rire. Pas moyen de s'en empêcher.

« Arrêtez ça ! » Le ton de Mr Gray était glacial. C'était celui qu'avait utilisé Jonesy lorsqu'il avait donné son ultimatum à Carla : la cure de désintoxication ou le divorce. Tu choisis, mon chou. « Je peux faire plus qu'augmenter la chaleur, vous savez ? Je peux vous calciner. Ou vous aveugler. »

Jonesy se souvint du stylo à bille s'enfonçant dans l'œil d'Andy Janas, de ce bruit d'éclatement gluant affreux, et grimaça. Mais il ne se laisserait pas prendre à ce coup de bluff. *Vous êtes le dernier,*

Mr Gray, et je suis votre unique outil de propagation. Vous n'allez pas trop esquinter la mécanique... pas tant que vous n'aurez pas rempli votre mission, au moins.

Il s'approcha à pas lents de la porte, se recommandant en même temps de rester prudent... car, comme le disait Gollum de Bilbo Baggins, dans *Le Seigneur des anneaux*, c'était piégeux, mon chou, ouaip, piégeux.

« Mr Gray ? » demanda-t-il doucement.

Pas de réponse.

« Mr Gray ? À quoi vous ressemblez, à présent ? À quoi vous ressemblez quand vous êtes vous-même ? Un petit peu moins gris et un petit peu plus rose ? Un ou deux doigts de plus à votre main ? Quelques cheveux sur votre crâne ? On commence à avoir des orteils à ses pieds et des couilles au cul ? »

Pas de réponse.

« Vous commencez peut-être à me ressembler, Mr Gray ? À penser comme moi ? Ça ne vous plaît pas... ou alors, si ? »

Toujours pas de réponse, et Jonesy comprit que Mr Gray était parti. Il fit demi-tour et se précipita vers la fenêtre, conscient que d'autres changements avaient eu lieu : une gravure de Currier & Ives sur un mur, une reproduction des *Tournesols* de Van Gogh, cadeau d'Henry, sur un autre et, sur le bureau, le stylo Magic 8-Ball qu'il gardait à la maison. À peine remarqua-t-il ces détails. Il tenait à voir ce que fabriquait Mr Gray, vers quoi son attention était tournée maintenant.

4

Pour commencer, l'intérieur du camion d'Andy Janas avait changé. L'habitacle spartiate vert olive du véhicule militaire (documents pincés sur une planchette sur le siège du passager, caquet de la radio sous le tableau de bord), avait été remplacé par celui, luxueux, d'un Dodge Ram aux sièges en velours gris, disposant d'autant de contrôles qu'un avion de ligne. Sur la boîte à gants, un autocollant proclamait J'♥ MON BERGER ÉCOSSAIS. Le chien en question était d'ailleurs toujours là, endormi au pied du siège de passager, sa queue impeccablement enroulée autour de lui. C'était un mâle, prénommé Lad. Jonesy sentit qu'il pouvait accéder au nom et au destin du maître de Lad, mais à quoi bon ? Quelque part au nord de leur position actuelle, le véhicule de Janas devait être échoué dans un fossé, et le conducteur du Dodge Ram gisait sans doute à côté. Jonesy ignorait pour quelle raison le chien avait été épargné.

Sur quoi le clébard leva la queue et péta, et Jonesy ne l'ignora plus.

5

Il découvrit que s'il se plaçait devant la fenêtre du bureau et se concentrait, il arrivait à voir à l'extérieur avec ses propres yeux. La neige tombait plus dense que jamais, mais comme le pick-up de l'armée, le Dodge était équipé de quatre roues motrices et n'avait pas de mal à progresser. Remontant dans l'autre sens, vers le nord et le Jefferson Tract, ils voyaient les phares haut placés de véhicules qui circulaient à intervalles réguliers : un convoi de l'armée. Puis, de leur côté, Jonesy vit un panneau réfléchissant sur lequel il lut : DERRY 5 SORTIES SUIVANTES.

Les chasse-neige de la ville avaient travaillé et, bien qu'il n'y eût pratiquement aucune circulation (il n'y en aurait pas eu tellement plus par une nuit dégagée), l'autoroute était à peu près en état. Mr Gray poussa la vitesse du Ram jusqu'à soixante à l'heure. Ils dépassèrent les trois premières entrées (que connaissait Jonesy depuis son enfance : KANSAS STREET, AIRPORT, UPMILE HILL/STRAWFORD PARK), puis ralentit.

Soudain, Jonesy crut comprendre.

Il étudia les cartons qu'il avait traînés dans son local ; la plupart étaient marqués DUDDITS, quelques-uns DERRY. Il n'avait pris ces derniers qu'après coup. Mr Gray pensait disposer de tous les souvenirs dont il avait besoin —, des *informations* dont il avait besoin — mais si Jonesy avait bien deviné où il se rendait (et sa déduction était logique) il allait avoir une surprise, le Mr Gray. Jonesy ne savait s'il devait avoir peur ou se réjouir. Les deux, sans doute.

Puis se présenta un panneau vert : SORTIE 25 — WITCHAM STREET. Sa main enclencha le signal de changement de direction.

Une fois sorti de l'autoroute, il tourna à gauche sur Witcham puis encore à gauche, un kilomètre plus loin, sur Carter Street. Carter était une rue en pente raide, qui partait en direction de Upmile Hill et Kansas Street, de l'autre côté de ce qui avait été autrefois une haute colline boisée et le site d'un village prospère où vivaient des Indiens Micmacs. Cela faisait plusieurs heures que le chasse-neige n'était pas passé dans la rue, mais le quatre-quatre se montrait à la hauteur. Il s'ouvrait un chemin entre deux rangées de monticules de neige — les voitures restées garées dans la rue, en dépit du règlement municipal qui exigeait leur enlèvement en cas de tempête de neige.

À mi-chemin, Mr Gray tourna encore, pour s'engager cette fois dans une rue encore plus étroite, Carter Lookout. Le Ram dérapa et chassa de l'arrière. Lad leva un instant la tête, poussa un gémissement, puis remit le nez sur le tapis de sol lorsque les pneus retrouvèrent leur adhérence et mordirent dans la neige, entraînant le véhicule jusqu'en haut.

Jonesy attendait de sa fenêtre sur le monde, fasciné, que Mr Gray découvre... euh, découvre.

Il ne parut pas consterné, sur le coup, lorsque les phares du Ram, en arrivant sur la crête, ne lui montrèrent rien sinon des tourbillons de neige. Il pensa que dans quelques secondes, il le verrait, bien entendu... encore quelques secondes, et apparaîtrait la grande tour blanche qui surplombait la pente de Kansas Street, la tour avec ses fenêtres disposées en spirales jusqu'au sommet. Juste quelques secondes...

Sauf qu'il n'en restait plus, de secondes. Le Ram avait laborieusement grimpé jusqu'au sommet de ce qu'on appelait Standpipe Hill, la colline du château d'eau. C'était là, sur un grand espace circulaire ouvert, qu'aboutissaient Carter Lookout ainsi que trois ou quatre autres petits chemins similaires. Ils étaient arrivés dans l'espace dégagé du point le plus élevé de Derry. Le vent hurlait comme une *banshee*, soufflant à une vitesse soutenue de quatre-vingts kilomètres à l'heure, avec des pointes pouvant atteindre cent et plus. Dans le faisceau des phares, la neige volait à l'horizontale, comme une tempête de poignards.

Mr Gray restait assis, immobile. Les mains de Jonesy quittèrent le volant et vinrent se coller contre son corps comme des oiseaux abattus en plein du ciel. Et finalement, il marmonna, « Mais où est-il ? »

Sa main gauche tâtonna pour trouver la poignée, qu'il finit par manœuvrer. Il passa une jambe à l'extérieur, puis dégringola à genoux dans la neige : le vent lui avait arraché la portière des mains. Il se releva et alla d'un pas vacillant jusque devant le véhicule, la veste et les jambes de pantalon de Jonesy secoués et agités comme des voiles pendant un fort coup de vent. La température réelle, en tenant compte du vent, était en dessous de zéro (celle qui régnait dans le bureau des frères Tracker passa de fraîche à glaciale en l'espace de quelques secondes), mais le nuage rouge-noir qui occupait à présent l'essentiel du cerveau de Jonesy et pilotait le corps de Jonesy s'en fichait complètement.

« *Où il est ?* hurla Mr Gray dans la gueule béante de la tempête. *Où est passé ce con de* CHÂTEAU D'EAU *?* »

Jonesy, lui, n'avait nul besoin de hurler. Tempête ou pas, Mr Gray aurait entendu ne serait-ce qu'un murmure.

« Ha-ha, Mr Gray. Vous vous êtes bien fait baiser. On dirait que c'est la blague du jour. Le château d'eau n'existe plus depuis 1985. »

6

Jonesy pensa que si Mr Gray était resté sur place, il aurait sans doute piqué une crise de colère grand format, digne d'un gosse de quatre ans, allant peut-être jusqu'à se rouler dans la neige en donnant des coups de pied ; en dépit des efforts qu'il déployait pour se retenir, en effet, Mr Gray se gavait de la chimie émotionnelle de Jonesy, aussi incapable de s'arrêter, maintenant qu'il avait commencé, qu'un alcoolique de rester sobre avec en poche la clef du McDougal's Bar.

Au lieu de piquer sa crise et de se rouler par terre, il propulsa le corps de Jonesy vers le sommet chauve de la colline, en direction du lourd piédestal de pierre se dressant à l'emplacement où aurait dû se trouver la réserve d'eau potable de la ville, soit près de trois millions de litres. Il s'effondra dans la neige, se releva avec difficulté, et repartit en boitillant — la mauvaise hanche de Jonesy faisait des siennes. Il tomba à nouveau, se releva, sans cesser un instant de cracher sa litanie d'injures enfantines à la tempête : enfoiré à moustache, baise-moi l'oignon, bouffe-moi le gras, mords-moi l'os, chie dans ton putain de chapeau et fous-le-toi sur la tête, Paulette. Dans la bouche de Beaver (comme dans celle de Henry et de Pete), ces jurons lui avaient toujours paru amusants. Ici, sur cette colline déserte, hurlés dans la gueule même de la tempête par ce monstre qui roulait et tanguait sous une apparence d'être humain, ils étaient affreux.

Finalement, il (*il* était une commodité, il aurait fallu dire *ça*) atteignit le piédestal, qui se détachait parfaitement dans le faisceau des phares. Il s'élevait à environ un mètre cinquante, bâti avec la roche qui a servi à édifier tant de murs de Nouvelle-Angleterre. Il portait deux personnages en bronze, un petit garçon et une petite fille se tenant par la main, la tête baissée comme s'ils priaient ou avaient du chagrin.

Le piédestal était presque complètement enfoui dans la neige, mais la plaque vissée dessus était encore visible. Mr Gray tomba sur les genoux de Jonesy, chassa la neige et lut ceci :

À CEUX QUI DISPARURENT DANS LA TEMPÊTE
DU 31 MAI 1985
ET AUX ENFANTS
À TOUS LES ENFANTS
AVEC AMOUR DE LA PART DE
BILL, BEN, BEV, RICHIE, STAN, MIKE
LE CLUB DES RATÉS

Tracé à la bombe en grandes lettres hachées, également bien visible à la lumière des phares, figurait en réponse ce message :

LE CLOWN VIT ENCORE

7

Mr Gray resta agenouillé devant la plaque pendant près de cinq minutes, ignorant l'engourdissement sournois qui gagnait les extrémités de Jonesy. (Et pourquoi s'en serait-il soucié, d'ailleurs ? Jonesy était un véhicule d'emprunt bas de gamme : il pouvait le brutaliser autant qu'il le voulait et écraser ses mégots sur le tapis de sol si ça lui chantait.) Il essayait de comprendre ce qu'il y avait d'écrit sur et sous la plaque. Tempête ? Enfants ? Ratés ? Qui était ce clown, ou qu'est-ce que c'était ? Mais avant tout, *où était passé le château d'eau*, lequel, d'après les souvenirs de Jonesy, aurait dû se dresser ici ?

Finalement, il se releva, revint en traînant la patte jusqu'au

Dodge Ram, monta dedans et poussa le chauffage. Dans le courant d'air chaud, le corps de Jonesy se mit à frissonner. Mr Gray, ça ne faisait pas un pli, ne tarderait pas à rappliquer jusqu'à la porte verrouillée du bureau pour exiger des explications.

« Pourquoi avez-vous l'air d'être aussi en colère ? » demanda Jonesy d'un ton patelin. Mais il souriait. Mr Gray était-il sensible à ce genre de nuance ? « Vous attendiez-vous à ce que je vous donne un coup de main ? Enfin voyons, l'ami... j'ignore les détails, mais je crois avoir une assez bonne idée des grandes lignes de votre plan : dans vingt ans d'ici, notre planète sera transformée en une énorme boule rouge, c'est bien ça ? Plus de trou dans la couche d'ozone, mais plus de gens non plus.

— Ne vous foutez pas de ma gueule, en plus ! Je vous interdis ! »

Jonesy dut lutter contre l'envie de provoquer Mr Gray jusqu'à ce qu'il pique une nouvelle crise. Il ne croyait pas l'hôte, dont il se serait bien passé, capable d'enfoncer la porte qui le séparait de lui, quel que soit le degré de colère qu'il atteigne, mais mettre cette idée à l'épreuve n'avait guère de sens. Sans compter que Jonesy était psychologiquement épuisé, à cran, et que sa bouche avait un goût de cuivre calciné de plus en plus prononcé.

« Comment se fait-il qu'il ne soit pas ici ? »

Mr Gray abattit la main de Jonesy sur le centre du volant. L'avertisseur retentit. Lad, le berger écossais, leva la tête et regarda avec de grands yeux inquiets l'homme assis à la place de son maître.

« Vous ne pouvez pas me mentir ! Je détiens vos souvenirs !

— Eh bien... j'en ai récupéré quelques-uns. Vous auriez oublié ?

— Lesquels ? Dites-le-moi !

— Et pourquoi le ferais-je ? demanda Jonesy. Qu'est-ce que vous me donnerez en échange ? »

Mr Gray ne répondit pas. Jonesy sentit qu'il parcourait divers dossiers. Puis, soudain, des odeurs commencèrent à s'immiscer dans la pièce ; elles passaient sous la porte et par la bouche d'aération. Des odeurs qu'il aimait par-dessus tout : pop-corn, café, la soupe de poisson de sa mère. Son estomac se mit à gargouiller.

« Bien entendu, je ne peux pas vous promettre la soupe de poisson de votre mère, dit Mr Gray. Mais je peux vous donner à manger. Parce que vous avez faim, pas vrai ?

— Avec quelqu'un comme vous pour piloter mon corps et malmener mes émotions, le contraire serait étonnant, répliqua Jonesy.

— Il y a un restaurant routier non loin d'ici, au sud. Les Prés Secs. D'après vous, il serait ouvert vingt-quatre heures sur vingt-quatre, ce qui est une façon curieuse de dire tout le temps. À moins que vous ne mentiez aussi à ce propos ?

— Je ne mens jamais, répondit Jonesy. Et comme vous l'avez vous-même remarqué, je ne peux pas. C'est vous qui êtes aux manettes, c'est vous qui disposez de la banque des souvenirs, qui avez tout — sauf ce qui est ici.

— Où c'est, ça, *ici* ? Comment peut-il y avoir un *ici* ?

— Je l'ignore, admit Jonesy, sincère. Comment saurai-je que vous allez me donner à manger ?

— Parce qu'il faut que je le fasse », répondit Mr Gray.

Et Jonesy comprit que lui aussi était sincère. Si on ne mettait pas un peu d'essence dans le moteur, de temps en temps, le moteur s'arrêtait de tourner. « Si vous satisfaites ma curiosité, je vous donnerai ce qui vous plaît. Sinon... »

Les odeurs qui passaient sous la porte changèrent, laissant la place aux arômes acerbes et agressifs des brocolis et des choux de bruxelles.

« Très bien, dit Jonesy. Je vais vous dire ce que je peux, et vous me commanderez des crêpes et du bacon aux Prés Secs. Petit déjeuner vingt-quatre heures sur vingt-quatre. C'est d'accord ?

— D'accord, ouvrez la porte, qu'on se serre la main. »

Jonesy se surprit à sourire ; c'était la première tentative de Mr Gray pour faire de l'humour, et ce n'était pas si mal. Il jeta un coup d'œil dans le rétroviseur et vit un sourire identique sur des lèvres qui n'étaient désormais plus les siennes. Voilà qui était quelque peu angoissant.

« On va peut-être faire l'économie de la poignée de main...

— Dites-moi...

— Oui, mais un mot d'avertissement auparavant. Oubliez votre promesse, et vous n'aurez même pas l'occasion de m'en faire une seconde.

— Je ne l'oublierai pas. »

Le bahut stationné au sommet de Standpipe Hill oscillait légèrement sur sa suspension, ses phares creusaient deux cylindres de lumière dans la neige, et Jonesy dit à Mr Gray ce qu'il savait. C'était, trouvait-il, l'endroit idéal pour une histoire de fantômes.

8

À Derry, les années 1984 et 1985 avaient été sinistres. Pendant l'été 1984, trois adolescents du coin avaient jeté un homosexuel dans le Canal, provoquant sa mort. Au cours des dix mois qui avaient suivi, une demi-douzaine d'enfants avaient été assassinés, selon toute vraisemblance par un psychotique qui se déguisait parfois en clown.

« Qui est ce John Wayne Gacey ? demanda Mr Gray. Celui qui a tué les enfants ?

— Non, simplement un type du Midwest ayant le même *modus operandi*, répondit Jonesy. Vous ne comprenez qu'une petite partie des correspondances qu'établit mon cerveau, n'est-ce pas ? Faut dire qu'il ne doit pas y avoir beaucoup de poètes dans le patelin d'où vous venez. »

Mr Gray ne releva pas cette remarque. Jonesy le soupçonnait de ne pas savoir ce qu'était un poète ou, dans le cas contraire, de s'en foutre.

« De toute façon, reprit-il, la dernière catastrophe qui s'est produite pendant cette période a été un ouragan très atypique. Le 31 mai 1985, exactement. Plus de soixante personnes ont perdu la vie. Le château d'eau a été renversé. Il a roulé le long de la colline jusqu'à Kansas Street. »

Il fit un geste vers la droite, là où le terrain s'enfonçait en pente raide dans l'obscurité.

« Près de trois millions de litres d'eau ont dévalé Upmile Hill jusqu'au centre-ville. Les dégâts ont été considérables. J'étais à la fac, à l'époque, et la tempête s'est produite pendant les dernières semaines de cours. Mon père m'a appelé pour m'en parler, mais bien entendu j'étais au courant : c'était partout dans la presse nationale. »

Jonesy se tut et se mit à réfléchir, tout en parcourant des yeux le bureau ; la pièce n'était plus sale et dépouillée jusqu'au misérabilisme, mais au contraire joliment meublée (son subconscient y avait ajouté le canapé qu'il avait chez lui et le célèbre fauteuil Eames qui figurait sur le catalogue du Musée d'Art moderne —

superbe, mais hors de portée de sa bourse) et tout à fait accueillante et agréable... plus agréable, aucun doute, que l'univers tempétueux que l'usurpateur de son corps devait actuellement affronter.

« Henry était aussi à la fac. À Harvard. Pete traînait sur la côte Ouest, en pleine période hippie. Beaver était aussi inscrit dans une fac, quelque part dans le sud de l'État. Poursuivant des études en haschisch et jeux vidéo, comme il nous l'a dit plus tard. »

Seul Duddits s'était trouvé à Derry pendant la grande tempête de 1985... Jonesy se rendit compte qu'il n'avait aucune envie de prononcer le nom de Duddits.

Mr Gray ne dit rien, mais Jonesy sentait parfaitement son impatience croître. Mr Gray ne s'intéressait qu'au château d'eau. Et à la manière dont Jonesy l'avait manœuvré.

« Écoutez, Mr Gray, si manœuvre il y a eu, c'est que vous vous êtes manœuvré vous-même. J'ai ici quelques cartons marqués DERRY que j'ai pris pendant que vous étiez en train de tuer ce malheureux soldat, c'est tout.

— Oui, et les malheureux soldats sont arrivés par la voie des airs et ont massacré tous ceux des miens qu'ils ont pu trouver.

— Épargnez-moi vos jérémiades. Vous et les vôtres n'êtes pas venus pour nous accueillir dans le Grand Livre du Cercle galactique.

— Les choses auraient-elles été différentes, dans ce cas ?

— Vous pouvez aussi m'épargner les hypothèses, répondit Jonesy. Après ce que vous avez fait à Pete et au soldat, je n'ai aucune envie d'avoir ce genre de discussion académique avec vous.

— Nous faisons ce que nous avons à faire.

— C'est bien possible, mais si vous vous attendez à ce que je vous aide, c'est que vous êtes cinglé. »

Le chien regardait Jonesy, de plus en plus mal à l'aise, n'ayant apparemment pas l'habitude d'un maître ayant une conversation aussi animée avec lui-même.

« Le château d'eau a été détruit en 1985, il y a donc seize ans, et vous avez subtilisé ce souvenir ?

— En gros, oui, mais ce n'est pas avec ça que vous allez convaincre un tribunal, vu que ces souvenirs étaient les miens, pour commencer.

— Et qu'avez-vous volé d'autre ?

— Ça, ça me regarde. À vous de le trouver. »

Il y eut un coup brutal et coléreux porté contre la porte. Une fois de plus, Jonesy pensa à l'histoire des Trois Petits Cochons. Soufflez et grondez, Mr Gray ; éprouvez les douteux plaisirs de la fureur.

Mais Mr Gray semblait avoir quitté les lieux.

« Mr Gray ? Ne vous mettez pas en pétard, hein ? »

Jonesy supposa qu'il devait être parti à la recherche d'autres informations. Le château d'eau avait disparu, mais Derry était toujours là ; autrement dit, il fallait bien que l'eau de la ville vienne de *quelque part*. Jonesy connaissait-il l'emplacement de ce quelque part ?

Non. Il avait le vague souvenir d'avoir bu beaucoup d'eau minérale à son retour de la fac, pendant l'été, mais c'était tout.

Finalement, l'eau était revenue aux robinets, mais que représentait ce détail pour un gaillard de vingt et un ans dont la grande obsession était de séparer Mary Shratt de sa petite culotte ? L'eau était là, on la buvait. On ne se souciait pas d'où elle venait, du moins tant qu'elle ne vous filait pas la courante ou l'envie de dégueuler.

Mr Gray ferait-il connaissance avec la frustration, ou était-ce simplement son imagination ? Jonesy espérait bien ne pas se tromper.

Une bien bonne, celle-là... ce que leur quatuor, à l'époque où ils gaspillaient leur jeunesse, aurait sans aucun doute appelé « une putain d'histoire à se pisser dessus ».

9

Roberta Cavell se réveilla sur un rêve désagréable et regarda à sa droite, s'attendant plus ou moins à ne voir que l'obscurité. Mais les diodes bleues réconfortantes luisaient sur la petite horloge de table de nuit ; il y avait donc du courant. C'était plutôt étonnant, vu la manière dont le vent hurlait.

01.04, lisait-on sur le cadran. Elle alluma la lampe de chevet — autant en profiter tant que l'électricité n'était pas coupée — et but une ou deux gorgées d'eau. Était-ce le vent qui l'avait réveillée ? Son mauvais rêve ? Car elle avait fait un mauvais rêve, pas de doute, une histoire d'extra-terrestres équipés de rayons de la mort, tout le monde courait dans tous les sens... mais elle ne pensait pas que c'était cela.

Puis le vent faiblit un peu et elle entendit ce qui l'avait réveillée : la voix de Duddits, qui lui parvenait du rez-de-chaussée. Duddits... chantait ! Chantait ? Était-ce possible ? Elle ne voyait pas comment, après l'affreuse journée qu'ils venaient de passer.

« *Eaveh !* » n'avait-il cessé de brailler entre quatorze et dix-sept heures, *Beaver est mort !* Duddits, apparemment inconsolable et finissant par saigner du nez. Elle redoutait ces hémorragies. Quand elles commençaient, il était parfois impossible de les arrêter sans le faire hospitaliser ; cette fois-ci, elle y était parvenue en lui enfonçant du coton hydrophile dans les narines et en pinçant l'arête de son nez très haut, entre les yeux. Elle avait appelé le Dr Briscoe pour lui demander si elle pouvait donner à Duddits un cachet de Valium, mais voilà, le Dr Briscoe était en vacances à Nassau. Il y avait bien un autre médecin d'astreinte, quelque blouse blanche lambda n'ayant jamais examiné Duddits de sa vie ; Roberta ne prit même pas la peine de l'appeler. Elle donna tout de même du Valium à son fils, puis badigeonna ses pauvres lèvres desséchées et l'intérieur de sa bouche, utilisant ces tampons imprégnés de glycérine et parfumés au citron qu'il aimait bien, car il ne cessait d'avoir des aphtes et des ulcérations. Même quand la chimio était finie, il continuait d'en avoir. Et la chimio était finie. Aucun des médecins, pas plus Briscoe qu'un autre, ne l'aurait admis, et le cathéter en plastique était donc resté en place, mais c'était terminé. Elle ne laisserait pas son fils vivre une nouvelle fois cet enfer.

Une fois qu'il eut pris son cachet, elle se mit dans le lit avec lui et, le tenant contre elle en faisant bien attention à son flanc gauche où le cathéter se cachait sous un pansement, elle se mit à chanter. Pas la berceuse de Beaver, pourtant. Pas aujourd'hui.

Il avait fini par se calmer et, lorsqu'elle avait pensé qu'il dormait, elle avait délicatement retiré les cotons de ses narines. Elle avait eu plus de mal avec le deuxième et les yeux de Duddits s'étaient ouverts, ses beaux yeux verts lumineux. Des yeux qui étaient le véritable don du ciel qu'il avait reçu, et non pas cet autre truc... voir la ligne, et tout ce qui allait avec.

« *A-an ?*

— Oui, Duddits.

— *Ea-er é au iel ?* »

C'était un tel chagrin de penser au garçon, de penser à Beaver et à son ridicule blouson de cuir, qu'il avait porté jusqu'à ce qu'il soit réduit en lambeaux... S'il s'était agi de quelqu'un d'autre, de n'importe qui d'autre en dehors des quatre amis d'enfance de Duddits, elle aurait douté de la prémonition de son fils. Mais si Duddits disait que Beaver était mort, alors Beaver était très probablement mort.

« Oui, mon chéri, je suis sûre qu'il est au ciel. Et maintenant, dors. »

Un long moment, les yeux verts avaient scruté les siens, et elle avait cru qu'il allait se remettre à pleurer ; et de fait, une larme, une grosse larme parfaite, avait roulé le long de sa joue hirsute. Il lui était de plus en plus difficile de se raser, à présent, même un rasoir comme le Norelco provoquait de minuscules coupures qui saignaient pendant des heures. Puis les yeux verts s'étaient refermés et elle était sortie sur la pointe des pieds.

Après la tombée de la nuit, alors qu'elle lui préparait son porridge (à peu près tous les aliments avaient tendance à provoquer des vomissements, sauf les plus dénués de goût, signe que la fin était proche), le cauchemar avait recommencé. Déjà terrifiée par les étranges informations en provenance du Jefferson Tract, Roberta était retournée en courant jusqu'à la chambre de Duddits, le cœur cognant fort dans sa poitrine. Duddits était de nouveau sur son séant, secouant la tête d'un côté et de l'autre, avec de grands mouvements de dénégation enfantine. Le saignement de nez avait repris et des gouttelettes écarlates volaient à chaque oscillation. Elles éclaboussaient son oreiller, sa photo d'Austin Powers enrichie d'un autographe (*Super, Baby !* était-il écrit) et les fioles de la table de nuit : rince-bouche, Compazine, Percocet, les multivitamines qui paraissaient ne lui faire strictement aucun effet, le grand pot de tampons au citron.

Cette fois-ci, prétendait-il, c'était Pete... Peter Moore, si doux et si gentil (mais pas terriblement brillant), serait mort. Doux Jésus, cela pouvait-il être vrai ? En partie ? En totalité ?

La deuxième crise de chagrin hystérique n'avait pas duré aussi longtemps que la première, probablement parce que celle-ci l'avait déjà épuisé. Elle avait réussi à arrêter encore l'hémorragie — quelle chance ! — puis elle avait refait le lit après l'avoir aidé à aller jusqu'à son fauteuil, près de la fenêtre. Il était resté à regarder la tempête qui faisait rage, dehors, secoué de quelques sanglots occasionnels, ou bien poussant de grands et chevrotants soupirs qui fendaient le cœur de Roberta. Le seul fait de le regarder lui faisait mal : à quel point il était émacié, à quel point il était pâle, à quel point il était chauve. Elle lui donna sa casquette des Red Sox, signée du grand Pedro Martinez en personne (*on reçoit de si jolis cadeaux, quand on va mourir*, lui était-il arrivé de se dire), pensant qu'il risquait d'avoir froid à la tête, si près de la vitre : mais, pour une fois, Duddits refusa de la mettre. Il se contenta de la tenir sur ses genoux et de regarder dans la nuit, les yeux agrandis, l'air malheureux.

Finalement, elle l'avait recouché et les yeux verts de son fils l'avaient regardée avec tout leur terrible éclat de mort.

« *I-it au iel, au-i ?*

— Je suis sure qu'il y est. »

Elle aurait bien voulu ne pas pleurer, elle avait tout fait pour retenir ses larmes (cela risquait de le relancer), mais elle les sentait grossir dans ses yeux. Elle en avait plein la tête, et ses narines avaient l'odeur de la mer chaque fois qu'elle inspirait.

« *Au iel a-é iver ?*

— Oui, mon chéri.

— *Je vé-é iver et it au iel ?*

— Oui, bien sûr, mais pas avant longtemps. »

Ses yeux s'étaient fermés. Roberta était restée assise à côté de lui, sur le lit, contemplant ses mains, se sentant au-delà de la tristesse, au-delà de la solitude.

Et maintenant elle descendait précipitamment au rez-de-chaussée, on y chantait, pas de doute. Comme elle parlait couramment le Duddits (rien d'étonnant : c'était sa deuxième langue depuis plus de trente ans), elle traduisait sans même y penser ce roulement de syllabes tout en voyelles : *Scooby-Dooby-Doo, où es-tu ? On a du travail devant nous, Je te l'ai dit, Scooby-Dooby-Doo, on a besoin d'un coup de main.*

Elle ne savait à quoi s'attendre en entrant dans la chambre, mais certainement pas à ce qu'elle trouva : toutes les lumières allumées, et Duddits habillé de pied en cap pour la première fois depuis sa dernière (et très vraisemblablement finale, d'après le Dr Briscoe) rémission. Il avait enfilé son pantalon de velours préféré, passé sa doudoune en duvet par-dessus son t-shirt Grinch et mis sa casquette des Red Sox. Assis dans son fauteuil, il regardait la tempête par la fenêtre. Pas de sourcils froncés, pas de larmes. Il scrutait la nuit avec une telle intensité, un tel éclat dans l'œil que cela la ramena à une époque bien antérieure à la maladie, laquelle s'était annoncée à coups de symptômes sournois, faciles à ignorer : de la fatigue qui le faisait se retrouver hors d'haleine après une simple partie de frisbee dans l'arrière-cour, des bleus énormes, qui mettaient un temps fou à se résorber, au moindre coup ou choc... Tel était l'aspect qu'il avait quand...

Mais elle n'arrivait pas à penser. Elle était trop abasourdie pour penser.

« Duddits ! Duddie, qu'est-ce que...

— *Aman ! ma oît à unch !*

— Ta boîte à lunch est dans la cuisine, Duddie, mais on est en pleine nuit. Il neige. Tu n'iras... »

Tu n'iras nulle part, voilà ce qu'elle avait eu l'intention de dire, mais les paroles ne purent franchir ses lèvres. Il avait le regard si brillant, si plein de vie. Elle aurait peut-être dû se réjouir de voir cette lumière briller si fort dans ses yeux, cette énergie ; au lieu de cela, elle était terrifiée.

Je veux ma boîte à lunch, j'ai besoin de ma boîte à lunch, dit-il dans son langage.

« Non, Duddits », répondit-elle en s'efforçant à la fermeté. « Ce dont tu as besoin, c'est de te déshabiller et de te remettre au lit. C'est tout ce dont tu as besoin. Allez. Je vais t'aider. »

Mais lorsqu'elle s'approcha de lui, il croisa les bras sur sa poitrine étroite et se prit les joues, la gauche dans sa paume droite, la droite dans sa paume gauche. Depuis sa plus tendre enfance, ce geste était ce qu'il connaissait de plus fort en manière de défi. Cela suffisait, en général, et cela suffit ce jour-là. Elle ne tenait pas à le bouleverser une fois de plus, à risquer de provoquer un autre saignement de nez. Cependant, elle ne lui préparerait pas un repas à emporter à deux heures moins dix du matin. Sûrement pas.

Elle battit en retraite vers le lit et s'assit sur le bord. Il faisait chaud dans la pièce, mais elle avait froid, en dépit de sa chemise de nuit en grosse flanelle. Duddits baissa lentement les bras, l'observant avec inquiétude.

« Tu peux rester assis, si tu veux, reprit-elle, mais pourquoi ? Est-ce que tu as fait un rêve, Duddie ? Un mauvais rêve ? »

Un rêve, peut-être bien, mais pas un mauvais rêve. Pas avec, sur son visage, cette expression ardente qu'elle reconnaissait, à présent, pour ce qu'elle était : celle qu'il avait si souvent jadis, dans les années quatre-vingt, pendant ces merveilleuses années avant que Pete, Beaver, Henry et Jonesy ne partent chacun de son côté et ne commencent à appeler moins souvent, à venir moins souvent voir Duddits, alors qu'ils couraient vers leur vie d'adulte en oubliant celui qui était obligé de rester au bord du chemin.

C'était l'expression qu'il avait quand son sixième sens lui disait que ses amis allaient venir jouer. Parfois, ils allaient ensemble à Strawfrod Park ou dans les Friches (ce qui leur était en principe interdit ; mais ils le faisaient tout de même, Alfie et elle l'avaient toujours su, et une de leurs expéditions leur avait valu de se retrouver en première page du journal local). Parfois Alfie, ou un parent de l'un ou de l'autre, les conduisait jusqu'au mini-golf ou au parc d'attractions de Newport, Fun Town ; ces jours-là, elle préparait des sandwichs et des cookies qu'elle mettait dans sa boîte à lunch avec une Thermos de lait.

Il croit que ses amis vont venir. C'est sans doute à Henry et Jonesy qu'il pense, puisqu'il dit que Pete et Beaver...

Soudain, assise là, sur le lit de Duddits, les mains croisées sur les genoux, une image terrible lui vint à l'esprit. Elle se vit au milieu de la nuit, aller ouvrir la porte en réponse à un coup frappé, ne voulant pas aller ouvrir, mais incapable de s'en empêcher. Et les morts étaient là, à la place des vivants. Beaver et Pete étaient là, retournés à l'état d'enfance, tels qu'ils étaient quand elle les avait vus pour la première fois, le jour où ils avaient sauvé Duddits d'elle ne savait plus quelle mauvaise plaisanterie, puis l'avaient ramené sain et sauf à la maison. Elle revoyait Beaver avec son blouson de Fonzie et toutes ses fermetures Éclair, Pete avec le chandail à col roulé dont il était si fier, celui avec l'insigne de la NASA sur la poitrine. Ils étaient froids et pâles, leurs yeux avaient pris cet aspect vitreux, d'un noir de raisin, qu'ont les yeux des cadavres. Elle vit Beaver s'avancer, s'avancer sans lui sourire, sans paraître la reconnaître ; et lorsque Joe Clarendon, dit Beaver, tendit ses mains blêmes comme des étoiles de mer, il ne plaisantait pas. *Nous sommes venus chercher Duddits, Missus Cavell. Nous sommes morts et lui aussi est mort à présent.*

Elle s'étreignit les mains et un frisson lui traversa le corps. Duddits ne le remarqua pas ; il regardait de nouveau par la fenêtre, ardent, impatient. Et, très doucement, il recommença à chanter.

« *Ooby-Ooby-Ooo, où es-u ?...* »

10

« Mr Gray ? »

Pas de réponse. Jonesy se tenait devant la porte de ce qui était à présent, incontestablement, son bureau ; mis à part la crasse sur les vitres, il ne restait plus rien de celui des frères Tracker et les *Tournesols* de Van Gogh avaient remplacé la photo crûment pornographique de la fille relevant ses jupes. Il se sentait de plus en plus mal à l'aise. Qu'est-ce que ce salopard pouvait bien chercher ?

« Où êtes-vous, Mr Gray ? »

Toujours pas de réponse, mais il eut l'impression que l'autre revenait... et qu'il était satisfait. Ce fils de pute était heureux !

Voilà qui ne plaisait pas du tout à Jonesy.

« Écoutez », commença-t-il. Il avait depuis un moment les mains appuyées contre la porte de son sanctuaire ; maintenant, il y pressait son front. « J'ai une proposition à vous faire, mon ami. Vous êtes déjà à moitié humain ; pourquoi ne pas le devenir entièrement ? Quelque chose me dit que nous pourrions cohabiter. Je vous montrerais tout. La crème glacée, c'est délicieux. La bière, c'est encore meilleur. Qu'est-ce que vous en dites ? »

Il soupçonna Mr Gray d'être tenté, comme seule pouvait l'être une créature fondamentalement dépourvue de forme à qui l'on en propose une — un marché sorti tout droit d'un conte de fées.

Tenté, mais pas suffisamment.

Il y eut le bruit saccadé du démarreur, puis celui du moteur.

« Où va-t-on, l'ami ? En supposant qu'on puisse se dégager de Standpipe Hill ? »

Pas de réponse, rien que l'impression inquiétante que Mr Gray avait cherché quelque chose... et qu'il l'avait trouvé.

Jonesy se précipita à la fenêtre et arriva à temps pour voir les phares du véhicule balayer la statue érigée à la mémoire des disparus. La plaque n'était plus visible, ce qui signifiait que la neige s'était accumulée et qu'ils étaient restés là un bon moment.

Roulant au pas, avec précaution, s'ouvrant un chemin dans une neige qui lui montait jusqu'au pare-chocs, le Dodge Ram entama la descente de la colline.

Vingt minutes plus tard, ils empruntaient de nouveau l'autoroute, toujours en direction du sud.

XVII

Héros

1

Owen ne pouvait réveiller Henry en l'appelant à voix haute ; l'homme, épuisé, dormait trop profondément. Il l'appela donc avec son esprit. Au fur et à mesure que le byrus s'étendait, il trouvait que c'était de plus en plus facile. Il poussait sur trois doigts de sa main droite et était en passe de boucher complètement le pavillon de son oreille gauche avec sa moisissure spongieuse. Underhill avait également perdu deux dents, mais rien ne paraissait se développer dans les cavités, du moins pour le moment.

Kurtz et Freddy n'avaient pas été contaminés, grâce à l'instinct de survie très sûr de Kurtz, mais les équipages des deux hélicoptères ayant survécu à l'explosion de Blue Boy, ceux d'Owen et de Joe Blakey, étaient infectés par le byrus. Depuis son premier entretien avec Henry, Underhill avait entendu les voix de ses compagnons d'armes, s'interpellant les uns les autres au-dessus d'un vide jusqu'ici impensable. Ils dissimulaient leur état, pour l'instant, comme il le faisait lui-même ; les lourds vêtements d'hiver leur facilitaient la tâche. Mais ça ne pourrait pas durer, et ils ne savaient que faire.

De ce point de vue, Underhill estimait qu'il avait de la chance. Lui, au moins, avait du grain à moudre.

Debout derrière le hangar, juste de l'autre côté de la barrière électrifiée, fumant une fois de plus une cigarette dont il n'avait pas envie, il partit à la recherche d'Henry et le trouva qui s'ouvrait un chemin laborieux le long d'une pente raide et couverte de broussailles. D'au-dessus d'eux, leur parvenaient des cris d'enfants jouant au base-ball ou au softball. Henry était adolescent et appelait quelqu'un par son nom... Janey ? Jolie ? Peu importait. Il rêvait, et c'était dans le monde réel qu'Underhill avait besoin de lui. Il l'avait laissé dormir autant qu'il avait pu (presque une heure de plus que ce qu'il aurait fallu), mais s'ils devaient se lancer dans leur super-production, c'était maintenant ou jamais.

Henry, appela-t-il.

L'adolescent regarda autour de lui, alarmé. Il y avait d'autres garçons avec lui ; trois — non, quatre, qui scrutaient le fond d'une sorte de tuyau. Ils étaient indistincts, impossibles à identifier, mais Owen ne s'intéressait pas à eux de toute façon. C'était Henry qui l'intéressait, pas cette version de lui-même boutonneuse et inquiète, mais l'adulte.

Réveillez-vous, Henry.

Non, elle est là-dedans. Il faut l'en sortir. Nous...

Je me fous pas mal de ce qui lui arrive, qui qu'elle soit. Réveillez-vous !

Non, je...

C'est l'heure, Henry, Réveillez-vous. Réveillez...

2

vous, bordel !

Henry se redressa avec un soupir, ne sachant plus très bien qui il était ni où il était. C'était déjà pénible, mais il y avait pire : il ne savait pas *quand* il était. Avait-il dix-huit ans, trente-huit, ou un âge situé quelque part entre les deux ? Il sentait une odeur d'herbe, il entendait le craquement d'une balle sur une batte de base-ball (mais il s'agissait de softball, c'étaient des filles qui jouaient, des filles en t-shirt jaune). Et il entendait encore Pete crier *Elle est là-dedans, eh, les mecs, je crois qu'elle est là-dedans !*

« Pete l'a vue, il a vu la ligne », murmura Henry. Il ne savait pas de quoi il parlait, exactement. Le rêve commençait à se dissiper ; ses images brillantes laissaient la place à quelque chose de sombre. Quelque chose qu'il avait à faire, ou à essayer de faire. Il sentait l'odeur du foin et, plus faiblement, celle douce-amère du hasch.

Vous ne pouvez pas nous aider, monsieur ?

Grands yeux de biche. Marsha, elle s'appelait Marsha. Les choses se mettaient en place. *Probablement pas,* avait-il répondu, avant d'ajouter, *mais peut-être.*

Réveillez-vous, Henry ! Il est quatre heures moins le quart, l'heure de lâcher sa queue et d'enfiler son bleu...

Cette voix était plus forte et plus proche que les autres, elle les submergeait, les repoussait ; comme la voix qui sort d'un baladeur quand on vient d'en changer les piles et qu'on a oublié de baisser le volume. La voix d'Owen Underhill. Lui-même était Henry Devlin. Et s'ils devaient tenter quelque chose, c'était maintenant ou jamais.

Henry se leva et grimaça tant ses jambes, son dos, ses épaules et son cou, lui faisaient mal. Et là où les muscles ne protestaient pas, le byrus le démangeait abominablement. Il avait l'impression d'avoir cent ans ; au bout de dix pas, il se dit que non. Pas cent ans. Cent dix ans.

3

Underhill vit la silhouette de l'homme se profiler à travers la vitre et hocha la tête, soulagé. Henry se déplaçait avec l'aisance de Mathusalem dans ses mauvais jours, mais Owen avait de quoi arranger ça, du moins temporairement. Un truc qu'il avait piqué dans l'infirmerie flambant neuve ; il y régnait une telle effervescence que personne n'avait fait attention à lui quand il était entré et ressorti peu après. Et pendant tout ce temps, il avait protégé la partie exposée de son esprit à l'aide de deux mantras de blocage qu'Henry lui avait enseignées : *chevaucher un cheval de bois jusqu'à Banbury Cross* et *Oui on peut-peut, oui on peut, oui on peut-peut, Seigneur Dieu tout-puissant, oui on peut-peut.* Jusqu'ici, ils paraissaient efficaces ; il avait eu droit à quelques regards perplexes, mais personne ne lui avait posé de questions. Même le mauvais temps les servait ; la tempête continuait à sévir, plus rageuse que jamais.

Il apercevait à présent le visage d'Henry à la fenêtre, forme brouillée et pâle tournée vers lui.

Je me demande si ça marchera, envoya Henry. *C'est à peine si je peux mettre un pied devant l'autre.*

Je crois que ça peut vous soulager. Ne restez pas devant la fenêtre.

Henry se déplaça sans poser de questions.

Dans l'une des poches de sa parka, Underhill avait une petite boîte métallique (avec USMC écrit en relief sur le couvercle) dans laquelle il conservait diverses pièces d'identité lorsqu'il était en mission ; la boîte elle-même était un cadeau que lui avait fait Kurtz, après l'affaire de Saint-Domingue, l'année précédente, ce qui ne manquait pas d'ironie. Dans son autre poche, il avait mis trois cailloux qu'il avait ramassés sous son hélicoptère, là où la couche de neige était encore fine.

Il prit l'un d'eux — un morceau de granit du Maine de bonne taille — puis interrompit son geste, épouvanté par l'image qui venait de lui emplir l'esprit, précise, éclatante. Mac Cavanaugh, son camarade de Blue Boy qui avait perdu deux doigts dans l'opération, était assis dans l'une des remorques du périmètre. En compagnie de Frank Bellson, du groupe de Blakey, Blue Trois, l'autre appareil qui avait réussi à regagner la base. Une puissante lampe torche était posée sur sa base, à même le plancher, droite comme une chandelle, et son faisceau trouait verticalement la pénombre. La scène se passait en ce moment même à moins de deux cents mètres de l'endroit où se trouvait Owen, tenant un caillou d'une main et sa boîte métallique de l'autre. Cavanaugh et Bellson étaient assis côte à côte sur le plancher de la remorque. Tous deux portaient ce qu'on aurait pu prendre à première vue pour de luxuriantes barbes rousses. Mais la même luxuriance avait transpercé le bandage qui entourait les moignons de doigt de Cavanaugh. Les deux hommes tenaient chacun un automatique dont ils s'étaient mis le canon dans la bouche. Leur arme de service. Ils ne se quittaient pas des yeux. Ni d'esprit. Bellson effectuait le compte à rebours : *cinq... quatre... trois...*

« Non, les gars, non ! » s'écria Underhill, qui comprit aussitôt qu'il n'avait pas été entendu ; leur lien, forgé avec la résolution d'hommes ayant pris leur décision, était trop puissant. Ils allaient être les premiers du commando de Kurtz à agir ainsi cette nuit. Underhill se dit qu'ils ne seraient sûrement pas les derniers.

Owen ? C'était Henry. *Qu'est-ce qui...*

Puis il sonda ce qu'Underhill voyait et se tut, horrifié.

... deux... un.

Il y eut deux détonations simultanées, étouffées par les rugissements du vent et le grondement des quatre génératrices Zimmer. Deux aigrettes de sang et de cervelle mêlés apparurent, comme par magie dans le faisceau lumineux, au-dessus des têtes de Cavanaugh et de Bellson. Underhill et Henry virent le pied de Bellson agité d'un ultime spasme nerveux ; il heurta la lampe torche et, un instant, ils purent voir les visàges déformés et couvert de byrus des deux hommes. Puis la lampe alla rouler sur le plancher, lançant des éclairs de lumière au hasard, sur les parois d'aluminium, et l'obscurité mit fin à la scène, comme lorsqu'on vient de couper un écran de télé.

« Bordel de Dieu, murmura Owen. Sacré bordel de Dieu... »

La silhouette d'Henry était de nouveau apparue derrière la fenêtre. Owen lui fit signe de se reculer et lança son caillou. La distance était courte, mais il rata néanmoins sa cible et le projectile alla heurter les planches vermoulues, à sa gauche, sans faire de dégâts. Il brandit son deuxième caillou, prit une profonde inspiration pour bien se concentrer et le lança. Cette fois-ci, la fenêtre vola en éclats.

J'ai du courrier pour vous, Henry, bougez pas.

Il jeta la boîte métallique dans l'ouverture qu'il venait de créer.

4

Elle rebondit sur le plancher de la remise. Henry la ramassa, l'ouvrit et trouva dedans quatre paquets enveloppés dans du papier d'alu.

Qu'est-ce que c'est ?

De la dynamite de poche, répondit Owen. *Dans quel état est votre cœur ?*

Bon, pour autant que je sache.

Vaut mieux, parce que la cocaïne, à côté de ce truc, ça vous fait l'effet du Valium. Prenez-en trois. Gardez le reste.

Je n'ai pas d'eau.

Underhill envoya une image très précise : le sud d'un canasson trottant vers le nord. *Mâchez-les, mon mignon... il vous reste bien quelques dents, non ?* Il y avait une colère, dans son ton, dont la raison échappa tout d'abord à Henry. Puis le déclic se fit, évidemment. Car s'il y avait une chose qu'il pouvait comprendre, en cette aube, c'était bien comment on se sentait après la perte brutale de deux amis.

Les pilules étaient blanches, ne portaient aucun nom de laboratoire pharmaceutique, et avaient un goût horriblement amer lorsqu'il les écrasa sous ses dents. Il sentit sa gorge se contracter comme s'il allait dégueuler quand il les avala.

L'effet fut pratiquement instantané. Le temps de remettre la boîte métallique dans sa poche, les battements de son cœur avaient doublé de rythme ; le temps qu'il s'éloigne de deux pas de la fenêtre, ils avaient triplé. Il avait l'impression que ses yeux battaient dans leur orbite à chacun des coups qui frappaient sa poitrine. Ce n'était pourtant pas angoissant ; en réalité, il trouvait même cet état agréable. Finie l'envie de dormir, et les courbatures qui le tétanisaient paraissaient s'être évaporées.

« Houlà ! s'écria-t-il. C'est Popeye qui devrait essayer quelques boîtes de ces cochonneries ! » Sur quoi il éclata de rire, à la fois parce que parler à voix haute lui paraissait soudain étrange, pour ne pas dire archaïque, et parce qu'il se sentait en pleine forme.

Hé, doucement, doucement.

D'accord ! D'ACCORD !

Jusqu'à ses pensées qui paraissaient avoir acquis des forces nouvelles, cristallines ; Henry avait l'impression que ce n'était pas seulement en effet de son imagination. Le secteur, derrière le vieil hangar, était un peu moins bien éclairé que le reste du périmètre, mais cela ne l'empêcha pas de voir Underhill grimacer et porter une main à sa tempe, comme si on venait de lui crier dans l'oreille.

Désolé, envoya-t-il.

Ça va, ça va... c'est simplement que c'était vraiment fort. Vous devez être couvert *de cette merde.*

En réalité, pas du tout, renvoya Henry.

Une image fugitive de son rêve lui revint à l'esprit : tous les quatre, sur la pente herbeuse. Non, tous les cinq, Duddits était avec eux.

Henry ? Vous rappelez-vous où j'ai dit que je serai ?

À l'angle sud-ouest du périmètre. Exactement à l'opposé de la grange, en diagonale. Mais...

Pas de mais. Je serai là-bas. Si vous voulez avoir une chance de sortir d'ici, c'est là qu'il faudra vous trouver, vous aussi. Il est... Un silence, le temps qu'Owen consulte sa montre. Elle fonctionnait encore, ce devait être un modèle à remontoir, pensa Henry... *quatre heures moins deux. Je vous donne une demi-heure. Si les gens de la grange n'ont pas commencé à bouger, je court-circuite la barrière tout de même.*

Une demi-heure, ça ne suffira peut-être pas, protesta Henry.

Il avait beau rester immobile, tandis qu'il observait la silhouette d'Underhill au milieu des tourbillons de neige, il respirait vite, comme s'il courait. Pour son cœur, c'était *comme* s'il courait.

Il le faudra bien, envoya Owen. *Il y a un système d'alarme. Les sirènes vont se déclencher. Il y aura encore plus de projecteurs. Alerte générale. Je vous donne cinq minutes après le déclenchement du bordel — le temps de compter jusqu'à trois cents — et si vous ne vous êtes pas montré au bout de ces cinq minutes, je fiche joyeusement le camp.*

Vous ne trouverez jamais Jonesy sans moi.

Ça ne veut pas dire pour autant que je suis obligé de rester ici et de mourir avec vous, Henry. Ton patient. Comme s'il parlait à un enfant. *Si vous n'êtes pas capable de me rejoindre en cinq minutes, ce sera de toute façon foutu pour vous comme pour moi.*

Ces deux hommes qui viennent de se suicider... ils ne sont pas les seuls à s'être fait choper.

Je sais.

Henry eut droit à une brève image mentale, celle d'un bus scolaire jaune avec MILLINOCKET SCHOOL DEPT. écrit sur le flanc. Deux douzaines de têtes de mort affichant leur terrible sourire regardaient par les fenêtres. Les compagnons d'armes d'Underhill, comprit Henry. Ceux avec lesquels il était arrivé hier matin. Des hommes qui étaient cette nuit soit mourants, soit déjà morts.

Ne vous occupez pas d'eux, répondit Owen. *C'est l'équipe de soutien au sol de Kurtz qui est notre problème maintenant. En particulier les Imperial Valley. Ils vont suivre les ordres, vous pouvez me croire, et ils sont bien entraînés. Et l'entraînement l'emporte sur la panique. Toujours. C'est pour ça que l'entraînement existe. Si vous restez dans le coin, ils vous rôtiront, vous grilleront. Cinq minutes, c'est le temps dont vous disposez à partir du déclenchement des sirènes. Le temps de compter jusqu'à trois cents.*

La logique d'Owen Underhill était rebutante, mais impossible à réfuter.

Très bien. Cinq minutes.

Il n'est en rien de votre responsabilité de faire ça, observa Underhill. Cette pensée arriva jusqu'à Henry prise dans une croûte, un filigrane d'émotions : frustration, culpabilité, l'inévitable peur, peur de l'échec, dans le cas d'Underhill, pas de la mort. *Si ce que vous avez dit est vrai, tout dépend d'une chose : allons-nous sortir d'ici intacts ? Vous mettez peut-être en danger toute la planète à cause de quelques centaines de pékins dans une grange...*

C'est exactement ce que dirait votre patron, non ?

Owen exprima de la surprise, non pas avec des mots, mais sous la forme d'une bande dessinée qui s'imprima dans l'esprit d'Henry ! Puis, et en dépit des hurlements et des sifflements incessants du vent, il entendit le militaire qui riait.

Vous m'avez bien eu, là, mon mignon.

Bref, je les ferai bouger. Je suis un champion dans l'art de motiver les gens.

Je sais que vous essaierez.

Henry ne pouvait voir le visage d'Owen, mais il sentit qu'il souriait. Puis c'est à voix haute que le militaire continua :

« Et après ça. Redites-le-moi. »

Pourquoi ?

« Peut-être parce que les soldats ont besoin d'être motivés, eux aussi, en particulier quand ils déraillent. Et laissez tomber la télépathie ; je veux vous l'entendre dire à voix haute. Je veux entendre le mot. »

Henry regarda l'homme qui frissonnait, de l'autre côté de la barrière, et répondit :

« Après ça, nous allons devenir des héros. Non pas parce que ça nous tente, mais parce que nous n'avons pas le choix. »

Owen acquiesçait, dans le vent et la neige. Acquiesçait et souriait toujours.

« Et pourquoi pas ? Et pourquoi pas, bordel ? »

Dans son esprit, Henry vit l'image lumineuse d'un petit garçon brandissant un plat en porcelaine au-dessus de sa tête. L'homme aurait voulu que le petit garçon repose le plat à sa place — ce plat qui le hantait depuis tant d'années et qui resterait éternellement brisé.

5

Ne rêvant plus depuis l'enfance et pour cela devenu dément, Kurtz se réveilla comme il se réveillait toujours : passant de nulle part à un état d'éveil total, sachant parfaitement où il était. Vivant, alléluia, oh oui, et toujours de la partie. Il voulut consulter son réveil, mais ce foutu machin avait déclaré forfait en dépit de son boîtier soi-disant antimagnétique, et clignotait 12-12-12 comme un bègue achoppant toujours sur le même mot. Il alluma la lampe de chevet et prit la montre de gousset posée à côté. Quatre heures moins huit.

Il reposa la montre et se leva vivement. La première chose qui le frappa fut le vent, qui hurlait toujours aussi fort. La seconde fut que le brouhaha lointain des voix, dans sa tête, avait complètement disparu. La télépathie n'agissait plus ; voilà qui lui faisait plaisir. Le phénomène l'avait scandalisé d'une manière élémentaire, profonde, comme certaines pratiques sexuelles le scandalisaient. L'idée que n'importe qui puisse pénétrer dans sa tête, visiter les niveaux supérieurs de son esprit, avait eu quelque chose d'horrible pour lui. Rien que pour ça, pour avoir apporté avec eux ce don très spécial, les grisâtres méritaient d'être détruits jusqu'au dernier. Dieu soit loué, il était éphémère.

Kurtz se débarrassa de son caleçon gris et se tint, nu, devant le miroir fixé à la porte de la chambre ; il parcourut son reflet des pieds (où commençaient à apparaître les premières torsades violettes de varices), jusqu'au sommet du crâne, où ses cheveux grisonnants se dressaient en mèches hirsutes. À soixante ans, il avait encore de l'allure ; les petites varices, sur ses pieds, étaient l'unique signe évident de son âge. Il exhibait aussi un sacré braquemart, même s'il n'en avait jamais fait beaucoup usage ; les femmes étaient à ses yeux, pour la plupart, des créatures abjectes, incapables de fidélité. Elles épuisaient les hommes. Dans le fond secret de son cœur de dément, où jusqu'à sa démence était repassée au carré et amidonnée (et pas très intéressante), Kurtz considérait que le sexe était une connerie totale. Même dans le cas de la procréation, le résultat était en général une tumeur dotée d'un cerveau, pas très différente des fouines-merde.

Ses yeux firent lentement le chemin inverse depuis le sommet de sa tête, à la recherche de la moindre tache rousse, de la plus minuscule rougeur. Rien. Il se tourna et étudia du mieux qu'il pouvait son dos en regardant par-dessus son épaule, et ne vit toujours rien. Il s'écarta les fesses, les sonda et glissa les deux premières phalanges de son index dans son anus ; il ne sentit rien que de la chair.

« Je suis *clean*, dit-il à voix basse en se lavant vigoureusement les mains dans la petite salle de bains du Winnebago. Propre comme un sou neuf. »

Il remit son caleçon, puis s'assit sur sa couchette pour enfiler ses chaussettes. Il était *clean*, Dieu soit loué, *clean !* voilà un mot plaisant. La désagréable sensation qui accompagnait la télépathie, comme de la chair pressée contre de la chair, avait disparu. Il n'avait pas le moindre filament de Ripley sur lui ; il avait même vérifié ses gencives et sa langue.

Mais alors, qu'est-ce qui l'avait réveillé ? Pourquoi des sonneries d'alarme s'étaient-elles déclenchées dans sa tête ?

Parce que la télépathie n'était pas la seule forme de perception extrasensorielle. Parce que bien longtemps avant que les grisâtres n'apprennent qu'il existait un patelin baptisé Terre, planqué dans une allée rarement visitée de la grande bibliothèque interstellaire, il y avait eu un phénomène appelé l'instinct, la spécialité de l'*Homo sap*, même lorsqu'il portait un uniforme, comme lui.

« L'intuition, dit Kurtz. Cette bonne vieille intuition des familles. »

Il enfila son pantalon. Puis, toujours torse nu, il prit le walkie-talkie posé à côté de la montre, sur la table de nuit (elle affichait quatre heures seize, à présent, et le temps passait vite, paraissait foncer comme une voiture sans freins dans une descente aboutissant à un carrefour encombré...). Le walkie-talkie était un appareil numérique spécial, crypté et censé être « imbrouillable »... mais un seul coup d'œil à sa soi-disant horloge « imbrouillable » suffit à lui faire comprendre qu'aucun matériel n'était totalement in- ou im- quelque chose.

Il appuya deux fois sur le bouton d'appel. Freddy Johnson réagit rapidement ; il n'avait pas l'air trop endormi... ah, maintenant que les choses sérieuses allaient commencer, Kurtz (dont le nom était bêtement Robert Coonts, parlez-moi des patronymes) se rendait compte à quel point il regrettait Underhill. *Owen, Owen, qu'est-ce qui t'a pris de déraper juste au moment où j'avais le plus besoin de toi ?*

« Patron ?

— Mise en alerte opérationnelle d'Imperial Valley à six heures. Imperial Valley à zéro six cents. Bien reçu ? »

Il eut droit à des explications comme quoi c'était impossible, des conneries qu'Owen n'aurait jamais imaginé de lui sortir, même dans ses rêves les plus minables. Il laissa quarante secondes à Freddy pour s'exprimer avant de dire :

« Tu vas fermer ta gueule, fils de pute ? »

Silence choqué du côté de Freddy.

« Il y a quelque chose qui se mijote. Je ne sais pas ce que c'est, mais ça m'a réveillé comme trente-six sonneries d'alarme alors que je dormais comme un bienheureux. Si je vous rassemble tous, les gars et les filles, c'est que j'ai une bonne raison pour ça ; et si tu espères être encore en état de respirer normalement ce soir, tu les fais se magner. Dis à Gallagher qu'elle a intérêt à être à l'heure. Confirme.

— Confirmé, patron. Y'a un truc qu'il vaudrait mieux que vous sachiez. Nous avons eu quatre suicides, à ma connaissance. Il y en a peut-être eu d'autres. »

Kurtz n'était ni surpris ni mécontent. Dans certaines circonstances, il jugeait le suicide non seulement acceptable, mais honorable, l'acte final du parfait gentleman.

« Ceux des hélicos ?

— Affirmatif.

— Pas d'Imperial Valley.

— Pas d'Imperial Valley.

— Très bien. Garde ça dans ta poche, mon gars. Les ennuis vont commencer. Je ne sais pas ce que c'est, mais ça vient. De gros ennuis. »

Kurtz jeta le walkie-talkie sur la table de nuit et continua de s'habiller. Il aurait bien fumé une cigarette, mais il ne lui en restait plus.

6

L'étable du vieux Gosselin, avec sa grange attenante, avait abrité jadis un assez beau troupeau de laitières, et si, avec les normes actuelles, l'intérieur n'aurait sûrement pas eu le quitus des services vétérinaires, le bâtiment lui-même était encore en bon état. Les soldats avaient disposé des rangées d'ampoules de plus de cent watts ; elles diffusaient une forte lumière sur les stalles, le site de traite de l'entrée et les greniers haut et bas. Ils avaient aussi installé un système de chauffage et il régnait dans le local une chaleur suffocante, presque fiévreuse. Henry descendit sa fermeture à glissière dès qu'il entra, mais il n'en sentit pas moins la sueur couler sur son front. Il supposa que les pilules d'Owen y étaient pour quelque chose ; il en avait pris une autre avant d'entrer dans l'étable.

Sa première réflexion, lorsqu'il regarda autour de lui, fut de trouver que les lieux ressemblaient étrangement aux divers camps de réfugiés qu'il avait pu voir : à ceux des Serbes bosniaques en Macédoine, à ceux des rebelles haïtiens après le débarquement des marines d'Oncle Su-sucre à Port-au-Prince, et à ceux de tous les exilés africains obligés de fuir leur pays à cause des épidémies, de la famine, de la guerre civile ou de la combinaison de ces trois fléaux. On finissait par prendre l'habitude de les voir à la télé, et ces images venaient toujours de loin ; l'horreur que l'on ressentait en les ayant directement sous les yeux avait quelque chose de presque clinique. Mais on n'avait pas besoin de passeport pour venir ici. On était dans une étable de la Nouvelle-Angleterre. Les gens qui s'y trouvaient entassés n'étaient pas vêtus de haillons et de pagnes troués, mais portaient des parkas de chez Bean's, des pantalons à poches multiples (si pratiques pour un petit supplément de munitions) de chez Banana Republic et des sous-vêtements signés Fruit of the Loom. Et, cependant, leur aspect était le même. La seule différence que remarquait Henry était leur expression de surprise. C'était quelque chose, en principe, qui n'aurait jamais dû arriver au pays de la grande braderie.

Les internés occupaient pratiquement toute la surface disponible, sur laquelle on avait répandu du foin (et posé des vêtements par-dessus). Ils dormaient seuls ou en petits groupes familiaux. Il y en avait aussi dans les greniers et trois ou quatre dans chacune des quarante stalles. Il régnait dans l'étable un véritable brouhaha de ronflements, de gargouillements et de grognements — les gens faisaient de mauvais rêves. Quelque part, un enfant pleurait. Et, pour couronner le tout, il y avait de la musique de supermarché : pour Henry, c'était la touche ultime de bizarrerie. En ce moment même, les prisonniers assoupis de l'étable de Gosselin avaient droit au Fred Waring Orchestra et à ses violons sirupeux dans « Une Soirée enchantée ».

Shooté comme il l'était, tous les détails se détachaient avec un éclat violent, déclamatoire. *Toutes ces parkas et ces casquettes orange !* pensa-t-il. *Fichtre ! C'est Halloween en enfer !*

La saleté rouge doré était aussi présente un peu partout. Henry en vit qui poussait sur des joues, dans des oreilles, entre des doigts ; il en découvrit également qui envahissait les poutres et colonisait même les fils électriques d'où pendaient les ampoules. L'odeur prédominante était celle du foin, mais il n'eut pas de mal à détecter, en dessous, celle de l'alcool éthylique mâtiné de soufre.

En plus des ronflements, c'était un festival de pets ; on aurait dit que cinq ou six musiciens exécrables s'exerçaient sur des tubas ou des saxophones. Dans d'autres circonstances, la scène aurait pu être comique... ou peut-être même l'était-elle, pour quelqu'un qui n'aurait pas vu l'espèce de fouine se tortillant et exhibant ses dents dans le lit ensanglanté de Jonesy.

Combien sont-ils à incuber une de ces cochonneries ? se demanda Henry. La réponse n'avait sans doute pas d'importance car, en fin de compte, les fouines-merde étaient inoffensives. Elles auraient pu survivre à l'extérieur de leur hôte, dans cette étable, mais elles n'auraient pas eu la moindre chance dehors, dans la tempête, avec un vent soufflant à six ou sept Beaufort, ce qui faisait chuter la température réelle bien en dessous de zéro.

Il fallait qu'il s'adresse à ces gens.

Non, erreur. Ce qu'il fallait, c'était qu'il leur fiche une frousse de tous les diables. Qu'il les fasse décamper d'ici, où ils étaient à l'abri du vent, de la neige et du froid, pour aller se les geler dehors. Il y avait eu jadis des vaches dans ce bâtiment ; il y avait aujourd'hui du bétail. Il lui fallait en refaire des êtres humains — effrayés, fous furieux. Il pouvait y arriver, mais pas seul. Et l'heure tournait. Owen Underhill lui avait donné une demi-heure. Il avait déjà, estima-t-il, perdu dix minutes.

Me faudrait un mégaphone. Première étape.

Il regarda autour de lui et repéra un gros costaud à la calvitie prononcée qui dormait sur le côté, près de la porte donnant dans l'atelier de traite. Il s'avança pour l'examiner de plus près. Il eut l'impression qu'il faisait partie de ceux qu'il avait virés du hangar, mais il n'en était pas sûr. En matière de chasseurs, les gros costauds chauves, ce n'était pas ce qui manquait.

C'était bien Charles, néanmoins, et le byrus réensemençait ce que ce bon vieux Charlie devait sans aucun doute appeler sa piste d'atterrissage à mouches ou son panneau sexolaire. *Pas besoin d'une perruque, avec un truc pareil*, pensa Henry, esquissant un sourire.

Charlie n'était pas mal ; mieux encore, il y avait Marsha, dormant à côté en tenant son Darren, Mister Gros-pétard de Newton, par les mains. Le Byrus envahissait à présent les joues lisses de Marsha. Son mari n'avait encore rien, mais le beau-frère — Bill, non ? — en était couvert des pieds à la tête. *Une vraie attraction de cirque*, pensa Henry.

Il s'agenouilla près de Bill, prit sa main infestée de byrus et lui adressa la parole, au milieu de la jungle de ses mauvais rêves. *Hé, Bill... réveille-toi, mon vieux. Faut qu'on sorte d'ici. Et avec ton aide, on pourrait. Allez, debout ! Réveille-toi, Bill.*

Réveille-toi et deviens un héros.

7

Les choses se passèrent à une vitesse qui le fit jubiler.

Henry sentit l'esprit de Bill s'élever vers lui, jaillissant des cauchemars dans lequel il était piégé, se tendant vers lui comme un homme sur le point de se noyer tendrait la main au sauveteur qui s'est jeté à l'eau pour le secourir ; les deux esprits entrèrent en contact de la même manière que s'accouplent deux wagons.

Ne parle pas, n'essaie pas de parler, transmit Henry. *Ne décroche pas, c'est tout. Nous avons besoin de Marsha et Charles. À nous quatre, ça devrait suffire.*

Qu'est-ce qu...

Pas le temps, Billy. Allons-y.

Bill prit la main de sa belle-sœur. Les yeux de la femme s'ouvrirent instantanément, comme si elle avait attendu cet instant, et Henry sentit tous les contrôles, dans son esprit, monter d'un degré. Elle n'était pas aussi envahie de moisissure que Bill, mais peut-être était-elle naturellement plus douée. Elle prit la main de Charlie sans poser la moindre question. Henry avait l'impression qu'elle avait déjà subodoré ce qui se passait et ce qu'il fallait faire. Grâce au ciel, elle avait compris la nécessité de procéder le plus vite possible. Ils allaient bombarder ces gens, puis les balancer comme une massue.

Charles se mit sur son séant avec un sursaut, les yeux écarquillés dans leur orbite aux replis gras. Puis il bondit vivement sur ses pieds, à croire qu'il avait reçu une décharge électrique. Ils étaient tous les quatre debout, maintenant, les mains jointes comme dans une séance de spiritisme... ce qui, se dit Henry, était presque le cas.

Donnez-le-moi, demanda-t-il. Il avait l'impression de tenir une baguette magique. Ils obéirent.

Écoutez-moi.

Des têtes se redressèrent ; plusieurs, brusquement tirés d'un agréable sommeil, se mirent vivement sur leur séant, comme électrifiés.

Écoutez-moi et soulevez-moi... soulevez-moi bien haut ! Vous comprenez ? Soulevez-moi ! C'est notre seule chance de nous en sortir, alors mettez-y le paquet !

Ils réagirent aussi instinctivement que l'on fredonne en entendant un air connu, ou qu'on frappe dans ses mains au rythme d'une musique entraînante. S'il leur avait laissé le temps de réfléchir à ce qui se passait, les choses auraient probablement été plus difficiles, mais il s'en garda bien. La plupart d'entre eux dormaient, et il avait cueilli les contaminés, c'est-à-dire les télépathes, alors qu'ils avaient l'esprit grand ouvert.

Opérant lui-même à l'instinct, Henry leur envoya une série d'images : les soldats masqués entourant l'enclos, pour la plupart armés, certains portant des sacs à dos reliés à une sorte de tuyau. Il donna à leur visage une expression de cruauté caricaturale, digne d'une BD. Il y eut un ordre amplifié au mégaphone, et des flots de feu liquide jaillirent des tuyaux : du napalm. Les parois et le toit de l'étable prirent aussitôt feu.

Il passa ensuite à l'intérieur, à des images de gens affolés et poussant des cris. Le feu liquide coulait par des trous du toit et embrasait le foin engrangé dans les greniers. Il montra un homme dont les cheveux brûlaient, une femme dans une parka en feu à laquelle étaient encore accrochés les abonnements aux remonte-pente de Sugarloaf et Ragged Mountain.

Tous regardaient Henry, maintenant, Henry et ses amis en réseau. Seuls les télépathes recevaient les images, mais il y avait bien soixante pour cent des personnes, dans l'étable, qui étaient infectées ; même celles qui ne l'étaient pas se sentaient gagnées par un sentiment de panique, une sensation qui les soulevait comme une marée montante soulève indifféremment tous les bateaux.

Étreignant la main de Marsha d'un côté et celle de Bill de l'autre, Henry revint aux images de l'extérieur. Le feu ; l'encerclement des soldats ; la voix amplifiée leur criant de bien s'assurer que personne ne s'en sortait.

Tous les détenus étaient à présent debout, et le brouhaha de voix apeurées allait s'amplifiant (mis à part pour les grands télépathes, qui avaient les yeux rivés sur Henry, des yeux hantés au milieu de visages envahis de byrus). Il leur montra l'étable brûlant comme une torche au milieu du paysage nocturne enneigé, le vent attisant l'incendie, puis une explosion suivie d'une pluie de feu, les lances continuant de déverser le napalm tandis que la voix amplifiée poursuivait ses exhortations : « *C'EST BIEN, LES GARS ! FAUT TOUS LES AVOIR, FAUT PAS EN LAISSER UN SEUL NOUS ÉCHAPPER, ILS SONT LE CANCER, NOUS SOMMES LE REMÈDE !* »

Son imagination tournant à plein rendement, s'auto-alimentant dans une espèce de frénésie, Henry envoya les images des quelques personnes qui réussissaient à trouver une sortie ou à se jeter par les fenêtres. Beaucoup étaient transformées en torches vivantes ; une femme protégeait un enfant dans ses bras. Les soldats les mitraillaient tous, sauf la femme et l'enfant, transformés en torche de napalm dans leur course.

« *Non !* » s'écrièrent plusieurs femmes d'une même voix, et Henry comprit, avec une sorte d'émerveillement malsain, que toutes, mêmes celles qui n'avaient pas d'enfants, s'étaient vues dans la femme napalmée.

Non seulement ils étaient debout, mais ils s'agitaient comme du bétail pris dans une tempête. Il fallait les lancer tout de suite, avant qu'ils aient la moindre possibilité de réfléchir une seconde, et encore moins deux.

S'appuyant sur les forces conjuguées des esprits reliés au sien, Henry leur envoya l'image du magasin.

LÀ, lança-t-il. ***C'EST VOTRE SEULE CHANCE ! ALLEZ JUSQU'AU MAGASIN, SI VOUS POUVEZ, RENVERSEZ LA BARRIÈRE SI LA PORTE EST BLOQUÉE ! NE VOUS ARRÊTEZ PAS, N'HÉSITEZ PAS ! ENFUYEZ-VOUS DANS LES BOIS ! CACHEZ-VOUS DANS LA FORÊT ! ILS VONT VENIR INCENDIER CETTE ÉTABLE AVEC TOUS CEUX QUI SONT DEDANS, ET LA FORÊT EST VOTRE SEULE CHANCE ! MAINTENANT ! MAINTENANT !***

Du fond du puits de son imagination, volant sur les ailes de la dynamite que lui avait procurée Owen et renvoyant des images de toute sa force — d'endroits où se réfugier ici, de mort certaine là, des images aussi simples que celles d'un livre de contes —, il n'avait pas vraiment conscience d'avoir entamé cette litanie : « *Maintenant, maintenant, maintenant...* »

Marsha Chiles se joignit à lui, puis son beau-frère, puis Charles, puis l'homme avec le panneau sexolaire envahi de moisissure.

« *Maintenant, maintenant, maintenant !* »

Le mot sauta de personne à personne, de groupe à groupe, une épidémie provoquée par une panique plus galopante encore que le byrus. « *Maintenant, maintenant, maintenant !* »

Toute l'étable en tremblait. Les poings se levaient à l'unisson, comme dans un concert de rock.

« *MAINTENANT, MAINTENANT, MAINTENANT !* »

Henry les laissa s'en emparer, laissa enfler le grondement, agitant lui-même le poing sans s'en rendre compte, un poing qu'il levait très haut au bout de son bras douloureux tout en se conjurant de ne pas se laisser prendre dans le cyclone de cette masse psychique qu'il venait de soulever : quand eux iraient vers le nord, lui devrait filer vers le sud. Il attendait que soit atteint quelque point de non-retour, le point de la combustion spontanée, le point de la fusion nucléaire.

Il vint.

« Maintenant », murmura-t-il.

Il rassembla les esprits de Marsha, Bill, Charlie et de tous ceux qui s'étaient le plus étroitement soudés à eux. Il les fusionna, les comprima et lança cet unique mot, telle une balle d'argent, dans la tête des trois cents personnes enfermées dans l'étable du vieux Gosselin.

MAINTENANT.

Il y eut un instant de profond silence, et la porte de l'enfer s'ouvrit en grand.

8

Juste avant le crépuscule, on avait installé une douzaine de postes de garde (qui n'étaient en réalité que des toilettes de campagne privées de leur urinoir et de leurs chiottes) à intervalles réguliers, le long de la barrière. Ces guérites étaient équipées d'un appareil de chauffage qui diffusait une lueur léthargique dans le petit espace, et les factionnaires n'avaient aucune envie d'en sortir. De temps en temps, l'un d'entre eux ouvrait sa porte pour laisser entrer un tourbillon d'air frais chargé de neige, mais leurs efforts pour surveiller le monde extérieur n'allaient pas plus loin. La plupart étaient des soldats n'ayant jamais connu la guerre, dépourvus de toute intuition viscérale quant à la hauteur des enjeux, qui passaient leur temps à parler de sexe, de voitures, de leurs affectations, de sexe, de leur famille, de leur avenir, de sexe, de leurs virées, alcool ou drogue — et de sexe. Ils n'avaient pas vu Owen Underhill se rendre par deux fois derrière le hangar (alors qu'il aurait été clairement visible depuis les postes 9 et 10) et ils étaient les derniers à se douter qu'ils allaient avoir sous peu une révolte grand format sur les bras.

Sept autres soldats, des garçons qui avaient travaillé un peu plus longtemps sous les ordres de Kurtz et donc un peu plus dessalés, s'étaient installés dans le fond du magasin, à côté du poêle, et jouaient au poker dans le bureau où, deux siècles auparavant, Underhill avait fait écouter à Kurtz l'enregistrement *ne nous blessez pas**. Six des joueurs de cartes étaient des sentinelles entre deux tours de faction. Le septième, Gene Cambry, était le collègue de Dawg Brodsky. Cambry n'était pas parvenu à dormir. La raison se dissimulait sous un bandage de coton qu'il avait au poignet. Cependant, il ne savait pas combien de temps le bandage suffirait, car le truc rouge continuait de se propager en dessous. S'il ne faisait pas attention, quelqu'un finirait par le voir et... et alors, au lieu de jouer aux cartes ici, il risquait de se retrouver dans la grange avec les pékins.

Était-il le seul dans ce cas ? Ray Parsons, par exemple, s'était fourré un gros morceau de coton hydrophile dans une oreille. Il prétendait avoir une otite, mais qui l'avait examiné ? Ted Trezewski, lui, avait un bandage autour de son avant-bras musculeux et racontait qu'il s'était blessé pendant la pose du fil de fer barbelé au début de la journée. C'était peut-être vrai. Quant à George Udall, en période normale le supérieur hiérarchique immédiat du Dawg, il avait enfilé un bonnet sur son crâne rasé ; avec ce fichu machin, il avait l'air d'un rappeur blanc âgé. Il n'y avait peut-être rien sous cet accoutrement, sinon de la peau, mais il faisait tout de même un peu chaud dans le local pour porter un passe-montagne, non ? En particulier aussi épais, tricoté à la main.

« Je mise un dollar, dit Howie Everett.

— Parole, dit Danny O'Brian.

— Parole, dit Parsons.

— Parole », dit Udall.

C'est à peine si Cambry les entendait. Dans son esprit, venait d'apparaître l'image d'une femme tenant un enfant dans ses bras. Alors qu'elle courait dans l'enclos enneigé, un soldat, d'une giclée de napalm, la transformait en torche vivante. Cambry grimaça, horrifié, pensant que l'image était un effet de sa culpabilité.

« Gene ? lui demanda Al Coleman. Et-ce que tu dis quelque chose, ou...

— Qu'est-ce que c'est que ce truc ? demanda Howie.

— Quel truc ? voulut savoir Ted Trezewski.

— Écoute et tu vas l'entendre », répliqua Howie.

Con de Pollack : Cambry capta ce commentaire non formulé dans sa tête. Mais une fois leur attention attirée sur la rumeur, elle devenait clairement audible et s'élevait au-dessus du vent, de plus en plus forte et précipitée.

« *Maintenant ! Maintenant ! Maintenant ! Maintenant !* MAINTENANT *!* »

Ça venait de l'étable, juste derrière eux.

« Qu'est-ce que c'est encore que ce truc ? » demanda Udall d'un ton perplexe.

Clignant des yeux, il contemplait la table avec les cartes, les cendriers, les jetons et l'argent éparpillés dessus. Gene Cambry comprit soudain qu'il n'y avait rien de suspect sous ce stupide bonnet de laine, en fin de compte. Udall était en théorie le responsable de leur petit groupe, mais il n'avait pas la moindre idée de ce qui se passait. Il ne pouvait voir les poings brandis, ne pouvait entendre la puissante voix mentale qui entraînait la litanie.

Cambry lut de l'inquiétude sur les visages de Parsons, d'Everett et de Coleman. Eux aussi voyaient. Une même compréhension les envahissait, alors que les non-contaminés avaient seulement l'air intrigué.

« Ces branleurs vont forcer les portes ! s'exclama Cambry.

— Ne sois pas idiot, Gene, lui dit Udall. Ils ne savent pas ce qui les attend. Sans compter que ce sont des civils. Ils ne font que réduire un peu la press... »

Cambry perdit le reste, car un mot, un seul mot, venait de lui scier le crâne : MAINTENANT ! Ray Parsons et Al Coleman grimacèrent. Everett cria de douleur et porta les mains à ses tempes, tandis que ses genoux heurtaient le dessous de la table, envoyant valser cartes et jetons. Un billet de un dollar alla atterrir sur le poêle, où il prit feu.

« Quel con, regarde ce que tu as f..., commença Ted.

— Ils arrivent, dit Cambry. Ils vont se jeter sur nous ! »

Parsons, Everett et Coleman foncèrent sur leur fusil M-4, posés à côté du portemanteau du vieux Gosselin. Les autres les regardèrent, surpris, avec un train de retard... puis il y eut un grand bruit sourd ; dédaignant la petite porte latérale par laquelle était entré Henry, une soixantaine de détenus venaient de se jeter sur les portes de l'étable. Ces portes étaient fermées de l'extérieur avec de gros cadenas d'acier, modèle de l'armée. Les cadenas résistèrent, mais le bois vermoulu céda avec un grand craquement.

Les prisonniers chargèrent par cette ouverture en criant « *Maintenant, maintenant !* » dans le vent et la neige ; plusieurs d'entre eux tombèrent et furent piétinés.

Cambry avait foncé lui aussi et saisi l'un des petits fusils d'assaut, pour se le voir arracher des mains. « C'est le mien, abruti ! » cracha Ted.

Il y avait moins de vingt mètres entre les portes défoncées de l'étable et l'arrière du magasin. Ce fut une ruée, toujours au cri de « MAINTENANT ! MAINTENANT ! MAINTENANT ! »

La table à jeu fut renversée, éparpillant partout ce qui restait dessus — cartes, cendriers, jetons. Le signal d'alarme se mit à retentir lorsque les premiers détenus heurtèrent la barrière renforcée et furent soit électrocutés, soit pris comme des poissons dans les mailles des grands rouleaux de barbelés. Quelques instants plus tard, aux braiments rythmés de la première alarme se joignit le hululement d'une sirène, donnant l'alerte générale, état parfois surnommé la Situation Triple Six par le quartier général — autrement dit, la fin du monde. Des figures surprises et effrayées apparurent aux portes des chiottes portatives relookées guérites.

« La grange ! cria quelqu'un. Tous à la grange ! Une évasion ! »

Les factionnaires, dont la plupart n'étaient même pas équipés de bottes, partirent en courant dans la neige, longeant l'extérieur de la barrière sans savoir qu'elle venait d'être court-circuitée par le poids de plus de quatre-vingts chasseurs de cerfs transformés en kamikazes, qui tous hurlaient « *MAINTENANT !* » à pleins poumons et continuaient à crier, même secoués de spasmes, même lorsqu'ils grillaient et mouraient.

Personne ne remarqua qu'un individu, un seul, grand, émacié, portant des lunettes démodées à monture d'écaille, avait quitté la grange par la porte latérale et s'éloignait en diagonale au milieu des congères qui s'étaient accumulées dans l'enclos à chevaux. Même si Henry avait l'impression que personne ne faisait attention à lui, il ne put s'empêcher de se mettre à courir. Il se sentait horriblement exposé, sous l'éclat violent des lumières ; la cacophonie des sirènes d'alarme le paniquait, le rendait fou... le faisait se sentir comme avait dû se sentir Duddits lorsqu'il avait pleuré ce jour-là, derrière l'entrepôt des frères Tracker.

Il priait le ciel pour qu'Underhill l'ait attendu. Il ne le voyait pas, la neige était trop épaisse pour distinguer l'autre bout de l'enclos, mais il y arriverait bientôt, et là il saurait.

9

Il ne restait plus à Kurtz qu'une botte à enfiler lorsque retentit l'alarme et que s'enclencha l'éclairage de secours, inondant ce trou perdu d'une lumière encore plus aveuglante. Il n'éprouva ni surprise ni consternation, seulement un mélange de soulagement et de chagrin. Du soulagement, maintenant que ce qui mettait ses nerfs à cran venait de se déclarer. Du chagrin, à l'idée que le putain de carnage n'ait pas attendu encore deux heures. Encore deux heures, et il aurait pu faire ça dans les règles de l'art.

Il ouvrit vivement la porte du Winnebago de la main droite, sa botte encore à la main. Un rugissement sauvage montait de la grange, le genre de cri de guerre qui, en dépit de tout, lui allait droit au cœur. La violence du vent l'atténuait un peu, mais pas beaucoup ; ils s'y étaient tous mis, semblait-il. D'entre les rangs de tous ces braves gens bien nourris, timorés, incrédules à l'idée que cela leur arrivait, s'était dressé un nouveau Spartacus... qui aurait pu imaginer ça ?

C'est cette foutue télépathie, pensa-t-il. Son intuition, toujours aussi fine, lui disait qu'il était devant un putain de problème, qu'il voyait une opération tourner à la catastrophe sur une méga-échelle ; en dépit de tout ça, il souriait. *Faut que ça soit cette saloperie de télépathie. Ils ont reniflé ce qui allait leur arriver... et il y en a un qui a décidé qu'ils ne devaient pas se laisser faire.*

Sous ses yeux, une foule bigarrée d'hommes, la plupart portant parka et casquette orange, s'engouffra en se bousculant entre les portes de la grange qui pendaient sur leurs gonds. L'un d'eux tomba sur une planche fendue sur laquelle il s'empala comme un vampire. D'autres glissèrent dans la neige et furent piétinés. Tous les projecteurs étaient allumés. Kurtz avait l'impression d'être dans l'assistance d'un grand championnat de boxe, à quelque distance du ring. Il voyait tout.

Deux vagues de fugitifs, cinquante ou soixante de chaque côté, se lancèrent à l'assaut, avec autant de précision qu'une escouade bien entraînée, de part et d'autre du petit magasin minable. Soit ils ignoraient qu'un voltage mortel d'électricité courait dans les fils de fer, soit ils s'en fichaient. Le gros de la troupe chargea pendant ce temps l'arrière du magasin. C'était le point le plus faible du périmètre, mais ça n'avait pas d'importance. Pour Kurtz, la manœuvre allait réussir.

À aucun moment, dans les scénarios catastrophe étudiés avant l'opération, il n'avait envisagé une telle situation : un troupeau de guerriers d'opérette lancés dans une charge désespérée ; manquait plus qu'ils crient : « Banzaï ! » Il n'avait jamais imaginé qu'ils feraient autre chose que réclamer qu'on respecte leurs droits légitimes, jusqu'au moment où ses nettoyeurs les feraient rôtir.

« Pas mal, les gars, pas mal », dit Kurtz. Il sentit qu'autre chose brûlait — probablement sa foutue carrière, mais il en était de toute façon à la fin, et il avait choisi une opération de première pour faire sa putain de sortie, non ? En ce qui le concernait, les petits hommes gris de l'espace étaient strictement secondaires. Si ça n'avait été que lui, les manchettes des journaux auraient titré : SURPRISE ! LES AMÉRICAINS DU BABY-BOOM ONT DES COUILLES ! Fabuleux. C'était presque dommage d'avoir à les descendre.

La sirène du quartier général montait et descendait dans la nuit enneigée. La première vague atteignit l'arrière du magasin. Kurtz eut l'impression de voir trembler les murs.

« Cette foutue télépathie », marmonna-t-il avec un sourire. Il assistait aux premières réactions de ses hommes : les soldats de faction, tout d'abord, puis ceux du matériel et des remorques qui faisaient office de baraquements. C'est alors que son sourire commença à se dissiper pour laisser la place à une expression intriguée. « Tirez, bon sang ! Pourquoi vous ne leur tirez pas dessus ? »

Il y avait bien quelques coups de feu, mais pas assez, loin de là. Kurtz sentit l'odeur de la panique. Ses hommes ne tiraient pas parce qu'ils avaient les foies. Ou parce qu'ils savaient qu'ils allaient de toute façon y passer.

« Cette foutue télépathie », répéta-t-il. À ce moment lui parvint, de l'intérieur du magasin, une première rafale d'arme automatique. Un flash lumineux bégayant éclaira les fenêtres de la pièce où lui et Owen Underhill avaient tenu leur premier conciliabule. Des vitres explosèrent. Un homme tenta de sortir par l'une des fenêtres et Kurtz eut le temps de reconnaître George Udall, avant que des mains ne s'emparent de ses jambes et ne le tirent à l'intérieur.

Au moins, les types rassemblés dans le bureau de Gosselin se battaient ; ils le devaient, pour sauver leur peau. Les pékins qui étaient arrivés en courant, pour la plupart, couraient encore. Kurtz envisagea de laisser tomber sa botte et de prendre son neuf millimètres. Descendre quelques-uns des déserteurs. Histoire de bien marquer ses limites. Tout dégringolait autour de lui, alors pourquoi pas ?

Underhill, voilà pourquoi pas. Owen Underhill avait joué un rôle dans ce foutu bordel. Kurtz en était convaincu. Ça puait la ligne franchie, et franchir la ligne était l'une des spécialités d'Owen Underhill.

Il y eut de nouveaux coups de feu dans le bureau de Gosselin... des hurlements de douleur... puis des cris de triomphe. Les barbares tripoteurs d'ordinateurs, buveurs d'Évian et mangeurs de salade avaient emporté leur objectif. Kurtz claqua la porte du Winnebago sur ce spectacle et se précipita dans la chambre pour appeler Freddy Johnson. Il tenait toujours sa botte à la main.

10

Cambry était agenouillé derrière le bureau du vieux Gosselin lorsque la première vague de prisonniers fit son entrée fracassante. Il ouvrait tous les tiroirs, frénétique, à la recherche d'un pistolet. Le fait de ne pas en avoir trouvé est probablement ce qui lui sauva la vie.

« MAINTENANT ! MAINTENANT ! MAINTENANT ! » hurlaient les envahisseurs. Il y eut un choc monstrueux à l'arrière du magasin, à croire qu'il venait d'être enfoncé par un camion. D'où il était, Cambry entendit un crépitement électrique là où les premiers détenus heurtaient la barrière. Les lumières du bureau se mirent à vaciller.

« Restez ensemble, les mecs ! cria Danny O'Brian. Pour l'amour du ciel, restez ens... »

La porte sauta de ses gonds avec une telle force qu'elle fut propulsée vers l'intérieur, abritant les premiers assaillants qui se bousculaient dans le passage. Cambry se recroquevilla, mains croisées sur la nuque, tandis que la porte s'effondrait sur le bureau et restait posée en travers sur le meuble ; il se retrouva coincé dans le vide de la partie centrale.

Le vacarme des rafales d'armes automatiques était assourdissant dans ce local minuscule, et noyait jusqu'aux hurlements des blessés, mais Cambry comprit que tout le monde n'avait pas ouvert le feu. Trezewski, Udall et O'Brian tiraient, mais Coleman, Everett et Parsons se contentaient de rester plantés où ils étaient, serrant leur arme contre eux, l'air hagard.

De son abri de circonstance, Gene Cambry vit les prisonniers charger dans la pièce, vit les premiers d'entre eux fauchés par les balles et écartelés tels des épouvantails, vit leur sang jaillir sur les murs, sur les affiches annonçant les banquets du haricot et les directives de l'administration sanitaire. Il vit George Udall jeter son fusil sur deux jeunes et solides gaillards en orange, puis faire volte-face et tenter de sauter par une fenêtre ; il ne put passer qu'une jambe. Un homme, sa joue envahie de Ripley lui faisait une marque de naissance, enfonça ses dents dans le mollet d'Udall comme si c'était un pilon de dinde, tandis qu'un autre, à l'autre bout, réduisait au silence la tête hurlante du soldat en la faisant brutalement pivoter sur son cou. La pièce était bleue de poudre, ce qui n'empêcha pas Cambry de voir Coleman jeter son arme et se mettre à hurler à son tour *« Maintenant ! maintenant ! maintenant ! »*, et Ray Parsons, d'ordinaire le plus pacifique des hommes, braquer son arme sur Danny O'Brian et lui faire sauter la cervelle.

Les choses, à présent, étaient simples : les contaminés contre les immunisés.

Le bureau se trouva soudain propulsé contre le mur et le battant de porte tomba sur Cambry ; il n'eut pas le temps de se relever, que des évadés passaient en courant sur les planches, l'écrasant dessous. Il se sentait comme un cow-boy tombé de cheval au milieu d'un troupeau pris de panique. *Je vais crever là-dessous*, pensa-t-il. Puis la pression mortelle disparut un instant. Il rassembla toutes ses forces et se mit à genoux, les muscles parcourus d'adrénaline, et la porte glissa sur la gauche, non sans le heurter d'un méchant direct de sa poignée avant de lui faire ses adieux. Quelqu'un lui expédia un bon coup de pied dans les côtes en passant, tandis qu'une autre botte lui éraflait l'oreille. Puis il se retrouva debout. La pièce était remplie d'une fumée épaisse, de cris, de hurlements déments. Quatre ou cinq chasseurs de forte corpulence se trouvèrent précipités contre le poêle ; l'appareil se détacha de son tuyau et se renversa sur le plancher sur lequel il répandit son chargement de bûches d'érable en flamme. L'argent et les cartes à jouer prirent feu. Il y eut l'odeur âcre du plastique qui fondait : les jetons. *C'étaient ceux de Ray,* pensa Cambry de manière incohérente. *Il les avait pendant la guerre du Golfe. Et en Bosnie.*

Dans la confusion qui régnait, on l'ignorait. Nul besoin pour les évadés d'utiliser la porte qui séparait le bureau du magasin ; tout le mur, qui n'était en réalité qu'une mince cloison, avait été renversé. Des débris prenaient feu au contact des braises.

« Maintenant », marmonna Gene Cambry. « Maintenant. » Il vit Ray Parsons courir avec les autres dans l'allée centrale, vers la devanture du magasin, Howie Everett sur les talons. Howie s'empara d'une miche de pain au passage.

Un vieux bougre tout ratatiné portant une casquette à gland se trouva repoussé contre le poêle renversé et piétiné. Cambry entendit ses hurlements suraigus, lorsque son visage vint se coller contre le métal brûlant et se mit à bouillir.

Il l'entendit et *le sentit.*

« Maintenant ! » cria Cambry, se joignant aux autres. « *Maintenant !* »

Il bondit par-dessus les flammes qui se propageaient sur le plancher, tandis que son minuscule esprit se perdait dans la marée des autres.

En tout état de cause, l'opération Blue Boy était terminée.

11

Après avoir franchi les trois quarts de l'enclos, Henry marqua une pause, haletant, agrippé à sa poitrine pour contenir les martèlements de son cœur. Derrière lui se déchaînait l'apocalypse qu'il avait provoquée ; devant lui, il ne voyait que l'obscurité. Ce salopard d'Underhill l'avait laissé tomber, l'avait...

Calmez-vous, mon vieux, calmez-vous.

Il y eut deux éclats lumineux. Henry n'avait pas regardé au bon endroit, c'était tout. Underhill était garé un peu à gauche du coin sud-ouest de l'enclos. Henry distinguait à présent très bien la silhouette trapue du Sno-Cat. De derrière lui montaient des cris, des hurlements, des ordres, des coups de feu. Pas autant de coups de feu que ce à quoi il s'était attendu, mais ce n'était pas le moment de se demander pourquoi.

Dépêchez-vous, lui transmit Owen. *Il faut filer d'ici !*

J'arrive aussi vite que je peux, attendez-moi !

Il reprit sa progression. L'effet des petites pilules magiques d'Underhill commençait à se dissiper, ses pieds redevenaient lourds. Sa cuisse le démangeait abominablement, ainsi que sa bouche. Comme les bulles d'une boisson gazeuse qui pétilleraient en permanence.

Underhill avait coupé la barrière, le fil de fer barbelé comme le fil électrifié. Il se tenait devant la chenillette (blanche, pour se confondre avec l'environnement ; pas étonnant que Henry ne l'ait pas vue), un fusil automatique entre les mains, essayant de regarder partout à la fois. Les multiples projecteurs lui donnaient une douzaine d'ombres qui rayonnaient à partir de ses bottes comme autant d'aiguilles d'une horloge en plein délire.

Owen prit Henry par les épaules.

Ça va ?

Henry acquiesça. Owen l'entraînait vers le Sno-Cat, quand il y eut une puissante explosion accompagnée d'un bruit aigu, comme une détonation de fusil multipliée par cent. Henry rentra la tête dans les épaules, trébucha et serait même tombé si Owen ne l'avait rattrapé.

Qu'est-ce que...

De l'essence, et peut-être aussi du fuel. Regardez.

Underhill le prit par les épaules et le fit pivoter. Henry vit s'élever une imposante colonne de feu dans la nuit enneigée. Des débris du magasin — planches, bardeaux, paquets d'aliments et rouleaux de papier hygiénique en feu — composaient cette colonne. Certains soldats regardaient le spectacle, fascinés. D'autres s'enfuyaient vers les bois. À la poursuite des prisonniers, supposa Henry, bien qu'il entendît leur panique dans sa tête — *Courez ! courez ! Maintenant ! Maintenant !* — sans arriver à y croire. Plus tard, lorsqu'il eut un peu de temps pour y réfléchir, il comprit que les soldats étaient aussi nombreux à fuir ; mais pour le moment, il n'y comprenait rien. Tout allait trop vite.

Underhill lui fit faire de nouveau demi-tour et monter en vitesse sur le siège du passager du Sno-Cat, après avoir soulevé le rabat en épaisse toile de bâche qui faisait office de portière. Il se dégageait du véhicule une forte odeur d'huile à moteur et il faisait merveilleusement chaud dans la cabine de la chenillette. Sommairement vissée au tableau de bord, une radio crépitait et jacassait. La seule chose qui parut évidente à Henry fut la panique dans le ton des voix. Il en ressentit une joie féroce, une joie plus grande encore que celle qu'il avait éprouvée le jour où lui et ses amis avaient flanqué la frousse de leur vie à Richie Grenadeau et à ses abrutis de copains. Et d'ailleurs, songea-t-il, cette opération était aux mains d'une bande de Richie Grenadeau adultes équipés d'armes à feu au lieu de crottes de chien séchées.

Un objet était posé entre les sièges, une boîte comportant deux témoins lumineux clignotants, de couleur ambrée. Pendant qu'Henry se penchait dessus avec curiosité, Underhill souleva la toile côté conducteur et se mit vivement derrière les commandes. Il respirait fort et souriait en regardant le magasin en feu.

« Soyez prudent avec ça, mon vieux, dit-il. Touchez pas aux boutons. »

Henry prit l'objet avec précaution ; il était de la taille de la boîte à lunch qu'aimait tellement Duddits. Les boutons auxquels Owen venait de faire allusion se trouvaient sous les témoins lumineux.

« Qu'est-ce que c'est ? »

Owen tourna la clef sur le tableau de bord, et le moteur du Sno-Cat démarra aussitôt. Le militaire, qui souriait toujours, poussa le haut levier qui commandait les vitesses pour enclencher la première. Dans la vive lumière qui entrait dans la cabine par le pare-brise, Henry distinguait très bien, à présent, un filament rouge orangé de byrus sous les yeux de son compagnon, comme de l'eye-liner. Il en avait aussi dans les sourcils.

« C'est trop bien éclairé, par ici. On va arranger ça. » Il fit décrire un cercle au Sno-Cat, qui se manœuvrait avec une surprenante souplesse ; on se serait cru dans un bateau à moteur. Henry se laissa aller contre le dossier, tenant la boîte sur ses genoux. Il se dit que s'il devait rester cinq ans sans marcher, il n'y verrait pas d'inconvénient.

Underhill lui jeta un coup d'œil pendant qu'il lançait la chenillette dans une diagonale dont l'objectif était une saignée, entre les arbres, qui disparaissait complètement sous la neige : Swanny Pond Road.

« Vous y êtes arrivé, dit-il. Pour tout vous dire, j'avais des doutes. Vous avez réussi à foutre le bordel.

— Je vous avais prévenu. Je suis un maître en motivation. » *Sans compter*, transmit-il, *que la plupart d'entre eux vont de toute façon mourir.*

Ça ne fait rien. Vous leur avez offert une chance. Et maintenant...

Il y eut de nouveaux coups de feu, mais ce ne fut que lorsqu'une balle vint ricocher sur la carrosserie de la chenillette, avec un bruit de guêpe furieuse, qu'Henry comprit qu'on tirait sur eux. Il y eut un fort claquement métallique, lorsqu'une deuxième balle vint s'écraser sur une des chenilles du Sno-Cat. Instinctivement, Henry rentra la tête dans les épaules... comme si cela pouvait y changer quelque chose.

Underhill, qui ne s'était toujours pas départi de son sourire, eut un geste de sa main gantée vers la droite. Henry regarda dans cette direction, pendant que deux autres balles ricochaient sur la tôle. Les deux fois, il ne put s'empêcher de se recroqueviller ; Owen paraissait ne pas y prêter attention.

Henry vit un groupe de remorques dételées, dont certaines portaient des noms de marque, Sysco, Scott Paper. Devant les remorques, étaient rangés un certain nombre de mobil-homes. Devant le plus gros, un Winnebago qui fit à Henry l'effet d'un château roulant, Henry vit six ou sept hommes qui tiraient en direction du Sno-Cat. Leur cible avait beau être loin, le vent fort et l'averse de neige encore dense, ils faisaient un peu trop souvent mouche à son goût. D'autres soldats, dont certains n'étaient que partiellement habillés (un gros costaud s'était élancé au sprint dans la neige, torse nu, exhibant une musculature qui aurait très bien pu figurer dans une BD de Superman), venaient rejoindre les premiers. Au centre du groupe, se tenait un homme de haute taille aux cheveux gris, avec, à ses côtés, un autre plus petit et plus trapu. Sous les yeux d'Henry, l'homme de haute taille épaula et fit feu. On aurait cru qu'il n'avait même pas pris le temps de viser. Il y eut un bruit de gros ressort qui se détend brusquement, et Henry sentit quelque chose passer devant son nez, un petit objet bourdonnant de méchanceté.

Owen, cette fois, éclata de rire. « Le grand maigre aux cheveux gris, c'est Kurtz. C'est lui le patron. Et c'est un tireur de première, cet enfoiré. »

D'autres balles vinrent s'écraser ou ricocher sur la carrosserie ou les chenilles du Sno-Cat. Henry sentit passer une autre de ces petites choses bourdonnantes et hyper-pressées et soudain, la radio devint silencieuse. La distance qui les séparait des tireurs regroupés devant le Winnebago ne cessait de croître, mais cela ne semblait pas les gêner. Du point de vue d'Henry, *tous* ces enfoirés étaient des tireurs de première. Ce n'était qu'une question de temps, et une balle finirait bien par être mieux ajustée que les autres… ce qui n'empêchait pas Owen d'avoir l'air *heureux*. Henry prit conscience qu'il faisait équipe avec un type encore plus suicidaire que lui.

« Le type, à côté de Kurtz, c'est Freddy Johnson. Tous ces cowboys à la noix sont les hommes de Kurtz, ceux qui devaient en principe — houlà, faites gaffe ! »

Un nouveau claquement, encore une guêpe d'acier furieuse, et la boule du levier de vitesse disparut. Owen éclata de nouveau de rire.

« Kurtz ! s'exclama-t-il. C'est pas croyable ! À deux ans de la retraite, il tire aussi bien qu'Annie Oakley ! » Il tapa du poing contre le volant. « Mais ça suffit. La plaisanterie a assez duré. Coupez-leur la lumière, mon mignon.

— Quoi ? »

Underhill montra d'un geste du pouce la boîte aux deux témoins lumineux couleur ambre. Les traînées de byrus, sous ses yeux, avaient l'air de peintures de guerre.

« Appuyez sur les boutons, vieux. Appuyez et faites tomber le rideau. »

12

Soudain — tout était soudain, tout était magique — le monde s'évanouit et Kurtz se retrouva dans la zone. Les hurlements du blizzard, les gifles des rafales chargées de neige, les hululements rythmiques du klaxon d'alerte, les crescendos-decrescendos de la sirène — tout avait disparu. Kurtz perdit complètement conscience de la présence de Johnson et des autres Imperial Valley réunis autour de lui. Il avait les yeux rivés sur le Sno-Cat qui s'éloignait, et sur rien d'autre. Il voyait Owen Underhill, sur le siège de gauche, il le voyait à travers l'acier de la carrosserie, oui, comme si lui, Abe Kurtz, s'était tout d'un coup retrouvé équipé de la vision aux rayons X de Superman. Le véhicule était à une distance incroyable, mais ça ne faisait rien. Sa prochaine balle irait se loger directement dans la nuque de ce traître qui avait osé franchir la ligne. Il épaula son fusil, visa...

Deux explosions trouèrent la nuit, dont l'une était assez proche pour que Kurtz et ses hommes en sentent l'effet de souffle. L'une des remorques, avec INTEL INSIDE écrit sur le flanc, s'éleva dans les airs, tourna sur elle-même et retomba sur le Spago's, la tente des cuisines. « Sainte merde ! » s'écria l'un des hommes.

Toutes les lumières ne s'éteignirent pas. Une demi-heure, ce n'était pas bien long, et Underhill n'avait eu le temps de poser des charges de thermite que sur deux des gégènes (et pendant tout ce temps il n'avait cessé de fredonner « Banbury Cross, Banbury Cross, chevaucher un cheval de bois jusqu'à Banbury Cross »), mais la chenillette en fuite disparut instantanément, avalée par les ombres mouvantes piquetées de flammes, et Kurtz laissa tomber son fusil dans la neige sans même tirer.

« Bordel de merde, dit-il d'une voix sans timbre. Cessez le feu. Cessez le feu, bande de tarés. On arrête ça, nom de Dieu. Dedans. Tous sauf Freddy. Prenez-vous par la main et priez le Tout-Puissant qu'il sorte nos culs de la merde dans laquelle ils baignent. Viens par ici, Freddy. Au trot. »

Les autres, près d'une douzaine, se pressèrent sur les marches du Winnebago, non sans jeter des regards effarés aux génératrices en feu, à la cuisine de campagne en feu (déjà, l'incendie gagnait la tente suivante, celle du dépôt de vivres ; l'infirmerie et la morgue n'allaient pas tarder à suivre). La moitié des projecteurs, montés sur poteau, du périmètre était hors service.

Kurtz passa un bras autour des épaules de Freddy Johnson et l'entraîna, sur une vingtaine de pas, au milieu de la neige que le vent soulevait et chassait en voiles mouvantes, faisant l'effet d'une brume mystique. Face aux deux hommes, le Gosselin's, ou du moins ce qu'il en restait, brûlait joyeusement. La grange aussi avait pris feu. Ses portes enfoncées béaient.

« Est-ce que tu aimes Jésus, Freddy ? Dis-moi la vérité. »

Johnson était déjà passé par ça. C'était un mantra. Le patron s'éclaircissait les idées.

« Oui, patron. Je l'aime.

— Tu me jures que c'est vrai ? » continua Kurtz. Il le fixait d'un regard aigu. Ou, plus vraisemblablement, regardait à travers lui. Calculant, projetant, si l'on pouvait dire d'une créature instinctive comme lui qu'elle calculait. « Sachant que l'enfer éternel t'attend si tu mens ?

— Je jure que c'est vrai.

— Tu l'aimes beaucoup, n'est-ce pas ?

— Beaucoup, patron.

— Plus que le groupe ? Plus qu'aller au charbon et faire le boulot ?... Tu l'aimes plus que moi ? »

Des questions auxquelles il valait mieux répondre correctement, si l'on voulait continuer à vivre. Heureusement, elles n'étaient pas compliquées.

« Non, patron.

— Plus de télépathie, Freddy ?

— J'ai eu vaguement quelque chose, je ne sais pas si c'en était, des voix dans ma tête... »

Kurtz acquiesçait. Des flammes rouges à reflet d'or, de la couleur du Ripley, jaillirent par le toit de la grange.

« ... mais c'est fini.

— D'autres, dans le groupe ?

— Vous voulez dire, chez les Imperial Valley ? demanda Johnson avec un signe de tête vers le Winnebago.

— Et qui d'autre, d'après toi ? Les habitants de la terre de Feu ? Oui, eux, évidemment !

— Ils sont *clean*, patron.

— Tant mieux, mais aussi tant pis. Nous avons besoin de deux Américains contaminés, Freddy. Et quand je dis *nous*, il s'agit de toi et moi. Je veux deux Américains qui en ont jusqu'aux yeux, de cette merde, pigé ?

— Pigé. »

Ce que Johnson ne comprenait pas, c'était pour quelle raison son patron en avait besoin ; mais pour le moment, aucune importance : il voyait Kurtz se reprendre, retrouver visiblement la maîtrise de soi, et c'était un soulagement. Quand Freddy aurait besoin d'explications, Kurtz lui en donnerait. En attendant, il regardait, mal à l'aise, le magasin en feu, la grange en feu, la tente des cuisines en feu. La situation était bordélique.

Ou peut-être pas. Pas si Kurtz se reprenait.

« Cette bon Dieu de télépathie est responsable de ce merdier, dit Kurtz, réfléchissant à voix haute, mais ce n'est pas la télépathie qui l'a déclenché. C'est une connerie purement humaine, Jésus soit loué. Qui a trahi Jésus, Freddy ? Qui lui a donné le baiser du traître ? »

Johnson avait lu la Bible, avant tout parce que c'était Kurtz qui lui en avait offert un exemplaire.

« Judas l'Iscariote, patron. »

Kurtz hochait vivement la tête. Ses yeux étaient partout à la fois, évaluant les destructions, calculant la réaction — la réaction qui serait très sérieusement limitée par la tempête.

« Tout juste, mon gars. Judas a trahi Jésus et Owen Philip Underhill nous a trahis. Judas y a gagné trente deniers d'argent. Pas terrible comme salaire, tu crois pas ?

— Non, patron, pas terrible. »

Il fit cette réplique en se détournant de Kurtz : quelque chose dans la tente du dépôt de vivres venait d'exploser. Des doigts d'acier se refermèrent sur son épaule et le firent pivoter. Le regard de Kurtz était aigu, brûlant. Avec ses cils blancs, on aurait dit les yeux d'un spectre.

« Regarde-moi quand je te parle. Et écoute-moi attentivement. » Kurtz mit la main sur la crosse de son neuf millimètres. « Sinon, tes tripes vont se retrouver sur la neige. J'ai eu une nuit difficile et tu ne vas pas me la rendre plus pénible encore, espèce d'animal, c'est bien compris ? Tu saisis bien la nuance ? »

Johnson était un garçon courageux, physiquement courageux ; n'empêche, il eut l'impression que quelque chose s'agitait dans son estomac, qui aurait bien voulu sortir.

« Oui, patron, je m'excuse.

— Excuses acceptées. Dieu aime et pardonne, nous devons faire comme lui. Je ne sais pas combien de pièces d'argent Owen a reçu, mais je peux te dire un truc : on va le rattraper, on va lui ouvrir les joues et on va te lui tailler un splendide trou du cul tout neuf, à cet enfoiré. Tu es avec moi ?

— Oui. » Il n'y avait rien que Freddy souhaitait davantage que retrouver celui qui était à l'origine du chamboulement de son petit monde peinard et lui refaire le portrait. « D'après vous, patron, dans quelle mesure Owen est responsable de tout ça ?

— Assez pour moi, en tout cas, répondit Kurtz d'un ton serein. J'ai l'impression que je vais finalement plonger, Freddy...

— Mais non, patron.

— ... mais je ne plongerai pas seul. »

Le bras toujours passé autour des épaules de Johnson, Kurtz

entraîna son adjoint nouvellement promu jusqu'au Winnebago. Des petites colonnes de feu mourantes marquaient l'emplacement des deux génératrices. C'était Underhill qui avait accompli ça, Underhill, l'un des gars de Kurtz. Johnson avait encore du mal à l'admettre, mais il commençait à être sérieusement remonté contre lui. *Combien de pièces d'argent, Owen ? Combien as-tu touché, sale traître ?*

Kurtz s'arrêta au pied des marches.

« Lequel de la bande désignerais-tu pour commander une mission chercher-détruire, Freddy ?

— Gallagher, patron.

— Kate ?

— Oui, Kate.

— Est-ce que c'est une cannibale, Freddy ? Celui ou celle qu'on y colle doit être un cannibale.

— Elle les bouffe tout crus en salade, patron.

— OK. Parce que ça va être un sale boulot, je te le dis. J'ai besoin de deux Ripley-positifs, des gars de Blue Boy, avec un peu de chance. Les autres... comme on a fait avec les animaux, Freddy. Imperial Valley est à présent une mission chercher-détruire. Gallagher et les autres devront rattraper tous ceux qu'ils pourront, civils ou militaires. À partir de maintenant, jusqu'à demain midi, la chasse est ouverte. Après quoi, ce sera chacun pour soi. Sauf pour nous, Freddy. » La lumière des incendies colorait le visage de Kurtz de byrus, transformait ses yeux en yeux de fouine. « Nous allons poursuivre Owen Underhill et lui apprendre à aimer le Seigneur. »

Kurtz bondit sur les marches du Winnebago, d'un pied aussi sûr que celui du chamois escaladant une pente enneigée. Freddy Johnson le suivit.

13

Le Sno-Cat plongea sans ménagement le long du talus qui bordait Swanny Pond Road, et Henry sentit son estomac se soulever. La chenillette fit un tête-à-queue et prit la direction du sud. Owen jouait de l'embrayage et du levier de vitesse décapité pour monter dans les rapports. Avec toutes ces galaxies de neige se jetant sur le pare-brise, Henry avait l'impression qu'ils avançaient à Mach 1, au bas mot. Il évalua cependant leur vitesse à quelque chose comme soixante à l'heure. Cela suffisait à les éloigner du Gosselin's, mais il avait l'impression que Jonesy se déplaçait plus vite encore.

L'autoroute, droit devant ? transmit Owen. *C'est bien ça ?*

Oui. À environ six kilomètres.

Il faudra changer de véhicule à ce moment-là.

On ne fera de mal à personne, si on peut l'éviter. Et personne ne sera tué.

Henry... je ne sais pas comment vous l'annoncer, mais on n'est pas dans la cour de récré, vous savez.

« On ne fera de mal à personne. Et personne ne sera tué... Au moins tant que nous n'aurons pas changé de véhicule. Si vous n'acceptez pas ça, je saute tout de suite par cette portière. »

Underhill lui jeta un coup d'œil.

« Vous en seriez bien capable, pas vrai ? Et au diable ce que votre copain a prévu pour l'avenir de la planète.

— Mon ami n'est nullement responsable de ça. Il a été enlevé.

— Très bien. On ne fera de mal à personne lorsqu'on changera de véhicule. Si c'est possible. Et personne ne sera tué. Mis à part nous, peut-être. Et maintenant, où va-t-on ? »

Derry.

C'est là qu'il est ? C'est là qu'est allé se réfugier le dernier extraterrestre encore vivant ?

C'est que ce qu'il me semble. De toute façon, j'ai à Derry un ami qui peut nous aider. Il voit la ligne.

Quelle ligne ?

« Oh, laissez tomber. » *C'est compliqué*, ajouta-t-il mentalement.

« Qu'est-ce que vous voulez dire, c'est compliqué ? Et "pas de ballons, pas de jeux", ça veut dire quoi ? »

Je vous l'expliquerai quand nous roulerons vers le sud. Si je peux.

Le Sno-Cat fonçait en direction de l'autoroute, telle une capsule précédée de l'éclat de ses phares.

« Racontez-moi encore ce que nous allons faire.

— Sauver le monde.

— Et redites-moi ce que cela fait de nous... j'ai besoin de l'entendre de votre bouche.

— Des héros. »

Sur quoi Henry reposa la tête contre l'appuie-nuque et ferma les yeux. Il s'endormit en trois secondes.

TROISIÈME PARTIE

QUABBIN

Alors que je montais l'escalier
Je croisai un homme qui n'était pas là ;
Encore aujourd'hui, il n'était pas là !
J'aurais aimé, *aimé* qu'il ne vînt jamais.

HUGHES MEARNS

XVIII

La chasse commence

I

Jonesy n'avait aucune idée de l'heure lorsque les clignotements du panneau vert marqué LES PRÉS SECS apparurent dans la pénombre enneigée : l'horloge du tableau de bord était en rideau, se contentant de bégayer « 12.00 » trois fois par seconde, mais il faisait toujours nuit et il neigeait toujours fort. À la périphérie de Derry, les chasse-neige perdaient lui aussi la bataille du mauvais temps. Le Ram volé était un « assez bon tacot », comme l'aurait dit le père de Jonesy, mais le tacot perdait la bataille contre la tempête, glissant et dérapant de plus en plus souvent dans la couche qui s'épaississait, s'ouvrant avec de plus en plus de difficulté un chemin au milieu des congères accumulées par le vent. Jonesy n'avait aucune idée de l'endroit où Mr Gray voulait aller, mais il doutait fortement qu'il y parvienne jamais. Pas dans ce blizzard, pas dans ce véhicule.

La radio fonctionnait, mais assez mal ; jusqu'ici, tout ce qui leur parvenait était faible et brouillé par les grésillements de l'électricité statique. Il n'entendit pas donner l'heure, mais réussit à capter un bulletin météo. Si la neige s'était transformée en pluie au sud de Portland, d'Augusta à Brunswick la précipitation devenait un mélange pervers de grésil et de pluie verglaçante. La plupart des agglomérations étaient privées de courant et aucun véhicule ne pouvait se déplacer sans chaînes.

Des nouvelles qui ravirent Jonesy.

2

Lorsque Mr Gray tourna le volant pour s'engager dans la bretelle de sortie, en direction du panneau qui leur faisait signe, le pick-up commença à se mettre en travers et à soulever de grandes gerbes de neige. Jonesy aurait carrément expédié le véhicule dans le fossé s'il avait été aux commandes, mais ce n'était pas le cas. Et s'il n'était plus totalement immunisé contre les émotions de son hôte, Mr Gray était cependant beaucoup moins enclin à paniquer dans les situations de stress. Au lieu de braquer n'importe comment pour contrecarrer le dérapage, il laissa les roues aller dans le sens pris par le pick-up et attendit de retrouver l'adhérence avant de redresser la trajectoire. Le chien, qui dormait toujours au même endroit, ne leva même pas le nez, et c'est à peine si le pouls de Jonesy s'accéléra. S'il avait été en personne au volant, il n'en doutait pas, son cœur aurait cogné comme un marteau dans sa poitrine. Mais évidemment, ce qu'il fallait faire avec un véhicule pendant une tempête pareille était simple : le laisser au garage.

Mr Gray respecta le panneau STOP en haut de la rampe de sortie, même si la route 9 était aussi désertique dans un sens que dans l'autre. De l'autre côté, s'étendait un parking immense, éclairé par des lampes à arc ; sous leur éclat, la neige poussée par le vent paraissait se déplacer comme la respiration glacée d'une bête énorme et invisible. Par une nuit normale, comme le savait Jonesy, le périmètre aurait été plein de semi-remorques, Kenworth, Mack, Jimmy-Pete, les diesels tournant au ralenti, scintillant de tous leurs feux de position vert et ambre. Mais cette nuit, il était pratiquement désert, mis à part la zone marquée PARKING LONGUE DURÉE/TICKET INDISPENSABLE ; une bonne douzaine de poids lourds y étaient garés, les angles de leur carrosserie adoucis par les bancs de neige. À l'intérieur, les conducteurs devaient manger, jouer au billard électrique, regarder la télé dans le salon des routiers, ou essayer de dormir dans le sinistre dortoir du fond ; là, pour dix dollars, on avait droit à une couchette, à une couverture propre et à une vue imprenable sur un mur en parpaing. Et tous, sans aucun doute, devaient se répéter la même chose : *Quand vais-je pouvoir reprendre la route ?* Et : *Combien tout ça va me coûter ?*

Mr Gray leva le pied, et même s'il s'y prit avec douceur, comme le lui recommandaient les dossiers de Jonesy sur la conduite en hiver, les quatre roues se mirent à patiner et le pick-up partit en crabe, s'enfonçant dans la neige.

Vas-y ! l'encouragea Jonesy depuis son poste d'observation, à la fenêtre du bureau. *Vas-y ! Fous-toi en rade ! Enfonce-toi jusqu'à l'essieu ! Parce que, quand on est pris avec quatre roues motrices, on est vraiment pris !*

Puis les roues mordirent, tout d'abord le train avant, là où le poids du moteur donnait un peu plus d'adhérence, puis le train arrière. Le Ram traversa en cahotant la route 9 en direction du panneau ENTRÉE. Un peu plus loin, il y en avait un second : BIENVENUE AU MEILLEUR RELAIS ROUTIER DE TOUTE LA NOUVELLE-ANGLETERRE !

C'est vraiment le meilleur relais routier du monde ? demanda Mr Gray.

Bien sûr, répondit Jonesy,

Sur quoi, incapable de se retenir, il éclata de rire.

Pourquoi faites-vous ça ? Pourquoi faites-vous ce bruit ?

Jonesy prit conscience d'une chose stupéfiante, à la fois touchante et terrifiante : Mr Gray souriait avec sa bouche. Pas beaucoup, juste un petit peu, mais c'était un sourire. *Il n'a aucune idée de ce que c'est que rire*, pensa-t-il. Certes, il n'avait pas su non plus ce qu'était la colère, mais il avait montré qu'il pouvait apprendre remarquablement vite ; il était à présent capable de piquer sa crise comme n'importe qui.

Ce que vous avez dit m'a paru comique.

C'est quoi exactement, comique ?

Jonesy ne voyait vraiment pas comment répondre à une telle question. Il souhaitait que Mr Gray éprouve toute la gamme des émotions humaines, soupçonnant qu'humaniser cet usurpateur allait peut-être se révéler, en fin de compte, sa seule chance de survie. Nous avons rencontré l'ennemi, et il est nous, avait une fois dit Pogo. Mais comment explique-t-on le concept de *comique* à un ramassis de moisissures débarquées d'un autre univers ? Et qu'y avait-il de comique à ce que les Prés Secs se proclament le meilleur relais routier du monde ?

Ils approchaient d'un nouveau panneau comportant deux flèches, l'une vers la gauche, l'autre vers la droite.

GROS-CULS, lisait-on en dessous de celle de gauche. P'TITS-CULS, sous celle de droite.

On est quoi, nous ? demanda Mr Gray, s'arrêtant sous le panneau.

Jonesy aurait pu l'obliger à trouver lui-même cette information, mais à quoi cela aurait-il servi ? *Nous ? Des p'tits-culs*, répondit-il donc, et Mr Gray s'engagea à droite. Les pneus patinèrent un peu et le pick-up fit une embardée. Lad leva la tête, laissa échapper un pet prolongé autant qu'odorant, puis se mit à gémir. Il avait le ventre gonflé, distendu ; quiconque n'aurait pas été au courant l'aurait pris pour une chienne sur le point de mettre bas une belle portée.

Il y avait environ deux douzaines de véhicules, voitures, vans, camionnettes, pick-ups, dans le parking des p'tits-culs ; ceux qui étaient les plus enfouis sous la neige appartenaient au personnel de l'établissement, mécaniciens (il y en avait toujours un ou deux de service), serveuses, cuistots. Le véhicule le moins enneigé était, nota Jonesy avec un profond intérêt, une voiture de la police de la route, couleur bleu-gris, avec de la neige amassée autour des gyrophares. Une arrestation mettrait certainement un bâton dans les roues de Mr Gray ; par ailleurs, Jonesy venait d'être présent sur les lieux de trois meurtres, si l'on comptait le propriétaire du pick-up. Aucun témoin sur les deux premiers, et probablement aucune empreinte de Gary Jones, mais ici ? Tu penses, autant qu'on en voudra. Il se voyait tout à fait devant un tribunal en train de dire, *Mais monsieur le juge, c'est l'extra-terrestre qui était en moi qui a commis tous ces crimes. C'était Mr Gray...* Encore une plaisanterie qui lui échapperait, à Mr Gray.

Le digne extra-terrestre, en attendant, n'avait cessé de ruminer dans son coin. *Pets Secs... pourquoi appelez-vous cet endroit les Pets Secs, alors qu'il y a écrit les Prés Secs sur le panneau ?*

Parce que Lamar l'appelait comme ça, répondit Jonesy, se souvenant des copieux petits déjeuners, ponctués de nombreux fous rires, qu'ils y avaient pris sans se presser, en général quand ils allaient au Trou dans le Mur ou en revenaient. Et voilà qui collait bien à la tradition, non ? *Mon père l'appelait aussi comme ça.*

Et c'est comique ?

Plus ou moins. C'est un jeu de mots, un calembour, exactement, basé sur une similitude de sons. Les calembours sont la forme la plus primaire de l'humour.

Mr Gray se gara dans l'emplacement le plus proche des lumières du restaurant, mais le plus loin possible de la voiture de police.

Jonesy ignorait si Mr Gray connaissait la signification de la barre fixée sur le toit et des feux disposés dessus. Il coupa les lumières, puis tendit la main vers la clef pour couper le contact, mais il arrêta son geste et poussa plusieurs aboiements de rire très canins : « Ha ! Ha ! Ha ! Ha ! »

Quel effet ça vous fait ? demanda Jonesy, plus qu'un peu curieux, et avec une certaine appréhension, aussi.

« Aucun », répondit sèchement Mr Gray en coupant le contact. Mais ensuite, assis dans l'ombre avec le vent hurlant autour de la cabine du pick-up, il le refit, avec un peu plus de conviction : *« Ha ! Ha, ha ha ! »*

Au fond de son refuge, Jonesy frissonna. C'était un son qui fichait les boules. On aurait dit un fantôme essayant de se rappeler comment être humain.

Le rire ne plut pas davantage à Lad. Il gémit à nouveau, regardant avec appréhension l'homme au volant du véhicule de son maître.

3

Underhill le secouait pour le réveiller, mais Henry avait beaucoup de mal à réagir. Il avait l'impression de s'être endormi quelques secondes auparavant et d'avoir tous les membres coulés dans du béton.

« Henry...

— J'suis là, j'suis là. »

Sa jambe gauche le démangeait. Mais c'était pire dans sa bouche ; à présent, le foutu byrus lui poussait aussi sur les lèvres. Il se les frotta du bout du doigt, étonné de constater qu'il s'enlevait facilement. Comme une croûte.

« Écoutez. Et regardez. Vous pouvez voir ? »

Henry étudia la route neigeuse, plongée dans une pénombre fantomatique ; Owen avait rangé le Sno-Cat et coupé les phares. Un peu plus loin, il entendait des voix mentales dans la nuit, l'équivalent auditif d'un feu de camp. Il s'en rapprocha. Ils étaient quatre. Quatre jeunes hommes sans grade dans... dans...

Le Blue Group, murmura Owen. *Cette fois-ci, on nous a baptisé Blue Group*.

Quatre soldats sans grade du Blue Group, donc, s'efforçant de ne pas céder à la panique… s'efforçant de se montrer impavides… des voix dans la nuit… un petit feu de camp de voix dans la nuit…

À sa lueur, Henry découvrit qu'il voyait vaguement quelque chose : de la neige, bien sûr, et quelques lumières jaunes flashantes qui illuminaient la voie d'accès d'une autoroute. Puis il distingua l'emballage en carton d'une pizza qu'éclairaient les lumières d'un tableau de bord. On en avait fait un plateau avec, posés dessus, des crackers, plusieurs morceaux de fromage et un couteau suisse. Le couteau suisse appartenait à un certain Smitty, et chacun s'en servait à son tour pour couper le fromage. Plus Henry observait la scène, mieux il la voyait. C'était comme lorsque les yeux s'adaptent à l'obscurité, mais autre chose aussi : le tableau avait une sorte de profondeur mystérieuse qui donnait le tournis, comme si tout d'un coup le monde physique n'était plus à trois dimensions, mais à quatre ou cinq. Il était facile de comprendre pourquoi : il voyait les choses par quatre paires d'yeux en même temps. Ils se tenaient tous les quatre dans le…

Dans l'Humvee, dit Underhill, ravi. *C'est un putain d'Humvee*[1], *Henry ! Spécialement équipé pour la neige, aussi ! Je vous parie tout ce que vous voulez !*

Les jeunes gens se tenaient assis près les uns des autres, certes, mais voyaient néanmoins le monde de quatre points de vue différents, avec quatre qualités de vision différentes, allant de l'acuité visuelle de l'aigle (dans le cas de Dana de Maybrook, New York) à la simple vision normale. Cela n'empêchait pourtant pas le cerveau d'Henry d'élaborer quelque chose à partir de ce matériau, exactement comme il était capable de voir des images mouvantes à partir des images fixes de la pellicule d'un film. Ce n'était cependant pas comme un film, ni même comme une astucieuse production en 3-D ; mais une façon de percevoir entièrement nouvelle, tellement différente qu'elle aurait pu engendrer une façon inédite de penser.

Si cette saloperie se répand, pensa Henry, à la fois terrifié et follement enthousiasmé, *si elle se répand…*

Underhill lui donna un coup de coude. « Si on remettait le séminaire à un autre jour ? Regardez plutôt la route. »

---

1. Humvee : abréviation de HUgely Masculine VEEhicle (Véhicule Énormément Masculin), terme de l'argot militaire américain désignant des engins à très large empattement, dotés de moteurs surpuissants et d'un treuil.

Ce que fit Henry, employant son système de vision quadruple et prenant conscience avec un certain retard qu'il ne s'était pas contenté de regarder ; il avait fait bouger leurs globes oculaires de manière à pouvoir examiner le point le plus éloigné de l'autoroute. Là, d'autres lumières clignotaient dans la tempête.

« C'est un barrage, murmura Owen. L'une des polices d'assurance de Kurtz. Les deux accès bloqués, aucun déplacement sur l'autoroute ne peut se faire sans autorisation. Il nous faut l'Humvee, c'est ce qu'on pourrait avoir de mieux dans une tempête aussi merdique, mais nous devons éviter d'attirer l'attention des types, de l'autre côté. Ça vous paraît possible ? »

Henry se servit de nouveau des quatre paires d'yeux ; mais il découvrit en les manipulant que dès qu'ils regardaient tous dans la même direction, le sentiment divin de disposer d'une vision à quatre ou cinq dimensions s'évanouissait et qu'il se retrouvait devant une perspective éparpillée qui lui soulevait l'estomac, quelque chose que ses processus d'élaboration ne pouvaient maîtriser. Il parvenait cependant à les faire bouger. Pas beaucoup, juste leurs yeux, mais...

Ça me paraît possible si nous unissons nos forces. Rapprochez-vous. Et arrêtez de parler à haute voix. Branchons-nous l'un à l'autre.

Soudain, Henry se sentit la tête plus pleine. Sa vision se clarifia de nouveau, mais la perspective, cette fois, n'était plus tout à fait aussi profonde. Seulement deux paires d'yeux au lieu de quatre : ceux d'Owen et les siens.

Underhill passa la première et s'avança au pas, tous feux éteints. Les borborygmes bas du moteur se perdaient dans les hurlements incessants du vent et, au fur et à mesure qu'ils se rapprochaient, Henry sentit son emprise grandir sur l'esprit des quatre hommes de l'Humvee.

Sainte merde, transmit Owen, moitié riant, moitié suffoqué.

Quoi ? qu'est-ce qu'il y a ?

Vous, mon vieux, vous ! On se croirait sur un tapis volant. Bordel, qu'est-ce que vous êtes fort...

— *Vous me trouvez fort ? Attendez un peu de rencontrer Jonesy.*

Underhill arrêta le Sno-Cat à l'abri d'une petite hauteur. Au-delà, c'était l'autoroute. Et garé sur l'autoroute, il y avait bien entendu Bernie, Dana, Tommy et Smitty, installés dans leur Humvee au sommet de la rampe d'accès sud, mangeant du fromage et des crackers sur leur plateau improvisé. Henry et Owen ne risquaient rien. Les quatre jeunes gens n'étaient pas contaminés par le byrus et n'avaient aucune idée qu'ils étaient espionnés.

Prêt ? demanda Henry.

Je crois. L'invité dans la tête d'Henry, l'homme qui était resté imperturbable lorsque Kurtz et ses acolytes leur avaient tiré dessus, était à présent nerveux. *Vous prenez la direction des opérations, Henry. Moi, je ne suis là qu'en soutien.*

Alors, on y va.

C'est par instinct qu'Henry fit ce qu'il fit ensuite, soudant les quatre hommes de l'Humvee non pas avec des images de destruction et de mort, mais en jouant le rôle de Kurtz. Pour cela, il puisa non seulement dans les réserves d'énergie d'Owen Underhill (bien plus grandes que les siennes, à ce stade), mais aussi dans la connaissance intime qu'avait celui-ci de son supérieur. La réussite de la mise en réseau des quatre soldats lui valut une grande bouffée de satisfaction. Et aussi de soulagement. Faire bouger leurs yeux était une chose ; prendre complètement leur contrôle en était une autre, bien différente.

Il y a un Sno-Cat à l'est, non loin de vous, les gars, dit Kurtz. *Ramenez-le-moi à la base. Et tout de suite, s'il vous plaît. Pas de questions, pas de commentaires, bougez-vous, c'est tout. Vous allez vous trouver un peu à l'étroit, comparé à votre palace actuel, mais je crois que vous tiendrez tous dedans, Jésus soit loué. Et maintenant, magnez-vous le cul et que Dieu vous garde.*

Henry les vit descendre de l'Humvee, le visage calme et inexpressif. Il commença à sortir lui-même du Sno-Cat, puis vit Owen qui restait comme paralysé derrière le volant, les yeux écarquillés. Ses lèvres bougèrent, mais c'est seulement dans sa tête que les mots ses formèrent : *Et maintenant, magnez-vous le cul et que Dieu vous garde.*

Owen ! Venez vite !

Le militaire sursauta et regarda autour de lui, puis acquiesça et repoussa la toile qui, de son côté, fermait le Sno-Cat.

4

Henry tomba à genoux, se remit sur pied et regarda autour de lui, épuisé. Il n'y avait pas loin à aller, au milieu de cette nuit balayée par le vent, vraiment pas loin, mais il ne se sentait pas capable de parcourir plus de dix mètres dans cette épaisse couche de neige, et encore moins cent cinquante. *Et le marchand d'œufs continua, continua de marcher...*, pensa-t-il, puis : *Je l'ai fait. C'est l'explication, évidemment. Je me suis trucidé et je suis en enfer. Le marchand d'œufs est en enf...*

Le bras d'Owen passa autour de ses épaules... mais il y avait plus que ce soutien. Il lui communiquait sa force.

Merci, vrai...

Vouş me remercierez plus tard. Et vous dormirez plus tard. Pour l'instant, ne quittez pas la balle des yeux.

Il n'y avait pas de balle. Seulement Bernie, Dana, Tommy et Smitty s'avançant en rang d'oignons dans la neige, une procession de somnambules en salopette et parka à capuchon qui se dirigeait vers l'est et Swanny Pond Road, vers le Sno-Cat, tandis qu'Owen et Henry progressaient avec peine vers l'ouest et l'Humvee abandonné. Le fromage et les crackers avaient aussi été abandonnés, constata Henry, qui sentit son estomac gargouiller.

Puis l'Humvee ne fut qu'à quelques pas. Ils allaient s'éloigner en douce, tous feux éteints pour commencer, à petite vitesse et le plus silencieusement possible, ils contourneraient les flashes jaunes, au bas de la rampe d'accès et, s'ils avaient un peu de chance, les types gardant l'accès nord ne se rendraient pas compte que leurs collègues avaient levé le camp.

S'ils nous voient, ne serait-il pas possible de les faire oublier ? demanda Owen. *En leur collant, comment dire... une bonne amnésie ?*

Henry se rendit compte qu'il le pouvait, probablement.

Owen ?

Quoi ?

Si jamais ce truc-là se répandait, ça changerait tout. Tout.

Il y eut un silence, tandis qu'Underhill réfléchissait. Ce n'était pas d'un savoir que parlait Henry, de ce qui faisait par exemple la supériorité des patrons de Kurtz, tout en haut de la chaîne alimentaire ; mais de capacités qui allaient, apparemment, bien au-delà d'une modeste transmission de pensée.

Je sais, finit-il par répondre.

5

Ils mirent cap au sud avec l'Humvee, cap au sud dans la tempête. Henry Devlin en était toujours à se bourrer de crackers et de fromage quand l'épuisement coupa le courant dans sa tête soumise à trop de stimulations.

Il s'endormit, des miettes sur les lèvres.

Et rêva de Josie Rinkenhauer.

6

Une demi-heure après avoir pris feu, la grange-étable du vieux Reggie Gosselin n'était plus que l'œil d'un dragon mourant dans la nuit tempétueuse, agité de soubresauts de moins en moins forts dans une orbite noire de neige fondue. Des bois qui s'étendaient à l'est de Swanny Pond Road arrivaient les *pop-pop-pop* de coups de feu ; tout d'abord proches et nourris, ils allaient en s'éloignant et se raréfiant au fur et à mesure que les Imperial Valley (les Imperial Valley de Kate Gallagher, à présent) poursuivaient les détenus en fuite. C'était une chasse au canard boiteux, et bien peu des canards s'en sortiraient vivants. Assez pour raconter toute l'histoire, peut-être, assez pour les mettre tous sur la sellette, mais ça, c'était pour plus tard.

Pendant ce temps (et aussi pendant que ce traître d'Owen Underhill s'éloignait de plus en plus d'eux), Kurtz et Freddy Johnson attendaient au poste de commandement (mis à part, se disait Freddy, que ce poste de commandement était redevenu un simple Winnebago ; la sensation de puissance et d'importance s'était dissipée), s'amusant à lancer des cartes dans une casquette retournée.

N'ayant plus le moindre pouvoir télépathique, mais toujours aussi sensible aux émotions de ses hommes, même si son autorité ne s'exerçait que sur un seul, Kurtz regarda Freddy.

« Hâte-toi lentement, mon gars. C'est un proverbe qui tient encore la route.

— Oui, patron », répondit Freddy, sans beaucoup d'enthousiasme.

Kurtz lança le deux de pique. Il tournoya en l'air et atterrit dans le couvre-chef. Le vieux poussa un cri de joie enfantin et se prépara à lancer à nouveau. Il y eut un coup frappé à la porte du Winnebago. Freddy tourna la tête ; Kurtz lui adressa un regard menaçant et le soldat retourna aussitôt au jeu. Kurtz lança une carte. Elle partit bien, mais atterrit un peu trop long, sur la visière de la casquette. Kurtz grommela quelque chose, puis fit un signe en direction de la porte. Freddy, prononçant en silence une prière de remerciement, alla ouvrir.

Sur les marches, il vit Jocelyn McAvoy, l'une des deux Imperial Valley de sexe féminin. Elle avait l'accent paysan et doux du Tennessee ; mais sous ses cheveux coupés court comme ceux d'un garçon, son visage avait la dureté de la pierre. Elle tenait, par sa bandoulière, une mitraillette israélienne spectaculairement non réglementaire. Freddy se demanda où elle avait bien pu la dégoter, puis décida que c'était sans importance. Beaucoup de choses, d'ailleurs, avaient cessé d'avoir de l'importance, en particulier depuis une heure ou deux.

« Tiens, Joss, dit Freddy. Quel mauvais vent t'amène ?

— Je viens livrer deux Ripley-positifs, comme j'en ai reçu l'ordre. »

Il y eut de nouveaux coups de feu dans les bois, et Freddy vit le regard de la jeune femme se tourner — à peine — dans cette direction. Elle n'avait qu'une envie, retraverser la route, continuer la partie jusqu'à la fin. Freddy savait ce qu'elle ressentait.

« Amène-nous ça, ma cocotte », dit Kurtz. Il était toujours assis en face de la casquette posée à l'envers sur le sol (ce sol où se devinait encore la tache laissée par le sang du troisième cuistot Melrose), tenait toujours ses cartes à la main, mais l'intérêt faisait briller son regard. « Voyons un peu qui tu nous as trouvé. »

Jocelyn fit un geste avec son arme. Une voix masculine gronda, au bas de l'escalier : « Grimpez là-haut, *fissa !* M'obligez pas à vous le dire deux fois. »

Le premier qui passa devant McAvoy était grand et très noir. Il avait une coupure à la joue, une autre dans le cou. Les deux étaient envahies de Ripley. La moisissure avait aussi gagné les rides de son front. Freddy le connaissait de vue, mais ignorait son nom. Le vieux, évidemment, le savait. D'ailleurs Freddy était à peu près sûr qu'il connaissait le nom de tous les hommes qu'il avait commandés, les morts comme les vivants.

« Cambry ! » s'exclama Kurtz, dont les yeux devinrent encore plus brillants. Il laissa tomber les cartes dans la casquette, s'approcha du soldat et parut sur le point de lui serrer la main puis y renoncer, lui adressant un salut militaire à la place. Gene Cambry ne le lui rendit pas. Il avait une expression boudeuse, l'air désorienté. « Bienvenue devant le tribunal exceptionnel des États-Unis d'Amérique.

— Repéré courant dans les bois avec les détenus qu'il aurait dû garder », déclara Jocelyn McAvoy.

Son visage n'exprimait rien ; tout son mépris était dans le ton avec lequel elle avait parlé.

« Et pourquoi pas ? se rebiffa Cambry en se tournant vers Kurtz. Vous alliez nous tuer, de toute façon. Et ne vous fatiguez pas à mentir. Je peux le lire dans votre esprit. »

Kurtz ne fut nullement désarçonné par cette réaction. Il se frotta les mains et adressa un sourire amical à Cambry. « Coopère et tu pourras peut-être me faire changer d'avis, mon gars. Les cœurs sont faits pour être brisés et les avis pour être changés, c'est un sacré *Dieu soit loué*, ça. Et qui d'autre as-tu à nous montrer, Joss ? »

C'est avec stupéfaction que Freddy vit s'avancer le deuxième fugitif repris. Avec plaisir, aussi. Le Ripley n'aurait pu trouver meilleur hôte, à son humble avis. Car pour commencer personne n'aimait beaucoup ce fils de pute.

« Monsieur... patron... Je ne sais pas pourquoi je suis ici... j'étais à la poursuite des prisonniers lorsque cette.. cette... je suis désolé, je dois le dire... lorsque cette *salope* trop zélée m'a prise à part et...

— Il courait avec eux, le coupa McAvoy d'un ton ennuyé. Il courait avec eux, et il est infecté jusqu'à son foutu trou de balle.

— C'est faux ! protesta le nouveau venu. C'est complètement faux ! Je suis tout à fait *clean* ! Cent pour cent... »

McAvoy lui arracha sa casquette. Les rares cheveux blonds qui lui restaient étaient non seulement devenus luxuriants, mais paraissaient avoir été teintés en rouge

« Je peux l'expliquer, monsieur », reprit Archie Perlmutter, d'une voix qui s'amenuisa peu à peu. « Il y a... voyez-vous... »

Puis elle mourut complètement.

Kurtz lui adressait toujours son sourire le plus radieux, mais il avait pris la précaution, comme les autres, d'enfiler son masque, ce qui donnait à cette expression se voulant rassurante un aspect bizarrement sinistre : on aurait dit un pédophile cherchant à attirer un petit garçon chez lui en lui promettant des bonbons.

« Ça va aller, Pearly, lui dit Kurtz. Nous allons faire un petit tour, c'est tout. Il y a quelqu'un que nous devons retrouver, quelqu'un que tu connais...

— Owen Underhill, murmura Perlmutter.

— Tout juste, mon gars, dit Kurtz en se tournant vers McAvoy. Rends sa planchette à pince à ce soldat, Joss. Je suis sûr qu'il se sentira mieux une fois qu'il l'aura à la main. Après quoi tu pourras retourner à la chasse, tu en meurs d'envie, j'en suis certain.

— Oui, patron.

— Mais avant, regarde ça. Un petit tour que j'ai appris dans le Kansas. »

Kurtz ramassa la casquette et en jeta le contenu en l'air. Dans les rafales anarchiques du blizzard qui passaient par la porte ouverte, elles se mirent à voler en tout sens. Une seule atterrit dans la casquette, à l'endroit. Mais c'était l'as de pique.

7

Mr Gray prit le menu et examina la liste des plats avec intérêt — pain de viande, betteraves râpées, poulet grillé, tarte au chocolat — tout en n'y comprenant à peu près rien. Jonesy se rendit compte que ce n'était pas seulement l'ignorance du goût des aliments qui le laissait perplexe : Mr Gray ne savait même pas ce qu'était le goût. Comment l'aurait-il pu ? Quand on y regardait de près, il n'était rien d'autre qu'un champignon doté d'un QI élevé.

Sur quoi arriva la serveuse, se déplaçant sous un échafaudage imposant et rigide de cheveux blond cendré. Le badge, sur sa poitrine non moins imposante, annonçait : BIENVENUE AUX PRÉS SECS, DARLÈNE À VOTRE SERVICE.

« Salut, mon chou, qu'est-ce qu'on vous sert ?

— Je prendrais bien des œufs au bacon. Bien grillé, le bacon.

— Des toasts ?

— J'aimerais autant des *canpakes*. »

Les sourcils de la fausse blonde se soulevèrent et elle le regarda par-dessus son calepin. Un peu plus loin, accoudé au comptoir, un *trooper* — un policier — mangeait on ne savait trop quel sandwich dégoulinant tout en parlant avec le cuistot.

« Désolé... je voulais dire des *cakepans.* »

Les sourcils se haussèrent encore d'un cran. La question qu'elle se posait ne faisait aucun doute, brillant au premier plan de son cerveau comme un néon dans la vitrine d'un saloon : ce type-là avait-il un problème d'élocution, ou bien se payait-il sa tête ?

De la fenêtre de son bureau, Jonesy sourit et décida que ça suffisait.

« Des *pancakes,* dit Mr Gray. Des *crêpes,* si vous préférez. »

Tant qu'à avoir l'air idiot, autant se faire passer pour un Français.

Darlene poussa un petit grognement.

« C'est ce que j'avais cru comprendre. Du café, pour accompagner tout ça ?

— Oui, s'il vous plaît. »

Elle referma son calepin avec un claquement et s'éloigna. Mr Gray fut aussitôt de retour devant la porte du bureau, furieux contre Jonesy.

Comment êtes-vous arrivé à faire un truc pareil ? demanda-t-il. *Comment l'avez-vous pu, d'où vous êtes ?*

Mr Gray donna un coup rageur contre la porte. Mais il n'était pas seulement en colère, comprit Jonesy. Il avait peur, aussi. Car si Jonesy pouvait interférer, toute sa stratégie était en danger.

Je ne sais pas, répondit Jonesy, tout à fait sincère. *Mais ne le prenez pas aussi mal. Profitez donc de votre petit déjeuner. Je déconnais un peu avec vous, c'est tout.*

Pourquoi ? Toujours furieux. Toujours puisant dans les émotions de Jonesy et aimant ça, en dépit de lui-même. *Pourquoi faites-vous ça ?*

Disons que c'est la monnaie de votre pièce pour avoir essayé de me faire griller dans mon bureau pendant que je dormais.

La salle de restaurant était presque déserte et, le temps de le dire, Darlene fut de retour avec la commande. Jonesy envisagea un instant de vérifier s'il ne pouvait pas reprendre le contrôle de sa bouche assez longtemps pour balancer quelque incongruité à la serveuse (*Darlene, est-ce que je peux mordre vos cheveux ?* fut ce qui lui vint à l'esprit), puis y renonça.

Elle posa l'assiette devant lui, et repartit après lui avoir adressé un regard dubitatif. Mr Gray, tout en examinant les deux petits amas d'un jaune brillant des œufs brouillés et les tiges noircies du bacon (pas simplement grillé, mais carrément incinéré, dans la grande tradition des Prés Secs) avec les yeux de Jonesy, ressentait la même perplexité que la serveuse.

Qu'est-ce que vous attendez ? demanda Jonesy. Lui-même patientait, à la fenêtre de son bureau, amusé et curieux. Le bacon et les œufs pourraient-ils tuer Mr Gray ? Probablement pas, mais qui sait s'ils ne risquaient pas de rendre malade cet enfoiré de pirate ? *Allez-y, Mr Gray, mangez. Bon putain d'appétit*.*

Mr Gray consulta les dossiers de Jonesy pour savoir comment utiliser les couverts, prit un minuscule fragment d'œuf sur le bout de sa fourchette et le porta à la bouche de Jonesy.

Ce qui suivit fut à la fois stupéfiant et hilarant. Il se mit à engloutir tout ce qu'on lui avait apporté, enfournant des bouchées énormes, ne s'interrompant que pour noyer les crêpes dans le faux sirop d'érable. Il adorait tout, mais encore plus le bacon.

De la chair ! Jonesy l'entendait exulter. On aurait presque cru entendre la voix de la créature venue d'ailleurs, dans quelque nanar datant des années trente. *De la chair ! De la chair ! C'est le goût de la chair !*

Trop drôle... mais peut-être pas si drôle que ça, au fait. Un peu horrible, aussi. Les croassements d'un vampire fraîchement converti.

Mr Gray regarda autour de lui pour s'assurer que personne ne l'observait (le flic s'attaquait à présent à une double portion de tarte aux cerises), puis prit l'assiette et se mit à lécher la graisse à grands coups de langue. Et il termina en suçant le sirop gluant qui collait à ses doigts.

Darlene revint, remplit de nouveau sa tasse de café et regarda les plats nettoyés.

« Eh bien, la vaisselle sera vite faite, observa-t-elle. Autre chose ?

— Du bacon », répondit Mr Gray. Nouvelle consultation des dossiers de Jonesy pour vérifier la terminologie. « Double portion. »

Et puisses-tu t'étouffer en la bouffant, pensa Jonesy, mais il ne nourrissait plus guère d'espoir que cela arrive.

« Faut recharger le poêle, hein ? » dit Darlene.

Mr Gray ne comprit pas le commentaire, mais il n'éprouva pas le besoin d'en rechercher le sens dans les dossiers de Jonesy. Il mit deux sachets de sucre dans son café, vérifia une fois de plus que personne ne le regardait, puis se versa le contenu d'un troisième dans le gosier. Les yeux de Jonesy se fermèrent à demi pendant les quelques secondes où Mr Gray s'abandonna à la suavité céleste du sucre.

Vous pourrez en avoir tant que vous voudrez, souffla Jonesy à travers la porte. Il se dit qu'il devait sans doute savoir, à présent, ce qu'avait ressenti Satan quand il avait emporté Jésus en haut de la montagne pour le soumettre à la tentation de tous les attraits de la terre. Pas spécialement bien, mais pas vraiment mal non plus ; il faisait juste simplement son boulot, il vendait sa camelote.

Sauf que... écoutez un peu. En vérité, il se sentait *bien*, parce qu'il savait qu'il avançait. Il n'infligeait aucune blessure grave à Mr Gray, certes, mais au moins asticotait-il son hôte indésirable ; au moins lui faisait-il suer, insidieusement, les gouttes de sang du désir.

Laissez tomber, disait Jonesy, enjôleur. *Devenez indigène. Vous pourrez passer des années à explorer mes sens. Ils sont bien affûtés, vous savez ; je n'ai pas encore quarante ans.*

Pas de réponse de Mr Gray. Nouveau regard circulaire ; mais personne ne s'intéressait à lui. Il versa une rasade de faux sirop d'érable dans son café, ingurgita le tout et chercha des yeux la serveuse, pressé de voir arriver sa double portion de bacon. Jonesy soupira. Il avait l'impression d'être avec un musulman de stricte observance venu passer trois jours à Las Vegas.

De l'autre côté du restaurant, sur l'arcade donnant sur la salle suivante, il y avait un panneau portant les symboles des toilettes et des douches. Toute une série de téléphones payants étaient disposés dans le petit corridor qui conduisait à ces installations. Plusieurs chauffeurs s'y trouvaient, sans aucun doute pour expliquer, qui à son épouse, qui à son patron, qu'ils ne rentreraient pas à l'heure prévue, ayant été surpris par une tempête de neige inattendue dans le Maine, et qu'ils se trouvaient aux Prés Secs (*connu des habitués sous le nom de Pets Secs*, pensa Jonesy), au sud de Derry, où ils pensaient devoir rester au moins jusqu'au lendemain midi.

Jonesy se détourna de la vue de la fenêtre pour étudier son bureau, maintenant recouvert de tout son désordre habituel. La vue était réconfortante. Surtout celle du téléphone, son Trimline bleu. Pourrait-il appeler Henry de cette manière ? Henry était-il en vie au moins ? Jonesy le pensait. Il avait le sentiment que si son ami était mort, il aurait ressenti quelque chose à l'instant où cela serait arrivé... plus d'ombres dans la pièce, par exemple. *Elvis a décampé,* disait souvent Beaver quand il repérait un nom connu dans les avis de décès. *Quelle vieille fripouille !* Jonesy n'arrivait pas à croire qu'Henry ait déjà décampé. Il était bien possible qu'Henry ait envie de remettre le couvert.

8

Mr Gray ne s'étouffa pas en engloutissant sa seconde double portion de bacon, mais lorsque des crampes soudaines se mirent à lui parcourir le bas-ventre, il laissa échapper un rugissement angoissé.

Vous m'avez empoisonné !

On se calme, on se calme ! Il faut juste faire un peu de place, mon vieux.

— *De la place ? Qu'est-ce que...*

Il s'interrompit, scié par une nouvelle crampe.

Je veux dire que vous avez intérêt à filer vers l'endroit qu'on appelle le petit coin, répondit Jonesy. *Mais bon Dieu, tous ces enlèvements que vous avez faits au cours des années soixante ne vous ont rien appris sur l'anatomie humaine ?*

Darlene avait déposé l'addition sur la table ; Mr Gray la prit.

Laissez-lui quinze pour cent en plus, comme pourboire.

C'est quoi, quinze pour cent ?

Jonesy soupira. C'était donc ça, les maîtres de l'univers que tant de films nous avaient appris à redouter ? D'impitoyables conquérants qui voyageaient entre les étoiles mais ne savaient pas comment couler un bronze ou calculer un pourboire ?

Nouvelle crampe, accompagnée d'un pet relativement silencieux. Il sentait, mais pas l'éther. *C'est toujours ça,* se dit Jonesy. Puis, à Mr Gray : *Montrez-moi cette facture.*

Jonesy étudia la feuille de papier depuis la fenêtre de son bureau. *Laissez lui un dollar et demi.* Et comme Mr Gray paraissait dubitatif, il ajouta, *C'est un bon conseil que je vous donne, mon vieux. Plus, et elle se souviendra de vous comme du client généreux de la soirée. Moins, et elle se souviendra de vous comme du radin.*

Il sentit Mr Gray allant vérifier le sens de *radin* dans ses dossiers. Puis, sans discuter davantage, il laissa un dollar et deux quarters sur la table. Ceci fait, il se dirigea vers la caisse, qui se trouvait sur le chemin des toilettes messieurs.

Le *trooper* n'avait toujours pas fini sa tarte. Lenteur suspecte, pensa Jonesy. Quand ils passèrent près de lui, Jonesy sentit que Mr Gray en tant qu'entité (une entité de plus en plus humaine) se dissolvait pour aller jeter un coup d'œil dans la tête du flic. Il n'y avait plus rien, sinon le nuage rouge-noir, pour contrôler les divers systèmes de maintenance de Jonesy.

Rapide comme l'éclair, Jonesy s'empara du téléphone — puis s'interrompit, hésitant sur la méthode à suivre.

Tu n'as qu'à composer le 1-800 HENRY, *pensa-t-il.*

Il n'y eut rien pendant quelques instants, puis, quelque part ailleurs, un téléphone se mit à sonner.

9

« L'idée de Pete », marmonna Henry.

Underhill, au volant de l'Humvee (l'engin était énorme et bruyant mais, avec ses pneus neige surdimensionnés, il négociait les congères aussi bien que le *Queen Elizabeth II* les vagues de l'Océan) jeta un coup d'œil à son passager. Henry dormait. Ses lunettes avaient glissé sur le bout de son nez. Ses paupières, délicatement bordées d'une dentelle de byrus, tressaillaient au rythme des mouvements qui agitaient ses globes oculaires. Il rêvait. *De quoi ?* se demanda Owen. Sans doute aurait-il pu sonder la tête de son nouvel associé, mais il y avait là quelque chose de pervers.

« L'idée de Pete, répéta Henry. C'est Pete qui l'a vue le premier ».

Sur quoi il poussa un soupir, un soupir si fatigué qu'il fit pitié à Owen. Non, décida-t-il, il ne voulait rien savoir de ce qui se passait dans la tête d'Henry. Encore une heure pour arriver à Derry, un peu plus si le vent ne tombait pas. Autant le laisser dormir.

10

Le terrain de football sur lequel Richie Grenadeau a régné un temps se trouve derrière le lycée de Derry, mais Richie est depuis cinq ans dans la tombe du héros adolescent, rien qu'un James Dean local de plus victime d'un accident de voiture. D'autres héros sont passés depuis, ont fait leurs trois petits tours et s'en sont allés. De toute façon, ce n'est pas la saison du football. C'est le printemps, et il y a sur le terrain un rassemblement qui fait penser à des oiseaux s'apprêtant à migrer — des oiseaux énormes, rouges avec une tête noire. Ces corbeaux mutants rigolent et bavardent, assis sur des chaises pliantes, mais Mr Trask, le principal, n'a pas de mal à se faire entendre pour autant ; debout sur une scène improvisée, c'est lui qui tient le micro.

« Une dernière chose avant que je vous rende votre liberté, tonne-t-il. Je ne vais pas vous demander de ne pas lancer vos toques en l'air à la fin de la cérémonie, des années d'expérience m'ayant appris que c'était une cause perdue d'avance... »

Il y a des rires, des cris, des applaudissements.

« ...mais par contre, je vous demande DE LES RAMASSER ET DE LES RENDRE, SANS QUOI ON VOUS LES FERA PAYER ! »

Il y a quelques *hou* et des manifestations diverses, les faux pets de Beaver Clarendon étant les plus bruyantes.

Mr Trask parcourt une dernière fois les étudiants des yeux.

« Jeunes gens et jeunes filles, membres de la promotion 1982, je pense parler au nom de toute la faculté quand je dis que je suis fier de vous. Voilà qui sera le mot de la fin, et... »

Le reste se perd dans le brouhaha, micro ou non ; dans une grande agitation de nylon, les corbeaux rouges se lèvent et s'égayent. Demain à midi, ils prendront pour de bon leur envol ; et bien que les trois rigolards qui se frayent un chemin jusqu'au parking (où les attend la voiture d'Henry) ne s'en rendent pas compte, la période « enfance » de leur amitié va toucher à sa fin dans quelques heures. Non, ils ne s'en rendent pas compte, et c'est sans doute aussi bien.

Jonesy s'empare de la toque d'Henry, l'enfonce sur la sienne et fonce vers le parking.

« Hé, trou-du-cul, rends-moi ça ! » crie Henry qui, du coup, subtilise celle de Beaver. Celui-ci se met à piailler comme un poulet et court après Henry, riant lui aussi. Le trio traverse le terrain au pas de charge, saute derrière les bancs de touche, leurs toges de jeunes diplômés ondoyant autour de leurs jeans. Jonesy a deux toques sur la tête, mais les glands pendouillent de deux côtés différents ; Henry en a une, mais bien trop grande : elle lui tombe sur les oreilles ; et Beaver court tête nue, un cure-dents entre les lèvres, ses longs cheveux noirs flottant dans son dos.

Jonesy regarde derrière lui tout en courant, provoquant Henry (« Allez, le roi du basket, tu cours comme une fille ») et manque presque de renverser Pete, qui est en train d'étudier le DERRY DOIN'S, le panneau d'affichage sous verre situé à l'entrée nord du parking. Pete, qui n'est diplômé de rien du tout cette année, puisqu'il est de la promotion suivante, attrape Jonesy, le fait pencher comme un danseur de tango sa cavalière, et lui colle un bécot en plein sur la bouche. Les deux toques dégringolent de la tête de Jonesy, qui pousse un cri de surprise.

« Pédé ! » éructe-t-il, s'essuyant frénétiquement la bouche... mais il ne peut se retenir de rire à son tour. Pete est un cas à part : capable de rester peinard pendant des semaines, Mister Normal soi-même, puis de se mettre brusquement à faire un truc délirant. En général, le truc délirant se produit après deux ou trois bières, mais pas cet après-midi.

« J'en rêvais depuis toujours, Gabriella, répond Pete d'un ton sentimental. Tu sais maintenant ce que j'éprouve pour toi.

— Con de pédé ! Si tu m'as foutu la chtouille, je te tue ! »

Henry arrive, récupère sa toque tombée au sol et en frappe Jonesy.

« Il y a des taches d'herbe dessus ! Si on m'oblige à payer le nettoyage, ça ira un peu plus loin que t'embrasser, Gabriella.

— Ne fais pas de promesses que tu ne pourrais pas tenir, bougre d'âne.

— Ma belle Gabriella », réplique Henry, solennel.

Le Beav arrive sur ces entrefaites, hors d'haleine. Mais il n'a pas perdu son cure-dents. Il ramasse la toque de Jonesy et l'examine. « Il y a une tache de foutre dedans, dit-il. Si tu crois que je n'en ai pas assez vu dans mes draps... » Il prend une profonde inspiration et claironne, à l'intention de leurs condisciples qui se dispersent vers le parking dans leurs robes de diplômés : « Gary Jones s'est branlé dans sa toque ! Hé, les gars, écoutez ça ! Gary Jones s'est branlé dans... »

Jonesy l'attrape, l'entraîne au sol avec lui et les deux garçons se roulent dessus, dans de grandes envolées de tissu rouge. Les deux toques sont éjectées et Henry les récupère pour qu'elles ne soient pas écrasées.

« Lâche-moi ! crie Beaver. Tu m'écrases ! Bordel de Dieu de merde !

— Duddits la connaissait », dit Pete. Il a perdu tout intérêt à leurs bêtises ; il ne partage pas non plus beaucoup leur excitation (Pete est peut-être le seul d'entre eux à pressentir l'imminence de grands changements). Il regarde de nouveau le panneau d'affichage. « Nous aussi, on la connaissait. On la voyait toujours devant l'Académie des Retardés. "Salut, Duddie", qu'elle disait. »

Pour prononcer *Salut, Duddie*, Pete prend un instant une voix haut perchée, une voix de fillette, mais d'un ton qui est d'une certaine manière plus attendri que moqueur. Et bien qu'il ne soit pas un imitateur très doué, Henry reconnaît aussitôt cette voix. Il se rappelle la fillette, avec ses cheveux blonds mousseux, ses grands yeux bruns, ses genoux écorchés et son sac blanc contenant son déjeuner et ses poupées BarbieKen. C'est ainsi qu'elle les appelle, BarbieKen, comme si elles ne formaient qu'une seule entité.

Jonesy et Beaver ont aussi compris qui imite Pete. C'est qu'il y a ce lien, entre eux ; il existe depuis des années. Entre eux et Duddits. Aucun ne se souvient du prénom de la petite blonde, pas plus le Beav que Jonesy ou Henry ; ils se rappellent seulement qu'elle avait un nom de famille à coucher dehors avec un billet de logement. Et aussi qu'elle avait le béguin pour le Dudster, raison pour laquelle elle l'attendait toujours devant l'Académie des Retardés.

Les trois nouveaux diplômés se rassemblent autour de Pete, devant le tableau d'affichage.

Comme toujours, il est encombré d'affichettes : ventes de charité, pub pour lavage de voiture, bouts d'essai pour jouer dans la version locale de *The Fantastiks*, classe d'été à Fenster, sans compter nombre d'annonces, rédigées à la main, d'étudiants cherchant qui du travail, qui une place pour se rendre à Boston, qui voulant vendre ci, voulant acheter ça, qui demandant un coturne pour Providence.

Et, tout en haut, à l'angle, la photo d'une ado souriante sous une luxuriante tignasse de cheveux blonds (frisottés plutôt que mousseux, à présent), avec de grands yeux à l'expression légèrement intriguée. Ce n'est plus une petite fille — Henry ne cesse de constater avec un étonnement toujours renouvelé que tous les enfants avec lesquels il a grandi (y compris lui-même) ont disparu — toutefois, il aurait reconnu n'importe où ces yeux bruns à l'expression intriguée.

ON RECHERCHE, annonce en majuscules l'avis sous la photo. Et, en dessous, écrit légèrement plus petit : JOSETTE RINKENHAUER, VUE

POUR LA DERNIÈRE FOIS AU TERRAIN DE SOFTBALL DE STRAWFORD PARK, LE 7 JUIN 1982. Encore en dessous figurent d'autres détails, mais Henry ne prend pas la peine de les lire. Cela lui fait penser qu'il y a quelque chose de bizarre à Derry quand il est question d'enfants disparus ; ce n'est pas du tout comme dans les autres villes. Nous sommes le 8 juin, ce qui signifie que la petite Rinkenhauer n'a disparu que depuis vingt-quatre heures : et cependant, l'affichette a été placée (ou déplacée) tout en haut du panneau d'affichage, comme si on avait hésité à la mettre. Et ce n'est pas tout. Il n'y avait rien dans le journal ce matin ; Henry le sait d'autant mieux qu'il l'a lu. Il l'a parcouru, du moins, tout en vidant son bol de céréales. *C'était peut-être enfoui quelque part au fond de la rubrique locale*, se dit-il, sachant tout de suite qu'il a vu juste. Le mot clef est *enfoui.* Il aurait même pu dire, *enterré.* On enterre beaucoup de choses, à Derry. Les bavardages sur les disparitions d'enfants, par exemple. Il s'en est produit beaucoup, au cours des dernières années, et les quatre garçons ne l'ignorent pas. L'idée leur a même certainement traversé l'esprit, le jour où ils ont rencontré Duddits Cavell, mais c'est un sujet dont on ne parle guère. Comme si la disparition d'un enfant, de temps en temps, était le prix à payer pour vivre dans un endroit aussi calme et charmant. À cette idée, Henry sent poindre en lui un sentiment d'indignation, sentiment qui cherche tout d'abord à se mêler avec le bonheur béat qu'il connaît, puis à le remplacer. *Elle était adorable, en plus, avec ses BarbieKen... adorable comme Duddits.* Il se souvient des innombrables fois où ils ont accompagné Duddits à l'école, la voyant si souvent l'attendre devant l'école, la petite Josie Rinkenhauer avec ses genoux écorchés et son grand sac en plastique... *Salut, Duddie*, disait-elle. Oui, elle était adorable.

Et elle l'est toujours, pense Henry. *Elle...*

« Elle est vivante », affirme Beaver avec placidité. Il sort le cure-dents mâchouillé de sa bouche, l'examine, puis le laisse tomber par terre. « Elle est vivante et encore dans le secteur. Pas vrai ?

— Ouais », répond Pete. Il contemple toujours la photo, fasciné, et Henry sait ce qu'il pense, presque la même chose que lui : qu'elle a grandi. Même Josie qui, si la vie avait été plus juste, aurait pu devenir la petite amie de Duddits, même elle a grandi. « Mais je crois qu'elle est... vous savez...

— Sacrément dans la merde », achève Jonesy.

Il s'est débarrassé de sa robe de diplômé et commence à aller et venir, trois pas dans un sens, trois dans l'autre.

« Où ça ? » demande Henry.

Pete secoue la tête. Jonesy aussi.

« Allons demander à Duddits », propose soudain Beaver. Et tous savent pourquoi. Pas besoin d'en discuter. Parce que Duddits...

11

« ...voit la ligne ! » hurla brusquement Henry en se redressant en sursaut dans le siège du passager de l'Humvee. Ce qui colla une peur bleue à Underhill, lequel était lui-même très loin, dans quelque endroit privé, où il n'y avait que lui, la tempête et le défilé interminable et monotone des catadioptres le long de la route pour lui dire où il se trouvait en réalité. « Duddits voit la ligne ! »

Le gros véhicule fit une embardée, dérapa, se redressa.

« Bon Dieu, mon vieux ! Prévenez-moi la prochaine fois que vous entrerez en éruption, vous voulez bien ? »

Henry se passa une main sur le visage, prit une profonde inspiration, expira lentement.

« Je sais où nous allons et ce que nous avons à y faire...

— Eh bien, parfait.

— ... mais il faut que je vous raconte quelque chose avant, pour que vous compreniez. »

Underhill lui adressa un coup d'œil.

« Et vous, vous comprenez ?

— Pas tout, mais plus qu'avant.

— Allez-y. Nous ne serons pas à Derry avant une bonne heure. Ça suffira ? »

Henry se dit que ce sera plus que suffisant, surtout s'ils se parlent d'esprit à esprit. Il commença par le commencement, ce qui à présent, lui paraissait être le commencement. Non pas la venue des grisâtres, non pas l'invasion du byrus ou des fouines, mais les quatre garçons qui avaient espéré voir une photo de la Reine de la Promo les jupes relevées, c'est tout. Pendant que le militaire conduisait, son esprit se remplissait d'images reliées entre elles, mais davantage comme dans un rêve que comme dans un film.

Henry lui parla de Duddits, de leur première virée au Trou dans le Mur, de Beaver dégobillant dans la neige. Il lui raconta comment ils allaient tous ensemble en classe, lui expliqua la version du cribbage créée par Duddits : ils jouaient, Duddits déplaçait les fiches. Il lui parla encore du jour où ils avaient amené Duddits voir le Père Noël, et de la putain de partie de rigolade qu'ils avaient eue. Et aussi comment ils avaient vu la photo de Josie Rinkenhauer sur le panneau d'affichage DERRY DOIN'S, le jour où les trois plus grands avaient reçu leur diplôme. Underhill les vit partir pour la maison des Cavell sur Maple Lane, dans la voiture d'Henry, les toges et les toques empilées à l'arrière ; les vit dire bonjour à Mr et Mrs Cavell, qui se trouvaient dans leur séjour en compagnie d'un homme au teint de cendre et d'une femme en pleurs ; Roberta Cavell avait le bras passé autour des épaules d'Ellen Rinkenhauer et lui disait que ça allait s'arranger, que Dieu ne permettrait pas qu'il arrive quelque chose à leur chère petite Josie.

C'est puissant, pensa Owen, rêveur. *Bigre, le don de ce type est puissant. Comment est-ce possible ?*

Les Cavell regardent à peine les garçons, parce que ce sont des visiteurs habituels du 19, Maple Lane, et les Rinkenhauer sont trop plongés dans leur angoisse pour se rendre seulement compte de leur présence. Ils n'ont pas touché au café que leur a servi Roberta. *Il est dans sa chambre, les gars*, leur dit Alfie Cavell, avec un vague sourire. Et Duddits, qui contemplait sa collection de GI Joe (il les a tous) se lève dès qu'il les voit dans l'encadrement de la porte. Duddits ne porte jamais ses chaussures dans sa chambre ; il met ses pantoufles Bugs Bunny, celles qu'Henry lui a offertes pour son dernier anniversaire. Il adore ses pantoufles Bugs Bunny, il les portera jusqu'à ce qu'elles soient réduites en lambeaux roses raccordés à coups d'adhésif d'emballage ; mais aujourd'hui, il a pourtant ses chaussures aux pieds. Il les attendait, et bien que son sourire soit aussi rayonnant que d'habitude, ses yeux ont une expression sérieuse. *Où on a ?* demande Duddits. *Où on va ?* et...

« Vous étiez tous comme ça ? » murmura Owen. Sans doute Henry le lui avait-il déjà expliqué, mais il n'avait pas compris, jusqu'à maintenant, ce qu'il avait voulu dire. « Même avant ça ? » ajouta-t-il en touchant le côté de son visage où une fine couche duveteuse de byrus envahissait sa joue.

« Oui. Non. Je ne sais pas. Ne dites rien, Owen. Écoutez. »

Et de nouveau la tête d'Underhill se remplit d'images datant de 1982.

12

Il est seize heures trente lorsqu'ils arrivent à Strawford Park, où une bande de filles en t-shirt DERRY HARDWARE jaune occupent le terrain de softball ; presque toutes ont une queue-de-cheval qu'elles ont fait passer par l'ouverture à l'arrière de leur casquette. La plupart portent des appareils dentaires. « Nom d'une pipe, commente Pete, qu'est-ce qu'elles jouent mal... », et c'est bien possible, mais ça ne les empêche pas de bien s'amuser, dirait-on. Henry, lui, ne s'amuse pas du tout ; il a des papillons plein l'estomac et il est soulagé de constater qu'il en va apparemment de même pour Jonesy, qui arbore une mine solennelle et effrayée. Ni Pete ni Beaver n'ont beaucoup d'imagination, alors que lui et cette bonne vieille Gabriella en ont à revendre. Pour Pete et le Beav, c'est juste une histoire de boy-scouts, une histoire de Frank et Joe Hardy, par exemple. Mais pour Henry, c'est différent. Ne pas retrouver Josie Rinkenhauer serait déjà moche (car c'est toujours possible, il le sait), mais la retrouver morte...

« Beav », dit-il.

Beaver regardait les filles. Il se tourne vers Henry.

« Quoi ?

— Tu crois toujours qu'elle est vivante ?

— Je... » son sourire s'évanouit, il paraît troublé. « Chais pas, vieux. Pete ? »

Mais Pete secoue la tête.

« J'en avais l'impression, devant le lycée — merde, c'est tout juste si cette photo ne me parlait pas — mais maintenant... »

Il hausse les épaules.

Henry regarde Jonesy, qui hausse aussi les épaules et ouvre les mains en un geste d'ignorance. Henry se tourne donc vers Duddits.

Duddits observe tout ce qui passe à travers une paire de lunettes de soleil qu'il aime bien (il les a déclarées *ool*, « cool » en Duddits dans le texte) ; elles sont de forme enveloppante et ont une surface réfléchissante. Henry trouve plutôt qu'avec ses lunettes *ools*, Duddits ressemble à Ray Waltson dans *Mon Martien préféré*, mais il ne le lui a jamais dit, et encore moins transmis. Duds a aussi coiffé la toque de Beaver ; il aime beaucoup souffler sur le gland pour le faire se balancer.

Duddits ne pratique pas la sélection perceptive ; pour lui, l'ivrogne qui cherche les bouteilles consignées dans les poubelles, les filles jouant au softball et les écureuils se poursuivant dans les branches sont tous aussi fascinants.

« Duddits, dit Henry. Tu te rappelles de cette fille, quand tu allais à l'école, à l'Académie, une fille qui s'appelait Josie ? Josie Rinkenhauer ? »

Duddits prend une expression d'intérêt poli parce que son ami Henry lui parle, mais le nom ne lui dit manifestement rien, et comment cela serait-il possible ? Il ne sait même plus ce qu'il a mangé au petit déjeuner, alors comment pourrait-il se souvenir d'une fille avec laquelle il allait à l'école trois ou quatre ans auparavant ? Henry sent une onde de désespoir l'envahir, un désespoir bizarrement mâtiné d'amusement. Qu'avaient-ils espéré, en effet ?

« Josie », articule soigneusement Pete, à son tour. Lui non plus ne paraît pas très optimiste. « On te taquinait en disant que c'était ta petite amie, tu te souviens ? Elle avait des yeux bruns... plein de cheveux blonds qui moussaient autour de la tête... et... » Il pousse un soupir de dégoût. « Et merde.

— *Au our, êm ere* », dit Duddits, sachant que d'habitude ça les fait sourire : *Autre jour, même merde*. Comme ça ne marche pas, il essaie autre chose : « *A allons, a jeux*.

— Ouais, dit Jonesy. Pas de ballons, pas de jeux, t'as raison. Il ne nous reste plus qu'à le ramener chez lui, les gars, jamais on ne va...

— Non. »

C'est Beaver qui a parlé, et tous le regardent. Il a l'œil brillant, mais l'expression troublée. Il mâchonne son cure-dents avec une telle énergie que le petit morceau de bois s'agite comme un piston entre ses lèvres.

« L'attrape-rêves », dit-il.

13

« L'attrape-rêves ? » demanda Underhill.

Sa voix donnait l'impression de venir de loin, même à ses propres oreilles. Les phares de l'Humvee trouaient de leurs cônes de lumière un paysage morne de plaine neigeuse paraissant s'étendre à l'infini ; seul le reflet jaune des catadioptres permettait de comprendre qu'on était sur une route. *Attrape-rêves*, pensa-t-il, tandis qu'une fois de plus son esprit s'emplissait du passé d'Henry, le submergeant presque avec les images, les sons et les odeurs de cette journée aux limites de l'été :

Attrape-rêves.

14

« Attrape-rêves », dit Beaver, et ils se comprennent les uns les autres comme cela leur arrive parfois, croyant (à tort, Henry s'en rendra compte plus tard) que c'est fréquent entre amis. Bien qu'ils n'aient jamais parlé ouvertement du rêve qu'ils ont partagé lors de leur première expédition de chasse au Trou dans le Mur, Beaver, ils le savent, est persuadé qu'il a été provoqué par l'attrape-rêves de Lamar. Aucun des trois autres n'a essayé de le détromper, un peu parce qu'ils ne tiennent pas à mettre en doute la superstition de leur ami sur les vertus de cette petite toile d'araignée inoffensive, beaucoup parce qu'ils n'ont aucune envie de parler de cette journée. Mais ils comprennent maintenant que Beaver a mis le doigt sur au moins la moitié d'une vérité. Un attrape-rêves les a effectivement unis, mais pas celui de Lamar.

Duddits est leur attrape-rêves.

« Allons-y, dit calmement Beaver. Allons-y, les gars, n'ayez pas peur. Tenons-le. »

Et c'est ce qu'ils font, bien qu'ils aient tout de même un peu peur, même Beaver.

Jonesy prend la main droite de Duddits, cette main qui est devenue si habile avec les outils depuis qu'il travaille au centre pour handicapés. Duddits paraît surpris, puis sourit et referme sa main sur celle de Jonesy. Pete lui prend la main gauche. Beaver et Henry s'approchent et passent les bras autour de la taille de Duddits.

Et c'est dans cette position qu'ils se retrouvent, sous l'un des énormes vieux chênes de Strawford Park, une dentelle mouvante de lumière de juin jouant sur leurs visages à travers la ramure. On dirait une équipe de sport avant un match important. Les joueuses de softball en t-shirt jaune éclatant ne font pas attention à eux ; l'écureuil non plus ; l'ivrogne qui, imperturbable, récupère une à une ses boîtes de soda pour se payer son repas en forme de bouteille, pas davantage.

Henry sent la lumière se glisser en lui et comprend que cette lumière est lui-même et ses amis ; ils la produisent ensemble, cette merveilleuse dentelle de lumière et d'ombre verte ; et de tous, c'est Duddits qui brille le plus. Il est leur meneur de jeu ; sans lui, pas de ballons, pas de jeux. Il est leur attrape-rêves, il les fusionne en une unité. Le cœur d'Henry s'emplit comme il ne s'emplira jamais plus (et le vide de ce manque ira croissant, sera de plus en plus sombre autour de lui au fil des ans), et il pense : *S'agit-il simplement de retrouver une petite retardée dont probablement tout le monde se fiche, sauf ses parents ? S'agissait-il de tuer une brute stupide, de joindre nos forces pour lui faire quitter la route et cela, Dieu me pardonne, cela pendant notre sommeil ? Ne s'agit-il que de cela ? Quelque chose d'aussi génial, d'aussi merveilleux, pour accomplir des exploits aussi insignifiants ? N'y a-t-il pas autre chose ?*

Car s'il n'y a rien d'autre — et il pense cela même dans ce moment d'extase où ils sont unis — à quoi bon ? Qu'est-ce que cela peut bien vouloir dire ?

Puis cette idée, et toute pensée est balayée par la force de ce qu'il voit. Le visage de Josie Rinkenhauer s'élève devant eux, une image mouvante, tout d'abord composée de quatre perceptions, de quatre souvenirs... puis un cinquième élément entre en jeu quand Duddits comprend qui est celle pour laquelle ses amis font toute cette histoire.

Quand Duddits entre en scène, l'image devient cent fois plus brillante, cent fois plus précise. Henry entend un hoquet de surprise — Jonesy —, et il en aurait fait autant s'il avait eu de l'air dans les poumons. Parce que Duddits est peut-être retardé à de nombreux titres, mais pas à celui-ci ; dans ce domaine, ils ne sont que de pauvres petits débiles tandis que Duddits est un génie.

« Oh, mon Dieu », s'écrie Beaver avec autant d'émerveillement que d'effroi dans la voix.

Parce que Josie se tient ici avec eux. Les différentes façons dont chacun a perçu son âge font d'elle une fillette de douze ans, plus âgée qu'à l'époque où ils l'ont vue pour la première fois, attendant Duddits devant l'Académie des Retardés, mais plus jeune que ce qu'elle doit être aujourd'hui. Ils se sont entendus pour lui donner une robe à la couleur instable, qui varie du bleu au rose, du rose au rouge et qui du rouge revient au bleu. Elle tient à la main son grand sac en plastique d'où dépassent les têtes de BarbieKen ; ses genoux sont magnifiquement écorchés. Les coccinelles de ses boucles d'oreilles apparaissent et disparaissent et Henry se dit, *Ah, ouais, je m'en souviens,* après quoi elles demeurent en place.

Elle ouvre la bouche et dit, *Salut, Duddie*. Elle regarde autour d'elle et dit, *Salut, les garçons*.

Puis elle s'évanouit. Comme ça. D'un seul coup, ils ne sont plus que cinq, et non six. Cinq grands garçons sous le vieux chêne, l'ancienne lumière de juin imprimant ses réseaux sur leur visage, tandis que leur parviennent les cris des joueuses de softball. Pete pleure. Jonesy aussi. L'ivrogne a disparu ; sans doute a-t-il récupéré suffisamment de boîtes pour se payer sa bouteille. Mais un autre homme a fait son apparition. Son attitude est solennelle et il porte une lourde parka en dépit de la chaleur. Sa joue gauche est couverte d'un duvet rougeâtre qui fait penser à une marque de naissance, sauf qu'Henry sait qu'il s'agit d'autre chose. C'est le byrus. Owen Underhill les a rejoints dans Strawford Park, il les regarde, mais ce n'est pas un problème ; personne ne voit ce visiteur venu de l'autre côté de l'attrape-rêves, mis à part Henry.

Duddits sourit, mais les larmes qu'il voit sur les joues de deux de ses amis l'intriguent. *« Ou-oa ou leurez ? »* demande-t-il à Jonesy. *Pourquoi vous pleurez ?*

« Ce n'est rien », lui répond Jonesy.

Quand il lâche la main de Duddits, ce qui restait de leur contact s'évanouit. Jonesy essuie ses larmes, Pete aussi. Beaver part d'un petit rire mal assuré.

« Je crois que j'ai avalé mon cure-dents.

— Mais non, crétin, elle est là, ta cibiche en bois », lui dit Henry avec un geste vers le sol, où le cure-dents mâchonné gît dans l'herbe.

« *Ouver Osie ?* demande Duddits.

— Tu vas pouvoir, Duds ? » demande Henry.

Duddits se dirige vers le terrain de softball, et les autres le suivent en un petit groupe respectueux. Il passe devant Owen, mais bien sûr ne le voit pas ; pour lui Owen Underhill n'existe pas, ou du moins pas encore. Il passe devant le banc de touche, devant la troisième base, devant le petit snack-bar. Puis il s'arrête. À côté de lui, Pete hoquette.

Duddits se tourne et le regarde, l'œil brillant, l'air intéressé, riant presque. Pete se tient l'index dressé, le faisant aller et venir comme un métronome, et regarde le sol au travers de ce mouvement. Henry suit son regard et, un instant, croit apercevoir quelque chose — un éclair d'un jaune intense sur l'herbe, comme de la peinture —, puis l'impression disparaît. Il n'y a que Pete et son petit rituel, son don personnel d'évocation.

Duddits lui demande s'il voit la ligne, d'un ton paternel qui donne envie de rire à Henry.

« Ouais, répond Pete, l'œil exorbité. Bordel, ouais ! » Il se tourne vers les autres. « Elle est passée par ici, les mecs ! Elle est venue ici ! »

Ils traversent ainsi Strawford Park, en suivant une ligne que seuls Duddits et Pete peuvent distinguer, tandis qu'un homme qu'Henry est seul à voir les accompagne. À l'extrémité nord du parc, on tombe sur une palissade de fortune sur laquelle on a apposé une pancarte : PASSAGE INTERDIT PROPRIÉTÉ DE D.B. & A.R.R. Cela fait des années que les enfants n'en tiennent aucun compte, et cela fait des années que les trains de la société de Derry, Bangor et Aroostook ont cessé d'emprunter la ligne qui passe par les Friches, de toute façon. Mais ils voient les rails quand ils franchissent la palissade ; la voie est en bas de la pente, luisant faiblement car elle est envahie de rouille.

Le talus est raide, et sumac vénéneux et lierre s'y font la guerre ; à mi-pente, ils découvrent le sac en plastique de Josie Rinkenhauer. Il est vieux, aujourd'hui, et en piteux état ; on l'a réparé à plusieurs endroits avec de l'adhésif. Mais Henry l'aurait reconnu n'importe où.

Duddits se précipite dessus, l'ouvre vivement et regarde à l'intérieur. Il annonce triomphalement la présence de BarbieKen. Pete, pendant ce temps, a poursuivi son chemin, plié en deux ou presque, la mine aussi sévère que Sherlock Holmes sur la piste du professeur Moriarty. Et c'est en fait Pete Moore qui la retrouve. Soudain, il se retourne vers ses amis, l'œil fou ; il se tient à la hauteur d'un collecteur d'eaux pluviales crasseux qui pointe de guingois au milieu des broussailles de la pente. « Elle est là-dedans ! » hurle-t-il, frénétique. Il est blême, mis à part deux taches rouges qui lui brûlent les joues. « Hé, les gars, je suis sûr qu'elle est tombée là-dedans ! »

Il existe, dans le sous-sol de Derry, un réseau d'égouts et d'évacuation des eaux d'une complexité extrême ; la ville est en effet installée sur un ancien marécage que même les Indiens Micmacs (les anciens habitants de la région) évitaient autrefois. L'essentiel du système de drainage a été construit dans les années trente, avec l'argent du New Deal, et il s'est en grande partie effondré, pendant la terrible tempête qui a provoqué l'inondation de la ville et détruit le château d'eau. Mais le réseau souterrain est toujours là ; et ce tuyau s'enfonce à quarante-cinq degrés dans le sol depuis la pente donnant sur l'ancienne voie de chemin de fer. Josie Rinkenhauer s'y est aventurée et est tombée dedans, glissant sur cinquante ans de feuilles mortes accumulées, comme si elle avait été sur une luge. Elle est au fond, épuisée à force d'avoir essayé de remonter la pente poisseuse qui s'effrite sous ses mains ; elle a mangé les deux ou trois cookies qu'elle avait dans sa poche et cela fait des heures et des heures, douze, peut-être quatorze, qu'elle est là, prisonnière de l'obscurité et de la puanteur, tendant l'oreille à la faible rumeur du monde extérieur qu'elle ne peut atteindre, attendant la mort.

Alors, en entendant la voix de Pete, elle lève la tête et appelle avec tout ce qui lui reste de forces :

« Aidez-moi ! Je peux pas sortir ! Je vous en prie, aidez-moi ! »

Il ne leur vient pas un instant à l'esprit qu'ils devraient aller demander le concours d'un adulte ; celui de Mr Nell, le policier qui patrouille souvent dans ce secteur, par exemple. Ils n'ont qu'une idée fixe, la faire sortir de là ; elle est sous leur responsabilité. Ils ne laisseront pas Duddits y entrer — ils n'iront tout de même pas jusque-là. Mais les autres forment une chaîne pour s'enfoncer dans le noir, après une discussion qui n'aura pas duré trente secondes. Pete s'engage le premier, puis Beaver, puis Henry et enfin Jonesy, qui est le plus lourd, leur sert de point d'ancrage. C'est dans cet ordre qu'ils rampent dans l'obscurité pleine d'odeurs d'égout (mais il y a aussi une autre puanteur, fétide celle-là, venant de quelque chose de vieux et d'ignoble au-delà de tout) et, avant d'avoir parcouru trois mètres, Henry tombe sur l'une des tennis de Josie engluée dans le magma. Il la glisse dans la poche revolver de son jean sans même y penser.

Quelques secondes plus tard, Pete lance par-dessus son épaule : « Hé, arrêtez ! »

Les supplications et les pleurs de l'adolescente leur percent les oreilles et Pete commence à l'apercevoir vaguement, assise au fond de la pente recouverte de feuilles. Elle tourne vers eux un visage qui n'est qu'un cercle un peu plus pâle dans la pénombre.

Ils étirent leur chaîne tant qu'ils peuvent, attentifs à ce qu'ils font, en dépit de leur excitation. Jonesy, pour s'amarrer, s'est coincé les pieds contre un gros morceau de béton qui s'est détaché. Josie tend la main... cherche celle de Pete qui se tend aussi vers elle... la touche presque. Finalement, quand il semble qu'il va leur falloir admettre l'échec, Josie s'élance suffisamment pour que Pete puisse l'attraper par son poignet écorché et sale.

« Ouais ! s'exclame-t-il, triomphant. Je la tiens ! »

Ils la font remonter avec précaution le long du tuyau, jusqu'à l'ouverture où l'attend Duddits, qui tient son sac d'une main et ses poupées de l'autre et lui crie de ne pas s'en faire, de ne pas s'en faire, parce qu'il a trouvé ses BarbieKen. Il y a du soleil, de l'air frais, et tandis qu'ils l'aident à sortir...

15

Il n'y avait pas de téléphone dans l'Humvee — deux radios différentes, mais pas de téléphone. Malgré tout, un téléphone se mit à retentir bruyamment, faisant voler en éclats le tissage de souvenirs qu'Henry avait élaboré entre eux et leur fichant une peur bleue.

Underhill sursauta comme s'il était tiré d'un profond sommeil et le véhicule perdit son peu d'adhérence. Il se mit à glisser, puis entama un lent tête-à-queue, la danse d'un dinosaure lourdaud.

« Sainte merde... »

Owen tenta de reprendre le contrôle de l'Humvee, mais le volant tournait avec une aisance anormale, comme la roue d'une goélette sans gouvernail. L'engin partit à reculons le long de la dernière voie dégagée de ce côté-ci de l'autoroute I-95, et finit sa course dans la congère de la séparation centrale, les phares trouant la nuit enneigée dans la direction d'où ils arrivaient.

Drring ! Drring ! Drring ! — venant de nulle part.

C'est dans ma tête, pensa Owen. *Je projette ce bruit, mais en réalité, il est sans doute dans ma tête, le bon Dieu de...*

Un pistolet, un Glock, était posé sur le siège entre eux. Henry le prit et la sonnerie s'interrompit aussitôt. Il mit l'extrémité du canon à hauteur de son oreille, tous les doigts refermés sur la crosse.

Bien entendu, se dit Owen. *C'est parfaitement logique. Il a un appel sur le Glock, c'est tout. C'est un truc qui arrive tous les jours.*

« Allô ? » dit Henry. Owen ne put entendre la réponse, mais le visage fatigué de son compagnon s'éclaira d'un sourire. « Jonesy ! J'étais sûr que c'était toi ! »

Qui cela aurait-il pu être d'autre ? se demanda Underhill. *Oprah Winfrey ? Le pape ?*

« Où es... »

Puis il écouta.

« Tu crois qu'il veut Duddits, Jonesy ? Et que c'est pour ça que... » Il écouta à nouveau. « Le château d'eau ? Mais pourquoi ? Jonesy ? Jonesy ? »

Henry tint l'automatique contre son oreille encore quelques instants, puis regarda l'arme sans avoir l'air de se rendre compte de ce que c'était. Il la reposa sur le siège. Son sourire s'était effacé.

« Il a raccroché. Je crois que l'autre revenait. Mr Gray. Il l'appelle Mr Gray.

— Il est vivant, votre copain, mais ça n'a pas l'air de vous faire plaisir. »

En fait c'étaient les pensées d'Henry qui n'étaient pas joyeuses, mais ça ne valait pas la peine de le dire. Il avait tout d'abord été joyeux, comme on est joyeux lorsque quelqu'un qu'on aime bien vous passe un petit coup de fil sur le bon vieux Glock. Mais il n'était plus joyeux. Pourquoi ?

« Ils — oui, ils au pluriel — sont au sud de Derry. Ils se sont arrêtés pour manger dans un routier, les Prés Secs... sauf que Jonesy l'appelle les Pets Secs, comme quand on était gosses. Je crois qu'il ne s'en est même pas rendu compte. Il paraissait avoir peur.

— Pour lui ? Pour nous ? »

Henry adressa un regard morne à Owen.

« Il dit craindre que Mr Gray n'ait l'intention de tuer un flic de la police de la route pour lui prendre son véhicule. Je crois que c'était surtout pour ça. Merde, merde ! »

Henry se donna un coup de poing sur la jambe.

« Mais il est vivant.

— Ouais, admit Henry sans aucun enthousiasme. Il est immunisé. Duddits... vous comprenez ce qu'est Duddits, à présent ? »

Non, et je doute que vous le compreniez vous-même, Henry... mais peut-être que ce que j'en comprends suffit.

Henry lui répondit sur le même mode ; c'était plus facile.

Duddits nous a changés. Le fait d'être avec lui nous a transformés. Lorsque Jonesy a été renversé par une voiture, à Cambridge, il a de nouveau été changé. Les ondes cérébrales des gens qui vivent des expériences de mort clinique sont souvent modifiées, et il y a même eu un article dans The Lancet *sur ce sujet l'an dernier. Pour Jonesy, cela doit signifier que Mr Gray peut l'utiliser sans le contaminer et sans l'épuiser. Et ces modifications lui permettent aussi de ne pas être totalement subsumé, du moins jusqu'ici.*

Subsumé ?

Coopté, avalé. Puis il reprit à voix haute :

« Allez-vous pouvoir nous sortir de ce banc de neige ? »

Je crois.

« C'est bien ce que je craignais », dit Henry, morose.

Underhill se tourna vers lui ; il avait des reflets verdâtres sur le visage à cause des lumières du tableau de bord.

« Hé, qu'est-ce qui ne va pas ? »

Bordel, mais vous ne comprenez pas ? De combien de façons différentes faudra-t-il vous le dire ? « Il est encore là-dedans ! Jonesy ! »

Pour la troisième ou quatrième fois depuis qu'ils fuyaient ensemble, Underhill fut obligé de franchir le fossé qui séparait ce que sa tête savait d'un côté, son cœur de l'autre.

« Oh, je vois... Il est vivant. Il pense et il vit. Il donne des coups de téléphone... bordel de Dieu... »

Il essaya de faire avancer l'Humvee en première, mais au bout de vingt centimètres, les roues se mirent à patiner. Il passa en marche arrière et alla taper dans la congère — *crunch*. Mais les roues arrière mordirent sur la neige qui commençait à se tasser, et c'était ce qu'il voulait. Lorsqu'il repassa en première, ils sortirent de la congère comme un bouchon d'une bouteille. Il s'arrêta et garda un instant le pied sur le frein. Le véhicule avait un ralenti puissant qui faisait trembler tout le châssis. Dehors, le vent grondait et hurlait, lançant ses tourbillons de neige endiablés le long de l'autoroute déserte.

« Vous savez ce que nous aurons à faire, n'est-ce pas ? demanda Owen. Toujours en supposant, bien sûr, que nous arrivions à l'attraper. Car quels que soient les détails, leur stratégie est très certainement de provoquer une contamination générale. Et le calcul...

— Le calcul est simple, l'interrompit Jonesy. Six milliards de personnes sur le vaisseau Terre, contre un Jonesy.

— Oui. Six milliards contre un.

— Les chiffres peuvent mentir », dit Henry.

Mais il avait parlé d'un ton sans conviction. Une fois que les chiffres atteignaient des hauteurs aussi astronomiques, ils ne mentaient plus, ne pouvaient plus mentir. Six milliards, c'était beaucoup. Vraiment beaucoup.

Underhill lâcha le frein et posa sa botte sur l'accélérateur. L'Humvee roula un peu, moins d'un mètre, avant que les roues ne se remettent à patiner, puis à mordre à nouveau dans la neige tassée. Owen finit de se dégager de la congère comme s'ébroue un dinosaure ; puis il manœuvra pour reprendre la direction du sud.

Racontez-moi ce qui s'est passé, après que vous avez fait sortir la gosse de l'égout.

Mais avant qu'Henry puisse reprendre son récit, l'une des radios du tableau de bord se mit à crépiter. La voix qui s'éleva leur parvint, forte et claire, presque comme si celui qui parlait était assis à côté d'eux :

« Owen ? T'es là, mon gars ? »

Kurtz.

16

Il leur fallut presque une heure pour parcourir les premiers vingt-cinq kilomètres, au sud de Blue Base (ou du moins, ce qui avait été Blue Base), mais Kurtz n'était pas inquiet. Dieu les protégerait, il en était sûr.

Freddy Johnson était au volant d'un véhicule identique à celui d'Underhill et Henry, un Humvee équipé de pneus neige. Assis à la place du passager avant, Perlmutter était menotté à la poignée de porte. Cambry était menotté de la même manière à l'arrière, Kurtz assis à côté de lui, derrière son chauffeur. Kurtz se demandait si ses deux prisonniers ne conspiraient pas entre eux par télépathie. Pour le bien que ça pouvait leur faire... Freddy et Kurtz avaient baissé chacun leur vitre, si bien qu'il faisait encore plus froid dans l'Humvee que dans les chiottes au fond du jardin de papi en janvier. C'était cependant une nécessité ; sans cela, l'atmosphère de l'habitacle serait rapidement devenue irrespirable, aussi sulfureuse que celle d'une mine de charbon contaminée. À ceci près que l'odeur qui dominait n'était pas celle du soufre, mais de l'éther. Elle semblait surtout provenir de Perlmutter. Celui-ci n'arrêtait pas de s'agiter sur son siège, poussant parfois des grognements bas. Cambry grouillait d'un Ripley qui poussait comme du blé après une pluie de printemps et dégageait aussi cette odeur que même le masque de Kurtz n'arrêtait pas. Mais le principal coupable était Perlmutter, qui s'efforçait de péter en silence (*de la fesse gauche*, comme disait Kurtz du temps lointain et confus de son enfance), comme pour essayer de faire croire que cette odeur pestilentielle ne provenait pas de lui. Gene Cambry se couvrait de Ripley ; Kurtz commençait à se dire que Perlmutter, Dieu ait pitié de lui, couvait pour sa part autre chose.

L'officier dissimulait du mieux qu'il pouvait ses pensées, utilisant pour cela un mantra personnel : *Davis et Roberts, Davis et Roberts, Davis et Roberts.*

« Vous pourriez pas arrêter ça ? demanda Cambry, à la droite de Kurtz. Vous me rendez cinglé.

— Moi aussi », ajouta Perlmutter.

Il changea de position sur son siège et un *pfffft* contenu lui échappa. À peu près le bruit d'un jouet en caoutchouc qui se dégonfle.

« Oh, merde, Pearly ! » s'écria Freddy. Il baissa complètement la vitre, et un tourbillon de neige et d'air glacial envahit l'habitacle. l'Humvee dérapa et Kurtz se raidit, mais le véhicule se redressa. « Est-ce que ce serait trop te demander... de ne plus distiller ce putain de parfum anal ?

— Je te demande pardon, répliqua Perlmutter d'un ton raide. Si tu insinues que j'ai lâché un vent, je dois te dire...

— Je n'insinue rien du tout. Je te dis d'arrêter de nous empuantir, sinon... »

Johnson ne voyait pas comment préciser sa menace de manière satisfaisante, vu que pour le moment ils avaient besoin de deux télépathes, dont un de secours, alors Kurtz enchaîna en douceur :

« L'histoire d'Edward Davis et de Franklin Roberts est édifiante parce qu'elle montre qu'en réalité il n'y a rien de nouveau sous le soleil. Elle se passe au Kansas, à l'époque où le Kansas était vraiment le Kansas... »

Kurtz, qui était plutôt bon conteur, les entraîna au Kansas, à l'époque de la guerre de Corée. Ed Davis et Franklin Roberts possédaient deux petites fermes identiques non loin d'Emporia, et non loin de la ferme des Kurtz (qui ne s'appelaient pas du tout Kurtz). Davis, qui avait toujours eu plus ou moins du jeu dans les boulons, devint de plus en plus convaincu que son voisin, le scandaleux Roberts, manœuvrait pour s'emparer de sa ferme. Roberts racontait des choses sur lui en ville, prétendait Ed Davis. Roberts empoisonnait ses champs, Roberts faisait pression sur la banque d'Emporia pour qu'elle le force à déposer le bilan.

Ce qu'avait fait Ed Davis ? Il avait attrapé un raton-laveur atteint de la rage et l'avait mis dans le poulailler — *son* poulailler. L'animal avait massacré les poulets tant qu'il avait pu, et lorsqu'il en avait eu jusque-là de tuer, le Ciel en est témoin, Davis avait fait sauter la tête noire rayée de gris de Mister Raton-Laveur.

Tout le monde gardait le silence et écoutait, dans l'habitacle glacial de l'Humvee.

Ed Davis avait chargé tous les poulets morts, ainsi que le raton-laveur, à l'arrière de son International Harvester et, profitant d'une nuit sans lune, avait été déverser son chargement de cadavres dans les deux puits de Franklin Roberts, celui réservé aux animaux et celui de la maison. Puis, la nuit suivante, bourré au whiskey et mort de rire, Davis avait appelé son ennemi au téléphone et lui avait raconté ses exploits. *L'a fait pas mal chaud aujourd'hui, pas vrai ?* lui avait demandé le cinglé, s'esclaffant tellement fort que Franklin Roberts avait du mal à le comprendre. *Qu'est-ce que vous vous êtes envoyé comme flotte aujourd'hui, toi et tes bonnes femmes ? Celle du raton-laveur, ou celle des poulets ? J'peux pas t'le dire, vu que j'me rappelle plus où c'est que j'ai mis quoi ! C'est pas une honte, ça ?*

Un tremblement agitait la commissure gauche des lèvres de Cambry, comme s'il avait eu une attaque d'apoplexie. Le Ripley qui poussait dans la ride horizontale de son front donnait l'impression qu'il avait eu le crâne ouvert.

« Qu'est-ce que vous voulez dire ? Que moi et Pearly nous ne valons pas plus que deux poulets enragés ?

— Fais attention à ce que tu dis quand tu parles au patron,

Cambry », dit Freddy dont le masque s'agitait verticalement quand il parlait.

« Hé, qu'il aille se faire foutre, le patron. La mission est terminée ! »

Johnson leva la main pour frapper Cambry par-dessus le dossier du siège. L'homme tendit le cou, agressif et effrayé à la fois, comme pour raccourcir la distance.

« Vas-y, mon lapin. Vaudrait peut-être mieux vérifier si t'as pas une ou deux petites coupures sur la main avant, tout de même. Parce qu'une seule, même toute petite, ça suffit. »

La main de Freddy resta suspendue en l'air un instant, puis revint se poser sur le volant.

« Et tant que tu y es, Freddy, tu ferais bien de surveiller ce qui se passe dans ton dos. Si tu crois que le *patron* va laisser des témoins, t'es vraiment cinglé.

— Cinglé, oui, reprit Kurtz avec enthousiasme, gloussant de rire. Des tas de fermiers deviennent cinglés, ou le devenaient avant Willie Nelson et son association pour aider les fermiers, Dieu les bénisse. Le stress de la vie, je suppose. Ed Davis, le pauvre vieux, a fini par se retrouver en Virginie, du côté de Big Two. Peu après l'histoire des puits, Frank Roberts a tout bazardé et est allé s'installer à Wichita où il a travaillé comme représentant pour Allis-Chalmers. Et aucun des puits n'était pollué, en fait. Il a fait venir un inspecteur de l'hygiène pour faire des prélèvements, et le type a trouvé que l'eau était bonne. Ce n'est pas comme ça que se propage la rage, voilà ce qu'il lui a dit. Je me demande, pour le Ripley...

— Donnez-lui au moins son vrai nom, l'agressa Cambry. C'est le byrus.

— Byrus ou Ripley, c'est du pareil au même, répondit Kurtz. Ces enfoirés cherchent à empoisonner nos puits. À polluer nos précieux fluides, comme disait l'autre.

— Vous vous en foutez pas mal, oui ! » cracha Pearly. Johnson sursauta tant il y avait de haine dans la voix de l'homme. « Tout ce qui vous intéresse, c'est d'attraper Underhill. » Il garda le silence un instant puis ajouta, d'une voix chagrine : « C'est vous qui êtes cinglé, patron.

— Owen ! s'écria Kurtz, apparemment gai comme un pinson. Je l'avais presque oublié, celui-là. Où est-il en ce moment, les gars ?

— Juste devant, répondit Cambry d'un ton boudeur. Pris dans une putain de congère.

— Sensationnel ! On se rapproche !

— Ne criez pas trop vite victoire. Il est en train de se dégager. Il a un Humvee, tout comme nous. On peut faire passer ces engins par le milieu de l'enfer quand on sait s'en servir. Et il a l'air de savoir.

— Dommage. On n'a pas regagné un peu de terrain ?

— Pas beaucoup. »

Pearly avait répondu en faisant une grimace. Il se déplaça et laissa échapper un gaz.

« *Puuutain* ! grommela Johnson.

— Donne-moi le micro, Freddy. Fréquence générale. Notre ami Owen adore la fréquence générale. »

Freddy lui tendit le micro au bout de son cordon tirebouchonné et régla la fréquence sur le poste.

« Faites un essai, patron. »

Kurtz pressa le bouton, sur le côté du micro.

« Owen ? T'es là, mon gars ? »

Silence, parasites, hululements monotones du vent. Kurtz était sur le point de faire un nouvel essai lorsque la voix d'Owen arriva, claire et nette, avec un bruit de fond, mais pas de déformation. Rien ne changea sur le visage de Kurtz — il garda son expression d'intérêt amusé —, mais son pouls s'accéléra.

« Je suis là.

— Quel plaisir de t'entendre, mon gars, quel plaisir ! J'estime ta position à quatre-vingts kilomètres au sud de la nôtre. Nous venons juste de passer la sortie 39, on ne doit pas être loin du compte, n'est-ce pas ? »

Ils venaient en réalité de passer la sortie 36, et Kurtz pensait qu'ils étaient beaucoup moins loin, à une quarantaine de kilomètres, peut-être.

Silence à l'autre bout.

« Range-toi sur le bas-côté, mon gars, conseilla Kurtz de sa voix la plus aimable, la plus raisonnable. Il n'est pas trop tard ; on peut encore arranger ce bordel. Nos carrières sont foutues, pas de doute là-dessus, j'en ai peur — nous sommes des poulets crevés dans un puits empoisonné —, mais si tu as une mission, laisse-moi t'aider. Je suis un vieil homme, fiston, et tout ce que je veux, c'est faire une fin un peu décente...

— Arrête tes conneries, Kurtz. »

Fort et clair dans les six haut-parleurs de l'Humvee, et Cambry eut même le courage de rire. Kurtz lui adressa un regard venimeux. En d'autres circonstances, sous un tel regard, la peau noire de Cambry serait devenue grise, mais on ne se trouvait pas dans d'autres circonstances — annulées, les autres circonstances — et Kurtz ressentit un frisson de peur. Ça ne lui ressemblait pas. Mais c'était une chose de savoir intellectuellement que tout foutait le camp, une autre de le prendre directement en pleine gueule.

« Owen... mon gars...

— Écoute-moi bien, Kurtz. Je ne sais pas s'il reste une cellule nerveuse en état de fonctionner normalement sous ton crâne, mais dans ce cas, j'espère qu'elle est branchée. Je suis en compagnie d'un homme qui s'appelle Henry Devlin. Devant nous, probablement à plus de cent cinquante kilomètres, à l'heure actuelle, se trouve un de ses amis, Gary Jones. Sauf qu'il n'est plus lui-même. Il a été envahi par une intelligence extra-terrestre qu'il a baptisée Mr Gray. »

Gary... Gray..., pensa Kurtz. *À leur anagramme, tu les reconnaîtras.*

« Ce qui s'est passé dans le Jefferson Tract n'a aucune importance, reprit la voix dans les haut-parleurs. Le massacre que tu envisageais était inutile, Kurtz ; qu'on les tue ou qu'on les laisse mourir tout seuls, ils ne représentent pas une menace.

— Vous entendez ça ? demanda Perlmutter, hystérique. Pas une menace ! Pas...

— La ferme », dit Freddy en lui collant une gifle.

C'est à peine si Kurtz le remarqua. Il se tenait tout droit sur son siège, les sourcils froncés. Inutile ? Owen Underhill était-il en train de lui dire que la mission la plus importante de sa vie avait été inutile ?

« ... à cause de l'environnement, vous comprenez ? Ils sont incapables de survivre dans cet écosystème. *Sauf ce Gray*. Parce qu'il se trouve qu'il a pu s'emparer d'un hôte qui est fondamentalement différent. Voilà donc la situation. Si tu as jamais cru à quelque chose, Kurtz, si tu as eu un idéal, tu vas arrêter de nous poursuivre et nous laisser nous en occuper. Nous allons nous charger de Mr Jones et de Mr Gray. Tu pourras peut-être nous rattraper, mais il est extrêmement douteux que tu puisses rattraper ces deux-là. Ils sont déjà trop loin au sud. Et nous pensons que Gray a une stratégie. Un plan qui pourrait marcher.

— C'est du surmenage, Owen, dit Kurtz. Gare-toi. Peu importe ce qu'il faut faire, nous le ferons ensemble. Nous...

— Si tu crois encore en quelque chose, tu nous fiches la paix, Kurtz. » Underhill avait parlé sans élever la voix. « C'est tout. Terminé pour moi, je coupe.

— Fais pas ça, mon gars ! cria Kurtz. Ne fais pas ça ! Je t'interdis de le faire ! »

Il y eut un *clic*, très fort, puis seulement le sifflement du silence montant des haut-parleurs.

« Il a coupé, dit Perlmutter. Débranché le micro. Éteint la radio. Y'a plus personne.

— Mais vous avez entendu, non ? demanda Cambry. C'est absurde de continuer. Faut arrêter. »

Une veine battait à la tempe de Kurtz.

« Comme si j'allais croire la moindre chose de sa part, après ce à quoi il a participé là-bas.

— *Mais il disait la vérité !* » s'écria Cambry. Il se tourna complètement vers Kurtz, pour la première fois, avec, au coin de ses yeux écarquillés, des amas de byrus, ou de Ripley, ou de comme-on-voudra. Des postillons atterrirent sur les pommettes de Kurtz, sur son front, sur son masque. « *J'ai entendu ses pensées ! Pearly aussi !* IL DISAIT LA PURE VÉRITÉ ! IL... »

Avec une promptitude toujours aussi surnaturelle, Kurtz tira le neuf millimètres de sa ceinture et fit feu. La détonation à l'intérieur de l'habitacle fut assourdissante. Freddy poussa un cri de surprise et donna un coup de volant involontaire qui précipita le véhicule dans un dérapage en diagonale. Perlmutter hurla et tourna un visage horrifié, constellé de taches rouges, vers le siège arrière. Pour Cambry, ce fut un acte de miséricorde : sa cervelle avait jailli par l'arrière de son crâne, franchi la vitre cassée et s'était éparpillée dans la tempête avant même qu'il ait fini de lever la main pour protester.

Tu l'avais pas venu venir celui-là, hé, mon gars ? pensa Kurtz. *Marche pas très fort, la transmission de pensée, hein ?*

« Non, répondit à cela Perlmutter d'un ton de souffrance. On ne peut pas faire grand-chose face à quelqu'un qui ne sait pas ce qu'il va faire tant qu'il ne l'a pas fait. On ne peut pas faire grand-chose devant un cinglé. »

Johnson avait repris le contrôle du véhicule ; c'était un pilote hors pair, même lorsqu'on le prenait par surprise.

Kurtz braqua son automatique sur Perlmutter.

« Appelle-moi encore cinglé. Répète, pour voir.

— Cinglé », dit sans hésiter Pearly. Ses lèvres s'étirèrent en un sourire narquois, révélant une mâchoire dont plusieurs dents avaient pris congé. « Cinglé-cinglé-cinglé. Mais vous n'allez pas me descendre. Vous ne pouvez pas descendre votre roue de secours, c'est la seule qui vous reste. »

Sa voix s'étranglait dangereusement. Le corps de Cambry s'était effondré contre la portière, et le vent glacé qui passait par la vitre brisé venait jouer dans les mèches de cheveux, autour de la tête explosée.

« Tais-toi, Pearly », dit Kurtz. Il se sentait mieux, à présent, de nouveau maître de lui. Cambry avait au moins servi à ça. « Accroche-toi à ta planchette et tais-toi. Freddy ?

— Oui, patron.

— Tu es toujours avec moi ?

— À cent pour cent, patron.

— Owen Underhill est un traître. Freddy, tu peux me donner un bon *Dieu soit loué* pour ça ?

— Dieu soit loué. »

Freddy se tenait raide comme un piquet derrière son volant, ne quittant pas des yeux les cônes de lumière projetés par les phares de l'Humvee.

« Owen Underhill a trahi son pays et ses compatriotes. Il...

— Il *vous* a trahi, l'interrompit Perlmutter, presque dans un murmure.

— C'est exact, Pearly, et faudrait voir à pas trop surestimer ton importance, mon gars, ce ne serait pas une bonne idée, surtout pas avec un cinglé dont on ne sait pas ce qu'il est capable de faire d'un instant à l'autre. C'est toi-même qui l'as dit. »

Kurtz regardait la nuque épaisse de Freddy, devant lui.

« Nous allons régler son compte à Owen Underhill — à lui et à son petit copain Devlin, s'il est encore avec lui. Compris ?

— Compris, patron.

— En attendant, faisons un peu de ménage, d'accord ? »

Kurtz rengaina son arme et sortit la clef des menottes de sa poche. Il tâtonna derrière Cambry, se maculant les doigts dans la matière grise visqueuse en train de refroidir le long de la portière et finit par trouver la poignée. Il défit les menottes et, cinq secondes après Mr Cambry, Dieu soit loué, allait rejoindre la chaîne alimentaire.

Freddy, pendant ce temps, avait porté la main à son entrejambe, qui s'était mise à le démanger de manière infernale. Ses aisselles aussi, d'ailleurs, et...

Il tourna légèrement la tête et vit Perlmutter qui le regardait — de grands yeux sombres au milieu d'un visage blême, tacheté de rouge.

« Qu'est-ce que tu regardes ? » lui demanda Freddy.

Perlmutter détourna les yeux sans répondre. Et se mit à contempler la nuit.

XIX

La chasse continue

1

Mr Gray prenait plaisir à s'enivrer des émotions humaines, Mr Gray prenait plaisir à la nourriture des humains, mais Mr Gray ne prenait définitivement aucun plaisir à soulager les intestins de Jonesy. Il refusa de jeter le moindre coup d'œil au sous-produit de sa digestion et se contenta de relever son pantalon, qu'il reboutonna avec des mains qui tremblaient légèrement.

Bordel, vous ne vous essuyez pas ? lui demanda Jonesy. *Tirez au moins sur cette foutue chasse !*

Mais Mr Gray n'avait qu'une envie, sortir de l'étroite cabine. Il s'arrêta à un lavabo, juste le temps de se passer les mains sous l'eau, et fonça vers la sortie.

Jonesy ne fut pas tout à fait surpris de voir le *trooper* juste devant la porte.

« Vous avez oublié de remonter votre braguette, mon ami, dit le flic.

— Oh. C'est vrai. Merci, officier.

— Alors comme ça, vous venez du nord ? Il se passe de drôles de choses, là-haut, d'après la radio. Quand on arrive à la capter, faut dire. Il paraît qu'il y aurait des extra-terrestres.

— Oh, je viens simplement de Derry, répondit Mr Gray. Je ne suis pas au courant.

— Et qu'est-ce qui vous a amené à sortir par une nuit pareille, si je peux me permettre ? »

Répondez-lui un ami malade, lui souffla Jonesy, qui ressentit une bouffée de désespoir. Il n'avait aucune envie de voir ça, encore moins d'y prendre part.

« Un ami malade.

— Vraiment ? Eh bien, monsieur, j'aimerais voir vos papiers, s'il v... »

Sur quoi les yeux du flic devinrent un double zéro. Il se dirigea d'un pas raide vers le mur sur lequel un panneau disait : DOUCHES RÉSERVÉES AUX CHAUFFEURS. Là, il hésita un moment, tremblant de tous ses membres tant il faisait d'efforts pour se défendre... puis il commença à se taper la tête contre le carrelage, à grands coups violents. Au premier, son Stetson tomba à terre. Au troisième, le raisiné commença à s'épancher, quelques gouttelettes, tout d'abord, puis de grandes éclaboussures qui se mirent à dégouliner le long des carreaux beiges, en filets de plus en plus larges.

Et comme il ne pouvait rien faire pour arrêter ça, Jonesy se précipita vers le téléphone, sur son bureau.

Mais il avait disparu. Soit pendant qu'il engloutissait sa double portion de bacon, soit pendant qu'il coulait son premier bronze d'être humain, Mr Gray avait coupé la ligne. Jonesy était à présent livré à lui-même.

2

En dépit de l'horreur qu'il éprouvait, ou peut-être à cause d'elle, Jonesy éclata de rire lorsqu'il vit ses mains essuyer le sang sur les carreaux du mur avec une serviette à l'enseigne des Prés Secs. Mr Gray avait consulté les connaissances de Jonesy en matière de techniques de dissimulation ou d'élimination des corps : il était tombé, il faut bien le dire, sur un filon. Passionné depuis toujours de films d'horreur, de polars et de suspenses divers, Jonesy était, si on peut dire, un expert. Même en ce moment, alors qu'il laissait tomber la serviette ensanglantée sur la poitrine du policier (son uniforme était déjà imbibé de sang, et il avait utilisé la veste pour envelopper la tête, très endommagée), une partie de l'esprit de Jonesy faisait repasser le traitement subi par le cadavre de Freddy Miles dans *Monsieur Ripley* — dans le roman de Patricia Highsmith, comme dans le film qu'on en avait tiré. D'autres bandes tournaient en plus de celle-ci, et tant de choses se superposaient que Jonesy en avait le tournis, comme s'il regardait du haut d'une falaise très élevée. Ce n'était pas le pire, cependant. Avec l'aide de Jonesy, ce surdoué de Mr Gray venait de découvrir quelque chose qui lui procurait plus de plaisir que le bacon bien grillé, plus encore que de se régaler d'une crise de rage.

Mr Gray avait découvert les joies de l'assassinat.

3

Au-delà des douches, il y avait un vestiaire suivi d'un couloir qui conduisait au dortoir des chauffeurs. Le couloir était désert. À l'autre bout s'ouvrait une porte donnant sur l'arrière du bâtiment, un cul-de-sac où les tourbillons de vent avaient accumulé des monceaux de neige. Deux grandes bennes à ordures dépassaient encore des congères. Un lampadaire projetait sur les lieux une lumière spectrale qui étirait des ombres menaçantes. Mr Gray, qui apprenait vite, fouilla les vêtements du policier pour récupérer les clefs de la voiture, qu'il trouva facilement. Il prit par la même occasion l'automatique de sa victime, qu'il fourra dans l'une des poches à fermeture Éclair de la parka de Jonesy. Puis, après avoir bloqué la porte à l'aide de la serviette tachée de sang, pour qu'elle ne se referme pas, Mr Gray traîna le corps jusqu'à l'une des bennes.

Toute la scène, depuis l'abominable suicide provoqué jusqu'au retour de Jonesy dans le couloir du fond, n'avait pas duré plus de dix minutes. Le corps de Jonesy donnait une impression de légèreté et de souplesse, pour le moment en tout cas : lui et Mr Gray s'éclataient à grandes giclées d'endorphines. Et Gary Ambrose Jones était en partie responsable de ce beau travail de massacre. Pas seulement du fait de son savoir-faire en matière de dissimulation de cadavres, mais aussi à cause des pulsions sanguinaires du *ça*, sous le glaçage caramélisé du « c'est pas pour de vrai ». Mr Gray était certes au volant (Jonesy pouvait au moins se consoler en se disant qu'il n'était pas le meurtrier principal), mais c'était lui le moteur.

Nous méritons peut-être d'être annihilés, pensa Jonesy tandis que Mr Gray repassait par les douches (cherchant des yeux — les yeux de Jonesy — les taches de sang qu'il aurait pu laisser, tout en faisant sauter les clefs dans sa main). *Peut-être méritons-nous d'être transformés en un nuage de spores rouges emportés par le vent. Ce serait peut-être mieux, Dieu nous vienne en aide.*

4

La femme à la petite mine qui tenait la caisse lui demanda si elle n'avait pas vu le *trooper*.

« Oh si, répondit Jonesy. Il a même demandé à voir mes papiers.

— La police de la route n'a pas arrêté de défiler depuis la fin de l'après-midi, tempête ou pas. Ils sont tous plus nerveux les uns que les autres. Comme tout le monde. Si j'avais envie de voir des extra-terrestres, je me louerais plutôt une cassette vidéo... Vous avez entendu parler de quelque chose ?

— Ils ont dit à la radio que c'était une fausse alerte », la rassura-t-il en remontant la fermeture de sa veste.

Il regarda en direction des fenêtres donnant sur le parking pour vérifier ce qu'il avait déjà remarqué : entre le givre qui opacifiait les vitres et la neige qui tombait dehors, la visibilité était réduite à néant. Personne, depuis l'établissement, ne verrait dans quel véhicule il partirait.

« Ah bon ? Vraiment ? »

Le soulagement la faisait paraître moins fatiguée. Plus jeune.

« Ouais. Ne vous attendez pas à revoir votre copain tout de suite, mignonne. Il m'a dit qu'il avait un foutu colombin à poser. »

Un pli se creusa entre ses sourcils.

« Il a dit ça ?

— Bonne nuit. Bonne fête de Thanksgiving. Joyeux Noël. Bonne année. »

Une partie de cette tirade, espéra Jonesy, était de lui. Il avait essayé de passer. D'être remarqué.

Mais avant qu'il ait pu vérifier si son stratagème avait été efficace, la vue qu'il avait depuis la fenêtre de son bureau pivota : Mr Gray tournait le dos à la caisse. Cinq minutes plus tard, il avait repris la direction du sud, sur l'autoroute, dans les claquements métalliques des chaînes dont était équipée la voiture de patrouille. Avec elle, il pouvait rouler à une vitesse régulière de soixante kilomètres à l'heure.

Jonesy sentit que Mr Gray allait aux nouvelles. Il pouvait toucher l'esprit d'Henry, non le pénétrer ; comme Jonesy, Henry était à un certain degré différent. Peu importait ; il y avait l'homme qui l'accompagnait, Overhill ou Underhill. Grâce à lui, Mr Gray pouvait se faire une idée du tableau. Ils étaient à plus de cent kilomètres derrière eux, cent vingt, peut-être... et ils quittaient l'autoroute ? Oui, ils la quittaient pour Derry.

Mr Gray remonta un peu plus loin et découvrit d'autres poursuivants. Trois hommes... Jonesy, toutefois, sentit que l'objectif principal n'était pas Mr Gray, mais Overhill/Underhill. Il trouva cela à la fois incroyable et inexplicable ; ça paraissait vrai, pourtant. Quant à Mr Gray, il en était ravi. Il ne se cassa même pas la tête à chercher pour quelles raisons Overhill/Underhill et Henry avaient décidé de s'arrêter à Derry.

Le principal souci de Mr Gray était de trouver un autre véhicule, un chasse-neige, du moins si Jonesy possédait suffisamment d'aptitudes à la conduite de tels engins. Ce qui signifierait encore un meurtre, mais ce n'était pas un problème pour cet envahisseur de plus en plus humain.

Mr Gray commençait tout juste à s'échauffer.

5

Owen Underhill se tient sur la pente, tout près de l'endroit où le tuyau dépasse du feuillage, et il les voit qui aident l'adolescente couverte de boue, l'œil fou, à sortir du piège. Il voit aussi Duddits (un grand gaillard aux épaules de rugbyman et à la crinière blonde improbable d'idole de cinéma) la prendre dans ses bras et déposer de gros bécots sur ses joues crasseuses. Il entend la jeune fille prononcer ses premiers mots : « Je veux ma maman. »

Tout va bien, aux yeux des garçons ; nul besoin d'appeler la police, nul besoin de faire venir une ambulance. Ils se contentent de l'aider à remonter la pente, à franchir le trou dans la palissade et à traverser Strawford Park (les filles en jaune ont été remplacées par des filles en vert, mais ni elles ni leur entraîneur ne font attention à la petite équipe ni au trophée couvert de boue et aux cheveux filasses qu'elle a remporté) ; puis, passant par Kansas Street, ils arrivent sur Maple Lane. Ils savent où est la maman de Josie. Et son papa, aussi.

Mais il n'y a pas que les Rinkenhauer. Quand ils arrivent, ils voient des voitures garées tout le long de la rue, de part et d'autre de la maison des Cavell. C'est Roberta qui a proposé de battre le rappel : les parents des amies et camarades de classe de Josie sont tous là. Ils ont décidé de faire leurs propres recherches, et ils vont coller partout en ville, disent-ils, les affichettes ON RECHERCHE... Pas dans des coins mal éclairés où personne ne les remarquerait (là où tendent à se retrouver, à Derry, les affichettes signalant les disparitions d'enfants), mais en des endroits où les gens ne pourront pas ne pas les voir. L'enthousiasme de Roberta est tel qu'il fait renaître un faible espoir dans les yeux d'Ellen et Hector Rinkenhauer.

Les autres parents ont réagi tout de suite, d'ailleurs : comme s'ils attendaient seulement qu'on le leur demande. Les appels ont commencé peu après que Duddits et ses amis ont franchi la porte (pour aller jouer non loin d'ici, a supposé Roberta, car le vieux tacot d'Henry est resté dans l'allée), et lorsque les garçons reviennent, il y a presque deux douzaines de personnes entassées dans le séjour des Cavell, buvant du café et fumant. Henry a déjà vu l'homme qui tient le crachoir ; c'est un avocat du nom de Dave Bocklin. Son fils, Kendall, joue parfois avec Duddits. Le jeune Ken Bocklin est lui aussi trisomique, et si c'est un garçon charmant, aucun doute, il n'est pas comme Duddits. Mais soyons sérieux : des comme Duddits, combien il y en a ?

Les garçons se tiennent sur le pas de la porte du séjour, Josie au milieu d'eux. Elle a récupéré son grand sac, dans lequel elle a remis BarbieKen. Son visage est presque propre, car Beaver, en voyant toutes ces voitures, lui a fait un brin de toilette avec son mouchoir avant d'entrer. (« Je vais vous dire un truc, ça m'a fait tout drôle », confiera plus tard le Beav aux autres, une fois tout le cirque qui s'ensuivit terminé, « de débarbouiller cette fille roulée comme une playmate mais qui a le cerveau, *grosso modo*, d'un tourniquet d'arrosage. ») Personne ne les aperçoit, tout d'abord, sauf Mr Bocklin, et Mr Bocklin n'a pas l'air de prendre conscience de ce qu'il voit, étant donné qu'il continue à pérorer.

« Ce que nous devons faire, donc, c'est constituer un certain nombre d'équipes, disons de trois couples chacune, et nous allons... nous ... nous... »

Il ralentit comme un jouet à remontoir en fin de course et finit par rester planté devant la télé des Cavell, l'œil rond. Il y a quelques murmures nerveux dans cette assemblée formée à la hâte ; les parents ne comprennent pas ce qui lui arrive, jusqu'ici il parlait avec aisance et assurance.

« Josie, dit-il d'une voix étranglée, sans inflexion, qui n'a rien à voir avec la voix tonnante et péremptoire qu'il adopte dans le prétoire.

— Oui, dit Hector Rinkenhauer. C'est bien son nom. Qu'est-ce qui vous arrive, Dave ? Est-ce que vous vous sentez...

— Josie », répète Dave en levant une main tremblante.

Pour Henry (et donc pour Underhill, qui voit à travers les yeux d'Henry), il a tout d'un personnage de Dickens : l'Esprit des Noëls à venir montrant sa tombe à Ebenezer Scrooge.

Une tête se tourne... puis deux... puis quatre... Alfie Cavell ouvre des yeux énormes et incrédules derrière ses verres de lunettes... et finalement, Mrs Rinkenhauer regarde à son tour derrière elle.

« Bonjour, m'man », dit Josie d'un ton nonchalant. Elle brandit son sac. « Duddie a trouvé ma BarbieKen. J'étais coincée dans... »

Le reste disparaît dans le hurlement de joie que pousse sa mère. Henry n'a jamais entendu un tel cri de sa vie, et bien qu'il soit merveilleux, il est aussi terrible.

« Baise-moi le cul, Freddy », marmonne doucement Beaver.

Jonesy tient Duddits, que le hurlement a effrayé.

Pete regarde Henry et lui adresse un petit acquiescement de satisfaction.

Henry le lui rend.

Ils ont été bons, sur ce coup, et le savent.

Ce n'est peut-être pas leur plus grande heure de gloire, mais c'est sûrement celle qui vient tout de suite après sur la liste. Et pendant que Mrs Rinkenhauer, en larmes, engloutit sa fille dans ses bras, Henry donne une tape au bras de Duddits. Lorsque Duddits se tourne vers lui, Henry l'embrasse sur la joue, délicatement. *Ce bon vieux Duddits*, pense Henry. *Ce bon vieux...*

6

« On y est, Owen, dit doucement Henry. Sortie 27. »

La vision qu'avait Underhill du séjour des Cavell éclata comme une bulle de savon et il jeta un coup d'œil sur le panneau : GARDEZ

VOTRE DROITE POUR LA SORTIE 27 — KANSAS STREET. Il avait l'impression d'entendre encore le cri de joie incrédule de la femme résonner dans sa tête.

« Vous allez bien ? lui demanda Henry.

— Ouais. Il me semble, en tout cas. »

Il s'engagea sur la rampe de sortie et l'Humvee s'ouvrit sans peine un chemin dans la neige. L'horloge du tableau de bord était en rideau, comme la montre-bracelet d'Henry, mais celui-ci avait l'impression qu'il commençait à faire plus clair.

« À droite ou à gauche, à la sortie ? Dites-le-moi tout de suite, parce que je n'ai pas envie de manquer le stop.

— À gauche, à gauche. »

Underhill braqua à gauche sous un feu de carrefour jaune qui clignotait et s'agitait dans le vent, rattrapa un nouveau dérapage, et s'engagea dans Kansas Street. La rue avait été désenneigée assez récemment, mais les congères commençaient à se reformer.

« Il neige moins, dit Henry.

— Oui, mais ce vent est une plaie. Vous vous demandez comment vous allez le trouver, hein ? Duddits ? »

Henry sourit.

« C'est vrai, ça me rend un peu nerveux, mais il me tarde de le voir (il secoua la tête). Duddits... comment dire ? On se sent bien avec lui. C'est un lutin, une fée. Vous verrez. Ce qui m'embête, c'est de débarquer comme ça chez lui, à l'aube. »

Owen haussa les épaules. Ils ne pouvaient rien y faire.

« Ils ont déménagé pour aller habiter dans le quartier ouest, il y a quatre ans je crois, et je ne connais toujours pas leur nouveau logement. » Et sans s'en rendre compte, il ajouta en esprit : *Ils ont quitté leur ancienne maison après la mort d'Alfie.*

« Est-ce que vous... » puis au lieu de mots, Owen transmit une image : des gens en noir tenant des parapluies noirs. Un cimetière sous la pluie. Un cercueil sur des tréteaux avec une plaque R.I.P. ALFIE dessus.

Non, transmit Henry, se sentant honteux. *Aucun de nous n'y est allé.*

?

Mais Henry ignorait pour quelles raisons ils ne s'étaient pas rendus à l'enterrement d'Alfie, même si une phrase lui vint à l'esprit : *Le doigt mobile écrit ; et, ayant écrit, avance...* [1] *Duddits avait joué un rôle important (il songea qu'il aurait mieux valu dire vital)* au cours de leur enfance. Et une fois ce lien brisé, il aurait été douloureux de revenir. *Douloureux* était une chose, mais *inutilement douloureux* en était une autre. Il comprenait mieux, à présent. Les images qu'il associait à sa dépression et à la certitude croissante qu'il allait se suicider (le filet de lait sur le menton de son père, Barry Newman s'enfuyant dans le dandinement de son titanesque postérieur) en avaient caché une autre, plus puissante, pendant tout ce temps : celle de l'attrape-rêves. N'était-ce pas là que se trouvait la source de son désespoir ? Dans la monumentalité du concept d'attrape-rêves, appariée à la banalité des usages auxquels on avait soumis ce concept ? Se servir de Duddits pour retrouver Josie Rinkenhauer avait été comme découvrir la théorie des quanta et s'en servir pour créer un jeu vidéo. Pis, découvrir que la théorie des quanta n'était bonne qu'à cela. Bien sûr, ce qu'ils avaient fait était bien : sans eux, Josie Rinkenhauer serait morte dans ce trou comme un rat au fond d'un tonneau pluvial. Mais tout de même... ce n'était pas comme s'ils avaient sauvé un prix Nobel de la paix...

Je n'ai pas réussi à suivre tout ce qui vous est passé par la tête, transmit Owen, soudain très loin dans l'esprit d'Henry, *mais ça me paraît fichtrement prétentieux. Quelle rue ?*

Piqué, Henry lui adressa un regard furieux.

« Bon, d'accord, ça fait un moment que nous ne sommes pas venus le voir. On peut en rester là ?

— OK, OK.

— Mais on lui envoyait toujours des cartes, à la Noël. Tous les ans. C'est comme ça que je sais qu'ils ont déménagé au 41 Dearborn Street, quartier ouest de Derry. À trois rues d'ici, autrement dit.

— OK, calmez-vous.

— Va niquer ta mère et crève !

— Henry...

— On a perdu le contact, c'est tout. Ce sont des choses qui arrivent. Pas à un Mister Parfait comme votre estimable personne, mais pour nous... pauvres de nous... »

1. Citation des *Rubayat* d'Omar Khayam dans la traduction anglaise d'Edward Fitzgerald.

Henry baissa les yeux, vit ses poings serrés et se força à les ouvrir.

« J'ai dit OK.

— J'imagine que Mr Parfait est resté en contact avec tous ses copains de la promo, hein ? Vous vous retrouvez tous les ans pour vous raconter des craques, faire passer vos vieux disques et bouffer du thon en boîte de la même marque que celui de la cafète ?

— Je suis désolé de vous avoir mis dans cet état.

— Oh, lâchez-moi. À vous croire on l'aurait abandonné, bordel ! »

Ce qui était en gros ce qu'ils avaient fait.

Owen ne dit plus rien. Il plissait les yeux pour repérer, à travers les tourbillons de neige et dans les premières lueurs blêmes de l'aube, le panneau indiquant Dearborn Street... il était bien là, juste devant eux. Un chasse-neige, en déblayant Kansas Street, avait bouché l'extrémité de Dearborn, mais Underhill pensait que l'Humvee pourrait négocier l'obstacle.

« Ce n'est pas comme si j'avais cessé de penser à lui », dit Henry. Il voulut continuer par la pensée, mais revint à la parole. Évoquer Duddits était trop révélateur. « Tous, nous avons continué de penser à lui. En fait, nous devions aller le voir au printemps dernier, Jonesy et moi. Puis Jonesy a eu son accident, et j'ai complètement oublié. Est-ce tellement surprenant ?

— Non, pas du tout », répondit Underhill, conciliant.

Il braqua brusquement à droite, contre-braqua aussitôt pour contrôler son dérapage, puis écrasa l'accélérateur. L'Humvee heurta le mur de neige damée et dure avec une telle force qu'ils furent projetés contre leur ceinture de sécurité. Puis ils se retrouvèrent de l'autre côté, Owen jouant du volant pour éviter les voitures enfouies sous la neige, de part et d'autre de la rue.

« Je n'ai pas besoin d'un sermon de la part d'un type qui s'apprêtait à faire rôtir quelques centaines de civils innocents », grommela Henry.

Underhill écrasa le frein des deux pieds à la fois, et cette fois les ceintures de sécurité se bloquèrent sous l'impact de leur poids. Le véhicule partit en diagonale et finit par s'arrêter sans casse.

« Vous allez la fermer ? »

Ne parlez pas des choses que vous ne connaissez pas.

« Il est probable que je serai »

mort dans peu de temps

« à cause de vous, alors vous feriez mieux de garder pour vous toutes vos putains de »

conneries complaisantes

(image d'un gosse gâté-pourri faisant la moue)

pour vous.

Henry le regarda, sous le choc, stupéfait. Quand lui avait-on parlé de cette façon pour la dernière fois ? Sans doute jamais, en réalité.

« Il n'y a qu'une chose importante à mes yeux », reprit Owen. Il était pâle et avait l'air épuisé. « Retrouver votre fichu Typhoid Jonesy, et l'arrêter. D'accord ? Alors qu'ils aillent se faire voir, vos précieux petits sentiments si délicats, rien à foutre que vous soyez crevé, rien à foutre de vous. Moi, je suis là.

— Très bien, dit Henry.

— Alors nique ta mère et crève ! »

Silence, dans l'habitacle du véhicule. Un seul bruit, le hurlement du vent, monotone comme le ronflement d'un aspirateur.

C'est finalement Henry qui reprit le premier la parole.

« Voilà ce que nous allons faire. Je baiserai ta mère, et je crèverai ; tu baiseras ma mère et tu crèveras. Au moins, on évitera ainsi de transgresser le tabou de l'inceste. »

Owen esquissa un sourire. Henry aussi.

Qu'est-ce que font messieurs Gray-Jonesy ? voulut savoir Underhill. *Vous pouvez le dire ?*

Henry se passa la langue sur les lèvres. Les démangeaisons avaient presque cessé à sa jambe, mais sa langue avait le goût d'un vieux tapis moisi.

« Non. Communication coupée. Sans doute un coup de Mr Gray. Et votre impavide patron ? Kurtz ? Il se rapproche, non ?

— Ouais. Si on veut conserver notre avance sur lui, on a intérêt à se grouiller.

— C'est ce qu'on va faire. »

Owen se gratta la joue, examina les débris rougeâtres restés sous ses ongles, puis repartit.

Numéro 14, hein ?

Ouais. Owen ?

Quoi ?

J'ai la frousse.

De Duddits ?

Ouais, plus ou moins.

Pourquoi ?

Aucune idée.

Henry regarda Owen, l'expression funèbre.

J'ai l'impression que ça ne va pas du tout, pour lui.

7

C'était son cauchemar d'après-minuit qui se réalisait : si bien que lorsqu'on frappa un coup à la porte, Roberta fut incapable de se lever. Elle avait les jambes liquéfiées. La nuit avait laissé place à une lumière blafarde et insidieuse qui ne valait guère mieux, et ils étaient là, dehors, Pete et Beaver, les morts venus chercher son fils.

Le heurtoir s'abattit à nouveau, tonnant, faisant trembler les cadres accrochés au mur. L'un d'eux était la première page sous verre d'un numéro du journal local, le *Derry News*. Sur la photo, on voyait Duddits, ses amis et Josie Rinkenhauer, se tenant tous par les épaules, arborant tous des sourires béats (comme Duddits était bien sur cette photo, comme il avait l'air fort et normal !) sous une manchette qui disait : CINQ JEUNES DÉTECTIVES AMATEURS RETROUVENT UNE FILLETTE DISPARUE.

Pan ! Pan ! Pan !

Non, je vais simplement rester assise ici et ils finiront par partir, il faudra bien qu'ils partent, parce qu'il faut inviter les morts pour qu'ils puissent entrer, et si je reste tranquillement assise ici...

C'est alors que Duddits passa devant son rocking-chair — en courant, alors que depuis quelque temps, le seul fait de faire quatre pas l'épuisait —, et ses yeux débordaient de tout leur éclat d'autrefois, quels braves garçons ils avaient été, et quel bonheur ç'avait été pour lui, mais maintenant ils étaient morts, ils étaient venus à la faveur de la tempête et ils étaient *morts*...

« Non, Duddit, non ! » hurla-t-elle.

Mais il ne fit pas attention à elle. Il passa à toute vitesse sous la page de journal encadrée — Duddits Cavell en première page, Duddits Cavell un héros, la réalité ne dépasse-t-elle pas toujours la fiction ? — et elle entendit ce qu'il criait au moment où il ouvrit la porte sur la tempête qui se calmait :

« Ennie ! Ennie ! ENNIE ! »

8

Henry ouvrit la bouche — pour dire quoi ? Il l'ignorait, car rien n'en sortit. Il était frappé d'une stupeur qui le paralysait, l'empêchait de penser. Ce n'était pas Duddits, ça ne pouvait pas être lui, il devait s'agir d'un vieil oncle valétudinaire, d'un grand frère, avec ce visage blême, ce crâne apparemment chauve sous la casquette des Red Sox. Ses joues étaient envahies de barbe, il avait du sang caillé autour des narines et des cernes très sombres sous les yeux. Et pourtant...

« *Ennie ! Ennie ! Ennie !* »

L'inconnu grand et pâle qui se tenait dans l'embrasure de la porte se jeta dans les bras d'Henry avec toute la fougue extravagante du vieux Duddits, le faisant reculer jusque sur le perron enneigé non par son poids — il était aussi léger qu'une fleur de pissenlit —, mais simplement parce que son visiteur ne s'attendait pas à cet assaut. Si Underhill ne l'avait pas retenu, lui et Duddits auraient culbuté dans la neige.

« *Ennie ! Ennie !* »

Il riait, pleurait, le couvrait de ses gros bécots à la Duddits, comme dans le temps. Du tréfonds de sa mémoire lui vint, dans un murmure, la voix de Beaver : *Si vous allez raconter à quelqu'un que j'ai fait ça, je vous reverrai plus jamais, les gars.* Et Jonesy lui répondant : *Ouais ouais, on sait, tu seras plus jamais copain avec nous, espèce de branleur.* C'était Duddits, pas de doute, embrassant les joues tachées de byrus d'Henry... mais cette pâleur sur celles de Duddits, qu'est-ce qu'elle signifiait ? Il était si maigre — non, pis que ça, émacié. Qu'est-ce que cela voulait dire ? Le sang à ses narines, l'odeur que dégageait sa peau... pas l'odeur qui était montée de Becky Shue, ni celle qu'il avait sentie dans le chalet envahi de moisissure, mais bien une odeur de mort.

Et voici qu'arrivait Roberta ; elle se tenait dans l'entrée, sous une photo de Duddits et Alfie prise pendant le carnaval de Derry ; ils étaient montés sur le manège, faisant paraître minuscules les chevaux de bois à l'œil fou.

Pas allé à l'enterrement d'Alfie, mais envoyé une carte postale, pensa Henry, plein de mépris pour lui-même.

Elle se tordait les mains, les yeux pleins de larmes, et bien qu'elle ait pris un peu de poids, comme on le voyait à sa poitrine et à ses hanches plus rondes, et bien que ses cheveux soient presque entièrement gris, c'était bien elle, toujours la même Roberta... mais Duddits ? Oh, nom d'un chien, Duddits...

Henry la regarda tout en serrant dans ses bras son vieil ami qui criait encore son nom. Il le tapota sur l'omoplate ; elle lui fit l'effet d'être aussi insubstantielle, aussi fragile qu'un os d'oiseau sous sa paume.

« Roberta, mon Dieu, Roberta ! Qu'est-ce qui lui est arrivé ?

— L.L.A.

— Elle-elle-a ?

— Je sais, en abrégé, ça n'a pas l'air si terrible, dit-elle en esquissant un pauvre sourire. Ce sont les initiales de *leucémie lymphoïde aiguë*. Le diagnostic remonte à neuf mois, et déjà il n'était plus question de guérison. Tout ce qu'on a fait depuis a consisté à reculer l'échéance.

— *Ennie !* » s'exclama Duddits. L'ancien sourire ravi vint illuminer son visage gris et fatigué. « *Au our, ême ere.*

— Tout juste, dit Henry en se mettant à pleurer. Autre jour, même merde.

— Je sais pourquoi vous êtes ici, dit-elle. Mais je t'en prie, Henry, je t'en supplie, ne m'enlève pas mon garçon. Il est en train de mourir. »

9

Kurtz était sur le point de demander à Perlmutter une mise à jour à propos d'Underhill et de son nouveau copain — Henry, son nouveau copain s'appelait Henry Devlin —, lorsque Pearly, relevant la tête vers le toit de l'Humvee, lâcha un long hululement glapissant. Kurtz avait aidé une femme à mettre son bébé au monde au Nicaragua (*et dire qu'on nous traite tout le temps de sadiques*, pensa-t-il, sentimental), et ce hurlement lui rappela les cris qu'elle avait poussés là-bas, sur les rives de la splendide Juvena.

« Faut tenir le coup, Pearly, cria Kurtz. Faut tenir, mon gars ! Respire à fond !

— Va te faire enculer ! lui répliqua Perlmutter, hystérique. *Regarde dans quel merdier tu m'as foutu, sale con !* »

Kurtz ne lui tint pas rigueur de ce langage. Les femmes disent des choses effrayantes pendant qu'elles accouchent, et même si

Pearly appartenait sans conteste au sexe dit fort, Kurtz subodorait qu'il vivait en ce moment une expérience aussi proche de l'accouchement qu'il soit possible pour un homme. Il savait qu'il aurait peut-être été prudent d'abréger les souffrances de Perlmutter...

« Vous avez pas intérêt », grogna Pearly. Des larmes de douleur coulaient sur ses joues à la barbe rouge. « Vous avez pas intérêt, vieil enfoiré à la peau de lézard !

— Ne t'inquiète pas, mon p'tit gars, ne t'inquiète pas », répondit Kurtz d'un ton doux, tapotant l'épaule secouée de frissons de Perlmutter.

Par les fenêtres baissées de l'Humvee, leur parvenait le ferraillement régulier du chasse-neige ; Kurtz avait réussi à convaincre son conducteur de leur ouvrir un chemin et, tandis qu'une lumière grisâtre éclairait peu à peu le monde, ils avaient atteint la stupéfiante vitesse de soixante kilomètres à l'heure. Les feux de position du chasse-neige brillaient comme des étoiles rouges et sales.

Kurtz se pencha vers Perlmutter et l'examina, l'œil brillant d'intérêt. Il faisait très froid à cause de la vitre brisée, à l'arrière de l'Humvee, mais pour le moment il n'y prêtait pas attention. Le devant de la veste de Perlmutter gonflait comme un ballon et Kurtz prit une fois de plus son neuf millimètres à la main.

« Si jamais il explose, patron... »

Avant que Freddy ait le temps de finir sa phrase, Perlmutter lâcha un pet assourdissant. La puanteur qui en monta immédiatement était suffocante, mais Pearly n'en paraissait pas incommodé. Sa tête retomba mollement contre le dossier ; il avait les yeux mi-clos et une expression de soulagement céleste sur les traits.

« Oh, ma putain de grand-mère ! » s'écria Freddy, qui à nouveau baissa complètement sa vitre, en dépit du courant d'air qui circulait déjà dans l'habitacle.

Fasciné, Kurtz vit le ventre distendu de Perlmutter se dégonfler. Ce n'était donc pas pour tout de suite. Ce qui était sans doute aussi bien. Il était possible que la chose qui croissait dans le ventre de Perlmutter se révèle utile. Peu vraisemblable, mais possible. Toute chose sert le Seigneur, dit-on dans les Écritures, et cela pouvait aussi bien concerner les fouines-merde.

« On tient le coup, soldat », dit Kurtz, tapotant l'épaule de Perlmutter d'une main et posant le neuf millimètres à côté de lui de l'autre. « On tient le coup et on pense au Seigneur.

— Qu'il aille se faire foutre, le Seigneur », répondit Pearly d'un ton morne, étonnant quelque peu Kurtz qui n'aurait jamais imaginé une telle capacité à jurer chez son aide de camp.

Devant eux, les feux stop du chasse-neige s'allumèrent et le gros véhicule se rangea sur la droite de la route.

« Tiens-tiens, dit Kurtz.

— Qu'est-ce que je fais, patron ?

— Gare-toi derrière lui. » Kurtz avait répondu d'un ton joyeux, mais cela ne l'empêcha pas de reprendre l'automatique. « On va voir ce que veut notre nouvel ami. » Il avait cependant sa petite idée. « Freddy ? Et nos anciens amis ? Qu'est-ce qu'ils racontent ? »

C'est avec beaucoup de répugnance que Johnson répondit. « Je ne capte qu'Owen. Pas le type qui est avec lui, ni ceux qu'ils poursuivent. Owen n'est plus sur la route... mais dans une maison. Il parle avec quelqu'un.

— À Derry, la maison ?

— Ouais. »

Puis arriva le conducteur du chasse-neige, marchant à grands pas dans la neige ; il était équipé de bottes en caoutchouc vertes et d'une parka à capuchon qui aurait très bien convenu à un Esquimau. Un gigantesque cache-nez lui entourait le cou et le bas du visage, un cache-nez dont les extrémités flottaient derrière lui dans le vent ; pas besoin d'être télépathe pour deviner que sa mère ou sa femme le lui avait tricoté.

L'homme se pencha vers la vitre ouverte de Freddy Johnson et fronça les narines, agressé par les odeurs de soufre et d'éther qui persistaient. Il examina dubitativement Freddy, puis Perlmutter, à demi conscient, et enfin Kurtz qui, penché en avant le regardait, l'œil brillant, l'air toujours aussi intéressé. Kurtz avait estimé prudent, dans l'immédiat, de dissimuler son arme sous son genou gauche.

« Oui, chef ? dit Kurtz.

— J'ai reçu un message d'un type qui dit qu'il s'appelle Randall. » Le conducteur du chasse-neige devait élever la voix à cause du vent. Son accent était du plus pur yankee côte Est. « Le général Randall. Disait qu'il me parlait par satellite relais direct depuis le mont Cheyenne, dans le Wyoming.

— Ce nom ne me dit rien, chef », répondit Kurtz, toujours sur le ton de la bonne humeur et ne tenant absolument aucun compte de Perlmutter qui marmonnait « Vous mentez, vous mentez, vous mentez... »

L'homme au gros cache-nez lui jeta un bref coup d'œil puis revint à Kurtz.

« Le type m'a donné un code. *Blue exit*. Ça vous dit rien ?

— Je m'appelle Bond, James Bond, dit Kurtz en éclatant de rire. Il y a quelqu'un qui se paie votre tête, chef.

— M'a dit de vous dire que votre mission était terminée et que le pays vous remerciait.

— Il n'a pas été question d'une montre en or, mon gars ? » demanda Kurtz, l'œil pétillant.

Le conducteur du chasse-neige se passa la langue sur les lèvres. Intéressant, songea Kurtz. Il put voir le moment où l'homme décida qu'il avait affaire à un dément. Le moment précis.

« L'a pas été question de montre en or. Je voulais juste vous dire que je pouvais pas continuer. Pas sans autorisation, n'importe comment. »

Kurtz sortit alors l'automatique et le pointa sur la figure du conducteur. « Voilà ton autorisation, mon gars, tous les papiers sont signés, en triple exemplaire. Ça suffit ? »

L'homme étudia l'arme avec son expression calme et neutre de Yankee. Il n'avait pas l'air particulièrement effrayé. « Ouais-ouais. Tout a l'air en ordre. »

Kurtz éclata de rire.

« Brave gars ! Très brave gars ! Et maintenant, allons-y. Ce serait bien d'accélérer un peu, Dieu t'ait en Sa sainte garde. Il y a quelqu'un à Derry qu'il faut que... (il chercha le *mot juste**)... que je débriefe. »

Perlmutter poussa un grognement qui était peut-être un rire. Le conducteur du chasse-neige lui jeta un nouveau coup d'œil.

« Fais pas attention à lui, il est enceinte, lui dit Kurtz sur le ton de la confidence. Tu vas voir, il va commencer à nous réclamer des huîtres ou des cornichons.

— Enceinte..., répéta l'homme d'une voix toujours aussi neutre.

— Oui, mais t'occupe. Ce n'est pas ton problème. Vois-tu le truc, mon gars, ajouta-t-il, toujours penché en avant, et s'exprimant avec chaleur et confiance au-dessus du canon de son arme, le truc, c'est que le type que je dois rattraper est à Derry en ce moment même. Je m'attends à ce qu'il reprenne la route sous peu. Je crois qu'il se doute que je lui colle au cul...

— Il le sait, il le sait », intervint Freddy Johnson.

Il se gratta la joue, puis son entrejambe.

« ...mais en attendant, enchaîna Kurtz, je crois pouvoir lui reprendre un peu de terrain. Alors on se le bouge, ce bon vieux cul, mon gars ? »

Le conducteur du chasse-neige acquiesça et retourna d'un pas normal juqu'à la cabine de son engin. Il faisait un peu plus clair. *C'est très probablement pour la dernière fois de ma vie que je vois le jour se lever*, se dit Kurtz avec une sorte d'émerveillement.

Perlmutter laissa échapper un long râle douloureux qui se poursuivit quelques instants, puis s'éleva et devint un cri. De nouveau, il s'agrippa à son ventre.

« Bordel de Dieu, dit Freddy. Regardez sa bedaine, patron. Elle grossit comme une miche de pain.

— De profondes inspirations », conseilla Kurtz en tapotant l'épaule de Pearly d'une main bienveillante.

Devant eux, le chasse-neige venait de s'ébranler.

« De profondes inspirations, mon p'tit gars. Détends-toi. Détends-toi et pense à des choses agréables. »

10

Encore soixante kilomètres jusqu'à Derry. *Soixante kilomètres entre moi et Owen,* pensa Kurtz. *Ça s'améliore. Je viens te chercher, mon gars. Faut que je t'amène à l'école. Que tu réapprennes ce que t'as oublié sur la ligne Kurtz. On ne la franchit pas. Jamais.*

Trente kilomètres plus loin, ils étaient encore sur place (d'après Freddy et Perlmutter, même si Freddy paraissait moins sûr de lui, maintenant). Pearly, lui, disait qu'ils parlaient à la mère : Owen et l'autre type, Henry, parlaient à la mère. La mère ne voulait pas le laisser partir.

« Laisser partir qui ? » demanda Kurtz.

Mais en réalité il s'en fichait. La mère en question les retenait à Derry, lui permettait de réduire la distance, alors que Dieu bénisse la mère et peu importe qui elle était et ce qui la motivait.

« Je ne sais pas », répondit Pearly. Son ventre l'avait laissé à peu près tranquille depuis la conversation de Kurtz avec le conducteur du chasse-neige, mais il paraissait épuisé. « Je ne peux pas voir. Il y a quelqu'un d'autre, mais c'est comme s'il n'avait pas d'esprit, rien où l'on pourrait regarder.

— Freddy ? »

Johnson secoua la tête.

« Je ne capte même plus Owen. C'est à peine si j'entends le type du chasse-neige. C'est comme… je sais pas… comme quand on perd un signal radio. »

Kurtz s'inclina en avant pour regarder de plus près le Ripley qui poussait sur la joue de Freddy. La moisissure était toujours d'un rouge brillant au milieu, mais prenait une nuance d'un gris de cendre sur les bords.

Il est en train de crever, pensa Kurtz. *Soit c'est l'organisme de Freddy qui le tue, soit l'environnement. Owen avait raison. Je vais être damné.*

Ce qui ne changeait rien. La ligne était la ligne, et Owen l'avait franchie.

« Le type du chasse-neige, dit Perlmutter d'une voix épuisée.

— Quoi, le type du chasse-neige, mon gars ? »

Perlmutter n'eut pas besoin de répondre. Devant eux, scintillant dans les tourbillons de neige, se profilait un panneau de signalisation : SORTIE 32 GRANDVIEW/GRANDVIEW STATION. Le chasse-neige accéléra soudain, soulevant sa lame en même temps. Tout d'un coup, l'Humvee se retrouva dans une poudreuse qui devait bien faire quarante centimètres d'épaisseur. Le conducteur ne prit pas la peine d'indiquer qu'il tournait ; il s'engagea dans la sortie à quatre-vingts à l'heure, soulevant des gerbes de neige en queue de coq dans son sillage.

« On le suit ? demanda Freddy. Je peux le coincer, patron. »

Kurtz dut réfréner son envie folle de lui répondre de foncer — ils allaient lui faire voir, à ce Yankee et à son air tranquille, ils allaient lui faire voir ce qui arrivait à ceux qui franchissaient la ligne. Une petite dose du traitement qu'ils réservaient à Owen Underhill. À ceci près que le chasse-neige était plus gros que l'Humvee, beaucoup plus gros, et qui sait ce qui pouvait arriver s'ils commençaient à jouer aux autotamponneuses avec lui ?

« Reste sur l'autoroute, mon gars, dit Kurtz en s'enfonçant dans son siège. On peut pas les perdre de vue. »

Cela ne l'empêcha pas de regarder avec un réel regret le chasse-neige qui s'éloignait dans le matin venteux et glacial. Il ne pouvait même pas espérer que ce foutu Yankee ait été contaminé par Freddy et Perlmutter, puisque la saleté ne tenait pas.

Ils continuèrent donc, leur vitesse retombant à trente à l'heure dans les congères, mais les conditions s'amélioreraient plus au sud, Kurtz en était sûr. La tempête était presque terminée.

« Et mes félicitations, dit-il à Freddy.

— Hein ? »

Kurtz lui tapota l'épaule.

« On dirait que tu vas mieux (Il se tourna vers Perlmutter.) Mais pour toi, je ne sais pas, mon p'tit gars. »

11

À cent soixante kilomètres au nord de la position de Kurtz et à moins de trois kilomètres du carrefour où Henry avait été fait prisonnier, le nouveau commandant des Imperial Valley — une femme à la séduction sévère, la quarantaine finissante — se tenait à côté d'un pin dans une vallée dont le nom de code était « Terrain Net 1 ». Terrain Net 1 était devenu, au sens littéral, la vallée de la mort. Sur toute sa longueur s'entassait plus d'une centaine de corps emmêlés, dont la plupart portaient des tenues de chasse orange. On avait collé leurs pièces d'identité, quand ils en avaient, autour de leur cou à l'aide d'un adhésif. La majorité d'entre eux avaient au moins leur permis de conduire, mais on voyait aussi des cartes de crédit ou de la Croix-Rouge, des permis de chasse. Une femme avec un grand trou noir dans le front avait en sautoir sa carte d'abonnement à un club vidéo.

C'était donc à côté de la plus grande pile de corps que Kate Gallagher finissait un décompte approximatif avant de rédiger son deuxième rapport. Elle tenait à la main un petit ordinateur Palm Pilot, instrument que Karl Adolf Eichmann, ce fervent adepte des décomptes macabres, lui aurait certainement envié. Il n'avait pas marché jusqu'ici, mais la plupart des appareils électroniques semblaient être de nouveau opérationnels.

Kate portait des écouteurs et un micro devant son masque ; de temps en temps, elle demandait une explication, donnait un ordre. Kurtz s'était choisi un successeur à la fois enthousiaste et efficace. En additionnant les corps qui s'entassaient ici et là, elle était arrivée à la conclusion qu'ils avaient récupéré soixante pour cent des fugitifs. Ils s'étaient défendus, les pékins ; si cela avait été une surprise, à long terme, la plupart y étaient restés. C'était aussi simple que ça.

« Ho, Katie-Kate ! »

Jocelyn McAvoy apparut entre les arbres, à l'extrémité sud de la vallée, son capuchon relevé, un foulard en soie vert retenant ses cheveux courts, le pistolet-mitrailleur passé en bandoulière à l'épaule. Il y avait du sang sur le devant de sa parka.

« Je t'ai fichu la frousse, pas vrai ? demanda-t-elle à son nouveau chef d'unité.

— Ma pression sanguine a dû augmenter d'un point ou deux.

— Eh bien, le Secteur Quatre est propre ; ça va peut-être la faire rebaisser un peu. » Ses yeux pétillaient. « On en a eu plus de quarante. Jackson a les chiffres exacts. Ça n'a pas été trop dur. Au fait, à propos de dur, je ne détesterais pas...

— Excusez-moi... mesdames ? »

Elles se tournèrent. Pour se trouver face à face, émergeant peu à peu des buissons couverts de neige du côté nord de la vallée, avec un groupe qui comprenait une demi-douzaine d'hommes et deux femmes. La plupart étaient habillés en orange, mais celui qui avait parlé et semblait être leur chef était une armoire à glace portant la salopette réglementaire du Blue Group sous sa parka. Il avait aussi conservé son masque transparent, bien qu'ayant en dessous une tache de Ripley qui lui dessinait sous la lèvre inférieure une mouche qui, elle, n'avait rien de réglementaire. Tous les nouveaux venus tenaient une arme automatique à la main.

Gallagher et McAvoy eurent le temps d'échanger un regard affolé — un seul — qui disait : on s'est fait choper culotte baissée. Puis Jocelyn McAvoy tenta de prendre son pistolet-mitrailleur tandis que Kate Gallagher plongeait vers le Browning qu'elle avait appuyé contre l'arbre. Aucune des deux n'acheva son mouvement. Le tonnerre des détonations fut assourdissant. McAvoy fut projetée à plus de cinq mètres et perdit une de ses bottes.

« *C'est pour Larry !* hurla une des femmes en veste orange. *c'est pour Larry, salopes, c'est pour Larry !* »

12

La fusillade terminée, le baraqué à la barbichette en Ripley rassembla son groupe autour du cadavre gisant sur le ventre de Kate Gallagher, laquelle avait été classée neuvième de sa promo à West Point avant d'être contaminée par la peste ayant pour nom Kurtz. Le baraqué avait récupéré l'arme de Kate, plus performante que la sienne.

« Je crois profondément à la démocratie, dit-il. Vous pouvez faire ce que vous voulez, à présent. Moi, je prends la direction du nord. Je ne sais pas combien de temps il faut pour apprendre l'hymne canadien, mais je ne vais pas tarder à être au courant.

— Je vous accompagne », dit l'un des hommes.

Il devint rapidement manifeste que tous préféraient le suivre. Avant de quitter la clairière, le baraqué se pencha pour ramasser le Palm Pilot, à moitié enfoui dans la neige.

« J'ai toujours rêvé d'en avoir un, dit Emil Brodsky, surnommé Dawg. Je suis un fondu de nouvelles technologies. »

Ils quittèrent la vallée de la mort en empruntant le chemin par lequel ils étaient venus. Tandis qu'ils faisaient route vers le nord, ils entendirent encore des coups de feu, ici et là, mais, en tout état de cause, l'opération Terrain Net était elle aussi terminée.

13

Mr Gray avait commis un autre meurtre et volé un autre véhicule, un chasse-neige DPW, cette fois. Jonesy n'assista pas à l'événement. Mr Gray, qui avait apparemment conclu qu'il ne pouvait faire sortir Jonesy de son bureau (du moins tant qu'il ne pourrait consacrer tout le temps et l'énergie nécessaires à résoudre ce problème), avait décidé d'adopter la seconde meilleure solution, à savoir murer la fenêtre par laquelle son hôte avait accès au monde extérieur. Jonesy pensait à présent savoir ce que Fortunato devait avoir ressenti lorsque Montrésor l'avait emmuré dans son cellier [1].

C'était arrivé peu après que Mr Gray s'était engagé sur la voie unique et traîtresse de l'autoroute. Jonesy était à ce moment-là

1. Dans *La Barrique d'Amontillado*, d'Edgar Poe.

dans son placard, s'efforçant de mettre en œuvre une idée qui lui paraissait des plus brillantes.

Mr Gray lui avait coupé le téléphone ? D'accord, il se chargeait de créer une nouvelle forme de communication, comme il avait créé un thermostat pour refroidir l'endroit d'où l'autre essayait de le faire déguerpir en le faisant cuire. Un fax ferait l'affaire, avait-il décidé. Et pourquoi pas ? Tous les gadgets étaient symboliques, de simples représentations visuelles pour l'aider à se concentrer, tout d'abord, puis à exercer des pouvoirs qu'il avait en lui depuis plus de vingt ans. Mr Gray avait senti la présence de ces pouvoirs et, après ses premiers déboires, pris des mesures très efficaces pour empêcher Jonesy de les utiliser. Le truc consistait à trouver constamment de nouveaux moyens de contourner les obstacles élevés par Mr Gray, tout comme Mr Gray ne cessait de trouver des moyens pour descendre toujours plus au sud.

Jonesy ferma les yeux et se représenta un fax semblable à celui du département d'histoire, à la fac, à ceci près qu'il l'installa dans le placard de son nouveau bureau. Puis, se sentant comme Aladin quand il frotte la lampe magique (sauf que le nombre de souhaits qui pouvaient lui être accordés paraissait infini tant qu'il résistait), il visualisa une ramette de papier et un crayon (un Berol Black Beauty) posé à côté. Il alla vérifier ensuite ce qu'il en était dans le placard.

Pas mal, au premier coup d'œil... même si le crayon était un poil bizarre, avec sa pointe effilée comme une aiguille et son corps mâchonné de haut en bas. Mais c'est bien ainsi qu'il devait être, non ? C'était Beaver qui avait toujours utilisé ces Berol, même à l'époque du collège, sur Witcham Street. Lui-même, Pete et Henry employaient des Eberhard Faber jaunes, plus courants.

Le fax avait l'air parfait, posé sur le sol sous une série de portemanteaux vides, à côté d'une parka (celle, orange fluo, que sa mère lui avait achetée pour sa première partie de chasse, non sans lui avoir fait promettre, la main sur le cœur, qu'il la porterait chaque fois, sans exception, qu'il franchirait la porte du chalet), et il ronronnait de manière encourageante.

Son désappointement n'en fut que plus grand quand il s'agenouilla et lut le message qui figurait sur l'écran éclairé : ABANDONNEZ, JONESY, SORTEZ.

Il décrocha le combiné, sur le côté de l'appareil, et entendit la voix enregistrée de Mr Gray : « Abandonnez, Jonesy, sortez. Abandonnez, Jonesy, sor... »

Il y eut une série de claquements violents, presque aussi forts que des coups de tonnerre, qui le firent crier et bondir sur ses pieds. Sa première idée fut que Mr Gray utilisait un de ces béliers qu'ont les forces d'intervention de la police, et tentait ainsi d'enfoncer la porte du bureau.

Ce n'était pas à la porte qu'il s'était attaqué, cependant, mais à la fenêtre. D'une certaine manière, c'était encore pire. Mr Gray y avait placé des volets industriels gris (en acier, aurait-on dit) sur la croisée. Il n'était plus seulement emprisonné, à présent, mais aveugle.

On lisait sans peine, écrit sur la face intérieure des volets : ABANDONNEZ SORTEZ. Un souvenir du *Magicien d'Oz* revint brièvement à l'esprit de Jonesy, RENDS-TOI DOROTHY écrit dans le ciel, et il aurait bien aimé rire. Impossible. Il n'y avait rien de drôle, rien d'ironique. C'était horrible.

« Non ! cria-t-il. Enlevez-moi ça, salopard ! »

Pas de réponse. Jonesy eut un geste pour briser la vitre, avec l'intention de cogner ensuite contre les volets. Il s'arrêta à temps. *Tu es cinglé ? C'est ce qu'il souhaite ! À l'instant même où tu briseras la vitre, les volets disparaîtront et Mr Gray entrera. Et toi, tu seras foutu, mon vieux.*

Il avait conscience de mouvements, et les grondements graves d'un chasse-neige lui parvenaient. Où se trouvaient-ils, à présent ? À la hauteur de Waterville ? D'Augusta ? Encore plus au sud ? Dans le secteur où la précipitation devenait de la pluie ? Non, probablement pas, Mr Gray aurait échangé le chasse-neige contre un engin plus rapide, s'il n'y avait plus eu de neige. Mais ça n'allait pas tarder car ils se dirigeaient vers le sud.

Pour aller où ?

Autant être déjà mort, songea Jonesy, regardant d'un air misérable les volets fermés et le message provocateur. *Autant être déjà mort.*

14

C'est finalement Underhill qui saisit Roberta Cavell par les bras et (un œil sur l'horloge : pour chaque minute qui s'écoulait, Kurtz se rapprochait d'un kilomètre) lui expliqua pourquoi ils avaient besoin d'emmener Duddits avec eux, en dépit de la gravité de son état. Même en de telles circonstances, Henry ne savait pas s'il aurait pu prononcer la phrase rituelle *Le sort du monde entier peut en dépendre* en gardant son sérieux. Underhill, qui avait passé sa vie à porter des armes pour la défense de son pays, le put et le fit.

Duddits avait passé un bras autour des épaules d'Henry et le contemplait avec ravissement ; ses beaux yeux verts brillaient. Eux, au moins, n'avaient pas changé. Pas plus que le sentiment qu'ils avaient toujours éprouvé en présence de Duddits — que les choses allaient à la perfection, ou iraient bientôt à la perfection.

Roberta regardait Owen et paraissait vieillir à vue à chaque phrase que prononçait le militaire. Comme si le temps avait brûlé les étapes et qu'une photo-tumeur maligne apparaissait dans le révélateur.

« Oui, dit-elle, oui, je comprends que vous voulez trouver Jonesy, l'attraper, mais qu'est-ce qu'il veut faire, lui ? Et s'il est venu *ici,* pourquoi il ne l'a pas fait *ici* ?

— Je ne peux pas répondre à ces questions, madame.

— De l'eau, dit soudain Duddits, parlant plus clairement qu'il ne l'avait jamais fait. Onesy veut de l'eau. »

De l'eau ? demanda Owen à Henry par la pensée. *Pourquoi de l'eau ?*

Peu importe, répliqua Henry, et tout d'un coup, la voix dans la tête d'Owen devint faible, difficile à capter. *Il faut y aller.*

« Mrs Cavell ? Madame ? » Owen la reprit par les bras, très doucement. Henry aimait beaucoup cette femme, même s'il y avait eu quelque chose de cruel à l'ignorer pendant une bonne douzaine d'années, et Owen comprenait pourquoi il l'avait aimée. Cela émanait d'elle comme un doux parfum. « Nous devons partir.

— Non, je vous en prie, dites-moi que non. »

Les larmes revinrent. *Ne pleurez pas, madame,* avait envie de dire Underhill. *Les choses sont déjà assez tragiques comme ça. Je vous en prie, ne pleurez pas.*

« Un homme est à nos trousses. Un homme méchant et dangereux. Nous devons repartir avant qu'il arrive ici. »

L'expression désemparée de Roberta laissa la place à la résolution.

« Très bien. Dans ce cas, je viens avec vous.

— Voyons, Roberta, ce n'est pas possible, dit Henry.

— Si ! Je pourrais prendre soin de lui... lui donner ses médicaments... son Prednisone... je n'oublierai pas d'emporter les tampons au citron et...

— *U este i-i, 'aman.*

— Non, Duddie, non !

— *'Aman, u este i-i. Sûr, Sûr.* » Duddits devenait agité à son tour.

« Nous n'avons vraiment plus le temps, dit Owen.

— Roberta, je vous en prie, insista Henry.

— Laissez-moi venir ! Il est tout ce que j'ai !

— *'Aman.* » Duddits s'adressait à sa mère d'une voix qui n'avait plus rien d'enfantin. « *U este i-i !* »

Elle le regarda fixement, et son visage parut s'affaisser. « Très bien. Juste une minute. Je dois aller chercher quelque chose. »

Elle se rendit dans la chambre de Duddits pour en revenir avec un sac en papier qu'elle confia à Henry.

« Ce sont ses pilules, expliqua-t-elle. Il doit prendre le Prednisone à neuf heures ; n'oublie pas, parce que sinon il a de la difficulté à respirer et sa poitrine est douloureuse. Tu peux lui donner un Percocet s'il t'en réclame, ce qui va probablement arriver parce qu'être dehors dans le froid lui fait mal. »

Il y avait du chagrin dans la manière dont elle regardait Henry, mais pas de reproches. Il aurait presque préféré les reproches. Dieu sait qu'il n'avait jamais eu l'occasion de se sentir autant honteux. Ce n'était pas le fait que Duddits souffrait de leucémie, mais qu'il avait été malade depuis si longtemps sans qu'aucun d'eux ne l'apprenne.

« Et ses tampons au citron aussi, mais seulement sur ses lèvres, parce qu'il saigne beaucoup des gencives depuis quelque temps, et le citron le pique. Il y a du coton hydrophile pour son nez, s'il saigne. Ah, et le cathéter. Tu le vois, à son épaule. »

Henry acquiesça. Un tuyau de plastique dépassait d'un pansement. Il éprouva en le voyant, bizarrement, un fort sentiment de *déjà vu**.

« Dehors, il faut que le cathéter soit bien couvert... Le Dr Briscoe se moque de moi, mais j'ai toujours peur que le froid le pénètre... un foulard fera l'affaire au besoin... même un mouchoir... »

Elle pleurait de nouveau, sanglotait, même.

« Roberta... », commença Henry.

Lui aussi, maintenant, regardait l'horloge.

« Je prendrai soin de lui, intervint Owen. Je me suis occupé de mon père jusqu'à la fin. Je connais le Prednisone et le Percocet. »

Et pas que ça : des stéroïdes plus puissants, des antalgiques plus efficaces. À la fin, la marijuana, la méthadone, et finalement la morphine pure, tellement mieux que l'héroïne. La morphine, l'instrument le plus élégant de la mort.

Il sentit alors dans sa tête une sorte de chatouillis, comme des pieds nus si légers qu'ils l'auraient à peine effleuré. Un chatouillis, cependant, qui n'était pas déplaisant. Roberta essayait de déterminer si ce qu'il venait de dire à propos de son père était la vérité ou un mensonge. C'était le petit cadeau que lui avait donné son extraordinaire fils, comprit Underhill, et cela faisait si longtemps qu'elle l'utilisait qu'elle n'en avait même plus conscience... comme Beaver et ses cure-dents. Ce n'était pas aussi puissant que chez Henry, mais bien réel tout de même, et jamais de sa vie il n'avait été aussi content d'avoir dit la vérité.

« Pas de leucémie, n'est-ce pas...

— Non, cancer du poumon. Mrs Cavell, il faut vraiment...

— Il reste encore une chose à vous donner.

— Roberta, reprit Henry.

— J'en ai pour une seconde, pour une seconde. »

Elle partit en courant pour la cuisine.

Pour la première fois, Owen se sentit réellement envahi par la peur.

« Kurtz, Freddy et Perlmutter... je n'arrive pas à dire où ils sont ! Je les ai perdus ! »

Henry avait ouvert le sac et regardé dedans. Ce qu'il y avait vu, posé sur la boîtes de tampons au citron l'avait saisi, paralysé. Il répondit à Owen, mais sa voix paraissait venir du recoin le plus profond de quelque vallée inconnue, une vallée dont, jusqu'ici, il avait totalement ignoré l'existence. Or elle existait, il le savait aujourd'hui. La vallée des années perdues. Il n'irait pas jusqu'à dire qu'il n'avait jamais soupçonné qu'une telle géographie existait, mais, au nom du ciel, comment se faisait-il qu'il s'en soit aussi peu douté ?

« Ils viennent juste de passer devant la sortie 29, répondit-il. Ils sont à trente kilomètres derrière nous.

— Qu'est-ce qui vous arrive, Henry ? »

Henry glissa la main dans le sac brun et en retira un petit objet en forme de toile d'araignée, longtemps resté suspendu au-dessus du lit de Duddits ici, mais aussi sur Maple Lane, avant la mort d'Alfie.

« D'où tu sors ça, Duddits ? »

Bien entendu, il le savait. Cet attrape-rêves était plus petit que celui du Trou dans le Mur, mais sinon, c'était son jumeau.

« *Iveur* », répondit Duddits. Il n'avait pas quitté Henry des yeux. Comme s'il n'arrivait pas à croire que son ami était là, devant lui. « *Iveur a en-oyé. Our oël, e-aine ière.* »

Ses capacités télépathiques s'amenuisaient rapidement, au fur et à mesure que son organisme prenait le dessus sur le byrus, mais Owen comprit facilement : *Beaver me l'a envoyé. Pour la Noël, la semaine dernière*, avait dit Duddits. Les trisomiques ont du mal à concevoir l'écoulement du temps et les notions de passé et d'avenir, et Underhill soupçonnait que pour Duddits, le passé se résumait à la semaine dernière, et l'avenir à la semaine prochaine. Il se dit que si tout le monde fonctionnait de cette façon, il y aurait moins de chagrin et de ressentiment dans le monde.

Henry regarda le petit attrape-rêves encore quelques instants, puis le remit dans le sac alors que Roberta revenait à pas pressés. Un grand sourire vint éclairer le visage de Duddits quand il vit ce qu'elle avait rapporté. « Ooby-Doo ! s'écria-t-il. » Sa boîte Scooby-Doo. Il la prit et donna deux bises à sa mère.

« Owen ? dit Henry. J'ai des nouvelles. D'*excellentes* nouvelles.

— Dites-moi.

— Ces salopards sont obligés de faire un détour. Un semi s'est mis en travers de la route tout près de la sortie 28. Ça devrait leur faire perdre au moins dix minutes, sinon vingt.

— Merci Jésus ! Profitons-en. » Il jeta un coup d'œil au portemanteau, dans le coin. Dessus, était accroché un énorme duffel-coat bleu dans le dos duquel était écrit, en lettres écarlates éclatantes, RED SOX WINTER BALL. « C'est à toi, Duddits ?

— *À'oi*, répondit Duddits, hochant la tête et souriant. *'On 'anteau* » puis il ajouta, lorsqu'Owen alla le décrocher, « *a eu, 'ouver Osie.* » Celle-là aussi, il la comprit, et un frisson lui remonta le dos. *Vous nous avez vus trouver Josie.*

Effectivement... Et Duddits l'avait vu, lui. La veille, ou bien ce jour-là, dix-neuf ans auparavant ? Les dons de Duddits incluaient-ils la capacité de voyager dans le temps ?

Ce n'était pas le moment de se poser de telles questions et Owen en était presque soulagé.

« J'ai dit que je lui préparerais pas sa boîte à lunch, mais je l'ai fait. Finalement, je l'ai fait. »

Roberta la regarda, regarda Duddits qui la faisait passer d'une main à l'autre pour enfiler laborieusement l'énorme parka, laquelle était aussi un cadeau des Red Sox. Le bleu intense du vêtement et le jaune brillant de la boîte à lunch faisaient paraître son visage encore plus pâle. « Je savais qu'il allait y aller. Et pas moi. » Ses yeux cherchaient ceux d'Henry. « Est-ce que je peux ne pas y aller, Henry ?

— Si vous veniez, vous risqueriez de mourir sous ses yeux », répondit Henry, ayant en horreur de devoir dire une chose aussi cruelle, détestant aussi d'avoir été si bien préparé, par son métier, à appuyer sur les bons boutons. « Vous ne voudriez pas qu'il voie ça, Roberta ?

— Non, bien sûr que non. » Et, comme après-coup, lui faisant mal jusqu'au tréfonds du cœur, « Salopard. »

Elle alla jusqu'à Duddits, repoussant Owen, et remonta rapidement la fermeture Éclair du duffel-coat. Puis elle le prit par les épaules, l'obligea à se baisser vers elle et le regarda dans les yeux. Minuscule et intraitable oiseau de femme. Grand fils blême flottant dans sa parka. Roberta ne pleurait plus.

« Tu seras gentil, Duddits.

— *Se'ai entil, Umma.*

— Occupe-toi bien d'Henry.

— *Oui, 'aman.*

— Reste toujours avec lui.

— *Oui, 'aman.* » Bien obéissant, mais gagné lui aussi par l'impatience, pressé de partir, et tout cela ramenait Henry en arrière : les sorties pour acheter des crèmes glacées ou aller jouer au minigolf (Duddits se révélait curieusement adroit à ce jeu, et seul Pete arrivait à le battre assez régulièrement), ou se rendre au cinéma et chaque fois *occupe-toi bien d'Henry,* ou *occupe-toi bien de Jonesy* ou *occupe-toi bien de tes amis ;* chaque fois *sois gentil, Duddits* et lui *: Oui 'aman.*

Elle le regarda des pieds à la tête.

« Je t'aime, Douglas. Tu as toujours été un bon fils pour moi, et je t'aime tellement.... Embrasse-moi, à présent. »

Duddits embrassa sa mère qui, de la main, vint furtivement

caresser sa joue râpeuse. Henry eut le plus grand mal à supporter cette scène, mais il la suivit tout de même des yeux, aussi impuissant à les détourner qu'une mouche est impuissante à s'échapper d'une toile d'araignée. Un attrape-rêves est aussi un piège.

Duddits lui donna un deuxième baiser, pour la forme, mais ses yeux verts brillants se tournaient déjà vers Henry et la porte. Il lui tardait de partir. Savait-il que les gens qui poursuivaient Henry et Owen étaient proches ? Ou était-ce le parfum de l'aventure, comme celles qu'ils avaient vécues jadis, quand ils étaient tous les cinq ? Les deux ? Oui, probablement les deux. Roberta le lâcha après que ses mains l'eurent touché pour la dernière fois.

« Pourquoi ne nous avoir rien dit, Roberta ? demanda Henry. Pourquoi ne pas nous avoir appelés ?

— Et vous, pourquoi n'êtes-vous jamais venus ? »

Henry aurait pu répliquer par une autre question de son cru — pourquoi Duddits n'avait-il pas appelé ? — mais la poser aurait été mentir. Duddits avait *appelé* à plusieurs reprises depuis mars, lorsque Jonesy avait eu son accident. Il pensa à Pete, assis à côté du Scout renversé, buvant de la bière et écrivant sans fin DUDDITS dans la neige. Duddits, jeté sur son île de nulle part et y mourant, Duddits envoyant ses messages et ne recevant en retour que le silence. Et, finalement, l'un d'eux était venu, mais seulement pour le prendre, avec pour tout bagage un sac plein de médicaments et sa vieille boîte à lunch jaune. Il n'y avait aucune bonté dans l'attrape-rêves. Ils n'avaient eu que de bonnes intentions vis-à-vis de Duddits dès le premier jour. Ils l'avaient honnêtement aimé. Pourtant, voilà où en étaient les choses.

« Prends soin de lui, Henry. » Le regard de Roberta se porta sur Owen. « Vous aussi. Prenez soin de mon fils.

— Nous essaierons », promit Henry.

15

Pas moyen de faire demi-tour dans Dearborn Street ; le chasse-neige avait bouché toutes les allées en dégageant la rue. Dans la lumière grandissante du matin, le quartier endormi avait l'air d'une ville du fin fond de l'Alaska. Underhill ne chercha pas à manœuvrer et repartit en marche arrière, l'Humvee godillant de droite à gauche. Le pare-chocs du gros engin heurta un véhicule emmitouflé de neige et garé au coin de la rue, il y eut un tintement de verre brisé, et ils firent une irruption fracassante dans Kansas Street, en direction de l'autoroute. Pendant tout ce temps, Duddits resta assis à l'arrière, parfaitement tranquille, sa boîte à lunch sur les genoux.

Henry ? Pourquoi Duddits dit-il que Jonesy voulait de l'eau ? Pour quoi faire ?

Henry essaya de répondre par télépathie, mais Owen ne le recevait plus. Toutes les taches de byrus étaient devenues blanches sur le visage du militaire et, lorsqu'il se grattait machinalement, des débris grisâtres restaient pris sous ses ongles. La peau, en dessous, paraissait tuméfiée et irritée, mais pas gravement touchée. *Pas plus grave que de se remettre d'un rhume*, s'émerveilla Henry. *Vraiment pas plus grave.*

« C'est vrai, il nous a parlé d'eau.

— De l'eau, dit Duddits à l'arrière du véhicule, tout en se penchant pour regarder le panneau annonçant la I-95, direction sud. Onesy veut de l'eau. »

Le front d'Owen se plissa ; des débris de byrus mort en tombèrent, comme des pellicules.

Henry se tourna et posa une main sur le genou de Duddits.

« Je crois que ce qu'il dit est clair. Sauf que ce n'est pas Jonesy qui veut de l'eau. Mais l'autre. Celui qu'il appelle Mr Gray. »

16

Roberta se rendit dans la chambre de Duddits et commença à ramasser les vêtements épars de son fils ; il avait une façon de les laisser traîner qui la rendait folle, mais elle se dit que c'était un souci qu'elle n'aurait sans doute plus. À peine s'était-elle activée depuis cinq minutes qu'elle se sentit prise de faiblesse et dut s'asseoir dans le fauteuil de son fils, près de la fenêtre. La vue du lit que, depuis quelque temps, il ne quittait presque plus exerçait sur elle une fascination morbide. Il y avait quelque chose d'inexprimablement cruel à voir, à la faible lumière de l'aube, la forme de sa tête imprimée dans l'oreiller.

Henry pensait qu'elle avait laissé partir Duddits parce qu'elle avait cru que l'avenir du monde entier dépendait de Jonesy, et que seul Duddits pourrait permettre de le retrouver, et vite. Mais il se trompait. Elle l'avait laissé partir parce que c'était ce qu'avait voulu Duddits. Les mourants avaient droit à des casquettes de base-ball signées par des vedettes ; ils avaient aussi droit à des ballades en compagnie de leurs vieux amis.

Mais c'était dur.

Le perdre était tellement dur !

Elle se cacha le visage dans la poignée de t-shirts qu'elle tenait à la main pour ne plus voir le lit. Elle fut assaillie par ses odeurs : son shampooing, son savon, et plus que tout, *pis* que tout, la crème à l'arnica qu'elle lui passait sur le dos et les jambes quand ses muscles le faisaient souffrir.

Dans son désespoir, elle tenta de le joindre, s'efforça de le retrouver, lui et les deux hommes qui avaient surgi comme s'ils s'étaient levés d'entre les morts pour venir le prendre, mais son esprit ne répondait plus.

Il bloque la communication avec moi, pensa-t-elle. Ils avaient pris plaisir (*surtout* pris plaisir) à communiquer par télépathie au quotidien, au cours des années, selon un mode qui n'était pas tellement différent, sinon de quelques degrés, de ce que vivaient la plupart des mères ayant des enfants un peu spéciaux (elle avait souvent entendu l'expression *rapports particuliers* dans les réunions de groupes de soutien où elle et Alfie se rendaient parfois), mais même cela était terminé, à présent. Duddits avait coupé ce contact, ce qui signifiait qu'il savait que quelque chose de terrible allait se produire.

Il le savait.

Le visage toujours enfoui dans les t-shirts, toujours pénétrée de son mélange d'odeurs, Roberta se remit à pleurer.

17

Kurtz n'avait pas déraillé, ou pas trop, jusqu'au moment où il avait vu les feux de détresse et les rampes de gyrophares bleus de la police lançant leurs éclairs dans la sinistre lumière du matin ; au-delà, on apercevait un énorme semi-remorque couché sur la chaussée comme un dinosaure mort. Devant, tellement emmitouflé que son visage en devenait invisible, un flic détournait la circulation vers une rampe de sortie.

« Bordel de merde ! » ragea Kurtz. Il dut lutter contre l'envie de sortir son automatique et de se mettre à canarder à tout va. Il savait que ce serait un désastre, car il y avait d'autres flics qui tournaient autour du poids lourd, mais il n'en ressentait pas moins cette envie, envie puissante qu'il avait la plus grande peine à contrôler. Ils étaient si près ! Si près de les coincer, par les mains cloutées de Jésus-Christ ! Être arrêté ainsi ! « Merde ! Merde ! Merde ! »

« Qu'est-ce qu'on fait, patron ? » avait demandé Freddy. Impassible derrière son volant, il avait cependant placé un fusil automatique sur ses genoux. « Si on le neutralise, je dois pouvoir passer en dérapage contrôlé par la droite. En soixante secondes, c'est réglé. »

Kurtz dut une fois de plus lutter contre l'envie de lui répondre *Ouais, descends-le-moi ce taré, Freddy, et si l'un des autres se met en travers, n'hésite pas.* Il était capable d'y parvenir. Ou peut-être pas. Il n'était pas le conducteur hors pair qu'il croyait être, Kurtz en avait acquis la conviction. Comme trop de pilotes d'avion ou d'hélicoptère, Freddy s'imaginait à tort que ses talents sur terre étaient à l'égal de sa virtuosité dans les airs. Et même s'ils arrivaient à franchir ce barrage, ils seraient repérés. Risque inacceptable, d'autant plus que le général Randall (dit Couilles Molles) avait sonné la retraite. Son coupe-file (sortir-libre-en-cas-d'arrestation) avait été révoqué. À présent, il était tout au plus un vigile faisant cavalier seul.

Faut faire ce qu'il est intelligent de faire, pensa-t-il. *C'est pour ça que je touche un tel salaire.*

« Ne joue pas au malin et fais comme il te dit, répondit-il à Freddy. Tu vas même lui envoyer un petit bonjour et lever le pouce en prenant la sortie. On continuera dans la direction du sud et tu reprendras l'autoroute à la première occasion (il soupira). Il y a un bon Dieu pour les imbéciles ! » Il s'approcha tellement de Freddy qu'il vit le Ripley qui blanchissait dans son oreille droite. Il murmura, avec une ardeur d'amoureux : « Et si tu nous fiches dans le fossé, mon p'tit gars, je te colle une balle dans la nuque. » Kurtz toucha l'endroit où se faisait la jonction entre la chair et l'os du crâne. « Ici. »

Taillé dans le bois, le visage d'Indien de Freddy resta impassible.

« Oui, patron. »

Après quoi, Kurtz saisit par l'épaule un Perlmutter aux trois quarts comateux et le secoua jusqu'à ce que battent ses paupières.

« Fichez-moi la paix, patron, dit-il d'une voix pâteuse. Besoin d'dormir. »

Kurtz colla le canon de son automatique contre la tempe de son ex-aide de camp.

« Pas question. On fait comme le soleil, on se lève et on brille, mon gars. C'est l'heure du débriefing. »

Pearly avait grogné, mais il s'était aussi redressé dans son siège. Quand il avait ouvert la bouche pour parler, une prémolaire était tombée sur le devant de sa parka. Kurtz avait trouvé la dent sans défaut. « Hé regarde, vieux, pas une carie. »

Perlmutter raconta qu'Underhill et son nouveau pote étaient toujours à l'arrêt, toujours à Derry. Très bien. Génial. Un peu moins génial, un quart d'heure plus tard, quand Freddy engagea l'Humvee sur une rampe d'accès enneigée de l'autoroute. Ils étaient à la hauteur de la sortie 28, soit à un échangeur de leur cible, mais un kilomètre ou dix, c'était de toute façon manqué.

« Ils sont repartis », dit Perlmutter.

Il avait parlé d'une voix faible et paraissait épuisé.

« Bon Dieu de Dieu ! » rugit Kurtz. Il était fou de rage, fou à en être malade d'une rage impuissante contre Owen Underhill qui symbolisait maintenant (à lui seul et au moins à ses yeux) le lamentable ratage de la mission.

Pearly laissa échapper un grognement bas, un son plein d'un désespoir absolu et creux. Son ventre s'était remis à gonfler. Il s'y agrippait, les joues mouillées de transpiration. Son visage parfaitement quelconque en temps normal devenait presque beau dans la douleur.

Il laissa échapper un nouveau pet, long, effroyable, un vent qui paraissait ne vouloir jamais s'arrêter. Le bruit rappela à Kurtz le bricolage qu'il s'était amusé à construire pendant un camp d'été, il y avait au moins mille ans de ça, un objet en boîtes de conserve et cordage ciré dont le seul but était de produire du bruit et qu'ils appelaient un « beugleur ».

La puanteur qui se mit à emplir l'Humvee était celle du cancer rouge qui poussait dans le système de traitement des eaux usées de Perlmutter, se nourrissant tout d'abord de ses déchets avant de s'attaquer à des parties plus nobles. Assez horrible. Les choses avaient cependant un bon côté. Freddy allait mieux et Kurtz n'avait, à aucun moment, été contaminé par le foutu Ripley (peut-être était-il immunisé ; de toute façon, il avait enlevé son masque un quart d'heure auparavant, et l'avait jeté d'un geste indifférent). Quant à Perlmutter, s'il était incontestablement malade, il gardait toute sa valeur ; il avait un sacré bon radar calé dans le troufignon, le soldat. Si bien que Kurtz lui tapota l'épaule, ignorant la puanteur. Tôt ou tard, la bestiole qui rongeait Perlmutter finirait par sortir et cela signifierait sans doute la fin des services qu'il pourrait lui rendre, mais inutile de s'en faire pour ça tant que ce n'était pas arrivé.

« Tiens bon la rampe, lui dit tendrement Kurtz. Dis-lui donc de se rendormir.

— Espèce... de sale... con ! hoqueta Perlmutter.

— C'est vrai, admit Kurtz. Tout ce que tu voudras, mon gars. »

Owen s'était avéré n'être qu'un froussard, mais qui avait introduit ce coyote dans le foutu poulailler ?

Ils arrivèrent à la hauteur de la sortie 27. Kurtz examina la voie d'accès et s'imagina voir les traces de pneus de l'Humvee d'Owen. Quelque part par là, d'un côté ou de l'autre de l'autoroute, se trouvait la maison par laquelle Underhill et son nouveau copain avaient fait ce détour inexplicable. Pourquoi ?

« Ils se sont arrêtés pour prendre Duddits », dit Perlmutter.

Son ventre se dégonflait à nouveau et le pic de douleur semblait être passé. Au moins pour le moment.

« Duddits ? Qu'est-ce que c'est que ce nom ?

— Je ne sais pas. Je l'ai pris chez sa mère. Lui, j'peux pas le voir. Il est différent, patron. C'est comme si c'était un grisâtre, pas un être humain. »

Kurtz sentit son échine se hérisser.

« Dans l'esprit de la mère, c'est à la fois un môme et un adulte, ce Duddits », reprit Pearly.

C'était la plus longue déclaration faite spontanément par Perlmutter depuis qu'ils avaient quitté le Gosselin's. L'aide de camp semblait presque intéressé — incroyable.

« C'est peut-être un retardé mental », observa Freddy.

Perlmutter lui jeta un coup d'œil.

« C'est pas impossible. De toute façon, il est malade. » Il soupira. « Je sais ce qu'il ressent. »

Kurtz lui tapota à nouveau l'épaule.

« Continue, mon p'tit gars. Et les types après qui ils courent ? Ce Gary Jones et ce supposé Mr Gray ? »

Non pas que ça l'intéressait vraiment, mais il était toujours possible que l'itinéraire suivi par Jones, ses initiatives (de Jones et de Gray, si Gray existait ailleurs que dans l'imagination enfiévrée d'Underhill) aient un impact sur l'itinéraire et les initiatives d'Underhill, Devlin et... Duddits ?

Perlmutter secoua la tête, ferma les yeux et laissa sa tête aller contre le dossier. Sa petite poussée d'énergie et d'intérêt semblait s'être épuisée.

« Rien, dit-il. C'est bloqué.

— Ils ne sont peut-être pas là du tout ?

— Oh, si, il y a bien quelque chose. C'est comme un trou noir... j'entends tellement de voix, ajouta-t-il d'un ton rêveur. Ils envoient déjà les renforts... »

Comme si cette remarque avait eu le don de le faire apparaître, un gigantesque convoi militaire se présenta de l'autre côté de la I-95, montant vers le nord. En tête, deux énormes chasse-neige, de vrais mastodontes, avançaient côte à côte ; leurs lames diagonales, hautes comme des falaises, rejetaient des monceaux de neige de chaque côté, dégageant d'un seul coup deux voies jusqu'au macadam. Juste derrière, venaient deux camions-sableurs, roulant aussi en tandem. Ensuite, c'était une double colonne de véhicules militaires, dont certains parmi les plus lourds. Kurtz vit des formes allongées et bâchées, sur des remorques à plateau, qui ne pouvaient être que des missiles. Sur d'autres, on voyait des paraboles de radar, des télémètres et Dieu seul savait quoi d'autre. Entre ces engins, des transports de troupe bâchés roulaient pleins phares dans le jour naissant. Ce n'était pas des centaines d'hommes qui avaient été rassemblés, mais des milliers, prêts pour... pour quelle tâche ? La Troisième Guerre mondiale ? Le corps à corps avec des créatures à deux têtes ou peut-être avec les insectes intelligents de *Starship Troopers* ? La peste, la folie, la mort, la fin du monde ? Si quelques-uns des Imperial Valley de Katie Gallagher étaient encore en opération là-haut, Kurtz espérait qu'ils ne tarderaient pas à plier bagage et à prendre la direction du Canada. Lever les mains en l'air et crier *Il n'y a pas d'infection ici** ne leur ferait aucun bien, il n'en fallait pas douter ; on avait déjà essayé le truc. Et tout cela était tellement absurde. Tout au fond de lui-même, Kurtz savait que c'était Underhill qui avait eu raison : c'était terminé, là-haut. On pouvait bien verrouiller la porte de l'écurie, béni soit le Seigneur, mais le cheval avait déjà été volé.

« Ils vont le fermer pour de bon, dit Perlmutter. Le Jefferson Tract va devenir le cinquante-et-unième État du pays, vous allez voir. Un État policier.

— Tu peux toujours te brancher sur Owen ?

— Oui, répondit Pearly d'un ton absent. Mais pas pour longtemps. Il va mieux. Il perd ses capacités télépathiques.

— Et où est-il, mon gars ?

— Ils viennent juste de passer à la hauteur de la sortie 25. Ils doivent avoir entre vingt et vingt-cinq kilomètres d'avance sur nous.

— Vous voulez que je mette la gomme, patron ? » demanda Freddy.

Ils avaient perdu l'occasion de rejoindre Underhill à cause du foutu poids lourd renversé. La dernière chose que voulait Kurtz était de risquer de perdre une autre occasion, si jamais Freddy les envoyait dans le fossé.

« Négatif. Pour le moment, on se contente de les suivre et de voir venir. »

Il croisa les bras et regarda défiler le paysage d'un blanc de linge. Il ne neigeait plus, et plus ils iraient vers le sud, plus les conditions météo, sans aucun doute, allaient s'améliorer.

Vingt-quatre heures bien remplies. Il avait fait sauter un vaisseau spatial extra-terrestre, été trahi par l'homme qu'il considérait comme son successeur logique, avait survécu à une mutinerie et une émeute et, pour couronner le tout, s'était vu retirer son commandement par un militaire de salon qui n'avait jamais entendu tirer un coup de feu, hormis à l'entraînement. Les yeux de Kurtz se fermèrent. Au bout de quelques instants, il somnolait.

18

Jonesy resta un bon moment assis à broyer du noir derrière son bureau, regardant parfois le téléphone en dérangement, parfois l'attrape-rêves qui pendait du plafond (il oscillait dans un courant d'air à peine perceptible), parfois les volets d'acier que ce salopard de Gray avait posés pour l'empêcher de voir. Et toujours ce grondement bas, qu'il percevait aussi bien par les oreilles que par les vibrations qui lui ébranlaient les fesses. Il aurait pu s'agir de quelque chaudière bruyante ayant besoin d'entretien, mais c'était en réalité le chasse-neige qui continuait d'avancer plein sud. Mr Gray au volant, portant vraisemblablement la casquette réglementaire des travaux publics DPW volée à sa plus récente victime, chevauchant le chasse-neige, le manœuvrant avec les muscles de Jonesy, écoutant le compte rendu des événements sur la CB de l'engin avec les oreilles de Jonesy.

Alors, Jonesy, combien de temps vas-tu rester assis comme ça à pleurer sur ton sort ?

À cette idée, Jonesy qui, avachi sur son siège, somnolait presque, se redressa brusquement. La voix d'Henry. Non pas arrivée télépathiquement (il n'y avait plus de voix, à présent, Mr Gray les avait toutes bloquées, sauf la sienne), mais sortant plutôt de son propre esprit. N'empêche, il en fut piqué au vif.

Je ne pleure pas sur mon sort, je suis complètement bloqué, ici ! Il n'aima pas trop le côté boudeur et agressif de sa réplique ; à haute voix, elle aurait sans doute pris un ton gémissant. *Je ne peux ni appeler, ni voir dehors, ni sortir. Je ne sais pas où tu es, Henry, mais moi, je suis dans un vrai caisson de confinement.*

Est-ce qu'il t'a volé ton cerveau ?

La ferme.

Jonesy se frotta les tempes.

Est-ce qu'il t'a pris tes souvenirs ?

Non, bien sûr que non. Même enfermé ici à double tour, coupé de ces milliards de cartons étiquetés, il se rappelait avoir collé une crotte de nez à l'extrémité de la natte de Bonnie Deal en cours préparatoire (ce qui ne l'avait pas empêché, quelque six ans plus tard, d'inviter cette même Bonnie à danser pour la fête de l'école), se rappelait avoir attentivement écouté lorsque Lamar Clarendon leur avait appris à jouer au jeu (connu sous le nom de « cribbage » ou « vingt-neuf » par les idiots et les non-initiés), se rappelait avoir vu Rick McCarthy sortir du bois et l'avoir pris pour un cerf. Il n'avait aucun mal à se souvenir de tout cela. Peut-être était-ce un atout, mais Jonesy était bien en peine de voir lequel. Peut-être parce qu'il était trop énorme, trop évident.

Tout de même, être coincé comme ça après avoir lu autant de polars, ricana le Henry-dans-sa-tête. *Sans parler des films de science-fiction avec débarquement d'extra-terrestres, y compris* Le jour où la terre retint sous souffle *et* L'Attaque des tomates tueuses. *Avec tout ça, tu n'arrives pas à prendre la mesure de ce type ? T'es pas capable de repérer sa fumée dans le ciel et de voir où il campe ?*

Jonesy se frotta plus vigoureusement les tempes. Ce n'était pas de la transmission de pensée, seulement son esprit qui dialoguait avec lui-même. Pouvait pas la fermer, non ? Il était prisonnier, foutrement piégé, alors, qu'est-ce que tout cela changeait ? Il était comme un moteur sans transmission, comme une charrette sans cheval ; il était un cerveau, conservé vivant dans un bocal plein d'un fluide brumeux, rêvant ses rêves inutiles.

Qu'est-ce qu'il veut ? Commence par là.

Jonesy se tourna vers l'attrape-rêves qui se balançait dans de vagues courants d'air chaud. Sentit les grondements du chasse-neige d'où montaient des vibrations assez fortes pour faire trembler les tableaux sur les mur. Tina Jean Schlossinger, c'était son nom et il y avait eu une photo d'elle ici, une photo sur laquelle elle relevait sa jupe pour qu'on puisse voir sa chatte — combien d'adolescents avaient-ils pu être obsédés par un tel rêve ?

Jonesy se leva, bondissant presque, et se mit à aller et venir dans son bureau, ne boitant qu'à peine. La tempête était terminée et sa hanche lui faisait un peu moins mal.

Réfléchis comme Hercule Poirot, se conseilla-t-il. *Fais fonctionner tes petites cellules grises. T'occupe pas de tes souvenirs, pour le moment, pense à Mr Gray. Pense logiquement. Qu'est-ce qu'il veut ?*

Il s'immobilisa. Ce que Gray voulait était évident, en vérité. Il avait été jusqu'au château d'eau, ou du moins, jusqu'à son ancien emplacement, parce qu'il voulait de l'eau. Mais pas n'importe quelle eau ; de l'eau destinée à la consommation, à être bue. Seulement voilà, le château d'eau avait disparu, détruit par la grande tempête de 85 (ha, ha, Mr Gray, j'vous ai bien eu) et les réserves d'eau actuelles de Derry se trouvaient au nord et à l'est de la ville — sans doute inaccessibles pour le moment à cause de la tempête ; sans compter qu'elles n'étaient pas concentrées au même endroit. Si bien qu'après avoir consulté les informations dont disposait la banque mémorielle de Jonesy, Mr Gray avait repris la direction du sud. La direction de...

Soudain, tout fut clair. Ses jambes le trahirent et il s'effondra sur la moquette, mais c'est à peine s'il remarqua l'élancement douloureux qui lui cisailla la hanche.

Le clébard. Lad. Avait-il toujours le clébard ?

« Bien entendu, qu'il l'a, murmura Jonesy. Bien sûr qu'il l'a gardé, ce fils de pute. Je peux sentir son odeur jusqu'ici. Il pète exactement comme McCarthy. »

Cette planète était hostile au byrus et les habitants de cette planète se battaient avec une surprenante vigueur, une vigueur qu'ils puisaient dans de profondes réserves d'émotions. Pas de chance. Mais le dernier grisâtre survivant avait bénéficié d'un enchaînement inespéré de coups de chance heureux ; il était comme un accro du jeu un peu cinglé, à Las Vegas, qui tire une suite ininterrompue de sept : quatre, six, huit, oh, bon Dieu, douze d'affilée ! Il avait tout d'abord trouvé Jonesy, son Typhoid Mary, il l'avait envahi, il l'avait conquis. Il avait trouvé Pete, qui l'avait conduit jusqu'où il voulait aller lorsque la lumière mobile qu'il appelait le kim s'était éteinte. Ensuite, il y avait eu Andy Janas, le gars du Minnesota. Il trimbalait les corps de deux cerfs tués par le Ripley. Les cerfs n'avaient été d'aucune utilité pour Mr Gray... mais Janas trimbalait aussi le cadavre en décomposition de l'un des extra-terrestres.

Organismes fructifores. Cette pensée lui vint à l'esprit. *Des organismes fructifores... d'où ça sortait, ce truc ?*

Peu importait. Parce que le sept suivant de Mr Gray avait été le Dodge Ram, celui de ce bon vieux Mister J'♥ MON BERGER ÉCOSSAIS. Qu'est-ce qu'avait fait Gray ? Lui avait-il donné à manger une partie du cadavre ? Avait-il mis le nez du chien dans les restes puants pour qu'il inhale quelque chose de cet organisme fructifore ? Non, il lui en avait fait manger, plus vraisemblablement ; viens donc, mon toutou, c'est l'heure du casse-croûte. Quel que soit le processus qui donnait naissance aux fouines, il se déployait à partir des intestins, pas des poumons. Jonesy imagina un instant McCarthy perdu dans les bois. Beaver lui avait demandé, *Qu'est-ce que vous avez bien pu bouffer, dans les bois ? Des crottes d'écureuil ?* À quoi McCarthy avait répondu, *Des feuilles, des mousses et d'autres trucs, je ne me rappelle pas quoi... j'avais tellement faim, vous comprenez, il fallait que je mange quelque chose...*

Tu parles. Affamé. Perdu, effrayé et affamé. Il n'avait pas remarqué les taches rouges de byrus sur les feuilles de certains buissons, les éclaboussures rouges sur la mousse verte qu'il se fourrait dans la bouche à s'en étouffer, tout ça parce qu'un jour, au cours de sa vie peinarde et civilisée d'avocat, il avait lu quelque part que si on se perdait dans les bois, la mousse ne pouvait pas vous faire de mal. Est-ce que tous ceux qui avaient ingurgité du byrus (des graines qui étaient peut-être presque invisibles et flottaient dans l'air) donnaient naissance à l'un de ces petits monstres féroces qui avaient déchiré les entrailles de McCarthy et tué le Beav ? Probablement pas, pas plus que les femmes ne tombent enceintes chaque fois qu'elles font l'amour sans protection. Mais McCarthy avait été fécondé... et Lad aussi.

« Il est au courant, pour le cottage », dit Jonesy.

Bien sûr. Le cottage de Ware, à un peu plus de cent kilomètres de Boston. Et il connaissait aussi l'histoire de la Russe, tout le monde la connaissait. Elle était trop horriblement croustillante pour ne pas avoir été répétée mille fois. On la connaissait à Ware, à New Salem, à Cooleyville, à Blechertown, à Hardwick, à Packardsville, à Pelham. Dans *toutes* les villes des environs, tout autour. Et au fait, tout autour de quoi ?

Tiens, pardi, tout autour du Quabbin. Le réservoir Quabbin. Les réserves d'eau de Boston et de la conurbation bostonienne. Combien de personnes buvaient-elles tous les jours l'eau du Quabbin ? Deux millions ? Trois ? Jonesy ne le savait pas exactement, mais beaucoup plus que la population qui, autrefois, buvait celle du château d'eau de Derry. Mr Gray, le type qui faisait rouler sept après sept, une série mémorable, sur le point de faire sauter la banque.

Deux ou trois millions de personnes. Mr Gray voulait leur présenter Lad, le berger écossais, et les nouveaux amis de Lad.

Et, mélangé à ce nouveau médium, le byrus prendrait.

XX

La chasse se termine

1

Plein sud, toujours plein sud.

Lorsque Mr Gray arriva à hauteur de la sortie de Gardiner, la première au sud d'Augusta, la couche de neige se réduisait à presque rien sur la chaussée ; et si une gadoue de neige fondue la recouvrait, elle était dégagée sur les deux voies. Il était temps d'échanger le chasse-neige contre un véhicule moins voyant, non seulement parce qu'il n'en avait plus besoin, mais parce qu'il avait de plus en plus mal dans les bras (les bras de Jonesy, bien sûr) à force de s'agripper au volant de ce gros engin. Mr Gray se fichait bien de l'état dans lequel était l'organisme de Jonesy (c'était du moins ce qu'il se racontait ; à vrai dire, il avait du mal à ne pas éprouver une certaine affection pour quelque chose qui pouvait procurer des plaisirs aussi inattendus que du bacon ou un bon petit assassinat), mais cet organisme devait rester en assez bon état pour parcourir encore trois cents kilomètres. Il soupçonnait Jonesy de n'avoir pas été très en forme pour un homme de son âge. Cela tenait en partie à son accident, mais aussi à son travail. C'était un « intellectuel ». Avec pour conséquence qu'il avait largement ignoré les aspects les plus physiques de la vie, ce qui dépassait Mr Gray. Ces créatures étaient composées à soixante pour cent d'émotions, à trente pour cent de sensations, et à dix pour cent de pensées (et en disant dix pour cent, Mr Gray s'estimait généreux). Ignorer son corps comme l'avait fait Jonesy, voilà qui relevait de l'entêtement, sinon de la bêtise, aux yeux de Mr Gray. Mais évidemment, ce n'était pas son problème. Ni celui de Jonesy, d'ailleurs. Ou ne l'était plus. Jonesy bénéficiait maintenant, en apparence, de ce qu'il avait toujours voulu : être un pur esprit. À en juger par ses réactions, ce n'était pas un état qui l'inspirait beaucoup depuis qu'il y était parvenu.

Sur le plancher du chasse-neige, Lad était couché au milieu d'une litière de mégots, de gobelets de café en carton et d'emballages de confiseries diverses roulés en boule, et il gémissait de douleur. Son corps était grotesquement déformé, son torse de la taille d'un tonneau. Bientôt il laisserait échapper des gaz et se dégonflerait. Mr Gray avait établi le contact avec le byrum qui croissait dans l'animal, ce qui permettait d'en réguler la gestation.

Le chien allait être l'équivalent, pour lui, de celle que son hôte appelait la « Russe ». Et une fois le chien mis en place, sa tâche serait accomplie.

Il partit, en esprit, à la recherche des autres. Henry et son ami Underhill avaient complètement disparu, comme une station de radio ayant cessé d'émettre ; le fait était troublant. Plus loin derrière (ils passaient tout juste à la hauteur de la sortie de Newport, à une centaine de kilomètres au nord de sa position actuelle), se trouvait un groupe de trois personnes, dont l'une lui offrait un contact clair : « Pearly ». Ce Pearly, comme le clébard, incubait un byrum, et Mr Gray n'avait pas de mal à le recevoir. Il avait été en contact un temps avec un autre du même groupe, un certain Freddy, mais « Freddy » avait disparu. Le byrum était mort en lui ; c'était ce que disait « Pearly ».

C'est alors que se présenta un des grands panneaux verts qu'on voyait à intervalles réguliers sur l'autoroute : AIRE DE REPOS. Il s'y trouvait un de ces établissements identifiés dans les dossiers de Jonesy comme « restaurant » ou « machine à bouffe rapide ». Il y trouverait du bacon, et son estomac se mit à gargouiller à cette seule idée. Oui, ce serait dur, à de nombreux titres, de renoncer à ce corps. Il réservait bien des plaisirs, des plaisirs incontestables. Mais il n'avait pas le temps de faire un arrêt-bacon ; l'urgence était de changer de véhicule. Et il avait intérêt à s'y prendre le plus discrètement possible.

Cette sortie se divisait en deux sur l'aire de repos, l'une pour les véhicules légers, l'autre pour les poids lourds et les bus. Mr Gray conduisit le gros chasse-neige jusqu'au parking des poids lourds (les muscles des bras de Jonesy tremblèrent sous l'effort, pendant qu'il manœuvrait le gros volant), et il fut ravi de voir que quatre autres chasse-neige, pratiquement identiques au sien, étaient déjà garés côte à côte. Il se glissa dans un emplacement libre à l'extrémité de la rangée et coupa le moteur.

Il partit à la recherche de Jonesy. Son hôte était bien là, rencogné dans ce secteur de sécurité qui le laissait tellement perplexe.

« Qu'est-ce que vous mijotez, l'ami ? » murmura Mr Gray.

Pas de réponse... mais Jonesy l'écoutait, il le sentait.

« Qu'est-ce que vous fabriquez ? »

Toujours rien. Et à vrai dire, qu'est-ce qu'il aurait pu fabriquer ? Il était enfermé et aveugle. Cependant, il devait faire attention à ne pas l'oublier, ce Jonesy... ce Jonesy et sa suggestion qui n'était pas sans attraits : que Mr Gray oublie sa mission — ensemencer un monde nouveau — et se contente de jouir de la vie sur terre. De temps en temps, une pensée venait à l'esprit de Mr Gray, une lettre passée sous le seuil du refuge de Jonesy. Ce genre de pensée, d'après les dossiers de Jonesy, était un « slogan ». Les slogans étaient des formules simples, allant directement à l'essentiel. La plus récente était : LE BACON N'EST QUE LE COMMENCEMENT. Et Mr Gray était sûr que c'était vrai. Même dans la chambre d'hôpital (*quelle chambre d'hôpital ? Quel hôpital ? Qui est Marcy ? Qui veut une piqûre ?*), il avait compris que la vie, ici-bas, était tout à fait délicieuse. Mais l'impératif qui le poussait était profond et définitif : il devait ensemencer ce monde et mourir. Et s'il se tapait un peu de bacon en cours de route, tant mieux pour lui.

« Qui était Richie ? Était-il un Tiger ? Pourquoi l'avez-vous tué ? »

Pas de réponse. Jonesy écoutait, néanmoins. Très attentivement. Mr Gray avait en horreur de l'avoir ici avec lui. C'était (l'image venait des dossiers de Jonesy) comme avoir une arête plantée dans le gosier. Pas assez grosse pour vous étouffer, mais bien assez pour vous « emmerder » copieusement.

C'est ce qu'il dit.

« Vous commencez à m'emmerder copieusement, Jonesy. »

Cela, tout en enfilant ses gants, c'est-à-dire ceux qui avaient appartenu au chauffeur du Dodge Ram. Le propriétaire de Lad.

Cette fois, il eut droit à une réponse. *Sentiment réciproque, compère. Dans ce cas, pourquoi n'allez vous pas vous faire foutre quelque part où vous êtes désiré ? Vous devriez prendre vos cliques et vos claques et me ficher la paix !*

« J'peux pas », répondit Mr Gray.

Il tendit la main vers le chien, qui renifla avec gratitude l'odeur de son maître sur le gant. Mr Gray lui envoya mentalement l'ordre de rester calme, descendit du chasse-neige et se dirigea vers le côté du restaurant. Le parking réservé au personnel devait se trouver derrière.

Henry et l'autre type sont à tes trousses, trou-du-cul. C'est tout juste s'ils ne te reniflent pas le pot d'échappement. Alors détends-toi. Passe ici tout le temps que tu veux. Commande-toi donc une triple portion de bacon, tant que tu y es.

« Ils ne peuvent pas me sentir », observa Mr Gray. Son haleine se condensait en petits nuages devant lui (la sensation de l'air froid qui passait dans sa bouche et descendait dans sa gorge et ses poumons était exquise, revigorante ; jusqu'aux odeurs de gazole et d'essence qui étaient merveilleuses). « Si je ne peux pas les sentir, ils ne peuvent pas me sentir. »

Jonesy éclata de rire, éclata vraiment de rire. Mr Gray en resta paralysé sur place, juste à côté de la benne à ordures.

Les règles ont changé, compère. Ils sont passés prendre Duddits, et Duddits voit la ligne.

« Je ne comprends pas ce que vous voulez dire. »

Bien sûr que non, trou-du-cul.

« Arrêtez de m'appeler comme ça ! » aboya Mr Gray.

Si vous arrêtez d'insulter mon intelligence, peut-être.

Mr Gray repartit, et effectivement, une fois arrivé à l'angle, il vit une douzaine de voitures dont la plupart étaient anciennes et en mauvais état.

Duddits voit la ligne.

Il savait ce que la phrase voulait dire, certes ; celui qui s'appelait Pete possédait la même aptitude, le même talent, mais vraisemblablement pas autant que ce nouveau personnage qui l'intriguait, ce Duddits.

Mr Gray n'aimait pas l'idée de laisser derrière lui une « piste » que Duddits pourrait voir, mais il savait quelque chose que Jonesy ignorait. D'après « Pearly », Henry, Underhill et Duddits n'étaient qu'à une vingtaine de kilomètres au sud de la position de « Pearly ». Si tel était bien le cas, Henry et Underhill se trouvaient à un peu moins de soixante-quinze kilomètres derrière eux, quelque part entre Pittsfield et Waterville. Pour Mr Gray, ce n'était pas une situation où on lui reniflait le pot d'échappement.

Cependant, il ne s'attarderait pas ici.

À l'arrière du bâtiment, la porte s'ouvrit sur un jeune homme en tenue d'aide-cuistot ; il portait deux grands sacs de détritus, manifestement destinés à la benne à ordures. Le prénom de ce jeune homme était John ; ses copains l'avaient surnommé « Butch ». Mr Gray aurait eu plaisir à le tuer, mais « Butch » paraissait nettement plus fort que Jonesy, sans parler du fait qu'il était plus jeune et probablement plus vif. Et sans parler non plus des désagréables conséquences secondaires, la pire étant que les voitures volées devenaient rapidement inutilisables.

Hé, Butch.

Le jeune homme s'arrêta et le regarda, sur ses gardes.

Laquelle est ta voiture ?

En réalité, le véhicule qu'il utilisait appartenait à sa mère. Excellent. La caisse pourrie de Butch était restée en rade à la maison, victime d'une batterie à plat. Sa mère lui avait donc prêté sa Subaru à quatre roues motrices. Mr Gray, comme l'aurait dit Jonesy, venait encore de tirer un sept.

Butch lui tendit les clefs sans faire la moindre histoire. Il avait toujours l'air sur ses gardes (« l'œil brillant et la mèche en bataille », comme l'aurait dit Jonesy, même si aucune mèche ne dépassait de son calot de cuistot), mais il avait perdu toute conscience des choses.

Tu oublieras tout ceci, dit Mr Gray.

« Oui. »

Retourne au travail.

« Tout de suite. »

Le jeune homme reprit ses sacs-poubelles et se dirigea aussitôt vers la benne. Le temps qu'il ait fini son service et se soit rendu compte que la Subaru de Maman avait disparu, tout serait certainement terminé.

Mr Gray déverrouilla la portière et se mit au volant de la Subaru. Il y avait un sac à moitié plein de chips sur le siège de passager. Il se mit à les engloutir tout en se dirigeant vers le chasse-neige. Il finit en léchant les doigts de Jonesy. Bien gras. Délicieux. Comme le bacon. Il prit le chien. Cinq minutes plus tard, il était de nouveau sur l'autoroute.

Plein sud, toujours plein sud.

2

La nuit n'est qu'un rugissement de musique, de rires, d'exclamations ; l'air est chargé d'effluves de hot dogs, de chocolat, de cacahuètes grillées ; le ciel est en feu. Et reliant le tout, le matérialisant, telle une signature, la signature même de l'été, montent, des haut-parleurs disposés dans Strawford Park, les paroles d'un rock and roll :

Hey, pretty baby take a ride with me,
We're goin down to Alabama on the C&C.

Et voici que se présente le cow-boy le plus grand du monde, un Pecos Bill de près de trois mètres de haut sous le ciel en feu, il domine la foule de toute sa taille, les petits enfants barbouillés de crème glacée sont bouche bée, les yeux écarquillés ; les parents rient, les soulèvent ou les mettent sur leurs épaules pour qu'ils puissent mieux voir. D'une main, Pecos Bill salue avec son chapeau ; de l'autre, il tient une bannière sur laquelle on lit, FÊTE DE DERRY 1981.

We're gonna walk the tracks, stay up all night,
If we get a little bored, then we'll have a little fight.

Duddits pose une question. Il tient une boule de barbe à papa bleue à la main, mais il l'a oubliée ; tandis qu'il regarde passer le cow-boy juché sur ses échasses sous un ciel de feu d'artifice, ses yeux sont aussi écarquillés que ceux des petits. À sa droite, se tiennent Pete et Jonesy ; à sa gauche, Henry et le Beav. Le cow-boy est suivi d'un cortège de vestales (il doit bien y en avoir encore quelques-unes de vierges, même en cet an de grâce 1981) en jupes étoilées de cow-boy et bottes blanches de cow-boy, faisant pirouetter le bâton qui a conquis l'Ouest.

« Je ne sais pas comment il peut être aussi grand, Duds », répond Pete en se mettant à rire. Il prend une poignée de filaments de sucre et l'enfonce dans la bouche de Duddits, qui bée de stupéfaction. « Ça doit être de la magie. »

Tous rient de voir Duddits se mettre à mâcher sans quitter un instant des yeux le cow-boy sur ses échasses. Duds est plus grand qu'eux tous, à présent, plus grand qu'Henry, même. Mais il n'en est pas moins resté un enfant, et il fait leur bonheur à tous. C'est lui qui est le magicien ; il ne retrouvera la petite Josie Rinkenhauer que dans un an, mais ils le savent, c'est un putain de magicien. Ils se sont flanqué une belle frousse en tenant tête à Richie Grenadeau et à ses copains, mais ce jour n'en reste pas moins le plus heureux de leur vie. C'est ce qu'ils pensent tous.

Don't say no, baby, come with me
We're gonna take a little ride on the C&C.

« Hé, Tex ! » crie Beaver, agitant son couvre-chef (une casquette de base-ball des Derry Tigers). « Baise-moi l'oignon, cow-boy ! Mais faudra te baisser d'abord ! »

Et tous sont morts de rire (c'est un souvenir grandiose, sûr, cette soirée où Beaver s'est payé la tête du cow-boy qui ouvrait la parade, pour la fête de Derry, sous un ciel enflammé à la poudre à canon), tous sauf Duddits, qui regarde la scène avec une expression figée d'émerveillement, et Owen Underhill (*Underhill ?* pense Henry. *Qu'est-ce que vous fichez ici, mon vieux ?*), qui paraît inquiet.

Owen le secoue, Owen lui répète de se réveiller, « Réveillez-vous, Henry, réveillez...

3

vous, pour l'amour du ciel ! »

Ce fut la peur dans la voix d'Owen qui tira finalement Henry de son rêve. Un instant encore, il sentit l'odeur des cacahuètes grillées et de la barbe à papa de Duddits. Puis le monde se remit en place : le ciel blanc, l'autoroute enneigée, un panneau vert signalant : AUGUSTA DEUX SORTIES SUIVANTES. Et Underhill qui le secouait alors que lui parvenaient, de l'arrière du véhicule, des sons rauques et désespérés. Duddits toussant.

« Réveillez-vous, Henry ! Il saigne ! Allez-vous vous réveiller enfin, bordel de...

— Je suis réveillé, je suis réveillé. »

Il détacha sa ceinture de sécurité, se tourna, et se mit à genoux sur le siège. Les muscles tétanisés de ses cuisses protestèrent douloureusement, mais il n'y fit pas attention.

C'était moins grave que ce qu'il avait craint ; la panique dans la voix d'Owen lui avait fait imaginer une hémorragie, mais ce n'était qu'un mince filet de sang qui coulait de la bouche de Duddits lorsqu'il toussait. Le militaire avait dû penser que le pauvre vieux Duds crachait tous ses poumons, alors qu'en fait le saignement devait simplement provenir de sa gorge. Ce n'en était pas moins un risque sérieux. Vu l'état de santé de plus en plus précaire de Duddits, la moindre chose se transformait en risque sérieux ; le moindre rhinovirus pouvait le tuer. Dès l'instant où il l'avait vu, Henry avait compris que son ami venait de prendre son dernier virage et d'entamer la ligne droite finale.

« Duds ! » dit-il vivement. Il y avait quelque chose de différent. Quelque chose de différent en lui, Henry. Quoi ? Pas le temps d'y penser. « Respire par le nez, Duddits ! Pas par la bouche ! Comme ça ! »

Il lui en fit la démonstration, inspirant vigoureusement, narines dilatées... et lorsqu'il exhala, de minuscules filament blancs s'envolèrent de son nez. Comme des graines de pissenlit. *Le byrus,* pensa-t-il. *Il avait commencé à envahir mon nez et il est mort. Et je m'en débarrasse comme un serpent de sa vieille peau, chaque fois que je respire.* Puis il comprit la différence : les démangeaisons avaient cessé à sa jambe, comme dans sa bouche et dans sa toison pubienne. Il avait encore sur la langue un goût rappelant celui d'un vieux tapis, mais l'irritation était finie.

Duddits se mit à l'imiter, respirant profondément par le nez, et sa toux diminua aussitôt d'intensité. Henry prit le sac que leur avait donné Roberta, fouilla dedans et en retira une bouteille de sirop antitussif sans alcool, un produit inoffensif ; il en remplit le bouchon. « Avale ça, ça va te faire du bien. » Non seulement le ton devait être confiant, mais aussi les pensées ; avec Duddits, il fallait les deux.

Duddits avala la dose de Robitussin, grimaça, puis sourit à Henry. Il ne toussait plus, mais le filet de sang continuait à couler, d'une narine... et aussi du coin d'un œil, vit Henry. Mauvais signe, ça. Comme était mauvais signe son extrême pâleur, plus intense qu'avant leur départ de Derry. Le froid... le manque de sommeil... toute cette excitation inhabituelle pour quelqu'un qui était invalide... rien de bon là-dedans pour lui. Son état se dégradait et, pour un malade aux derniers stades de la leucémie, même une infection bénigne des voies respiratoires hautes pouvait être fatale.

« Il va mieux ? demanda Underhill.

— Duds ? Il est solide comme le roc. Pas vrai, Duddits ?

— *Olide omme e 'oc* », répéta Duddits, en faisant saillir un biceps d'une maigreur affligeante.

À le voir ainsi, décharné, épuisé, mais essayant néanmoins de sourire, Henry eut envie de hurler. La vie n'était pas juste ; ce qu'il savait sans doute depuis des années. Mais là, on était au-delà de l'injustice. C'était monstrueux.

« Voyons voir ce que maman a mis à boire pour les bons garçons. »

Henry prit la boîte à lunch.

« Ooby-Doo », dit Duddits.

Il souriait encore, mais sa voix n'était plus qu'un filet épuisé.

« Ouais, on a un peu de boulot à faire, à présent. »

Henry ouvrit la bouteille Thermos et donna à Duddits son cachet de Prednisone, bien qu'il ne fût pas encore huit heures. Puis il lui demanda s'il voulait un Percocet. Duddits réfléchit un instant, leva deux doigts. Henry sentit son cœur se serrer.

« Ça va pas fort, hein ? » demanda-t-il en lui tendant deux Percocet par-dessus le siège.

Pas besoin que Duds réponde ; les gens comme lui ne demandent pas un cachet de plus pour le plaisir de s'envoyer en l'air.

Duddits fit un geste ondulant de la main — *comme ci, comme ça**. Un geste dont Henry se souvenait parfaitement, car il avait autant appartenu à Pete que les crayons et les cure-dents mâchouillés à Beaver.

Roberta avait préparé du lait chocolaté, sa boisson préférée. Henry remplit le gobelet, le tint un moment pendant que l'Humvee dérapait sur une plaque gelée, puis le tendit à Duddits. Celuici avala ses pilules.

« Où as-tu mal, Duddits ?

« *I-i* (il porta la main à sa gorge). *I-i au'i* (il la porta à sa poitrine, hésita un instant, ses joues se colorant un peu). *Et i-i au'i* (il montra son entrejambe). »

Infection urinaire... Bon Dieu.

« *A-é ieux, a'ec é i'ules ?* »

Henry acquiesça.

« Oui, ça va aller mieux avec les pilules. Il faut leur laisser le temps d'agir. On est toujours sur la ligne, Duddits ? »

Il hocha la tête d'un mouvement exagéré et eut un geste en direction du pare-brise. Henry se demanda (une fois de plus) ce qu'il pouvait bien voir. Il avait posé un jour la question à Pete qui lui avait répondu que c'était quelque chose comme un fil, souvent indistinct, difficile à voir. *C'est mieux quand il est jaune*, avait-il expliqué. *Le jaune est toujours plus facile à repérer. Je ne sais pas pourquoi.* Et si Pete voyait un fil jaune, peut-être Duddits voyait-il, lui, une large bande bouton d'or, peut-être même la route en briques jaunes de Dorothy.

« S'il change de route, tu nous le diras, d'accord ?

— *E di-ai.*

— Tu ne vas pas t'endormir, hein ? »

Duddits secoua la tête. En fait, il n'avait jamais eu l'air aussi réveillé et vivant ; ses yeux brillaient au milieu de son visage épuisé. Henry pensa au mystère de certaines ampoules électriques qui se mettent soudain à briller plus fort juste avant de claquer.

« Si tu sens que tu commences à t'endormir, tu me le dis et on s'arrêtera. On te donnera un café. Il faut que tu sois réveillé.

— Oui. »

Henry commençait déjà à se retourner, faisant pivoter son corps douloureux avec le plus grand soin possible, lorsque Duddits ajouta autre chose :

« *Isser Ay eu u a'on.*

— En ce moment ? demanda Henry, songeur.

— Quoi ? dit Owen. J'ai rien compris, cette fois.

— Il dit que Mr Gray veut du bacon.

— C'est important ?

— Aucune idée. Est-ce qu'il y a une radio normale dans cette poubelle, Owen ? J'aimerais bien écouter les informations. »

Le poste était accroché sous le tableau de bord et paraissait y avoir été installé depuis peu, comme s'il ne faisait pas partie de l'équipement d'origine. Underhill tendait déjà la main lorsqu'il donna un brusque coup de frein : une berline Pontiac — deux roues motrices et même pas de pneus neige — venait de lui faire une queue-de-poisson. Elle se lança dans une série d'embardées avant de décider de rester encore un moment sur la route, et s'éloigna. Elle ne tarda pas à faire plus de cent à l'heure, d'après l'estimation d'Henry, et les distança rapidement. Underhill fronçait les sourcils.

« Vous pilote, moi passager, dit Henry. Mais si ce type arrive à rouler à cette vitesse sans pneus neige, ne pourrait-on pas en faire autant ? Cela nous ferait peut-être gagner du terrain, non ?

— Les Humvee sont plus à l'aise dans la boue que dans la neige. Croyez-moi sur parole.

— Pourtant...

— Sans compter qu'on va le revoir dans pas longtemps, ce type. Je vous parie une bouteille de scotch. Soit il aura passé pardessus les glissières de sécurité et sera quelque part dans le fossé, soit il aura fait un tête-à-queue sur le terre-plein central. Avec un peu de chance, il ne se sera pas retourné. Sans compter — mais ce n'est qu'une considération technique — que nous sommes des fugitifs au regard des autorités dûment constituées, et que nous ne pourrons pas sauver le monde si nous nous retrouvons bouclés dans un poste de police quelconque — Bordel ! »

Une Ford Explorer — à quatre roues motrices, certes, mais roulant bien trop vite, étant donné l'état de la chaussée, peut-être à cent trente à l'heure — passa en vrombissant, suivie d'une gerbe de neige. Un empilement invraisemblable s'élevait sur sa galerie recouverte d'une bâche bleue. Celle-ci avait été fixée sommairement et claquait, et l'on voyait ce qu'il y avait dessous : des bagages. Henry se dit qu'ils allaient se retrouver éparpillés sur la chaussée dans pas longtemps.

En ayant fini avec Duddits, Henry examina plus attentivement l'autoroute. Ce qu'il vit ne le surprit pas complètement. Si, de l'autre côté, les voies étaient toujours désertes, celles qui se dirigeaient vers le sud se remplissaient vite... oui, et il y avait des voitures partout sur les routes secondaires.

Underhill brancha la radio au moment où une Mercedes le doublait à vive allure, soulevant des geysers neigeux. Il avait appuyé sur *recherche,* trouvé de la musique classique, cherché plus loin, trouvé Kenny G faisant son baratin, cherché encore... et était tombé sur une voix.

« ... un putain de pétard gros comme un cigare », disait la voix. Henry échangea un regard avec Owen.

Depuis le siège arrière, Duddits lança quelque chose qu'Henry traduisit pour Owen : *Ils disent des gros mots à la radio.*

« C'est vrai, ajouta Henry, tandis qu'on entendait le type inhaler dans le micro. Je dirais aussi qu'il est en train de s'en taper un maousse.

— Je doute que la Commission fédérale des communications approuve, reprit la voix, après avoir longuement et bruyamment exhalé, mais si seulement la moitié de ce que j'ai entendu dire est vrai, la commission est le cadet de mes soucis. Une peste interstellaire vient de s'abattre sur nous, mes frères et mes sœurs, pour dire les choses comme elles sont. Appelez ça comme vous voulez, Zone interdite, Zone chaude, Zone de mort ou Zone crépusculaire, mais vous avez intérêt à annuler votre voyage dans le Nord, si vous en aviez prévu un. »

Nouvelle et longue (et bruyante) inhalation.

« Marvin le Martien est en marche, mes frères et mes sœurs, telle est l'information que nous tenons de Somerset County et de Castle County. Peste, rayons de la mort, les vivants vont envier les morts. J'ai une pub à faire passer pour des pneus de bagnole, mais qu'ils aillent se faire foutre avec leurs conneries. » Il y eut le bruit d'un objet qui se cassait, sans doute en plastique. Henry tendait l'oreille, fasciné. Voilà qu'elles étaient à nouveau là, ses vieilles copines les ténèbres, non pas dans sa tête, mais dans la bon Dieu de radio. « Mes frères et mes sœurs, si vous vous trouvez actuellement au nord d'Augusta, voici un petit tuyau de votre pote Lonesome Dave, de la station WWVE : délocalisez-vous vers le sud. Quand ? *Sur-le-champ*. Et tenez, un peu de musique pour accompagner le mouvement. »

Lonesome Dave de WWVE fit passer les Doors, bien entendu. Jim Morrison dans « La Fin ». Owen bascula sur ondes moyennes.

Il finit par trouver un bulletin d'information. Le type n'avait pas l'air shooté, ce qui était déjà un peu mieux que le précédent, et déclarait qu'il n'y avait aucune raison de paniquer, ce qui était aussi un pas dans la bonne direction. Puis il fit passer des extraits de déclarations du Président et du gouverneur du Maine. L'un et l'autre disaient en gros la même chose : ne vous en faites pas, les gars, restez calmes. Tout est sous contrôle. De jolies choses lénifiantes, de la Robitussin pour le corps politique. Le Président devait faire une déclaration au peuple américain à onze heures, heure avancée de l'Est.

« Ce doit être le discours dont Kurtz m'a parlé, dit Owen, simplement déplacé d'un jour ou deux.

— Quel dis...

— Chut », fit Owen avec un geste vers la radio.

Après avoir tenu des propos apaisants, le présentateur entreprit de réveiller un peu ses auditeurs et répéta les rumeurs déjà distillées par son collègue pété au hasch, en employant cependant un langage plus politiquement correct : peste, envahisseurs non humains venus de l'espace, rayons de la mort. Puis il y eut le bulletin météo : averses de neige suivies de pluie et de vents violents, précédant l'arrivée d'un front chaud (sans mentionner celle des Martiens tueurs). Il y eut un bruit bizarre, puis la bande se mit à repasser.

« *E-ar-ez !* » dit Duddits en montrant quelque chose par la fenêtre sale.

Son doigt tendu tremblait, ses dents s'entrechoquaient.

Owen jeta un bref coup d'œil à la Pontiac, qui avait effectivement terminé sa course sur le terre-plein séparant voies montantes et descendantes, et si elle n'avait pas fait un tonneau complet, elle n'en gisait pas moins sur le côté, ses passagers déconfits se tenant autour. Puis il revint à Duddits. Plus pâle que jamais, secoué de frissons, un morceau de coton ensanglanté dépassant d'une de ses narines.

« Il va comment, Henry ?

— Je ne sais pas.

— Tirez la langue.

— Est-ce que vous ne feriez pas mieux de garder les yeux sur...

— Je vais très bien, alors ne me cassez pas les pieds. Tirez la langue. »

Henry tira la langue. Underhill la regarda et fit la grimace.

« C'est plus moche qu'avant, mais ça va probablement mieux. Toute cette saloperie a viré au blanchâtre.

— Pareil sur ma cuisse. Pareil pour votre figure et votre front, au fait. On a eu de la chance que ce truc n'ait pas atteint les poumons, le cerveau ou les intestins... Perlmutter a eu les intestins touchés. Une des cochonneries se développe dans son corps.

— À quelle distance sont-ils, vous avez une idée ?

— À une trentaine de kilomètres. Un peu moins, peut-être. Alors si vous pouviez accélérer... ne serait-ce qu'un peu... »

Underhill le fit, sachant de plus que Kurtz allait mettre le turbo dès qu'il se rendrait compte qu'ils étaient à présent noyés au milieu d'un exode général, et donc une cible beaucoup moins facile à trouver pour la police militaire comme civile.

« Vous êtes encore en contact avec Pearly, dit Owen. En dépit de votre byrus en train de crever, vous êtes encore reliés. Est-ce que... »

D'un geste du pouce, il indiqua le siège arrière, dans lequel Duddits était enfoncé. Ses tremblements s'étaient calmés, pour le moment.

« Bien sûr, répondit Henry. Je sentais des trucs grâce à Duddits bien avant que tout cela commence. Jonesy, Beaver et Pete aussi. C'est à peine si on y prêtait attention. Cela faisait partie intégrante de notre existence normale. » *Tu parles, que ça faisait partie de notre existence normale... comme toutes ces idées sur des sacs en plastique, des parapets de pont et des fusils de chasse. Simple élément quotidien.* « C'est plus fort, pour l'instant. Ça va peut-être baisser, mais pour le moment... (il haussa les épaules) j'entends des voix.

— Perlmutter ?

— Entre autres. D'autres dont le byrus a atteint un stade actif. Surtout derrière nous.

— Jonesy ? Votre ami Jonesy ? Ou Mr Gray ? »

Henry secoua la tête.

« Mais Pearly, lui, entend quelque chose.

— Pearly ? Mais comment peut-il...

— Son rayon d'action mental est supérieur au mien, à cause du byrum...

— Le quoi ?

— Le truc qu'il a dans le cul, la fouine-merde.

— Oh, fit Owen avec un haut-le-cœur.

— Ce qu'il entend ne paraît pas être humain. Je ne crois pas que ce soit Mr Gray, mais ce n'est pas impossible. Toujours est-il que ça se rapproche de lui. »

Ils roulèrent en silence pendant un moment. La circulation était relativement dense et certains conducteurs imprudents (ils passèrent devant l'Explorer, juste au sud d'Augusta ; le véhicule était dans le fossé, son chargement éparpillé tout autour et apparemment abandonné), mais Underhill estima qu'ils avaient de la chance. La tempête avait empêché la plupart des gens de prendre la route, supposait-il. Ils risquaient de décider de s'enfuir à présent qu'elle s'était calmée, mais ils précédaient de quelques heures le gros de la vague. À de nombreux titres, la tempête leur avait été propice.

« Je voudrais vous dire quelque chose, reprit Owen au bout d'un moment.

— Ce n'est pas la peine. Vous êtes juste à côté de moi, à une très courte distance, et je capte encore certaines de vos pensées. »

Ce qu'Underhill avait imaginé, c'était de garer l'Humvee quelque part et de le quitter, si la poursuite devait cesser une fois que Kurtz l'aurait rejoint. En fait, Henry n'y croyait pas. À son avis, Owen Underhill était l'objectif principal d'Abe Kurtz, mais jamais Underhill n'aurait commis un acte de trahison aussi monstrueux s'il n'y avait été contraint. Non, Kurtz logerait une balle dans la tête d'Owen et continuerait sa poursuite. Tant qu'il serait aux côtés d'Owen, Henry estimait avoir encore une chance de réussir. Sans lui, il était mort. Et Duddits aussi.

« Non, on reste ensemble, dit Henry. Amis jusqu'à la fin, comme le veut le proverbe. »

Et de l'arrière du véhicule :

« *On a u oulo à 'aire, ain'enan.*

— C'est exact, Duds, répondit Henry passant un bras pardessus le siège pour serrer brièvement la main glacée de Duddits. On a du boulot à faire, maintenant ».

4

Dix minutes plus tard, Duddits eut l'air de se ranimer tout à fait ; il leur montra du doigt la première aire de repos, juste après Augusta. En réalité, à ce moment-là, ils étaient plus près de Lewiston que d'Augusta. Il se mit à crier, « *Ine, Ine !* » ce qui le fit à nouveau tousser.

« Calme-toi, Duddits, lui dit Henry, calme-toi.

— Ils ont dû s'arrêter prendre un café et manger quelque chose, observa Underhill. Une pâtisserie, ou peut-être bien un sandwich au bacon. »

Mais Duddits les dirigea vers l'arrière du restaurant, jusqu'au parking des employés. Ils s'arrêtèrent et Duddits descendit de l'Humvee. Il resta immobile pendant une minute, marmonnant pour lui-même, silhouette frêle et fragile sous le ciel nuageux que les rafales de vent semblaient prête à abattre.

« Henry ? Je ne sais pas quel genre d'araignée il a dans le plafond, mais si nous avons Kurtz sur les talons... »

À cet instant précis, Duddits acquiesça, remonta dans le véhicule et leur montra la sortie. Il paraissait plus fatigué que jamais, mais satisfait aussi.

« Qu'est-ce que tout cela peut vouloir dire, au nom du ciel ? demanda Owen, dérouté.

— Je crois qu'il a dû changer de voiture, répondit Henry. C'est bien ça, Duddits ? Il a changé de voiture ? »

Duddits acquiesça avec énergie.

« *Oui, oui ! une 'oi'ure !*

— Il va rouler plus vite, dorénavant, dit Henry. Va falloir en faire autant, Owen. Ne vous occupez pas de Kurtz. Il faut absolument rattraper Mr Gray. »

Underhill jeta un coup d'œil à Henry, puis un second, plus appuyé.

« Qu'est-ce qui vous arrive ? Vous êtes tout pâle.

— J'ai été complètement idiot. J'aurais dû deviner depuis longtemps ce que mijotait ce salopard. Ma seule excuse est que j'étais fatigué et effrayé, et rien de ça n'aura d'importance si... Il faut à tout prix le rattraper, Owen. Il a pris la direction de l'ouest du Massachusetts, et il faut l'avoir rejoint avant qu'il n'y arrive. »

Ils roulaient à présent dans la neige fondue et si la boue giclait dans tous les sens, la conduite était beaucoup moins dangereuse. Owen poussa l'Humvee jusqu'à cent à l'heure, au maximum de ce qu'il osait.

« On va essayer. Mais à moins d'un accident ou d'une panne... » Il secoua la tête lentement. « J'ai bien peur qu'on n'y arrive pas, mon vieux. J'en ai bien peur. »

5

C'était un rêve qu'il avait souvent fait enfant (à l'époque où il s'appelait Coonts), mais seulement une ou deux fois depuis les émois et les transes de l'adolescence. Il courait dans un champ sous la lune après la moisson, redoutant de regarder dans son dos parce qu'*il* était à ses trousses, parce que *la chose* était derrière lui. Il courait aussi vite qu'il pouvait, mais bien entendu ça ne suffisait pas, dans les rêves, quoi que vous fassiez, ça ne suffit jamais. Puis la chose était tellement près qu'il entendait sa respiration sèche, qu'il sentait son odeur sèche particulière.

Il arriva sur la rive d'un grand lac paisible, bien qu'il n'y ait pas eu le moindre lac dans les environs desséchés du misérable patelin du Kansas de son enfance ; et bien que ce lac fût très beau (la lune y brûlait dans ses profondeurs comme une lampe), il le terrifiait parce qu'il lui barrait la route et qu'il ne savait pas nager.

Il tomba à genoux sur la berge (jusqu'ici tout s'était déroulé comme dans le rêve de son enfance), mais au lieu de voir le reflet de la chose dans l'eau calme, le reflet du terrible épouvantail avec sa tête de grosse toile remplie de paille, ses mains boudinées et gantées, il vit cette fois Owen Underhill, le visage couvert de taches. Au clair de lune, le byrus faisait l'effet de grandes taches de rousseur, noires, spongieuses, informes.

Enfant, c'était l'endroit où il se réveillait toujours (souvent la quéquette dure et oscillante, même si Dieu seul savait pourquoi un tel cauchemar donnait la trique à un gamin), mais cette fois-ci la chose — Owen — le toucha vraiment, et les yeux qui se reflétaient dans l'eau étaient pleins de reproches. Interrogatifs aussi, peut-être.

Il leva la main pour se protéger, pour chasser celle qui lui touchait l'épaule... et vit la sienne dans le clair de lune. Elle était grise.

Non, c'est simplement le clair de lune, se dit-il.

Et seulement trois doigts. Était-ce l'effet du clair de lune, ça ?

La main d'Owen posée sur lui, le touchant, lui transmettant son ignoble maladie... et se permettant néanmoins de l'appeler encore...

6

« ... patron. Réveillez-vous, patron ! »

Kurtz ouvrit les yeux et se redressa avec un grognement, repoussant en même temps la main de Freddy. Elle était posée sur son genou, pas sur son épaule ; d'où il était, derrière le volant, il lui était plus facile de l'attraper par le genou et de le secouer, mais c'était néanmoins intolérable.

« Je suis réveillé, je suis réveillé. »

Il leva les mains devant son visage pour le prouver. Elles n'étaient pas rose-bébé, certainement pas, mais pas grises non plus, et chacune comportait bien les cinq doigts réglementaires.

« Quelle heure est-il, Freddy ?

— Je ne sais pas, patron. On est encore le matin, c'est tout ce que je peux dire. »

Ah oui ! Toutes les horloges étaient en rideau. Jusqu'à sa montre de gousset qui s'était arrêtée : victime de l'époque moderne comme n'importe qui, il avait oublié de la remonter. Il avait toujours eu un sens de l'écoulement du temps assez précis, et il lui semblait qu'il devait être autour de neuf heures, ce qui signifiait qu'il avait pris deux heures de sommeil. Ce n'était pas énorme, mais il n'avait pas besoin de dormir beaucoup. Il se sentait mieux. Assez bien, en tout cas, pour détecter de l'inquiétude dans la voix de Freddy.

« Qu'est-ce qu'il y a, mon p'tit gars ?

— Pearly dit qu'il a perdu contact avec eux tous. Qu'Owen était le dernier, et que même avec lui c'est fini. Il dit qu'Owen doit avoir vaincu le Ripley, monsieur. »

Kurtz aperçut le sourire contenu, style j'tai-bien-eu, de Perlmutter dans le grand rétroviseur.

« C'est quoi le marché, Archie ?

— Aucun, répondit Pearly, d'une voix qui paraissait nettement plus lucide qu'avant le petit somme de Kurtz. Je... je boirais bien un verre d'eau, patron. Je n'ai pas faim, mais...

— On pourrait s'arrêter prendre quelque chose, sans doute, admit Kurtz. Si nous avions au moins un contact. Mais si nous les avons tous perdus, ce Jones en plus d'Owen et de Devlin, tu sais comment je suis, mon gars. Je vais mordre au moment de crever et il faudra deux chirurgiens et un fusil pour me faire lâcher, même là. Va falloir endurer une longue journée à attendre assis ici, tandis que Freddy et moi on courra partout sur les routes allant vers le sud pour retrouver leur trace... à moins que tu puisses nous aider. Si tu fais ça, Archie, j'ordonne à Freddy de s'arrêter à la prochaine sortie. J'irai personnellement au petit trot jusqu'à la boutique pour t'acheter la plus grosse bouteille de Poland Spring qu'ils auront dans leur frigo. Qu'est-ce que t'en dis ? »

Il n'avait à en dire que du bien, comme le vit Kurtz à la manière dont Perlmutter claqua des lèvres et se passa ensuite la langue dessus pour les humidifier (sur ses lèvres et ses joues, le Ripley proliférait toujours, luxuriant, avec des taches couleurs framboise, certaines même couleur bordeaux) ; il affichait de nouveau son expression fourbe. Ses yeux, bordés de croûtes de Ripley, ne cessaient d'aller et venir. Et tout d'un coup, Kurtz crut comprendre le tableau. Pearly était devenu cinglé, Dieu ait pitié de lui. Il fallait peut-être être soi-même cinglé pour en reconnaître un autre.

« J'ai dit la pure vérité. J'ai perdu le contact avec tout le monde. »

Sur quoi Archie mit l'index contre son nez et regarda dans le rétroviseur avec son expression fourbe.

« On les attrape, et je crois qu'il y a une bonne chance qu'on puisse te guérir, mon p'tit gars. » Kurtz dit cela de sa voix la plus neutre, comme un rapport au général. « Alors dis-moi... avec lequel es-tu encore en contact ? Jonesy ? Avec le nouveau, Duddits ? (Nom que Kurtz prononçait Dud-duts.)

— Non, pas avec lui. Avec aucun. »

Mais il avait toujours le doigt le long du nez, toujours l'expression fourbe.

« Allez, fais un effort et tu auras de l'eau, dit Kurtz. Ou continue de tirer sur la ficelle, soldat, et je te colle une balle dans la tête et te roule dans la neige. Et maintenant, vas-y. Lis dans mon esprit et dis-moi que je mens. »

Perlmutter le regarda quelques instants encore dans le rétroviseur, la mine boudeuse, avant de répondre

« Jonesy et Mr Gray sont toujours sur l'autoroute. Ils sont du côté de Portland, à présent. Jonesy a expliqué à Mr Gray comment faire le tour de la ville par la 295. Sauf qu'il n'a pas vraiment parlé. Mr Gray est dans sa tête et quand il veut quelque chose, il me semble qu'il le prend, c'est tout. »

Kurtz écouta ces explications avec une stupéfaction de plus en plus grande, sans cesser de calculer.

« Il y a un chien, reprit Pearly. Ils ont un chien avec eux. Il s'appelle Lad. C'est avec lui que je suis en contact. Il est... comme moi. » Ses yeux croisèrent de nouveau ceux de Kurtz dans le rétroviseur, mais ils avaient perdu leur fourberie. À la place, il y avait quelque chose de pitoyable qui frisait la folie. « Croyez-vous que j'aie encore une chance de... vous savez... redevenir moi-même ? »

Savoir que Perlmutter arrivait à lire dans son esprit conduisit Kurtz à se montrer prudent.

« Je crois qu'il y a une chance pour qu'on puisse te délivrer de ton fardeau, au moins. Avec un médecin qui comprendrait la situation, je pense que ce serait possible. Une bonne bouffée de chloroforme et quand tu te réveilles... pouf ! » Kurtz s'embrassa le bout des doigts, puis se tourna vers Freddy. « S'ils sont à Portland, quelle est leur avance ?

— Environ cent vingt kilomètres, patron.

— Alors, appuie un peu sur le champignon, loué soit le Seigneur. Ne nous fiche pas dans le fossé, mais accélère. »

Cent vingt kilomètres... et si Underhill et Devlin et le nouveau, Dud-duts, savaient ce que savait Archie Perlmutter, ils étaient toujours aux trousses de Jonesy.

« Si j'ai bien compris, Archie, reprit Kurtz, Mr Gray est dans Jonesy ?

— Oui.

— Et ils ont avec eux un chien qui peut lire dans leur esprit ?

— Le chien entend leurs pensées, mais sans les comprendre. Il n'est toujours qu'un chien. J'ai soif, patron. »

Il écoute ce clébard comme si c'était une putain de radio, s'émerveilla Kurtz.

« Freddy ? Prochaine sortie. Tournée générale. » Ça l'agaçait de devoir faire un arrêt-pipi — la seule idée de perdre deux ou trois kilomètres sur Underhill l'agaçait —, mais il avait besoin de Perlmutter. Et d'un Perlmutter heureux, si possible.

Devant eux se présentait l'aire de repos où Mr Gray avait échangé son chasse-neige contre la Subaru du cuistot, et où Underhill et Henry avaient fait un bref arrêt parce que la ligne y faisait un détour. Le parking était bourré, mais à eux trois, ils réunirent assez de monnaie pour se servir aux distributeurs automatiques, à l'extérieur.

Dieu soit loué.

7

Quels que soient les triomphes et les échecs de ce que l'on a appelé la « Présidence de Floride » (dont les pages sont encore en grande partie à écrire), il restera toujours à son actif que le locataire de la Maison Blanche mit un terme à la Grande Peur venue de l'Espace avec son discours, en ce matin de novembre.

Les avis divergent sur les raisons qui ont rendu ce discours efficace (« il a été fait simplement au bon moment », déclara avec dédain un critique), mais toujours est-il qu'il a marché. Avides d'informations sérieuses, les gens qui étaient déjà sur les routes s'arrêtèrent pour assister à la retransmission télévisée. Les magasins d'appareils télé, dans les centres commerciaux, se remplirent d'une foule silencieuse et attentive. Sur les aires d'approvisionnement en carburant et nourriture, les comptoirs fermèrent, et on disposa des postes de télé à côté des caisses enregistreuses réduites au silence. Les bars se remplirent. En de nombreux endroits, les gens ouvrirent leur maison à ceux qui voulaient suivre le discours. Les fuyards auraient certes pu l'écouter sur la radio de leur voiture (comme le firent Mr Gray et Jonesy), mais seule une minorité choisit de continuer de rouler. La plupart des gens avaient envie de voir le chef de l'État en face, si l'on peut dire. D'après les adversaires du Président, cette intervention eut simplement pour effet de casser la logique de panique : « Porky le cocher aurait pu faire un discours à ce moment précis et obtenir le même résultat », estima l'un d'eux. Ce qui n'était pas l'avis de tout le monde : « Ce fut un moment crucial de la crise, affirma en effet un autre. Il y avait peut-être six mille personnes sur les routes. Si le Président n'avait pas dit ce qu'il fallait, on en aurait peut-être eu soixante mille en début d'après-midi, six cent mille en début de soirée, moment où la vague aurait déferlé sur New York ; le plus vaste mouvement de personnes déplacées aux États-Unis depuis les années trente et le Dust Bowl. Les Américains, en particulier ceux de Nouvelle-Angleterre sont venus chercher auprès de leur président (élu avec une marge bien étroite) de l'aide et de quoi être rassurés. Il a réagi avec ce qui a peut-être été le plus grand *discours à mes concitoyens* de tous les temps. Aussi simple que ça. »

Simple ou pas, phénomène sociologique ou de leadership habile, le discours dit en gros ce à quoi Underhill et Henry s'étaient attendus ; quant à Kurtz, il aurait pu en prévoir chaque mot, chaque enchaînement. Il développait deux idées simples, présentées l'une et l'autre comme des faits indiscutables, et calculées pour apaiser la terreur qui, ce matin, faisait battre anormalement les poitrines américaines en temps ordinaire si placides. La première était que, s'ils n'étaient pas venus le rameau d'olivier à la main et des offrandes plein leurs soutes, ces nouveaux arrivants n'avaient manifesté aucun comportement hostile, ni même agressif. La deuxième, que s'ils avaient apporté avec eux une sorte de virus, celui-ci était resté confiné dans le Jefferson Tract (zone que le Président montra sur une carte incrustée, aussi habilement qu'un monsieur-météo indiquant une dépression). Et même là il se mourait, sans la moindre intervention de la part des scientifiques et des militaires qui avaient été déployés sur place.

« Quoique nous ne puissions pas le dire avec une certitude absolue au point où nous en sommes, ajouta le Président à l'intention de tous les auditeurs qui retenaient leur souffle (ceux qui les retenaient le plus étant, de manière peut-être compréhensible, les habitants de Nouvelle-Angleterre et en particulier ceux du Corridor nord-est), nous croyons que nos visiteurs ont apporté ce virus avec eux tout à fait comme un voyageur venu d'outre-mer peut ramener chez lui certains insectes dans ses bagages ou dans les produits qu'il a achetés sur place. C'est d'ailleurs ce que les douaniers recherchent, mais évidemment, ajouta le Grand Papa Blanc, ces derniers visiteurs ne sont pas passés par la douane. »

Il était exact que certaines personnes avaient succombé au virus. La plupart étaient des militaires. La grande majorité de ceux qui l'avaient contracté (« une forme de moisissure qui n'était pas sans rappeler le pied d'athlète », précisa le Grand Papa Blanc) guérissaient spontanément. On avait placé la zone sous quarantaine, mais les personnes qui étaient hors de cette zone ne couraient aucun danger, « ... je répète, aucun danger. Si vous habitez le Maine et si vous avez quitté votre domicile, je vous suggère de rentrer chez vous. Pour reprendre les paroles de Franklin Delano Roosevelt, nous n'avons rien à craindre, sinon la crainte elle-même ».

Pas un mot sur la destruction des grisâtres, ni sur celle du vaisseau, ni sur les chasseurs massacrés et enterrés, ni sur l'incendie du Gosselin's, ni sur l'évasion des détenus. Rien non plus sur les derniers Imperial Valley de Gallagher poursuivis comme des chiens (ils n'étaient que des chiens, aux yeux de beaucoup ; pire que des chiens). Rien sur Kurtz, pas un murmure sur Typhoid Jonesy. Le Président se contenta de dire ce qu'il fallait pour casser l'engrenage de la panique avant qu'elle ne devienne incontrôlable.

La plupart des gens suivirent son conseil et retournèrent chez eux.

Pour certains, évidemment, c'était impossible.

Pour certains, il n'y avait plus de chez-soi où retourner.

8

La petite parade poursuivait sa route vers le sud sous le ciel noir avec, à sa tête, la Subaru rouge rouillée que Marie Turgeon de Litchfield ne reverrait jamais. Henry, Owen et Duddits étaient à quatre-vingt kilomètres, soit à environ cinquante minutes derrière. Au moment où ils sortaient de l'aire de repos du Mile 81 (Pearly engloutissant déjà avidement sa deuxième bouteille de Naya alors qu'ils rejoignaient le flot de la circulation), Kurtz et ses hommes se trouvaient à peu près à cent kilomètres derrière Mr Gray et Jonesy, soit à une trentaine de kilomètres du principal gibier qu'ils poursuivaient.

Lorsque le Président acheva sa péroraison sur : « Dieu vous bénisse, mes chers concitoyens, et Dieu bénisse l'Amérique » Jonesy et Mr Gray franchissaient le pont reliant Kittery et Portsmouth, dans le New Hampshire ; Henry, Underhill et Duddits passaient à hauteur de la sortie 9, laquelle dessert les communautés de Falmouth, Cumberland et Jerusalem's Lot ; Kurtz, Freddy et Perlmutter (dont le ventre s'était de nouveau mis à enfler et qui gisait dans son siège en poussant des grognements et lâchant des gaz méphitiques, peut-être un commentaire critique du discours du Grand Papa Blanc) étaient non loin de la sortie de Bowdoinham, au nord de Brunswick.

Puisant dans les souvenirs admirablement organisés de Jonesy, Mr Gray quitta la 95 pour la 495, juste après avoir franchi la frontière entre le New Hampshire et le Massachusetts... et, sur les indications de Duddits, qui voyait le passage de Jonesy comme une ligne jaune brillante, le premier Humvee prit le même chemin. Contournant Boston, Mr Gray allait quitter la 495 pour la I-90 à la hauteur de Marlborough, prenant ainsi l'un des grands axes est-ouest des États-Unis, connu dans le Massachusetts comme le « Mass Pike ». La sortie 8, d'après les archives de Jonesy, indiquait Palmer, UMass, Amherst et Ware. Dix kilomètres après Ware s'étendait le Quabbin.

Ce qu'il voulait, c'était atteindre le Regard 12 ; c'était ce que disait Jonesy et Jonesy ne pouvait mentir, en dépit de lui-même. Il y avait un bureau de la société distributrice d'eau, la Massachusetts Water Authority, au Winsor Dam, à l'extrémité sud de la grande retenue du Quabbin. Jonesy pouvait l'amener jusque-là ; Mr Gray ferait le reste.

9

Jonesy ne pouvait plus s'asseoir derrière son bureau : s'il s'y installait, il se mettrait à pleurnicher. Les pleurnicheries laisseraient sans nul doute la place à du charabia, et le charabia à des plaintes déchirantes ; et une fois qu'il se serait mis à pousser des plaintes déchirantes, il se précipiterait dehors, directement dans les bras de Mr Gray, en plein délire et prêt à se faire annihiler.

Où sommes-nous, à présent ? Encore à Marlborough ? On quitte la 495 pour la 90 ? Ça doit être ça.

Sans qu'il puisse le dire avec certitude, étant donné que les volets étaient toujours fermés. Il regarda involontairement vers la fenêtre... et ne put s'empêcher de sourire. Il ne pouvait que sourire. L'inscription LAISSEZ TOMBER — SORTEZ avait été remplacée par celle à laquelle il avait pensé : RENDS-TOI, DOROTHY.

C'est moi qui ai fait ça, et je parie que je pourrais faire disparaître ces foutus volets, si je voulais.

Et alors ? Mr Gray en poserait d'autres, ou peut-être se contenterait-il de peindre les vitres en noir. S'il ne voulait pas que Jonesy puisse voir dehors, Jonesy resterait aveugle. Parce qu'il ne fallait pas se faire d'illusions : c'était Mr Gray qui contrôlait ses interactions avec l'extérieur. La tête de Mr Gray avait explosé, il avait balancé ses spores sous le nez de Jonesy, le Dr Jekyll était devenu Mister Byrus, et Jonesy l'avait inhalé. Et maintenant, Mr Gray était...

Un foutu casse-pieds, pensa Jonesy. *Ou plutôt un foutu casse-tête.*

Une partie de lui-même protesta devant cette interprétation, la présentant même sous une forme cohérente : *Non, c'est tout le contraire, c'est toi qui es sorti, qui t'es échappé*, mais il repoussa cette idée. C'étaient des conneries, de la pseudo-intuition, une hallucination cognitive, pas tellement différente de l'oasis que l'homme mourant de soif croit voir dans le désert. Il était enfermé ici, il était prisonnier. Mr Gray était là dehors, bouffait du bacon et faisait tourner la boutique. Voir les choses autrement serait de la folie furieuse.

Il faut que je l'oblige à ralentir. Si je ne peux pas l'arrêter, n'y a-t-il pas moyen, au moins, de jeter un grain de sable dans la mécanique ?

Il se leva et commença à faire les cent pas le long des murs de son bureau. Trente-quatre pour un tour complet. Sacrément court, le circuit. Cependant (supposait-il) plus long que dans une cellule de prison classique ; les types sous les verrous à Walpole, Danvers ou Shawshank auraient trouvé qu'il faisait le difficile. Au milieu de la pièce, l'attrape-rêves dansait et tournait sur lui-même. Une partie de son esprit comptait les pas, l'autre se demandait à quelle distance ils étaient de la sortie 8 et du Mass Pike.

Trente et un, trente-deux, trente-trois, trente-quatre. Retour derrière son siège. Temps d'attaquer un deuxième tour.

Ils arriveraient bientôt à Ware, à ce train-là... et ils ne s'y arrêteraient même pas. Contrairement à la Russe, Mr Gray savait exactement où il voulait aller.

Trente-deux, trente-trois, trente-quatre, trente-cinq, trente-six. Et de nouveau derrière le fauteuil, prêt pour un autre tour.

Jonesy et Carla avaient eu leurs trois premiers enfants avant trente ans (le numéro quatre, un petit retardataire, était arrivé moins d'un an auparavant), et ni lui ni elle n'envisageaient à l'époque d'être un jour propriétaire d'une villa d'été, même pas quelque chose de modeste comme le cottage d'Osborne Road, à North Ware. Sur quoi des changements sismiques s'étaient produits au département de Jonesy. Un de ses amis en avait pris la présidence, et il s'était retrouvé professeur associé au moins trois ans avant ses prévisions les plus optimistes. L'augmentation de salaire avait été considérable.

Trente-cinq, trente-six, trente-sept, trente-huit, et de nouveau, derrière le fauteuil. Ça lui faisait du bien. Il n'y avait rien d'extraordinaire à faire les cent pas dans sa cellule, mais cela le calmait.

La même année, la grand-mère de Carla était décédée ; sa femme et sa sœur avaient fait un héritage d'autant plus considérable que ceux de la génération intermédiaire étaient déjà morts. C'est ainsi qu'ils avaient récupéré le cottage et, pour la première fois cet été, amené les enfants visiter le barrage Winsor. De là, ils s'étaient inscrits pour une visite guidée des lieux. Leur cicérone, un employé de la MWA en uniforme vert sapin, leur avait expliqué que le secteur qui entourait le réservoir Quabbin, qualifié d'étendues « accidentellement sauvages », était devenu un lieu de reproduction de choix pour les aigles dans le Massachusetts (John et Misha, les aînés, avaient espéré voir quelques aigles, mais ils furent déçus). La création du réservoir datait des années trente ; à l'époque, on avait dû sacrifier trois communautés rurales qui avaient chacune leur marché ; les environs du lac étaient des terres cultivées. Dès les années soixante, à peu près, le paysage était toutefois redevenu ce qu'il avait dû être en Nouvelle-Angleterre avant que la culture et l'industrie ne le transforment, à partir du milieu du dix-septième siècle. Tout un réseau de chemins de terre, creusés d'ornières, parcourait la rive est du lac, lequel était l'une des réserves d'eau les plus pures d'Amérique du Nord, à en croire leur guide. Et pour aller au-delà du Regard 12, branche est du réservoir, mieux valait enfiler des chaussures de marche, toujours d'après le guide. Lorrington, il s'appelait Lorrington.

Il y avait à peu près une douzaine de personnes en plus d'eux dans le groupe, et ils étaient déjà pratiquement revenus à leur point de départ, se tenant au bord de la voie qui courait sur le barrage Winsor, tournés vers le nord (le bleu lumineux de l'eau, étincelant de millions de reflets sous le soleil, Joey dormant comme un bienheureux dans le sac à dos de son père). Lorrington avait terminé son numéro et s'apprêtait à leur souhaiter une agréable fin de journée lorsqu'un type portant un sweatshirt de l'université Rutgers avait levé la main comme un écolier : *Dites-moi, le Regard 12... ce n'est pas là que la Russe... ?*

Trente-huit, trente-neuf, quarante, quarante et un, le fauteuil. Il comptait sans vraiment faire attention aux nombres, une manie de toujours. Carla en parlait comme d'un « désordre obsessionnel compulsif ». Jonesy n'en savait rien, sinon que le fait de compter ainsi l'apaisait, et il entreprit donc un nouveau tour.

Les lèvres de Lorrington s'étaient contractées à la mention de la Russe. Apparemment, elle ne faisait pas partie de son baratin ; elle était tenue à l'écart des bonnes vibrations que la Massachusetts Water Authority voulaient que les touristes emportent avec eux. En fonction des adductions municipales par laquelle elle passait pendant les douze à seize kilomètres finaux de son odyssée, l'eau du robinet à Boston pouvait être l'eau courante la plus pure et la meilleure du monde : telle était la bonne parole qu'était chargé de répandre Lorrington.

Je ne suis pas tellement au courant de cette histoire, monsieur, avait répondu l'homme. Et Jonesy s'était dit, *Notre guide vient de nous en sortir une particulièrement fine dans le genre langue de bois.*

Quarante et un, quarante-deux, quarante-trois, encore le fauteuil, prêt pour un autre tour. Il avançait d'un pas plus vif, maintenant, les mains dans le dos comme le capitaine d'un bateau arpentant sa dunette... ou le mitard de la cale après avoir été victime d'une mutinerie. Il supposait que cette dernière comparaison était plus adéquate.

Jonesy avait été professeur d'histoire pendant toute sa vie professionnelle et la curiosité, chez lui, était une seconde nature. Il s'était rendu dans la bibliothèque au cours de la semaine suivante et avait cherché l'histoire dans les journaux locaux. Il avait fini par la trouver. Le compte rendu était laconique et sec (un article sur une partie de tennis, dans le même journal, présentait plus de détails et de couleurs), mais leur facteur en connaissait beaucoup plus long et n'avait pas demandé mieux que de lui en parler. Le vieux Mr Beckwith. Jonesy se souvenait de ses dernières paroles, avant qu'il n'enclenche une vitesse sur son véhicule postal blanc et bleu pour rouler jusqu'à la boîte aux lettres suivante, sur Osborne Road ; il y avait beaucoup de courrier à distribuer sur le côté sud du lac pendant l'été. Jonesy était revenu vers le cottage (ce cadeau inespéré), se disant qu'il n'était pas étonnant que Lorrington n'ait eu aucune envie de raconter l'histoire de la Russe.

Elle aurait fait très mauvais effet, question relations publiques.

10

Son nom est quelque chose comme Ilena ou Elaina Timarova, personne ne semble le savoir au juste. Elle débarque à Ware au début de l'automne 1995 dans une Ford Escort portant un discret autocollant Hertz sur le pare-brise. On apprendra plus tard que le véhicule a été volé, et la rumeur, nullement fondée mais juteuse, rapporte qu'elle en aurait obtenu les clefs en échange d'une gratification sexuelle à l'aéroport de Logan. Qui sait ? Les choses se sont peut-être passées ainsi.

Toujours est-il qu'elle est manifestement à côté de ses pompes, sinon limite cinglée. Un témoin se souvient d'une ecchymose sur le côté de son visage, un autre du fait que les boutons de sa blouse n'ont pas été glissés dans les bons trous. Elle parle un mauvais anglais, mais elle le comprend suffisamment pour obtenir ce qu'elle veut : des indications pour se rendre jusqu'au réservoir

Quabbin. Elle les note, en russe, sur un morceau de papier. Le soir même, au moment où le personnel ferme la route qui passe sur le barrage Winsor, on retrouve l'Escort abandonnée sur l'aire de pique-nique de Goodnough Dike. Comme la voiture est encore sur place le lendemain matin, deux types de la Massachusetts Water Authority (qui sait, Lorrington était peut-être l'un des deux) et deux rangers des services forestiers commencent à la chercher.

Trois kilomètres plus loin, sur East Street, ils retrouvent ses chaussures. Encore trois kilomètres plus loin, là où la route redevient en terre (elle serpente dans la nature sur la berge est du réservoir et n'est nullement une rue, comme l'indique faussement son nom, mais un chemin comme Deep Cut Road, version Massachusetts), ils retrouvent la blouse... oh-oh. Et encore trois kilomètres plus loin, là où se termine East Street, ils arrivent sur une bande dégagée, pleine d'ornières, utilisée par les bûcherons, qui s'éloigne perpendiculairement au lac : Fitzpatrick Road. L'équipe est sur le point d'emprunter cette voie, lorsque l'un d'eux aperçoit quelque chose de rose accroché à une branche, près de l'eau. On constate qu'il s'agit d'un soutien-gorge.

Le sol, à cet endroit, est imbibé d'eau, pas tout à fait marécageux. Il est facile de suivre sa trace, d'autant qu'il y a en plus des branches cassées là où elle a forcé le passage, s'infligeant des blessures (elle est nue jusqu'à la taille) auxquelles ils préfèrent ne pas penser. Cependant, ils en ont les preuves sous les yeux, que cela leur plaise ou non ; il y a, sur les branches, puis sur les rochers, du sang qui fait à présent partie de sa piste.

À un peu moins de deux kilomètres de l'endroit où s'arrête East Street, ils arrivent à un édifice de pierre bâti sur un monticule. Il fait face au mont Pomery, sur l'autre rive de la branche est. L'édifice abrite le regard 12 et n'est accessible en véhicule à moteur que depuis le nord. La raison pour laquelle Ilena (ou Elaina) n'est pas arrivée par le nord restera à jamais inconnue.

L'aqueduc souterrain qui part du Quabbin se dirige directement sur Boston, plein est, pendant cent cinq kilomètres, s'enrichissant au passage des eaux des réservoirs Wachusett et Sudbury (ces deux sources sont plus petites et pas tout à fait aussi pures que le Quabbin). Il n'y a aucune pompe ; le conduit de l'aqueduc, dont la voûte s'élève à plus de quatre mètres et qui mesure un peu plus de trois mètres de large, n'en a nul besoin. Boston est approvisionné en eau par simple gravité, technique déjà utilisée par les Égyptiens trente-cinq siècles auparavant. Douze puits verticaux vont du sol jusqu'à l'aqueduc ; ils servent à la ventilation et comme points de régulation de la pression. Ce sont aussi des accès, au cas où l'aqueduc serait bouché. Le regard 12, le plus proche du réservoir, est aussi connu comme puits de prélèvement. C'est en effet ici que l'on teste la pureté de l'eau ainsi que, soit dit en passant, la chasteté des femmes (l'édifice en pierre n'est pas fermé à clef et les amoureux en canoë y font souvent une halte).

Sur la première des huit marches conduisant à la porte, ils trouvent le jean de la femme, soigneusement plié. Sur la dernière marche, une petite culotte blanche toute simple en coton. La porte est ouverte. Les quatre hommes échangent des regards, mais aucun ne parle. Ils ont une bonne idée de ce qu'ils vont trouver à l'intérieur ; une femme, une Russe, sans ses vêtements.

Mais non. Le couvercle circulaire en fer, au sommet du regard 12, a été déplacé ; juste assez pour dessiner une ouverture obscure en forme de croissant de lune, côté lac. À côté, est posé le pied-de-biche avec lequel la femme a déplacé le couvercle ; ce pied-de-biche est en général rangé près de la porte avec d'autres outils. Non loin, ils trouvent le sac à main de la femme. Son portefeuille est posé dessus, ouvert sur sa carte d'identité. Et au sommet de la pyramide, si l'on peut dire, trône son passeport. Une feuille de papier en dépasse, couverte de pattes de mouches qui doivent être en russe ou en cyrillique, ils ne savent pas comment on dit. Les hommes pensent qu'elle explique son suicide, mais la traduction montrera qu'il s'agit simplement des notes qu'elle a prises pour s'orienter. Tout en bas, elle a écrit : *Quand la route se termine, continuer à pied le long de la rive.* Et c'est ce qu'elle a fait, se déshabillant au fur et à mesure, sans prêter attention aux branches qui la blessaient, aux buissons qui la griffaient.

Les hommes se tiennent autour du sommet du regard partiellement découvert, se grattant la tête et tendant l'oreille au babil de l'eau, l'eau qui en est au début de son voyage vers les robinets, les chantepleures, les fontaines et les tuyaux d'arrosage de Boston. Le bruit est creux, avec quelque chose de désagréablement humide ; il y a une bonne raison à cela. Le regard 12 donne sur un puits de trente-sept mètres cinquante. Les hommes n'arrivent pas à comprendre qu'elle ait choisi cette façon de faire, mais ils peuvent *voir* clairement, trop clairement, que c'est ainsi qu'elle a procédé ;

ils la voient s'asseoir sur le dallage, les pieds pendant dans le vide ; on dirait (version déshabillée), la demoiselle sur les étiquettes de l'eau de source White Rock.

Elle jette un dernier regard par-dessus son épaule, peut-être, pour s'assurer que son passeport et son portefeuille n'ont pas bougé. Elle tient à ce qu'on sache qu'elle est passée par ici et il y a quelque chose d'insupportablement triste à cette idée. Un dernier regard en arrière, et elle se glisse dans l'éclipse formée par le couvercle déplacé. Peut-être se bouche-t-elle le nez, comme un gosse qui saute dans une piscine. Peut-être pas. D'une manière ou d'une autre, elle disparaît instantanément. Bonjour les ténèbres, mes vieilles amies.

11

Les dernières paroles du vieux Mr Beckwith sur le sujet, avant qu'il reparte dans sa voiture postale, ont été celles-ci : *Si j'ai bien compris, les gens de Boston vont la boire dans leur café, un matin, autour de la Saint-Valentin.* Puis il avait souri à Jonesy. *Moi, je ne bois jamais d'eau. Je m'en tiens à la bière.*

Dans le Massachusetts, comme en Australie, on oublie de prononcer le *r*.

12

Cela faisait la douzième ou quatorzième fois que Jonesy tournait autour de son bureau. Il s'arrêta un moment derrière son fauteuil, se frottant machinalement la hanche, puis repartit, comptant toujours, ce bon vieux Jonesy, compulsif, obsédé.

Un... deux... trois...

L'histoire de la Russe était sans aucun doute excellente, un exemple de choix parmi les ragots (les maisons hantées où il y a eu cinq assassinats, les emplacements d'accidents mortels au bord de la route étaient de bons sujets aussi) qu'on s'échange dans les petites villes ; elle éclairait en outre d'une lumière crue les intentions de Mr Gray concernant Lad, le malheureux berger écossais, mais quel avantage en retirait-il, *lui* ? À quoi lui servait de connaître la destination de Mr Gray ? Après tout...

Retour au fauteuil, *quarante-huit, quarante-neuf, cinquante...* hé, attends une minute, attends donc une minute. La première fois qu'il a accompli le tour de la pièce, il a compté trente-quatre pas, non ? Comment pourrait-il en avoir fait cinquante, cette fois ? Il n'a pas traîné, raccourci ses enjambées, rien. Alors... ?

Tu es en train de la rendre plus grande. En en faisant le tour, tu agrandis la pièce. Parce que tu es agité. C'est ta pièce, après tout. Je parie que tu pourrais la rendre aussi grande que la salle de bal du Waldorf-Astoria si tu voulais... et que Mr Gray ne pourrait pas t'en empêcher.

« Serait-ce possible ? » murmura Jonesy. Il se tenait une main sur le dossier du fauteuil, comme s'il posait pour un portrait. Il n'avait pas besoin qu'on réponde à sa question. Voir suffisait. La pièce était plus grande.

Henry arrivait. S'il avait Duddits avec lui, suivre Mr Gray ne lui était pas difficile, même si Mr Gray changeait souvent de véhicule, car Duddits voyait la ligne. Il les avait conduits jusqu'à Richie Grenadeau dans un rêve, puis plus tard, dans la réalité, jusqu'à Josie Rinkenhauer, et il pouvait aujourd'hui diriger Henry avec autant de facilité qu'un chien de meute au nez subtil conduit le chasseur au terrier du renard. Le seul problème, c'était *l'avance*, cette bon Dieu d'avance qu'avait Mr Gray. Une bonne heure. Davantage, peut-être. Et une fois que Mr Gray aurait balancé Lad dans le regard 12, le bal pouvait commencer. Il y aurait le temps de couper l'arrivée d'eau à Boston, du moins en théorie, car comment Henry pourrait-il convaincre un responsable de prendre une mesure aussi radicale, aussi terriblement gênante pour tous ? Jonesy ne voyait pas. Et tous les gens qui captaient cette même eau avant qu'elle arrive à Boston, et qui allaient en boire presque tout de suite après ? Soixante-cinq habitants à Ware, onze mille à Athol, plus de cent cinquante mille à Worcester. Pour eux, ce ne serait pas une question de mois, mais de semaines ; de jours même pour certains.

N'existait-il aucun moyen de ralentir ce salopard ? De donner une chance à Henry de le rattraper ?

Jonesy leva les yeux vers l'attrape-rêves et, ce faisant, la pièce se transforma ; il y eut un soupir, ou presque un soupir, le genre de bruit que les fantômes sont censés faire lors de leurs apparitions dans les séances de spiritisme. Mais ce n'était pas un fantôme, et Jonesy sentit la chair de poule se hérisser sur ses bras. En même temps, ses yeux se remplirent de larmes. Et un vers de Thomas Wolfe lui revint à l'esprit — *ô perdue, une pierre, une feuille, une porte non trouvée.* Thomas Wolfe, pour qui il était impossible de revenir chez soi.

« Duddits ? » murmura-t-il. Il sentit ses cheveux se hérisser sur sa nuque. « C'est toi, Duddie ? »

Pas de réponse... mais lorsqu'il regarda le bureau, avec son téléphone inutile, il vit que quelque chose y avait été ajouté. Pas une pierre ou une feuille, pas une porte non trouvée, mais une planche de cribbage et un jeu de cartes.

Quelqu'un voulait jouer au jeu.

13

Fait mal tout le temps, maintenant. Maman sait, il dit à maman. Jésus sait, il dit à Jésus. Il ne dit rien à Henry, Henry a mal aussi, Henry fatigué, Henry triste. Beaver et Pete au ciel où eux assis main droite de Dieu très bien, créateur ciel et terre pour l'éternité et toujours, Jésus sauve, hé vieux. Ça le rend triste, ils étaient bons amis et ils jouaient à des jeux et se moquaient jamais. Une fois ils ont trouvé Josie et une fois ils ont vu un homme grand, un cow-boy, et une fois ils ont joué au jeu.

C'est un jeu, aujourd'hui aussi, sauf que Pete disait *Duddits c'est pas important si tu gagnes ou si tu déconnes c'est la façon dont tu joues au jeu,* sauf cette fois c'est important, Jonesy dit c'est important, Jonesy difficile à entendre mais bientôt ce sera mieux, bientôt. Si seulement il avait pas mal. Même le Perco fait rien. Sa gorge brûle son corps tremble son ventre a mal comme quand il doit faire caca, un peu comme ça, mais il n'a pas envie de faire caca et quand il tousse des fois y'a du sang. Il voudrait bien dormir mais y'a Henry et son nouvel ami Owen qu'était là le jour où ils ont trouvé Josie et ils disent *si seulement on pouvait le ralentir* et *si seulement on pouvait le rattraper* et il doit rester réveillé mais il doit fermer les yeux pour entendre Jonesy et ils croient qu'il dort, Owen dit *on devrait peut-être le réveiller, si jamais ce fils de pute change de direction* et Henry dit *je vous dis que je sais où il va, mais on le réveillera juste à hauteur de la I-90 pour ne pas prendre de risques. Pour le moment laissons-le dormir, mon Dieu, il a l'air si fatigué.* Et de nouveau mais seulement dans sa tête : *Si seulement on pouvait ralentir ce fils de pute.*

Les yeux fermés. Bras croisés sur sa poitrine qui fait mal. Respire lentement, Maman dit Respire lentement quand tu tousses. Jonesy pas mort, pas au ciel avec Beaver et Pete, mais Mr Gray dit Jonesy enfermé et Jonesy le croit. Jonesy dans son bureau, pas de téléphone pas de fax, dur à dire parce que Mr Gray est méchant et Mr Gray a peur. Jonesy qui a peur doit trouver qui est vraiment enfermé.

Quand parlaient-ils le plus ?

Quand ils jouaient au jeu.

Le jeu.

Un frisson le secoue des pieds à la tête. Il doit penser, penser fort et il a mal, il sent sa force qui s'en va, les derniers petits morceaux de sa force, mais cette fois-ci c'est plus qu'un simple jeu, cette fois-ci, ça compte qui gagne ou qui rate, alors il donne sa force, il fait la planchette et il fait les cartes, Jonesy pleure, Jonesy pense *ô perdu*, mais Duddits Cavell n'est pas perdu, Duddits voit la ligne, la ligne va jusqu'au bureau et cette fois-ci il fera plus que placer les chevilles.

Ne pleure pas Jonesy, dit-il, et les mots sont clairs, dans son esprit ils sont toujours clairs, c'est juste sa stupide bouche qui en fait du charabia. *Ne pleure pas, je ne suis pas perdu.*

Les yeux fermés. Les bras croisés.

Dans le bureau de Jonesy, sous l'attrape-rêves, Duddits joue au jeu.

14

« Je tiens le chien », dit Henry. Il avait l'air épuisé. « Celui sur lequel Perlmutter est branché. Je le tiens. On est un peu plus près. Bordel ! si seulement il y avait un moyen de les ralentir ! »

La pluie avait remplacé la neige et Underhill ne pouvait qu'espérer qu'ils étaient au sud de la zone où elle risquerait de devenir verglaçante. Les rafales de vent étaient assez violentes pour secouer l'Humvee. Il était midi, et ils se trouvaient entre Saco et Biddeford. Owen jeta un coup d'œil dans le rétroviseur et vit que Duddits se tenait la tête renversée en arrière, les yeux fermés, ses bras maigres croisés sur la poitrine. Son teint avait pris une inquiétante nuance jaune, mais un mince filet de sang brillant coulait du coin de sa bouche.

« Est-ce que votre ami a les moyens de nous aider ? demanda Owen.

— Je crois qu'il essaie.

— Vous venez de dire qu'il dormait, il me semble. »

Henry se tourna, regarda Duddits, puis Owen.

« Je m'étais trompé. »

15

Jonesy distribua les cartes, en lança deux de son jeu dans le crib, prit l'autre main et y ajouta deux cartes.

« Ne pleure pas, Jonesy, ne pleure pas, je ne suis pas perdu. »

Jonesy lança un coup d'œil à l'attrape-rêves, convaincu que ces paroles en provenaient.

« Je ne pleure pas, Duds. Ce sont ces putains d'allergies, c'est tout. Je crois que c'est à ton tour de jouer, à présent.

— Deux », dit la voix provenant de l'attrape-rêves.

Jonesy joua le deux de la main de Duddits — une assez bonne ouverture, à vrai dire — puis joua un sept de la sienne. Cela faisait neuf. Duddits avait un six dans sa main. La question était de savoir si...

« Six pour quinze, dit la voix de l'attrape-rêves. Quinze pour deux. Baise-moi l'oignon ! »

Jonesy ne put s'empêcher de rire. C'était Duddits, aucun doute, mais pendant un instant il avait cru entendre Beaver. « Vas-y, mets les chevilles. » Il regarda, fasciné, l'une des chevilles de la planchette s'élever, flotter en l'air et venir se planter dans le trou 2 de la Première Rue.

Soudain, il comprit quelque chose.

« Tu as toujours su jouer, n'est-ce pas, Duds ? Tu plaçais les chevilles n'importe comment parce que ça nous faisait rire. »

Cette idée lui fit de nouveau venir les larmes aux yeux. Toutes ces années où ils avaient cru qu'ils jouaient avec Duddits et où c'était Duddits qui avait joué avec eux... Et ce jour-là, derrière le bâtiment des frères Tracker, qui avait trouvé qui ? Qui avait sauvé qui ?

« Ving et un, dit-il.

« Trente et un pour deux. »

Tombant de l'attrape-rêves. Et une fois de plus, la main invisible souleva la cheville et la planta deux trous plus loin. « Il est bloqué pour moi, Jonesy.

— Je sais. » Jonesy joua un trois. Duddits appela treize, et Jonesy joua la carte pour Duddits. « Mais pas toi. Toi, tu peux lui parler. »

Jonesy joua son propre deux et plaça sa cheville. Duddits joua, compta un pour sa dernière carte et Jonesy se dit, *Battu par un débile... on aura tout vu.* Sauf que ce Duddits-ci n'était pas un débile. Épuisé, mourant, mais pas débile.

Ils comptèrent leurs points, et Duddits était largement en tête, même si c'était Jonesy qui avait récupéré le crib. Jonesy reprit les cartes pour les mélanger.

« Qu'est-ce qu'il veut, Jonesy ? Qu'est-ce qu'il aime, en plus de l'eau ? »

Assassiner, pensa Jonesy. *Il aime tuer les gens.* Mais surtout pas. Je vous en prie, mon Dieu, surtout pas ça.

« Le bacon, dit-il. Il adore le bacon. »

Il commença à mélanger les cartes... puis se pétrifia. Duddits lui remplissait l'esprit. Le véritable Duddits, jeune, fort, prêt à se battre.

16

Derrière eux, sur le siège arrière, Duddits grogna bruyamment. Henry se tourna et vit un sang vermeil, rouge comme du byrus, couler de ses narines. Duddits avait le visage complètement crispé par une terrible grimace de concentration. Sous ses paupières fermées, ses globes oculaires roulaient en tous sens.

« Qu'est-ce qui lui arrive ? demanda Owen.

— Je ne sais pas. »

Duddits toussa : une toux creuse, profonde, montant des bronches. Du sang jaillit de sa bouche en fines gouttelettes.

« Réveillez-le, Henry ! Pour l'amour du ciel, réveillez-le ! »

Henry eut un regard effrayé pour Owen Underhill. Ils approchaient de Kennebunkport et n'étaient plus qu'à une trentaine de kilomètres de la frontière du New Hampshire, soit à cent soixante-dix kilomètres du réservoir Quabbin. Jonesy avait une photo du

Quabbin dans son bureau, Henry l'avait vue. Les Jones avaient aussi un cottage non loin, du côté de Ware.

Duddits se mit à crier : un seul mot, qu'il répéta trois fois entre des quintes de toux. Il n'y avait pas encore beaucoup de rouge dans ses postillons, le sang provenait de sa bouche et de sa gorge, mais si l'hémorragie gagnait ses poumons...

« Réveillez-le ! Il dit qu'il a mal ! Vous l'entendez pas ? Il dit que ça cogne.

— Mais non, il ne dit pas ça.

— Et quoi donc, alors ?

— *Bacon.* Il dit *bacon.* »

17

L'entité qui se considérait à présent comme étant Mr Gray, qui se *pensait* elle-même comme étant Mr Gray, avait un sérieux problème, mais elle le savait.

Un homme averti en vaut deux, aurait dit Jonesy. Il y avait des centaines de proverbes comme celui-ci, peut-être même des milliers, dans les cartons de Jonesy. Mr Gray en trouvait certains totalement incompréhensibles : *Autant pisser dans un violon*, par exemple, ou *Un clou chasse l'autre*, ou encore *Il faut balayer devant sa porte...* mais *Un homme averti en vaut deux*, ça, il comprenait.

Son problème se résumait essentiellement à ce qu'il ressentait pour Jonesy... et bien entendu, le fait qu'il ressente quelque chose était déjà assez grave en soi. Il pouvait se dire *À présent, Jonesy est coupé du monde et j'ai résolu mon problème ; je l'ai mis en quarantaine exactement comme les militaires ont essayé de nous mettre en quarantaine. D'autres me suivent, ils me font même la chasse, à vrai dire, mais si je ne tombe pas en panne ou ne crève pas, aucun de mes poursuivants n'a de chance de me rattraper. J'ai trop d'avance.*

Ces choses étaient des faits — la vérité —, mais des faits sans saveur. Ce qui en avait était l'idée d'aller jusqu'à la porte derrière laquelle s'était réfugié son prisonnier récalcitrant et de lui crier : « *Je t'ai réparé, pas vrai ? J'ai réparé ton petit chariot rouge !* » Ce qu'avait à faire un chariot, rouge ou non, avec tout ça, Mr Gray n'en savait rien, mais c'était un boulet d'émotion d'un calibre sérieux pris dans l'armurerie de Jonesy, qui avait une résonance enfantine profonde et satisfaisante[1]. Après quoi il tirerait la langue de Jonesy (*qui est ma langue, maintenant*, pensa Mr Gray avec une indéniable satisfaction) et lui ferait la bonne vieille grimace.

Quant à ses poursuivants, il n'avait qu'une envie, baisser son pantalon (celui de Jonesy) et leur montrer ses fesses (celles de Jonesy). C'était aussi absurde que de *pisser dans un violon*, aussi absurde que cette histoire de *petit chariot rouge*, mais il avait envie de le faire. Ça s'appelait « montrer son cul à la lune », et il en avait envie.

Il se rendait compte qu'il était infecté du byrus propre à ce monde. Cela commençait par des émotions, continuait par l'éveil des sens (le goût de la nourriture, le plaisir sauvage et incontestable qu'il avait pris à obliger le *trooper* à se cogner la tête contre le mur des toilettes, ce son creux, *beum-beum*) pour arriver à ce que Jonesy appelait la *pensée supérieure*. C'était une plaisanterie, du point de vue de Mr Gray, dans le même esprit qu'appeler la merde *nourriture recyclée* et un génocide *nettoyage ethnique*. Et néanmoins, la pensée avait des attraits pour un être qui avait toujours existé en tant que partie d'un esprit végétatif, une sorte de non-conscience hautement intelligente.

Avant que Mr Gray ne l'ait complètement coupé de tout, Jonesy lui avait suggéré d'abandonner sa mission et de se contenter de jouir de son nouvel état d'être humain. Il découvrait à présent ce désir en lui-même, alors que son ancien esprit harmonieux, son esprit *non conscient*, commençait à se fragmenter, à se transformer en un chœur de voix discordantes, certaines voulant A, d'autres B, d'autres Q au carré et divisé par Z. Il aurait cru une telle cacophonie horrible, une recette pour devenir fou. Au lieu de cela, il se rendait compte qu'il y prenait plaisir.

Il y avait le bacon. Il y avait « faire l'amour avec Carla », ce qui, dans l'esprit de Jonesy, était se livrer à une activité superlativement jouissive, une fête des sens accompagnée d'émotions intenses. Il y avait le plaisir de conduire vite, de jouer au billard au O'Leary's Bar, près de Fenway Park, et la bière, et les groupes jouant en direct, et Patty Loveless chantant *Prends-t'en à ton cœur aimant trompeur menteur et froid*, et autres paroles dont on se demandait

1. Le « petit chariot rouge » est devenu, aux États-Unis, le symbole de l'enfance. Il existe une association d'aide à l'enfance, fondée par le général Colin Powell, qui porte ce nom.

bien ce qu'elles voulaient dire. Il y avait l'apparition d'un paysage campagnard dans le brouillard d'un matin d'été. Et l'assassinat, bien sûr. Il y avait ça.

Son problème était que s'il ne finissait pas rapidement ce qu'il avait à faire, il risquait de ne jamais le finir. Il n'était plus un byrum : il était Mr Gray. Combien de temps encore, pour qu'il abandonne Mr Gray et devienne Jonesy ?

Ça n'arrivera pas, pensa-t-il. Il appuya sur le champignon et, en dépit de ses faibles ressources, la Subaru accéléra un peu. Sur le siège arrière, le chien jappa... puis se mit à hurler de douleur. Mr Gray se projeta en esprit vers lui et toucha le byrum qui croissait dans l'animal. Il grandissait vite. Presque trop. Et il y avait autre chose : il n'éprouvait aucun plaisir à rencontrer cet esprit, il ne ressentait rien de la chaleur qui naît de la rencontre du même avec le même. L'esprit du byrum donnait une impression de froid... de rance...

« *D'étranger* », marmonna-t-il.

Malgré tout, il le calma. Lorsqu'il jetterait le chien dans l'eau du réservoir, le byrum devrait être encore à l'intérieur. Il aurait besoin de temps pour s'adapter. Le chien allait se noyer, mais le byrum continuerait à vivre un certain temps, se nourrissant du cadavre de l'animal, jusqu'à ce que le moment soit venu. Mais il fallait tout d'abord arriver là-bas.

Il n'y en avait plus pour longtemps.

Lorsqu'il se retrouva en direction de l'ouest, sur la I-90, et tandis que défilaient les petites villes (des *trous merdiques,* comme le pensait Jonesy, avec toutefois une certaine affection), nommés Westborough, Grafton ou Dorothy Pond (il n'était plus qu'à une soixantaine de kilomètres), il se mit à chercher un endroit où sa nouvelle conscience troublée trouverait refuge, un endroit où elle serait le plus à l'abri possible. Il essaya les enfants de Jonesy, mais battit précipitamment en retraite : bien trop chargés d'émotions. Il fit une tentative vers Duddits, mais c'était toujours le néant ; Jonesy avait fait disparaître tous les souvenirs. Finalement, il se cala sur le travail de Jonesy, l'enseignement de l'histoire, et sa spécialité, qui était abominablement fascinante. Entre 1860 et 1865, semblait-il, les États-Unis s'étaient coupés en deux camps, comme les colonies de byrus à la fin de chaque cycle de croissance. Pour toutes sortes de raisons, dont la principale avait quelque chose à voir avec l'« esclavage » mais, une fois de plus, c'était comme appeler la merde de la nourriture recyclée. « Le droit de faire sécession », ne signifiait rien. « Préserver l'Union » pas davantage. Fondamentalement, ces créatures avaient fait ce qu'elles savaient faire le mieux : elles devinrent « furieuses » ce qui était en réalité la même chose que « devenir folles » tout en étant plus acceptable, socialement. Oui, mais sur quelle échelle !

Mr Gray passait en revue des caisses et des caisses d'armes fascinantes — mitraille, grenaille, boulets de canon, balles minié, baïonnettes — lorsqu'une voix fit intrusion..

Bacon

Il repoussa cette idée, même si l'estomac de Jonesy gargouillait. Il aurait bien aimé manger un peu de bacon, d'accord, le bacon était charnu et gras et poisseux et satisfaisant, sur un plan primitif, physique. Après avoir réglé la question du chien, peut-être. Alors, s'il en avait le temps, avant que les autres le rattrapent, il pourrait se bourrer de bacon à en crever, s'il voulait. Mais ce n'était pas le moment. À la hauteur de la sortie 10 (il n'en restait plus que deux), il retourna à la guerre de Sécession, aux hommes en bleu et aux hommes en gris courant dans la fumée, hurlant et s'étripant, réglant mutuellement leur sort à d'innombrables petits chariots rouges, enfonçant la crosse de leur arme dans le crâne de leurs ennemis avec ce bruit sourd enivrant, et...

Bacon

L'estomac de Jonesy se mit de nouveau à gargouiller. Sa salive coula dans sa bouche ; le souvenir du restaurant des Prés Secs lui revint, avec celui des tranches de bacon craquantes dans l'assiette bleue, on les prenait avec les doigts, la texture était dure, la texture de la chair morte et goûteuse...

Faut pas que je pense à ça.

Il y eut un coup d'avertisseur rageur qui le fit sursauter ; Lad gémit. Il avait dérivé sur l'autre voie, celle que Jonesy identifiait comme étant « réservée au dépassement ». Il se rangea pour laisser passer un gros camion qui allait plus vite que la Subaru lancée à fond. Le poids lourd fit gicler de l'eau boueuse sur le pare-brise, l'aveuglant momentanément et Mr Gray pensa *si je t'attrape connard, je te pète la gueule espèce de cinglé danger public t'as eu ton permis par correspondance ma parole va réparer ton petit chariot rouge*

sandwich au bacon

Comme une détonation dans sa tête, cette fois. Il lutta, mais la puissance de l'attaque était quelque chose de nouveau. Pouvait-il s'agir de Jonesy ? Sûrement pas, Jonesy ne possédait pas tant de vigueur. Puis, soudain, il ne fut plus qu'un estomac, et son estomac était creux, lui faisait mal, réclamait impérieusement à manger. Il devait avoir le temps de s'arrêter pour le calmer. Sinon il ne serait pas en état de conduire jusqu'à

sandwich au bacon !
avec mayonnaise !

Mr Gray laissa échapper un son inarticulé, ne se rendant pas compte qu'il s'était mis à baver de manière incontrôlée.

18

« Je l'entends », dit soudain Henry. Il porta les poings à ses tempes, comme s'il avait mal à la tête. « Bon Dieu, ça fait mal. Il crève de faim !

— Qui ça ? » demanda Underhill. Ils venaient de pénétrer dans le Massachusetts. Devant le véhicule, les stries argentées de la pluie tombaient en oblique sous l'effet du vent. « Le chien ? Jonesy ? Qui ?

— *Lui*. Mr Gray. » Il regarda Owen, soudain pris d'un espoir fou qui fit briller ses yeux. « Je crois qu'il s'arrête... oui, il s'arrête ! »

19

« Patron... »

Kurtz était de nouveau sur le point de s'endormir lorsque Perlmutter s'était tourné vers lui, non sans effort. Ils venaient juste de franchir le péage du New Hampshire. Freddy Johnson avait pris soin de passer par un poste automatique pour éviter qu'un employé ne remarque la puanteur qui sortait de l'habitacle de l'Humvee, la vitre brisée à l'arrière, leur artillerie... et leur dégaine générale.

Kurtz étudia avec intérêt le visage hagard et couvert de sueur d'Archie Perlmutter. Avec fascination, même. Ce type, un bureaucrate couleur de muraille et compteur de haricots, bardé d'un attaché-case dans l'enceinte des camps, d'une planchette à pince et d'un crayon sur le terrain, toujours parfaitement peigné, raie impeccable à gauche ? Cet homme, qui malgré tous ses efforts n'arrivait pas à ne pas utiliser le terme de déférence, *monsieur*, cet homme avait disparu. En dépit de sa maigreur, Kurtz avait l'impression que Perlmutter avait une présence plus forte. *Il est en train de devenir une Ma Joad*[1], pensa-t-il, manquant de pouffer.

« J'ai encore soif, patron. » Pearly eut un regard d'envie pour la bouteille de Pepsi de Kurtz, puis laissa échapper un nouveau pet, tout aussi suffocant que les autres. *Ma Joad et sa trompette d'enfer*, pensa Kurtz. Cette fois-ci, il ne put se retenir et ricana. Freddy jura, mais sans manifester dégoût et écœurement, comme avant ; il paraissait résigné, presque ennuyé.

« J'ai bien peur qu'elle soit à moi, mon gars, dit Kurtz. Et moi aussi, j'ai le gosier sec. »

Perlmutter voulut dire quelque chose, mais grimaça sous l'effet d'une nouvelle douleur. Il péta à nouveau, moins fort — pas une trompette, mais un piccolo joué par un enfant peu doué. Ses yeux s'étrécirent et prirent une expression madrée.

« Donnez-moi à boire, et je vous dirai quelque chose qui devrait vous intéresser. Quelque chose qu'il faut que vous sachiez. »

Kurtz réfléchit. La pluie s'abattait latéralement contre la voiture et pénétrait par la fenêtre brisée. Cette bon Dieu de fenêtre était une vraie chierie, Dieu soit loué, sa manche était mouillée jusqu'à la peau, mais il fallait le supporter. La faute à qui, après tout ?

« À vous », dit Pearly, ce qui fit sursauter Kurtz. Ce truc de lire dans l'esprit des autres, ça fichait vraiment les boules. On avait l'impression de s'y habituer et on se rendait compte tout d'un coup que non, négatif, on s'y faisait pas. « C'est vous, le responsable. Alors donnez-moi à boire, bordel de Dieu. *Patron.*

— Surveille ton langage, mon gars, gronda Freddy.

— Dis-moi ce que tu sais, et je te donnerai le reste. »

Kurtz brandit la bouteille de Pepsi et l'agita sous le regard torturé de Perlmutter. Ce n'est pas sans une certaine autodérision que Kurtz se livra à ce manège plus ou moins humoristique. Lui qui avait naguère eu sous ses ordres des unités entières et s'en était servi pour altérer le cours des affaires du monde et le paysage géopolitique, commandait maintenant deux hommes et une bou-

1. Image de la mère forte dans l'adversité, dans *Les Raisins de la colère* de Steinbeck.

teille entamée de Pepsi. Il était tombé bien bas. C'était *l'orgueil* qui le faisait se retrouver là, Dieu soit loué. Il avait l'orgueil de Satan, et si c'était une faute, il était dur d'y renoncer. L'orgueil était la ceinture avec laquelle on retenait son pantalon, même quand on n'avait plus de pantalon.

« Vous me le promettez ? »

La langue envahie de moisissure rouge de Pearly vint humecter ses lèvres desséchées.

« Que je meure si je mens, dit Kurtz d'un ton solennel. Hé, mon gars, lis donc dans mon putain d'esprit ! »

Perlmutter l'étudia pendant quelques instants et Kurtz avait presque l'impression de sentir ses petits doigts fouineurs (la saleté rouge ayant envahi le dessous de ses ongles) ramper dans sa tête. Une sensation abominable, mais il ne broncha pas.

Finalement, Perlmutter parut satisfait. Il acquiesça.

« Je capte mieux, à présent. » Puis il baissa la voix pour prendre un ton confidentiel et horrifié : « Ça me bouffe, vous savez. Ce truc me bouffe les tripes. Je le sens. »

Kurtz lui tapota le bras. À cet instant précis, ils passèrent à hauteur d'un panneau où on lisait : BIENVENUE DANS LE MASSACHUSETTS.

« Je vais m'occuper de toi, mon p'tit gars. Je te l'ai promis, pas vrai ? Entre-temps, dis-moi ce que tu reçois.

— Mr Gray s'arrête. Il a faim. »

Kurtz avait laissé sa main sur le bras de Pearly. Il se mit à l'étreindre, ses ongles se transformant en serres.

« Où ?

— Pas loin de l'endroit où il va. C'est un magasin. » Adoptant le ton de voix d'un enfant qui chantonne, il dit, « Vers et appâts, le poisson n'attend pas ! Vers et appâts, le poisson n'attend pas ! » Puis, reprenant un ton plus normal : « Jonesy sait qu'Henry, Owen et Duddits arrivent. C'est pourquoi il a fait arrêter Mr Gray. »

L'idée qu'Owen puisse rejoindre Jonesy/Mr Gray paniqua Kurtz.

« Écoute-moi bien, Archie.

— J'ai soif, dit Perlmutter, gémissant. Je crève de soif, fils de pute. »

Kurtz tint la bouteille de Pepsi sous le nez de Perlmutter, puis lui donna une claque sur la main lorsque celui-ci voulut la prendre.

« Est-ce qu'Owen, Henry et Dud-duts savent que Jonesy et Mr Gray se sont arrêtés ?

— Dud-*dits*, espèce de vieux fou ! » gronda Perlmutter, qui laissa échapper un cri de douleur et se tint le ventre ; il recommençait à gonfler. « *Dits, dits*, Dud*dits* ! Oui, ils le savent ! C'est Duddits qui a contribué à rendre Mr Gray affamé ! Avec l'aide de Jonesy !

— J'aime pas trop ça », observa Freddy.

Bienvenue au club, pensa Kurtz.

« Je vous en prie, patron. Je crève de soif. »

Kurtz lui donna la bouteille et regarda, d'un œil désapprobateur, Pearly la vider.

« La 495, patron, annonça Freddy. Qu'est-ce que je fais ?

— Prends-la, répondit Perlmutter. Et ensuite, la 90, direction Ouest. » Il rota bruyamment, mais par chance, sans dégager d'odeur. « Le truc veut un autre Pepsi. Il aime le sucre. Et la caféine. »

Kurtz réfléchit. Underhill savait que leur gibier s'était arrêté temporairement. Lui et Henry allaient maintenant mettre le turbo, essayer de remonter leur retard d'une heure et demie ou un peu plus. En conséquence, eux aussi devaient mettre le turbo.

Si les flics venaient s'en mêler, ils y resteraient, Dieu les bénisse. D'une manière ou d'une autre, la fin était proche.

« Freddy ?

— Oui, patron ?

— Pied au plancher. Secoue-lui les puces à cet engin de merde, Dieu t'ait en Sa sainte garde. Secoue-lui les puces. »

Freddy Johnson fit ce qui lui était ordonné.

20

Il n'y avait ni grange-étable, ni enclos à chevaux, ni écurie et, au lieu d'annonces pour des boissons fortes, une photo du réservoir Quabbin trônait dans la vitrine avec pour légende, VERS ET APPÂTS, LE POISSON N'ATTEND PAS ! ; mais sinon, on aurait pu se croire de nouveau au Gosselin's : mêmes planches rongées par le temps, mêmes bardeaux couleur de boue, même cheminée de guingois crachotant de petits nuages de fumée vers le ciel pluvieux, même pompe à essence rouillée devant. Avec, posée dessus, un autre panneau : PAS D'ESSENCE — LA FAUTE AUX TARÉS.

En ce début d'après-midi automnal, le magasin était désert ; ne s'y trouvait que le propriétaire, un gentleman du nom de Deke McCaskell. Comme à peu près tout le monde, il avait passé la matinée scotché à son poste de télé. Tous les reportages (répétitifs pour la plupart et, avec la quarantaine décrétée là-haut, pas d'images sinon celles de militaires de toutes les armes avec leur matos) avaient conduit au discours du Président. Que Deke appelait Mister Okeefenokee[1], en souvenir du bordel qui avait accompagné son élection — savaient donc pas compter, au pays des alligators ? Bien qu'il n'ait pas exercé son droit de vote depuis Nixon la Crapule (ça, c'était un président !), Deke haïssait Mister Okeefenokee, estimait qu'il n'était qu'un branleur cauteleux indigne de confiance et aux dents longues (jolie épouse, néanmoins), et que son discours de onze heures n'avait été que du baratin. Deke ne croyait pas un mot de ce qu'avait déclaré Mister Okeefenokee. De son point de vue, toute cette affaire n'était qu'une gigantesque mystification, une entreprise destinée à terroriser les contribuables et à les préparer à payer davantage d'impôts pour la défense. Il n'y avait personne là-haut dans l'espace, la science l'avait prouvé. Les seuls extra-terrestres à envahir les États-Unis (mis à part Mister Okeefenokee lui-même) étaient les pue-la-sueur qui faisaient trempette dans le rio Grande pour venir en douce du Mexique. Mais les gens avaient peur, et restaient chez eux devant leur télé. Quelques-uns viendraient plus tard faire provision de bière ou de vin, mais pour l'instant les lieux étaient aussi morts qu'un chat écrasé sur la nationale.

Deke avait arrêté de regarder depuis une demi-heure — trop, c'est trop, bon sang de bonsoir — et lorsque la clochette tinta au-dessus de sa porte, à une heure et quart, il étudiait une revue qu'il avait prise, au fond du magasin, dans le présentoir surmonté d'un panneau qui proclamait : INTERDIT AUX MINEURS DE MOINS DE 21 ANS. La revue en question s'intitulait *Les Poulettes aux lorgnettes*, titre parfaitement honnête vu que les poulettes exhibées à l'intérieur portaient toutes des lunettes. Et rien d'autre. *Si.*

Il leva les yeux sur le nouveau venu et s'apprêtait à dire quelque

1. Marécage de Floride.

chose du genre, « Comment allez-vous », ou bien, « Les routes sont glissantes, non ? », mais il s'arrêta en chemin. Il venait d'être brusquement pris d'une impression de malaise, suivie de l'absolue certitude qu'on allait le voler... et qu'il aurait de la chance si les choses n'allaient pas plus loin. On ne l'avait jamais dévalisé depuis douze ans qu'il tenait cette boutique ; si un type avait envie de risquer la prison pour une poignée de billets, il y avait des tas d'endroits, aux alentours, où les poignées auraient été plus volumineuses. Ou alors, c'est que le type...

Il déglutit. *Ou alors, c'est que le type est cinglé*, pensa-t-il, et peut-être l'était-il, peut-être s'agissait-il d'un de ces déments qui, après avoir trucidé une famille au grand complet, décident de poursuivre leur équipée sauvage et de zigouiller encore quelques personnes avant de retourner leur arme contre eux.

Deke était de nature paranoïde (un gros balourd, aurait plutôt dit sa femme), ce qui ne changea rien au fait qu'il se sentit menacé par son premier client de l'après-midi. Il n'éprouvait pas de sympathie particulière pour les types qui débarquaient parfois chez lui et faisaient un tour dans le magasin en parlant football ou baseball, ou en se vantant d'en avoir pris un *gros comme ça* dans le Quabbin, mais il aurait bien aimé qu'il y en ait deux ou trois, en ce moment. Une douzaine, même.

Le nouveau venu resta quelques instants sur le seuil de la porte et, en effet, il avait quelque chose qui clochait. Il portait un gilet de rabatteur orange alors que la saison de chasse n'avait pas encore commencé dans le Massachusetts, mais ça, ce n'était qu'un détail. Ce qui ne plut pas à Deke, ce furent les égratignures sur son visage, comme s'il venait de passer la matinée à courir dans les bois, l'épuisement qu'on lisait sur ses traits, l'expression hantée de son regard. Ses lèvres remuaient, comme s'il parlait tout seul. Il y avait encore autre chose. La lumière grise de l'après-midi qui tombait en oblique de la vitrine poussiéreuse brillait bizarrement sur sa bouche et son menton

Ce fils de pute bave, pensa Deke. *Que j'sois pendu s'il bave pas.*

La tête du nouveau venu était animée de petits mouvements secs alors que son corps restait parfaitement immobile, rappelant à Deke le comportement d'un hibou aux aguets. Deke envisagea brièvement de se laisser glisser de sa chaise et de se cacher sous le comptoir, mais avant qu'il ait pu commencer à s'énumérer les avantages et les inconvénients d'une telle tactique (il avait « le cerveau lent », comme vous l'aurait aussi dit sa femme), la tête du type fit un de ces mouvements secs qui la tourna directement sur lui.

La partie raisonnable de l'esprit de Deke avait nourri l'espoir (formulé plutôt nébuleusement) qu'il imaginait toute la scène, qu'il était victime du bourrage de crânes de la télé, avec toutes ces rumeurs et ces informations plus folles les unes que les autres en provenance du Maine que la presse se faisait un devoir de rapporter. Il s'agissait peut-être tout simplement d'un mec qui voulait des sèches ou un pack de bières, ou peut-être une bouteille de gnôle ou une revue dans le genre des *Poulettes aux lorgnettes*, bref un truc qui lui permettrait de passer plus agréablement une longue nuit pluvieuse dans un motel de Ware ou de Belchertown.

Cet espoir mourut dès que leurs regards se croisèrent.

Ce n'était pas l'expression d'un fou furieux qui vient d'assassiner une famille et s'est lancé dans sa croisière privée pour nulle part ; ç'aurait presque été mieux. Loin d'être vides, les yeux du nouveau venu débordaient. Ils paraissaient traversés d'un million de pensées et d'idées à la fois, comme une de ces machines à imprimer les journaux quand elles tournent à plein régime. On avait l'impression qu'ils allaient jaillir de leurs orbites.

Et c'étaient les yeux les plus *affamés* que Deke McCaskell ait jamais vus de toute sa vie.

« On est fermé, dit-il, dans un croassement qui n'avait qu'un rapport lointain avec sa voix habituelle. Avec mon associé qu'est là derrière, on a fermé pour la journée. À cause de ce qui se passe dans le Nord. J'ai — euh, *nous* avons juste oublié de retourner la pancarte. Nous... »

Il aurait pu continuer ainsi des heures, sinon des jours, mais l'homme en tenue de chasse l'interrompit.

« Bacon. Où est-il ? »

Deke comprit, sur-le-champ et avec une certitude absolue, que s'il n'avait pas de bacon, l'homme allait le tuer. Il le ferait peut-être tout de même, mais sans bacon, c'était garanti. Il avait du bacon. Grâce à Dieu, merci Jésus, merci Mister Okeefenokee et tous les tarés de la planète, il avait du bacon.

« Dans le frigo, là derrière », répondit-il de sa nouvelle voix bizarre.

La main qu'il tenait posée sur la revue lui faisait l'effet d'être aussi froide qu'un bloc de glace. Dans sa tête, il entendit le murmure d'une voix qui ne semblait pas être la sienne. Des pensées rouges et des pensées noires. Des pensées affamées.

Une voix inhumaine demanda, *C'est quoi, un frigo ?* Et une autre voix, une voix fatiguée mais très humaine, celle-là, répondit : *Remonte l'allée, beau gosse. Tu verras.*

J'entends des voix, pensa Deke. *Doux Jésus, dites-moi que c'est pas vrai. Exactement ce qui arrive aux gens avant qu'ils pètent les plombs.*

L'homme passa devant Deke et s'engagea dans l'allée centrale. Il marchait en boitant bas.

Il y avait un téléphone près de la caisse enregistreuse. Deke le regarda, puis détourna les yeux. L'appareil était à portée de main, et le 911 était préprogrammé, mais il aurait pu tout aussi bien se trouver sur la lune. Et même s'il avait pu rassembler assez d'énergie pour tendre la main...

Je l'aurais su tout de suite, dit la voix inhumaine dans sa tête. Deke laissa échapper un petit gémissement étranglé. C'était dans sa tête, comme si on lui avait collé un poste dans le cerveau.

Un miroir convexe était monté au-dessus de la porte ; ce gadget était particulièrement utile en été quand le magasin était plein de touristes (et de leurs enfants) faisant un arrêt avant de se rendre jusqu'au réservoir, qui n'était qu'à vingt-cinq kilomètres ; à la belle saison, beaucoup de gens allaient y pêcher, camper ou simplement pique-niquer. Tous ces petits morveux essayaient de lui piquer des trucs, surtout des confiseries et (pour les plus grands) les revues où on voyait des filles en tenue légère. C'est dans ce miroir que Deke, pris d'une fascination morbide, regarda l'homme en veste orange s'approcher du frigo. Il se tint immobile un instant devant, puis s'empara non pas d'un paquet de bacon, mais des quatre qui s'y trouvaient.

L'homme revint par l'allée centrale de son pas de boiteux, parcourant les étagères des yeux. Il paraissait dangereux, affamé, mais aussi terriblement fatigué — un coureur de marathon dans les deux derniers kilomètres. Il donnait à Deke la même sensation de vertige que l'on ressent lorsque le regard plonge à la verticale d'un point élevé. L'épicier avait l'impression de voir non pas une personne, mais plusieurs, superposées, tour à tour nettes et imprécises. Deke évoqua un bref instant le souvenir d'un film dans lequel une gourde écervelée possédait une centaine de personnalités.

L'homme s'arrêta, prit un pot de mayonnaise. S'arrêta de nouveau au début de l'allée et s'empara d'une miche de pain tranché. Et revint au comptoir. Deke sentait presque l'odeur de son épuisement qui lui sortait par tous les pores. Et sa démence.

L'inconnu posa ses achats et dit, « Sandwichs au bacon, avec pain blanc et mayonnaise, les meilleurs. »

Et sourit. Un sourire d'une telle sincérité, en dépit de son épuisement, qu'il vous faisait fondre, et Deke en oublia sa peur pendant un moment.

Sans réfléchir, il tendit la main.

« Est-ce que vous allez bien, mon... »

Sa main s'arrêta comme s'il avait heurté un mur. Elle trembla un instant au-dessus du comptoir puis repartit comme un ressort et lui appliqua une gifle retentissante ; après quoi elle se retira lentement, flottant devant lui comme un hovercraft. L'annulaire et l'auriculaire se replièrent lentement en direction de la paume.

Ne le tue pas !

Viens donc m'en empêcher !

Si tu m'obliges, tu pourrais avoir une mauvaise surprise.

Ces voix étaient dans sa tête.

Sa main se mit à hovercrafter vers son visage et l'index et le majeur plongèrent dans ses narines, lui bouchant le nez. Les doigts restèrent une seconde sans aller plus loin, puis se mirent, oh Seigneur, se mirent à fouailler. Et si Deke McCaskell avait pas mal d'habitudes peu ragoûtantes, se ronger les ongles n'en faisait pas partie. Ses doigts parurent tout d'abord ne pas vouloir remonter très loin — la place manquait — puis, lorsque l'effet lubrifiant du sang commença à se faire sentir, ils devinrent plus entreprenants. Ils se tortillaient comme des vers. Les ongles crasseux creusaient comme des crochets, s'insinuaient, poussaient vers le cerveau... il sentait le cartilage céder... le bruit....

Arrête ça, Gray, arrête ça !

Et d'un seul coup, les doigts de Deke lui appartinrent à nouveau. Il les retira avec un bruit de bouchon. Du sang dégoulina sur le comptoir, sur le rond en caoutchouc où il remettait la monnaie, sur la fille binoclarde mais dévêtue dont il étudiait l'anatomie lorsque cet inconnu était entré.

« Combien je vous dois, Deke ?

— Prenez tout ! » Toujours le croassement, mais un croassement nasal, à présent, à cause du sang qui lui bouchait les narines.

« Ah, mon vieux, prenez tout et allez-vous-en ! Foutez-moi le camp d'ici !

— Non, j'insiste. C'est un commerce, ici, un lieu où des biens d'une valeur certaine sont vendus en échange de bon argent.

— Trois dollars ! » s'étrangla Deke.

Il était en état de choc, son cœur battait follement, l'adrénaline faisait vibrer ses muscles. Il avait l'impression que la créature allait peut-être s'en aller, et ça ne faisait que rendre les choses encore pires : être si près de retrouver une vie normale et savoir en même temps qu'il pouvait la perdre au premier caprice de ce fou furieux.

Le fou furieux exhiba un portefeuille avachi, l'ouvrit et fouilla dedans pendant ce qui lui parut durer une éternité. De la salive lui coulait de la bouche pendant qu'il était penché dessus. Il finit par en retirer trois dollars. Il les posa sur le comptoir. Le portefeuille retourna dans la veste. Il fouilla dans les poches de son jean ; le pantalon avait l'aspect plutôt ignoble d'un vêtement qui a subi les pires outrages. Le fou furieux finit par sortir une poignée de monnaie et poser trois pièces sur le rond portant le logo de Skoal. Deux de vingt-cinq cents et une de cinq cents.

« Je donne vingt pour cent de pourboire, déclara le client avec ce qui était une authentique fierté. Jonesy ne donne que quinze pour cent. C'est mieux. C'est plus.

— Bien sûr, murmura Deke, le nez plein de sang.

— Bonne journée.

— Vous... prenez les choses comme elles viennent. »

L'homme en veste orange resta un instant tête baissée. Deke l'entendait qui triait les réponses possibles. Ça lui donnait envie de hurler. Finalement l'homme répondit :

« Je les prendrai de la manière qu'il me plaira. »

Il y eut un nouveau silence.

« N'appelez personne, collègue.

— Je n'appellerai personne.

— Vous le jurez au nom de Dieu ?

— Je vous le jure, au nom de Dieu.

— *Je suis* comme Dieu.

— Ouais, d'accord. Tout ce que vous vou...

— Si vous appelez quelqu'un, je le saurai. Je reviendrai, et j'arrangerai votre petit chariot.

— Je ne le ferai pas !

— Bonne idée. »

Le fou furieux ouvrit la porte. La clochette tinta. Il sortit.

Un instant, Deke resta paralysé sur place, comme s'il était cloué au sol. Puis il fit précipitamment le tour du comptoir, se cognant douloureusement la cuisse au passage. Il aurait un énorme bleu d'ici quelques heures, mais sur le coup il ne sentit rien. Il donna un tour de clef, poussa le verrou, puis resta derrière la vitre, observant ce qui se passait dehors. Il y avait, garé devant le magasin, une petite Subaru rouge merdique, couverte de boue, qui elle aussi paraissait avoir subi les pires outrages. Tenant ses achats en équilibre au creux de son bras, l'homme ouvrit la portière et se glissa derrière le volant.

Fous le camp, pria Deke. *Je t'en prie, mon vieux, pour l'amour du ciel, fous le camp d'ici.*

Mais la voiture ne démarra pas. Au lieu de lancer le moteur, l'homme prit le pain, déchira l'emballage, et en sortit à vue de nez une douzaine de tranches. Puis il ouvrit le pot de mayonnaise et, à l'aide de son doigt, se mit à tartiner les tranches de son contenu. À la fin de chaque tartine, il se léchait le doigt, les yeux fermés, la tête renversée, envahi d'une expression extatique qui rayonnait depuis sa bouche. Ses tartines prêtes, il prit l'un des paquets de bacon et le déballa, déchirant l'enveloppe en plastique avec les dents. Les tranches tombèrent sur ses genoux et il se fabriqua un sandwich, en mettant plusieurs à la fois entre deux tranches de pain débordant de mayonnaise. Puis il mordit dedans comme un loup affamé. L'expression de satisfaction divine ne quitta pas un instant ses traits ; on aurait dit un gourmet faisant le repas le plus exquis de toute sa vie. Sa pomme d'Adam allait et venait à chacune des énormes bouchées qu'il engloutissait. En trois coups de dents, le sandwich disparut. Lorsqu'il tendit la main vers deux nouveaux morceaux de pain tartinés, une pensée traversa l'esprit de Deke McCaskell, aussi aveuglante qu'une enseigne au néon. *C'est même encore mieux comme ça ! Presque vivant ! Froid, mais presque vivant !*

L'épicier battit en retraite, à pas lents, comme s'il avançait sous l'eau. La lumière grisâtre du jour paraissait avoir envahi le magasin, atténué son éclairage. Il sentit ses jambes le trahir et, avant même que le plancher crasseux s'incline et vienne à sa rencontre, la lumière grisâtre avait cédé la place à l'obscurité.

21

Quand Deke revint à lui, il n'avait aucune idée du temps qui s'était écoulé car l'horloge publicitaire Budweiser, au-dessus du frigo à bière, indiquait 88.88. Il vit trois de ses dents sur le sol et supposa qu'il se les était cassées en tombant. Le sang, autour de son nez et sur son menton, avait séché et pris une consistance spongieuse. Il voulut se lever, mais ses jambes étaient incapables de le soutenir. C'est donc à quatre pattes qu'il se dirigea vers la porte, les cheveux lui retombant devant les yeux, tout en formulant une prière.

Prière exaucée. La petite Subaru rouge merdique avait disparu. À sa place, il y avait quatre emballages de bacon, tous vides, le pot de mayonnaise plus qu'entamé et une demi-miche de pain Holsum. Plusieurs corbeaux (il y en avait de sacrément balèzes, autour du Quabbin) avaient trouvé le pain et se battaient à coups de bec avec l'emballage pour en retirer les tranches. Un peu plus loin, presque à hauteur du carrefour avec la route 32, deux ou trois autres corbeaux étaient au boulot sur un magma congelé de bacon et de pain. Le déjeuner de gourmet de *monsieur** n'était pas très bien passé, apparemment.

Dieu, tu parles, pensa Deke. *J'espère que tu as dégueulé tripes et boyaux, oui, espèce de...*

C'est alors que ses tripes et boyaux à lui furent pris d'un fantastique mouvement de torsion, et il porta brutalement la main à sa bouche. Il avait à l'esprit l'image, d'une insoutenable précision, de l'homme enfonçant ses dents dans la chair grasse et crue entre deux tranches de pain ; une chair grise veinée de brun comme la langue coupé d'un cheval crevé. Il se mit à émettre, derrière sa main, les bruits de gorge de celui qui va dégobiller.

Un véhicule se présenta — juste ce dont il avait besoin, un client au moment où il était sur le point de gerber. Pas vraiment une voiture, vit-il au second coup d'œil, ni un van ou même un utilitaire. C'était l'une de ces bon Dieu d'horreurs, un Humvee, la carrosserie peinte de taches de camouflage brunes et vertes. Il y avait deux personnes à l'avant et, crut voir Deke, une troisième à l'arrière.

Il tendit vers la main vers le panneau OUVERT-FERMÉ accroché à la porte, le retourna et battit une fois de plus en retraite. Il avait réussi à se mettre debout, il était au moins parvenu à ça, mais il se sentait de nouveau dangereusement sur le point de s'effondrer. *Ils ont dû me voir, sûr et certain... ils vont venir me demander où est allé l'autre, parce qu'ils sont à sa poursuite... Ils veulent l'attraper, ils veulent retrouver l'homme aux sandwichs au bacon. Et je le leur dirai. Ils m'obligeront à parler. Et alors je...*

Sa main s'éleva devant ses yeux. L'index et le majeur, enrobés de sang séché jusqu'à la deuxième phalange, pointaient en fourche et tremblaient. Deke avait presque l'impression qu'ils saluaient. *Salut, beaux yeux ! Ça boume ? Profitez de ce que vous pouvez voir encore, car je ne vais pas tarder à venir m'occuper de vous.*

La personne à l'arrière de l'Humvee s'inclina en avant, parut dire quelque chose au conducteur et le véhicule partit brutalement en marche arrière, une de ses roues écrasant la flaque de vomi laissée par le dernier client de l'épicerie. Il déboucha en marche arrière sur la 32 et marqua un bref temps d'arrêt avant de prendre la direction de Ware et du Quabbin.

Lorsque le véhicule eut disparu derrière la première hauteur, Deke McCaskell se mit à pleurer. Et tandis qu'il revenait jusqu'à son comptoir, la démarche chancelante et mal assurée, son regard tomba sur les trois dents restées sur le sol. Trois dents. Des dents à lui. Pas cher payé. Oh oui, pas cher du tout. Puis il s'arrêta en voyant les trois billets de un dollar toujours sur le comptoir. Une couche veloutée, rouge orangé, les recouvrait en partie.

22

« *A i-i ! ontinue, Owen !* »

Hé, Owen, c'est moi..., se dit Underhill, lassé ; mais il commençait à comprendre Duddits. Ce n'était pas si difficile, une fois qu'on s'y était habitué : *Pas ici ! Continue, Owen !*

Il repartit pour la route 32 en marche arrière, tandis que Duddits se rasseyait — ou plutôt s'effondrait contre son siège — et se remettait à tousser.

« Regardez, dit Henry. Vous voyez ça ? »

Underhill vit. Des papiers d'emballage froissés qui s'imbibaient d'eau sous l'averse, de plus en plus violente. Et un pot de mayonnaise. Il repassa en marche avant et reprit la direction du nord. Les gouttes heurtaient le pare-brise avec une sorte d'épaisseur poisseuse qu'il reconnut : elles allaient bientôt se transformer en grésil, puis, très vraisemblablement, en neige. Proche de l'épuisement complet et bizarrement triste de sentir disparaître ses capacités télépathiques, son plus grand regret était l'idée de devoir mourir par une journée aussi merdique.

« À quelle distance de nous se trouve-t-il ? » demanda Owen, sans poser la véritable question, la seule qui comptait : *Est-il déjà trop tard ?* Sans doute Henry le lui dirait, si tel était le cas.

« Pas loin », répondit Henry, l'air absent.

Il s'était tourné sur son siège et essuyait le visage de Duddits avec un linge humide. Duddits le regardait avec gratitude et essayait de sourire. Ses joues couleur de cendre étaient couvertes de sueur et sous ses yeux les poches noires avaient encore grandi, le faisant ressembler à un raton-laveur.

« S'il n'est pas si loin que ça, pourquoi avoir fait ce détour ? » demanda Owen.

Il fonçait à cent dix à l'heure, vitesse très dangereuse sur cette nationale à deux voies seulement, rendue glissante par le mauvais temps ; mais il n'avait plus le choix.

« Je ne voulais pas que Duddits risque de perdre la ligne, expliqua Henry. Si jamais cela arrivait... »

Duddits émit un grognement prolongé, serra ses bras contre lui et se plia en deux. Henry, toujours à genoux sur son siège, caressa la nuque amaigrie de son ami.

« T'en fais pas, Duddits. Ça va aller, vieux. »

Mais ça n'allait pas aller du tout. Underhill le savait, Henry le savait. Fiévreux, cisaillé de crampes en dépit d'un deuxième Prednisone et de deux Percocet supplémentaires, crachant du sang chaque fois qu'il toussait, Duddits Cavell était à des lieues d'aller bien. Le lot de consolation était que l'attelage Jonesy-Gray était lui aussi à des lieues d'être en bon état.

À cause du bacon. Ils avaient simplement espéré l'obliger à s'arrêter pendant un moment ; aucun d'eux n'aurait imaginé qu'il ferait preuve d'une gloutonnerie aussi prodigieuse. Les effets, sur le système digestif de Jonesy, avaient été assez prévisibles. Mr Gray, après avoir vomi une première fois non loin de la petite épicerie de campagne, avait dû se ranger deux fois sur le bas-côté, avant d'arriver à Ware ; penché par la fenêtre, il avait régurgité plusieurs livres de bacon cru à grands spasmes convulsifs.

Et ensuite, la diarrhée. Il s'était alors arrêté à la station Mobil de la route 9, au sud-est de Ware, et avait tout juste eu le temps de se précipiter dans les toilettes. Un panneau, devant la station-service, annonçait fièrement : ESSENCE PAS CHÈRE — TOILETTES PROPRES ; cette dernière affirmation devint malheureusement caduque après le départ de Mr Gray. Il ne tua cependant personne, à la station Mobil, ce qui fut un soulagement pour Jonesy.

Avant de s'engager sur la route par laquelle on accédait au lac, Mr Gray avait été obligé de s'arrêter encore deux fois et de courir dans les bois détrempés, où il essaya d'évacuer ce qui bouillonnait dans les entrailles de Jonesy. À ce moment-là, la pluie avait laissé la place à de gros flocons de neige mouillée. L'organisme de Jonesy s'était considérablement affaibli, et Henry espéra qu'il s'évanouirait.

Mr Gray était furieux contre Jonesy et se mit à le harceler de ses railleries lorsqu'il se remit derrière le volant, après sa deuxième incursion sous les arbres. Tout ça était la faute de Jonesy, Jonesy lui avait tendu un piège. Il oubliait sa faim et la goinfrerie compulsive avec laquelle il avait bâfré, ne s'arrêtant d'engloutir la nourriture que pour lécher la graisse, sur ses doigts. Henry avait trop souvent assisté à ce genre de manipulation des faits chez ses patients : on met l'accent ici, on ignore complètement ou minore tel détail important. D'une certaine manière, Mr Gray était un nouveau Barry Newman.

Comme il devient humain... comme il devient curieusement humain...

« Quand vous dites qu'il n'est pas loin, insista Underhill, pouvez pas être plus précis ?

— Non. Il s'est pas mal fermé, une fois de plus. Tu entends Jonesy, Duddits ? »

Duddits regarda Henry, l'air épuisé, et secoua la tête. « *Isser 'ay a 'i les 'ar-e.* » *Mr Gray a pris les cartes.* On aurait dit la traduction littérale d'une expression argotique. Duddits ne disposait pas des mots qui lui auraient permis d'expliquer ce qui s'était vraiment passé, mais Henry lisait dans son esprit. Mr Gray n'était pas capable d'entrer dans la place forte de Jonesy et de lui prendre ses cartes, mais il avait réussi, d'une manière ou d'une autre, à faire qu'elles soient toutes blanches.

« Tu tiens le coup, Duddits ? demanda Owen en le regardant dans le rétroviseur.

— *Moi, o-é* », répondit Duddits, qui se mit aussitôt à trembler.

Sur ses genoux, il tenait sa boîte à lunch jaune, et le sac qui contenait ses médicaments, mais aussi... son bizarre petit objet en ficelle. Il était emmitouflé dans le duffle-coat trop grand pour lui, ce qui ne l'empêchait pas de trembler.

Il se dégrade vite, pensa Underhill, tandis qu'Henry se remettait à lui essuyer le visage.

L'Humvee dérapa sur une plaque plus glissante, frôla un instant le désastre (un accident à cette vitesse les tuerait probablement tous ou bien les priverait de la dernière et minuscule chance qui leur restait d'arrêter Mr Gray), puis Owen en reprit le contrôle.

Le militaire se surprit à jeter de nouveau un coup d'œil sur le sac en papier, son esprit revenant à l'objet bizarre qu'il contenait. *Beaver me l'a envoyé. Pour la Noël, la semaine dernière.*

Ses efforts pour communiquer par transmission de pensée valaient maintenant ce que vaut un message dans une bouteille jetée à la mer. Mais il n'en essayait pas moins, et il transmit une pensée dans ce qu'il espérait être la direction de Duddits : *Comment tu appelles ça, fiston ?*

Soudain, de manière inattendue, il vit un vaste volume combinant à la fois séjour, salle à manger et cuisine. Le vernis des planches en pin de couleur tendre luisait doucement. Il y avait un tapis navajo sur le sol et une tapisserie sur un mur représentant de minuscules Indiens autour d'un personnage gris, l'étranger traditionnel tel qu'il était représenté dans un millier de journaux populaires. Il vit également une cheminée en pierre et une table en chêne massif. Mais ce qui le fascina (par la force des choses : l'objet était au centre de l'image que Duddits lui avait envoyée et brillait de sa lumière particulière) était l'objet en fil ou ficelle qui pendait du plafond. C'était la version grand luxe de celui de Duddits, tissée de couleurs éclatantes au lieu d'être écrue, mais sinon identique. Les yeux d'Owen se remplirent de larmes. C'était la plus belle pièce du monde — il le ressentait ainsi parce que c'était aussi ainsi que Duddits le ressentait. Car pour Duddits, c'était là où allaient ses amis, les gens qu'il aimait.

« Attrape-rêves », répondit le mourant depuis le siège arrière, prononçant le mot parfaitement bien.

Underhill acquiesça. Un attrape-rêves, oui.

C'est toi, envoya-t-il, supposant qu'Henry l'entendait mais que peu lui importait. Le message était pour Duddits, strictement pour lui. *C'est toi l'attrape-rêves, n'est-ce pas ? Leur attrape-rêves. Tu l'as toujours été.*

Dans le rétroviseur, Duddits sourit.

23

Ils passèrent devant un panneau sur lequel on lisait : RÉSERVOIR QUABBIN 12 KM — PÊCHE INTERDITE — PAS D'AIRE DE PIQUE-NIQUE AMÉNAGÉE — CHEMINS DE RANDONNÉE OUVERTS À VOS RISQUES ET PÉRILS. Il y avait encore autre chose, mais à plus de cent vingt à l'heure, Henry n'eut pas le temps de le lire.

« Y'a-t-il une chance pour qu'il se gare et y aille à pied ? demanda Underhill.

— N'y songez même pas, répondit Henry. Il ira en voiture aussi loin qu'il pourra. Il se collera peut-être dans une fondrière ; il y a de bonnes chances que ça lui arrive. Sans compter qu'il est très affaibli. Il ne pourra pas se déplacer vite.

— Et vous, Henry ? Vous croyez que vous pourrez vous déplacer vite ? »

Vu sa raideur et les courbatures qui lui paralysaient les jambes, la question était justifiée.

« S'il nous reste une chance, j'irai aussi vite que je pourrai. De toute façon, il y a Duddits. Je ne crois pas qu'il sera capable de faire une marche un peu prolongée. »

Ni même la moindre marche, aurait-il pu ajouter.

« Kurtz, Freddy, Perlmutter... Ils en sont où ? »

Henry réfléchit. Il sentait Perlmutter assez clairement... et arrivait aussi à toucher le cannibale que l'homme hébergeait. Il était comme Mr Gray, sauf que la fouine habitait dans un univers de bacon, sous la forme d'Archibald Perlmutter, naguère capitaine dans l'armée des États-Unis. Henry n'aimait pas trop s'aventurer par là. Trop douloureux. Une faim trop dévorante y régnait.

« Vingt-deux, vingt-trois kilomètres. Peut-être même moins. Ils ne nous rattraperont pas. Le seul vrai problème est de savoir si nous allons pouvoir, nous, rattraper Mr Gray. Nous avons besoin d'un peu de chance. Ou d'un coup de main.

— Et si nous l'attrapons, Henry, deviendrons-nous toujours des héros ? »

Henry lui adressa un sourire fatigué.

« On peut toujours essayer. »

XXI

Regard 12

I

Mr Gray remonta East Street sur cinq kilomètres — le chemin était creusé d'ornières, boueux, et couvert de près de dix centimètres de neige fraîche — avant de venir s'échouer dans une fondrière provoquée par un écoulement bouché. La Subaru avait franchi victorieusement plusieurs bourbiers au nord de Goodnough Dike et son bas de caisse avait heurté le sol assez violemment, à un moment donné, pour arracher le pot d'échappement, mais la fondrière qui éventrait la route fut un obstacle de trop pour la petite voiture. L'avant s'enfonça dans le trou et resta coincé sur la conduite, dans le vacarme strident du moteur privé de son silencieux. Le corps de Jonesy, projeté en avant, entraîna le blocage de la ceinture de sécurité. Son diaphragme se comprima et il vomit, impuissant, sur le tableau de bord : rien de solide, seulement des filaments de salive chargés de bile. Pendant quelques instants, le monde perdit toutes ses couleurs, et le tapage du moteur parut s'éloigner. Mr Gray lutta pour ne pas perdre conscience, redoutant que, dans ce cas, Jonesy n'en profite pour reprendre les commandes.

Le chien gémit. Il avait toujours les yeux fermés, mais ses pattes arrière étaient agitées de secousses spasmodiques et ses oreilles tressaillaient. Sur son ventre distendu, la peau était parcourue d'ondulations. Le moment approchait.

Peu à peu, couleurs et réalité revinrent se mettre en place. Mr Gray prit plusieurs profondes inspirations, et finit par convaincre ce corps malade et malheureux de retrouver un état de calme relatif. Combien lui restait-il à parcourir ? Il lui semblait que l'endroit ne pouvait être loin, mais si la petite voiture était définitivement embourbée, il lui faudrait s'y rendre à pied... et le chien, pour sa part, était incapable de marcher. Il devait, par ailleurs, rester endormi, et il était beaucoup trop près de se réveiller.

Il caressa les centres du sommeil dans le cerveau rudimentaire, essuyant en même temps la bave du museau de l'animal. Une partie de son esprit avait conscience de la présence de Jonesy, toujours tapi dans son coin, coupé du monde extérieur, mais attendant la première occasion de bondir pour saboter sa mission ; et, ce qui était incroyable, une autre partie de lui-même rêvait encore de nourriture, de s'empiffrer de bacon, la chose même qui l'avait empoisonné.

Dors, mon petit ami. Il parlait au chien ; il parlait aussi au byrum. Et les deux écoutaient. Lad arrêta de gémir. Ses pattes arrêtèrent de s'agiter. Les ondulations qui lui parcouraient le ventre ralentirent... ralentirent... s'arrêtèrent. Ce calme ne durerait pas longtemps, mais pour l'instant tout allait bien. Aussi bien que possible.

Rends-toi, Dorothy.

« La ferme ! s'exclama Mr Gray. Baise-moi l'oignon ! »

Il passa la marche arrière et écrasa l'accélérateur. Le moteur hurla, chassant les oiseaux perchés sur les arbres des alentours, mais rien n'y fit. Les roues avant étaient bien prises, et les roues arrière tournaient dans le vide.

« Merde ! cria Mr Gray en tapant du poing contre le volant. Putain de bordel de merde ! Baise-moi l'cul, Freddy ! »

Il tâtonna, à la recherche de ses poursuivants, mais n'obtint rien de clair, sinon la sensation qu'ils se rapprochaient. En deux groupes, et le plus proche comprenait Duddits. Mr Gray redoutait Duddits, sentait que c'était avant tout à cause de lui que sa tâche était devenue d'une difficulté absurde qui le mettait en fureur. S'il pouvait garder son avance sur Duddits, tout irait bien. Cela l'aiderait de savoir exactement où il était, mais ils le bloquaient — Duddits, Jonesy et un autre appelé Henry. À trois, ils composaient une force qui était quelque chose de nouveau pour Mr Gray, et il avait peur.

« Mais j'ai toujours suffisamment d'avance », dit-il à Jonesy en descendant.

Il glissa, jura à la Beaver, puis claqua la portière. Il neigeait de nouveau, de gros flocons qui remplissaient l'air comme des confettis géants et s'abattaient sur les joues de Jonesy. Mr Gray fit le tour de la voiture, dérapant dans la boue qui collait à ses bottes. Il s'arrêta, le temps d'examiner la conduite qui avait pris la Subaru au piège, dans le fond du fossé (car la curiosité, la plupart du temps inutile mais indécrottable dont son hôte faisait preuve, avait aussi déteint sur lui dans une certaine mesure), puis se rendit sur le côté droit du véhicule.

« Je ne vais pas avoir de mal à battre vos cons d'amis sur le poteau. »

Il n'y eut pas de réponse à cette provoc, mais il sentait Jonesy, comme il sentait les autres, Jonesy qui, même silencieux, était comme une arête dans sa gorge.

Qu'il aille au diable, qu'il aille se faire foutre. Le problème, c'était le chien. Le byrum était prêt à sortir. Comment transporter le chien ?

Petit tour dans les archives de Jonesy. Pendant un moment il ne trouva rien... puis lui vint une image de l'« école du dimanche » que Jonesy avait fréquentée, enfant, pour s'y instruire sur « Dieu et son Fils unique », apparemment une sorte de byrum créateur d'une culture de byrus qui était simultanément identifié, dans l'esprit de Jonesy, comme étant le « christianisme » et « un tas de conneries ». L'image était très claire et provenait d'un livre appelé la « Sainte Bible ». On y voyait le Fils unique de Dieu transportant un agneau, presque comme si c'était un vêtement. Les pattes de l'animal pendaient de part et d'autre de son cou.

Voilà qui ferait l'affaire.

Mr Gray prit le chien endormi et se l'enroula autour du cou. Il était déjà lourd — sans compter la stupide et irritante faiblesse des muscles de Jonesy — et ce serait encore pire, le temps qu'ils arrivent là où il voulait aller... mais ils y arriveraient.

Il s'élança dans East Street, la rue qui n'était pas une rue, sous la neige qui tombait en flocons de plus en plus serrés, portant le berger écossais endormi, comme une étole.

2

La nouvelle neige était extrêmement glissante, et une fois qu'ils furent sur la route 32, Freddy fut obligé de ralentir à soixante à l'heure. Kurtz en aurait hurlé de frustration. Pis, Perlmutter lui échappait et dérivait vers un état de plus en plus comateux. Et cela au moment précis, l'imbécile, où il avait soudain été capable de lire, dans l'esprit d'Owen et de ses nouveaux potes, après qui ils couraient : un certain Mr Gray.

« Il est trop occupé pour se cacher », dit Pearly. Il parlait d'un ton somnolent, comme s'il était sur le point de s'endormir. « Il a peur. Je ne sais pas pour Underhill, patron, mais Jonesy... Henry... Duddits.... Il a peur d'eux. Et il a raison d'avoir peur. Ils ont tué Richie.

— Qui est ce Richie, mon gars ? »

Kurtz n'en avait rien à foutre, mais il tenait à ce que Perlmutter reste éveillé. Il sentait qu'ils en arrivaient à un stade où il n'aurait plus besoin de lui, mais pour l'instant son aide lui était encore utile.

« Je ne... sais pas... »

Les derniers mots laissèrent la place à un ronflement. L'Humvee dérapa, se mettant presque en travers. Freddy jura, se bagarra avec le volant et réussit à reprendre le contrôle de sa trajectoire juste avant que l'engin ne se jette dans le fossé. Kurtz n'y fit même pas attention. Il se pencha sur le siège et gifla Perlmutter. Vigoureusement. Ils passaient à ce moment là devant un panneau proclamant : VERS ET APPÂTS, LE POISSON N'ATTENDS PAS ! dans la vitrine d'une épicerie.

Perlmutter laissa échapper un cri, cilla, ouvrit les yeux. Leur blanc tournait au jaunâtre. Kurtz s'en foutait tout autant que de l'identité de Richie.

« Arrêtez, patron...

— Où sont-ils, maintenant ?

— L'eau », répondit Pearly. Il avait répondu d'une voix faible, celle d'un invalide irritable. Sous sa veste, son ventre était une montagne distendue que des frissons parcouraient de temps en temps. *Ma Joad arrivant à terme, Dieu nous bénisse et nous ait en Sa sainte garde*, pensa Kurtz. « L'eau... »

Ses yeux se refermèrent à nouveau. Kurtz levait déjà la main pour lui donner une autre gifle.

« Laissez-le dormir », dit Freddy.

Kurtz regarda son chauffeur, sourcils levés.

« Il doit forcément vouloir parler du réservoir. Le lac Quabbin. Et dans ce cas, nous n'avons plus besoin de lui ». Par le pare-brise, il montra les traces des rares véhicules qui, ce jour-là, avaient emprunté avant eux la route 32. Elles se détachaient encore nettement, noires sur la neige immaculée. « Il n'y aura personne d'autre que nous aujourd'hui, patron. Personne.

— Dieu soit loué. » Kurtz se laissa aller contre son dossier, prit l'automatique posé à côté de lui, le regarda et le remit dans son étui. « Dis-moi quelque chose, Freddy.

— Si je peux, patron.

— Quand tout ça sera fini, qu'est-ce que tu dirais du Mexique ?

— Bonne idée. Tant qu'on n'est pas obligés de boire de l'eau. »

Kurtz éclata de rire et tapota Freddy sur l'épaule. À côté du chauffeur, Perlmutter s'enfonçait de plus en plus dans le coma. Dans son gros intestin, dans cette opulente décharge de nourriture rejetée et de cellules usées et mortes, quelque chose, pour la première fois, ouvrit ses yeux noirs.

3

Deux poteaux de pierre s'élevaient à l'entrée du vaste territoire entourant le réservoir Quabbin. Au-delà, la route se réduisait à ce qui n'était plus, pour l'essentiel, qu'un chemin à une voie, et Henry eut l'impression d'avoir bouclé la boucle. Il n'était plus dans le Massachusetts, mais dans le Maine, et le panneau avait beau indiquer RÉSERVOIR QUABBIN, il se serait cru de nouveau sur Deep Cut Road. Il se surprit même à regarder vers le ciel de plomb, s'attendant presque à y voir danser les lumières. Il n'aperçut qu'un aigle, un pygargue à tête blanche, qui planait si bas qu'on aurait presque pu le toucher. Il se posa sur la plus basse branche d'un pin et les regarda passer.

Duddits se tenait la tête appuyée contre la fraîcheur de la vitre. Il se redressa et dit :

« *Isser é 'a'che intenant.* »

Henry sentit son cœur bondir.

« Vous avez entendu ça, Owen ? Mister Gray marche maintenant.

— J'ai entendu. »

Owen accéléra un peu. Sous les pneus, la neige mouillée était aussi traîtresse que de la glace, et maintenant qu'ils avaient quitté les routes principales, il n'y avait qu'une seule double trace en direction du nord, et du réservoir.

Nous allons aussi laisser les nôtres, pensa Henry. *Si Kurtz parvient jusqu'ici, il n'aura pas besoin de télépathie.*

Duddits poussa un grognement, s'agrippa l'estomac et trembla de tout son corps.

« *Ennie, oi 'alade. Duddits 'alade.* »

Henry posa la main sur la tête maintenant chauve de Duddits, et n'aima pas la chaleur fiévreuse qui en montait. Qu'allait-il se passer ensuite ? Des convulsions, sans doute. Fortes, elles pouvaient entraîner rapidement la mort, tant il était faible, et Dieu sait que ç'aurait été une délivrance. La meilleure solution. L'idée lui faisait cependant très mal. Henry Devlin, le suicidé en puissance. Au lieu de lui, c'étaient ses amis que, un à un, les ténèbres avaient engloutis.

« Faut tenir le coup, Duddits. On en a presque fini. »

Sauf que le plus dur, se doutait-il, restait à faire.

Les yeux de Duddits se rouvrirent.

« *Isser Ay, s'est 'ou'bé.*

— Quoi ? dit Owen. Là, j'ai rien compris.

— Il dit que Mr Gray s'est embourbé », expliqua Henry sans cesser de caresser le front de Duddits.

Il regrettait l'absence de cheveux à caresser, se souvenant du temps où il y en avait. Les cheveux blonds et fins de Duddits. Ses pleurs leur avaient fait mal, leur avaient entaillé la tête comme des lames émoussées, mais comme son rire les avait rendus heureux... il suffisait d'entendre Duddits Cavell s'esclaffer pour, pendant au moins un petit moment, croire à nouveau à tous les vieux mensonges : que la vie était chouette, que l'existence des garçons et des hommes, des filles et des femmes avait un sens. Qu'il y avait de la lumière et pas seulement des ténèbres.

« Mais pourquoi il ne balance pas son foutu clébard directement dans le lac ? s'étonna Underhill d'une voix éraillée par la fatigue. Pourquoi éprouve-t-il le besoin d'aller jusqu'au regard 12 ? Parce que la Russe en a fait autant ?

— Il doit considérer que le réservoir n'est pas assez sûr, répondit Henry. Le château d'eau aurait été très bien, mais l'aqueduc est encore mieux. C'est un intestin de cent dix kilomètres de long. Et le regard 12 en est la gorge. Tu crois qu'on peut l'avoir, Duddits ? »

Duddits le regarda de ses yeux épuisés, puis secoua la tête. Owen se donna un coup de poing sur la cuisse de frustration. Duddits se passa la langue sur les lèvres et émit deux mots, d'une voix rauque réduite à un murmure ou presque. Owen entendit, mais sans comprendre.

« Quoi ? Qu'est-ce qu'il a dit ?

— Seulement Jonesy.

— Et qu'est-ce que ça veut dire ?

— Que seul Jonesy peut l'arrêter, je suppose. »

L'Humvee dérapa à nouveau et Henry s'agrippa à son siège. Une main froide se referma sur la sienne. Duddits le regardait avec une intensité désespérée. Il voulut parler, mais ne réussit qu'à tousser, émettant des aboiement gras et mouillés. Le sang qui jaillissait de sa bouche était notablement plus clair, écumeux et presque rose. Henry pensa qu'il provenait des poumons. Et pendant tout le temps qu'il toussa, sa main ne lâcha pas celle d'Henry.

« Par la pensée, Duddits. Tu peux me le dire par la pensée ? »

Il n'y eut pendant quelques instants que la main froide de Duddits refermée sur la sienne, que les yeux de Duddits rivés sur les siens. Puis tout disparut, l'intérieur kaki du véhicule et son odeur sournoise de cigarettes fumées en cachette, Duddits lui-même. À la place, Henry voit un Taxiphone, le modèle ancien, avec des fentes de taille différentes sur le dessus, celle pour les *quarters*, celle pour les *dimes*, celle pour les *nickels*. Une rumeur de voix masculine, des bruits familiers et, sur le coup, mystérieux. Au bout d'un moment, il comprend que ce sont les claquements que font des pions sur un damier. C'est le Taxiphone de chez Gosselin's qu'il voit, celui avec lequel il a appelé Duddits après la mort de Richie Grenadeau. C'est Jonesy qui a donné le coup de fil, en réalité, parce qu'il était le seul à posséder un numéro pour facturer l'appel. Les autres sont rassemblés autour de lui, tous encore emmitouflés dans leur parka car il fait très froid dans le magasin et qu'alors même qu'il habite au milieu de la forêt, ce vieux radin de Gosselin n'aurait pas jeté une bûche de plus dans son poêle, quel con. Il y a deux choses écrites au-dessus du téléphone. La première dit : ON EST PRIÉ DE LIMITER SES APPELS À 5 MINUTES. L'autre...

La secousse fut soudaine et brutale. Duddits fut projeté contre le dossier d'Henry, et celui-ci contre le tableau de bord. Leurs mains se séparèrent. Owen venait de déraper ; il avait quitté la route et l'Humvee était dans le fossé. Devant eux, les traces de la Subaru commençaient à disparaître sous la neige et se perdaient dans l'horizon bouché.

« Henry ! ça va ?

— Ouais. Duds ? Ça va ? »

Duddits hocha affirmativement la tête, mais la joue qui avait heurté le siège devint noire à une vitesse stupéfiante. La leucémie ne chômait pas, elle.

Underhill passa en première et entreprit de remonter lentement hors du fossé. Le véhicule était incliné selon un angle inquiétant de peut-être trente degrés, mais il avança sans difficulté lorsqu'Owen embraya.

« Attachez vos ceintures. Commencez par lui.

— Il essayait de me dire quelque chose...

— Je m'en fous de ce qu'il essayait de vous dire. On s'en est bien sortis cette fois, mais le prochain coup, on fera peut-être un tonneau. Attachez sa ceinture, et la vôtre ensuite. »

Henry obéit, non sans penser au deuxième avis collé au-dessus du téléphone. Qu'est-ce qu'il disait ? Il y était question de Jonesy. Seul Jonesy pouvait arrêter Mr Gray, à présent, tel était l'Évangile selon Duddits.

Que disait l'autre avis ?

4

Owen se vit obligé de rouler à trente à l'heure. Se traîner ainsi le rendait fou, mais la neige tombait furieusement et réduisait la visibilité presque à néant.

Juste avant que les traces de la Subaru ne disparaissent complètement, ils tombèrent sur la voiture elle-même, encastrée dans le fossé creusé par l'eau qui s'était échappé de la canalisation brisée ; la portière côté passager était ouverte, les roues arrière ne touchaient plus le sol.

Underhill freina d'urgence, sortit son Glock et ouvrit sa portière. « Restez ici », dit-il à Henry avant de descendre. Il courut jusqu'à la Subaru, plié en deux.

Henry défit sa ceinture de sécurité et se tourna vers Duddits à présent effondré sur le siège arrière, cherchant sa respiration, retenu en position assise par sa seule ceinture. Une de ses joues était d'un jaune de cire ; l'autre avait été envahie par du sang bleu sous la peau. Il saignait de nouveau du nez et des filets rouges coulaient des mèches de coton qui dépassaient de ses narines.

« Je suis désolé, Duds, dit Henry. C'est un vrai bon Dieu de bordel. »

Duddits acquiesça, puis leva les bras. Il ne put les tenir ainsi que deux ou trois secondes, mais Henry eut largement le temps de comprendre. Henry descendit de l'Humvee au moment où Underhill revenait rapidement vers eux, le Glock passé à la ceinture. La neige tombait avec une telle densité et les flocons étaient si gros qu'il en devenait difficile de respirer.

« Je croyais vous avoir dit de ne pas bouger, dit Owen.

— Je voulais simplement passer à l'arrière avec lui.

— Pourquoi ? »

Henry répondit tout à fait calmement, mais sa voix tremblait tout de même un peu :

« Parce qu'il est mourant. Ce n'est plus qu'une question d'heures, peut-être même de minutes ; mais je crois qu'il a quelque chose à me dire avant. »

5

Underhill consulta le rétroviseur ; Henry tenait Duddits par les épaules, et tous deux avaient leur ceinture de sécurité attachée.

« Tenez-le bien, dit Owen en attachant la sienne. Ça va rudement secouer. »

Il recula d'une trentaine de mètres, engagea la première et repartit, mettant le cap sur le passage entre la Subaru abandonnée et le fossé de droite ; la faille qui s'ouvrait dans la chaussée lui avait paru plus étroite à cet endroit.

Ils furent en effet rudement secoués. La ceinture de sécurité d'Owen se bloqua et il eut le temps de voir, dans le rétroviseur, le corps de Duddits sauter dans les bras d'Henry. Sa tête chauve rebondit contre la poitrine de son ami. Mais ils avaient franchi l'obstacle et roulaient à nouveau sur East Street. C'est à peine si Underhill distinguait les traces de pas fantomatiques de celui qu'ils poursuivaient sur le ruban à présent tout blanc de la route. Mais au moins Mr Gray était-il à pied et eux en voiture. S'ils pouvaient rattraper ce salopard avant qu'il coupe par les bois...

Ils n'y parvinrent pas.

6

Dans un terrible et ultime effort, Duddits releva la tête. Navré et horrifié à la fois, Henry constata que même ses yeux se remplissaient de sang.

Clac... clac-clac ! Puis les petits rires secs d'hommes âgés, dont l'un d'eux vient d'accomplir le légendaire triple saut sur le damier. Le téléphone commença de nouveau à se matérialiser dans son champ de vision. Avec les avis placardés au-dessus.

« Non, Duddits, murmura Henry, n'essaye pas. Garde tes forces. »

Les garder, oui, mais pour en faire quoi ?

L'avis de gauche : ON EST PRIÉ DE LIMITER SES APPELS À 5 MINUTES. Odeurs de tabac, de feu de cheminée, de saumure qui a traîné dans le tonneau de cornichons.

Et l'avis de droite : APPELLE TOUT DE SUITE JONESY.

« Duddits... » Sa voix flottant dans les ténèbres. Les ténèbres, ses vieilles amies. « Duddits ? Je ne sais pas comment faire. »

La voix de Duddits lui parvint une dernière, une ultime fois, très fatiguée mais calme : *Vite, Henry... je ne pourrai pas tenir très longtemps... il faut que tu lui parles.*

Henry soulève le combiné de sa fourche. Pense qu'il n'a pas de monnaie sur lui, même pas une pièce de dix cents. Idée absurde, mais toute la situation ne l'est-elle pas déjà ? Il porte l'appareil à son oreille.

C'est la voix de Roberta Cavell, impersonnelle et neutre. « Hôpital général du Massachusetts. Qui voulez-vous joindre ? »

7

Mr Gray s'élança, malmenant le corps de Jonesy, le long du sentier qui longeait la rive du lac et prolongeait East Street ; il glissait, dérapait, tombait, s'agrippait aux branches, gêné par le chien dans ses mouvements, se relevait. Les genoux de Jonesy étaient lacérés, son pantalon était déchiré et imbibé de sang. Ses poumons le brûlaient, son cœur battait comme un marteau-pilon. Et pourtant, la seule chose qui l'inquiétait était la hanche de Jonesy, celle qui avait été fracturée dans son accident. Elle se réduisait à une boule brûlante et battante, dardant de douloureux élancements le long de sa cuisse jusqu'au genou, d'un côté, et jusqu'au milieu de sa colonne vertébrale de l'autre. Le poids du chien ne faisait que rendre les choses encore plus difficiles. L'animal dormait toujours, mais la chose en lui était parfaitement réveillée et ne restait en place que par la volonté de Mr Gray. À un moment donné, alors qu'il se remettait laborieusement debout, sa hanche se bloqua complètement et Mr Gray dut la frapper à plusieurs reprises à coups de poing pour la faire repartir. Jusqu'où allait-il pouvoir aller comme ça ? Jusqu'où, dans cette maudite neige, cette purée de pois étouffante, aveuglante, sans fin ? Et qu'est-ce que mijotait Jonesy ? Quelque chose ? Rien ? Mr Gray n'osait pas relâcher sa surveillance sur le byrum et sa faim dévorante — la chose n'avait rien qui ressemblait à une forme de pensée — assez longtemps pour aller tendre l'oreille derrière la porte verrouillée.

Une silhouette fantomatique apparut dans la tourmente. Mr Gray fit halte, haletant, pour l'étudier. Puis repartit, laborieusement, tenant les pattes molles du chien, traînant le pied droit de Jonesy.

Il passa devant un panneau cloué à un arbre : INTERDICTION ABSOLUE DE PÊCHER DEPUIS LE BÂTIMENT DE LA CANALISATION. À vingt mètres de là, des marches partaient du sentier. Six marches... non, huit. À leur sommet s'élevait un édifice en pierre sur de solides fondations, surplombant, à travers le néant gris argenté de la neige, le lac invisible ; les oreilles de Jonesy entendaient même les vaguelettes se briser contre les galets en dépit des battements précipités et assourdissants de son cœur.

Il était arrivé.

Agrippant le chien et faisant appel aux ultimes réserves de force de Jonesy, Mr Gray entreprit de monter l'escalier enneigé.

8

Lorsqu'ils franchirent les piliers de pierre, à l'entrée du domaine du réservoir, Kurtz dit :

« Gare-toi sur le côté de la route, Freddy. »

Johnson obéit sans poser de question.

« Tu as ton FM, mon gars ? »

Freddy le souleva. Un bon vieil M-16, une arme dûment éprouvée.

« Arme de poing ?

— 44 Magnum, patron. »

Quant à Kurtz, il avait son automatique, le pistolet qu'il préférait à courte distance. D'autant qu'il *voulait* opérer à courte distance. Il tenait à voir la couleur de la cervelle d'Underhill.

« Freddy ?

— Oui, patron.

— Je voulais simplement te dire que ceci est ma dernière mission, et que je n'aurais pas pu espérer avoir un meilleur compagnon que toi. »

Il tendit la main et serra l'épaule de son subordonné. À côté de Johnson, Perlmutter ronflait, sa tête de Ma Joad tournée vers le plafond. Cinq minutes avant d'arriver aux piliers, il avait lâché plusieurs pets prolongés et particulièrement odoriférants. Après quoi, son ventre distendu s'était à nouveau aplati. Probablement pour la dernière fois, avait estimé Kurtz.

Les yeux de Freddy, à ces mots, avaient pris un éclat qui lui fit plaisir. Kurtz était ravi. Il n'avait pas entièrement perdu son magnétisme, même ici et maintenant, semblait-il.

« Très bien, mon gars. Plein pot et merde à l'ennemi. D'accord ?

— D'accord, monsieur. »

Le *monsieur*, songea Kurtz, convenait de nouveau. Ils n'avaient plus aucune raison de respecter le protocole de la mission, au stade où ils en étaient. Ils étaient les gars de Quantrill[1], à présent, deux soudards aux abois, en razzia dans les régions désertiques du Massachusetts.

1. Auteur d'un raid sanglant dans une ville du Far-West, dans les années 1860.

Avec une petite grimace de dégoût non feinte, Johnson montra Perlmutter du pouce.

« Vous voulez que j'essaie de le réveiller, monsieur ? C'est peut-être un peu tard, mais...

— Pourquoi s'en donner la peine ? »

Une main toujours agrippée à l'épaule du chauffeur, Kurtz montra de l'autre le chemin d'accès qui disparaissait dans une muraille blanche : la neige. La bon Dieu de neige qui les avait harcelés pendant tout le chemin, une sinistre putain de Faucheuse drapée de blanc au lieu de noir. Les traces de la Subaru avaient complètement disparu, mais celle de l'Humvee volé par Underhill étaient encore visibles. S'ils ne traînaient pas, Dieu soit loué, suivre ces traces allait être un jeu d'enfants.

« Nous n'avons plus besoin de lui, j'en ai bien l'impression, et c'est un grand soulagement. Vas-y, Freddy, roule. »

L'Humvee fit une embardée et se stabilisa. Kurtz sortit son automatique et le tint contre la cuisse. *J'viens te chercher, Owen. Je viens te chercher, mon gars. Et t'as intérêt à préparer ton baratin au Grand Patron d'en haut, vu que tu devras le lui faire dans moins d'une heure.*

9

Le bureau qu'il avait si agréablement meublé, meublé de ses souvenirs, était en pleine décomposition.

Jonesy allait et venait en claudiquant, agité, regardant sombrer la pièce autour de lui, les lèvres tellement serrées qu'elles en étaient blanches, des gouttes de sueur sur le front en dépit du froid de plus en plus intense qui régnait dans son refuge.

On en était au chapitre *La Chute du bureau de Jonesy*, et non plus de *la Maison Usher*. En dessous la chaudière hurlait et émettait des claquements métalliques qui faisaient trembler le plancher. La bouche d'aération soufflait de petits nuages blancs, peut-être des cristaux dus au gel, qui laissaient une traînée poudreuse triangulaire sur le mur. Le bois du lambris, sous l'effet de cette poudre, se mettait à se déformer et à pourrir. Les tableaux dégringolèrent les uns après les autres sur le sol, comme s'ils se suicidaient. Le fauteuil Eames, celui-là même qu'il avait toujours désiré, se fendit en deux, comme frappé par une hache invisible. Au bout d'un moment, le lambris d'acajou s'ouvrit carrément et se mit à peler comme de la peau morte. Les tiroirs du bureau tombèrent bruyamment de leur logement, un à un. Les volets placés par Mr Gray pour l'empêcher d'avoir vue sur le monde extérieur vibraient et tremblaient, produisant des grincements métalliques sans fin qui lui agaçaient des dents.

Appeler Mr Gray et exiger de savoir ce qui se passait aurait été inutile... sans compter que Jonesy disposait de toutes les informations dont il avait besoin. Il l'avait ralenti, mais Mr Gray avait relevé le défi, avait même triomphé. *Viva* Mr Gray, qui avait presque atteint son but, ou l'avait atteint. En tombant, les lambris laissaient apparaître ce qu'ils cachaient : des murs crasseux, ceux du bureau des frères Tracker, tels que les avaient vus quatre garçons, en 1978, leur quatre têtes alignées contre la vitre, leur nouveau copain attendant sagement derrière eux, comme on le lui avait demandé, d'être ramené chez lui. Un nouveau fragment de lambris se détacha avec un bruit de papier qui se déchire ; dessous, il y avait un tableau d'affichage avec une seule photo, une photo Polaroïd, punaisée dessus. Non pas celle d'une reine de beauté, pas Tina Jean Schlossinger, mais une femme quelconque qui relevait sa jupe, laissant voir le triangle de sa petite culotte. Tout à fait stupide. Le superbe tapis, sur le plancher, se mit à flétrir et à se racornir comme de la peau, révélant le dallage d'origine, immonde avec ses têtards blanchâtres échoués, les sacs à foutre abandonnés par les couples venus baiser là, sous le regard indifférent de la femme de la photo, laquelle n'était personne, en réalité, laquelle n'était qu'une construction artificielle venue d'un passé vide.

Il allait et venait, roulant sur sa mauvaise hanche, qui ne lui avait jamais fait aussi mal depuis son accident, et il comprenait ce qui se passait, oui, tout ce qui se passait, on pouvait le croire. Sa hanche était pleine d'éclats de bois et de verre ; son cou et ses épaules, endoloris, brûlaient d'une fatigue féroce. Mr Gray maltraitait son corps à mort, tandis qu'il lançait son ultime charge, et il n'y avait rien que Jonesy puisse faire.

L'attrape-rêves, lui, était toujours en bon état ; se balançant et décrivant de grands arcs, mais pas endommagé. Jonesy se mit à le fixer des yeux. Il s'était cru prêt à mourir, mais il n'avait aucune envie de partir de cette façon, et pas dans cette pièce puante. Non loin de celle-ci, ils avaient jadis fait quelque chose de bien, quelque chose de presque noble. Mourir ici, sous le regard poussiéreux et indifférent de la femme punaisée sur le panneau d'affichage... cela ne lui semblait pas juste. Peu importait le reste du monde ; lui, Gary Jones de Brookline, Massachusetts, autrefois de Derry, Maine, et récemment du Jefferson Tract, méritait mieux.

« Je vous en prie, je mérite mieux que ça ! » s'écria-t-il à l'intention de la toile d'araignée qui se balançait au plafond.

C'est alors que derrière lui, sur le bureau, le téléphone sonna.

Il fit volte-face, poussant un grognement de douleur — un élancement brutal et compliqué monté de sa hanche. Le téléphone sur lequel il avait appelé Henry un peu plus tôt avait été son appareil personnel, un Trimline bleu ; celui qui était maintenant posé sur la surface craquelée du bureau était noir et encombrant et comportait un cadran au lieu de boutons. Dessus, un autocollant proclamait : QUE LA FORCE SOIT AVEC TOI. C'était l'appareil qu'il avait eu dans sa chambre, enfant, celui que ses parents lui avaient offert pour son anniversaire. 949-7784, le numéro sur lequel il avait fait facturer son coup de fil à Duddits, il y avait tant d'années.

Il bondit, oubliant sa hanche, priant pour que la ligne tienne et ne se désintègre pas avant qu'il ait pu répondre.

« Allô ? Allô ! » Oscillant sur lui-même, sur le sol qui tremblait et vibrait plus que jamais. C'était tout le bureau qui tanguait, à présent, comme un bateau par grosse mer.

De toutes les voix auxquelles il pouvait s'attendre, celle de Roberta était bien la dernière. « Oui, docteur, un appel pour vous, veuillez patienter. »

Il y eut un *clic !* si fort qu'il lui fit mal à l'oreille, puis le silence. Il grogna, et il était sur le point de reposer l'appareil lorsqu'il y eut un autre clic.

« Jonesy ? »

C'était Henry. Le son était faible, mais c'était indubitablement Henry.

« Où t'es ? hurla Jonesy. Bordel, Henry, tout est en train de désintégrer ! Je suis en train de *me* désintégrer !

— Au Gosselin's, dit Henry, enfin, pas vraiment. Où que tu te trouves, tu n'y es pas. Nous sommes dans l'hôpital où l'on t'a transporté après ton accident... » Il y eut un craquement sur la ligne, un bourdonnement, puis Henry revint, paraissant plus près, la voix plus nette. La bouée de sauvetage au milieu de toute cette désintégration. « ... mais pas ici non plus.

— Quoi ?

— Nous sommes dans l'attrape-rêves, Jonesy ! Nous sommes dans l'attrape-rêves et nous y avons toujours été ! Depuis 1978 ! C'est Duddits, notre attrape-rêves, et il est en train de mourir ! Il s'accroche, mais je ne sais pas combien de temps... »

Nouveau clic, nouveau bourdonnement, âpre et électrique.

« Henry ! Henry !

— ... sortir ! » La voix est de nouveau faible, le ton, désespéré. « Il faut que tu sortes, Jonesy ! Viens me retrouver ! Cours le long de l'attrape-rêves et viens me retrouver ! Tu as encore le temps ! On peut l'avoir, ce fils de pute ! Tu m'entends ? On peut... »

Il y eut un dernier *clic !* et ce fut le silence sur la ligne. Le socle de son téléphone d'enfant se craquela, se fendit et régurgita un fouillis de fils qui ne rimait à rien. Ils étaient tous rouge orangé ; tous contaminés par le byrus.

Jonesy laissa tomber le combiné et regarda se balancer l'attrape-rêves, cette toile d'araignée éphémère. Une formule lui revint à l'esprit, sans doute tirée de quelque sketch : *Où que vous soyez, c'est là que vous êtes.* Une formule concurrente de *Autre jour, même merde*, qui avait peut-être même conquis la première place lorsqu'ils avaient commencé à prendre de l'âge et à se considérer comme plus raffinés. *Où que vous soyez, c'est là que vous êtes...* Sauf qu'à en croire le coup de téléphone d'Henry, ce n'était pas vrai. Où que vous pensiez être, vous n'y êtes pas.

Ils étaient dans l'attrape-rêves.

Il remarqua que celui qui se balançait dans l'air au-dessus des ruines de son bureau présentait quatre rayons partant de son centre. De nombreux fils reliaient ces rayons, mais ce qui les maintenait en place était le centre, le cœur d'où ils émergeaient. *Cours le long de l'attrape-rêves et viens me retrouver ! Tu as encore le temps !*

Jonesy fit demi-tour et courut jusqu'à la porte.

10

Mr Gray se tenait aussi devant une porte, celle de l'édifice où se trouvait le regard 12. Elle était fermée à clef. Étant donné l'histoire de la Russe, cela ne l'étonna pas beaucoup. *Fermer la porte de l'écurie à clef après que le cheval a été volé* était la formule de Jonesy pour décrire ce genre de situation. S'il avait eu un des kims avec lui, les choses auraient été plus simples. Mais cela ne le dérangeait pas trop. L'un des effets secondaires intéressants, dans le fait d'éprouver des émotions, était qu'elles vous poussaient à réfléchir, à calculer, afin de ne pas déclencher une crise émotionnelle tous azimuts si les choses tournaient mal. Voilà qui expliquait peut-être, entre autres, pourquoi ces créatures avaient pu survivre aussi longtemps.

Il n'avait pas tout à fait oublié la suggestion de Jonesy, à savoir de s'abandonner à tout ceci et de se faire « indigène », expression que Mr Gray avait trouvé à la fois mystérieuse et exotique ; il repoussa néanmoins cette idée. Il allait accomplir sa mission, satisfaire à l'impératif. Après ça, qui sait ? Des sandwichs au bacon, peut-être. Et ce que l'esprit de Jonesy identifiait comme des « cocktails ». Une boisson classe et rafraîchissante, légèrement enivrante.

Une rafale de vent arriva du lac, lui plaquant de la neige mouillée sur la bouche et l'aveuglant temporairement. Comme s'il avait été frappé par une serviette mouillée — ce qui le fit retomber dans le moment présent : il avait une tâche à achever. Il se dirigea sur la gauche du perron rectangulaire, glissa puis se laissa tomber à genoux, sans s'occuper du hurlement qui montait de la hanche de Jonesy. Il n'avait pas fait tout ce chemin — années-lumière noires, kilomètres blancs — pour dégringoler dans un escalier et se rompre le cou, ou dégringoler dans le lac et mourir d'hypothermie au contact de l'eau glacée.

Ce perron avait été édifié sur un lit de pierres concassées. Penché sur le côté, il chassa la neige et se mit à chercher un fragment facile à détacher. Des fenêtres flanquaient la porte ; elles étaient étroites, mais pas *trop* étroites.

Les bruits étaient assourdis, comme aplatis, par la densité de l'averse de neige mouillée, mais il entendit néanmoins le bruit d'un moteur qui se rapprochait. Il y en avait eu un autre, déjà, mais il s'était arrêté, sans doute au bout d'East Street. Ils arrivaient, mais c'était trop tard. Le sentier faisait plus d'un kilomètre et demi, les broussailles l'avaient envahi, la neige l'avait rendu glissant. Le temps qu'ils arrivent, le chien serait tombé dans la conduite, se serait noyé et aurait en même temps relâché le byrum dans l'aqueduc.

Il trouva un rocher qui bougeait et le dégagea, s'y prenant avec précaution pour ne pas déloger le chien dont le corps tressautait sur ses épaules. Il recula du bord à quatre pattes, puis voulut se lever. Il n'y parvint pas. La hanche enflammée de Jonesy le lui interdisait. Il finit cependant par se redresser, au prix d'une souffrance intolérable qui paraissait se déployer jusqu'à ses dents et ses tempes.

Il resta quelques instants sans bouger, la mauvaise jambe de Jonesy soulevée comme un cheval qui a un caillou pris dans son sabot, prenant appui sur la porte. Lorsque la douleur se fut un peu calmée, il se servit du fragment de roche pour briser la vitre de la fenêtre de gauche. Il entailla la main de Jonesy à plusieurs endroits (l'une des coupures était profonde), laissant des fragments de verre suspendus en haut du cadre comme autant de miniguillotines en puissance, mais il n'y fit pas attention. Pas plus qu'il ne sentit que Jonesy venait de quitter son refuge.

Mr Gray fit passer le chien de l'autre côté, franchit ensuite la fenêtre en se tortillant, atterrit sur le sol froid en béton, récupéra l'animal et regarda autour de lui.

Il se trouvait dans une salle rectangulaire d'une dizaine de mètres de long. À l'autre bout, s'ouvrait une fenêtre d'où, par beau temps, on devait certainement avoir une vue spectaculaire sur le Quabbin, mais qui donnait l'impression qu'on avait cloué un drap blanc dessus. Une sorte de seau gigantesque était rangé sur un côté, ses parois piquetées de rouge (non pas de byrus mais par un oxyde nommé *rouille* dans les archives de Jonesy). Mr Gray croyait comprendre que ce seau était destiné à faire descendre un homme dans le puits vertical, au cas où un problème quelconque l'exigerait.

Le couvercle métallique d'un mètre vingt de diamètre était placé au centre de la salle, à même le sol. Sur un côté, il présentait une encoche carrée. Mr Gray regarda autour de lui. Quelques outils étaient rangés le long du mur. L'un d'eux, au milieu des débris de verre provenant de la fenêtre cassée, était un pied-de-biche. Le même, c'était tout à fait possible, que celui que la Russe avait utilisé pour son suicide.

Si j'ai bien compris, pensa Mr Gray, *les habitants de Boston boiront mon byrum vers le jour de la Saint-Valentin.*

Il s'empara du pied-de-biche, se traîna en boitant jusqu'au

milieu de la salle, son haleine poussant de petits nuages devant lui, puis il glissa le bout aplati de l'outil dans l'encoche du couvercle. Il s'y adaptait parfaitement.

11

Henry raccroche le téléphone, prend une profonde inspiration, retient son souffle... et se précipite vers la porte sur laquelle est marqué : BUREAU, et dessous : PRIVÉ.

« Hé ! coasse le vieux Reenie Gosselin depuis sa caisse, Reviens par ici, l'gamin ! C'est interdit ! »

Henry ne s'arrête pas, ne ralentit même pas, mais au moment même où il franchit la porte, il se rend compte que oui, il est un gamin, à au moins trente centimètres de ce que sera sa taille définitive, et bien qu'il porte déjà des lunettes, leurs verres sont loin d'être aussi épais que ceux qu'il aura adulte. Il est un gamin, mais sous l'opulente crinière de cheveux (qui commenceront à s'éclaircir quand il atteindra la trentaine), c'est le cerveau d'un homme qu'il y a. *Je suis deux, deux confondus en un*, pense-t-il et, quand il fait irruption dans le bureau du père Gosselin il caquette comme un dément, riant comme dans le bon vieux temps, quand les fils de l'attrape-rêves étaient encore proches du centre, quand c'était Duddits qui disposait leurs chevilles au cribbage. *À s'en faire péter la sous-ventrière,* disaient-ils. *On a rigolé à s'en faire péter la sous-ventrière !*

Mais non, ce n'est pas le bureau du père Gosselin, le bureau où un type du nom d'Owen Underhill a fait jouer une fois, pour un homme dont le nom n'est pas Abraham Kurtz, une cassette des grisâtres parlant avec la voix de personnes célèbres ; c'est un corridor, un corridor d'hôpital, ce qui ne surprend nullement Henry. C'est l'hôpital général du Massachusetts. Il l'a fabriqué.

L'endroit est humide, plus froid que ne le serait un corridor d'hôpital, et les murs sont tachés de byrus. Quelque part une voix s'élève, grognant, *Ce n'est pas toi que je veux, je ne veux pas de piqûre, je veux Jonesy, Jonesy connaît Duddits, Jonesy est mort, il est mort dans l'ambulance, Jonesy est le seul qui pourra faire l'affaire. Barre-toi, baise-moi l'oignon, je veux Jonesy.*

Pas question qu'il se barre. Il est ce bon vieux Mister Mort si futé, et il ne se barrera pas. Il a des choses à faire ici.

Il s'avance sans être vu dans le corridor où il fait tellement froid qu'il voit son haleine quand il respire, un garçon portant une veste orange qui sera bientôt trop petite pour lui. Il regrette de ne pas avoir son fusil, celui que le père de Pete lui a prêté, mais ce fusil a disparu, il est resté quelque part, enfoui dans les années comme le téléphone de Jonesy avec son autocollant de *La Guerre des étoiles* (comme ils lui avaient tous envié ce téléphone !), le blouson de Beaver avec ses multiples fermetures à glissière et le chandail de Pete avec le logo de la NASA sur la poitrine. Enfoui dans les années. Certains rêves s'écroulent et disparaissent, encore une vérité amère de la vie. Qui en a bien d'autres en réserve.

Il passe devant deux infirmières qui bavardent et rient ; l'une d'elles est Josie Rinkenhauer, adulte, et l'autre la femme de la photo Polaroïd qu'ils ont vue ce jour-là à travers la fenêtre, dans le bâtiment des frères Tracker. Elles ne le voient pas parce que pour elles il n'est pas ici ; il est dans l'attrape-rêves, en ce moment, il court le long d'un des fils, il court vers le centre. *Je suis le marchand d'œufs,* pense-t-il. *Le temps ralentit, la réalité se déforme et le marchand d'œufs continue.*

Henry remonte le corridor en direction de la voix de Mr Gray.

12

Kurtz l'entendit avec une parfaite clarté à travers la vitre brisée : la rafale hachée d'une arme automatique. Elle souleva en lui des sentiments familiers de malaise et d'impatience : colère que la fusillade ait commencé sans lui, peur qu'elle soit terminée avant qu'il ait le temps d'arriver sur place pour n'y trouver que des blessés appelant leur mère.

« Plus vite, Freddy. »

Juste devant Kurtz, Perlmutter ronflait, s'enfonçant de plus en plus dans son coma.

« C'est pas mal glissant en dessous, patron.

— Accélère tout de même. J'ai l'impression que nous sommes presque... »

Il aperçut une tache rose sur le rideau de neige d'un blanc immaculé, aussi imprécise que le sang d'une coupure se mêlant à de la crème à raser, puis la Subaru fut tout d'un coup directement devant eux, le nez dans le fossé, l'arrière en l'air. Dans les instants qui suivirent, Kurtz retira mentalement tous les doutes qu'il avait émis sur les capacités de conducteur de Freddy. Son nouvel adjoint ne perdit pas son sang-froid. Dès que l'Humvee dérapa, il braqua à fond à gauche et écrasa l'accélérateur. Le gros véhicule retrouva son adhérence et s'élança dans l'ouverture. Il y eut une secousse monumentale, un rebond prodigieux, et Kurtz alla heurter le plafond assez fort pour que son champ de vision soit soudain rempli d'une pluie d'étoiles. Les bras de Perlmutter se dressèrent comme ceux d'un cadavre ballotté, sa tête partit violemment en arrière. L'Humvee passa si près de la Subaru que la poignée, côté passager, fut arrachée. Puis il reprit son chemin cahotant à la poursuite d'une piste de pneus relativement récente.

Tu sens ma respiration dans ton cou, maintenant Owen, pensa Kurtz. *Directement dans ton foutu cou, Dieu te fasse pourrir les yeux...*

La seule chose qui l'inquiétait était cette rafale. De quoi s'agissait-il ? Il tendait l'oreille, mais elle ne se reproduisit pas.

C'est alors que, droit devant lui, il vit une nouvelle fois une tache dans la neige ; celle-ci était vert olive. L'autre Humvee. Ils l'avaient sans doute quitté, mais...

« Tiens-toi prêt à tirer », dit Kurtz à Freddy. Une pointe d'hystérie s'était glissée dans sa voix. « Il est temps que quelqu'un paie les violons du bal. »

13

Le temps qu'Underhill arrive à l'endroit où se terminait East Street (ou devenait le sentier sinueux Fitzpatrick, orienté nord-est, à vous de voir), il entendit Kurtz derrière lui, et se dit que celui-ci devait également l'entendre — les Humvee ne font pas autant de boucan que des Harley-Davidson, mais ne sont pas exactement silencieux.

Si les empreintes de pas laissées par Jonesy avaient entièrement disparu, Owen distinguait sans peine le sentier qui partait de la route en longeant la rive du lac.

Il coupa le moteur.

« Henry ? On dirait qu'il va falloir mar... »

Il s'arrêta. Il s'était tellement concentré sur la conduite qu'il avait arrêté de consulter son rétroviseur ou de se retourner, et il n'était pas préparé au spectacle qui l'attendait à l'arrière du véhicule. Il resta bouche bée, effondré.

Henry et Duddits se tenaient embrassés dans une étreinte qu'il prit tout d'abord pour celle de la mort ; leurs joues, hérissées d'une barbe de plusieurs jours, étaient pressées l'une contre l'autre, leurs visages et leurs vêtements étaient maculés de sang. Aucun des deux n'avait l'air de respirer, et Owen crut qu'ils étaient morts ensemble, Duddits de sa leucémie, et Henry d'une crise cardiaque due à l'épuisement et au stress ininterrompu de ces trente dernières heures. Puis il vit que de minuscules tressaillements agitaient les paupières de l'un comme de l'autre.

Enlacés. Éclaboussés de sang. Mais pas morts. Endormis.

Rêvant.

Underhill s'apprêtait à appeler de nouveau Henry, puis hésita. Henry avait refusé de quitter le périmètre de rétention, dans le Jefferson Tract, sans que les détenus soient libérés et s'ils s'en étaient tous les deux sortis, cette première fois, c'était par un coup de chance inouï... ou grâce à la Providence, pour ceux qui croient que ce n'est pas simplement un thème pour feuilletons télévisés. N'empêche, ils avaient Kurtz sur les talons, Kurtz qui s'accrochait à eux comme une crotte de nez aux poils d'icelui, et il était beaucoup plus près qu'il l'aurait été si lui et Henry s'étaient contentés de ficher le camp en douce à la faveur de la tempête.

De toute façon, on ne peut rien y changer, songea-t-il en ouvrant sa portière et en descendant du véhicule. De quelque part au nord, loin dans la purée de pois blanche, lui parvint le cri d'un aigle râlant contre le mauvais temps ; et de derrière, au sud, le tapage de l'Humvee de Kurtz qui se rapprochait. Ce fou furieux, ce casse-pieds de Kurtz. Impossible de déterminer à quelle distance il était à cause de cette bon Dieu de neige. Elle tombait tellement drue, en flocons si épais, qu'elle jouait le rôle d'une cloison antibruits. Il était peut-être à trois kilomètres ; il pouvait être beaucoup plus près. Et Freddy serait avec lui, Freddy Johnson, le bon p'tit soldat, Dolph Lundgren soi-même revenu des enfers.

Underhill fit le tour de la voiture par l'arrière, dérapant dans la neige glissante, jurant, et ouvrit le coffre. Il s'attendait à y trouver des armes automatiques, espérait peut-être récupérer un lance-roquette portable. Pas de lance-roquette, portable ou non, pas de grenades, mais quatre fusils automatiques MP 5 et un carton contenant plusieurs chargeurs de cent vingt cartouches.

Il avait accepté d'en passer par les conditions d'Henry au Gosselin's, et il reconnaissait que cela avait sans doute permis de sauver quelques vies, mais il allait faire autrement, à présent — s'il n'avait pas encore suffisamment payé pour le maudit plat des Rapeloew, il lui faudrait simplement vivre avec le fardeau de cette dette. Ce qui ne durerait peut-être pas longtemps, si Kurtz avait gain de cause.

Soit Henry dormait, soit il était inconscient, soit il avait rejoint son ami moribond dans quelque fusion mentale bizarroïde. Qu'il en soit donc ainsi. Réveillé et à ses côtés, Henry risquait d'hésiter devant ce qu'il fallait faire, en particulier s'il avait raison lorsqu'il affirmait que son autre ami, Jonesy, était encore vivant, caché quelque part au fond de l'esprit que l'extra-terrestre contrôlait. Owen, lui, n'hésiterait pas... débarrassé de la télépathie, il n'entendrait pas Jonesy supplier qu'on l'épargne, s'il était encore là-dedans. Le Glock était une bonne arme, mais pas assez sûre.

Le MP 5 mettrait le corps de Gary Jones en pièces.

Underhill prit une arme, engagea un chargeur dans le magasin et en glissa trois dans ses poches. Kurtz était près, maintenant, de plus en plus près. Il se tourna en direction d'East Street, s'attendant presque à voir le deuxième Humvee se matérialiser comme un fantôme brun vert ; mais pour l'instant on ne voyait rien. Dieu soit loué, comme l'aurait dit Kurtz.

Les vitres de son Humvee commençaient à se couvrir de givre, mais, lorsqu'il longea le véhicule au petit trot, il vit encore la silhouette floue des deux hommes installés à l'arrière. Toujours étroitement embrassés. « Au revoir, les garçons, dormez bien », dit-il. Et, avec un peu de chance, ils dormiraient encore lorsque Kurtz et Freddy arriveraient et mettraient un terme à leur vie avant de s'en prendre à leur proie principale.

Il s'arrêta brusquement, glissa, et dut se raccrocher au long capot de l'Humvee pour ne pas tomber. Si Duddits était sans aucun doute une cause perdue, il pouvait peut-être sauver Henry Devlin. Ce n'était pas impossible.

Non ! protesta avec véhémence une partie de lui-même, tandis qu'il se dirigeait vers la porte arrière. *Non, il n'y a pas le temps !*

Mais, avec dans la balance le destin du monde, il prit le pari de décider qu'il avait le temps. Peut-être pour rembourser un peu mieux ce qu'il devait aux Rapeloew ; peut-être pour ce qu'il avait fait hier (ces silhouettes grises et nues qui se tenaient les bras levés autour de leur vaisseau échoué comme si elles se rendaient) ; mais sans doute simplement pour Henry, qui lui avait dit qu'ils seraient des héros et qui avait magnifiquement tenté de tenir cette promesse.

Aucune sympathie pour le diable, pensa-t-il en ouvrant sans ménagement la portière arrière. *Non, m'sieur, pas la moindre sympathie pour cet enculé.*

C'était Duddits le plus près. Il le prit par le col de son gros duffle-coat bleu et tira. Duddits glissa en travers sur le siège. Sa casquette tomba, révélant un crâne glabre et brillant. Henry, qui avait toujours les bras passés autour des épaules de Duddits, suivit le mouvement et lui dégringola dessus. Ses yeux ne s'ouvrirent pas, mais il poussa un faible grognement. Owen se pencha dans l'ouverture et parla à voix basse, mais d'un ton farouche, à l'oreille d'Henry :

« Ne vous remettez pas en position assise. Pour l'amour du ciel, restez comme vous êtes ! »

Puis il se retira, claqua la portière, recula de trois pas, plaça la crosse de l'arme contre sa hanche et lâcha une rafale. Les vitres de l'Humvee devinrent laiteuses et s'écroulèrent à l'intérieur. Les douilles retombaient autour des pieds d'Underhill, qui s'avança à nouveau et regarda par la vitre brisée. Henry et Duddits gisaient toujours dans la même position, couverts de fragments de verre de sécurité ainsi que du sang de Duddits — jamais deux personnes n'avaient eu l'air plus mortes. Owen espérait que, pressé comme il l'était, Kurtz ne prendrait pas le temps de les examiner de près. De toute façon, il avait fait de son mieux.

Il entendit un grand bruit métallique et sourit. Voilà qui lui permettait de savoir où en était Kurtz : ils avaient atteint la rigole dans laquelle la Subaru s'était échouée. Il espéra de toute son âme que Kurtz et Freddy avaient embouti la voiture immobilisée, mais malheureusement, le bruit n'avait pas été celui qu'il aurait dû être, si ç'avait été le cas. Ils étaient à un peu moins de deux kilomètres, peut-être deux. Ç'aurait pu être pire.

« J'ai tout mon temps », marmonna-t-il — réflexion que Kurtz pouvait tout aussi bien se faire, mais qu'en était-il de l'autre côté ? Où en était Mr Gray, à présent ?

Tenant le MP 5 par la bandoulière, Underhill s'engagea sur le sentier menant au regard 12.

14

Mr Gray venait de découvrir une autre émotion humaine peu agréable : la panique. Il aurait donc fait tout ce chemin, années-lumière à travers l'espace, kilomètres dans la neige, pour voir ses plans contrariés par la musculature médiocre et fatiguée de Jonesy et par le couvercle en métal du regard, beaucoup plus lourd que ce à quoi il s'était attendu ? Il pesa sur le pied-de-biche jusqu'à ce que les muscles de son dos hurlent d'angoisse... et fut finalement récompensé par la vue, un bref instant, d'un fin croissant d'obscurité sous le couvercle rouillé. Et un bruit de frottement, tandis que le métal glissait — de trois ou quatre centimètres, pas davantage — sur le béton. Sur quoi, ce fut tout le bas du dos de Jonesy qui se trouva paralysé, et Mr Gray s'éloigna en titubant, poussant des cris rageurs à travers ses dents serrées (grâce à son immunité, Jonesy les avait toutes gardées), se tenant les reins à deux mains comme pour les empêcher d'exploser.

Lad laissa échapper une série de gémissements. Mr Gray le regarda et se rendit compte que l'animal en était à un stade critique. S'il dormait toujours, son abdomen était tellement dilaté qu'une de ses pattes se tendait en l'air, raide, grotesque. La peau du bas de son ventre était tendue jusqu'au point de rupture et les veines qui couraient dessus battaient à un rythme rapide. Un filet de sang coulait de sous sa queue.

Mr Gray étudiait le pied-de-biche dépassant de son logement dans le couvercle, la mine déconfite. Dans son imagination, Jonesy s'était représenté la Russe sous les traits d'une mince et belle jeune femme à la chevelure sombre et aux yeux noirs tragiques. En réalité, se disait Mr Gray, elle avait dû avoir une carrure et des muscles de lutteur. Sinon, comment avait-elle pu...

Il y eut une série de détonations, très proches, trop proches. Mr Gray en eut la respiration coupée. Il regarda autour de lui. Grâce à Jonesy, l'effet corrosif du doute, autre sentiment bien humain, faisait à présent partie de son attirail et, pour la première fois, il prit pleinement conscience que ses desseins pouvaient être contrecarrés — oui, même ici, si près du but qu'il entendait le grondement de l'eau, l'eau qui était son but, qui s'élançait dans son voyage souterrain de plus de cent kilomètres. Et tout ce qui séparait le byrum de cette planète, l'ultime rempart, était une plaque de métal circulaire qui devait peser une cinquantaine de kilos.

Poussant une litanie rentrée de beaverismes, il se précipita, courant comme une marionnette désaxée à cause de sa mauvaise hanche. L'un d'eux arrivait, celui qui s'appelait Owen Underhill, et Mr Gray ne croyait pas qu'il parviendrait à l'obliger à retourner son arme contre lui. Avec du temps, ou en bénéficiant d'un élément de surprise, peut-être. Mais il n'avait ni l'un ni l'autre. Et cet homme qui se rapprochait avait été formé pour tuer ; c'était son métier.

Mr Gray sauta aussi haut qu'il put. Il y eut un craquement parfaitement audible : la hanche de Jonesy, surmenée, trop sollicitée, venait de se déboîter. Mr Gray atterrit sur le pied-de-biche avec tout le poids de Jonesy. Le couvercle se souleva et glissa cette fois d'une trentaine de centimètres sur le béton. Le croissant noir à travers lequel s'était glissée la Russe apparut. Un croissant, c'est beaucoup dire : rien de plus, en réalité, qu'un délicat C majuscule de calligraphe... qui, cependant, devrait suffire pour le chien.

La jambe de Jonesy n'était plus capable de supporter le poids de son corps (et Jonesy, où était-il passé au fait ? Pas un murmure ne venait de son casse-pieds de coturne), mais peu importait. Il ramperait.

C'est ainsi que Mr Gray se traîna sur le sol en béton jusqu'à l'endroit où dormait le berger écossais. Il le saisit par le collier et entreprit de le tirer jusqu'au regard 12.

15

Le Hall des Souvenirs, ce vaste dépôt de cartons, est aussi sur le point de se désagréger. Le sol tremble comme s'il était secoué par un séisme nonchalant, mais interminable. Au-dessus de sa tête, la lumière des néons vacille et produit un effet stroboscopique hallucinatoire. De hautes piles d'emballages se sont effondrées par endroits, bouchant certaines allées.

Jonesy court du mieux qu'il peut. Passe d'une allée à l'autre, uniquement guidé par l'instinct au milieu de ce labyrinthe. Il s'objurgue constamment d'oublier sa bon Dieu de hanche, se répète que de toute façon il n'est plus qu'un esprit, mais autant vouloir convaincre son membre fantôme d'arrêter de faire mal quand on est amputé.

Il passe devant des cartons marqués GUERRE AUSTRO-HONGROISE et POLITIQUE DÉPARTEMENTALE, et CONTENU DES PLACARDS DU HAUT. Il franchit d'un bond une pile écroulée de boîtes marquées CARLA, retombe sur sa mauvaise jambe et hurle de douleur. Il se raccroche à d'autres cartons (GETTYSBURG) pour éviter de se ramasser et, finalement, voit l'autre bout de la vaste remise. Grâce au ciel : il a l'impression d'avoir couru sur des kilomètres.

Sur la porte, trois mentions sont placardées : SOINS INTENSIFS, SILENCE, PAS DE VISITEURS NON AUTORISÉS. Et c'est normal ; c'est là où on l'a amené ; c'est là qu'il s'est réveillé et qu'il a entendu ce rusé Mister Mort faire semblant d'appeler Marcy.

Jonesy se propulse comme une fusée entre les portes battantes et pénètre dans un autre univers, un univers qu'il reconnaît : le couloir blanc et bleu au sol carrelé des soins intensifs où, quatre jours après son opération, il a fait laborieusement ses premiers pas hésitants. Il cavale sur quelques mètres, voit les taches de byrus qui envahissent les murs, entend la musique d'ascenseur qui n'en est pourtant pas une ; bien que le son soit très bas, il reconnaît les Rolling Stones chantant « Sympathie pour le Diable ».

À peine a-t-il fait cette identification que sa hanche lui donne l'impression d'exploser. Jonesy pousse un cri de surprise et tombe sur le carrelage rouge et noir, s'agrippant le côté. Il se retrouve exactement comme dans les instants qui ont suivi l'accident : submergé par la douleur et l'angoisse. Il roule sur lui-même, roule sur lui-même, regardant les panneaux de témoins lumineux, les haut-parleurs circulaires d'où tombe la musique (« *Anastasia hurlait en vain* »), une musique qui provient d'un autre monde, quand la douleur atteint ce stade, tout est un autre monde, la douleur rend insubstantielle la chose la plus dense, elle rend même l'amour parodique, c'est quelque chose qu'il a appris en mars et qu'il doit apprendre à nouveau. Il roule sur lui-même, roule sur lui-même, agrippant sa hanche enflée à deux mains, les yeux exorbités, un vaste rictus à la bouche découvrant ses dents, et il comprend ce qui est arrivé : un coup de Mr Gray. Cette ordure de Mr Gray lui a recassé la hanche.

Puis, venant de très loin de cet autre monde, il entend une voix qu'il connaît, une voix d'enfant.

Jonesy !

Voix pleine d'échos, déformée... mais pas si loin que ça. Pas ici, mais dans un des corridors voisins. À qui appartient-elle ? À l'un de ses enfants, peut-être ? À John ? Non...

Dépêche-toi, Jonesy ! Il vient te tuer ! Owen vient pour te tuer !

Il ne sait pas qui est cet Owen, mais il sait à qui appartient cette voix : Henry Devlin. Pas Henry tel qu'il le connaît maintenant, ou tel qu'il était la dernière fois qu'il l'a vu, lorsqu'il partait pour le Gosselin's Market avec Pete ; mais la voix du Henry avec qui il a grandi, celui qui a dit à Richie Grenadeau qu'ils iraient le raconter à tout le monde s'ils n'arrêtaient pas, que ni lui ni ses amis ne rattraperaient Pete, parce que Pete courait aussi vite que le bon Dieu de vent.

J'peux pas ! répond-il, sans s'arrêter de se rouler au sol. Il se rend compte que quelque chose a changé, continue de changer, sans savoir quoi. *J'peux pas, il m'a recassé la hanche, ce fils de pute m'a...*

Et il prend soudain conscience de ce qui lui arrive : *la douleur fait machine arrière*. On dirait une bande vidéo passant à l'envers : le lait remonte du verre dans le carton, la fleur épanouie redevient bouton par le miracle des prises de vues successives et du gros plan.

La raison de cette transformation est évidente lorsqu'il se regarde et voit qu'il porte une veste orange fluo. C'est celle que sa mère lui a achetée dans le catalogue Sears pour sa première expédition de chasse au Trou dans le Mur, le voyage pendant lequel Henry a abattu son premier cerf, pendant lequel ils ont tué Richie Grenadeau et ses copains — les ont tués avec un rêve, peut-être sans le vouloir, mais les supprimant tout de même.

Il est redevenu un enfant, un gamin de quatorze ans, et la douleur a disparu. Et pourquoi aurait-il mal ? Sa hanche ne sera broyée que dans vingt-trois ans. Et tout d'un coup, ça lui dégringole dessus : il n'y a jamais eu de Mr Gray, pas vraiment ; Mr Gray existe dans l'attrape-rêves, et nulle part ailleurs. Il n'a pas plus de réalité que la douleur dans sa hanche. *J'étais immunisé*, pense-t-il. *Je n'ai jamais eu la moindre trace de byrus sur moi. Ce qui est dans ma tête n'est pas tout à fait un souvenir, non, c'est un vrai fantôme qui s'est glissé dans la machine. Il est moi. Mon Dieu, je suis Mr Gray !*

Il bondit sur ses pieds et commence à courir, manquant de perdre l'équilibre en tournant au bout d'une allée. Il ne tombe pas, cependant, car il est agile et rapide comme seul un ado peut l'être, et il n'a mal nulle part, nulle part.

Il connaît le corridor suivant. Une civière y est rangée, avec un pistolet (*un pipistolet,* comme il disait enfant) posé dessus. Le cerf, celui-là même qu'il a vu à Cambridge juste avant d'être renversé, passe devant la civière, marchant de son pas délicat. Un collier entoure le velours de son cou avec, se balançant à son extrémité, une amulette surdimensionnée qui n'est autre que sa Magic 8-Ball — sa boule de divination. Jonesy passe en courant devant le cerf, qui le regarde avec une expression douce de légère surprise.

Jonesy !

Proche, à présent. Très proche.

Dépêche-toi, Jonesy !

Il redouble d'efforts, ses pieds volent, ses jeunes poumons respirent librement, il n'a pas de byrus puisqu'il est immunisé, il n'y a aucun Mr Gray, pas en lui, en tout cas, Mr Gray est à l'hôpital comme il l'a toujours été, Mr Gray est le membre fantôme dont on continue à sentir la présence, dont vous jureriez que vous l'avez encore, Mr Gray et le fantôme dans la machine, le fantôme du système d'assistance vitale, et l'assistance vitale, c'est lui.

Il tourne à un autre angle. Se retrouve devant trois portes ouvertes. Et, debout devant une quatrième, la seule qui soit fermée, se tient Henry. Ses lunettes ont glissé sur l'arête de son nez, comme elles le font toujours, et il lui fait signe d'un geste urgent :

Grouille-toi ! Grouille-toi, Jonesy ! Duddits ne va pas pouvoir tenir longtemps ! S'il passe avant qu'on ait tué Mr Gray...

Jonesy a rejoint Henry. Il meurt d'envie de le prendre dans ses bras, de le serrer contre lui, mais il n'a pas le temps.

Tout ça c'est ma faute, dit-il à Henry, et cela fait des années que sa voix n'a pas été si haut perchée.

C'est faux, lui répond Henry. Il regarde Jonesy avec cette ancienne impatience qui laissait pantois Jonesy et Beaver jadis : Henry paraissait toujours avoir une longueur d'avance, être toujours sur le point de foncer vers l'avenir en laissant les autres en plan. On aurait toujours dit qu'ils le retenaient.

Mais...

Tu pourrais aussi bien dire que Duddits a tué Richie Grenadeau et que nous sommes ses complices. Il était ce qu'il était, Jonesy, et il a fait de nous ce que nous sommes... mais pas exprès. Il faisait tout ce qu'il pouvait pour nouer ses lacets de soulier, tu te rappelles ?

Et Jonesy pense : *Angé oi ?*

Henry... est-ce que Duddits...

C'est lui qui nous tient, Jonesy, je te l'ai dit, lui qui crée le lien. Dans l'attrape-rêves.

Exact. Et est-ce qu'on va rester ici à discuter pendant que le monde s'écroule, ou allons-nous...

Nous allons tuer ce fils de pute, dit Jonesy en posant la main sur le bouton de porte. Au-dessus on lit sur un panneau : IL N'Y A PAS D'INFECTION ICI, en anglais et en français. Et soudain, il voit l'illusion. C'est comme l'une de ces illusions d'optique créées par Cornelius Escher. Sous un certain angle, ce qu'on voit est vrai ; si l'on en change, c'est un monstrueux mensonge.

Attrape-rêves, pense Jonesy. Et il tourne le bouton.

La pièce, de l'autre côté de la porte, est une source en folie de byrus, une jungle de cauchemar débordant d'un fouillis de plantes grimpantes et de lianes tressées couleur de sang. L'air empeste le soufre et l'alcool éthylique glacé, l'odeur du liquide de démarrage que l'on pulvérise dans un carburateur récalcitrant, les matins de grand froid. Au moins n'ont-ils pas à s'inquiéter de la fouine-merde, ici ; elle appartient à un autre réseau de l'attrape-rêves, à un autre lieu, un autre temps. Le byrum est à présent le problème de Lad ; Lad, un berger écossais dont l'avenir n'a rien de prometteur.

La télé est branchée, et bien que l'écran soit envahi de byrus, une image fantomatique en noir et blanc se diffuse au travers. Un homme tire le cadavre d'un chien sur un sol en béton brut. Poussiéreux, jonché de feuilles mortes, le lieu fait penser aux tombes des films d'horreur de série B, dans les années cinquante, ceux que Jonesy aime encore regarder sur son magnétoscope. Mais ce n'est pas une tombe ; le local est rempli du bruit creux de l'eau qui court dans une canalisation.

Sur le sol, au milieu de la pièce, on voit un couvercle rouillé portant, en relief, les lettres MWRA : Massachusetts Water Resources Authority. Même à travers le magma rougeâtre badigeonné sur l'écran, ces lettres ressortent. Bien sûr. Pour Mr Gray — qui en tant qu'être physique est mort depuis longtemps, depuis le Trou dans le Mur — elles veulent tout dire.

Elles veulent dire, littéralement, le monde entier.

En partie repoussé, le couvercle du regard révèle un croissant d'une noirceur absolue. L'homme qui tire le chien, c'est lui, se rend compte Jonesy, et l'animal n'est pas tout à fait mort. Il laisse une tache d'écume rosâtre dans son sillage et ses pattes arrière tressaillent. Pédalant presque.

Fais pas attention au film, dit Henry, les dents serrées, et Jonesy se tourne vers la silhouette allongée dans le lit, cette chose grise avec un drap constellé de byrus en partie remonté sur sa poitrine, laquelle n'est qu'une surface grise de chair sans pores, sans poils, sans seins. Bien qu'il ne puisse le voir à cause du drap, Jonesy sait qu'elle n'a pas non plus de nombril, car la chose n'est jamais née. C'est un extra-terrestre dessiné par un enfant, pris directement dans le subconscient des premières personnes à avoir été mises en contact avec le byrum. Mais qui n'a jamais existé en tant que créature venue d'un autre monde, en tant qu'extra-terrestre. Les grisâtres sont des êtres physiques sortis de l'imagination humaine, sortis de l'attrape-rêves ; sachant cela, Jonesy éprouve un certain soulagement. Il n'est pas le seul à s'être fait avoir. C'est au moins ça.

Quelque chose d'autre lui plaît : l'expression qu'il lit dans ces horribles yeux noirs : la peur.

16

« Paré à tirer », dit Freddy d'un ton paisible en s'arrêtant derrière l'Humvee qu'ils avaient pourchassé pendant des heures.

« Parfait, répondit Kurtz. Va reconnaître ce véhicule. Je te couvre.

— Entendu ». Johnson regarda Perlmutter, dont le ventre enflait à nouveau, puis l'Humvee d'Owen. La rafale qu'ils avaient entendu tirer quelques minutes auparavant s'expliquait : le véhicule avait été criblé de balles. Une seule question restait à éclaircir : découvrir qui avait tiré, et sur qui. Des traces de pas s'éloignaient de l'Humvee, devenant rapidement indistinctes sous l'abondante averse de neige, mais encore bien visibles. Seulement deux pieds. Bottés. Probablement Underhill.

« Tout de suite, Freddy ! »

Johnson descendit dans la neige. Kurtz se coula derrière lui et le chauffeur l'entendit qui manœuvrait la culasse de son automatique. Le patron comptait avant tout sur son neuf millimètres. Peut-être avait-il raison, après tout ; il savait très bien s'en servir, aucun doute là-dessus.

Johnson ressentit une coulée froide lui descendre le long du dos, comme si Kurtz braquait le pistolet sur lui. Mais c'était ridicule, n'est-ce pas ? Owen, d'accord ; Owen, c'était différent. Owen avait franchi la ligne.

Il se dépêcha de rejoindre l'Humvee, courant le dos courbé, son arme automatique à hauteur de la poitrine. L'idée d'avoir Kurtz derrière lui ne lui plaisait pas, c'était incontestable. Non, il n'aimait pas ça du tout.

17

Tandis que les deux garçons s'avancent vers le lit envahi de moisissure, Mr Gray se met à appuyer sur le bouton d'appel à plusieurs reprises, sans résultat. *C'est peut-être le byrus qui bloque le système*, pense Jonesy. *C'est bien triste, Mr Gray, bien triste pour vous.* Il jette un coup d'œil à la télé et voit que son autre soi-même a traîné le chien jusqu'au bord du regard. C'est peut-être trop tard, en fin de compte ; ou peut-être pas. Pas moyen de le dire. La roue tourne toujours.

Bonjour, Mr Gray, il me tardait tant de vous rencontrer, dit Henry. Tout en parlant, il retire l'oreiller moucheté de byrus de sous la tête étroite et dépourvue d'oreilles. Mr Gray essaie de s'éloigner de l'autre côté du lit en se tortillant, mais Jonesy le retient en attrapant la créature par ses bras minces comme ceux d'un enfant. Sous sa main, la peau n'est ni froide ni chaude. Elle ne donne pas non plus la sensation d'être de la peau. Pas du tout. Mais d'être plutôt...

Plutôt rien, pense-t-il. *Un rêve.*

Mr Gray ? demande Henry. *Voici l'accueil que nous vous réservons sur la planète Terre.* Et il met l'oreiller sur le visage de Mr Gray.

Entre les mains de Jonesy, Mr Gray commence à se débattre et à donner des coups de pied. Quelque part, un appareil de contrôle se met à pousser des *bip !* frénétiques, comme si cette créature avait vraiment un cœur, et comme si ce cœur s'arrêtait de battre.

Jonesy regarde le monstre moribond ; il lui tarde que tout ceci soit fini.

18

Mr Gray avait réussi à traîner le chien à côté du regard en partie découvert. De l'étroit croissant noir montaient le grondement régulier de l'eau et des bouffées d'un air froid et humide.

Si c'était terminé lorsque c'est fait, ce serait alors bien que ce soit fait rapidement[1] — cela tiré d'un carton marqué SHAKESPEARE. Les pattes arrière du chien moulinaient l'air à toute vitesse, et Mr Gray entendait les bruits humides de la chair qui se déchirait : le byrum poussait à une extrémité et rongeait de l'autre, s'ouvrant un passage en force. Sous la queue du chien, le pépiement avait commencé, ce jacassement de singe furieux. Il fallait faire tomber l'animal dans le puits avant que la créature puisse sortir ; elle n'avait pas absolument besoin de naître dans l'eau, mais ses chances de survie en seraient grandement augmentées.

Mr Gray essaya, sans y parvenir, de pousser la tête du chien dans l'ouverture. Le cou se plia, et le museau, auquel les dents que découvraient les babines retroussées donnaient un sourire imbécile, se tordit, tourné en l'air. Bien qu'il dormait toujours (ou peut-être était-il inconscient), le berger écossais se mit à pousser une série d'aboiements étouffés et bas.

Mais il ne voulait toujours pas passer par l'ouverture.

« Baise-moi le cul, Freddy ! » hurla Mr Gray.

C'était à peine s'il avait conscience des rugissements de douleur qui montaient de la hanche de Jonesy, et certainement pas conscience du tout que le visage de son hôte était contracté et pâle, que ses yeux noisette se remplissaient de larmes, à cause de l'effort et de la frustration. Il avait conscience, par contre, terriblement conscience, que quelque chose d'anormal se passait. Que *quelque chose se passait dans son dos,* comme aurait dit Jonesy. Et de qui d'autre aurait-il pu s'agir, au fait, sinon de Jonesy, son hôte si peu hospitalier ?

« VA CHIER ! » hurla-t-il à l'intention du clébard, cet imbécile de clébard, entêté et trop gros pour passer. « Tu vas descendre là-dedans, tu m'entends ? Tu m'en... »

Les mot s'arrêtèrent dans sa gorge. Il se retrouva tout d'un coup incapable de crier, alors qu'il n'en avait jamais eu autant envie ;

1. *Macbeth,* I, 7, 1.

comme il aurait aimé hurler, taper des poings contre quelque chose (même contre un chien mourant sur le point de mettre bas) ! Et, brusquement, il ne put plus respirer, alors crier, encore moins... Que lui faisait donc Jonesy ?

Il n'attendait pas de réponse, mais il lui en parvint une tout de même ; c'était la voix d'un étranger, une voix qui débordait d'une rage froide : *Voici l'accueil que nous vous réservons sur la planète Terre.*

19

Les mains tridactyles de la chose grise qui gît dans le lit d'hôpital s'agitent et réussissent à repousser un instant l'oreiller. Les yeux de jais, dans ce visage par ailleurs dépourvu de traits, expriment une peur et une rage frénétiques. La créature halète, à la recherche d'air. Si l'on considère qu'elle n'existe pas — pas même dans l'esprit de Jonesy et encore moins comme une chose matérielle fabriquée — elle lutte furieusement pour sa vie. Henry n'éprouve pas la moindre sympathie pour elle, mais il peut comprendre. Elle veut ce que veut Jonesy, ce que Duddits veut... ce qu'Henry lui-même veut, car, en dépit de toutes ses pensées suicidaires, son cœur n'a-t-il pas continué à battre ? Son foie n'a-t-il pas continué à filtrer son sang ? Son corps n'a-t-il pas continué à mener une guerre invisible contre toutes les agressions imaginables, du rhume de cerveau au cancer et au byrus lui-même ? Soit le corps est stupide, soit il est d'une immense sagesse, mais dans un cas comme dans l'autre, la terrible sorcellerie de la pensée lui est épargnée ; il ne sait qu'une chose, tenir tête sans reculer d'un pas, lutter jusqu'à épuisement de ses forces. Si Mr Gray a jamais été différent, il ne l'est plus à ce titre. Il veut vivre.

Pourtant, je ne crois pas que tu vivras, dit Henry d'une voix calme, presque apaisante. *Non, je ne le pense pas, mon ami.* Et, une fois de plus, il place l'oreiller sur la figure de Mr Gray.

20

Les voies respiratoires de Mr Gray se libèrent. Il inspire une première bouffée de l'air froid qui emplit le regard 12.... une deuxième... puis sa gorge se referme à nouveau. Ils l'empêchent de respirer, ils l'étouffent, ils le tuent.

Non ! ! Baise-moi l'oignon ! Baise-moi mon putain d'oignon ! POUVEZ PAS FAIRE ÇA !

Il change la position du chien, le tourne de côté ; on dirait presque un type en retard pour aller prendre l'avion qui essaie de faire entrer un article encombrant dans une valise déjà pleine.

Il va passer comme ça, pense-t-il.

Oui. Il va passer. Même s'il devait pour cela appuyer (avec les deux mains de Jonesy) sur le ventre gonflé de l'animal pour aider le byrum à se libérer. D'une manière ou d'une autre, cette foutue bestiole allait passer.

Sa figure enfle et se bouffit, ses yeux s'exorbitent, sa respiration s'arrête, une seule grosse veine bat à son front, dilatée, Mr Gray pousse un peu plus Lad dans l'ouverture et se met à cogner à coups de poing sur l'animal.

Tu vas passer, saloperie, tu vas passer !

TU VAS PASSER !

21

Freddy Johnson pointa sa carabine sur l'habitacle de l'Humvee abandonné pendant que Kurtz, judicieusement planqué dans son dos (c'était, en ce sens, exactement comme pendant l'attaque du vaisseau naufragé des grisâtres), attendait de voir ce qui allait se passer.

« Deux types, patron. On dirait qu'Owen a décidé de faire le ménage avant de continuer.

— Morts ?

— M'en a tout l'air. Sans doute Devlin et le type qu'ils ont pris en chemin, à Derry. »

Kurtz vint rejoindre Freddy, jeta un bref coup d'œil par la fenêtre brisée et acquiesça. Lui aussi trouvait qu'ils avaient l'air tout à fait morts, ces deux zigotos enlacés sur le siège arrière, couverts de sang et de débris de verre. Il braqua son automatique pour régler définitivement la question — une balle dans la tête ne pouvait pas faire mal à des morts — puis l'abaissa. Owen ne les avait peut-être pas entendus arriver, le bruit du moteur avait pu être étouffé par la neige, exceptionnellement mouillée et dense. Mais les détonations porteraient. Finalement, il se tourna vers le sentier.

« Ouvre le chemin, mon gars, et fais attention où tu mets les pieds. M'a l'air glissant. Nous avons encore une chance de bénéficier de l'élément de surprise. On devrait garder ça présent à l'esprit, tu crois pas ? »

Freddy acquiesça.

Kurtz sourit, ce qui transforma sa figure en tête de mort.

« Avec un peu de chance, mon gars, Owen Underhill se retrouvera en enfer avant de savoir qu'il est mort ».

22

La télécommande, rectangle de plastique noir couvert de byrus, est posée sur la table de nuit de Mr Gray. Jonesy la prend. D'une voix qui ressemble de manière frappante à celle de Beaver, il grommelle « Marre de cette connerie » et l'abat de toutes ses forces contre le coin de la table. L'objet ne résiste pas davantage qu'un œuf dur. Il explose, les piles dégringolent, et il se retrouve avec un moignon de plastique à la main. Il le pointe en dessous de l'oreiller qu'Henry maintient toujours sur le visage de la chose. Il n'hésite qu'un bref instant, se rappelant la première fois qu'il a rencontré Mr Gray, la seule fois, en réalité. Le bouton de porte tournant dans le vide. La sensation de ténèbres lorsque l'ombre de la créature était tombée sur lui. Tout cela lui avait paru bien réel, aussi réel que les roses, aussi réel que la pluie. Il s'était tourné et il avait vu... ça... ce que Mr Gray avait été avant de devenir Mr Gray... se tenant dans la grande pièce centrale du chalet. La matière de centaines de films et de documentaires sur des « phénomènes inexpliqués ». Mais en beaucoup plus vieux. Et malade. Déjà prêt, à ce moment-là, à occuper ce lit d'hôpital en soins intensifs. *Marcy*, avait-il dit, cueillant ce nom directement dans l'esprit de Jonesy. L'en tirant comme si c'était un bouchon. Créant l'ouverture par laquelle il pourrait entrer. Puis il avait explosé comme un pétard de nouvel an, répandant le byrus à la place de confettis, et...

...J'ai imaginé le reste. C'est bien ça, non ? Un cas tout à fait ordinaire de schizophrénie intergalactique. Rien de plus, quand on y songe.

Jonesy ! hurle Henry. *Si tu dois le faire, fais-le tout de suite !*

Voilà, Mr Gray. Préparez-vous. C'est le chien...

23

Mr Gray avait réussi à introduire la moitié du corps de Lad dans l'ouverture, quand la voix de Jonesy emplit sa tête.

Voilà Mr Gray. Préparez-vous. C'est le chien de ma chienne !

Une douleur fulgurante lui déchira la gorge, la gorge de Jonesy. Mr Gray leva les mains, émit une série de grognements étranglés n'ayant qu'un lointain rapport avec les cris qu'ils voulaient être. Il ne sentait pas la peau intacte et couverte d'un chaume de barbe de Jonesy, seulement sa chair qui se déchiquetait. Mais ce qui le submergeait était une incrédulité totale, paralysante : ce fut la dernière émotion qu'il emprunta à Jonesy. *Une chose pareille ne pouvait se produire.* Ils arrivaient toujours dans les vaisseaux des anciens ; ils levaient toujours les mains pour se rendre ; *ils gagnaient toujours.* Non, cela ne pouvait pas se produire.

C'était pourtant bien le cas.

La conscience du byrum ne se dissipa pas comme une fumée : elle se désintégra. En mourant, l'entité qui avait pris le nom de Mr Gray retourna à sa forme ancienne. Et alors qu'il était juste sur le point de redevenir simplement *ça* (avant de pouvoir redevenir *rien*), il donna une dernière et rageuse bourrade à Lad. Le chien s'enfonça encore un peu dans l'ouverture, mais pas suffisamment pour y tomber.

La dernière pensée teintée d'humanité de l'entité fut pour se dire, *J'aurais dû le prendre au mot. J'aurais dû devenir indigè...*

24

Jonesy enfonce l'extrémité ébréchée de la télécommande dans le cou de dindon de Mr Gray. Ouvrant dans sa gorge un trou qui fait penser à une bouche. Il en sort un nuage rouge orangé qui donne un instant la couleur du sang à l'air, avant de retomber sur les couvertures sous forme de poussière.

Sous les mains d'Henry et de Jonesy, le corps de Mr Gray tressaille une fois, comme secoué par une décharge électrique. Puis il se met à se recroqueviller comme le rêve qu'il a toujours été, pour prendre un aspect familier. Il faut un certain temps à Jonesy pour faire le rapprochement. Les restes de Mr Gray ont pris l'aspect de l'un des condoms qu'ils ont vus sur le sol, jadis, dans le bureau déserté des frères Tracker.

Il est...

...mort ! Ainsi Jonesy a-t-il eu l'intention d'achever sa phrase, mais un terrible éclair de douleur le crucifie. Pas dans sa hanche, cette fois : dans sa tête. Et dans sa gorge. Tout d'un coup, un collier de feu entoure sa gorge. Et toute la pièce devient transparente, transparente ! Il voit à travers le mur, il voit l'intérieur de l'édifice abritant le regard 12 où le chien, le haut du corps coincé sous la plaque de fonte, donne naissance, dans un bain de sang, à une ignoble créature rouge qui ressemble au croisement d'une fouine et d'un ver géant. Il ne sait que trop bien de quoi il s'agit : d'un byrum.

Couvert de sang, de merde et des lambeaux de son propre placenta membraneux, les yeux noirs ne reflétant aucune conscience s'ouvrent (*ce sont ses yeux, les yeux de Mr Gray*, pense Jonesy) tandis qu'il se libère de son hôte, s'étirant, s'efforçant de s'en dégager complètement, plein du désir de tomber dans l'obscurité, de plonger vers ce bruit d'eau.

Jonesy regarde Henry.

Henry lui rend son regard.

Un bref instant, leurs jeunes yeux étonnés se croisent, puis eux-mêmes disparaissent à leur tour.

Duddits, dit Henry. Sa voix vient de très loin. *Duddits s'en va. Jonesy...*

Au revoir : peut-être Henry a-t-il voulu dire au revoir. Mais il n'a pas le temps de finir ; la disparition est achevée.

25

Il y eut un moment de vertige, accompagné d'un sentiment de totale déconnection, pendant lequel Jonesy se retrouva exactement nulle part. Il se crut mort, crut qu'il s'était tué en même temps que Mr Gray — qu'il s'était lui-même ouvert la gorge.

Ce qui le ramena à lui fut la douleur. Non pas dans sa gorge qui ne lui faisait plus mal et par laquelle il respirait librement : il entendait l'air entrer et sortir à grandes goulées sèches. Non, cette autre douleur était une vieille connaissance. Celle de sa hanche. Ce fut elle qui le prit et le projeta dans le monde autour de son axe hurlant de souffrance, l'enroulant comme une balle rattachée à un mât. Il y avait du béton sous ses genoux, ses mains s'enfonçaient dans de la fourrure et il entendait une sorte de pépiement inhumain. *Au moins ce truc-là appartient-il à la réalité*, pensa-t-il. *Il n'est pas dans l'attrape-rêves.*

Cet épouvantable pépiement.

Jonesy vit la créature-fouine qui pendait dans le noir, n'étant plus retenue que par sa queue, qu'elle n'avait pas encore pu dégager du chien. Jonesy se jeta sur elle et la saisit par le milieu du corps — un corps glissant, agité de frissons — à l'instant même où elle se libérait.

Il se jeta en arrière, la hanche cisaillée d'élancements, retenant dans le monde d'en haut la saleté qui se tordait et protestait ; on aurait dit un dresseur de serpents brandissant un boa constrictor. La créature se tordait en tous sens, ses dents se refermant sur l'air pour essayer de mordre Jonesy au poignet ; elle ne réussit qu'à arracher un morceau à la manche droite de sa parka, d'où sortit une pelote emmêlée de duvet sans poils.

Jonesy pivota sur sa mauvaise hanche et vit un homme se présenter dans l'encadrement de la fenêtre que Mr Gray avait brisée pour entrer. Le nouveau venu, bouche bée de surprise, portait une parka de camouflage et tenait un fusil à la main.

Jonesy lança la fouine aussi loin qu'il le pouvait, en dépit de ses contorsions, mais il était à bout de force et elle ne retomba qu'à environ trois mètres de lui, sur le sol jonché de feuilles mortes, avec un bruit mat et mouillé. Elle se mit aussitôt à se tortiller en direction du regard. Le corps du chien l'obstruait en partie, mais la saleté avait largement la place de s'y couler.

« *Tirez !* hurla Jonesy à l'intention de l'homme au fusil. *Pour l'amour du ciel, descendez cette saloperie avant qu'elle puisse se jeter à l'eau !* »

Mais l'homme ne fit rien. Le dernier espoir de l'humanité restait planté là, la mâchoire inférieure tombant presque sur sa poitrine.

26

Underhill n'arrivait tout simplement pas à croire ce qu'il voyait. Une espèce de créature rougeâtre, une fouine monstrueuse dépourvue de pattes. Entendre parler de ce genre de monstre était une chose ; en voir vraiment un en était une autre. La bestiole se tortillait en direction du trou dans le sol. Un chien, ses pattes raidies tournées en l'air comme s'il se rendait, y était coincé.

L'homme — il devait s'agir de Typhoid Jonesy — lui hurlait de tirer sur la chose, mais Owen n'arrivait tout simplement pas à épauler. Il avait les bras en plomb. La saleté s'en tirerait ; après tant d'efforts, ce qu'il avait espéré empêcher allait se produire directement sous ses yeux. C'était comme être en enfer.

Il la vit poursuivre sa reptation ; elle émettait des cris perçants de singe effrayé qui lui vrillaient le crâne ; il vit Jonesy qui, avec l'énergie du désespoir, tentait maladroitement de s'interposer, soit qu'il voulait l'attraper, soit au moins lui barrer la route. Mais il n'y arriverait pas. Le chien lui faisait obstacle.

Owen commanda de nouveau à ses bras de se lever et d'épauler, rien ne se produisit. Le MP5 aurait tout aussi bien pu être dans un autre univers. Il laisserait les choses se faire. Il resterait là, planté comme un piquet, et laisserait les choses se faire. Dieu lui vienne en aide.

Dieu leur vienne en aide à tous.

27

Henry se redressa, hébété, sur le siège arrière de l'Humvee. Il avait des trucs dans les cheveux. Il voulut les chasser, se sentant encore sous l'emprise du rêve de l'hôpital (*sauf que ne c'était pas un rêve*, se dit-il), mais une vive piqûre le ramena à quelque chose de plus proche de la réalité. Du verre. Il avait des débris de verre plein les cheveux. Il y en avait aussi partout, des fragments de verre de sécurité : sur le siège, et sur Duddits.

« Dud ? »

Inutile, évidemment. Duddits était mort. Devait être mort. Il avait jeté ses dernières ressources vitales dans son effort pour que Jonesy et Henry se rejoignent à l'hôpital.

Mais Duddits poussa un grognement. Ses yeux s'ouvrirent et, en les voyant Henry se trouva définitivement ramené au fond de l'impasse qu'était cette route enneigée. Les yeux de Duddits étaient pleins de sang, deux zéros rouges, des yeux de sibylle.

« *Ooby !* » s'écria Duddits. Ses bras s'élevèrent et il esquissa faiblement le geste d'épauler. « *Ooby-doo ! ai a-vail à ai'e intenant !* »

De quelque part dans les bois lui parvinrent deux coups de feu rapprochés, puis un troisième.

« Dud ? murmura Henry. Duddits ? »

Et Duddits le vit. Même à travers le sang qui lui coulait dans les yeux, Duddits vit son ami. Henry fit mieux que le sentir ; un instant, il se vit lui-même réellement par les yeux de Duddits. C'était comme s'il était devant un miroir magique. Il vit le Henry qu'il avait été : un gosse regardant le monde à travers des lunettes à monture d'écaille trop grandes pour lui et qui glissaient toujours sur son nez. Il ressentit l'amour que Duddits éprouvait pour lui, une émotion simple et absolue que n'entachaient ni le doute, ni l'égoïsme, ni même la gratitude. Henry le prit dans ses bras et, lorsqu'il sentit à quel point le corps de son ami était redevenu léger, ne put retenir ses larmes.

« C'est toi qui, de nous tous, as eu le plus de chance, Dud », dit-il, regrettant que Beaver ne soit pas là. Beaver aurait pu faire ce qu'il n'était pas capable de faire lui-même ; il aurait pu, avec sa berceuse, aider Duddits à s'endormir. « C'est toujours toi qui as eu le plus de chance, voilà ce que je crois.

— *Ennie* », dit Duddits, touchant la joue d'Henry d'une main. Il souriait, et ses dernières paroles furent parfaitement claires : « Je t'aime, *Ennie* ».

28

Deux coups de feu retentirent — les coups de fouet d'une carabine. Devant, et pas très loin. Kurtz s'arrêta. Freddy était à quelques mètres de lui, devant un panneau sur lequel était écrit : PÊCHE STRICTEMENT INTERDITE DEPUIS LE PONTON.

Il y eut une troisième détonation, puis le silence.

« Patron ? murmura Freddy. Y'a une sorte de bâtiment, là-devant.

— Tu vois quelqu'un ? »

Johnson secoua la tête.

Kurtz le rejoignit, et réussit même à s'amuser en voyant Freddy tressaillir lorsqu'il lui mit la main sur l'épaule. Le pilote n'avait pas tort d'être inquiet. Si jamais Abe Kurtz survivait au prochain quart d'heure, il avait l'intention de poursuivre sa route seul, quel que soit l'état du meilleur des mondes qui s'annonçait. Il ne s'encombrerait de personne ; cette ultime action de guérilla n'aurait pas de témoin. Si Freddy se doutait de quelque chose, il ne pouvait être sûr de rien. Quel dommage de ne plus disposer de la télépathie, n'est-ce pas ? Quel dommage pour Freddy.

« On dirait qu'Owen a trouvé quelqu'un d'autre à descendre. »

Kurtz lui avait parlé à voix basse à l'oreille ; on y voyait encore des traces de Ripley, grises et mortes.

« On va se le faire ?

— Bon Dieu, non. Oublie ça. Je crois que le temps est venu pour nous — regrettable, mais ça finit toujours par arriver dans la vie d'un homme — de quitter les sentiers battus, mon gars. De nous fondre dans la forêt. Voir qui reste, qui s'en va. S'il y a quelqu'un. On va attendre dix minutes, d'accord ? Je pense que dix minutes devraient largement suffire. »

29

Les paroles qui emplirent la tête d'Owen Underhill, toutes absurdes qu'elles fussent, furent parfaitement claires : *Scooby ! Scooby-Doo ! J'ai un travail à faire maintenant !*

La carabine se mit en place. Ce n'est pas lui qui la brandit, mais lorsque la force qui avait soulevé l'arme le quitta, il fut capable, sans effort, de prendre la suite. Il sélectionna le réglage au coup par coup, soupira et appuya deux fois sur la détente. La première balle manqua sa cible et ricocha sur le béton, devant la fouine. Des fragments de ciment volèrent. La saleté eut un mouvement de recul, se tourna, le vit et découvrit la pelote d'aiguilles qu'elle avait dans la gueule.

« T'as raison, ma beauté, souris à l'objectif. »

La deuxième balle traversa directement le sourire dépourvu d'humour de la fouine. Projetée en arrière, elle alla heurter le mur et resta allongée sur le sol. Et cependant, alors même que manquait la moitié de sa tête rudimentaire, son instinct opérait encore. Elle se remit à ramper. Owen visa et, tandis qu'il alignait sa cible, pensa aux Rapeloew, Dick et Irene. Des gens charmants. De bons voisins. Si l'on avait besoin d'un peu de sucre ou de lait (ou encore d'une épaule sur laquelle pleurer), il suffisait d'aller frapper à leur porte pour que ça s'arrange. *Ils ont dit que c'était une attaque !* lui avait crié Mr Rapeloew. À ceci près que le petit Owen avait cru qu'il parlait d'une cigogne. Quand on est enfant, on comprend tout de travers.

C'était donc pour les Rapeloew. Et pour l'enfant qui avait continué à tout comprendre de travers.

Il tira un troisième coup de feu. La balle atteignit le byrum en plein milieu et le coupa en deux. Les morceaux déchiquetés continuèrent à tressaillir... à tressaillir... puis ne bougèrent plus.

Underhill fit alors décrire un court segment d'arc à sa carabine. Arrêtant la mire, cette fois, au milieu du menton de Gary Jones.

Jonesy le regarda sans ciller. Owen était fatigué — mortellement fatigué, telle était son impression — mais ce type paraissait avoir atteint un degré supplémentaire dans l'épuisement. Jonesy leva les mains. Elles étaient vides.

« Vous n'avez aucune raison de me croire, dit-il, mais Mr Gray est mort. Je lui ai tranché la gorge pendant qu'Henry lui appuyait un oreiller sur la figure. Exactement comme dans *Le Parrain*.

— Vraiment ? » dit Underhill. Il avait répondu d'un ton tout à fait neutre. « Et où, exactement, s'est passée cette exécution ?

— Dans un hôpital général du Massachusetts mental. »

Jonesy eut un petit rire, un rire dépourvu de joie comme jamais Owen n'en avait entendu de sa vie.

« Un hosto où les cerfs se promènent tranquillement dans les couloirs et où le seul programme de télé est un vieux film intitulé *Sympathie pour le Diable.* »

Underhill eut un léger sursaut.

« Descendez-moi si vous devez le faire, soldat. J'ai sauvé le monde — avec un petit coup de main de dernière minute de votre part, je le reconnais volontiers. Vous pourriez tout aussi bien me payer ce service de la manière habituelle. Sans compter que ce salopard m'a aussi recassé la hanche. Un petit cadeau d'adieu du petit homme qui n'était pas là. La douleur est... (il découvrit les dents) très grande. »

Owen garda son arme pointée encore quelques instants, puis l'abaissa. « Faudra vivre avec », dit-il.

Jonesy se laissa retomber sur les coudes, grogna et fit porter son poids, du mieux qu'il put, sur sa bonne hanche.

« Duddits est mort. Il valait mieux que nous deux réunis, beaucoup mieux, et il est mort. » Il se cacha les yeux un moment, puis laissa retomber sa main. « Mon Dieu, quelle superbordelerie, comme aurait dit Beaver. C'est le contraire d'une superrigolerie, vous comprenez... en Beaver-langue, une superrigolerie est un moment particulièrement chouette, de nature éventuellement sexuelle, mais pas forcément ».

Le militaire n'avait aucune idée de ce que voulait dire Jonesy ; sans doute délirait-il.

« Duddits est peut-être mort, mais pas Henry. Nous sommes poursuivis par des gens, Jonesy. Des gens dangereux. Vous m'entendez ? Savez-vous où ils se trouvent ? »

Allongé sur le sol glacial jonché de feuilles mortes, Jonesy secoua la tête.

« Je suis revenu au bon vieux système traditionnel des cinq sens, j'en ai peur. Finie la perception extrasensorielle. Les Grecs peuvent apporter des cadeaux, mais comme dit le proverbe, *timeo Danaos*... jamais il ne faut autant s'en méfier (il rit). Bon Dieu, je pourrais perdre mon boulot pour avoir sorti une connerie pareille ! Vous êtes sûr qu'il ne vaudrait pas mieux me tirer une balle dans la tête ? »

Underhill ne fit pas plus attention à ça qu'il ne s'était intéressé aux réflexions sémantiques de Jonesy sur superbordelerie et superrigolerie. Kurtz arrivait, tel était le problème qu'il avait sur les bras, pour le moment. Il n'avait rien entendu, mais cela ne prouvait rien. La neige était tellement épaisse qu'elle étouffait tous les bruits. Même les coups de feu.

« Il faut que je retourne à la route. Attendez ici.

— J'ai le choix ? demanda Jonesy en fermant les yeux. Si vous saviez, j'aimerais rien tant que retourner dans mon bureau, confortable et bien chauffé. Je n'aurais jamais pensé dire un jour cela, mais le fait est... »

Owen fit demi-tour et descendit l'escalier glissant sans tomber. Il parcourut les bois des yeux, de part et d'autre du chemin, mais sans trop forcer. Si Kurtz et Freddy étaient en embuscade, l'attendant quelque part entre ici et l'Humvee, il n'aurait pas le temps de faire quoi que ce soit, de toute façon. Il verrait peut-être des empreintes, mais de trop près — et elles seraient sans doute la dernière chose qu'il verrait. Tout ce qu'il pouvait espérer, c'était d'avoir un peu d'avance, voilà tout. S'en remettre sans réserve à sa foutue bonne étoile, et pourquoi pas ? Il s'était trouvé dans pas mal de situations critiques et sa foutue bonne étoile l'en avait toujours tiré, jusqu'ici. Elle allait peut-être...

La première balle l'atteignit à l'abdomen, le faisant reculer ; gonflant le dos de sa parka. Il s'efforça de rester debout, s'efforça de ne pas lâcher son arme. Il ne ressentait aucune douleur, seulement l'impression d'avoir pris un puissant direct expédié par un adversaire teigneux qui aurait porté un gant de boxe gros comme un coussin. La deuxième lui frôla le crâne. Sensation d'alcool dans une plaie ouverte. La troisième le toucha sous la clavicule gauche et ce fut le sauve-qui-peut général. Il perdit pied et lâcha la carabine.

Qu'est-ce qu'avait dit Jonesy, déjà ? Qu'après avoir sauvé la monde, on pouvait le payer de la manière traditionnelle, un truc comme ça. Et pourquoi pas ? Il avait fallu six heures à Jésus, on avait accroché une inscription moqueuse au-dessus de sa tête et, à l'heure du cocktail, on lui avait servi un vinaigre à l'eau bien raide.

Il gisait, une moitié du corps sur le chemin enneigé, l'autre sur le bas-côté, vaguement conscient d'entendre un cri qui ne venait pas de lui. On aurait dit un geai bleu géant en colère.

C'est un aigle, pensa-t-il. *L'aigle à tête blanche d'Amérique.*

Il réussit à inspirer un peu d'air et, bien qu'ayant exhalé plus de sang qu'autre chose, il parvint à se hisser sur les coudes. Il vit alors deux personnages émerger du fouillis de bouleaux et de pins, courbés, en position de combat. L'un d'eux était trapu avec de larges épaules, l'autre mince, les cheveux gris, et avait une allure presque désinvolte. Johnson et Kurtz. Le bulldog et le lévrier. Sa bonne étoile l'avait largué, en fin de compte — en fin de compte, votre bonne étoile finissait toujours par vous larguer.

Kurtz s'agenouilla à côté de lui, l'œil pétillant. Il tenait à la main un triangle de papier journal. Il était froissé et légèrement incurvé, après avoir séjourné longtemps dans la poche revolver de Kurtz, mais toujours reconnaissable. C'était un chapeau de gendarme. Dit aussi chapeau de fou.

« Manque de pot, mon gars », dit Kurtz.

Underhill acquiesça. Tout juste. Gros manque de pot. « Je vois que vous avez eu le temps de me fabriquer un petit quelque chose.

— Eh oui ! As-tu atteint ton objectif principal, au moins ? »

Kurtz, d'un coup de menton, indiqua le bâtiment du regard 12.

« J'l'ai eu », réussit à articuler Owen.

Il avait du sang plein la bouche. Il le recracha, essaya d'inspirer à nouveau et entendit une grande partie de son souffle siffler par un trou qu'il ne se connaissait pas jusqu'ici.

« Eh bien, reprit Kurtz d'un ton bienveillant, tout est bien qui finit bien... c'est comme ça qu'on dit, pas vrai ? »

D'un geste tendre, il posa le chapeau en papier journal sur la tête de son ex-adjoint. Le sang se mit aussitôt à imbiber le papier, l'envahissant par capillarité, teintant de rouge l'article sur l'OVNI.

Un autre cri leur parvint, de quelque part au-dessus du lac, peut-être de l'une des îles qui n'étaient en réalité que des sommets de collines, dans un paysage que l'on avait volontairement noyé.

« C'est un aigle, dit Kurtz en tapotant l'épaule d'Owen. Estime-toi heureux, mon garçon. Dieu t'a envoyé son oiseau de guerre pour te chanter... »

La tête de Kurtz explosa dans un magma de sang, de fragments osseux et de cervelle. Underhill aperçut une ultime expression dans les yeux bleus à sourcils blancs : un mélange de stupéfaction et d'incrédulité. Un instant, l'homme resta campé sur ses genoux, puis il tomba en avant sur ce qui restait de son visage. Derrière lui, Freddy Johnson se tenait immobile, le canon de sa carabine fumant encore.

Freddy, essaya de dire Owen. Aucun son ne sortit de sa bouche, mais le pilote devait avoir lu sur ses lèvres. Il acquiesça.

« Je ne voulais pas, mais ce salopard m'aurait descendu. Pas besoin de lire dans son esprit pour le deviner. Pas après toutes ces années. »

Finis le boulot, pensa Owen. Freddy acquiesça à nouveau. Peut-être restait-il un vestige de ce foutu don de télépathie chez lui, en fin de compte.

Owen perdait conscience. S'épuisait. Perdait conscience. Bonne nuit, gentes dames, bonne nuit, David, bonne nuit, Chet. Bonne nuit, mon doux prince. Allongé dans la neige, il avait l'impression de tomber au ralenti dans un lit matelassé du duvet le plus fin. Quelque part au loin, l'aigle poussa de nouveau son cri atténué, mais strident. Ils avaient envahi son territoire, troublé la paix enneigée de l'automne, mais repartiraient bientôt. L'aigle retrouverait son domaine sous peu.

Nous avons été des héros, pensa Owen. *Et comment que nous en avons été ! Va chier, toi et ton con de chapeau, Kurtz, nous avons été des —*

Il n'entendit pas le coup de feu final.

30

Il y eut d'autres coups de feu ; puis le silence régna à nouveau. Henry était toujours assis sur le siège arrière de l'Humvee à côté de son ami mort, essayant de déterminer ce qu'il lui fallait faire. Les chances qu'ils se soient entretués lui paraissaient minces. Les chances pour que les bons (non, *le* bon) aient eu le dessus sur les méchants lui semblaient encore plus minces.

Sa première impulsion, après avoir tiré cette conclusion, fut de dégager sans plus tarder du véhicule et d'aller se cacher dans les bois. Puis il regarda la couche de neige (*Si jamais je revois un jour de la neige, ce sera une fois de trop*, se dit-il) et rejeta cette idée. Si Kurtz ou le type qui était avec lui revenaient dans la prochaine demi-heure, l'empreinte de ses propres pas serait encore visible. Ils n'auraient qu'à les suivre et ils finiraient par le tuer comme un chien enragé. Ou une fouine.

Trouve-toi donc un fusil. Et tire le premier.

L'idée était déjà meilleure. Il n'était pas aussi bon tireur que Wyatt Earp, mais il ne se défendait pas trop mal. Tirer sur un homme était fichtrement différent de tirer sur un cerf, pas besoin d'être psy pour le comprendre, mais il était convaincu que, pourvu qu'il les ait dans sa ligne de mire, il n'aurait pas beaucoup d'hésitation à faire feu sur des types pareils.

Il tendait déjà la main vers la poignée de porte lorsqu'il entendit un juron de surprise et un bruit sourd suivi d'une détonation. Très proche, cette fois. Il se dit que quelqu'un venait de glisser dans la neige et avait involontairement fait feu en tombant le cul par terre. Avec un peu de chance, ce fils de pute s'était peut-être tué. Était-ce trop espérer ? Est-ce que...

Mais non. Fausse joie. Il entendit un grognement retenu : l'homme qui venait de tomber se relevait. Il ne lui restait plus qu'une solution. Il se rallongea sur le siège, passa les bras de Duddits autour de lui aussi bien qu'il put et fit le mort. Les chances que ce stratagème grossier réussissent lui paraissaient minces, elles aussi. Les salopards étaient passés dans un sens — évident, puisque l'un d'eux au moins était encore en vie — mais à ce moment-là, ils étaient diablement pressés. Sur le chemin du retour, il serait beaucoup plus difficile de les faire tomber dans le panneau à cause de quelques impacts de balle, d'un peu de verre brisé et du sang qu'avait perdu le malheureux Duddits dans son ultime hémorragie.

Il entendit le bruit de pas caractéristique, crissant et étouffé à la fois, de bottes dans la neige. Probablement Kurtz l'infâme. S'il n'en restait qu'un... Les ténèbres s'approchant. Mort dans l'après-midi. Les ténèbres qui n'étaient plus ses amies — il jouait au cadavre, à présent —, mais s'approchant tout de même.

Henry ferma les yeux... attendit...

Le bruit de pas passa devant l'Humvee sans même ralentir.

31

L'objectif stratégique de Freddy Johnson était pour le moment ultrapratique et à ultracourt terme : rejoindre ce bon Dieu d'Humvee et faire demi-tour sans s'embourber. Cela fait, il pourrait envisager de franchir la fondrière d'East Street qui avait été fatale à la Subaru sans s'y enliser lui-même. S'il réussissait à rejoindre la route en dur, son horizon s'éclaircirait d'un poil. Il évoqua un bref instant l'autoroute du Massachusetts, tandis qu'il ouvrait la portière de l'Humvee et se glissait derrière le volant. Elle traversait un sacré bout d'Amérique, la I-90, de Boston à Seattle. Voilà qui faisait bien des endroits où se planquer.

La puanteur de vieux pets et d'alcool éthylique glacé l'agressa comme une gifle lorsqu'il claqua la portière. Perlmutter ! Ce bon Dieu de Pearly ! Dans son excitation, il avait complètement oublié ce petit enfoiré.

Il se tourna, brandissant la carabine... mais Pearly était toujours dans les pommes. Pas besoin de gaspiller une balle. Il lui suffisait de le balancer dans la neige. Avec un peu de chance, Perlmutter gèlerait à mort sans même avoir eu le temps de reprendre conscience. Lui, et son petit proté...

Pearly ne dormait pas, cependant. Il n'était pas non plus évanoui. Ni dans le coma, même pas ça. Pearly était mort. Et on aurait dit qu'il s'était... plus ou moins ratatiné. Presque momifié. Ses joues s'étaient creusées, ridées. Ses orbites étaient deux trous profonds comme si, derrière le voile fin de ses paupières closes, ses globes oculaires étaient tombés dans un volume vide. Son corps s'appuyait contre la portière côté passager dans une position étrange, une jambe levée comme s'il avait voulu la croiser sur l'autre et était mort en tentant de faire un ultime pied de nez — ce vieux classique. Les couleurs sourdes de son pantalon de treillis avaient pris une nuance sombre et boueuse et, sous lui, le siège était mouillé. Les tentacules de la tache qui s'étiraient vers Freddy étaient rouges.

« Qu'est-ce que c'est que ce bord... »

De l'arrière montèrent brusquement des cris perçants, assourdissants, à croire qu'on venait de brancher une stéréo, le volume à fond. Du coin de l'œil, Freddy perçut un mouvement. Une créature d'une indescriptible monstruosité apparut fugitivement dans le rétroviseur, arracha l'oreille de Freddy puis s'attaqua à sa joue, entra par ce passage dans sa bouche et s'agrippa à sa gencive inférieure. Et la fouine-merde d'Archie Perlmutter arracha tout un pan du visage de Freddy, comme un affamé arracherait un pilon à une carcasse de poulet.

Le pilote poussa un hurlement et déchargea son arme dans la portière côté passager. De son autre main, il essaya de repousser la chose, mais ses doigts glissèrent sur cette peau huileuse de nouveau-né. La fouine se retira et, la tête rejetée en arrière, dévora le morceau qu'elle venait de détacher comme un perroquet engloutirait un morceau de viande crue. Freddy chercha précipitamment la poignée de la portière et la trouva ; mais il n'eut pas le temps de l'ouvrir, car l'immonde chose frappa avant. Cette fois, ce fut dans les chairs à la jonction du cou et de l'épaule qu'elle enfonça sa gueule. Il y eut un énorme jet de sang quand la veine jugulaire se rompit ; il gicla jusqu'au toit de l'Humvee, d'où il retomba en pluie écarlate.

Les jambes de Freddy s'agitèrent spasmodiquement, un de ses pieds martelant la pédale de frein de coups rapides. La créature surgie du siège arrière se retira de nouveau, parut réfléchir, puis se glissa comme un serpent par-dessus l'épaule de l'homme. De là, elle se laissa tomber sur ses genoux.

Freddy hurla encore une fois lorsque la fouine lui arracha son service trois-pièces... puis il ne hurla plus.

32

Henry, assis dans le siège arrière de l'Humvee d'Owen, s'était tourné pour suivre les événements qui se déroulaient dans l'autre véhicule, garé à une vingtaine de mètres. L'homme qui venait d'y monter s'agitait en tout sens derrière le volant. Henry apprécia le voile épais de neige qui brouillait sa vision, apprécia aussi la giclée de sang, sur l'intérieur du pare-brise, qui vint obscurcir en partie ce qui se passait.

Il en voyait largement assez.

Finalement, la marionnette arrêta ses gesticulations désordonnées et tomba de côté. Une silhouette volumineuse s'éleva audessus, dans une attitude qui avait quelque chose de triomphal. Henry savait de quoi il s'agissait ; il avait vu la même dressée sur le lit de Jonesy, au Trou dans le Mur. Un détail ne lui avait pas échappé, cependant : une des vitres de l'Humvee qui les avait poursuivis était brisée. Il doutait que la créature ait beaucoup d'intelligence, mais combien lui en fallait-il pour qu'elle remarque l'air froid qui en provenait ?

Elles n'aiment pas le froid. Le froid les tue.

En effet, en effet. Mais Henry n'avait nullement l'intention d'en rester là, et pas seulement parce que le lac était tout proche et qu'il entendait le clapotis de l'eau sur la rive. Une dette extraordinairement élevée avait été contractée, et il était le seul à pouvoir présenter la facture. L'heure des représailles avait sonné. La vengeance est un plat qui se mange froid, comme l'avait souvent observé Jonesy, et il devait agir froidement.

Il regarda par-dessus le siège. Aucune arme. Il se pencha davantage et ouvrit la boîte à gants. Rien là-dedans non plus, sinon un fouillis de factures, de reçus d'achat d'essence, et un livre de poche délabré intitulé *Comment être son meilleur ami*.

Henry ouvrit la portière, descendit dans la neige... et ses pieds le trahirent tout de suite. Il atterrit lourdement sur les fesses, son dos raclant au passage le bas de caisse surélevé du véhicule. Baise-moi l'cul, Freddy. Il se releva, glissa à nouveau, s'agrippa à la portière ouverte et réussit à rester debout. Sur quoi, il s'avança prudemment vers l'arrière de l'Humvee, le long de la carrosserie, sans perdre un instant de vue son jumeau garé plus loin. Il apercevait vaguement la chose, à l'intérieur, qui s'agitait et festoyait sur le chauffeur.

« Ne bouge pas, ma beauté », dit Henry en se mettant à rire. Un rire qui lui parut parfaitement dément, mais cela ne l'arrêta pas. « Ponds-moi donc quelques œufs. Je suis le marchand d'œufs, après tout. Le brave marchand d'œufs du quartier. À moins que tu préfères un exemplaire défraîchi de *Comment être son meilleur ami* ? J'en ai un. »

Il riait tellement fort, à présent, qu'il pouvait à peine parler. Ses pieds dérapaient constamment dans la neige mouillée et traîtresse ; on aurait dit un gosse, après l'école, en route avec sa luge pour la hauteur la plus proche. Se tenant au flanc du véhicule du mieux qu'il pouvait, c'est-à-dire à rien du tout ou à peu près. Tout en surveillant la saleté, qui bougeait, se contorsionnait... puis il ne la vit plus. Oh-oh. Où diable était-elle passée ? *Dans l'un des films de merde de Jonesy, ce serait le moment où commencerait la musique qui flanque la frousse. L'Attaque de la Fouine-Merde Tueuse*. Il se mit à rire de plus belle.

Il était enfin arrivé à l'arrière. Il suffisait d'enfoncer le poussoir, et le hayon allait se lever. Sauf s'il avait été fermé à clef. Probablement. Henry ne se souvenait pas si Underhill l'avait ouvert ou non devant lui. Encore moins s'il s'était servi d'une clef. Il n'était manifestement pas son propre meilleur ami.

Toujours caquetant de fou rire, des larmes lui coulant des yeux, il pressa le bouton du pouce ; le hayon s'ouvrit. Henry le souleva complètement et regarda dans le coffre. Des fusils, Dieu soit loué. Des carabines de l'armée comme celle qu'Owen avait emportée pour sa dernière patrouille. Henry en prit une et l'examina. Sécurité ? Vérifiée. Mode de tir ? Vérifié. Chargeur ? il était marqué U.S. ARMY 5.56 CAL 120 RNDS. Vérifié. Il disposait de cent vingt cartouches.

« Tellement simple que même un byrum pourrait le faire. » Et, de nouveau, il éclata de rire. Plié en deux, se tenant l'estomac et glissant dans la gadoue, risquant de tomber à tout instant. Il avait mal aux jambes, il avait mal au dos, il avait mal au cœur, surtout... et cependant, il riait. Il était le marchand d'œufs, le marchand d'œufs, et il riait comme une hyène.

Il se dirigea vers l'autre véhicule, côté conducteur, l'arme braquée (la sécurité en position *off*, du moins l'espérait-il avec ferveur), la musique craignos jouant dans sa tête, mais riant toujours. Ah, le bouchon du réservoir d'essence, pas d'erreur. Mais où était donc passée Gamera, la terreur venue du fond de l'espace ?

Comme si la saleté avait capté sa pensée (ce qui, se rendit-il compte, était parfaitement possible), la fouine se jeta la tête la première contre la vitre arrière. Celle qui était intacte, grâce au ciel. Elle était couverte de sang, de poils, de fragments de chair. Ses yeux ignobles fixaient ceux d'Henry. Savait-elle qu'elle avait une issue, un moyen de sortir du véhicule ? Peut-être. Et peut-être comprenait-elle même que l'utiliser signifierait une mort rapide pour elle.

Elle exhiba sa pelote de dents.

Henry Devlin, qui avait jadis remporté le prix « Action charitable » de la Société américaine de psychiatrie pour un article paru dans le *New York Times* intitulé « La Fin de la Haine », réagit en découvrant lui aussi ses dents. Ça faisait du bien. Puis il lui tendit son majeur. Pour Beaver. Et pour Pete. Ça aussi, ça faisait du bien.

Quand il braqua la carabine, la fouine — stupide, peut-être, mais pas totalement — disparut à sa vue. Parfait ; Henry n'avait jamais eu l'intention de tirer à travers la vitre. Au contraire, il était ravi qu'elle soit allée se réfugier sur le plancher. *Va te coller le plus près possible du réservoir, ma chérie*, pensa-t-il. Il régla l'arme sur tir automatique et tira une longue rafale dans le secteur du bouchon.

La série de détonations fut assourdissante. Un énorme trou déchiqueté apparut à l'emplacement du bouchon et, un instant, il ne se produisit rien d'autre. *Parle-moi un peu de la façon dont ça se passe dans les films,* pensa-t-il. Puis il entendit un murmure rauque qui s'éleva de plus en plus pour devenir un sifflement guttural. Il fit deux pas en arrière, dérapa et tomba sur le cul. Sa chute, cette fois, sauva au moins sa vue, sinon sa vie. L'arrière de l'Humvee de Kurtz explosa à peine une seconde plus tard, le feu jaillissant d'en dessous en grands pétales jaunes. Les pneus arrière bondirent sur la neige, des débris de verre s'éparpillèrent au milieu des flocons, tout cela passant par-dessus la tête d'Henry. Puis il sentit l'intensité de la chaleur l'atteindre et il s'éloigna rapidement en rampant, tirant la carabine par la bandoulière et riant comme un dément. Il y eut une seconde explosion qui envoya dans tous les sens des fragments acérés comme des shrapnels.

Henry se remit sur pied comme s'il montait à une échelle, en s'aidant d'un arbre dont les branches basses auraient été les barreaux. Debout, haletant, riant, le dos douloureux, les jambes douloureuses, une sensation bizarre de tension dans le cou. Tout l'arrière de l'Humvee était la proie des flammes. Il entendait les pépiements sauvages de la saleté en train de cramer à l'intérieur.

Il décrivit un large cercle autour du véhicule en feu, l'arme braquée sur la vitre brisée. Il resta là un moment, puis se rendit compte que c'était complètement idiot. Toutes les vitres de l'Humvee étaient cassées, sauf le pare-brise. Il éclata de nouveau de rire. Quel crétin ! Mais quel parfait crétin !

À travers l'enfer des flammes, il voyait, dans l'habitacle, la fouine qui oscillait comme un ivrogne. Combien de balles restait-il dans son chargeur, si jamais elle sortait, cette saloperie ? Cinquante ? Vingt ? Cinq ? Il faudrait qu'il fasse avec, de toute façon. Pas question de courir de risque en retournant chercher un chargeur dans l'Humvee d'Owen.

Mais la bestiole ne sortit pas.

Henry monta ainsi la garde pendant cinq minutes, puis cinq de plus. La neige tombait, l'Humvee brûlait, envoyant sa fumée noire dans le ciel blanc. Tandis qu'il patientait, il pensa à la parade annuelle de Derry, à la fanfare jouant « New Orleans » et à l'arrivée d'un personnage juché sur des échasses, le cow-boy de légende, et combien Duddits avait été excité, au point de sautiller sur place. Il pensa à Pete, à la sortie du collège, les attendant les mains en coupe devant la bouche comme s'il se cachait pour fumer. Pete, dont le grand rêve avait été d'être le capitaine de la première expédition humaine pour Mars. Il pensa à Beaver et à son blouson de Fonzie, le Beav et ses cure-dents, le Beav chantant une berceuse à Duddits, *Baby's boat is a silver dream*... Beaver serrant Jonesy dans ses bras le jour du mariage de ce dernier et lui disant qu'il fallait qu'il soit heureux, qu'il le soit en leur nom à tous.

Jonesy.

Lorsque Henry fut absolument certain que la fouine était morte — incinérée —, il s'engagea dans le sentier. Il fallait voir si par hasard Jonesy était encore vivant. Il ne nourrissait guère d'espoir... un peu, tout de même, découvrit-il.

33

C'était la douleur, et seulement la douleur, qui clouait Jonesy au monde ; et au premier abord, il crut que l'homme hagard aux joues barbouillées de suie était un rêve, l'ultime produit de son imagination. Parce que cet homme semblait être Henry.

« Jonesy ? Hé, t'es là, Jonesy ? » Henry claqua des doigts devant les yeux de son ami. « La Terre appelle Jonesy !

— Henry ? C'est toi, Henry ?

— Oui, c'est moi. »

Henry jeta un coup d'œil au chien encore à moitié engagé dans l'ouverture, en haut du regard 12, puis il revint à Jonesy. C'est avec une infinie tendresse qu'il repoussa les cheveux qui retombaient sur le front du blessé.

« Eh bien, mon vieux, il t'en a fallu... », commença Jonesy. Puis le monde se mit à vaciller. Il ferma les yeux, se concentra, les rouvrit. « ... du temps pour revenir du magasin. T'as pas oublié le pain, au moins ?

— Non, mais j'ai perdu les hot dogs.

— Quel branleur, ce mec, dit Jonesy, prenant une longue inspiration chevrotante. J'irai, la prochaine fois.

— Baise-moi l'oignon, ducon. »

Et Jonesy se laissa glisser dans l'obscurité, le sourire aux lèvres.

ÉPILOGUE

LE JOUR DE LA FÊTE DU TRAVAIL

« L'univers, c'est une belle saloperie. »

NORMAN MACLEAN

Encore un été de passé, pensa Henry.

L'idée n'avait cependant rien de triste ; ils venaient de connaître un été agréable, et l'automne s'annonçait tout aussi plaisant. Pas d'expédition de chasse, cette année, et il aurait sans aucun doute droit à une petite visite de ses nouveaux amis militaires (lesquels voulaient par-dessus tout s'assurer qu'il ne lui poussait pas un feuillage bizarroïde de nuance rougeâtre sur la peau) ; mais ça ne suffirait pas à lui gâcher la saison. Il ferait bon, les journées seraient claires, les nuits longues.

Parfois, aux petites heures de la nuit, les vieilles amies d'Henry venaient elles aussi lui rendre visite, mais dans ce cas-là, il allait simplement s'asseoir dans son bureau, un livre sur les genoux, en attendant qu'elles décampent. Ce qu'elles finissaient toujours par faire. Et le soleil finissait toujours par se lever. Le sommeil dont on n'avait pu jouir une nuit s'emparait de vous la nuit suivante, parfois, et il venait comme une amante. C'était quelque chose qu'il avait appris depuis le dernier mois de novembre.

Il buvait une bière, installé sur le porche du cottage de Jonesy et Carla, à Ware, celui qui donnait sur la rive du Pepper Pond. L'extrémité sud du réservoir Quabbin se trouvait à environ six kilomètres de là. Et l'East Street aussi, bien sûr.

La main qui tenait la boîte de Coors n'avait que trois doigts. Il avait perdu l'auriculaire et l'annulaire à cause du gel ; soit pendant qu'il avait parcouru Deep Cut Road à skis, après avoir quitté le Trou dans le Mur, soit lorsqu'il avait ramené Jonesy jusqu'à l'Humvee encore en état de marche, sur un travois de fortune.

L'automne précédent avait été la saison où il avait traîné des gens dans la neige, semblait-il, avec des succès divers.

Sur le petit bout de plage, Carla Jones préparait un barbecue. Noel, le bébé, tournait d'un pas incertain autour de la table de pique-nique, les couches lui pendant sur les fesses. Il agitait joyeusement un hot dog calciné. Les trois autres petits Jones, dont les âges allaient de onze à six ans, étaient dans l'eau, criaient et s'éclaboussaient. Henry admettait que l'impératif biblique voulant qu'on croisse et se multiplie n'était peut-être pas sans fondement, mais il lui semblait que Carla et Jonesy le prenaient un peu trop au pied de la lettre.

Derrière lui, la porte-moustiquaire claqua. Jonesy arriva, portant un seau plein de bières dans de la glace. Sa claudication n'était pas très marquée ; cette fois-ci, l'orthopédiste avait simplement dit, *au diable ce vieux matos*, et avait tout remplacé par du Téflon et de l'acier. De toute façon, il aurait dû finir par tout changer, avait-il expliqué à Jonesy ; mais s'il avait fait un peu plus attention, son ancien équipement aurait pu tenir encore cinq ans. L'opération avait eu lieu en février, peu après les six semaines de « vacances » que Jonesy et Henry avaient passées en compagnie des services de renseignements de l'armée et de leurs psy spécialisés.

Les militaires avaient offert de payer, aux frais d'Oncle Sam, la nouvelle hanche de Jonesy, sans doute pour conclure le débriefing sur une bonne note, mais il avait dit non, merci beaucoup, il ne voulait pas priver son orthopédiste personnel de travail, ni enlever à son assurance le plaisir d'honorer la facture.

À l'époque, l'un comme l'autre n'avaient eu qu'une envie, ficher le camp du Wyoming. Les appartements étaient irréprochables (à condition que la vie sous terre ne vous rende pas claustrophobe), la nourriture méritait trois étoiles (Jonesy prit plus de deux kilos, Henry presque neuf), et les films étaient en première exclusivité. L'atmosphère, cependant, avait un petit côté docteur Folamour légèrement dérangeant. Pour Henry, ces six semaines avaient été bien pires que pour Jonesy. Ce dernier souffrait, mais avant tout à cause de sa hanche de nouveau démise ; ses souvenirs d'avoir partagé son corps avec un certain Mr Gray avaient perdu, en un laps de temps étonnamment court, leurs couleurs et leur intensité pour prendre la consistance d'un rêve.

Ceux d'Henry, en revanche, n'avaient fait que devenir plus vivaces. Les pires étaient ceux de la grange. Les militaires chargés du débriefing s'étaient tous montrés pleins de compassion ; ils n'avaient rien à voir avec Kurtz et ses affreux, mais Henry ne pouvait oublier Bill, Marsha et Darren Chiles, Mr Méga-Pétard de Newton. Ils venaient souvent lui rendre visite dans ses rêves.

Comme Owen Underhill.

« Les renforts arrivent », commenta Jonesy en posant le seau à terre.

Avec un grognement et une grimace, il s'installa dans le rocking-chair voisin de celui de son ami.

« Encore une et j'arrête, dit Henry. Je repars pour Portland dans une heure, et je n'ai pas envie de choper un PV pour conduite en état d'ivresse.

— Passe donc la nuit ici », lui proposa Jonesy, tout en surveillant Noel. Le bébé s'était laissé tomber dans l'herbe sur le derrière, sous la table de pique-nique, et paraissait très concentré sur la tâche consistant à enfoncer la saucisse dans son nombril.

« Avec ta ribambelle de gosses chahutant jusqu'à minuit ou plus tard encore ? Ou pour me gaver de films d'horreur de Mario Bava ?

— C'est un genre que je ne pratique presque plus, avoua Jonesy. On se fait un petit festival Kevin Costner se soir, à commencer par *The Bodyguard*.

— Je croyais que tu avais dit *pas de films d'horreur*.

— Gros malin. » Il haussa les épaules et sourit. « Comme tu voudras. »

Henry leva sa bière.

« Aux amis absents. »

Jonesy en fit autant.

« Aux amis absents. »

Ils entrechoquèrent les boîtes et burent.

« Comment va Roberta ? » demanda Jonesy.

Henry sourit.

« Pas mal du tout. J'ai eu quelques craintes, pendant les funérailles... »

Jonesy acquiesça. Les militaires les avaient lâchés un moment. Henry et lui, dans son fauteuil roulant, s'étaient rendus à l'enterrement de Duddits. Ils avaient soutenu Roberta. Sans leur aide, elle se serait peut-être effondrée.

« ... mais elle remonte bien la pente. Elle parle d'ouvrir une boutique d'artisanat. Je crois que c'est une bonne idée. Il lui manque, évidemment. Depuis la mort d'Alfie, Duddits était toute sa vie.

— Il était la nôtre, aussi, observa Jonesy.

— Oui, sans doute.

— Si tu savais comme je regrette que nous n'ayons pas essayé de le contacter pendant toutes ses années. Dire qu'il avait une putain de leucémie et que nous ne le savions même pas !

— Mais si, nous le savions. »

Jonesy le regarda, sourcils levés.

« Hé, Henry ! appela Carla. Comment tu veux ton hamburger ?

— Cuit ! répliqua-t-il sur le même ton.

— Comme vous voudrez, majesté. Tu veux être un amour et t'occuper du bébé ? Ce hot dog va rapidement se transformer en un crad'dog, sinon. Enlève-lui cette horreur et donne le bébé à son père. »

Henry descendit les quelques marches, alla récupérer le petit Noel sous la table et le ramena avec lui sous le porche.

« Ennie ! » s'écria joyeusement le bambin, qui comptait dix-huit mois depuis peu.

Henry s'arrêta, le dos parcouru par un frisson. Il avait l'impression d'avoir été interpellé par un fantôme.

« Miam-miam, Ennie, miam-miam ! »

Noel porta un coup sur le nez d'Henry avec sa saucisse pour souligner la justesse de sa thèse.

« Merci, mais je préfère attendre mon hamburger.

— Pas miam-miam ?

— Je vais avoir mon miam-miam, mon p'tit lapin. Mais je ferais peut-être bien de récupérer cette cochonnerie. Tu en auras une autre quand elles seront cuites. »

Il prit délicatement la saucisse de la petite main de Noel, posa le bébé sur les genoux de Jonesy et reprit sa place. Le temps que Jonesy ait fini d'essuyer la moutarde et le ketchup sur le nombril de son fils, celui-ci s'était presque endormi.

« Qu'est-ce que tu as voulu dire par *mais si, nous le savions* ? demanda Jonesy.

— Ah, voyons, mon vieux. Nous l'avons peut-être laissé, ou nous avons essayé de le laisser, mais crois-tu que Duddits nous ait jamais quittés ? Après tout ce qui était arrivé, peux-tu croire vraiment cela ? »

Très lentement, Jonesy secoua la tête.

« Cela tenait en partie au fait que nous grandissions — grandissions chacun de notre côté —, mais en partie aussi à l'affaire Richie Grenadeau. Ça nous travaillait de la même manière que le plat des Rapeloew travaillait Owen Underhill. »

Jonesy n'eut pas besoin de lui demander ce qu'il voulait dire ; dans le Wyoming, ils avaient eu largement le temps de se raconter mutuellement leur histoire.

« Il y a un vieux poème qui raconte l'histoire d'un homme voulant dépasser Dieu, reprit Henry. "Le molosse céleste". Duddits n'était pas Dieu, certainement pas, mais il était notre molosse. Nous avons couru aussi vite et aussi loin que nous avons pu, mais...

— Mais nous n'avons jamais pu sortir de l'attrape-rêves, c'est ça ? Aucun de nous ne l'a pu. Et puis, ils sont arrivés. Le byrum. Des crétins de spores dans des vaisseaux spatiaux construits par une autre race. C'était bien ce qu'ils étaient ? Et seulement ce qu'ils étaient ?

— Nous ne le saurons jamais, j'en ai bien peur. Il n'a été répondu qu'à une seule question, l'automne dernier. Pendant des siècles, nous avons regardé les étoiles et nous nous sommes demandé si nous étions seuls dans l'univers. Au moins, nous savons maintenant que nous ne le sommes pas. Sacrée nouvelle, tout de même, non ? Gerritsen... tu te souviens de lui ? »

Jonesy acquiesça. Bien sûr, qu'il se souvenait de Terry Gerritsen. Le psychologue de la Navy responsable de l'équipe de débriefing du Wyoming, toujours à plaisanter que c'était bien le style de l'Oncle Sam de l'avoir mis en poste à un endroit où l'étendue d'eau la plus proche était l'abreuvoir à vaches de Lars Kilborn. Gerritsen et Henry s'étaient bien entendus, même s'ils n'étaient pas réellement devenus amis, car, d'une certaine manière, la situation l'interdisait. Jonesy et Henry avaient été bien traités dans le Wyoming, mais pas comme des invités. Henry Devlin et Terry Gerritsen étaient cependant collègues sur un plan professionnel, ce qui faisait une différence.

« Gerritsen a commencé par penser qu'il avait été répondu à deux questions : que nous n'étions pas seuls dans l'univers et que nous n'étions pas la seule espèce intelligente de l'univers. J'ai eu du mal à le convaincre que son second postulat se fondait sur un paralogisme, un raisonnement bâti comme une maison édifiée sur du sable. Je ne crois pas avoir entièrement réussi à le convaincre, mais il me semble l'avoir tout de même un peu ébranlé dans ses certitudes. Quoi que soit le byrum, ce n'est pas un constructeur de vaisseaux spatiaux, et l'espèce qui les a construits a pu disparaître. Qui sait ? Elle est peut-être réduite à l'état de byrum, aujourd'hui.

— Mr Gray n'était pas stupide.

— Non, mais seulement une fois installé dans ta tête, je suis bien d'accord. Mr Gray, c'était toi, Jonesy. Il t'a volé tes émotions, tes souvenirs, ton goût pour le bacon...

— J'y ai définitivement renoncé.

— Tu m'étonnes ! Il a aussi volé le fond de ta personnalité. Ce qui inclue ton inconscient. Tout ce qui en toi aimait les films d'horreur de Mario Bava et les westerns de Sergio Leone, tout ce qui faisait que tu prenais ton pied avec des trucs violents et faisant peur... Mr Gray, vieux, *adorait* ces conneries. Et pourquoi pas ? Ce sont autant d'instruments de survie primitifs. En tant que dernier représentant de son espèce perdu dans un environnement hostile, il s'est emparé de tous les instruments sur lesquels il a pu mettre la main.

— Tu déconnes. »

L'expression de Jonesy disait clairement que cette idée lui déplaisait souverainement.

« Pas du tout. Au Trou dans le Mur, tu as vu exactement ce que tu t'attendais à voir, à savoir un être venu d'ailleurs dans le style de *X-Files* et de *Rencontre du troisième type*. Tu as inhalé le byrus... il n'y a aucun doute qu'il s'est produit au moins ce contact physique... mais tu était complètement immunisé. Comme, nous le savons maintenant presque avec certitude, environ la moitié de l'espèce humaine. Ce que tu as saisi était une intention... une sorte d'impératif aveugle. Bordel, il n'y a aucun terme pour décrire ça, car il n'y a aucun terme pour les décrire, *eux*. Mais je crois qu'il est entré en toi parce que tu *croyais* qu'il était là.

— Tu es en train de me dire, au fond, remarqua Jonesy en regardant Henry par-dessus la tête de son fils endormi, que j'ai failli provoquer la destruction de l'humanité à cause d'une grossesse nerveuse ?

— Oh, non ! S'il n'y avait eu que ça, les choses se seraient tassées toutes seules. Se seraient résumées à... un bref délire. Mais l'idée de Mr Gray s'est prise en toi comme dans une toile d'araignée.

— Elle s'est prise dans l'attrape-rêves.
— Oui. »
Ils gardèrent le silence. Carla allait bientôt les appeler ; ils mangeraient des hot dogs et des hamburgers, de la salade de pommes de terre et de la pastèque, sous le bouclier bleu infiniment perméable du ciel.

« Et dirais-tu que tout cela est une pure coïncidence ? demanda Jonesy au bout d'un moment. Que c'est par hasard qu'ils ont débarqué dans le Jefferson Tract, que c'est par hasard que je m'y trouvais ? Et pas seulement moi, mais toi, Peter et Beaver. Sans parler de Duddits, à trois cents kilomètres à peine plus au sud ; il ne faut pas l'oublier. Car c'est Duddits qui nous maintenait ensemble.

— Duddits a toujours été une lame à deux tranchants. Josie Rinkenhauer d'un côté, Duddits le découvreur, le sauveur. Richie Grenadeau de l'autre, Duddits le tueur. Sauf que Duddits avait besoin de notre aide pour le tuer. J'en suis sûr. Car nous possédions le substrat inconscient le plus profond. Nous avons fourni la haine et la peur, la peur que Richie s'en prenne vraiment à nous, comme il l'avait promis. Nous avons toujours eu un côté noir bien plus accentué que celui de Duddits. Sa conception de la méchanceté n'allait pas plus loin que compter les points à l'envers au cribbage, et il le faisait davantage pour s'amuser que pour autre chose. Cependant... tu te souviens du jour où Pete lui a descendu son chapeau sur les yeux et où il est rentré dans le mur ? »

Jonesy s'en rappelait vaguement. Dans le centre commercial, lui semblait-il. Quand ils étaient jeunes, c'était l'endroit qu'ils fréquentaient. Autre jour, même merde.

« Pendant un bon bout de temps, Pete a perdu chaque fois qu'on faisait une partie dans la version Duddits. Il lui comptait toujours ses points à l'envers, et aucun de nous ne s'en est rendu compte. On a sans doute pensé que c'était une coïncidence mais, à la lumière de tout ce que nous savons à présent, j'en doute.

— Tu crois que même Duddits savait garder un chien de sa chienne ?

— C'est de nous qu'il l'a appris, Jonesy.

— Duddits a offert une prise à Mr Gray. Une prise mentale.

— Ouais, mais il t'a aussi donné une place forte, un endroit où tu pouvais te cacher de Mr Gray. Ne l'oublie pas. »

Non, se dit Jonesy, il ne l'oublierait jamais.

« Tout, de notre côté, a commencé avec Duddits, reprit Henry. Nous avions tous quelque chose de bizarre depuis que nous le connaissions, Jonesy. Tu le sais bien. L'affaire Richie Grenadeau en est l'aspect le plus spectaculaire, l'arbre qui nous cache la forêt. Mais si tu te penches sur ce qu'ont été nos vies, tu trouveras d'autres choses, j'en suis persuadé.

— Defuniak, murmura Jonesy.

— Qui est-ce ?

— L'étudiant que j'ai surpris en train de pomper, juste avant mon accident. Et cela sans même être physiquement présent le jour de l'examen.

— Tu vois ? Et à la fin, c'est Duddits qui a démoli cet enfoiré de petit homme gris. Je vais te dire autre chose : je crois aussi que c'est lui qui m'a sauvé la vie dans l'Humvee, sur East Street. À mon avis, il est tout à fait possible que lorsque le sbire de Kurtz nous a regardés, dans le véhicule — je parle de la première fois —, qu'il ait eu un petit Duddits dans la tête qui lui disait : "T'en fais pas, vieille noix, ils sont bien morts, t'occupes pas d'eux." »

Jonesy, toutefois, n'avait pas oublié son idée précédente.

« Et devons-nous croire que le fait que le byrum soit entré en contact avec nous — juste nous, au milieu de toute la population de la planète — est un pur hasard ? Parce que c'est ce que Gerritsen croyait ; il ne l'a jamais déclaré aussi nettement, mais on voyait bien qu'il le pensait.

— Et pourquoi pas ? Il y a des scientifiques, des hommes brillants comme Stephen Jay Gould, qui considèrent que notre espèce n'existe que grâce à un enchaînement encore plus long et improbable d'événements fortuits et de coïncidences.

— Et c'est ce que tu crois, toi ? »

Henry leva les mains. Il ne voyait pas très bien comment répondre sans évoquer Dieu, qui avait fait un retour discret dans ses préoccupations depuis quelques mois. Par l'entrée de service, si l'on peut dire, aux heures les plus noires de nombreuses nuits sans sommeil. Mais fallait-il à tout prix invoquer ce vieux *deus ex machina* pour donner sens à tout ça ?

« Ce que je crois, c'est que Duddits est *nous*, Jonesy. *L'enfant, c'est moi... toi... tout le monde**. Race, espèce, gènes ; jeu, set et match. Nous sommes, additionnés, Duddits ; et nos plus nobles aspirations ne sont rien de plus que le désir de garder la trace de la boîte à lunch jaune et à apprendre à nous chausser correctement — *Angé oi*. Nos gestes les plus méchants, en un sens cosmique, ne sont rien de plus que le comptage à rebours des points de cribbage en prenant l'air idiot. »

Jonesy le regardait, fasciné.

« Je me demande si c'est rassurant ou si c'est horrible.

— C'est sans importance. »

Jonesy réfléchit quelques instants, puis demanda :

« Si nous sommes Duddits, qui chante pour nous ? Qui nous chante notre berceuse et nous aide à nous endormir quand nous avons peur ou quand nous sommes tristes ?

— Oh, Dieu veille à ça. »

Henry se serait donné un coup de pied pour avoir lâché cette réponse en dépit de ses bonnes résolutions.

« Et c'est Dieu qui a empêché cette dernière fouine de dégringoler dans le regard 12 ? Parce que si cette saleté était tombée dans l'eau, Henry... »

Techniquement, la fouine qui avait incubé dans l'abdomen de Perlmutter avait été en fait la dernière, mais c'était une argutie, un cheveu qu'il était inutile de couper en quatre.

« Oh, les conséquences auraient été sérieuses, j'en conviens ; pendant deux ou trois ans, la question de savoir si on devait ou non démolir Fenway Park aurait été le dernier des soucis, à Boston. Mais nous détruire ? Je ne crois pas. Avec nous, ils sont tombés sur quelque chose de nouveau pour eux. Mr Gray le savait. Dans ces enregistrements de toi sous hypnose...

— Ne m'en parle pas. »

Jonesy en avait écouté deux et considérait avoir commis la plus grave erreur de tout son séjour dans le Wyoming. S'écouter parler en tant que Mr Gray (et *devenir* Mr Gray lui-même sous hypnose profonde) lui avait donné l'impression d'écouter quelque fantôme malveillant. Par moments, il se disait qu'il devait être le seul homme sur terre à vraiment comprendre ce que c'était que d'être violé. Il valait mieux oublier certaines choses.

« Désolé. »

Jonesy eut un petit geste de la main pour dire que tout allait bien, que ce n'était pas un problème, mais il avait nettement pâli.

« Tout ce que je veux dire, c'est qu'à un degré plus ou moins grand, nous sommes une *espèce* qui vit dans l'attrape-rêves. Je déteste cette façon de l'exprimer, on dirait du transcendantalisme bidon, ça sonne faux à l'oreille, de la vraie tôle, mais nous n'avons pas de termes pour le décrire, là non plus. Nous aurons peut-être à en inventer un jour, mais en attendant, on continuera d'appeler ça *attrape-rêves* ».

Henry se tourna dans son siège. Jonesy en fit autant, déplaçant légèrement Noel sur ses genoux. Un attrape-rêves était suspendu au-dessus de la porte du chalet. Un cadeau d'Henry que Jonesy avait aussitôt installé, comme un paysan catholique aurait accroché un crucifix à la porte de sa masure pendant une invasion de vampires.

« Ils étaient peut-être simplement attirés par toi, reprit Henry. Par nous. Tout comme les fleurs se tournent vers le soleil, ou comme la limaille de fer est sensible au magnétisme. On ne peut pas l'affirmer ; le byrum est beaucoup trop différent de nous.

— Est-ce qu'ils reviendront ?

— Oh, oui. Eux, ou d'autres. »

Il leva les yeux vers le ciel tout bleu de cette journée de fin d'été. Quelque part au loin, en direction du réservoir Quabbin, un aigle poussa son cri.

« Tu peux mettre ça à la banque. Mais rien ne presse.

— Hé, les gars ! cria Carla. C'est prêt ! »

Henry prit Noel des mains de son père. Un instant, les deux hommes furent en contact physique, en contact visuel, en contact mental ; un instant, ils virent la ligne. Henry sourit. Jonesy aussi. Puis ils descendirent les marches et traversèrent la pelouse côte à côte, Jonesy boitant, Henry tenant l'enfant endormi dans ses bras ; et pendant ces quelques secondes, la seule obscurité fut leur ombre glissant derrière eux dans l'herbe.

Note de l'auteur

Je n'ai jamais éprouvé autant de gratitude à pouvoir écrire que pendant la rédaction de *Dreamcatcher*, entre le 16 novembre 1999 et le 29 mai 2000. J'ai beaucoup souffert physiquement, pendant ces six mois et demi, et le travail me le faisait oublier. Le lecteur aura constaté que des aspects de cet inconfort physique m'ont suivi dans l'histoire, mais ce dont je me souviens le plus est le soulagement sublime que procure ce rêve éveillé qu'est l'écriture.

Pas mal de gens m'ont aidé. À commencer par ma femme, Tabitha, qui a catégoriquement refusé que je donne à ce roman le titre auquel j'avais tout d'abord pensé : *Cancer*. Elle le trouvait laid et le considérait comme une invitation à la malchance et aux coups du destin. J'ai fini par me ranger à son avis, et elle n'en parle plus comme de « ce livre », ou du « livre sur les fouines-merde ». Je suis également redevable à Bill Pula, qui m'a emmené en quatre-quatre jusqu'au réservoir Quabbin, et à ses complices, Peter Baldracci, Terry Campbell et Joe McGinn. Plusieurs autres personnes, qui préféreront sans doute ne pas être nommées, m'ont fait faire un tour en Humvee derrière la base aérienne de la garde nationale et ont commis la folie de me le laisser conduire, supposant qu'il était impossible d'embourber un tel monstre. J'ai pourtant bien failli y arriver. Je suis revenu couvert de boue et heureux. Ils ont tenu à ce que je dise que les Humvee s'en sortent mieux dans la boue que dans la neige ; si j'en ai rajouté sur ce point, ce fut pour les besoins de mon histoire.

Merci également à Susan Moldow et Nan Graham, de Scribner, à Chuck Verrill, qui a fait la relecture critique du manuscrit, et à Arthur Greene, mon agent. Je ne dois pas oublier non plus Ralph Vicinanza, responsable des droits étrangers, qui a trouvé le moyen de dire « Il n'y a pas d'infection ici » en français au moins de six manières différentes.

Une dernière chose. Ce livre a été écrit avec le meilleur traitement de texte au monde, un stylo Waterman à cartouche. Rédiger le premier jet d'un livre d'une telle longueur à la main m'a valu un contact avec le langage comme je n'en avais pas eu depuis des années. J'ai même écrit, un soir, à la lueur d'une bougie — il y avait eu une panne de courant. On a rarement de ces occasions, en ce vingt et unième siècle, et il faut en profiter.

Et pour ceux qui m'ont suivi jusqu'ici, merci d'avoir lu mon histoire.

STEPHEN KING

Aubin Imprimeur
LIGUGÉ, POITIERS

Achevé d'imprimer en octobre 2002
pour le compte de France Loisirs
123, bd de Grenelle, 75015 Paris

N° d'édition 37518 / N° d'impression L 64181
Dépôt légal, novembre 2002

Imprimé en France